ДЕТЕКТИВ
глазами женщины

АЛЕКСАНДРА МАРИНИНА

ИЛЛЮЗИЯ ГРЕХА

МОСКВА, «ЭКСМО-ПРЕСС», 1999

УДК 882
ББК 84(2Рос-Рус)6-4
М 26

Разработка серийного оформления
художника *С. В. Курбатова*

Маринина А. Б.
М 26   Иллюзия греха: Роман. — М.: ЗАО Изд-во
ЭКСМО-Пресс, 1999. — 432 с.

ISBN 5-04-000760-4

Шесть лет назад мать Иры Терехиной искалечила себя и троих своих детей. Но и спустя годы трагедия не дает забыть о себе.Один за другим погибают люди, которые могут дать информацию о таинственном человеке, который был когда-то знаком с матерью девушки...

УДК 882
ББК 84(2Рос-Рус)6-4

ISBN 5-04-000760-4
© ЗАО «Издательство «ЭКСМО», 1997 г.

Глава 1

При взгляде на эту комнату с лежащим посредине на полу трупом старой женщины почему-то возникала ассоциация с Достоевским. Убийство старухи процентщицы. Хотя убитая, по предварительным данным, ростовщичеством не занималась и ломбард на дому тоже не устраивала. Более того, обстановка в большой квартире в «сталинском» доме свидетельствовала о достатке и аристократических корнях хозяев.

Когда-то в этой квартире жил известный ученый, академик Смагорин, но было это давно. Погибшая, Екатерина Венедиктовна Анисковец, была его дочерью. Трижды за свою жизнь побывав замужем, она столько же раз меняла фамилию, но не место жительства. В этом доме она жила, пожалуй, дольше всех его обитателей. Только ее квартира была отдельной, остальные давно превратились в коммуналки с постоянно меняющимися жильцами. Одни получали или покупали новое жилье и уезжали, другие въезжали в результате разменов с родственниками или супругами. Двери квартир были утыканы разномастными кнопками звонков и карточками с фамилиями, и только дверь в квартиру Екатерины Венедиктовны имела один-единственный звонок и красивую металлическую дощечку с надписью: «Академик В.В.Смагорин».

Судебно-медицинский эксперт осматривал тело, эксперт-криминалист колдовал над поисками следов. Убийство явно тянуло на корыстное, совершенное с целью ограбления, уж очень богатой была квартира и беспорядок в ней царил ужасный. Сразу видно — здесь что-то искали.

— У погибшей есть родственники? — спросил следователь Ольшанский у соседки, приглашенной в качестве понятой.

— Не знаю, — неуверенно отозвалась молодая женщина в спортивном костюме. — Я здесь не так давно живу, всего полгода. Но мне говорили, что детей у нее нет.

— Кто в вашем доме может хоть что-нибудь рассказать про Анисковец? Кто здесь давно живет?

— Ой, не знаю, — покачала головой соседка. — Я здесь мало с кем общаюсь, я ведь только снимаю комнату. Хозяйка квартиру купила, а комнату в коммуналке сдает. Беженцы мы, — добавила она, — из Таджикистана. От нас тут все шарахаются как от чумных, будто мы заразные какие. Так что с нами не очень-то разговаривают.

Да, от соседки толку было мало. Предстоял долгий поквартирный обход, чтобы собрать хотя бы первоначальные сведения о пожилой женщине, безжалостно убитой ударом чем-то тяжелым по затылку.

* * *

С жильцами своего дома покойная Екатерина Венедиктовна действительно почти не общалась, но вообще-то приятельниц и знакомых у нее было немало. Коренная москвичка, она здесь выросла, закончила школу и университет, работала в Историческом музее. И всюду заводила друзей. Конечно, сегодня живы были уже далеко не все. Но все равно тех, кто мог бы рассказать о погибшей, было достаточно много.

В первую очередь Ольшанский велел найти тех ее знакомых, которые часто бывали у Анисковец и могли хотя бы приблизительно сказать, что именно у нее похищено. Такой человек нашелся — бывший муж Екатерины Венедиктовны Петр Васильевич Анисковец. С покойной он развелся лет пятнадцать назад, когда ей было пятьдесят девять, а ему — шестьдесят два. И все пятнадцать лет он продолжал приходить в гости к Екатерине Венедиктовне, приносил цветы и трогательные маленькие подарки.

— Вы не обидитесь, если я спрошу о причине вашего развода? — осторожно сказал следователь, очень уж необычной показалась ему сама ситуация: разводиться в таком почтенном возрасте, и не ради того, чтобы создать новую семью.

Петр Васильевич грустно посмотрел на Ольшанского.

— Дурак я был — вот и вся причина. Закрутил с молодой, думал — вот оно, настоящее, всепоглощающее, то, ради чего на смерть идут. С Катериной развелся. А когда все закончилось, Катя долго смеялась надо мной. Так, говорила, тебе и надо, дурачку самоуверенному, будет тебе урок. Она прекрасно ко мне относилась. Я потом много раз делал ей предложение, но она отказывала, дескать, смешно в таком возрасте под венец, да еще с бывшим мужем. Но ухаживания мои принимала, не гнала.

— Выходит, она вас простила? — уточнил следователь.

— Простила, — кивнул Анисковец. — Да она и не сердилась долго. Знаете, у нее чувство юмора было просто удивительное, она на любую беду умела с усмешкой посмотреть. Ни разу за все годы я не видел, чтобы Катерина плакала. Верите? Ни разу. Зато хохотала постоянно.

Вместе с Ольшанским Петр Васильевич поехал на квартиру к бывшей супруге. По дороге он несколько раз принимался сосать валидол, и было видно, что он панически боится заходить в комнату, где недавно лежала убитая. Но в последний момент он все-таки сумел собраться и, горестно вздыхая, приступил к осмотру имущества. По тому, как бегло он скользнул глазами по увешанным картинами стенам и как уверенно открывал ящики комода и дверцы шкафов, Ольшанский понял, что Петр Васильевич хорошо ориентируется в обстановке и знает, где что должно лежать.

— Кажется, все на месте, — развел руками Анисковец. — Только одна картина пропала, маленькая такая, миниатюра, но я не думаю, что ее взяли воры.

— Почему же? — насторожился Ольшанский.

— Да она дешевенькая совсем, копейки стоит. Зачем бы ее стали красть, если рядом висят бесценные полотна.

— Может быть, дело в размере, — предположил следователь. — Маленькую картину легче унести.

— Нет, вы не правы, — возразил Петр Васильевич, — взгляните — здесь много миниатюр, отец Катерины, Венедикт Валерьевич, был к ним неравнодушен, всю жизнь собирал. И все они стоят очень дорого, очень, уж вы мне поверьте. Но пропала совсем ерундовая картинка, ее Катя купила у какого-то уличного мазилы просто шутки ради.

— Что на ней было изображено?

— Цветы и бабочки, стилизованные под Дали. Такой живописи сейчас полно в Москве. Мазня, одним словом. Я думаю, Катерина просто подарила ее кому-то. Не может быть, чтобы такую дешевку кто-то украл.

— Хорошо, Петр Васильевич, насчет картины мы выясним. А что с драгоценностями?

— Все целы. Это просто поразительно, знаете ли. У Катерины были великолепные фамильные украшения: бриллианты, изумруды, платина. Одна работа чего стоит! И ведь ничего не взяли.

Это было действительно очень странно. Почему же тогда ящики комода оказались выдвинутыми, вещи разбросаны по полу, шкафы открыты? Ведь явно же что-то искали. Но если не ценности, то что же тогда? И почему преступник не взял ценности? Их много, они все на виду, он наверняка их видел и даже трогал. Почему же не взял?

Нужно было немедленно найти еще кого-нибудь, кто смог бы осмотреть вещи Екатерины Венедиктовны. Не исключено, что ее бывший муж пропажу заметил, но по каким-то причинам это не обнародовал.

* * *

Пухлая, перехваченная аптечной резинкой записная книжка Екатерины Венедиктовны Анисковец, набитая множеством выпадающих листочков и визитных карточек, лежала на столе перед Анастасией Каменской. Задание следователя было предельно четким: найти среди знакомых убитой человека, который мог бы дать квалифицированную консультацию по поводу имевшихся у нее ценностей. Насколько кратко было сформулировано задание, настолько длительной и кропотливой была работа по его выполнению. На установление всех лиц, поименованных в этой записной книжке, требовалось много времени и терпения. Настя старательно составляла запросы и получала ответы: «Умер...», «Номер передан другому абоненту...», «Переехал...», «Умер...», «Умер...»

На третий день ей наконец повезло. Искусствовед, знаток живописи и коллекционер антиквариата Иван Елизарович Бышов пребывал в полном здравии и проявил прекрасную осведомленность как о картинах Анисковец, так и о ее украшениях. К тому моменту, когда Настя с ним связалась, он уже знал о трагической гибели своей старинной приятельницы и беспрестанно приговаривал:

— Боже мой, Боже мой, я был уверен, что она всех нас переживет! Здоровье отменное. Ах, Катерина, Катерина!

— Вы давно знакомы с Екатериной Венедиктовной? — спросила его Настя.

— Всю жизнь, — быстро ответил Бышов. — Наши отцы дружили, и мы с Катериной практически росли вместе. Мой отец и Венедикт Валерьевич были страстными коллекционерами. А мы с Катей пошли разными путями. Я, что называется, принял коллекцию отца и продолжил его дело, а Катя не имела вкуса к коллекционированию, ее это как-то не будоражило. Впрочем, женщины вообще не склонны... Она потихоньку продавала ценности и на эти деньги жила. Пенсию-то ей крошечную положило государство, музейные работники у нас не в чести были.

— А кто наследует ее имущество?

— Государство. Катерина все завещала нескольким музеям. У нее нет родственников, которым ей хотелось бы оставить все это.

— Неужели совсем нет родственников? — не поверила Настя.

— Нет, какие-то есть, конечно, — ответил Бышов дребезжащим голоском. — Но не такие, кому можно было бы оставить коллекцию. Пропьют, прогуляют.

Катя хоть и не имела вкуса к коллекционированию, но ценность того, что у нее было, понимала очень хорошо. Я имею в виду не только денежную стоимость, а ценность в высшем смысле слова. Для истории, для культуры. Она очень образованная была.

Родственники, обделенные наследством. Это уже интересно. Впрочем, нет, не очень. Если бы они имели отношение к убийству, они бы забрали ценности. Иначе само убийство теряет смысл. Может быть, им что-то помешало? Убить успели, а ценности собрать и вынести не смогли... Надо вцепляться мертвой хваткой в соседей. Ибо что в такой ситуации может помешать преступнику? Только появление на лестнице возле квартиры каких-то людей.

— Скажите, Иван Елизарович, как было составлено завещание? Я имею в виду, сделано ли описание каждой вещи, которая переходит к музею-наследнику после смерти Анисковец?

— Я понимаю ваш вопрос, — кивнул старик коллекционер. — Да, каждая вещь была описана с участием представителей музеев и нотариата. В завещании все четко прописано, кому что причитается. Несколько картин Катя в завещание не включила, она собиралась их продать и на эти деньги жить.

— И как? Продала?

— Конечно.

— Кому, не знаете?

— Как кому? Мне. Мне же и продала. Они до сих пор у меня.

— А если бы этих денег не хватило?

— Мы говорили с ней об этом, — кивнул Бышов. — Во-первых, картины, которые я у нее купил, стоили очень дорого. Вы, может быть, думаете, что я, пользуясь старой дружбой, скупил их у Кати по дешевке? Так нет! Я дал за них полную стоимость, вы можете это проверить. Этих денег ей должно было хватить на много лет. А во-вторых, если бы деньги закончились, она внесла бы изменение в завещание, исключила из наследственной массы что-нибудь и снова продала.

— Правильно ли я вас поняла, — подвела итог Настя, — что на момент составления завещания все ценности были осмотрены специалистами, подтвердившими их подлинность?

— Совершенно верно.

— И как давно это случилось?

— Лет пять назад или шесть.

— Иван Елизарович, а Екатерина Венедиктовна боялась, что ее могут ограбить?

— Вот уж нет! — решительно заявил Бышов. — Ни одной секундочки.

— А почему?

— Характер такой, наверное, — старик улыбнулся впервые за все время, что они разговаривали. — Катя вообще ничего никогда не боялась. Считала, что от судьбы все равно не уйдешь. И потом, я уже говорил вам, она не особенно дорожила коллекцией. Умом понимала ее ценность, а душой не чувствовала. Ведь не сама она ее собирала, свой труд и свои деньги в нее не вкладывала. Конечно, дверь у нее стояла бронированная, на это я ее все-таки сподвигнул. А бриллианты свои она и не носила, говорила, что они ей не к лицу.

Теперь по крайней мере становилось понятным, что делать дальше. Брать завещание Анисковец, вызывать экспертов-искусствоведов и сравнивать ценности, описанные в завещании, с ценностями, имеющимися в квартире. А заодно и повторно устанавливать их подлинность. Потому что вор, если он имел постоянный доступ в квартиру Екатерины Венедиктовны, мог ухитриться сделать копии некоторых вещей и картин и теперь просто подменить подлинники подделкой. Тогда становится хотя бы понятным, почему Петр Васильевич никаких пропаж не обнаружил.

И первым кандидатом в подозреваемые становился сам коллекционер Бышов. Человек, имеющий постоянный доступ в квартиру и хорошо знающий хранящиеся в ней ценности. Вторым подозреваемым автоматически становился бывший муж Анисковец, который тоже бывал у нее частенько и тоже хорошо знал каждую картину на стенах и каждое ювелирное изделие в шкатулках. Настя чувствовала, что третий, четвертый и даже двадцать пятый подозреваемые уже на подходе. Стоит копнуть чуть поглубже — и их окажется видимо-невидимо. Такие дела она не любила больше всего. Если окажется, что часть ценностей Екатерины Венедиктовны подменили, то версия о причинах убийства останется только одна, и нужно будет искать виновных среди огромной массы подозреваемых. Это было скучно.

А если окажется, что у нее действительно ничего не пропало, тогда нужно будет придумывать совершенно новую версию, и не одну. Вот это уже было гораздо интереснее.

* * *

Она никогда не удивлялась тому, что почти не нуждается в сне. Так было с самого детства. Ира была послушным ребенком и спокойно укладывалась в постель по первому слову матери, не капризничая, но это не означает, что она тут же засыпала. Она лежала тихонько, потом незаметно погружалась в сон, а около пяти утра глаза ее открывались. При этом Ира не чувствовала себя разбитой или невыспавшейся. Просто она была так устроена.

Когда случилось несчастье, ей было четырнадцать. До шестнадцати ее продержали в интернате, после чего она начала совершенно самостоятельную жизнь. Смысл этой жизни состоял в том, чтобы заработать как можно больше денег. Деньги были нужны на лекарства и продукты для двух сестер и брата. И для матери, которую Ира ненавидела.

Ее очень выручала законодательная неразбериха, пользуясь которой можно было работать в нескольких местах одновременно. В пять утра она вскакивала и бежала подметать тротуары или сгребать снег — в зависимости от сезона. В восемь мыла подъезд и лестницы в стоящей рядом шестнадцатиэтажке. В половине одиннадцатого мчалась на вещевой рынок разносить воду, горячую еду и сигареты торговцам. В пять, когда рынок закрывался, возвращалась домой, ходила в магазин, готовила еду, убирала квартиру, два раза в неделю ездила в больницу к младшим, раз в месяц — к матери. Вечером, с десяти до двенадцати, мыла полы и выполняла прочую грязную работу в расположенном поблизости ресторанчике. Она не спрашивала себя, сколько это может продлиться. На сколько сил хватит. Просто жила так, потому что другого выхода не было. Врачи сказали, что Наташе и Олечке помочь уже нельзя, а маленькому Павлику — можно, только для этого нужны очень большие деньги, потому что надо делать несколько операций, а они дорогие. О том, можно ли помочь матери, она даже и не задумывалась. Она рано поняла, что задумываться вредно. Несколько лет назад услышала по телевизору, что известный молодой киноактер тяжело болен и для его лечения нужны деньги. С экрана телевизора обращались к гражданам и спонсорам: помогите, дайте кто сколько может, расчетный счет такой-то... А актер умер. Ира всего один раз подумала о том, что если уж у киноактера и его друзей денег на лечение не хватило, то куда ей одной, нечего и пытаться собрать средства на лечение Павлика. Но этого единственного раза оказалось достаточно, чтобы она сказала себе раз и навсегда: «Нечего задумываться. Надо дело делать и двигаться вперед. Нельзя останавливаться, нельзя расхолаживаться, иначе никогда ничего не получится».

Ей было семнадцать, когда она вполне самостоятельно дошла до великой шекспировской фразы: «Так трусами нас делает раздумье, и так решимости природный цвет хиреет под налетом мысли бледной...»

Сейчас ей было двадцать. И она двигалась к своей цели, как автомат с бесконечным запасом прочности.

Встав с постели, когда еще не было пяти часов, Ира на цыпочках, чтобы не потревожить квартирантов, вышла на кухню поставить чайник. Когда-то в этой квартире жила ее большая семья: мать, отец, трое младших и она сама. Теперь Ира осталась одна и с прошлого года, преодолев сомнения и страхи, стала сдавать две комнаты, оставив себе третью, самую маленькую. Пока все, слава Богу, обходилось, хотя эксцессы, конечно, бывали. Но постоять за себя Ира Терехина умела, два года в интернате многому ее научили.

На кухне царила грязь — опять Шамиль приводил гостей и опять не убрал за собой. Конечно, Ира никакой работы не боялась и, сдавая квартиру, предупредила Шамиля: если будете сами за собой мыть и убирать, цена такая-то, а если мне за вами убирать придется — то выше. Жилец согласился платить больше, но ведь нельзя же такой свинарник разводить! Совесть какая-то должна быть у человека или нет? Впрочем, кавардак на кухне Ира видела почти каждый день и готова была честно отрабатывать повышенную плату за комнату. Только вот перед вторым жильцом неудобно — тихий скромный дядечка, приятный такой, не шумит, гостей почти никогда не приводит, а если и приводит, то они сидят тихонько у него в комнате, разговаривают. Он даже посуду у Иры не берет, привез свою и сам ее моет и убирает. Вообще он аккуратный, за ним и уборки-то никакой не нужно, хотя платит, как и Шамиль.

Хорошо, что Шамиль сегодня живет у нее последний день. Вечером уедет, говорит, что на родину, вроде в Москве все дела уже переделал. А следующий кандидат в жильцы уже тут как тут, его неделю назад Шамиль же и привел. Парень Ире не понравился, но это ничего не означало. Ей и Шамиль не нравился, и Муса, который жил до Шамиля. Однако ничего, жива осталась, и имущество цело, и квартиру не спалили. А деньги они платят хорошие и без обмана. Надо только к дяде Владику сбегать, на всякий случай, для общей безопасности.

Быстренько умывшись, Ира выпила чай с куском черного хлеба, намазанного дешевым бутербродным маргарином, натянула старые тренировочные штаны и майку с длинными рукавами и отправилась убирать улицу. Открыв дверь дворницкой кладовки, где хранились метлы, лопаты и скребки, она увидела, что ее метлы нет. Именно ее метлы, которую она любовно подбирала себе по росту и долго шлифовала черенок, придавая ему форму, удобную для ее маленьких рук.

— Вот суки, — злобно прошипела Ира. — Суки паршивые. Даже метлу сперли. Узнаю, кто это сделал, глаза выколю.

Конечно, это были происки Таньки-паразитки. В этом Ира нисколько не сомневалась. Ну ничего, она с ней еще разберется. Горючими слезами Танька умоется. И хахаль ее вместе с ней. Хотят дармовую квартиру получить, нанялись дворниками, а сами не убирают ни

14

черта. Приходят раз в три дня, полтора раза метлой махнут — и бегом домой. А участок так и стоит неубранный. Ира попросила, чтобы участок закрепили за ней и дали ей вторую ставку, она может и в четыре утра на работу выходить и успеет убраться на обоих участках. Все лучше, чем насильно посылать других дворников доделывать Танькину работу. Но если бы сделали так, как предлагала Ира, то Таньку-паразитку пришлось бы увольнять и с квартиры гнать. Все были с таким решением согласны, кроме, разумеется, самой Таньки. Ее хахаль подослал своих дружков — бугаев с наглыми мордами и резиновыми дубинками, и они быстро объяснили дворницкому начальству, что к чему и почему Таньку нельзя с квартиры гнать. Начальники Таньку оставили в покое, закрыв на все глаза, а Ире до ихних политесов дела нет, она каждый раз как встретит эту оторву, так обязательно ей в глаза говорит все, что думает о ней. Танька, тридцатилетняя деваха с испитой рожей, вся золотыми цепями обвешанная, тоже в долгу не остается. Воюют они, короче говоря. Вот метлу теперь сперла, сука...

Убрав улицу и вымыв лестницу в шестнадцатиэтажке, Ира прибежала домой принять душ и переодеться. Заодно и позвонить решила.

— Дядя Владик, это Ира, здравствуйте, — выпалила она на одном дыхании, словно взятый на рассвете темп работы распространялся и на разговоры.

— Привет, — отозвался Владислав Николаевич. — Как дела?

— Хорошо. Дядя Владик, мне нового жильца сватают.

— Русский?

— Нет. Дружок Шамиля.

— Понял. Сможешь сегодня подъехать? Я договорюсь с ребятами, они посмотрят.

— Ага, после пяти. Годится?

— Годится. Позвони между пятью и половиной шестого.

— Позвоню. Спасибо, дядя Владик.

— Пока не на чем, — усмехнулся в трубку Владислав Николаевич.

Александра Маринина

* * *

Ира Терехина когда-то была соседкой Стасова. В те еще времена, когда Стасов был женат на Маргарите и жил с ней и дочкой Лилей в Сокольниках. После развода он вернулся в свою однокомнатную квартиру в Черемушки. Несчастье в семье Терехиных произошло, когда они жили в одном доме, поэтому когда год назад ему вдруг позвонила Ира, Стасову не нужны были долгие объяснения. Он и без того все понимал.

В первый раз Ира позвонила, просто чтобы посоветоваться. Дескать, решила пускать жильцов, деньги очень нужны, но боязно. Стасов, милиционер, оперативник с двадцатилетним стажем, не советовал, отговаривал, пугал возможными неприятностями. Молоденькая девочка, девятнадцать лет, никого из родных рядом нет и защитить некому, если что не так. Но Ирка уперлась. Ей не нужен был совет «сдавать комнаты или не сдавать». Ей нужен был совет, как уберечься от этих самых неприятностей.

Уберечься от этих неприятностей, по мнению Стасова, было в принципе невозможно, но все же он дал ей несколько практических рекомендаций, выполнение которых могло бы снизить риск. Тогда же он предложил ей предварительно навести справки о будущих жильцах. На это Ира с готовностью согласилась и, как выяснилось, совершенно правильно сделала. Первый же из кандидатов в съемщики оказался преступником, находящимся в розыске. Стасов привез Иру на Петровку, показал ей кучу альбомов, фотографий и ориентировок, а через два дня разыскиваемого задержали, разумеется, постаравшись, чтобы этот факт ни в чьем сознании не соединялся с молоденькой дворничихой. На следующего кандидата Стасов после всех проверок дал «добро», на всякий случай еще раз предупредив, что вообще-то затея эта опасная, и взяв с Иры твердое обещание не пускать к себе жильцов, не поставив в известность Стасова.

Теперь Владислав в милиции уже не работал, получил лицензию частного детектива и возглавлял службу безопасности киноконцерна «Сириус», но друзья на Петровке и в Министерстве внутренних дел у него остались, и друзья эти охотно помогали проверять жильцов Иры Терехиной. Лучше подстраховаться заранее, чем потом получить труп квартирной хозяйки.

* * *

Знакомых и приятельниц у Екатерины Венедиктовны Анисковец было немало, но, что хуже всего, у всех них были дети и внуки, которые вполне могли услышать о ценностях, хранящихся в квартире одинокой пожилой дамы без особых предосторожностей. Юрий Коротков вместе со следователем Ольшанским взял на себя организацию экспертизы картин и ювелирных изделий на предмет выявления подделок, а Насте Каменской, как самой малоподвижной, достались опросы людей, знавших потерпевшую.

Из этих опросов вырисовывался портрет семидесятичетырехлетней женщины, прожившей яркую жизнь. Нельзя сказать, чтобы жизнь эта была уж очень веселой. Жених девятнадцатилетней Кати ушел на войну в сорок первом и в сорок третьем погиб. Первый ее муж, врач-ортопед по фамилии Швайштейн, был арестован по делу врачей-вредителей и умер в камере, не выдержав зверского обращения вертухаев. Второй муж погиб в автокатастрофе. С третьим, как известно, ей пришлось развестись по причине страстной любви оного к юной прелестнице. Детей у Екатерины Венедиктовны действительно не было, тут соседка-беженка не ошиблась. Что-то там заковыристое было со здоровьем по женской линии.

Иная женщина, трагически потерявшая жениха и двух мужей и неизвестно за какие грехи наказанная бездетностью, могла бы считать свою судьбу несчастной, а жизнь — неудавшейся. Но только не Екатерина Венедиктовна. Более жизнерадостного, веселого и дружелюбного человека трудно было себе даже представить. В кругу ее общения постоянно на протяжении всей жизни находились писатели и поэты, художники и артисты, она бывала на всех театральных премьерах, вернисажах и поэтических вечерах, а в последние годы не пропускала ни одного мероприятия, которое устраивал Клуб ветеранов сцены. Хотя она никогда не была сценическим работником, многие старые актеры, режиссеры и театральные художники считали ее «своей», потому что именно ее когда-то приглашали на генеральные репетиции и именно она всегда сидела на премьерах в первом ряду, ободряюще улыбаясь и сжимая в руках огромные букеты цветов, которые щедро дарила им, когда опускался занавес. В промежутках между законными браками у Екатерины Венедиктовны случилось несколько громких романов с людьми, чье имя было в то время на слуху. Заканчивались эти романы по-разному, в одних случаях бросали ее, в других — она сама уходила первой, в третьих — любовники расставались по обоюдному согласию под давлением обстоятельств, но ничто не могло стереть улыбку с ее лица и приглушить ее заливистый смех. И даже когда у нее на улице вырвали сумочку с только что полученными в сберкассе деньгами, снятыми с книжки на покупку нового телевизора, она, прибежав домой, кинулась звонить своей подруге и от хохота долго не могла вымолвить ни слова.

— Ты представляешь, — наконец выговорила она, давясь смехом, — меня ограбили. Ну анекдот!

Подруга решила, что Екатерина плачет и у нее форменная истерика. Никак иначе раздававшиеся в трубке звуки она расценить не могла и тут же кинулась утешать несчастную. И только через несколько минут сообразила, что та не плачет, а смеется.

— Неужели тебе весело? — изумилась подруга.

— А что мне теперь, рыдать, что ли? — ответила ей Екатерина Венедиктовна. — Ты же знаешь мой принцип: если можно что-то сделать — надо делать, если сделать ничего нельзя — надо принять все как есть. Но уж, во всяком случае, не плакать. И потом, я тебе много раз говорила, меня ангел хранит. Если у меня украли деньги на новый телевизор, значит, мне вообще нельзя его покупать. Наверное, мне суждено было купить такой телевизор, который взорвался бы и загорелся. Так лучше пусть у меня не будет этих денег, чем сгорит вся квартира и я вместе с ней.

И точно так же она веселилась, когда третий муж,

Петр Васильевич Анисковец, заявил ей о своем желании развестись. И точно так же хохотала, когда спустя несколько месяцев после развода он снова возник на пороге ее квартиры.

— Ну что, котяра престарелый, нагулялся? — ласково спрашивала она, потчуя его своим фирменным супом с грибами и изумительным пловом с изюмом и курагой. — Стоила игра свеч?

Нельзя сказать, что Екатерина Венедиктовна исступленно следила за собой и не вылезала из косметических и оздоровительных салонов. Но выглядеть она всегда старалась так, чтобы смотреть на нее было приятно. Идеально уложенные седые волосы, легкий макияж — тушь на ресницах, благородного цвета помада на губах, немного темно-телесных румян на скулах. Ухоженные руки и обязательный маникюр. Ей удалось не растолстеть с возрастом, и она с удовольствием носила брючные костюмы с блузками своего любимого кремового цвета. Часто ходила в гости к приятельницам и никогда не отказывалась от приглашений на юбилейные банкеты, а их в последнее время поступало много: кому семьдесят исполнялось, кому семьдесят пять, а у иных и золотые свадьбы случались. Не говоря уж о чествованиях по случаю пятидесятилетия творческой деятельности.

— У меня наступил самый лучший возраст, — часто повторяла Анисковец. — Все мои друзья вступают в такую благодатную пору, когда кругом сплошные праздники. Только успевай цветы и подарки покупать!

Да, друзей и знакомых у Екатерины Венедиктовны было много, но трудно было даже представить себе, могли ли у нее быть враги. Потому что если убили ее не из-за картин и бриллиантов, то для этого должна быть какая-то личная причина. Какой-то конфликт, вполне вероятно, очень давний.

Сегодня перед Настей Каменской сидела одна из самых близких подруг покойной Анисковец и подробно отвечала на все вопросы. Сама Настя во время таких бесед отдыхала душой: пожилые люди частенько страдают от недостатка внимания и общения и рассказывают обычно весьма охотно, даже если сам повод для таких бесед достаточно трагичен — смерть близкого человека. Из них ничего не надо тянуть клещами, наоборот, их порой бывает трудно остановить. Но останавливать их Насте и в голову не приходило. В голове у собеседника возникают ассоциативные связи, следуя которым они вспоминают и начинают рассказывать о событиях, не имеющих на первый взгляд никакого отношения к убийству, и внезапно может всплыть такая деталь, о которой и в голову не придет специально спрашивать. «Самое главное — вывести человека на неконтролируемые просторы свободного рассказа, — учил когда-то Настю отчим, всю жизнь проработавший в уголовном розыске, — и спокойно ждать, когда он сам проговорится и расскажет то, что важно для дела. Ты слушаешь его не перебивая, сочувственно и заинтересованно киваешь и тем самым создаешь у него иллюзию свободного полета, и эта иллюзорная свобода его опьяняет настолько, что он перестает следить за речью».

Марта Генриховна Шульц и была той самой подругой, звонить которой кинулась после ограбления Екатерина Венедиктовна, заходясь от хохота.

— Марта Генриховна, скажите, какие отношения были у вашей подруги с Иваном Елизаровичем Бышовым?

— Самые хорошие. Они знают друг друга с детства. Ванечка даже какое-то время ухаживал за мной, правда, это было очень давно, мне тогда еще пятидесяти не было. Он, знаете ли, рано овдовел и подыскивал себе новую подругу жизни.

— А вы? Не ответили на его ухаживания?

— Ну почему же, — кокетливо улыбнулась Шульц. — Ванечка был очарователен. Но дело в том, что я не была свободна. Даже если бы я в тот момент увлеклась, на развод я бы все равно не пошла.

— Почему? У вас были маленькие дети?

— Да Господь с вами, какие же маленькие дети могут быть в сорок семь лет! Нет, дети были уже большими. Но Ванечка — русский. А мы — немцы. Родители с самого детства приучили меня к мысли, что мы не должны ассимилироваться, вступая в браки не с немцами. Мой покойный муж тоже немец.

— А что же Екатерина Венедиктовна? За ней Бышов не пытался ухаживать?

— О, что вы, голубушка, они этот этап прошли лет в пятнадцать-шестнадцать. Эдакая детская влюбленность. Потом у Катеньки появился жених, она встречалась с ним года полтора или два, пока война не началась.

— И как потом складывались отношения Екатерины Венедиктовны и Бышова?

— Очень ровно. Они дружили домами. Ивану нравилась коллекция картин, которую собрал Катин отец, и он постоянно говорил, что купит их все, если только Катенька соберется продавать.

— Марта Генриховна, насколько мне известно, ваша подруга завещала почти все свои картины музеям, за исключением нескольких, которые она и продала Бышову. Это так?

— Да, это правильно. Она так и сделала.

— А почему она не продала Ивану Елизаровичу все картины, если он так этого хотел? Ведь они дружили всю жизнь. Почему же она не пошла ему навстречу?

— Катя хотела дожить свой век в окружении этих картин. Она видела их рядом с собой всю жизнь и не хотела расставаться с ними до срока. И сначала она действительно предложила Ивану завещать картины в его пользу. Но он проявил в этой ситуации редкостное благородство. Не хочу, говорит, чтобы ты думала, будто я с нетерпением жду твоей смерти. Не хочу быть твоим наследником. И тем более не хочу получить эти картины даром. Тогда они и договорились, что Катя продаст ему несколько картин, чтобы на жизнь хватило, а остальное завещает музеям.

— Почему все-таки завещание было составлено только в пользу музеев? Неужели у Екатерины Венедиктовны не было никаких родственников?

— Да есть у нее родственники, но им картины не нужны. Родня такая дальняя, что они и связей не поддерживают.

Это было похоже на правду. Екатерина Венедиктовна бережно хранила получаемые ею письма, поздравительные открытки и телеграммы за много лет, и среди них не было ни слова от родственников. И Бышов, и Петр Васильевич Анисковец в один голос утверждали, что где-то какие-то родственники есть по линии отца, но очень дальние, не то в Мурманске, не то в Магадане, но у Екатерины они не появлялись. Так что не было никаких оснований подозревать их в корыстном интересе к коллекции академика Смагорина.

— Скажите, если бы эти родственники вдруг объявились, Екатерина Венедиктовна сказала бы вам об этом? — спросила Настя Марту Генриховну.

— Уверена, что сказала бы, — твердо ответила Шульц. — Какой смысл ей скрывать это от меня? Наверняка сказала бы.

— А вообще у нее могли быть от вас тайны?

— О, голубушка, — вздохнула Шульц, — надо было знать Катю. Она была веселая и открытая, но отнюдь не болтушка. Отнюдь. Если Катя хотела что-то скрыть, ни одна живая душа об этом не узнала бы, смею вас заверить. Она умела молчать и держать язык за зубами как никто. Ее за это очень ценили. С ней можно было поделиться любым секретом и быть в полной уверенности, что дальше ее это не пойдет. Катя ни разу в жизни никого не подвела. Или, как теперь принято говорить, не заложила. Кто знает, сколько альковных тайн она унесла с собой в могилу...

Марта Генриховна всхлипнула и приложила платочек к глазам. Впервые за весь такой долгий разговор она позволила себе показать слабость, и Настя в который уже раз за последние дни подумала, что многие молодые напрасно недооценивают стариков. Они намного умнее, чем принято думать в среде тех, кому еще нет сорока, намного хитрее и сильнее духом. А что касается унесенных в могилу альковных тайн, то это уже интересно. Не в этом ли коренится причина ее трагической и жестокой смерти?

Настя взглянула на часы — половина седьмого. Бедная Марта Генриховна сидит здесь уже больше четырех часов. Ну можно ли так терзать немолодую и не очень-то здоровую женщину?

22

— Спасибо вам, Марта Генриховна, с вашей помощью я теперь гораздо лучше представляю себе вашу подругу, — тепло сказала Настя. — Могу я предложить вам чай или кофе?

— С удовольствием, — оживилась Шульц. — И я буду вам очень признательна, если вы покажете мне, где тут у вас дамская комната.

Настя виновато улыбнулась. В самом деле, свинство с ее стороны так обращаться со свидетелем. Надо было раньше об этом подумать, не дожидаясь, пока терпение у нее лопнет. Шульц вышла в туалет, и тут же на столе у Насти звякнул аппарат внутреннего телефона.

— Настасья Павловна, занята? — послышался голос Стасова.

— Свободна. А ты где-то здесь?

— Угу, брожу по коридорам. Можно к тебе на полминуты?

— Валяй. Только без глупостей, у меня свидетель.

— Обижаешь, — фыркнул Стасов. — Любовь не может быть глупа. Она может быть неудобна. Все, бегу.

Вероятно, он действительно бежал, а может быть, звонил из соседнего кабинета, во всяком случае, появился он буквально через несколько секунд. Вместе с ним в кабинет вошла худенькая невысокая девушка с изможденным лицом, покрытым прыщами. Рядом с ней двухметровый зеленоглазый красавец Стасов казался еще выше, еще плечистее и еще красивее.

— Не мог пройти мимо и не сказать тебе о своих пылких чувствах, — со смехом заявил Владислав прямо с порога. — Знакомься, это Ирочка, моя бывшая соседка и нынешняя подопечная. Я тебе рассказывал о ней.

— Да-да, я помню, — кивнула Настя. — Очень приятно.

Девушка буркнула в ответ что-то невразумительное и даже не улыбнулась.

— Мы выясняли личность некоего Ильяса, — продолжал Стасов как ни в чем не бывало. — Он собирается снять у Иры комнату.

— И как? Он оказался бандитом и убийцей, находящимся в розыске? — пошутила Настя.

— Слава Богу, нет. Его привел нынешний жилец, о

котором мы уже все знаем, поэтому установить личность Ильяса было несложно. Обормот, конечно, челнок турецко-египетско-итальянской направленности, но пока чистый. Ни от кого не прячется, руки не замараны, ну если только по мелочи.

Вернувшаяся в этот момент Марта Генриховна с любопытством оглядела странную парочку. Удобно усевшийся было на стул Стасов моментально вскочил при появлении пожилой женщины, чем вызвал ее благосклонную улыбку, а Ира вообще никак не отреагировала на ее появление и даже не кивнула в ответ на вежливое «Добрый вечер», произнесенное светским тоном.

— Кому чай, кому кофе? — гостеприимно предложила Настя, выключая кипятильник и доставая из стола чашки, кофе, чай и сахар. — Вам, Марта Генриховна?

— Чаю, пожалуйста.

— И мне чайку, — подал голос Стасов. — А тебе, Ириша?

— Мне не надо, — буркнула девушка.

Владислав выпил свой чай в три больших глотка и решительно поднялся.

— Ну все, Настасья Павловна, мы побежим. Спасибо тебе за чай, рад был тебя повидать. Не пропадай, звони.

— И ты не пропадай, — улыбнулась в ответ Настя.

Марта Генриховна задумчиво посмотрела вслед Стасову и его спутнице.

— Какая странная девушка, — сказала она, когда дверь за ними закрылась.

— Почему странная?

— Совершенно невоспитанная. И взгляд у нее какой-то дикий. Затравленный. Это у вас называется «трудный подросток», так, кажется?

Можно было бы просто молча кивнуть и не развивать тему. Но Настя была признательна Марте Генриховне за обстоятельный и довольно откровенный рассказ об убитой Анисковец, и ей хотелось сделать своей собеседнице что-нибудь приятное, тем более что беседовать с ней, видимо, придется еще не раз. А что может быть приятнее в этой ситуации, чем рассказ, слегка напоминающий сплетню, который Марта потом сможет пересказывать своим знакомым, ссылаясь на то, что «это ей прямо на Петровке рассказали под большим секретом». У пожилых людей главная радость — поговорить, а главная удача — новая пища для разговоров.

— Что вы, Марта Генриховна, Ира уже давно не подросток, ей двадцать лет. Просто она выглядит так, потому что жизнь у нее трудная. А насчет того, что она невоспитанная и дикая, вы отчасти правы, но вряд ли надо ее за это судить. Я вам расскажу, если хотите. Страшная трагедия.

Разумеется, Шульц хотела. И еще как!

— Может быть, вы помните, как шесть лет назад почти во всех газетах прошло сообщение о чудовищном случае. Женщина выбросила из окна с девятого этажа троих детей и выбросилась следом за ними, а старшая дочь успела убежать и спрятаться у соседей.

— Да-да, — оживленно кивнула Марта Генриховна, — я читала.

— Так вот Ира и есть та самая старшая дочь.

— Да что вы говорите! — всплеснула руками Шульц. — Какой ужас!

— Я вам расскажу то, чего вы, может быть, не знаете, — таинственным голосом продолжила Настя. — Они все остались живы, две девочки, мальчик и мать. Но, конечно, все стали глубокими инвалидами. Отец на следующий день после случившегося умер от инфаркта. Не смог вынести. И Ира осталась в четырнадцать лет совсем одна. Понимаете? Совсем одна. И ей приходится очень много и тяжело работать, чтобы содержать и себя, и четырех инвалидов. Правда, они с ней не живут, дети в больнице, мать в доме инвалидов, но ведь им нужны лекарства, продукты, одежда. Так что, я полагаю, мы с вами можем закрыть глаза на то, что Ира забывает сказать «спасибо» и «пожалуйста» и вообще ведет себя невежливо.

— Бедная девочка, — вздохнула Шульц. — Какая страшная судьба, Боже мой, какая судьба.

Народная мудрость говорит, что терпеливых Бог любит. А еще говорят: тому, кто умеет ждать, достается все. Насте Каменской совсем не нужно было это ритуальное чаепитие с семидесятилетней чрезмерно разговорчивой свидетельницей. У нее была масса текущей работы, ей нужно было сделать несколько срочных телефонных звонков, но она считала необходимым проявить терпение, чтобы сохранить у Марты Шульц хорошее впечатление о работниках уголовного розыска. И была за это вознаграждена сторицей. Потому что Марта Генриховна, о чем-то поразмышляв, внезапно произнесла:

— А вы знаете, мне кажется, Катя знала маму этой девочки.

— Почему вы так решили?

— Я теперь вспомнила, об этом ужасном случае действительно было написано почти во всех газетах, да и по телевизору рассказывали. Катя газеты не выписывала и не читала их, но, как-то придя ко мне в гости, увидела случайно заметку и сказала: «Несчастная. Я знала, что добром это не кончится».

— Что еще она сказала? — спросила Настя, чувствуя, как вмиг пересохли губы.

— Больше ничего. Вероятно, это была одна из тех альковных тайн, которые было невозможно вытянуть из Кати.

Проводив Марту Генриховну вниз, Настя стала подниматься к себе на пятый этаж. Неисповедимы пути твои, сыщицкая удача! А если бы Стасов не зашел к ней? А если бы ушел сразу же и не встретился с Мартой Шульц? А если бы Ира Терехина оказалась нормальной воспитанной девушкой и Марте не пришло бы в голову ее обсуждать? Удача балансировала на тонком шесте, каждую секунду грозя свалиться в пропасть и разбиться, но все-таки удержала равновесие и благополучно добралась до места назначения.

Глава 2

Мать смотрела на Иру ясными светлыми глазами и безмятежно улыбалась. При падении с девятого этажа она сломала позвоночник и потеряла способность самостоятельно передвигаться. Но еще хуже было то, что вследствие травмы черепа она потеряла память. То, что она знала на сегодняшний день, было рассказано ей врачами, дочерью и обитателями дома инвалидов. На восстановление памяти надежды не было никакой. То есть на самом деле надежда эта была, но нужен был высокооплачиваемый специалист, который провел бы с Галиной длительный курс занятий по специальной методике. Денег на это у Иры не было, каждая заработанная копейка, которую удавалось сэкономить, откладывалась на лечение брата Павлика.

— Почему ты не занимаешься своим лицом? — спросила мать, придирчиво оглядывая Иру. — Эти безобразные прыщи тебя портят.

— Твоего совета не спросила, — грубо ответила Ира. — Ты бы лучше поинтересовалась, как твои дети себя чувствуют.

— Как они себя чувствуют? — послушно повторила Галина. — Ты у них была?

— Была. Вчера ездила. Плохо они себя чувствуют. Тебе спасибо, постаралась.

— Зачем ты так говоришь, доченька? — жалобно проскулила Галина. — Какая ты жестокая.

— Зато ты очень добрая. Устроила мне счастье на всю оставшуюся жизнь. Ну можешь ты мне объяснить, зачем ты это сделала? Почему, мама, почему?

Из ясных глаз Галины Терехиной потекли слезы. Она ничего не помнила. Ей сказали, что она выбросила из окна своих детей — одиннадцатилетнюю Наташу, семилетнюю Оленьку и полугодовалого Павлика. Но она этого не помнила. И почему она это сделала, Галина не знала.

Еще ей сказали, что у нее был муж, который не выдержал этого ужаса и умер от разрыва сердца. Мужа она тоже не помнила, но понимала, что раз у нее было четверо детей, то, наверное, и муж был.

— Ты всегда меня упрекаешь, — всхлипнула она. — А я ни в чем не виновата.

— А кто же тогда виноват? Кто? Ну скажи мне, кто виноват? Кто заставил тебя это сделать?

— Я не знаю, я не помню, — прошептала Терехина. — Не мучай меня.

— Это ты меня мучаешь! — внезапно заорала Ира. — Это ты превратила мою жизнь черт знает во что! Я уж не говорю о жизнях твоих детей, которые уже шесть лет лежат в больнице. Я не могу их забрать домой, потому что не могу обеспечить им уход. И я вынуждена колотиться семь дней в неделю с утра до вечера, а в итоге покупаю тебе какое-то дурацкое лекарство, вместо того чтобы купить Павлику лишний килограмм клубники или новую майку для Наташи. Господи, когда же это кончится!

Она обессиленно опустилась на пол рядом с кроватью, на которой лежала мать, и зарыдала. Галина осторожно вытянула руку и легко погладила Иру по голове. Та дернулась, словно ее током ударило.

— Не смей ко мне прикасаться! Мне не нужна твоя жалость! Лучше бы ты детей пожалела шесть лет назад. Ты же четыре жизни изуродовала, а отца просто убила!

— Лучше бы я умерла тогда, — обреченно произнесла Галина.

Ира поднялась, вытерла слезы рукой, взяла свою сумку и подошла к двери.

— Это точно, — сказала она, не глядя на мать. — Лучше бы ты умерла.

* * *

Вернувшись домой в первом часу ночи, Ира Терехина тихонько зашла на кухню, чтобы что-нибудь съесть. После поездки к матери и до вечерней работы в ресторане она успела убрать в квартире, и теперь кухня сияла чистотой. Шамиль съехал, а новый жилец, Ильяс, появится только через два дня. Георгий Сергеевич, второй съемщик, беспорядка после себя не оставлял, и Ира могла быть уверена, что в ближайшие два дня дома будет царить чистота.

Георгий Сергеевич ей нравился, и она мечтала о том, чтобы все жильцы у нее были такие же, как он. Тихий интеллигентный мужчина лет пятидесяти, съехавший от жены после развода в ожидании решения квартирного вопроса, он относился к своей хозяйке по-доброму и даже старался помочь, чем мог, видя, как она беспрерывно мотается с одной работы на другую.

— Ирочка, я собираюсь нести вещи в химчистку. Что-нибудь ваше захватить? — спрашивал он.

— Ирочка, у меня завтра запланирован большой поход за продуктами. Вам что-нибудь нужно?

Если Ира приходила с работы, а он еще не спал, Георгий Сергеевич сочувственно говорил:

— Садитесь, Ирочка, я вам чайку налью, а вы отдыхайте.

Но вообще-то бывало это нечасто. Георгий Сергеевич рано вставал и уходил на работу, а потому и вечерами не засиживался допоздна. Но сегодня была пятница, завтра ему на работу не идти, и, когда Ира пришла домой, он еще не спал. Услышав ее осторожные шаги, жилец вышел на кухню.

— Что, Ирочка, остались мы с вами вдвоем? Пополнения не ожидается?

— Через два дня, — ответила она, отрезая себе кусок хлеба и доставая из холодильника дешевый маргарин.

— И кто на этот раз?

— А, — она небрежно махнула рукой, — такой же, как Шамиль.

— И как вы не боитесь, — покачал головой Георгий Сергеевич. — Такая публика сомнительная, и приводят сюда Бог знает кого. Даже я боюсь, а уж вы-то...

Ира твердо помнила наказ Стасова и его друзей из милиции про проверки никому не рассказывать, потому и не стала успокаивать боязливого жильца.

— Да ладно, чего там, не убьют. Конечно, мне бы лучше найти второго такого, как вы, да где ж такого взять. Расскажите лучше, какое кино сегодня по телеку смотрели.

— Хотите сыру? — предложил жилец. — Я купил сегодня чудесный сыр. И колбаса есть хорошая. Давайте я вам отрежу, а то вы все время хлеб с маргарином жуете, это же так вредно.

Конечно, вредно. У нее и прыщи с лица не сходят, потому что все время ест хлеб с этим дурацким маргарином, напичканным химией и всякой прочей гадостью. Но зато дешево. А она должна экономить. Однако побираться у жалостливого жильца она не будет ни за что на свете. Лучше умереть.

— Я в ресторане поела, официанты подкинули, — выдала она дежурную отговорку. — Сейчас просто так пожую, для порядка, и спать пойду. А вы чего не ложитесь?

— Не спится. С бывшей женой разговаривал, расстроился, все не успокоюсь никак.

— Скандалила? — догадалась Ира. — Ух, сука! Я бы ее своими руками придушила. Такого хорошего человека обижает. И как не стыдно, ей-Богу!

— Не надо так, — мягко остановил ее жилец. — Она хорошая женщина. Просто характер тяжелый. Кстати, Ирочка, я совсем забыл вам передать, вам звонил какой-то мужчина, ваш бывший сосед.

— И чего сказал? — насторожилась Ира.

— Просил, чтобы вы ему позвонили.

— Угу, — буркнула она, откусывая бутерброд. — Ладно.

Дядя Владик. Конечно, в ее возрасте смешно называть кого-то дядей или тетей, пора уже переходить на имена-отчества, но Стасов всегда был для нее дядей Владиком. Когда он переехал в их дом, Ире и десяти лет не было еще. Дочка у него совершенно замечательная растет. А жена, тетя Рита, — сука. Мало того, что развелась с таким мужиком, так еще и водит к себе какого-то мерзкого типа. Для Иры Терехиной все женщины, не умеющие ценить хороших мужиков, были суками. И тетя Рита сука. И бывшая жена Георгия Сергеевича — тоже. Господи, достался бы ей такой непьющий приличный человек, как нынешний жилец, она бы ноги ему мыла и воду пила, каждый день Бога благодарила бы. А о таком, как дядя Владик, и мечтать нечего. Красавец, и служба достойная, и добрый, и тоже, между прочим, не употребляет. Ну если только чуть-чуть, по случаю. И чего этим бабам надо? Горя они настоящего не нюхали, нужды не знали, вот и кочевряжатся, принцесс из себя изображают, нос воротят. Ну уж такой-то, как Георгий Сергеевич, чем может быть плох? Денег мало зарабатывает? Так зато честные эти деньги, и ночами можно спать спокойно, тюрьмы и пули не бояться. А если тебе мало, пойди и сама заработай. Вставай в пять утра и иди улицу мести, а вечером полы мой и посуду в ресторане, как сама Ира. А то все хотят заморского принца с яхтой и замком в Шотландии. Чтобы пальчиком не пошевелить, а получить все и сразу. Суки. Одно слово — суки.

Улегшись в постель, Ира блаженно вытянулась и закрыла глаза. Сон придет не сразу, она это знала, и можно немножко помечтать в тишине. О том, что в один прекрасный день найдется человек, который пожалеет Павлика и даст денег на операции. Больше ей ничего не нужно, на то, чтобы содержать сестер и себя, она как-нибудь заработает. И на мать хватит. Как ни ненавидела ее Ира, но ведь мать все-таки. Не откажешься от нее, не бросишь на произвол судьбы. Хоть бы умерла она, что ли... Так нет ведь. Еще их всех переживет. А когда с Павликом будет все в порядке, она еще подсоберет деньжат и поставит памятник на могиле отца. Конечно, она за могилой ухаживает, ездит часто, цветы приносит. Добрые люди оградку поставили, а памятник — дорого. Это уж ей самой придется потянуть. Если все пойдет без сбоев, как сейчас идет, на Павлика она деньги соберет лет через пять-шесть. Еще годик — и памятник можно будет осилить. Потом надо будет ремонтом заняться. Чужие люди квартиру не берегут, не свое ведь. Ира, конечно, старается, отрывающиеся обои подклеивает, пятна на потолке подмазывает, а краны ей Володька-слесарь из родного ДЭЗ бесплатно чинит, жалеет ее. Но все равно через пять лет квартира придет в полную негодность. На это тоже деньги нужны, и много. Ничего, она справится.

В мечтах Иры Терехиной не было прекрасных принцев, которые влюбятся в нее с первого взгляда и увезут в далекие страны на все готовое. Помыслы ее были прямыми и простыми: как заработать честные деньги и на что их потратить. Она никогда не задумывалась над тем, хватит ли у нее сил и здоровья на осуществление своих планов и что будет потом, когда для Павлика будет сделано все, что можно, на могиле отца будет стоять памятник, а квартира будет отремонтирована. Будет ли у нее своя семья, муж, дети? Нужна ли она будет кому-нибудь, изможденная непосильной работой, рано состарившаяся, необразованная, нищая?

Таких мыслей у нее в голове не было.

* * *

Эксперты, искусствоведы, ювелиры и сотрудники музеев вынесли свой вердикт через несколько дней: среди картин и украшений, находящихся в квартире убитой Анисковец, нет ни одной подделки. Все предметы подлинные. Все описанное в завещании — на месте. Ничего не пропало и не подменено. Даже миниатюра с дурацкими бабочками-цветочками нашлась. Екатерина Венедиктовна действительно незадолго до гибели подарила ее на день рождения внучке одной из своих приятельниц.

Если держаться за версию убийства из корыстных побуждений, оставалось одно: преступнику кто-то помешал, поэтому он ничего не взял. Но версия эта никакой критики не выдерживала. Ведь хватило же у него времени рыться в шкафах и ящиках комода, а футляры с драгоценностями как раз там и лежали. Почему же он их не взял?

Кражи коллекционных вещей редко совершаются спонтанно, «на дурачка». Опытный преступник сначала подготовит себе канал быстрого сбыта, найдет перекупщиков, которые сумеют сплавить картины и украшения. Как правило, на картины всегда есть предварительный заказ, и в таких случаях вор берет не все, а только то, что заказано и гарантированно уйдет с рук. Потому что иначе куда все это девать? На стенку вешать, что ли? До первого визита участкового... И ювелирку музейного класса тоже в скупку не снесешь, там не дураки сидят, из милиции уже звоночек получили.

Если все-таки целью преступления была коллекция академика Смагорина или его фамильные украшения, то следовало на всякий случай проверить каналы сбыта. А вдруг да засветился где-нибудь убийца, протаптывая заранее тропиночку к покупателям?

Эта линия осталась за майором Коротковым. Симпатичный черноглазый оперативник Миша Доценко вплотную занялся жильцами дома, где жила Анисковец, в попытках установить, не видели ли они, кто в последнее время, а лучше — прямо в день убийства приходил к погибшей.

А Насте Каменской по-прежнему не давал покоя вопрос: что могло связывать потомственную аристократку Екатерину Венедиктовну Смагорину-Анисковец с домохозяйкой Галиной Терехиной, некогда в припадке безумия искалечившей своих детей и себя саму? На самом деле связывать их могло все что угодно, но совершенно непонятно, почему об этом знакомстве не знал никто из окружения Анисковец. Почему нужно было его скрывать? Потому что за ним стояла чья-то, как выразилась Марта Шульц, альковная тайна?

Да, по-видимому, Екатерина Венедиктовна действительно умела хранить чужие секреты. По крайней мере этот секрет она сохранила так тщательно, что не было никакой возможности подобраться к нему и взглянуть хотя бы одним глазком...

* * *

Все в лаборатории было стерильно белым и сверкающим. Он любил здесь работать, и вообще, была бы его воля, проводил бы здесь большую часть времени. В этой лаборатории была его жизнь, вернее, дело всей его жизни. Именно здесь, среди этой стерильной белизны, рождались идеи, приходили разочарования, ставились эксперименты. Здесь надежда на удачу возносила его к вершинам, а неудачи ввергали в пропасть уныния и депрессии. Он столько лет отдал служению своей науке, что уже не мыслил дальнейшего существования вне стен лаборатории.

Через несколько минут должна прийти Вера. У нее пока все протекает нормально, без видимых непосвященному глазу отклонений. Но он-то видит, он знает, что с ней происходит сейчас и будет происходить в будущем. В своих экспериментах он продвинулся за последние годы так далеко, что теперь может почти безошибочно прогнозировать последствия. Прошли те

Александра Маринина

времена, когда он с нетерпением и напряжением ждал результата, совершенно не представляя себе, каким он будет, этот результат, и надеясь только на то, что он вообще будет. Хоть какой-нибудь. Жаль, конечно, что самый мощный его эксперимент был внезапно прерван по не зависящим от него причинам. Уж больно донор был хорош...

Вера пришла, как обычно, с опозданием почти на полчаса. Это было в ней неискоренимо, она была твердо убеждена, что настоящая женщина должна обязательно опаздывать, особенно если идет на встречу с любимым мужчиной. Правда, на работу она тоже вовремя приходить не трудилась.

— Привет! — радостно улыбнулась она, впорхнув в его кабинет, расположенный рядом с лабораторией. — Почему грустный вид?

— По тебе скучал, — скупо улыбнулся он. — Вот ты пришла — и я сразу же развеселюсь.

— Да уж сделай одолжение, — кокетливо промурлыкала Вера. — Терпеть не могу, когда ты хмуришься.

— Как ты себя чувствуешь?

Он мог бы и не спрашивать. Если женщина с шестимесячной беременностью сияет всем своим свежим личиком и носит сногсшибательные наряды, она не может чувствовать себя плохо.

— Прекрасно! Правда, вчера вечером мне стало немножко нехорошо, и я так испугалась. Если бы у меня был твой домашний телефон, я бы тебе обязательно позвонила, честное слово! Так страшно было! Но все быстро прошло.

— А что именно тебя напугало? — заботливо спросил он. — Тошнота, головокружение? Может быть, боли?

— Нет, ничего не болело. Просто... Ну не знаю. Нехорошо. И страшно. Может быть, ты все-таки дашь мне свой домашний телефон, а? А то мало ли что, а ты врач, к кому мне еще бежать в первую очередь, если не к тебе.

— Верочка, милая, — терпеливо сказал он, — я ведь уже объяснял тебе...

— Ну да, конечно, жена ревнивая и все такое. Слышала. У меня муж, между прочим, тоже не ангел и не дурачок, но когда речь идет о ребенке, тем более о нашем с тобой ребенке, можно же чем-то поступиться. Ты не находишь?

— Нет, дорогая моя, не нахожу, — ответил он более жестко. — У меня маленькие дети, ты прекрасно знала об этом. Я не могу рисковать.

— Но и у нас с тобой будет маленький ребенок. Чем твои дети лучше нашего ребенка?

— Они не лучше, — ответил он уже мягче. — Но если моя жена узнает о нас с тобой, она немедленно подаст на развод, и дети будут расти без отца. А твой ребенок родится в законном браке, и у него будет отец, который никогда не узнает, что растит не своего малыша. Наш с тобой ребенок не будет ничем обделен, если все останется как есть. И мои дети не будут обделены. Если же мы с тобой расторгнем свои браки и поженимся, то наш ребенок будет расти в полной семье, а мои дети — нет. И теперь я тебя спрошу: чем мои дети хуже нашего с тобой малыша? Почему я должен ими жертвовать?

— Ну извини, — она уселась к нему на колени и ласково потерлась носом о его шею. — Не сердись. Я правда очень испугалась. Не сердишься?

Он поцеловал ее в щеку, потом в лоб.

— Не сержусь. Пойдем посмотрим, как там наш малыш.

В лаборатории Вера привычно разделась и вошла в кабину установки. Она проделывала это столько раз, что уже без команд и подсказок знала, что нужно делать, как стоять, как ложиться и как дышать.

— Ела сегодня что-нибудь? — спросил он на всякий случай, опуская между собой и установкой защитный экран.

— Нет. Как обычно.

— Молодец.

Впрочем, он мог бы и не спрашивать. Легкомысленная и несобранная Вера готовилась стать тем, что некоторые называют «сумасшедшей матерью», во всяком случае, заботиться о здоровье будущего ребенка она начала примерно за месяц до зачатия. Разумеется,

Александра Маринина

о том, чтобы нарушить предписанные врачом правила, и речи быть не могло.

Убедившись в том, что Вера его не видит, он быстро натянул на себя защитный комбинезон, закрыл лицо маской, на руки надел перчатки. Все, можно начинать.

Процедура заняла всего несколько минут. Выключив установку, он моментально снял с себя защитную одежду, сунул в специальный шкаф и только потом поднял экран и нажал кнопку, открывающую дверь кабины, чтобы Вера могла выйти.

— Ну как? — весело спросила она, неторопливо надевая безумно дорогое белье. — Порядок?

— Порядок, — подтвердил он, с удовольствием глядя на одевающуюся женщину. Все-таки Вера была очень красива. Даже округлившийся живот и исчезнувшая талия не портили ее. В ней была порода. — Одевайся и заходи в кабинет.

Каждый раз после процедуры ему инстинктивно хотелось как можно быстрее покинуть лабораторию, хотя он точно знал, что при выключенной установке опасности нет никакой. Оставив Веру в лаборатории, он вернулся в кабинет. Пока все идет по плану. До родов она должна пройти процедуру еще четыре раза. И тогда будет видно, что получилось.

Вера впорхнула в кабинет и быстрым движением заперла дверь изнутри на задвижку.

— Я хорошо себя вела и заслужила награду, — с лукавой улыбкой заявила она.

— Но не здесь же, Верочка, — возмутился он.

— А почему нет? Дверь заперта, никто сюда не войдет.

— Не говори глупости.

— Это не глупости!

Вера начала сердиться, он это видел. Но мысль о том, чтобы прикоснуться к женщине сразу после процедуры, была невыносимой.

— Верочка, милая, ну что за спешка, ей-Богу? Давай встретимся спокойно сегодня же вечером. Ты ведь знаешь, не люблю я эти кабинетные приключения на скорую руку.

— Но я хочу сейчас, — упрямилась Вера. — Раньше

ты не был таким разборчивым. И кабинетные приключения тебе нравились.

Раньше. Конечно, раньше он мог уложить ее здесь, на мягком диванчике. Потому что это было нужно для дела. А теперь для дела нужно, чтобы она регулярно проходила процедуры. Двадцать сеансов во время беременности и потом раз в месяц в период кормления. Разумеется, он должен заниматься с Верой любовью, кто ж с этим спорит, она ему не кто-нибудь, а любовница. Пожалуйста, он готов сделать это вечером, благо есть где, но не здесь и не сейчас.

— А я люблю, когда ты долго терпишь, — весело сказал он. — Ну что это за интерес, если ты только-только захотела — и все к твоим услугам. Это скучно. Зато когда ты потерпишь, удовольствие совсем другое. Уж не знаю, как для тебя, а для меня — точно. Ты делаешься совершенно особенная. Так что беги домой, поешь и ложись отдыхать, а в семь часов я тебя жду. Договорились?

Вера была взбалмошной, но покладистой. Она с детства привыкла требовать немедленного удовлетворения всех своих желаний, но при этом легко уступала, если ее просили потерпеть и взамен обещали дать больше, чем она просила, вернее, требовала.

— Договорились, — вздохнула Вера. — Только не опаздывай, у меня же ключей нет. А то буду как дура под дверью торчать.

— Не волнуйся, — ласково улыбнулся он. — Иди домой.

* * *

Разгадать секрет знакомства Анисковец с Галиной Терехиной никак не удавалось. У Насти все время было ощущение, что за какую ниточку в этом деле ни потяни — все уходит в песок. Версии лопались одна за другой. Ценности не были ни украдены, ни заменены подделками. В околоворовских и контрабандных кругах о картинах из коллекции академика Смагорина никто не слышал. К скупщикам ювелирных изделий никто предварительно не обращался. Соседи Анисковец по дому никаких подозрительных личностей возле квартиры убитой не встречали. Времени на все это ушло много, а толку — чуть. Дело с места не сдвигалось. И даже такая, казалось бы, ерунда, как давнишнее знакомство с обыкновенной домохозяйкой, — и та не хотела проясняться.

Но Настя была упряма, а кроме того, привыкла все проверять до конца. Если не получается найти ответ, двигаясь со стороны покойной Екатерины Венедиктовны, то можно попробовать пойти другим путем, двигаясь со стороны семьи Терехиных. Правда, источников информации не очень много, строго говоря, только одна Ира.

— Спросить, конечно, можно, — сказал Насте Стасов, — но вряд ли это что-нибудь даст. Галина Терехина потеряла память. Две ее дочери были шесть лет назад еще слишком малы, чтобы знать знакомых своей матери, а о младшем мальчике и говорить нечего. Если только Ирка что-нибудь знает.

— Стасов, я без тебя не справлюсь, — жалобно проныла Настя. — Твоя девочка такая бука, что вряд ли захочет со мной разговаривать. На тебя вся надежда.

Но Владислав надежд не оправдал. Ира старательно вспоминала, но никакую Екатерину Венедиктовну Анисковец среди знакомых матери или отца так и не вспомнила. Стасов, правда, записал имена других людей из окружения Терехиных, которых сумела вспомнить Ира.

— Попробуй поработать с ними, — посоветовал он Насте, — может быть, они знают твою старушку.

Совет был хорош. Еще бы его выполнить...

Встречи с людьми, некогда близкими с семьей Терехиных, оставили у Насти впечатление тяжелое и горькое. Она не понимала, как же так могло случиться, что четырнадцатилетняя девочка осталась в этой жизни совсем одна, и не нашлось взрослого человека, который поддержал бы ее.

Первыми, кого назвала Ира, были супруги Боженок, когда-то давно жившие с Терехиными в одном доме, еще до того, как те переехали в Сокольники. Боженок-супруга оказалась скандальной теткой, начинавшей по любому поводу орать на собеседника, причем делала это не по злобе, а в виде защитной реакции на то, чего не понимала. Поскольку мозгов у нее было не густо от природы, да и те были нетренированные, понимала она так мало, что кричала почти все время с утра до вечера. При этом страх из-за непонимания ситуации оказаться обманутой приводил к тому, что чаще всего фразы она начинала словом «нет». Боженок-супруг, напротив, был немногословен и негромок и существовал без особых проблем, уютно устроившись и спрятавшись за громким базарным голосом жены, который отпугивал всех врагов.

— С Галей мы дружили, когда она еще замужем не была. Потом постепенно стали отдаляться. У нее, по-моему, крыша поехала.

— В чем это выражалось? — заинтересованно спросила Настя.

— Да ну, она совсем свихнулась, — махнула рукой Боженок-супруга. — В Бога стала верить, про мессию что-то все время бормотала.

— Разве религиозность — признак сумасшествия? — удивилась Настя.

— Нет, а вы как думали? — тут же взвилась Боженок. — Это муж на нее так влиял. Он тоже в церковь ходил. Совсем голову ей заморочил.

— Вы никогда не слышали от Галины о Екатерине Венедиктовне Анисковец?

— Нет. Никогда не слыхала. А кто это?

— По моим сведениям, эта женщина знала Галину, и, когда случилось несчастье, она сказала: «Я знала, что добром это не кончится». Как вы думаете, что могли означать эти слова?

— Нет, а вы как думаете? Конечно, ее набожность. Я уверена, что она на этой почве свихнулась, потому и детей покалечила.

— После несчастья вы с Галиной не виделись?

— Нет, а зачем? — ответила Боженок вопросом на вопрос.

— Вы же дружили, много лет жили в одном доме. Неужели вы даже не поинтересовались, что стало со старшей девочкой, с Ирой?

— Нет, ну интересно вы рассуждаете, — она снова повысила голос. — Мы что, должны были ее в семью взять? У нас своих двое.

— Речь не об этом. Иру забрали в интернат, но ведь после несчастья и смерти отца она осталась совсем одна. Вам не приходило в голову, что семья ваших друзей нуждается в помощи?

— Нет, ну вас послушать, так мы же еще и виноваты во всем этом. Мы, что ли, детей из окна выбрасывали?

Она была непробиваема, как бронетранспортер. Слова «чужое горе» для нее не существовали в принципе.

— Кроме вас, у семьи Терехиных были друзья или хорошие знакомые?

— Лидка Евтеева, тоже наша соседка бывшая. Больше никого не знаю.

Имя Лидии Евтеевой было в том списке, который составил Стасов со слов Иры Терехиной. Но беседа с ней тоже мало что дала, во всяком случае, о Екатерине Венедиктовне она не слышала. Правда, из рассказа Евтеевой стало понятно, что года через два после замужества Галина Терехина стала быстро отдаляться от своих подруг.

— Она не ссорилась с нами, нет, но знаете... Никогда сама не позвонит, никогда в гости не позовет. Если я приходила, она меня, конечно, не гнала, за стол сажала, угощала, разговаривала со мной, но я все время видела, что ей это не нужно. Тяготится она. Я ей не нужна. И Нина Боженок на нее обижалась за это. По-моему, ей и муж не был нужен.

— А дети? — спросила Настя.

— Дети — другое дело. Она была вся в них. Только о детях могла говорить, только они ей были интересны. Это можно вынести ну два раза, ну три, но когда каждый раз тебе дают понять, что есть в этой жизни то, что доступно только Галине, но никак не тебе, тупой и ограниченной, это уж, знаете... Желание общаться как-то пропадает.

— Лидия Васильевна, а можно об этом поподробнее? — попросила Настя. — Я, честно сказать, не совсем поняла ваши слова.

...Лидия Евтеева не могла бы сказать, что Галина

чем-то обидела ее, сказала что-то неприятное или оскорбительное. Галина вообще была спокойной, тихой и мягкой, но после рождения Ирочки она словно ушла в себя, погрузилась в одной ей видимый и понятный мир, который приносил ей радость. И делиться этой радостью она ни с кем не собиралась. Однажды, когда Ире было пять лет, а второй дочери, Наташе, два годика, Лидия, придя в гости к Терехиным, принесла подарки детям: букварь с красивыми картинками для Иры и очаровательное платьице для малышки. Галина платьице взяла с благодарностью, а букварь сразу же отложила в сторону и даже дочери не показала.

— Смотри, что я тебе принесла, — сказала гостья девочке, пытаясь привлечь внимание к подарку, который она так любовно выбирала.

Но Галина буквально вырвала у нее книжку и спрятала подальше в шкаф.

— Ей это не нужно, — строго сказала она Евтеевой.

— Но почему? Пусть учится читать, она уже большая, — возразила Лидия.

— У нее другое предназначение, — ответила Галина.

И так было почти всегда. Она бросала непонятные, загадочные фразы, исполненные какого-то потайного смысла, и не считала нужным нормально объясняться с подругами. С годами это становилось все заметнее и все тягостнее для окружающих. Терехины растеряли всех знакомых, к ним в дом никто не хотел приходить. После Наташи родилась Оленька, потом Павлик. Все дети у Терехиных были не очень здоровыми, постоянно болели то одним, то другим, и у Галины, занятой детьми, наверное, просто не было ни сил, ни времени поддерживать отношения с подругами. Года за два до несчастья Лидия перестала звонить ей и приходить. Галина, казалось, этого даже не заметила.

Однажды Лида встретила на улице неподалеку от своего дома Леонида Терехина, мужа Галины, с десятилетней Ирой. Леонид почему-то ужасно смутился, а Ира, простая душа, громко заявила:

— Мы ходили папиного друга дядю Гришу навещать, он болеет. Только вы маме не говорите, что нас видели, ладно? А то она ругаться будет.

— Ругаться? — страшно удивилась Лида. — Почему мама должна ругаться? Вы же не сделали ничего плохого.

Терехин смутился еще больше, ласково погладил дочку по голове и бросил на Лиду затравленный взгляд.

— Ирочка, добеги до булочной, мы с тобой забыли Наташе шоколадку купить, вот возьми деньги.

Когда девочка отошла подальше, зажимая в кулачке деньги, Леонид сказал:

— Лид, ты правда Галке не говори про нас, хорошо?

— Да в чем дело-то? Что вы такого страшного натворили?

— Ничего мы не натворили, Гришу Самсонова навестили, болеет он.

— Ну и что?

— Галка терпеть его не может. Запрещает мне с ним встречаться. А уж если узнает, что я Иру с собой брал, вообще убьет.

— Господи, чем Гришка-то ей не угодил? Сколько вас знаю, вы с ним друзья закадычные, и Галя всегда к нему нормально относилась. Поссорились, что ли?

— Ну, вроде того. Уж не знаю, в чем там дело, только однажды она мне сказала: «Дай слово, что с Самсоновым больше общаться не будешь». И больше ничего не объяснила. Ты ведь Галку знаешь, она как скажет — так все, как отрезала. И никаких объяснений. Спрашивай — не спрашивай, а результат один. Ничего не добьешься. Смотрит с тихой улыбкой, укоризненно так, и сам начинаешь себя виноватым чувствовать. Но что-то у них с Гришей произошло, это точно. Я ведь и с ним пытался поговорить, выяснить, в чем дело, а он усмехнулся и говорит: «Ты, Леня, на меня зла не держи, я твою жену ничем не обидел. Но и на нее не сердись. Незачем нам с нашими женщинами ссориться. Не велит она тебе со мной общаться — ну и ради Бога. Будем встречаться потихоньку, без шума и пыли».

— Так и не выяснил ничего?

— Нет, — покачал головой Леонид. — Но я думаю, дело все выеденного яйца не стоит. Галка религией увлеклась, так я-то нормально это воспринимаю, нравится ей — и пусть, а Гриша — он воинственный очень, ехидный, на язык злой. Наверное, ляпнул что-нибудь про Бога или про церковь, она и обиделась.

— Тяжело тебе с ней? — сочувственно спросила Лида.

— Я ее люблю, — просто ответил Терехин. — Люблю такой, какая она есть. А вот другим, наверное, действительно с ней тяжело. Нина Боженок сильно обижается, да и ты, Лидуня, тоже, я же вижу. Галка всех подруг разогнала, никто ей не нужен. Так ты не скажешь ей, что мы к Грише ходили?

— Не скажу, не волнуйся. Но все-таки не по-людски это, — укоризненно сказала Лида. — Как можно друзей разлучать из-за ерунды?

Вернулась Ира, неся в руке большую шоколадку в яркой обертке...

Когда в семье Терехиных произошла непоправимая беда, Лидии Евтеевой в Москве не было. За несколько месяцев до этого она вышла замуж за военнослужащего из Риги и уехала к нему в Латвию. Вернулась год назад вместе с мужем, который стал в силу русского происхождения и незнания латышского языка нежелательным элементом и был уволен в запас. Узнала от Нины Боженок о том, что случилось в семье Терехиных, и сразу же помчалась к Ире, но та встретила ее неприветливо и даже нагрубила. В квартире было полно каких-то шумных мужчин, говорящих не по-русски, и Лидия поспешила ретироваться, решив, что Ира занялась «делом» и в помощи не особо нуждается.

Григорий Самсонов, певец музыкального театра, жил неподалеку от Евтеевой, и Настя решила заглянуть к нему наудачу. Ей повезло, Самсонов был дома и, по-видимому, скучал, так как к визиту сотрудника уголовного розыска отнесся с явным удовольствием. Ему хотелось поговорить. Стоял июнь, жена с детьми уехала на дачу, и певец рад был скоротать одиночество в обществе незнакомой женщины.

Ситуацию, о которой шла речь, он помнил очень хорошо.

— Да знаю я, почему Галка запретила Лене со мной

общаться, — заявил он безапелляционно. — Боялась она.

— Чего боялась? — удивилась Настя.

— Я так думаю, что у нее был любовник. Может, и не был, но она тогда здорово перепугалась. Вся белая стала.

— Когда — тогда? Григорий Петрович, я ничего не понимаю из ваших слов. Давайте-ка все сначала и подробно.

— Я встретил Галку, когда она выходила от Катерины. Я хочу сказать — от Екатерины Венедиктовны Анисковец, но мы за глаза ее все Катериной зовем. То есть звали.

— Вы были хорошо знакомы с Анисковец?

— Ну... Как сказать... — Он улыбнулся и развел руками. — Мы все знали ее много лет. Она была большой ценительницей оперы и ходила в наш театр регулярно, не реже раза в неделю. Ее всегда приглашали на капустники, юбилеи, премьеры. Она у нас была чем-то вроде талисмана. Посмотришь в зал, видишь — Катерина сидит, значит, все в порядке, мир не перевернулся, все живы-здоровы. Но сказать, что я знал ее близко, нельзя. Она хорошо умела держать дистанцию, к ней в душу влезть было не так-то просто.

— Расскажите, пожалуйста, как вы встретили Терехину.

— Я должен был заехать за Катериной, чтобы отвезти ее за город, на дачу к нашему главному режиссеру. У него было шестидесятилетие. Я подъехал к дому, поднялся на лифте, а в это время дверь Катерининой квартиры открылась и на лестницу вышла Галка Терехина. Я страшно удивился: что ей тут делать? Никогда не слыхал, чтобы Катерина была с ней знакома. Галка стала белая как снег, на меня зыркнула, поздоровалась сквозь зубы и в лифт нырнула, я даже дверь еще закрыть не успел.

— А у Екатерины Венедиктовны вы не спрашивали о Терехиной?

— Спросил, а как же. Но она только головой покачала. Дескать, не спрашивайте, Гришенька, это не моя тайна, разглашать не имею права.

— Да какая же тут может быть тайна?

— О, какая угодно! — рассмеялся Самсонов. — Катерина обожала покровительствовать чужим романам. Достоверно знаю, что многим известным личностям она предоставляла приют в своей квартире для амурных встреч. Но назвать ни одного имени не могу. Катерина была просто на удивление неболтлива. Ей бы в разведке работать, честное слово.

— Можно ли из ваших слов сделать вывод, что в квартире Екатерины Венедиктовны Галина Терехина встречалась с кем-то из известных людей?

— Ну, насчет вывода — это сильно сказано. Но это вполне правдоподобно. Кстати, совсем не обязательно, чтобы эти встречи носили романтический характер. Не удивлюсь, если окажется, что у них там проходили спиритические сеансы или еще какая-нибудь дребедень в том же роде.

— Разве Анисковец была верующей? — спросила Настя. — Об этом никто из ее близких не говорил.

— Э, нет, Катерина была отъявленной безбожницей, но очень светской и за модой следила. Как пошла мода на экстрасенсов и медиумов — Катерина тут как тут. Она любила устраивать у себя «салоны», только повод дай. А поводом мог служить любой интересный или известный человек, актер, писатель, диссидент, экстрасенс. Кто угодно.

— Как вы думаете, Григорий Петрович, есть такой человек, который может знать, что общего было у Анисковец и Галины Терехиной?

Самсонов усмехнулся и покачал головой.

— Если и есть, то только один. Тот, с кем Галка встречалась в квартире Катерины. Ну и сама Катерина, разумеется, только теперь ведь ее не спросишь.

Что ж, круг замкнулся. Настя надеялась, выбрав путь от Терехиной к Анисковец, получить ответ на свой вопрос, но ничего у нее не вышло. Да, эти две женщины были знакомы, Марта Шульц не ошиблась. Ну и что? Имеет ли это какое-нибудь отношение к смерти Екатерины Венедиктовны? Вряд ли. Даже наверняка — никакого.

Глава 3

Вот уже который день Ира видела в ресторане этого типа. Не то чтобы он пялился на нее, но поглядывал часто и с явным интересом.

Ресторанчик «Глория» был крошечным и самым обычным, крутая мафия в нем не собиралась и разборок не устраивала. Просто приходил сборщик раз в месяц, хозяин отстегивал ему энную сумму, и все спали спокойно. Днем «Глория» работала как кафе, с восьми до одиннадцати — как ресторан, и было здесь всегда тихо и уютно. Посетителей было мало, в основном одни и те же люди, предпочитающие вкусно и недорого поесть рядом с домом, чем возиться с ужином на ночь глядя. И гардеробщик дядя Коля, и официантки, и буфетчицы почти всех клиентов знали по именам и пристрастиям в еде, и Ире нравилась та атмосфера семейности, которая здесь царила. К ней относились хорошо, подкармливали, обращались ласково. Особенно любил ее дядя Коля, который жил в аккурат в той самой шестнадцатиэтажке, где Ира мыла лестницы, и видел ее ежедневно сначала с метлой в руках на улице, когда выгуливал пса, потом с тряпками и ведрами — в подъезде, а вечером — в «Глории».

— Уморишь ты себя, — вздыхал он. — Виданное ли дело — так надрываться на трех работах с утра до ночи.

Он еще не знал про вещевой рынок...

Сегодня незнакомый молодой мужик опять пришел один, сел в уголок, заказал, как и раньше, шашлык из осетрины, а из выпивки — джин с тоником. Но привычный распорядок оказался нарушенным. Ира драила противни, на которых днем жарились фирменные пирожки с капустой, когда почувствовала, что за спиной кто-то стоит. Она обернулась и увидела того посетителя, который так странно поглядывал на нее.

— Чего надо? — нелюбезно, но, впрочем, беззлобно спросила она.

— Ничего. Поговорить хочу, — ответил мужик.

— Ну, говори.

— Тебя как зовут?

— Ира.

— А я — Олег. Можно просто Алик. Вот и познакомились.

— Ну, познакомились. Так чего надо-то?

— Ничего мне не надо. Хотел спросить, что у тебя с лицом. Болеешь?

— Я с детства такая. Обмен неправильный. А тебе что за дело?

— Просто спросил. У тебя, наверное, жизнь тяжелая, да? Я смотрю, ты здесь каждый вечер как пчелка моешь-драишь-убираешь.

— Какая надо, такая и жизнь. Чего ты привязываешься?

Она разговаривала, стоя спиной к незнакомцу, исступленно оттирая жирную поверхность противней.

— Ты до которого часа работаешь?

— Пока всю работу не сделаю. Как получится.

— Живешь далеко отсюда?

— Рядом.

— Не страшно ночью возвращаться?

— Страшно, — она позволила себе слегка улыбнуться. — Но выхода-то нет. Мне работу на дом не принесут.

— Хочешь, я тебя провожу сегодня? — неожиданно спросил посетитель.

— Зачем? Чего тебе от меня надо?

— Ничего мне не надо, — снова повторил Олег. — Так как насчет проводить?

— Ну проводи, — она равнодушно пожала плечами. — Домой я тебя все равно не приглашу.

— А я домой и не напрашиваюсь.

Он вернулся в зал и снова принялся за свой джин с тоником. Через пять минут Ира про него забыла. Вспомнила только тогда, когда после одиннадцати вышла в зал мыть полы. Его столик был пуст. «Тоже еще, провожальщик, — мысленно усмехнулась она. — Сбежал. Небось лежит под боком у какой-нибудь...» Додумать мысль до конца она не успела, потому что со стороны гардероба послышался голос дяди Коли. Гардеробщик с кем-то разговаривал. Ира прислушалась. Голос второго собеседника показался ей знакомым. Похоже, это был настырный Олег.

Она заставила себя преодолеть любопытство и спокойно домыть зал, прежде чем приступать к холлу и туалету. Выходя с ведром и шваброй из зала, она отчетливо понимала, что выглядит не лучшим образом: старые спортивные брюки, застиранная поблекшая майка, растрепанные волосы, усталое лицо. Ну и пусть. Ей работать надо. А ему не нравится — пусть катится куда подальше.

Олег не обратил на нее ни малейшего внимания, увлеченно обсуждая с дядей Колей что-то спортивное, не то футбол, не то хоккей. На минуту ей показалось, что он вовсе и не ждет ее, просто поговорит сейчас с гардеробщиком, помашет насмешливо ручкой — и гуд бай, королева поломоек. Или, что тоже приятно, ждет он вовсе не ее, а официантку или буфетчицу. Она сразу пошла мыть туалет, втайне надеясь на то, что если Олег и уйдет, то сделает это по крайней мере не у нее на глазах. Однако он не ушел. В первом часу ночи Ира закончила работу, сложила ведро и тряпки в подсобку и направилась к выходу. Дядя Коля тут же загремел ключами — в его обязанности входило закрывать «Глорию» и по утрам открывать ее.

Ира вышла на улицу, демонстративно сделав вид, что не замечает Олега, а если и замечает, то совершенно не понимает, чего он тут торчит. Она слышала его шаги сзади, но, к ее большому удивлению, он не стал ее догонять. Просто шел следом. Борясь с нарастающей тревогой и с трудом преодолевая желание обернуться, она дошла до своего дома.

— Ну, проводил? — зло спросила Ира, останавливаясь перед дверью подъезда.

— Проводил, — спокойно ответил Олег.

Возле подъезда горел яркий фонарь, и теперь Ира смогла как следует рассмотреть его. Среднего роста, но, конечно, повыше ее самой, и лицо симпатичное, открытое. Одет дорого, хотя и просто. Джинсы с виду самые обычные, да и майка с курткой тоже, но Ира, целыми днями крутившаяся среди шмоток, хорошо знала, сколько это «обычное» стоит.

— Так чего же тебе все-таки надо, провожатый?

— Хочу убедиться, что ты дошла спокойно, ничего с тобой не случилось.

— И с чего вдруг такая забота? Время девать некуда?

— Есть куда. Забот полно, — неожиданно улыбнулся он. — Ладно, я пошел. Счастливо.

Он повернулся и не спеша пошел обратно в сторону «Глории». Ира сначала удивилась, потому что к метро нужно идти совсем в другую сторону, потом подумала, что Олег, наверное, живет где-то рядом, недаром же ходит почти каждый день ужинать в «Глорию».

В квартире было тихо и чисто. Новый жилец, Ильяс, как въехал — так через три дня умотал куда-то по делам, сказал, дней на десять. Георгий Сергеевич уже спал, свет в его комнате не горел. Ира поставила чайник на огонь и юркнула в ванную, где висело большое зеркало.

И чего этот тип к ней привязался? Рожа-то и в самом деле могла бы быть получше. Ира сказала ему правду, она с детства такая, поэтому привыкла к виду нездоровой кожи, покрытой противными розовыми прыщами, но с непривычки, наверное, смотреть неприятно. Волосы неухоженные, висят как пакля. Нет, ну действительно, чего он привязался?

Чайник на плите начал тихонько посвистывать, и Ира метнулась в кухню, торопясь выключить газ, пока свист не стал громким и пронзительным. Ей не хотелось беспокоить Георгия Сергеевича. Открыв холодильник, она с грустью убедилась, что, кроме маргарина и двух сосисок, там ничего нет. «Дура! — мысленно обругала она себя. — Тебе же Аня оставила пакет с едой, а ты его забыла взять. Все из-за этого Олега дурацкого». Буфетчица Аня действительно оставляла ей пакет, Ира помнила, что в нем были два пирожка с капустой и кусочек колбасы. Она так разнервничалась из-за Олега, что забыла про пакет.

Сморщенные, усталые от собственной невкусности сосиски как-то не вдохновляли. Но и маргарин намазывать было не на что, купить хлеб она сегодня не успела, потому что сразу же после работы на рынке помчалась к сестрам в больницу и застряла там надолго, а когда возвращалась, магазины уже были закрыты. Ко-

Александра Маринина

нечно, для нормальных людей купить хлеб не проблема в любое время суток. Часов до десяти вечера в метро стоят бабки со свежими батонами, но у них намного дороже, чем в магазине. Она не имеет права на такие траты. У нее есть цель, и к этой цели она движется планомерно, подчинив ей все до самой мелкой мелочи. И даже лишняя тысяча рублей, которую нужно было переплатить за хлеб, отдаляла тот миг, когда Ира сможет наконец заплатить за лечение братика.

На холодильнике стояла красивая деревянная хлебница, которую Ира отдала в пользование жильцам, а сама свой хлеб хранила в холодильнике в полиэтиленовом пакете. В холодильнике он не плесневел, а ей нужно быть экономной. Воровато оглянувшись, Ира открыла хлебницу. Там лежал большой кусок лаваша и половинка «сокольнического». Отрезать кусочек, что ли?

Нет. Она решительно опустила деревянную крышку и отдернула руку, будто обожглась. Сроду не брала чужого, даже в интернате. И сейчас не будет. Да, она грубая необразованная нищая дворничиха, она же уборщица, она же посудомойка. Но не воровка.

Ира налила себе крепкого чаю, бросила в чашку побольше сахару и уселась на табуретке возле стола. В квартире стояла тишина, и, как всегда, в этой тишине снова пришли мысли, которые она не любила и старалась гнать от себя. Почему она так живет? Кто в этом виноват? Мать? Да, именно так она думала все эти годы после того, что случилось. Но в последнее время в голову стали приходить и другие соображения. Почему мать внезапно «умом тронулась»? Что случилось? Что так сильно подействовало на нее? Если бы у нее сохранилась память... Иногда, когда она очень уставала, Ира начинала жалеть о том, что в ту страшную ночь успела убежать и спрятаться у соседей. Позволила бы матери и ее из окна вытолкнуть, может, не мучилась бы, как сейчас. Лежала бы себе в больничной койке на полном государственном обеспечении и горя не знала бы. Уж во всяком случае, кормили бы ее точно лучше, чем она сама себя кормит, пытаясь сэкономить жалкие крохи. А если бы очень повезло, то вообще убилась бы насмерть. И никаких проблем.

Дом инвалидов находился довольно далеко, добираться туда нужно было на электричке. Настя Каменская знала, что мать Иры Терехиной потеряла память после падения с высоты, и ни на что в общем-то не рассчитывала, собираясь навестить Галину. Поехала больше для порядка.

Директор дома инвалидов ничего интересного Насте не рассказала, а вот сестра Марфа оказалась полезным собеседником. Полная, добродушная, лет пятидесяти, сестра Марфа в миру носила имя Раиса, но несколько лет назад ушла в монастырь, который был здесь же, неподалеку, и бескорыстно ухаживала за одинокими больными людьми. Галине Терехиной она уделяла особое внимание, ибо ей сказали, что Галина до несчастья была очень набожной.

— Навещает ее только дочь, — сказала Насте монахиня. — И есть еще один человек, который интересуется Галиной, но к ней никогда не заходит.

— Какой человек? — насторожилась Настя.

— Мужчина, очень интересный. Появляется примерно раз в три-четыре месяца, обязательно находит меня и спрашивает о Галине.

— Кто он такой? Он как-нибудь объяснил свой интерес к ней? Родственник, друг семьи?

— Не могу сказать, — мягко улыбнулась сестра Марфа. — Какое я имею право спрашивать его? Он сказал, что хорошо знал покойного мужа Галины, и мне приходится ему верить. Но у меня такое впечатление, что он — врач.

— Почему вы так подумали?

— По вопросам, которые он задает. Его интересует, какие лекарства дают Галине, чем она болеет. И знаете, что странно? Он никогда ничего не приносил для нее, ни гостинцев, ни подарков. Просто находил меня и задавал свои вопросы.

— И все? — Настя пристально посмотрела на круглолицую добродушную монахиню.

— Нет.

Сестра Марфа твердо и спокойно встретила Настин взгляд, ничуть не смутившись.

— Что еще?

— Он просил, чтобы я никому не рассказывала о его визитах. И платил мне за это деньги. На них я покупала разные мелочи для Галины — зубную пасту, мыло, конфеты, белье. На себя ни копейки не потратила, можете не сомневаться.

— Вы даже ее дочери не сказали об этом?

— Разумеется, нет. Я же дала слово. В конце концов, это тайна самой Галины, и я обязана ее сохранить. Но она этого человека не помнит. Она вообще ничего не помнит из того, что было до несчастья.

— Откуда вы знаете, что она его не помнит? Вы все-таки рассказали ей о нем?

— Нет, что вы, как можно. Он сам хотел убедиться в том, что у нее полная амнезия, и несколько раз прошел мимо нее, когда я вывезла Галину в парк на прогулку. Она не обратила на него никакого внимания.

— Может быть, они не были раньше знакомы? — предположила Настя.

— Возможно, — согласилась сестра Марфа.

— Очень любопытно. Давно этот человек был здесь в последний раз?

— Недели три назад.

— Значит, теперь он появится не скоро. Что ж, придется ждать. Сестра Марфа, я могу попросить вас об одолжении?

— Смотря о каком, — осторожно откликнулась монахиня.

— Я оставлю вам свой телефон. Если этот человек появится, позвоните мне сразу же. Только именно сразу же, а не тогда, когда он уже уйдет. Хорошо?

— Я постараюсь, — кивнула та.

* * *

Результаты посещения детской больницы, где лежали младшие дети Терехиных — Наташа, Оля и Павлик, — оказались такими же неожиданными. Неизвестный мужчина приходил и сюда, и тоже очень интересовался здоровьем детей. Последствия падения с высоты были у всех троих разными, общим было только одно — двигаться без посторонней помощи они не могли. Тринадцатилетняя Оля, например, остановилась в развитии, и сейчас ее интеллект был на уровне все той же семилетней девочки, какой она была, когда мать вышвырнула ее из окна. Переломанные кости никак не хотели срастаться, без конца возникали какие-то осложнения и воспалительные процессы в операционных швах, и девочка до сих пор должна была находиться в гипсе. Семнадцатилетняя Наташа, напротив, осталась интеллектуально сохранной и поражала врачей своей целеустремленностью, самостоятельно осваивая по учебникам школьную программу. Учебники ей приносила Ира. Несколько раз ее пытались перевести в специальный интернат для детей-инвалидов, где есть учителя, но врачей останавливало то, что девочка постоянно чем-нибудь болела и нуждалась в медицинской помощи. От малейшего сквозняка у нее поднималась температура чуть ли не до сорока и держалась по нескольку дней. Кроме того, недели не проходило без сердечного приступа. Главная трудность состояла в том, что и Оля, и Наташа страдали аллергиями на множество лекарств, и за то время, что они находились в больнице, весь персонал уже наизусть знал, что можно им давать, а чего нельзя. Аллергические реакции были у девочек настолько сильными, что малейшее промедление грозило ураганным отеком гортани и смертью от удушья. В такой ситуации отдавать детей в другое учреждение было опасным. Недоглядят еще, чего доброго. Загубят девчонок.

В отличие от визитов в дом инвалидов, где неизвестный мужчина ограничивался только беседами с сестрой-монахиней, приходя в больницу, он навещал девочек и маленького Павлика. Поэтому Настя сразу же попросила проводить ее к Наташе Терехиной. Наташа, красивая, но болезненно бледная девушка, закованная в специальный корсет, сидела на кровати, обложившись книгами. Кроме нее, в палате лежали еще пять подростков, и пять пар любопытных детских глаз тут же уставились на Настю.

Наташа Терехина была совсем не похожа на свою старшую сестру ни внешне, ни манерой поведения. Несмотря на тяжелую болезнь, она улыбалась и разговаривала с Настей с той старательной вежливостью, которую, бывает, демонстрируют люди, изо всех сил стремящиеся произвести хорошее впечатление. Настя невольно вспомнила свою единственную встречу с Ирой: та, судя по всему, нисколько не беспокоилась о впечатлении, которое она производит на окружающих.

— Дядя Саша — папин друг, — охотно стала объяснять Наташа, когда Настя задала вопрос о человеке, который навещает Терехиных-младших в больнице.

— А фамилия у дяди Саши есть? — поинтересовалась Настя.

— Николаев. Александр Иванович Николаев.

Из разговора с Наташей выяснилось, что «дядя Саша», он же некто Николаев, навещает их примерно раз в месяц, но ничего детям не приносит, кроме книг для Наташи. Откуда взялся этот человек, они не знали, во всяком случае, при жизни отца никогда его не видели и имени его не слышали. Он очень добрый и внимательный, следит за успехами Наташи в учебе и даже проверяет, как она решает задачки по физике и математике. Не жалея времени, объясняет ей те разделы школьной программы, которые она плохо поняла.

Медсестры тоже знали о «дяде Саше», однако отметили, что Олей и Павликом он почти не интересуется, большую часть времени проводит с Наташей, а с младшими посидит минут десять, не больше. Правда, об их здоровье выспрашивает каждый раз очень подробно. Как выглядит? Лет пятидесяти, приятное лицо, волосы темные, с проседью, особых примет нет.

— Мы, знаете, даже подумываем, что Наташа — его дочь, — по секрету сообщила Насте одна из медсестер. — Наверное, у него был роман с их матерью. Поэтому он другими детьми меньше интересуется, так только, для виду, чтобы в глаза не бросалось, что он одну Наташу выделяет.

Похоже, она была недалека от истины. Во всяком случае, предположение это выглядело вполне логичным. И если именно с ним когда-то встречалась Галина Терехина на квартире у Екатерины Венедиктовны, то можно с чистой совестью эту линию оставить. С убийством Анисковец это никак не связано.

Но все-таки что-то мешало Насте окончательно отказаться от проверки семьи Терехиных. Это «что-то» было настойчивым интересом таинственного дяди Саши к здоровью Галины Терехиной и ее троих детей. Только троих, хотя всего детей было четверо. Старшая, Ира, почему-то его не интересовала. Или все-таки интересовала?

* * *

Все жильцы подъезда, в котором находилась квартира покойной Анисковец, уже знали Мишу Доценко в лицо и по имени. Не осталось ни одного человека, которого он не опросил бы самым подробным образом. Доценко твердо знал, что между «видел» и «обратил внимание» — дистанция не так уж велика, как думают многие. Человеческий мозг фиксирует все, что видят глаза и слышат уши, и складывает в хранилище, к которому нужно уметь подобрать ключ. Идущего по улице человека видят десятки и сотни людей, и совершенно неправильно впоследствии заявлять, что «его никто не видел». Трудолюбию и упорству молодого оперативника можно было позавидовать. В итоге он все-таки сумел выяснить, что незадолго до убийства в доме появлялся человек, которого раньше там не видели. Точнее, не видели те, кто жил в доме недавно, правда, таких было все-таки большинство. Мужчина лет пятидесяти, приятной наружности, волосы темные, седоватые. Никто особенно в его лицо не всматривался, так что никаких особых примет названо не было. Правильные черты, нос с небольшой горбинкой.

Доценко еще раз обошел «старожилов» — тех, кто жил в доме больше шести-семи лет, то есть до случившегося в семье Терехиных несчастья. Старания его были вознаграждены: один из жильцов припомнил, что мужчину с такими приметами он видел неоднократно, но много лет назад.

Таким образом, появилась новая рабочая версия: некий мужчина, встречавшийся на квартире у Екатерины Венедиктовны с Галиной Терехиной, перестал сюда приходить после того, как Галина и трое ее детей оказались в больницах. С тех пор прошло шесть лет. Все эти шесть лет тот же мужчина постоянно появлялся возле Галины и ее детей и интересовался их здоровьем, а совсем недавно его вновь видели в доме, где жила Анисковец, после чего саму Анисковец находят убитой. Миленькая история, ничего не скажешь.

— Версия, прямо скажем, дохленькая, — заметил Юра Коротков, когда Настя описала ему свои поездки в дом инвалидов и в больницу.

— Кто может лучше — пусть сделает, — пожала она плечами.

— Но здесь же дыра на дыре, — возмутился Юра. — Неужели ты сама не видишь?

— Вижу, — невозмутимо согласилась Настя. — Но лучше латать дыры, чем сидеть сложа руки и охать по поводу безвременной кончины Екатерины Венедиктовны. Самое главное — установить идентичность четырех мужчин: первый встречался с Терехиной, второй приходил в дом инвалидов и задавал массу вопросов монахине сестре Марфе, третий навещает в больнице детей Галины, уделяя при этом особое внимание Наташе, а четвертый появился на горизонте незадолго до убийства Анисковец. Описание внешности такое расплывчатое, что под него подойдут сотни мужчин соответствующего возраста. И из моей, как ты изволил выразиться, дохленькой версии моментом вырастают еще несколько в зависимости от того, сколько этих мужчин на самом деле — один, двое, трое или четверо. Ловишь идею?

— Твою идею поймаешь, как же, дожидайся, — проворчал Коротков. — Слушай, пусти переночевать, а?

Переход был таким резким, что Настя чуть не поперхнулась глотком кофе.

— Тебя что, из дома выгнали?

— Не то чтобы выгнали, но лучше мне там пару дней не появляться. Я бы к Коляну напросился, как раньше, но теперь неудобно, у него Валентина живет.

Да, после того, как Коля Селуянов познакомился с Валентиной, проблема «конфликтных» ночевок встала для Юры Короткова особенно остро. Раньше он, бывало, без малейшего смущения отправлялся ночевать к товарищу, поскольку после развода Селуянов жил один в большой квартире. Теперь же присутствие очаровательной Валечки сильно осложнило ситуацию. Дело было не в тесноте — в трех селуяновских комнатах они все разместились бы свободно, — а в деликатности, которая не позволяла Юре нарушать уединение влюбленных друг в друга людей. При этом на Настину однокомнатную квартиру эта деликатность почему-то не распространялась. Юре вполне достаточно было знать, что Настин муж в данный момент в отъезде, чтобы попросить приютить себя.

— Поехали, — кивнула Настя. — Постелю тебе на раскладушке. Только у меня еды нет.

— Ничего, купим по дороге, — оживился Юра. — Заодно и порепетируем душераздирающую сцену завтрашней оперативки. Я прямо вижу, как Колобок будет нас с тобой мордой об стол возить за дело Анисковец.

— И будет прав, — мрачно добавила она. — Столько дней прошло, а мы топчемся на месте.

— Ну ты, мать, не права, — развел руками Коротков. — Мы же попытку ограбления отрабатывали, все каналы сбыта проверяли. Между прочим, могу тебе похвастаться, я соседям здорово помог. Заказчиков на коллекцию Анисковец я не нашел, что верно — то верно, зато обнаружил следы заказа на кражу у крупного антиквара. Ребята там профилактические мероприятия развернули по всему фронту, ждут воров с распростертыми объятиями. А представь себе, если эти воры готовы пойти на убийство хозяев? Тогда я, умный сыщик Коротков, еще и от трупа нас избавил. А ты меня даже не похвалишь, только ругаешься и ворчишь.

— Да что я, — Настя рассмеялась и ласково взъерошила ему волосы, — вот Колобок завтра будет ругаться — мало не покажется. Я вообще ангел рядом с ним.

Они сели в старенькую Юрину машину, давно уже дышащую на ладан, и поехали на Щелковское шоссе, где жила Настя. Дома они на скорую руку приготовили ужин из полуфабрикатов, при этом Коротков не переставал ныть по поводу Настиной нехозяйственности.

— Сюда нужно добавить чеснок и какую-нибудь приправу.

— Чеснока нет. А приправы, наверное, есть, но я не знаю, куда Лешка их кладет.

— Но майонез у тебя хотя бы есть?

— Кажется, нет. Надо в холодильнике посмотреть.

— Ну ты даешь! Даже не знаешь, что у тебя есть, а чего нет.

Он открыл дверцу холодильника и присел перед ним на корточки.

— Мать честная! У тебя ж тут кастрюля с супом стоит!

— Да? — искренне удивилась Настя. — Ну надо же, а я и не знала. А что там еще есть интересного?

— Остатки жаркого, кажется, из баранины. Сыр в огромных количествах. Ты когда сюда заглядывала в последний раз?

— Да ну тебя, Коротков, отстань, — отмахнулась Настя. — Я хватаю кусок, который лежит поближе, быстро его съедаю и заваливаюсь спать.

— Вот кикимора, — Юра осуждающе покачал головой. — Лешка старался, готовил тебе еду, чтобы ты с голоду не померла, пока он в командировке, а ты ведешь себя кое-как.

— Не обзывайся, а то не дам раскладушку, будешь на полу спать. Ладно, вытаскивай суп, его и в самом деле надо съесть, а то Лешка обидится.

Ужин оказался неожиданно обильным и сытным, и Настя с Юрой, с голодухи разом впихнувшие в себя такое количество продуктов, уже не могли пошевелиться.

— Слушай, — с ужасом сказала Настя, — я, кажется, даже встать не могу. Обжорство — большой грех.

— Ну посидим еще за столом, куда спешить-то? — флегматично откликнулся Коротков. — Когда Лешка возвращается?

— Через три дня.

— Скучаешь?

— Я? — от такого предположения Настя даже сигарету из пальцев выронила.

— Ну не я же. Чистяков — твой муж, а не мой.

— Нет, не скучаю. Ты же знаешь, Юрик, я никогда не скучаю.

— Ни по кому? — недоверчиво переспросил он.

— Ни по кому. Я до противного самодостаточна. Иногда мне кажется, что мне вообще никто не нужен. Кошка, гуляющая сама по себе.

— Ася, а тебе не бывает страшно от твоей самодостаточности?

— Бывает, — усмехнулась она, — регулярно. Но я с этим борюсь.

— Каким образом?

— Уговариваю себя, что всему виной моя работа, которая отнимает столько времени и сил, что уже нет желания ни с кем общаться. И потом, у меня есть Лешка, который заменяет мне подруг, друзей и любовников, вместе взятых. Кстати, о друзьях. Мы с тобой забыли Стасову позвонить.

— Точно! — спохватился Коротков. — Растяпы мы. Сейчас уже поздно, наверное, неудобно беспокоить.

— Поздно? А который час?

— Половина первого.

— Тьфу ты, Юрка, вот вечно ты со·своими философскими идеями голову мне морочишь. Ладно, утром позвоним. Пошли укладываться.

Она постелила Короткову на раскладушке и по законам гостеприимства предоставила ему право первому идти в душ. Забравшись в постель, Настя свернулась калачиком и устало прикрыла глаза, но сна не было. Мысли ее то и дело возвращались к Ире Терехиной, которая по воле злой судьбы осталась на всем белом свете совсем одна, хотя ее вины в этом не было.

— Нет, я не понимаю, — внезапно произнесла она вслух.

— Чего ты не понимаешь? — сонно отозвался Коротков, который уже успел задремать.

— Ничего не понимаю. Девчонка колотится изо всех сил, надрывается на четырех работах, и ни один человек не хочет ей помочь. Ведь были же у ее родителей друзья, так где они сейчас? Неужели время так сильно людей изменило? Я не понимаю, Юрик, куда делось сострадание, сочувствие да обыкновенная жалость, наконец! Ну почему ни у кого сердце не дрогнуло? Я хорошо помню, как мы жили, когда мне было четырнадцать лет. И если бы, не дай Бог, с моей семьей что-нибудь случилось, нашлось бы как минимум семей десять, которые помогли бы мне, поддержали. Я бы совершенно точно одна не осталась. И в интернат меня не позволили бы забрать. А сейчас что происходит?

— А то и происходит, что ты видишь на живом примере Терехиной. Деньги отравляют людей, Асенька. Весь цивилизованный мир живет с врожденным пониманием того, что у одних людей денег много и даже очень много, а у других их мало или совсем нет. Это нормальное течение жизни, и не надо по этому поводу психовать. А наши сограждане выросли с мыслью, что денег у всех должно быть одинаково мало. Поэтому когда вдруг привычное течение жизни у нас нарушилось, да еще так резко, психология не успевает перестроиться. Виданное ли дело, когда у человека пенсия размером со стоимость единого проездного билета на городском транспорте. А у соседа три машины и два загородных дома, и за один поход в супермаркет этот сосед тратит на продукты три старушкиных пенсии. Что это может вызвать, кроме злобы, зависти, равнодушия к чужой беде и неоправданной жадности?

— Да, наверное, ты прав, — задумчиво сказала Настя. — Плюс ко всему отсутствие уверенности в том, что завтра все не отберут. Поэтому даже состоятельные люди не занимаются благотворительностью. Боятся, что завтра власть переменится, источник дохода прикроют, и стараются подкопить побольше, чтобы потом до конца жизни прилично существовать. И при всем этом ходит по городу некий человек, который живо интересуется матерью, сестрами и братом Иры Терехиной. Зачем, Юра? Откуда у него этот интерес? И почему он совершенно не интересуется самой Ирой?

— Слушай, ты меня замучила, — жалобно сказал Коротков. — У тебя всегда вопросы так интенсивно рождаются, когда спать надо? Найдем мы этого Николаева и все у него спросим. Потерпи.

— Извини, — виновато сказала Настя. — Спокойной ночи.

Она уже сейчас была уверена, что никакого Александра Ивановича Николаева они не найдут. Спасибо, конечно, что не Иванов Иван Петрович, но разница, в сущности, невелика.

* * *

Зоя была полной противоположностью Верочке. Неяркая, забитая, до тридцати семи лет просидевшая в старых девах, она беременность свою воспринимала как Божий дар, а на него смотрела как на высшее существо — с немым обожанием и восторгом. И несмотря на то, что он был отцом ее будущего ребенка, называла на «вы». О законном браке она в отличие от энергичной и предприимчивой Веры даже не заикалась.

В работе с Зоей методика была другой, ей нужно было приходить на процедуры каждую неделю. Он строго следил за тем, чтобы обе женщины не столкнулись в его кабинете.

— Вы столько со мной возитесь, — робко сказала Зоя, одеваясь после процедуры. — Даже не знаю, как я смогу вас отблагодарить.

— Не говори глупости, — раздраженно буркнул он. — Это же наш общий ребенок, я должен заботиться и о тебе, и о нем. Как ты себя чувствуешь?

— Спасибо, хорошо. Только страшно немножко. Говорят, в таком возрасте рожать в первый раз опасно. Как вы считаете, все обойдется?

— Естественно. Выбрось это из головы. Ты — нормальная здоровая женщина, все должно пройти без осложнений. Я же не зря проверяю тебя каждую неделю.

Зоя была на четвертом месяце, но на нее он возлагал самые большие надежды. Двадцать лет упорного труда, бессонных ночей, связей с нелюбимыми женщинами должны были наконец принести долгожданный результат. И если Зоя оправдает его надежды, он, пожалуй, женится на ней. В виде благодарности судьбе. Отношения с Зоей — тот капитал, на ренту от которого можно будет существовать до конца дней. Она будет счастлива стать его женой. А стало быть, будет все ему прощать и преданно за ним ухаживать всю оставшуюся жизнь.

Но вообще-то она права, первые роды в тридцать семь лет — штука рискованная. Разумеется, он следит за состоянием ее здоровья, но нужно будет в роддоме подстраховаться, пусть пригласят хорошего кардиолога, да и хирург не помешает, если Зоя не сможет родить сама и придется делать кесарево. Нельзя рисковать ни самой Зоей, ни тем более ребенком. Малыш должен быть вскормлен материнским молоком, иначе все бессмысленно.

— У вас скоро день рождения. Вы не рассердитесь, если я сделаю вам подарок?

Господи, ну до чего трогательное существо! Почему он должен рассердиться? Совсем наоборот.

— Зоенька, детка, конечно, мне очень приятно, что ты помнишь о дне моего рождения, — тепло сказал он. — Но ты не должна тратить деньги на меня. К сожалению, я не могу тебе помогать так, как должен и как хотел бы, я сам зарабатываю не очень много, а ведь у меня семья, жена, дети, ты же знаешь. И мне самому будет неловко, если ты будешь покупать мне подарки.

— Что вы, — залепетала Зоя, глядя на него как на икону, — как вы можете так говорить, вы ничего мне не должны, ни помогать, ни денег давать. Мне ничего не нужно, у меня все есть. Так вы не рассердитесь?

Он слегка обнял ее и поцеловал в приятно пахнущие шампунем волосы. На каждую встречу с ним Зоя собиралась, как на первое свидание, мыла голову, надевала хорошее белье, делала маникюр, хотя в последнее время все их встречи проходили, за редким исключением, в его кабинете и в лаборатории. Став беременной, она не требовала плотских утех, как ненасытная, жадная до удовольствий Вера, молодая и полная сил красавица. Она вообще ничего не требовала, кроме права тихо и беззаветно любить его.

— Иди, милая, — ласково сказал он, — у меня много работы.

Он не лгал, работы было действительно много. За ним по плану числились две статьи в толстые научные журналы, к написанию которых он еще не приступал, даже эмпирический материал собрал не полностью. Кроме того, на столе с прошлой недели лежит толстая рукопись чьей-то монографии, присланной на рецензирование, а он ее пока не открывал. А ведь есть еще его собственная работа, та, которая для него интереснее и важнее всего. Она ничего не принесет ему, ни мировой славы, ни денег, ни признания людей, ибо о ней никто никогда не узнает. Кроме него самого, разумеется. Двадцать лет он работает над своей идеей, и вот теперь, кажется, близок к завершению. Только успех принесет ему успокоение. Пусть даже никто об этом успехе и знать не будет. Ему вполне достаточно, если он сможет сказать сам себе: «Я сделал это. Я доказал, что я прав. Теперь я могу делать то, чего не может больше никто во всем мире».

После этого можно будет спокойно доживать свой век рядом с какой-нибудь тихой, непритязательной, вечно благодарной Зоей. И грехи, совершенные во имя идеи, не будут беспокоить его совесть.

* * *

Опасения Насти и Короткова не были напрасными. На утреннем оперативном совещании полковник Гордеев по прозвищу Колобок еще раз продемонстрировал всему отделу по борьбе с тяжкими насильственными преступлениями, что любимчиков у него нет. Отсутствие результатов по раскрытию убийства Екатерины Венедиктовны Анисковец получило должную оценку, и оценку эту при всем желании нельзя было назвать даже удовлетворительной.

— Очень плохо, — подвел неутешительный итог Гордеев. — Все свободны. Анастасия, останься.

Настя вжалась в спинку стула, ожидая разноса. Она знала, что Виктор Алексеевич никого не обижает прилюдно, самые резкие слова приберегая для разговора один на один, поэтому приготовилась к худшему. Правда, удивляло то, что полковник не оставил Юру Короткова, да и Мишу Доценко отпустил. Не в его правилах было искать стрелочников и спускать собак на «крайнего».

Когда они остались в кабинете одни, Колобок уселся за стол для совещаний рядом с Настей, снял очки и привычно сунул пластмассовую дужку в рот.

— Ну, рассказывай, — вполне миролюбиво произнес он.

— О чем рассказывать?

— О деле Анисковец. Моя вина, я запустил это дело, ослабил контроль, уверен был, что все крутится вокруг коллекции и бриллиантов. Мне давно нужно было поговорить с тобой. Что тебя гложет, Стасенька? Что не так с этим делом?

— Да все не так! — в отчаянии вырвалось у нее. — Я вообще ничего в нем не понимаю.

— Ну, это не редкий случай, — усмехнулся полковник. — Такие слова я слышу от тебя по меньшей мере раз в месяц на протяжении десяти лет.

— Виктор Алексеевич, у меня версии абсолютно бредовые, и пути их проверки тоже не лучше. Но я сама не справлюсь, мне рожки быстро обломают.

— Вот это уже лучше, — кивнул полковник. — По крайней мере похоже на деловой разговор. Хотя насчет бредовых версий я от тебя тоже что-то слышал. И было это, если память мне не изменяет, раз двести за все время нашего знакомства. Так что не старайся меня напугать и тем более удивить. Что там такое?

— По свидетельствам людей, близко знавших Анисковец, она была хранительницей множества сердечных тайн, у нее дома устраивались свидания, участниками которых были известные люди. Беда вся в том, что тайны эти она действительно хранила. Во всяком случае, никто из тех, с кем мне довелось поговорить, не смог назвать ни одного персонажа этих амурных историй.

— Не смог или не захотел назвать? — уточнил Гордеев.

— Не знаю, — призналась Настя. — Но факт тот, что не назвали. И среди этих участников есть человек, который ведет себя более чем странно. У меня есть веские основания полагать, что он как-то причастен к убийству. Но как его найти — ума не приложу.

Она подробно рассказала начальнику о таинственном мужчине с приятным лицом.

— Поэтому действовать нужно поэтапно. Сначала следует по возможности убедиться, что речь идет об одном и том же человеке. А потом постараться его найти. Тут есть два пути, один гарантированно принесет успех, но он совершенно тупой...

— Кто тупой? — не понял Гордеев. — Успех или мужчина с приятным лицом?

— Путь тупой. В смысле — примитивный и нетворческий, а главное — требующий отрыва от работы большого числа людей и на неопределенное, но наверняка длительное время. Я имею в виду, что можно устроить засады в доме инвалидов и в больнице и тупо ждать, когда он там появится.

— А второй путь?

— Попытаться найти его через тех людей, которые были знакомы с Анисковец. Тут есть нюанс, Виктор Алексеевич. С теми, чьи тайны она не хранила, Анисковец и не была особенно откровенна. Трое самых близких ей людей — бывший муж Петр Васильевич Анисковец, друг детства коллекционер Бышов Иван Елизарович и задушевная подруга Марта Генриховна Шульц — услугами гостеприимной квартиры не пользовались. Но если найти людей, которые устраивали там свидания, то вполне может оказаться, что как раз эти-то люди знают, кто еще, кроме них, бывал у Анисковец по своим амурным делам. Я почти уверена, что с ними она не была так сдержанна.

— Откуда такая уверенность? — вздернул брови Колобок.

— Это не уверенность, — покачала головой Настя. — Это надежда на то, что с точки зрения психологии Анисковец была нормальной женщиной. Потребность поделиться секретом — вещь совершенно естественная независимо от того, чей это секрет, твой собственный или чужой. И эта потребность реализуется обычно в двух формах: человек либо ведет дневник, либо секрет разглашает. Скажу вам честно, когда выяс-

Александра Маринина

нилось, что у Анисковец ценности не похищены, я сразу подумала о дневнике. Но все трое самых близких друзей Екатерины Венедиктовны в один голос заверили меня, что привычки вести дневник она не имела никогда. Я допускаю, что Бышов и Шульц могли этого не знать, хотя это и маловероятно, но муж, с которым она прожила много лет, не знать об этом не мог. Значит, она с кем-то делилась. В противном случае мне придется признать, что Екатерина Венедиктовна Анисковец была резидентом иностранной разведки и в свое время прошла соответствующую психологическую подготовку в специальном учебном центре.

— А что? — оживился Гордеев. — Старушка шпионка — в этом что-то есть. Свежая идейка. Ладно, смех — смехом, но ты, пожалуй, права, Стасенька. Судя по рассказам знакомых, Анисковец была нормальной жизнерадостной дружелюбной теткой, стало быть, и психология у нее должна быть нормальной. Перечень выдающихся деятелей эпохи застоя, которые водили к ней своих любовниц, у тебя есть?

— В том-то и дело, что нет. Но это люди из ее круга, это ее знакомые, с которыми она встречалась на светских мероприятиях, премьерах, юбилеях и банкетах. Надо в первую очередь составить как можно более полный перечень таких людей, а потом осторожненько выбрать из них тех, кто изменял супругам, прикрываясь широкой спиной Екатерины Венедиктовны. Среди этих легкомысленных любовников должен быть хотя бы один человек, который знает, кто такой мужчина с приятным лицом, встречавшийся с Галиной Терехиной. А может быть, нам повезет, и этот мужчина окажется в списке знакомых.

— Понял. И в чем проблемы?

— Да в том, что они разговаривать со мной не станут. Ну представьте себе, Виктор Алексеевич, приду я к какому-нибудь бывшему министру и начну расспрашивать про хозяйку квартиры, где он баб, извините за грубость, трахал. Бывший министр быстренько мне объяснит, что у меня больное воображение, и выставит за дверь с позором. Вы много видели на своем веку людей, которые во имя раскрытия какого-то убийства пойдут на разглашение собственных секретов себе же во вред?

— Мало, — согласился Гордеев. — То есть так мало, что навскидку и не вспомню, было ли такое вообще. И что ты предлагаешь?

— Не знаю. Я только вижу, в чем трудность, а как ее преодолеть — не знаю. Одна надежда, что после составления списка знакомых Анисковец фигурант сам на глаза попадется. Есть предположение, что он врач.

— А если не попадется?

— Тогда буду думать. Но до этого еще далеко, Виктор Алексеевич. Надо пока что с внешностью определиться.

— Тогда не тяни. Я сегодня Мише Доценко рапорт на отпуск подписал.

— Как на отпуск? — в ужасе охнула Настя. — С какого числа?

— С десятого июля. Не уложитесь — пеняй на себя.

Вернувшись к себе, Настя стала обзванивать близких знакомых Екатерины Венедиктовны Анисковец и договариваться с ними о встречах.

Не говорила ли Екатерина Венедиктовна незадолго до гибели, что объявился какой-то старый знакомый, с которым она несколько лет не встречалась?

Не помнят ли они среди ее знакомых темноволосого седоватого мужчину с приятным лицом?

Не было ли в кругу знакомых Анисковец людей, близких к медицине?

И еще множество других вопросов нужно было задать. И не было никакой уверенности в том, что ответы прольют хоть какой-нибудь свет на тайну убийства пожилой женщины.

Глава 4

Когда Стасов попросил Иру встретиться с Анастасией Каменской и ответить на ее вопросы, Ира категорически отказалась ехать на Петровку.

— Да ну, дядя Владик, чего время терять-то, — заявила она. — Я могу только с пяти до десяти, но мне за

это время нужно квартиру убрать и по магазинам про-
бежаться, Наташка учебник какой-то заумный просила, надо поискать. Нет у меня времени на пустые разговоры.

— Это не пустые разговоры, Ирина, — строго сказал Стасов. — В конце концов, мои друзья на Петровке
не жалеют времени на то, чтобы проверять твоих чел-
ночно-торговых жильцов, так что не будь неблагодарной.

— Да в чем дело-то? — сердито спросила она. — О чем
нужно разговаривать? С моими родителями и так все
ясно, чего опять копаться. Столько лет прошло...

— Ира!

— Ну ладно, ладно, — сдалась она. — А может, эта
ваша Каменская сама ко мне домой приедет?

И Стасов сжалился над ней. Он знал, когда, где и
сколько работает его бывшая соседка, и понимал, что
проводить по восемнадцать-двадцать часов в сутки на
ногах — вещь непосильная даже для здорового мужика.

— Давайте завтра часиков в пять, — предложила
Ира. — В это время дома никого не будет, поговорим
спокойно. Только вы тоже приходите, дядя Владик, я
без вас разговаривать не буду. Я ментов боюсь.

Накануне она оглядела критическим взглядом свое
жилище. Ничего, прилично. Конечно, иностранных
послов принимать здесь нельзя, но для обычного дело-
вого визита сойдет. Все-таки она старалась не запус-
кать квартиру, чтобы не стыдно было перед жильцами.
Ильяс еще не вернулся из поездки, а Георгий Сергеевич приходит с работы около восьми, а то и позже, ему
через весь город ездить приходится, он говорил — в
один конец полтора часа. Тем более завтра он, кажется,
собирался ехать смотреть квартиру — бывшая жена
нашла какой-то очередной вариант обмена, Ира слышала, как он по телефону договаривался. Надо будет
прибежать чуть пораньше, быстренько протереть полы,
смахнуть пыль, проверить кухню, чтобы посуда грязная
в раковине случаем не залежалась. И пусть приходит
дядя Владик с этой своей милиционершей, если уж им
так приспичило.

На другой день она сорвалась с рынка, едва самые

удачливые продавцы, продав запланированное количество товара, начали собирать вещи с прилавков, хотя обычно «дорабатывала» до последнего момента. Примчалась домой, навела марафет в прихожей, кухне и в своей комнате, умылась и переоделась. Вообще-то эта женщина с Петровки была ей глубоко безразлична, но перед дядей Владиком неудобно, не хочется в грязь лицом ударить.

Ровно в пять часов раздался звонок в дверь. На пороге стоял Стасов и та женщина, к которой они недавно заходили, когда Ира была на Петровке.

— Проходите, — буркнула она, с удовлетворением отметив, что женщина одета ничуть не лучше ее самой: джинсы не из самых дорогих и простая хлопчатобумажная ковбойка в мелкую голубую клеточку, на ногах — темные туфли без каблука.

Поздороваться Ира по обыкновению забыла.

* * *

Настя оглядывала жилище Иры Терехиной, стараясь, чтобы ее любопытство не бросалось в глаза. Было заметно, что девчонка изо всех сил старается содержать квартиру в приличном виде, но все равно бедность выглядывала из всех щелей. Отрывающиеся обои подклеены скотчем, потолок давно не белили целиком, а только подкрашивали в тех местах, где появлялись темные пятна.

Однако неприветливость хозяйки Настю не обманула, влажный блеск линолеума красноречиво говорил о том, что к приходу гостей, хоть и незваных, здесь готовились.

— Чай будете пить? — все так же хмуро спросила Ира.

— Нет, спасибо. Мы постараемся вас долго не задерживать.

— Тогда пошли в комнату.

Поддерживать порядок в этой маленькой комнатке было, вероятно, совсем несложно. Мебели — минимум, диван, два стула, платяной шкаф. Даже стола нет, хотя место позволяло. Настя поняла, что все хорошие вещи Ира перенесла в комнаты к жильцам. Наверняка там есть и кресла, и журнальный столик, и настольные лампы. Если уж брать деньги за жилье, то по-честному. Не конуру с голыми стенами сдавать, а прилично меблированную комнату.

— Ира, вы слышали когда-нибудь о человеке по фамилии Николаев? — приступила Настя к делу.

— Это который в больницу ходит? Наташка говорила.

— А вы сами с ним знакомы?

— Нет. Ко мне он не ходит, — усмехнулась Ира.

— Кто он такой? Откуда взялся?

— Не знаю, — она равнодушно пожала плечами.

— Но ведь он навещает ваших сестер и брата. Значит, он знакомый вашей семьи.

— Ну и что?

Ира посмотрела на Настю с искренним недоумением.

— Ходит — и пусть ходит. Мне-то что за дело? Носит книги Наташке — и спасибо, мне трат меньше.

— Ира, но это как-то...

Настя даже не смогла сразу подобрать слова, настолько нелепой оказалась ситуация.

— Неужели вам не интересно, кто он такой? Какой-то посторонний мужчина навещает в больнице ваших родных, а вы так спокойно к этому относитесь.

— Слушайте, чего вы хотите от меня? Когда маманя их из окна повыбрасывала, а отец умер от горя, что-то никакой мужчина не пришел помощь предложить. Кинули меня, как кутенка в воду, и барахтайся как хочешь. А если потом в ком-то из этих сволочей совесть проснулась, так за ради Бога. А мне с ним встречаться ни к чему. Кто он мне? Сват-брат? Хотел бы помочь — ко мне пришел бы, спросил, не надо ли чего. В больницу к детям ходить с пустыми руками — не надо быть сильно добрым.

— Хорошо, оставим это, — спокойно сказала Настя. — Вы не помните среди знакомых своих родителей темноволосого симпатичного мужчину? Ему тогда могло быть лет сорок пять или чуть меньше.

— Нет, не помню. А зачем он вам?

— Нужен. Он говорит, что знал вашего отца. И мне нужно его найти. Я, честно признаться, очень надеялась на вашу помощь. Видимо, я ошиблась. Жаль. Подумайте как следует, Ира. Его зовут Николаев Александр Иванович.

— Я же сказала — не знаю такого. Ну я не вру, ей-Богу, — вдруг по-детски жалобно сказала Ира. — Почему вы мне не верите?

Настя верила. Она понимала, что двадцатилетняя девушка, крутящаяся целыми днями с метлами, лопатами, тряпками, ведрами, разносящая еду, напитки и сигареты по торговым рядам, уже не находит в себе сил, чтобы интересоваться каким-то мужчиной, который иногда приходит в больницу к ее искалеченным сестрам и братику. У нее совсем другие заботы, у нее совсем о другом болит голова, а если от этого неизвестного мужчины нет никакого вреда, то о нем можно и не думать. Думать надо только о том, как собрать денег на лечение маленького Павлика.

— Ира, а вы никогда не слышали от своих родителей о том, что у них есть знакомый врач?

— Нет, — девушка покачала головой. — Врачей не было.

— А кто был?

Ира подняла голову, и внезапно Настя увидела, как глаза ее наливаются слезами.

— Да никого у них не было! — сорвавшимся голосом выкрикнула она. — Мамане спасибо, всех друзей от дома отвадила, и своих, и папиных. Она же сумасшедшая была, с ней разговаривать было невозможно. Бред такой несла, что слушать стыдно. Я помню, когда маленькая была, и тетя Нина приходила, и тетя Лида, и дядя Гриша Самсонов, папин друг. Так весело было, они смеялись, разговаривали, гулять вместе ходили и меня с собой брали. Все было как у людей. А как Наташка родилась — так мать совсем свихнулась...

— Ира! — осуждающе произнес Стасов. — Ну что ты говоришь? Это же твоя мать.

— Да, свихнулась! — еще громче заговорила Ира. — Об этом все знали. И папа переживал, я же видела. Какое-то предназначение нам всем придумала и носилась с ним как с писаной торбой.

— Какое предназначение?

— Да откуда мне знать! Бормочет что-то, черт его разберет, что она там говорит. Добормоталась.

— Ира, — снова повторил Стасов, — так нельзя говорить о матери.

— А так, как она поступила, — можно? Можно, да? Всем жизнь покалечила, отца убила! Сволочь! Ненавижу!

Неожиданно она разрыдалась так громко и отчаянно, что у Насти сжалось сердце. Она растерянно посмотрела на Стасова, но Владислав только головой покачал, мол, не вмешивайся, пусть девочка выплачется. Надо отдать должное Ире, она довольно быстро справилась с истерикой, отерла лицо рукавом старенькой, но чисто выстиранной трикотажной блузки и громко хлюпнула носом.

— Ладно, проехали, — буркнула она все еще дрожащим голосом. — Не обращайте внимания. Задавайте свои вопросы.

* * *

Разговор с женщиной из милиции выбил ее из колеи. Дядя Владик и его знакомая давно ушли, а Ира то и дело принималась плакать, хотя в общем-то позволяла себе эту роскошь достаточно редко. До десяти часов она успела съездить в центр, в книжный магазин, купила для Наташи учебник французского языка, как раз такой, как она просила, и, вернувшись домой, прилегла, чтобы дать отдых ногам. Около половины десятого хлопнула дверь — вернулся Георгий Сергеевич.

— Ира, вы дома? — послышался из прихожей его голос.

Она сжалась в комочек и замерла. Если откликнуться, то придется выходить из комнаты и разговаривать с жильцом, а у нее слезы градом катятся. Конечно, Георгий Сергеевич — дядька добрый и славный, но он начнет приставать с расспросами — как, да что, да кто обидел, да отчего она плачет, а она еще больше разревется. Нехорошо перед чужими слабость показывать, довольно и того, что перед дядей Владиком и этой женщиной из милиции не сдержалась, сорвалась. Теперь корит себя, простить не может.

А плакать не хотелось еще по одной причине. Кожа и без того нездоровая, чтобы не сказать хуже, а от соленых едких слез, Ира это знала по опыту, прыщи раздражались еще больше. Все лицо начинало зудеть и чесаться, что само по себе достаточно противно, да и вид при этом делался — глаза б не глядели.

Из кухни донесся шум льющейся воды, мягко хлопнула дверца холодильника — Георгий Сергеевич готовил ужин. Ира зажгла лампу над диваном, посмотрела на часы. Пора собираться на работу в «Глорию». Она покрепче стиснула зубы, чтобы не плакать, и встала.

— Так вы дома? — удивился жилец, услышав ее шаги в коридоре. — Я думал, вас нет. Звал, но вы не откликались.

— Я задремала, — быстро ответила Ира, отворачиваясь, чтобы спрятать лицо. — Устала очень, день был суматошный.

— Поешьте со мной, — предложил он. — У меня как раз все готово.

— Нет, мне идти пора. Да вы не беспокойтесь, я ела недавно.

Накинув на плечи легкую ветровку, Ира отправилась на вечернюю работу. Прямо возле подъезда к ней подлетел какой-то юнец с пачкой бумаг в руках.

— Девушка, можно вас на минутку? Мы проводим социологическое обследование к выборам. За кого вы будете голосовать?

— Отстань, — бросила она на ходу.

Но парнишка не отстал. Напротив, он пристроился рядом и пошел в ногу с ней, размахивая зажатыми в руке бумажками.

— Девушка, ну что вам, трудно ответить? У меня задание опросить сто человек в возрасте от восемнадцати до двадцати пяти лет, а вы как раз подходите. За кого вы будете голосовать на выборах?

— Отвяжись, я сказала.

— Ну за кого? — заныл паренек. — За Ельцина или за Зюганова?

— А их что, двое всего? — насмешливо спросила Ира.

Она политикой не интересовалась, но была убеждена, что приход к власти коммунистов перекроет ей все возможности зарабатывать деньги. Поэтому к информации о предвыборной борьбе она прислушивалась и знала, что кандидатов не двое, а целых одиннадцать.

— Ну, остальные не в счет, — небрежно ответил юный социолог. — У них рейтинг низкий.

— Чего у них низкое? — переспросила Ира.

— Рейтинг. Они в народе непопулярны. Главные соперники — Ельцин и Зюганов. Вы за кого?

— Ни за кого.

Она быстро шагала, не поворачиваясь к настырному собеседнику.

— Значит, вы будете голосовать против всех?

— Ну что ты привязался? — с досадой сказала Ира. — За кого надо, за того и проголосую. Все, отвали.

Придя в «Глорию», она первым делом бросила взгляд в угол, где обычно сидел Олег. Стол был пуст. Ну и ладно. Не очень-то и хотелось. Провожальщик... Даже хорошо, что его нет сегодня. Лицо у нее — явно не для провожаний.

Но он все-таки появился, когда до закрытия оставались считанные минуты. Возник у нее за спиной, как и в первый раз.

— Привет, Иришка.

И снова у нее на глаза навернулись слезы. Так называл ее отец, а после его смерти она ни разу не слышала этого слова. Вернее, слышала, но адресовано оно было не ей.

— Здрасьте, — невнятно ответила она, смаргивая слезы. — Опять провожать пришел?

— Опять, — с готовностью подтвердил Олег. — Не прогонишь?

Она не ответила, старательно отскребая грязь со дна большой сковороды, на которой подавали рыбу, приготовленную как-то по-особому. Спиной она чувствовала, что Олег молча разглядывает ее.

— Шел бы ты отсюда. Чего смотришь?

— Я тебе мешаю?

— Да нет, смотри, если нравится. Ничего интересного.

— Интересно. Я когда маленьким был, часами стоял и на мать смотрел. Точь-в-точь как сейчас.

— А мать кто была? — вяло поинтересовалась Ира. — Артистка?

— Какая артистка! — рассмеялся Олег. — Посудомойка. Мы в поселке жили, а рядом — санаторий. Правительственный. Мать там работала на кухне. В то время посудомоечных машин и в помине не было, все вручную мыли. Она брала меня с собой на работу, и я смотрел, как она грязные тарелки, кастрюли, баки надраивает.

— Так ты лимита, что ли?

— Ну, вроде того.

— Разбогател, значит, на московских харчах, ужинать в ресторан ходишь. Небось рэкетир?

— Небось, — весело подтвердил Олег.

— Тогда вали отсюда, — неожиданно грубо сказала Ира. — У меня с рэкетом общих дел нету. Не хватало мне еще вляпаться.

— Да не бойся ты, я пошутил. У меня нормальная работа, охранная. Никакого криминала.

Она закончила возиться с посудой и пошла за тряпками и ведром. Олег, как и в прошлый раз, уселся в кресло перед гардеробом и принялся трепаться с дядей Колей. Почему-то мысль о том, что он ее ждет, была Ире приятна, хотя она совершенно не понимала, зачем он это делает. Она уже домывала унитаз в туалете, когда к ней подошла официантка. Странно, Ира была уверена, что все, кроме дяди Коли, уже ушли.

— Ты что будешь, шашлык или котлеты по-киевски?

— Давай чего не жалко, — откликнулась Ира, не разгибаясь.

— Да мне все равно, — как-то странно усмехнулась официантка. — Что скажешь, то и подам.

— Чего?

Ира выпрямилась и недоуменно уставилась на нее. Как это «подам»? Она издевается, что ли?

— Чего ты несешь?

Официантка с любопытством посмотрела на Иру.

— Так ты что, не знаешь? Кавалер твой ужин на

Александра Маринина

двоих заказал. И мне отдельно приплатил, чтобы я вас обслужила. Щедрый он у тебя.

— Да иди ты! — Ира снова склонилась над унитазом. — Шутки у тебя...

— Какие шутки, ты что! Вот как Бог свят. Давай домывай в темпе, повара-то все ушли, если блюдо остынет, я ничего сделать не смогу, они плиту выключили.

Ира ничего не ответила. Она всегда терялась, когда ее разыгрывали, не знала, как правильно реагировать, чтобы не оказаться в смешном положении. С чувством юмора у нее было плоховато, да и какой уж тут юмор при такой-то жизни.

— Ладно, я подам и то, и другое, сама решишь. Что не съешь — забирай домой, он все оплатил заранее. Только, Ир... Ты это... В общем, я все накрыла там, приборы поставила, холодные закуски, спиртное. Вы с закусками побыстрее заканчивайте, ладно? Тогда я быстренько горячее подам и домой побегу, а вы уж сидите сколько хотите. Посуду только помой потом, а то до утра засохнет. Дядя Коля тебе ключи оставит, запрешь тут все, а утречком ему занесешь. Договорились?

Ира домыла унитаз и повернулась к официантке, собираясь сказать ей что-нибудь грубое и резкое в ответ на затянувшуюся шутку. Но внезапно поняла, что это не розыгрыш.

— Ты... серьезно? — на всякий случай спросила она.

— Да Господи! — всплеснула руками официантка. — Конечно, серьезно. Давай, Ир, не тяни кота за хвост, мне еще домой добираться.

Ира не торопясь вымыла руки и лицо душистым мылом, лежащим здесь же, на умывальнике, и внимательно посмотрела на себя в зеркало. Ужин в ресторане. Никогда в жизни такого с ней не было. Она не верила в сказки про Золушек, которые одним прикосновением волшебной палочки превращались в принцесс. И в любовь с первого взгляда она тоже не верила. Какая может быть любовь, если первому взгляду предстают жалкие обноски и отвратительные ненавистные прыщи?

Она неуверенно вышла в холл. Олег тут же вскочил ей навстречу, а дядя Коля засобирался домой.

— Вот, — он протянул Ире связку ключей, — закроешь все как следует и сигнализацию включишь. Решетку-то сможешь поставить?

— Не знаю, не пробовала.

— Я поставлю, — вмешался Олег. — Ты не беспокойся, дядя Коля, все будет в лучшем виде.

Они вошли в полутемный пустой зал. Верхний свет был погашен, только на столике в углу, где обычно сидел Олег, горела уютная настольная лампа под кремовым шелковым абажуром. Ира уселась спиной к стене и тут же почувствовала, как заныли ноги. Поколебавшись всего мгновение, она под столом сняла туфли и блаженно вздохнула от облегчения.

— Чего это ты затеял ни с того ни с сего? Думаешь, я совсем нищая, прокормить себя не могу?

— Дурочка ты, вот что я думаю, — улыбнулся Олег. — Девушек в ресторан приглашают не потому, что они от голода умирают. Ешь салат, у них салат вкусный. Ты небось не ела ни разу?

— Не ела, — призналась Ира. — Правда, вкусно. А ты женат?

— Вот те здрасьте! — расхохотался Олег. — Тебе не все равно, с кем ужинать, с женатым или с холостым?

— Все равно. Просто интересно.

— Женат. И что с того?

— Да ничего. Разве тебя жена дома не ждет?

— Может, и ждет. Но теперь это уже не имеет значения. Ей нужно было раньше меня ждать.

— Изменяет, что ли? — с пониманием спросила Ира.

— Что ли.

— Чего ж не разводишься?

— Ребенок будет. Шесть месяцев уже.

— А-а, — протянула она, накладывая себе вторую порцию салата, который действительно был на удивление вкусным, Ира такого и не ела сроду.

Им принесли горячее — три огромных блюда, на одном — шашлыки, на другом — котлеты по-киевски, на третьем — молодой картофель, посыпанный укропом и обложенный по краям красиво нарезанными помидорами, огурцами, красными, желтыми и зелеными дольками сладкого перца. Такого изобилия Ира давно уже не видела.

— Ты почему не пьешь ничего? — спросил Олег, потягивая джин с тоником.

— Мне нельзя. У меня аллергия.

— И что будет, если выпьешь?

— Плохо будет. Задыхаться начну, могу вообще умереть. Меня в интернате как-то раз девчонки напоили, потом пришлось «скорую» вызывать, еле отходили. У нас это наследственное.

— Что ж это за болезнь такая?

— А черт ее знает. У меня и сестры болеют, и брат. Всем досталось.

— И родители болеют?

— Нет, — коротко ответила Ира.

Говорить о родителях ей не хотелось. Но Олег ей нравился с каждой минутой все больше и больше. Надо же, обыкновенный парень, не столичный, в поселке вырос. И с женой не повезло. Нет, ну какие же бабы дуры и суки, просто слов не хватает! Вот какого рожна еще этой жене надо? Молодой, здоровый, симпатичный, и деньги, видно, есть. И добрый.

— Слушай, ты только не обижайся... А лицо у тебя такое тоже от болезни?

— Наверное. Точно не знаю. Я уже привыкла. А что, очень противно смотреть?

— Что ты.

Он мягко улыбнулся и взял ее за руку, погладил шершавые пальцы с потрескавшейся кожей и некрасивыми, изуродованными работой ногтями.

— Совсем не противно. Но ведь можно, наверное, сделать что-то. Почему ты к врачу не сходишь?

— Потому что это денег стоит, а у меня их нет, — просто ответила Ира.

— Дядя Коля сказал, ты очень много работаешь. Неужели тебе денег не хватает? Или копишь на что-то?

Она снова почувствовала предательское пощипывание в носу. Сегодняшняя истерика совсем подкосила ее, строить из себя гордую и независимую больше сил не было. Был бы этот Олег другим, самоуверенным, насмешливым, демонстративно богатым, она бы тоже постаралась показать себя сильной и ни в чем не нуждающейся. Но он оказался совсем другим. И она начала рассказывать. Впервые за все эти годы она вдруг доверилась абсолютно незнакомому человеку. Ни с кем она не откровенничала, даже ее квартиранты не знали, почему она вынуждена сдавать комнаты. Только Стасов знал, потому что все случилось буквально на его глазах, когда он еще жил в одном с ней доме.

Олег слушал внимательно, не перебивал, даже не ел, пока она рассказывала, только молча курил одну сигарету за другой.

— Хочешь, я попробую договориться с одним врачом? — предложил он, выслушав ее горестный рассказ. — Он тебя посмотрит. А вдруг он сможет тебе помочь?

— Я же сказала, у меня каждая копейка на счету.

— Не думай об этом. Это будет моя забота.

— Зачем тебе это? Деньги некуда тратить?

— Некуда.

— Так не бывает. Врешь ты все, — вздохнула Ира.

— Бывает, Иришка. Очень даже бывает. Ты на мою мать похожа.

Он снова взял ее руку и поднес к губам. Такого с Ирой тоже никогда в жизни не случалось.

— Я как в первый раз тебя увидел, давно еще, месяца два назад, у меня внутри все сжалось. Мама точно такая же была, маленькая, худенькая, с утра до вечера работала, волосы не прибраны, руки красные и потрескавшиеся. Отец нас бросил, мать троих детей тянула на себе. И я всегда мечтал, чтобы нашелся человек, который появился бы и решил все наши проблемы. Вот просто так взял и решил, ничего за это не требуя. Одним махом. Дал бы сразу много-много денег, чтобы мама могла больше не работать, а только сидела бы дома и нас с братьями растила. Мама у меня красивая тогда была, хоть и работала, как вол, а все мужики на нее заглядывались. И из числа отдыхающих начальников тоже. Я хоть и пацан был, а все понимал, от такой жизни дети рано взрослеют. Видел, как она к ним в номера уходила, и каждый раз надеялся, что это окажется прекрасный принц, который женится на ней. А принцы, как водится, оказывались полным говном, совали ей коробочку конфет или жалкий букетик цветочков и отбывали к месту начальственной службы. Все знали, как трудно мы живем, и ни одна сволочь не помогла. Вот я и хочу тебе помочь. Просто так, без ничего, без задних мыслей. Понимаешь?

Она осторожно отняла руку и робко погладила Олега по щеке.

— Насчет задних мыслей... — Она помолчала, помялась. — Это из-за лица, да? Тебе неприятно ко мне прикасаться?

— Ну что ты говоришь, Иришка, — грустно улыбнулся он. — Просто я не хочу, чтобы с тобой было, как с моей мамой.

— Значит, неприятно, — спокойно констатировала она. — Да ты не думай, я не обижаюсь, я свое еще в интернате получила. Теперь я закаленная, меня этим не возьмешь. А твой доктор правда может мне помочь?

— Не знаю, врать не буду, но я спрошу. Говорят, он какой-то кудесник, прямо чудеса творит. Если он возьмется тебя лечить, я дам денег, пусть тебя это не волнует.

— Спасибо. Ну что, пойдем? Мне вставать рано.

Они быстро унесли посуду из зала в кухню, Ира все помыла, оставшиеся продукты привычно сложила в полиэтиленовые пакетики и сунула в сумку.

— Голодаешь? — сочувственно спросил Олег.

— Справляюсь, — коротко ответила она, ощутив болезненный укол неловкости. — Это для бездомных собак, их вокруг нашего дома тьма-тьмущая.

— А, понятно.

Конечно, про собак — чистое вранье, и Олег это прекрасно понял, Ира по его лицу видела, что понял, но оценила его деликатность.

Тщательно заперев все двери, поставив решетку и включив сигнализацию, они отправились в сторону ее дома.

— В котором часу тебе вставать? — спросил Олег, когда они остановились у ее подъезда.

— В пять.

— Сейчас уже два. Тебе поспать всего три часа осталось. Ты прости, что я все это затеял, не подумал, что ты встаешь так рано. Теперь не выспишься из-за меня.

— Ерунда, — она беззаботно махнула рукой. — Я могу вообще не спать. Мне и двух часов за глаза хватит, чтобы отдохнуть. А вот как ты-то будешь домой добираться? Метро уже не ходит.

— Я на машине. Она там, возле «Глории», стоит.

— Чего ж не подвез? — усмехнулась Ира. — Рылом не вышла на лимузинах раскатывать?

— Умом ты не вышла, — засмеялся он. — Я, может, хотел с тобой подольше побыть. На машине мы бы за пять секунд доехали. А так целых пятнадцать минут шли. А тебе правда двух часов хватит, чтобы выспаться? Или так, для красного словца сказала?

— Правда, не вру.

— Повезло тебе. Много в жизни успеешь. Так может, пригласишь на чашку кофе? Или боишься?

— Чего мне бояться? У меня жилец под боком, в обиду не даст в случае чего. Только у меня кофе нет, я его не пью.

— А чай есть?

— Чай есть.

— И сахар есть?

— Есть.

— Тогда приглашай.

Они поднялись на лифте и тихонько вошли в темную прихожую. Из-под двери комнаты Георгия Сергеевича просачивалась тонкая полоска света, жилец не спал.

— Ира, у вас все в порядке? — тут же раздался из-за двери его голос.

Ира замерла и крепко схватила Олега за руку.

— Да, у меня все в порядке, — громко ответила она, стараясь говорить ровным тоном.

— Я беспокоился, не случилось ли чего с вами, уже третий час.

— Все в порядке, — повторила Ира. — У нашей официантки сегодня день рождения, мы там отмечали, потому и задержалась.

— Ну и хорошо, — успокоенно ответил жилец. — Спокойной ночи.

Ира, ступая на цыпочках, провела Олега в свою комнату.

— Посиди здесь, сейчас чайник поставлю.

Он обнял ее за плечи и повернул к себе.

— Заботливый у тебя жилец. Нравственность твою блюдет?

— Да нет, с чего ты взял? Ничего он не блюдет.

— Чего ж ты меня от него прячешь? Разве ты не имеешь права приводить к себе друзей? Что у вас тут за порядки?

— Никаких порядков нет, — сердито ответила Ира. — И ничего я тебя не прячу. Просто неудобно человека беспокоить, он и так из-за меня не спит, а ему утром на работу идти. Он же нормальный, не такой, как я, ему спать нужно.

— А других ты тоже тайком приводила?

— Каких — других? — не поняла Ира.

— Других мужчин.

Она залилась краской и вырвалась из его рук.

— Никого я не приводила. Чего ты несешь-то?

— Совсем никого?

— Совсем. А если ты насчет этого... Так ты не думай, я же интернатская, мы там такую школу жизни проходим — никаких университетов не надо.

— Иришка, — шепотом сказал он, — не обижайся на меня. Только честно скажи: не хочешь? Я тебя не трону, чаю попьем с тобой, и я домой поеду.

Она помолчала, глядя куда-то в сторону, потом перевела глаза на Олега.

— Я боюсь.

— Я же сказал: я тебя не трону, если ты не хочешь. Что я, садист?

— Я не об этом...

Он понял. Осторожно протянул руки, погладил ее по плечам, привлек к себе, обнял.

— Не бойся, — еле слышно шепнул он. — Я тебе обещаю, все будет хорошо.

— Ты ведь понимаешь, мне нельзя этого... — продолжала словно оправдываться Ира. — У меня младшие на руках. И мать тоже.

— Не бойся, — повторил Олег.

* * *

Спустя ровно час он ушел. Ира бесшумно вывела его в прихожую и открыла входную дверь. Хорошо, что комната Георгия Сергеевича — самая дальняя, если он спит, то наверняка не слышит.

Перед уходом Олег спросил:

— Я не понимаю, почему ты прячешься. Кому ты чего должна?

— Ничего и никому. Оберегаюсь. Люди — стадные животные. Если можно одному — значит, можно всем. А если никому нельзя — так никому. И в голову не придет попробовать. Мои жильцы кого только не водят сюда. Один Шамиль чего стоил, слава Богу, съехал. У него каждый день гости были. Если б он знал, что ко мне мужчины ходят, — все, конец. Не отбилась бы.

— Умно, — согласился он. — Сама додумалась?

— Нет, добрый человек подсказал.

Выйдя из подъезда, Олег быстро направился в сторону «Глории», где стояла его машина — недорогой симпатичный «Фольксваген». Жил он далеко, но по пустынным ночным улицам дорога много времени не займет. Можно даже по сторонам не смотреть, время глухое, машин нет.

Стало быть, компания «казанских» плотно облюбовала квартирку в Сокольниках. Сейчас там живет Ильяс — личность известная. До него был Шамиль, а Шамиля, в свою очередь, привел Муса. Это все «шестерки», а вот главаря бы найти... Он где-то в Москве, по предварительным данным, он сам не из Казани, русский. И имени его никто не знает, только кличку. Ну и промысел себе эта команда придумала! Под видом торговцев-челноков снуют туда-сюда из России в Турцию и в Египет, осуществляют связи между мусульманскими общинами, готовящимися к газавату — священной войне, помогают террористам. Средствам связи не доверяют, считают, что лучше всего передавать информацию лично, на словах. Это верно, так надежнее. Любое сообщение по радио или телефону перехватить можно.

Два месяца назад Олег получил задание и, выполняя его, вышел на квартиру в Сокольниках. Решил присмотреться к хозяйке, Ирине Терехиной, незамужней, двадцати лет. Пришел в «Глорию», где девушка работала по вечерам. И с тех пор уже не мог выбросить ее из головы.

Он рассказал ей чистую правду и про поселок, в котором вырос, и про санаторий для крутых начальников, и про труженицу-мать. Сочувствие к Ире все росло и росло, давило грудь, мешало дышать. Еще ни разу не заговорив с ней, он уже знал всю ее историю, а когда она сама рассказала ему о том, как живет, убедился, что Ира ни в чем не приврала, не преувеличила, одним словом — на жалость не брала. Олег в детстве прочел много сказок, других книг в доме почти не было. Сказки покупались в огромных количествах для старшего брата, когда тот еще был маленьким, а отец жил с ними. Потом отец бросил их, и покупать книжки было не на что. Единственным доступным чтением остались толстые книги с картинками и текстом, набранным крупными буквами. Таджикские сказки, туркменские сказки, русские, украинские, сказки народов Европы... И жизнь он до поры до времени мерил этими сказочными мерками, верил в принцев и счастливый случай, верил в то, что есть на свете добрые и благородные рыцари, которые обязательно рано или поздно найдут их мать и помогут ей.

Рыцари, однако, почему-то не находились. А мать старела и слабела на глазах. И Олег дал себе слово, что обязательно сотворит какое-нибудь маленькое чудо собственными руками. Не для того, чтобы облагодетельствовать кого-нибудь, а просто для того, чтобы убедиться: это возможно. Это бывает. Пусть его семье не повезло, на их долю чуда не пришлось, но должно же оно существовать где-то! Сказки ведь живые люди придумывали, а раз они это придумали — значит, это когда-то где-то случалось. Если правда, что зло порождает зло, то и добро должно порождать добро. Нужен только первый толчок, первое бескорыстное доброе дело, а дальше уже начнется цепная реакция.

Он отнюдь не был сопливым романтиком, напротив, жизнь Олега Жестерова была достаточно суровой и к сантиментам не располагала. По ходу этой жизни ему чаще приходилось творить зло, нежели добро, хотя зло это совершалось во имя добрых целей, но все-таки само по себе было злом, ибо отнимало у людей свободу, имущество, а иногда и жизнь. Мысль о маленьком чуде укоренилась в глубинах сознания и на поверхность вылезала теперь крайне редко, но она никуда не исчезла. А после встречи с Ирой Терехиной, как сказали бы психологи, актуализировалась.

Разумеется, ни о какой любви не могло быть и речи. То, что произошло сегодня ночью, было частью его работы, его задания. Он должен был войти в контакт с хозяйкой квартиры, где живут «казанские», а при возможности и познакомиться с жильцами и их многочисленными гостями, втереться в доверие и постараться нащупать хоть какие-нибудь сведения о главаре по кличке Аякс. Сама кличка наводила на мысль о том, что главарь — большой поклонник футбола, ибо «Аякс» — это название известного футбольного клуба. Но все это было только приблизительно, потому что имя «Аякс» принадлежит мифологическому герою, и о чем думал этот чертов главарь, выбирая себе кликуху, оставалось только догадываться.

Но дело — делом, а чудо — чудом. Надо поговорить с женой насчет того врача, к которому она все время бегает. Уж так она его нахваливает! Прямо маг и волшебник. Хорошо бы он подлечил Иру. Сколько бы это ни стоило.

Глава 5

Внешность таинственного «мужчины средних лет приятной наружности с темными седоватыми волосами» — штука расплывчатая и ненадежная. И устанавливать детали было не просто.

Кто мог описать его достаточно подробно? Во-первых, сестра Марфа. Во-вторых, медсестры в больнице, где лежали Наташа, Ольга и Павлик Терехины. В-третьих, сами дети. Но детей пришлось исключить сразу: «дядя Саша» мог появиться в любую минуту, и непосредственные Павлик, Оля и Наташа тут же сказали бы ему, что им интересуется милиция. Если с семнадцатилетней Наташей еще можно было попытаться договориться, то с остановившейся в развитии Олей и маленьким Павликом этот номер точно не пройдет. Скажут сразу же. Медсестры в этой ситуации тоже не были особо надежными. Кто знает, не приплачивает ли «дядя Саша» кому-нибудь из них за молчание и своевременное информирование.

Зато с жильцами дома, где была убита Екатерина Венедиктовна Анисковец, можно было работать спокойно. Искомый мужчина там вряд ли появится. Даже наверняка не появится. А если появится, значит, он к убийству отношения не имеет. Но беда в том, что видели и запомнили его только два человека. И, что самое главное, в разное время. Старушка с нижнего этажа запомнила его еще с тех времен, когда он достаточно регулярно приходил к Екатерине Венедиктовне, и было это довольно давно. Незадолго до убийства она его не видела. Другая же соседка жила в доме недавно и видела темноволосого мужчину возле квартиры Анисковец за два дня до убийства, но никогда не видела его раньше.

Миша Доценко по опыту знал, что с такими двумя свидетелями каши не сваришь. Под кашей в данном случае подразумевался субъективный портрет разыскиваемого мужчины. Так оно и вышло.

Поскольку всех жильцов дома Доценко уже знал, то решил воспользоваться услугами художника, жившего прямо над квартирой Анисковец. Федор подрабатывал «быстрыми» портретами возле Выставочного центра, много пил, но глаз у него был по-прежнему острым, а рука пока еще не дрожала даже с похмелья.

Начал Доценко с той свидетельницы, которая была постарше. Анисья Лукинична уверенно руководила работой Федора и была страшно довольна, проникнувшись важностью выполняемой задачи.

— Круче, круче бери, — командовала она. — Вот так. Нет, брови не такие, гуще рисуй... Губы-то, губы чего сморщил, они у него такие были красивые, большие...

Федор покорно исправлял рисунок, полагаясь на слова женщины.

— Да чего-то он у тебя старый-то какой получился, — неодобрительно изрекла Анисья Лукинична, окидывая взглядом законченный рисунок. — И не такой он вовсе был.

Начали сначала. Овал лица. Прическа. Нос. Губы. Брови. Глаза. Подбородок. Морщины.

— Ну а теперь как? — с надеждой спросил Доценко.

— Теперь хорошо, — удовлетворенно сказала свидетельница, которой скоро должно было исполниться девяносто четыре года.

С полученным портретом они пришли к другой соседке, той, что видела «дядю Сашу» незадолго до смерти Анисковец.

— Что вы, — удивилась она, едва бросив взгляд на рисунок, — это совершенно не он.

— Так, — устало вздохнул Доценко, — приехали. Давайте все сначала. Что вы вкладываете в понятие «совершенно не он»?

— Ну как что, — растерялась женщина. — Не похож.

— Это не одно и то же, — терпеливо начал объяснять Михаил. — Вы актера Пьера Ришара хорошо себе представляете?

— Это которого? Высокого блондина в ботинке?

— Да, его самого.

— Конечно, — улыбнулась женщина. — У него такая внешность — ни с кем не перепутаешь.

— Теперь посмотрите, — он вытащил из бумажника несколько фотографий и одну из них показал свидетельнице. — Это он?

— Совершенно не он, — тут же ответила она. — Какой же это Ришар? Это же Михаил Ульянов.

— А этот?

Он протянул ей другую фотографию. На снимке был запечатлен человек, тщательно и умело загримированный под Ришара, но все-таки было видно, что это не французский киноактер. Доценко, работая со свидетелями, всегда носил с собой несколько специально подготовленных комплектов фотографий, потому что давно усвоил: наглядный пример всегда срабатывает лучше, чем самые подробные словесные объяснения.

Александра Маринина

— Этот?

Женщина задумалась, внимательно вглядываясь в изображенное на снимке лицо.

— Вообще-то похож на Ришара. Но, по-моему, это все-таки не он.

— Отлично. Теперь посмотрите вот этот снимок.

На третьем снимке был тот же мужчина, только без грима, но в парике, точно имитирующем прическу Ришара.

— Нет, — она покачала головой, — этот не похож.

— Почему? — быстро спросил Доценко. — Смотрите, прическа совсем одинаковая.

— Но лицо другое.

— И нос такой же длинный, — настаивал Михаил.

— Нос длинный, а лицо другое, — не уступала женщина.

— Теперь поняли разницу между «совершенно не он» и «не похож»?

Свидетельница рассмеялась.

— И правда... Надо же, как интересно. Я и не задумывалась никогда. Дайте-ка мне рисунок.

Она снова, но уже более пристально, вгляделась в творение Федора.

— Да, вы правы, нельзя сказать, что это «совершенно не он». Что-то общее есть. Но губы у того мужчины были тоньше, суше. И глаза не такие большие...

Федор снова принялся за работу. В результате из-под его карандаша вышло лицо, не имеющее почти ничего общего с лицом, которое было «изготовлено» под руководством Анисьи Лукиничны.

Миша знал заранее, что так и получится. Анисья Лукинична видела этого мужчину много раз, но с тех пор прошли годы. Он уже шесть лет не появлялся. Когда она видела его в последний раз, ей было под девяносто, и совершенно естественно, что он казался ей неоперившимся юнцом, ведь он был лет на сорок моложе, если не больше. Другая же соседка видела его сейчас, когда он стал на шесть лет старше, и ей, двадцатисемилетней, он казался, наверное, глубоким стариком. Отсюда и различия в восприятии его лица и в описании черт. Нет, с этой парочкой ничего не выйдет.

Поблагодарив молодую женщину, Доценко стал на лестничной площадке прощаться с Федором.

— Может, зайдете? — гостеприимно предложил художник. — По пять грамм, а?

Пить Мише не хотелось, на улице стояла жара, и нужно было бы вернуться на работу, дел накопилось много. Но он твердо соблюдал заповедь: со свидетелями надо дружить. А с добровольными помощниками — тем более. Федор, конечно, вряд ли обидится, если Миша не пойдет к нему пить водку, но в другой раз понимания и помощи с его стороны уже не дождешься. А этот самый пресловутый другой раз может случиться уже завтра. Доценко всегда с белой завистью наблюдал за работой своих коллег, которые проработали в розыске намного дольше него самого и которые частенько произносили заветные слова: «Мой человечек шепнул». Казалось, у них на каждой улице, в каждом учреждении были такие «человечки». А у самого Миши их было пока очень мало. Как знать, вдруг Федор пригодится...

— По пять грамм — это мысль продуктивная, — весело ответил он. — Спасибо за приглашение. Давай-ка я за закуской сбегаю.

— У меня есть, — засуетился художник. — Не надо ничего.

Они поднялись двумя этажами выше. В квартире, где жил Федор, обитало пять семей, и длинный узкий коридор был, как водится, загроможден всяческой утварью от тазов и ведер до велосипедов и лыж.

— Сюда проходи, осторожно только, не испачкайся, — предупредил художник, — здесь дверь красили, еще не высохла.

Комната у Федора была большая и светлая, с высокими потолками. И присутствие женщины здесь угадывалось с первого взгляда. Свежевыстиранные занавески на чисто вымытых окнах, отсутствие пыли и нарядные баночки с кремами на тумбочке возле дивана.

— Мы хозяйке твоей не помешаем? — на всякий случай спросил Михаил. — А то вернется и скандал устроит, если увидит, что мы себе позволяем остограммиться.

— Не вернется, — беззаботно ответил Федор. — Она сегодня сутки работает, только завтра утром явится.

— Ну тогда ладно.

Пока Федор накрывал на стол, таская продукты из стоящего в углу комнаты холодильника, Доценко рассматривал висящие на всех стенах рисунки.

— Твои работы?

— Угу, — промычал художник. — Нравится?

— Нравится. Я думал, ты только на улице рисуешь и рисунки сразу заказчикам отдаешь.

— Не, не всегда. Бывает, заказчик отказывается брать, ему не нравится. Тогда рисунок у меня остается. И вообще, для тренировки, чтобы рука навык не теряла.

— А для тренировки кого рисуешь?

— Да кого придется, соседей, знакомых, а то и просто из головы. Знаешь, зимой работы мало, светает поздно, темнеет рано, на морозе стоять никому неохота, ни мне, ни клиентам. Так что зимой я все больше в издательствах подрабатываю, не в крупных, конечно, там свои мастера есть, а по мелочи, ну там обложку сделать или плакатик рекламный. А чтобы навык не терять, приходится рисовать всех подряд. Карандашный портрет — статья особая, а уж быстрый — тем более. Постоянно приходится тренироваться, чтобы выделять те черты лица, которые наиболее легко узнаются, иначе клиент скажет, что не похоже получилось. Ты садись, сыщик, все налито.

Миша присел к столу, поднял рюмку, с сомнением оглядев приготовленную хозяином закуску.

— Ну, за знакомство, — предложил он.

— Давай, — согласно кивнул Федор.

Они выпили по первой, закусили шпротами из банки и нарезанными помидорами. Художник тут же налил по второй.

— Куда ты частишь? — засопротивлялся Доценко.

— Так полагается. Чтоб пуля пролететь не успела, — деловито пояснил Федор. — Давай за тебя, за твою удачу. Тебе без удачи никак нельзя.

— Это точно, — подтвердил Доценко, с ужасом думая о том, что пуля-то, может, и не пролетит в перерывах между тостами, но результат от такого питья будет ничем не лучше огнестрельного ранения. Утрата подвижности и полная потеря сознания. Нет, уж пусть лучше пули летают, от них хоть увернуться можно, а от проникающего в организм алкоголя фиг увернешься.

Он снова встал и подошел к висящим на стене рисункам.

— Это кто? — спросил он, указывая на портрет хорошенькой девушки с голыми плечами.

— Подружка мужика из соседней квартиры. Она его давно бросила, а портрет висит. Красивая, да? Хотел соседу толкнуть, на память, а он не взял. Глаза б мои, говорит, ее не видели, стерву.

— Я бы взял, — рассмеялся Доценко. — Я всех своих подружек люблю, даже тех, которые меня бросали. Они ж меня бросали не потому, что стервы, а потому, что я недостаточно хорош. Зачем же их винить?

Алкоголь, залитый в пустой желудок, быстро дал о себе знать, и Михаилу хотелось потянуть паузу, чтобы до беды не дошло. Стянув со стола толстый ломоть хлеба и кусок колбасы, он перешел к другой стене. Внимание его привлек портрет мужчины, который показался ему смутно знакомым.

— А это кто?

— А черт его знает! Я его из головы выдумал.

— На кого-то он похож...

— Может быть, — пожал плечами Федор, закуривая. — Все люди похожи между собой, это я тебе как художник говорю. Всего-то разновидностей носов, губ и глаз — штук по пятнадцать, а очертаний бровей — и того меньше. Все дело только в их комбинациях. Вон, видишь, между окнами рисунок? Это мой приятель, мы с ним когда-то калымили вместе на оформлении музея. А теперь на себя глянь в зеркало.

Михаил взглянул на рисунок: лицо действительно было очень похожим на его собственное. Он снова перевел глаза на заинтересовавший его портрет. Определенно кого-то этот мужчина ему напоминает.

— Когда ты это рисовал?

— Ну я не точно помню, — развел руками Федор. — Недавно. А ты сними его и посмотри на обороте, я всегда дату ставлю.

Александра Маринина

Доценко снял рисунок со стены и перевернул. Обозначенная дата его озадачила. Это было 24 мая, за несколько дней до убийства Екатерины Венедиктовны. Из головы выдумал! Как же. Михаил быстро достал из «дипломата» рисунки, сделанные Федором со слов свидетельниц.

— Ну-ка посмотри, — потребовал он. — Посмотри как следует.

Федор склонился над рисунками, потом положил рядом с ними портрет выдуманного из головы мужчины.

— Да-а, — протянул он. — Похоже. Что же получается, что я случайно из головы выдумал мужика, который к покойнице ходил? Слушай, может, я экстрасенс какой-нибудь, а?

— Никакой ты не экстрасенс. Просто ты его увидел и запомнил, а внимания не обратил. Сел рисовать и решил, что придумал его сам. Ну, может, наполовину и придумал, а на другую половину — нарисовал то, что видел недавно.

— Ну дела, — покачал головой художник. — Это ж надо.

— Теперь смотри внимательно. Бабка Лукинична говорила, что губы у него пухлые, а молодая соседка утверждала, что они более узкие, сухие. У тебя они средние, но форма во всех трех случаях одинаковая. Значит, будем считать, что с формой мы определились. Возьмем нос. Бабка говорит, что нос у него с горбинкой, молодая про горбинку молчит. Стало быть, она могла видеть его только анфас, потому и горбинку не заметила. У человека на твоем рисунке нос тоже горбатый. А родинка откуда взялась? Она действительно была или ты ее придумал?

— Да кто ж его знает. Я его совсем не помню. Мог и придумать.

— У тебя есть знакомые мужчины с родинками на скуле?

— Сейчас, погоди, вспомнить надо.

Федор задумчиво выпил третью рюмку, уже не настаивая на том, чтобы сыщик составил ему компанию.

— Есть с родинкой. Петька Малахов. А зачем он тебе?

— Мне он на хрен не нужен, — грубовато ответил Доценко. — Можешь его быстренько изобразить? Приблизительно, по памяти.

Через несколько минут на чистом листе бумаги появился набросок лица с крутыми скулами и родинкой с левой стороны. У мужчины на заинтересовавшем Доценко рисунке скулы были точь-в-точь такие же, и родинка на том же самом месте.

— Получается, скулы ты для этого выдуманного мужчины у своего Малахова позаимствовал, — сделал вывод Михаил. — Значит, у него они какие-то другие.

— Ну ты смотри, — снова удивился Федор, — а и правда, я ему Петькины скулы приделал. И сам не заметил. Ну ты мастер!

— Ты тоже, — усмехнулся Доценко. — Теперь ямочку ищи на подбородке.

— Где искать? — не понял художник.

— У друзей своих. У соседей. С кого ты там еще портреты пишешь?

Федор долго вглядывался в собственный рисунок, пытаясь вспомнить, у кого он мог позаимствовать такую ямку на подбородке, но так и не вспомнил.

— Ладно, будем считать, что ямка у него на самом деле была. Все, Федя, заканчивай с выпивкой, работать надо. Садись и рисуй новый портрет. Губы, нос и подбородок — как на этом рисунке, овал лица — как свидетели сказали. Сумеешь? И вообще смотри как следует, если какие-то черты совпадают на всех трех рисунках — им особое внимание. От себя старайся ничего не добавлять, мне твои фантазии не нужны. Сделаешь этот рисунок — возьмешься за следующий.

— Какой следующий?

— Ты сначала этот сделай, а я тебе потом скажу, что дальше. Чтоб у тебя над душой не стоять, я пока на улицу сбегаю, пару бутылей тебе принесу в знак благодарности. Идет?

— А то, — оживился Федор.

Перспектива работы его сначала не вдохновила, он рассчитывал использовать время, пока его подруга на суточном дежурстве, гораздо более приятно, в обществе рюмки, бутылки и закуски, а если повезет — то и в хорошей компании. Но обещание дармовой выпивки заставило его посмотреть на проблему под иным углом зрения.

Через полчаса Доценко вернулся, неся в пакете две бутылки хорошей дорогой водки.

— Готово?

— Готово.

Федор протянул ему новый рисунок. Было в нем что-то искусственное, ненатуральное, натянутое, как бывает, когда рисуешь не по вдохновению, а по-школярски старательно, комбинируя одни черты с другими и боясь что-нибудь напутать. Человек на рисунке не был живым, он скорее напоминал робота. Михаил с удовлетворением отметил, что первый этап эксперимента прошел успешно. Рисунок и должен был получиться таким.

— Дальше чего делать? — спросил Федор, бросая жадный взгляд на бутылки.

— А дальше ты закроешь глаза, отдохнешь минут десять, потом уберешь все эти картинки к чертовой матери, возьмешь чистый лист и нарисуешь мне этого мужика по памяти. Не полудохлого киборга, который у тебя получился, а нормального живого мужика пятидесяти лет, с приятным, располагающим лицом, даже обаятельного. Понял? Если сумеешь — оставлю тебя в покое, пей на здоровье свою водку сколько влезет.

Через час Миша Доценко вышел из квартиры Федора, унося в «дипломате» пять рисунков, которые не имели между собой почти ничего общего. Но он был уверен, что по крайней мере на двух из них изображен тот мужчина, который посещал Екатерину Венедиктовну Анисковец незадолго до ее трагической гибели. Знать бы только, на каком именно.

* * *

В воскресенье, в половине второго дня, Олег Жестеров позвонил в квартиру, где жила Ира Терехина. Он уже побывал на вещевом рынке, понаблюдал издалека и убедился, что у Иры самый разгар работы. Она сновала между тесно стоящими рядами с одеждой и обувью, волоча за собой сумку на колесиках, и весело выкрикивала:

— Сигареты! Вода! Минеральная, фруктовая, без газа, спрайт, «Доктор Пеппер», кола!

— Горячие закуски! Гамбургеры, чизбургеры, беляши свежие, шашлык с гарниром!

— Салаты итальянские, с крабами, с креветками, с ветчиной!

— Чай горячий! Кофе горячий, черный и с молоком!

Торговля шла бойко, в воскресенье здесь много покупателей, в том числе и приезжих, которые, явившись сюда один раз, хотят решить сразу все проблемы с гардеробом, поэтому ходят от прилавка к прилавку целый день и тоже, конечно, хотят и есть, и пить. Убедившись в том, что Ира в ближайшее время отсюда вряд ли вырвется, Олег сел в свой «Фольксваген» и поехал к ней домой. И вот сейчас он стоял перед дверью ее квартиры, с напряжением вслушиваясь в едва различимые шорохи. Дом был старым, добротным, кирпичным, звукоизоляция отличная — не чета нынешним панельным скороспелкам, внизу чихнешь — наверху стекла дрожат. Откроют ли ему дверь? И если откроет, то кто? Ильяс, который, по оперативным данным, уже вернулся из поездки? Или невразумительный сосед Георгий Сергеевич, от которого толку как от козла молока? Идеальным вариантом было бы попасть на сборище Ильясовых дружков, скроить растерянную мину, напеть им про Иру, с которой договаривался... А что? Очень даже возможное дело. Ирка работает всегда в одно и то же время, она может явиться домой раньше пяти часов, только если вдруг рынок закроют, но ведь рынок этот совсем неподалеку, всегда можно сгонять и глянуть одним глазком, все ли в порядке. Стоит рынок, не взорвали его, продавцы манатки свои не складывают — значит, квартира гарантированно будет свободна от хозяйки. Да «казанские», судя по Ириным рассказам, ее и не стеснялись, собирались когда им удобно, хоть днем, хоть ночью. Другое дело — второй жилец, как его там, Георгий Сергеевич. Хотя если судить опять-таки по тому, что говорила Ира, они на него тоже не больно-то внимание обращают. Он спокойный, тихий, ни во что не вмешивается. Долго, однако, дверь-то не открывают. Может, нет никого в квартире?

Наконец послышались уверенные быстрые шаги.

— Минуточку! — громко сказал голос из-за двери. — Сейчас открою.

Дверь распахнулась, и Олег увидел крепкого мужчину среднего роста в коротком темном махровом халате. Волосы его были мокрыми, и Олег понял, что жилец принимал душ, когда раздался звонок в дверь. Потому и не открывал так долго.

— Я прошу прощения, — смущенно начал Жестеров, — мне нужна Ира. Она дома?

— Проходите, — приветливо сказал мужчина, пропуская Олега в прихожую.

Совершенно очевидно, что это не Ильяс. Стало быть, Георгий Сергеевич. Ну что ж, ладно, не будем гоняться за синей птицей, подумал Олег, будем работать с тем, что есть.

— Ирочки нет, она на работе. Но если у вас что-то срочное, я вам объясню, как ее найти, это здесь, недалеко.

— Собственно... — Олег замялся. — Самое главное я уже узнал. Раз она на работе, значит, все в порядке.

— Что вы имеете в виду? — строго спросил жилец. — Что в порядке?

— Видите ли, мы с ней вчера ужинали... Мне показалось, что она не слишком привычна к той пище, которую мы ели. Но подумал я об этом только потом, когда уже домой пришел. Вы ради Бога не подумайте, что я суюсь не в свое дело, но мне показалось, что Ира голодает, и если это так, то после того ужина ей могло стать плохо. Это довольно часто случается. Вот я и заскочил узнать, все ли в порядке. А вы — ее отец?

— Нет, молодой человек, Ирочкин отец давно умер. Я снимаю у нее комнату. И если вы не слишком торопитесь, я хотел бы с вами поговорить.

— Да, конечно, — ответил Олег с напускной рассеянностью, с трудом скрывая охватившее его ликование. Еще бы! Не он сам навязывается этому жильцу, не он сам лезет к нему с разговорами и расспросами, а жилец идет на контакт по собственной инициативе.

— Тогда давайте пройдем в мою комнату, там нам будет удобнее.

Да, по сравнению с комнатушкой, которую оставила за собой Ира, комната Георгия Сергеевича напоминала царские хоромы. Самая большая в этой квартире, метров двадцать пять, с мягкой мебелью, красивым торшером в углу возле кресла, цветным телевизором и двумя окнами, выходящими на парк. Не комната, а мечта.

— Меня зовут Георгий Сергеевич, — представился жилец, усадив гостя в кресло и заняв место рядом с ним на диване. — А вас?

— Олег. Или Алик, как вам удобнее.

— Вы давно знаете Иру?

— И да, и нет, — улыбнулся Олег. — Я наблюдаю за ней вот уже два месяца, а заговорить решился только несколько дней назад.

— Что значит «наблюдаю»? — нахмурился жилец. — Вы за ней следили, что ли?

— Да Бог с вами! — весело рассмеялся Олег, чувствуя внутри неприятный холодок. Тихий незаметный жилец. А зрит в корень. — Я увидел Иру в ресторане, где она работает, и обратил на нее внимание, потому что она удивительно похожа на мою маму. Стал приходить туда специально, чтобы посмотреть на нее. Вот и все.

— А вообще, молодой человек, чем вы занимаетесь? Кем работаете?

— Охранник в частной фирме. Телохранитель. Наверное, в ваших глазах это не очень почетно, да? — усмехнулся Жестеров.

— Послушайте меня, Олег, — грустно сказал Георгий Сергеевич. — Я далек от мысли давать людям оценки и читать им мораль. Это не моя специальность. Я самый обыкновенный бухгалтер и плохо понимаю, что такое охранник в частной фирме. Я не знаю, плохо это или хорошо. У меня взрослые дети, и я понимаю только одно: я ничего не понимаю в той жизни, которая сейчас имеет место. Я не понимаю своих детей, я не понимаю слов, которые они произносят, разговаривая по телефону со своими друзьями, я не понимаю Ирочкиных жильцов, всех этих Шамилей и Ильясов. Это какая-то другая жизнь, инопланетная, к которой мне уже, видимо, не приспособиться. Но даже в этой инопланетной жизни есть вещи, которые остались незыблемыми, и я хочу, чтобы вы это знали. Иру нельзя обижать. Вы меня поняли, Олег? Подумайте лучше сейчас и решите, уверены ли вы, что сумеете не обидеть ее. И если не уверены, то я закрою за вами дверь, и больше вы никогда рядом с Ирой не появитесь.

Жестеров внимательно посмотрел на жильца.

— Я вас не понимаю, — спокойно произнес он. — О чем вы говорите? Почему я непременно должен ее обидеть? Она что, жаловалась вам на меня? Она говорила вам, что я ее оскорбил, обидел? Извольте объясниться, уважаемый Георгий Сергеевич.

— Не кипятитесь, молодой человек, выслушайте меня спокойно. Я не знаю, рассказывала ли вам Ира историю своей жизни. Если рассказала, то вам и без того должно быть все понятно. Если же нет — просто поверьте мне на слово: она живет очень, очень трудно. Вы даже представить себе не можете, как трудно она живет. Да, вы правы, она голодает. Она спит по четыре часа в сутки, а то и меньше, она пьет пустой чай без сахара с черным хлебом, намазанным жутким дешевым маргарином. Она очень больна, хотя, судя по всему, не отдает себе в этом отчета. Вы видели ее лицо? Поверьте мне, это не от избытка здоровья. Она плохо одета, потому что экономит каждый рубль. Она гордая девочка и почти никогда не принимает угощение, хотя я, видит Бог, постоянно стараюсь подкормить ее, подсунуть ей кусок получше и посвежее. Я ей никто, человек посторонний, случайный. Как только моя бывшая супруга решит вопрос с разменом квартиры, я съеду отсюда. Но я хочу вас предупредить, что если, пока я еще здесь, я увижу, что Ира страдает из-за вас, я приму меры.

— Интересно, какие? — насмешливо спросил Жестеров.

Этот жилец ему нравился. Само направление разговора позволяло Олегу получить минимально необходимую информацию, нужно было только плавно вывести беседу на другого жильца, а значит, на «казанских».

— А вы знаете, кто еще живет в этой квартире? — ответил Георгий Сергеевич вопросом на вопрос.

— Не знаю. А кто здесь живет?

— Абсолютно криминальные личности. Ирочка этого, наверное, не знает, она мало бывает дома, зато я вижу и слышу очень многое, особенно по вечерам, когда она работает в «Глории». Но до нынешнего момента наша юная хозяйка для них персона неприкосновенная, потому что она ни разу не дала им повод подумать о себе... Словом, вы понимаете, что я имею в виду. Они тоже имеют сердце и, как ни странно, понимают, что такое добро и что такое зло. Поэтому, если вы Иру обидите, вам придется иметь дело даже не со мной, а с ними. Что я? Немолодой и не очень здоровый одинокий бухгалтер, вам меня бояться нечего. А эти Шамили, Тофики, Рафики и Ильясы — публика совсем иного сорта, смею вас уверить. И за свою хозяйку они вам глотку перегрызут.

Так, уже появились Тофики и Рафики. Это замечательно. Шамиль и Ильяс — жильцы, бывший и нынешний. Тофик — по всей вероятности Мамедов, тот еще фрукт. А Рафик? Это что-то новенькое. В материалах по разработке группы неуловимого Аякса никакой Рафик пока не значился. Надо об этом порасспрашивать Георгия Сергеевича.

— Господи, как их много! — шутливо поднял руки Олег. — И что, они все здесь живут?

— Нет, живет только один, Ильяс. Остальные — дружки, но бывают здесь регулярно. Что-то приносят, уносят, какие-то бумаги передают. Темная публика, одним словом. Не думаю, что вам понравится иметь с ними дело.

— Хорошо, Георгий Сергеевич, я вас понял и, в свою очередь, хочу вас заверить, что не собираюсь делать Ире ничего плохого. Напротив, я хотел бы, чтобы вы мне дали совет.

— Совет? — удивился жилец. — О чем?

— О том, как мне помочь Ире, не ущемляя при этом ее гордость и самолюбие. Я уже успел заметить, что к любому предложению помощи она относится очень настороженно и даже враждебно. Но вы знаете ее лучше и наверняка можете мне подсказать, как и в какой форме я могу сделать для нее что-нибудь хорошее и полезное.

— Вы действительно хотите помочь ей? — недоверчиво переспросил Георгий Сергеевич.

— Конечно. Я, правда, не очень богат, но кое-какие средства у меня есть, и если бы вы мне подсказали...

— Купите ей одежду. Вы сами видели, в каком старье она ходит. Ей ведь только двадцать лет, ей хочется выглядеть не хуже других девушек.

— Может быть, лучше давать ей деньги на продукты? Вы сами сказали, что она голодает.

— Это бесполезно. Если дать ей в руки живые деньги, она тут же побежит покупать что-нибудь для сестер и брата.

— Тогда, может быть, просто приносить ей продукты?

— Вы забываете, Олег, она отвыкла от хорошей обильной пищи. Если она от детской жадности начнет есть все, что вы ей принесете, дело действительно может кончиться больницей. У нее обмен, судя по всему, нарушился окончательно и бесповоротно.

— Тогда я не понимаю. Как же она может столько работать, если голодает? Она давно уже должна была слечь от слабости.

— А сила духа? А воля, целеустремленность? Вы недооцениваете Ирочку. Это поистине удивительное существо. У нее железная воля к победе, и эта воля поддерживает ее силы, не дает ей ослабеть окончательно. Повторяю вам, Олег, единственно полезное, что вы можете сделать для нее, это хорошая одежда. Главное — теплые вещи, она зимой мерзнет. Хорошая обувь, теплая и непромокающая. Поверьте мне, это будет лучше всего. Но я еще раз предупреждаю вас: если вы намерены облагодетельствовать ее на три дня и исчезнуть, лучше исчезните прямо сейчас. Я хочу, чтобы вы посмотрели на ситуацию открытыми глазами, молодой человек. Ира ни разу за то время, что я здесь живу, не приводила сюда мужчин. Полагаю, что она с ними и не встречалась, при ее образе жизни у нее нет на это ни сил, ни времени, ни возможностей. Если вы сейчас просто протянете руку и приласкаете ее, она мгновенно привяжется к вам, влюбится. Она будет счастлива. А вы? Зачем вам это нужно? Вы же не станете меня уверять, что она — красавица, о которой вы мечтали всю свою жизнь, правда? Она — бедная больная некрасивая девочка, обремененная четырьмя инвалидами, которые еще много лет будут висеть на ней мертвым грузом, как ни кощунственно это звучит. Она бесконечно порядочна и честна, но вместе с тем она необразованна и груба, дурно воспитана, у нее тяжелый характер. Вам все это очень быстро надоест. И что потом? Вы разобьете ей сердце. Разумеется, мои специфические соседи вас разыщут и объяснят вам, что вы не правы. Они люди темпераментные, а понятие женской и мужской чести у них развито хорошо, поэтому, полагаю, после их объяснений вы упокоитесь с миром. И кому от этого будет хорошо? Ире? Вам? Нет. Поэтому я еще раз настоятельно прошу вас, Олег, не делайте опрометчивых шагов, пока еще можно отступить. Я надеюсь, отступить еще можно?

Он пристально посмотрел Олегу прямо в глаза, и от этого взгляда Жестерову стало не по себе.

— Разумеется, — пробормотал он. — Я подумаю над тем, что вы сказали.

— Передать Ире, что вы приходили? Или не нужно?

— Не нужно. Я же обещал вам подумать.

— Вот и хорошо, — улыбнулся Георгий Сергеевич. — Я рад, что вы меня поняли и мы нашли общий язык. Я провожу вас.

Любопытный тип, этот Георгий Сергеевич. Вон как бросился свою хозяйку защищать! Смех и грех. Но результатами встречи Олег Жестеров был очень доволен. Во-первых, он легализовал свое появление в квартире Иры Терехиной. Во-вторых, он узнал о том, что в команде «казанских» есть какой-то неучтенный Рафик, которым следовало немедленно заняться. И в-третьих, Георгий Сергеевич сам дал Олегу в руки повод познакомиться с Ильясом. Повод чистый, абсолютно без риска и хорошо проверяемый. Прийти к Ильясу и спросить:

— Слушай, я тут с твоей хозяйкой немножко... Того... А у вас там сосед какой-то странный, стращать
меня начал, дескать, ежели что не так, так он тебя с
дружками на меня натравит. Давай уж сразу по-мужски
поговорим, чтобы потом не было мучительно больно.

Не подкопаешься. Георгий Сергеевич в любой момент подтвердит, что Олег с ним разговаривал именно
об этом. И Ира подтвердит, что он за ней ухаживает.
Если этот разговор построить тактически грамотно, то
через два часа максимум они с Ильясом станут кореша-
ми. А тут уж и до знакомства с Тофиками-Рафиками
недалеко.

* * *

Понедельник был плотно набит всякими мероприя-
тиями научного и организационного характера, и ему
пришлось перенести визит Веры на вечер. Несколько
раз в течение дня она звонила ему в кабинет и капризно
но спрашивала, когда можно приходить. Беда в том,
что процедуру можно было делать только натощак,
поэтому обычно он старался принимать Веру в первой
половине дня, чтобы не мучить ее голодом. Но сегодня
никак не получалось. Был, правда, почти двухчасовой
перерыв между совещаниями и заседаниями, но в это
время по графику лаборатория была занята.

Около семи часов к нему в кабинет заглянул техник.

— Валерий Васильевич, я выключаю установку или
вы еще будете работать на ней?

— Выключай, — кивнул он, не поднимая головы. —
Только ключи мне оставь, я завтра с утра приду пораньше.

Через десять минут техник принес ключи от лаборатории, попрощался и ушел. Выждав немного, он достал
из несгораемого шкафа контейнер, вышел из кабинета,
открыл лабораторию, снова включил установку и вста-
вил контейнер в специальное окошко прибора. Он не
хотел, чтобы все вокруг знали, что он принимает больных во внерабочее время. Руководством это не поощ-
рялось.

Вера ворвалась к нему в кабинет, вся перекошенная от гнева.

— Ну, можно наконец делом заняться? — почти кричала она. — Я сейчас в обморок упаду от голода!

— Не кричи, пожалуйста, — спокойно заметил он. — Я же предлагал тебе перенести осмотр на завтрашнее утро. Я, милая, на службе нахожусь, а не в гостях у бабушки и своим временем не всегда могу располагать.

— Как это на завтра? — возмутилась Вера. — Ты же сам говорил, что все предписания врача нужно выполнять точно и аккуратно. Если положено сегодня — значит, сегодня. А вдруг у меня там какая-нибудь болезнь развивается? Сегодня ты ее заметишь, а завтра уже поздно будет. Нет уж, уволь. Пошли скорее в лабораторию, потом я наконец съем что-нибудь, а то мне уже дурно.

— Верочка, — мягко сказал он, — я ценю твое отношение к моим рекомендациям, но во всем должна быть мера. Я осматриваю тебя регулярно и уверяю тебя, пока никаких оснований для беспокойства нет.

Они уже стояли в лаборатории, и Вера поспешно раздевалась, прежде чем лечь на каталку, которая автоматически ввезет ее в камеру.

— А я слышала, что есть такие болезни, которые развиваются... как это... а, вспомнила. Ураганно. За несколько часов. Вдруг у меня что-нибудь такое будет? Сегодня ты это увидишь и примешь меры, а завтра, может быть, уже и сделать ничего нельзя будет.

— Успокойся, пожалуйста, — он начал раздражаться от ее глупости. — Если на тебя свалится ураганное развитие болезни, то это может с равным успехом случиться и на следующий день после осмотра. Не паникуй. Раздевайся и ложись на каталку.

«Она действительно будет сумасшедшей матерью, — думал он, привычно переодеваясь, опуская защитный экран и включая приборы. — Что ж, это неплохо, значит, ребенка вырастит хорошего».

Вернувшись в кабинет, Вера немедленно полезла в сумку, достала бутерброд с сыром и большое красное яблоко и с наслаждением вонзила в сочную мякоть фрукта свои крупные белые зубы.

Александра Маринина

— Да, зайчик, я хотела с тобой поговорить. Только ты не пугайся.

— Чего я должен пугаться? — Он недоуменно повернулся к ней, оторвавшись от журнала, в котором делал запись.

— Олег, мой муж, хочет, чтобы ты проконсультировал какую-то его знакомую девицу. Ты ее примешь?

— Да ты что, с ума сошла? — зашипел он, отшвыривая в сторону авторучку и захлопнув журнал. — Как это твой муж меня просит? Он что, все знает о нас?

— Не психуй ты, — спокойно отозвалась Вера, с аппетитом жуя бутерброд. — Он прекрасно знает, что я наблюдаюсь у врача, и не абы у какого, а у самого лучшего, у которого только московская элита лечится. А как ты думал? Я и это должна была от него скрывать? Наоборот, я всячески подчеркиваю, что к тебе очень трудно прорваться, что ты с трудом берешь новых пациентов, поэтому я должна приходить к тебе тогда, когда ты мне назначаешь, даже если мне или моему мужу это неудобно, иначе ты вычеркнешь меня из списка своих больных. Ты — человек занятой, и если ты назначаешь мне на восемь или девять вечера, то я должна безропотно идти. Ты что же, полагаешь, мне легко бегать к тебе на свидания по вечерам?

— Ты уверена, что он ничего про нас не знает? — спросил он уже спокойнее.

— Абсолютно. Олег уверен, что ребенок — от него.

— А вдруг это хитрый ход? — снова забеспокоился он.

— Какой ход? Что ты выдумываешь?

— Вдруг он что-то заподозрил или видел нас с тобой вместе и теперь ищет повод, чтобы познакомиться с соперником?

— Ой, ну прямо-таки! — расхохоталась Вера. — Повод ему нужен, как же. Да если б он хоть краешком сознания что-то заподозрил, ты бы сейчас здесь не сидел. И без всякого повода. В этой конторе порядки крутые, как при Сталине. Это во всей России перестройка, а у них там не Россия, а отдельное государство, вроде Ватикана в Риме. И перестройки там никакой не было, можешь мне поверить.

— А что за девица? Родственница?

— Нет. Просто знакомая.

— Верочка, ты меня удивляешь, — он уже настолько справился с собой, что даже смог улыбнуться. — Какие это у женатого мужчины, без трех месяцев отца, могут быть «просто знакомые»? Твой муж начал от тебя погуливать, а?

— Да ладно тебе, — она деловито завернула огрызок яблока в салфетку и сунула обратно в сумочку. — Нет, правда, проконсультируй ее. Что тебе, жалко? Олежка говорит, она какая-то совсем несчастная, нищая, дворником работает. Уж не знаю, где он ее нашел, но с ней-то он точно погуливать не будет.

— Почему ты так решила?

— У нее все лицо в прыщах. Смотреть страшно.

— Даже так? Ты что же, видела ее?

— Нет, Олег сказал. Так ты примешь ее?

— Я не понимаю, Вера, зачем ты так стремишься это устроить. Я, например, совсем не рвусь встречаться с твоим мужем лицом к лицу. И мне не стыдно сказать тебе, что я этого страшусь. Мне только интересно, почему ты этого не боишься? Или ты получаешь особое удовольствие, наблюдая встречу мужа и любовника? Я знаю, это свойственно многим женщинам, это приятно щекочет им нервы. Но я, милая моя, не женщина и щекотать себе нервы таким способом не собираюсь. Скажи своему Олегу, что я отказал, сославшись на занятость.

Вера быстро поднялась со стула, на котором сидела, и устроилась у него на коленях. Запустив пальцы в его волосы на затылке, она другой рукой принялась гладить его по щеке.

— Ты глупый, ты ничего не понимаешь, — тихонько заворковала она. — Наоборот, это будет очень хорошо, если он с тобой познакомится. Во-первых, он убедится, что я действительно регулярно посещаю именно врача, а не любовника. Во-вторых, он будет знать тебя в лицо как моего врача, поэтому если где-то нас случайно увидят, я всегда могу честно сказать, что встречалась с тобой. Что страшного, если женщина на улице или в метро встречается со своим врачом, чтобы взять, например, рецепт? Самое нормальное дело. И потом, не забывай, с такими врачами у пациентов завязываются деловые отношения. Пациенты в благодарность за лечение начинают устраивать дела своих врачей, поэтому поводы для встреч бывают связаны уже не только с болезнями. И по телефону я потом смогу разговаривать с тобой без опаски. Все должно быть легально и открыто, это самое лучшее. Подумай сам, мы с тобой знакомы меньше года, а сколько намучились из-за того, что надо постоянно скрываться! Я надеюсь, мы в ближайшие годы не расстанемся, ведь у нас с тобой будет ребенок, так неужели ты хочешь, чтобы мы всю оставшуюся жизнь так дергались? Ты официально станешь врачом моим и нашего ребенка и будешь иметь право приходить к нам в любое время без каких бы то ни было липовых и надуманных объяснений.

— Ну хорошо, — сдался он, — допустим, я ее приму. Но ведь ты сказала, что она работает дворником. Мои услуги стоят дорого, ты это прекрасно знаешь. Или твой муж полагает, что я по знакомству буду консультировать и лечить ее бесплатно?

— Об этом не беспокойся. За все будет заплачено.

— Нет, милая, это меня не устраивает. Ты знаешь, я очень внимательно отношусь к своим клиентами и стараюсь не связываться с сомнительными личностями. Что это за юная дворничиха, за спиной у которой стоят кредитоспособные спонсоры? Мне это не нравится. Я не желаю, чтобы люди, связанные с мафией, переступали порог этого кабинета.

— Ой, да не связана она ни с какой мафией! — с досадой воскликнула Вера. — Обыкновенная несчастная девчонка, родственница кого-то из сослуживцев Олега. У них в конторе зарплаты приличные, так что за лечение тебе заплатят. Ну, примешь ее?

— Ладно, — вздохнул он. — Пусть приходят.

— Когда?

— Сейчас посмотрю, что у меня со временем.

Он мягко отстранил Веру и потянулся за органайзером, куда тщательно вписывал все назначенные мероприятия, встречи, консультации, приемы больных.

— Давай в пятницу, в двенадцать тридцать. Только предупреди, чтобы не опаздывали, у меня в час дня консилиум, и я вынужден буду уйти, даже если консультация к этому времени только начнется. Пусть даже придут чуть пораньше, в крайнем случае подождут в коридоре.

— Спасибо тебе, зайчик.

Вера горячо поцеловала его в губы и заторопилась домой.

Дверь за ней давно закрылась, а он так и сидел неподвижно, уставившись ничего не видящими глазами в одну точку. Спустя некоторое время он почувствовал острую боль в ладони. Переведя недоумевающий взгляд на свои руки, он понял, что одним резким жестом сломал карандаш, который крутил в пальцах, и теперь острые края судорожно сжимаемого обломка впились в кожу ладони. Когда он сломал карандаш? Он этого и не заметил.

Глава 6

Опасения Насти Каменской о том, что бывшие высокопоставленные чиновники и известные люди из окружения Екатерины Венедиктовны Анисковец не захотят с ней откровенничать, полностью подтвердились. Более того, многие из них были отнюдь не «бывшими», их карьера сегодня находилась в полном расцвете, и рассказывать о том, о чем Насте хотелось услышать, они не имели ни малейшего намерения. В самом деле, с чего она взяла, что знакомые Анисковец, которым она предоставляла приют в своей квартире, должны непременно быть ее ровесниками? Вовсе нет. То есть когда-то, может быть, она и ровесников своих пускала на свидания, но в последние лет пятнадцать-двадцать контингент счастливых любовников сильно помолодел по сравнению с самой хозяйкой квартиры. Годы шли, Екатерина Венедиктовна старела, но в кругу ее знакомых всегда было много людей моложе ее и на десять лет, и на двадцать, и на сорок.

Чем с большим числом людей Настя встречалась, тем сильнее ощущала некую недоговоренность, едва заметную уклончивость в их словах. Не то чтобы они впрямую отказывались отвечать на вопросы, но иногда, прежде чем что-то сказать, они выдерживали какую-то непонятную паузу, будто прикидывая, можно об этом говорить или лучше воздержаться. Это можно было бы назвать нарочитой аккуратностью формулировок. Насте приходилось хитрить, расставлять всевозможные ловушки и капканы, но чем больше она старалась, тем яснее понимала, что умолчание этих людей не связано с их собственными амурными похождениями. Они старательно обходили какой-то вопрос, и вопрос этот касался самой Екатерины Венедиктовны. Как ни ломала Настя голову, она не смогла придумать этому объяснение. Что могло быть в жизни дочери академика Смагорина такого, о чем не хотят распространяться хорошо относившиеся к ней люди?

Впрочем, если идти от противного, то вполне можно попробовать узнать об этом от людей, относившихся к убитой не очень хорошо. Иными словами, если не получается с друзьями, ищи врагов. Задачка тоже, прямо скажем, не из простых. Кто ж признается, что относился плохо или даже враждовал с человеком, которого нашли убитым?

Пришлось снова обращаться к помощи Марты Генриховны Шульц, которая, как и все остальные, строго придерживалась правила «о покойных — ничего, кроме хорошего».

— Почему вы не сказали, что у вашей подруги были личные тайны? — начала Настя прямо в лоб. — Я так рассчитывала на вашу помощь, Марта Генриховна, а вы, оказывается, вводили меня в заблуждение. Вы боялись кого-то подвести? Поймите, речь идет об убийстве, и в этих вопросах излишняя щепетильность часто мешает изобличить преступника.

Шульц была дамой умной и опытной, из пяти или шести бесед, которые у нее раньше состоялись с Настей, она успела сделать вполне определенный вывод о том, что майор Каменская — человек спокойный и во всех отношениях порядочный. Поэтому дальше темнить не стала.

— Что ж, — вздохнула она, — раз вы сами узнали...

Конечно, мы не хотели об этом говорить, тем более что Катю все-таки все любили.

— Кто это — мы?

— Иван Елизарович и я. И Петр Васильевич, бывший муж Кати, тоже был с этим согласен. Ни к чему ворошить эту историю, ей уже так много лет, что... Сами понимаете.

Положение у Насти было сложное. Марта Генриховна сразу поверила в то, что в милиции уже все известно. А известно ничего не было. Как спросить, чтобы не выказать обман? «Сами понимаете». Ничего себе! Было бы что понимать. Однако зацепка для беседы все-таки есть.

— Почему вы сказали, что обсуждали это только с Бышовым и бывшим мужем Екатерины Венедиктовны? — спросила она. — Разве больше никто не знал?

— Разумеется, нет, — тут же откликнулась Марта Генриховна. — Как об этом мог знать кто-то еще? Катя умела хранить секреты и свои, и чужие, она и это скрыла бы от нас, если бы могла.

Час от часу не легче! Знать бы еще, что такое «это». А надо делать вид, что все отлично знаешь, иначе старая дама тут же поймет, что ее провели. Судя по тому, что в курсе оказались друг детства Бышов и разведенный муж Анисковец, речь идет о чем-то семейном. Марта оказалась посвящена в проблему на правах самой близкой подруги.

И все-таки что-то не сходилось. «Фигура умолчания» просматривалась в беседах со многими из знакомых Екатерины Венедиктовны, а Шульц утверждает, что в тайну были посвящены только три человека, кроме самой Анисковец. Похоже, имеет место какое-то недоразумение. Марта говорит об одном, а Настя имеет в виду совсем другое. Но отступать некуда, надо двигаться вперед на ощупь и очень аккуратно.

— Знаете, — задумчиво произнесла Настя, — а у меня сложилось впечатление, что об этом знают многие.

— О, Бог мой, да что они знают! — всплеснула руками Марта Генриховна. — Они могут знать только одно: Катя отказала ему от дома. Сделала это публично и весьма резко. Вот и все.

Александра Маринина

Прелестно. Катя отказала ему от дома. Кто такой «он»? И почему она отказала ему от дома, да еще публично и весьма резко? И почему никто не жаждет это обсуждать? Вопросы нагромождались друг на друга, и вся конструкция грозила каждую минуту с оглушительным треском развалиться.

— Интересно, как знакомые Екатерины Венедиктовны восприняли этот ее поступок? — забросила Настя очередную удочку. — Ведь такой жест требовал немалого мужества, согласитесь.

Выстрел был сделан вслепую, и она ждала результата, в глубине души приготовившись к очередной неудаче.

— Вы правы, голубушка, — кивнула Шульц. — Все испугались. Он — страшный человек и, будучи публично оскорбленным, мог начать рассказывать все, что знал. Но он этого не сделал, и понемногу страсти улеглись. О нем почти не упоминали, но все о нем помнили, в этом я могу вас уверить. Правда, теперь прошло уже так много лет, что его откровения вряд ли могут быть для кого-то интересными и опасными. Ведь случился скандал в середине семидесятых, тому уж лет двадцать. В то время — да, бесспорно, а теперь — вряд ли.

— И почему же он этого не сделал, как вы считаете?

— Из-за Кати, это же очевидно. Он любил ее.

— Екатерина Венедиктовна отвечала ему взаимностью?

— Это и есть самое сложное. Она, видите ли, любила его много лет. Много — это значит действительно много, десятилетия. Они познакомились, когда Катя была замужем за беднягой Швайштейном, а случилось это вскоре после окончания войны. И с тех пор эта связь не прерывалась, хотя Катя после смерти первого мужа дважды вступала в брак, да и романы у нее были. Знаете, как это бывает — любишь одного, замуж выходишь за другого. Или даже за других. Когда открылась правда, Катя отказала ему от дома, но многолетняя привязанность так просто не проходит. Спустя несколько месяцев она его простила.

— И об этом никто не знал? — догадалась Настя.

— Никто, кроме меня и Ванечки. Петр Васильевич

узнал об этом много позже, Катя сама ему рассказала, когда он порвал со своей юной профурсеткой.

— Получается, что о ссоре знали все, а о примирении — только вы трое, — подытожила Настя. — Может быть, не имело смысла скрывать этот факт? Вы сами говорите, все боялись, что, будучи оскорбленным, этот человек начнет рассказывать все, что ему известно. Если бы все узнали, что Екатерина Венедиктовна помирилась с ним, они вздохнули бы с облегчением. Разве не разумнее было бы перестать мучить людей постоянными страхами?

— Вы не понимаете, — грустно сказала Марта Генриховна. — Здесь речь идет не только о страхе.

— А о чем же еще?

— О чести. О совести. У любого человека этого поколения кто-то из близких пострадал от репрессий. Друзья, родственники, соседи. Наши с Катей ровесники, да и более молодые люди тоже пережили ужас ночных звонков в дверь. Вы этого не знаете, вы еще очень молоды. Сначала мы терзались вопросом: за что? А когда поняли, что ни за что, поняли и другое: мы, каждый из нас или наших близких может стать следующим. Людей, виновных в этих арестах, не прощали. Когда Катя совершенно случайно узнала, по чьей инициативе был арестован ее муж, это было для нее ужасным потрясением. И тогда она в порыве гнева заявила об этом в присутствии большого числа людей. А потом поняла, что не может вот так просто разорвать многолетние отношения. И стала встречаться с Семеном тайком. Ей было, видите ли, стыдно перед людьми. Я могу ее понять, ведь тогда на волне обличительного порыва слишком многие ее поддержали. Негодяй, трус, подонок, доносчик и так далее. После этого она не могла бы смотреть людям в глаза, если бы все узнали, что она продолжает поддерживать с ним отношения. Это был самый трудный период в ее жизни. Знать, что человек способствовал аресту и фактически смерти ее мужа, и не найти в себе сил перечеркнуть все те прекрасные минуты, которые они пережили вместе. В общем, она его простила, хотя и мучилась все эти месяцы ужасно. Вы знаете, у Кати очень долго не было седины, мы все ей завидовали, а за эти месяцы она стала почти совсем белая.

Значит, его зовут Семеном. Ну что ж, лед тронулся. Если доктор Швайштейн действительно был арестован по доносу этого человека, то найти его имя и адрес не так уж сложно, данные должны быть в архивном уголовном деле. И если все так, как рассказывает Марта Шульц, то неведомый пока Семен наверняка и есть тот самый человек, с кем Екатерина Венедиктовна Анисковец могла делиться чужими секретами. Сама Марта невольно это подтвердила, сказав, что «все испугались». А уж когда их отношения стали от всех скрываться, тем более можно было без опасений выкладывать ему все, ибо никаких контактов с общими знакомыми больше быть не могло. Семен стал изгоем в кругу людей, общавшихся с Екатериной Венедиктовной.

В архив КГБ Настя сама не поехала. Она хорошо умела отрешаться от эмоций и думать только о деле, но все-таки оставались вещи, делать которые она не могла просто органически. В том числе она не могла, вернее не любила, бывать в ситуации, когда ее воспринимали в роли просителя и делали ей огромное одолжение, хотя на самом деле речь идет о работе, о ее служебных обязанностях и о служебных обязанностях тех людей, которые ей это «одолжение» делают. Ее первое посещение архива КГБ-ФСБ два года назад стало и последним. Появляться там снова у нее не было ни малейшего желания. Конечно, с точки зрения служебной дисциплины это выглядело непростительным капризом, права на который офицер милиции просто не имеет. Но, поскольку других капризов у Анастасии Каменской не было, этот маленький «пунктик» коллеги ей прощали и брали на себя все мероприятия, связанные с необходимостью просить и уговаривать, выпрашивать желанную визу на документе и часами ждать под дверью.

На следующий день Юрий Коротков положил перед Настей бумажку с именем и адресом. Семен Федорович Родченко пребывал в полном здравии и проживал в центре Москвы, в высотном доме на площади Восстания.

— Ох, Аська, ну и гадюшник в этом архивном деле, —

112

выдохнул Коротков, привычно усаживаясь верхом на стул в кабинете Каменской и утаскивая чашку с кофе прямо из-под носа у Насти. — Может, я чего-то в этой жизни не понимаю, но наш Семен Федорович — благороднейшая личность, вот ей-крест.

— Благородный доносчик? — недоверчиво хмыкнула Настя. — Это что-то новенькое.

— Угу. По сравнению с другими. Ты думаешь, доктора Швайштейна один Родченко засадил? Ничего подобного. Там все постарались. И Иван Елизарович Бышов в том числе. В деле доносов — штук десять, авторы — люди из окружения Екатерины Венедиктовны, но бумажки в основном хиленькие, без яркой фактуры. А сообщение дорогого Семена Федоровича — в самый раз. И по дате оно самое последнее. Чуешь, какой сюжетец?

— Выходит, несчастный доктор кому-то сильно мешал, и этот кто-то страсть как хотел его упечь. И имел возможность давить на людей из окружения супругов Швайштейн, вынуждая их дать на него показания. Но люди оказались то ли недостаточно злые, то ли недостаточно сообразительные, то ли недостаточно пугливые и давали материал, который на крепкое дело никак не тянул. А Семен Федорович такой материальчик дал. Оно и понятно, у него злости и сообразительности должно было быть побольше, коль он состоял в любовных отношениях с Екатериной Венедиктовной. А может быть, тут другой разворот был. Например, Семен Федорович в чем-то очень сильно зависел от того, кому мешал доктор Швайштейн. Или боялся этого человека. Одним словом, не мог не подчиниться, хотя и не стремился навредить мужу любовницы. Просто выхода у него не было. Знаешь, Юрик, я всегда боюсь давать моральные оценки событиям того периода. Одни говорят — выхода не было, заставляли, шантажировали. Другие обличительно тычут в них пальцем и утверждают, что порядочного человека нельзя заставить или запугать. Я не знаю, кто прав, кто виноват. Но я знаю одно: когда угрожают не тебе лично, а твоим близким, твоим детям, ты все что угодно сделаешь, только бы их не тронули. Я слишком хорошо помню, как мне угрожал Арсен по телефону и как я безумно испугалась за папу и за Лешку. И за дочку Володи Ларцева, которую Арсен похитил и которой меня шантажировал. Я ведь сделала все, как он мне приказал. Отказалась от дела, прекратила работу, распустила группу, взяла больничный и сидела дома. Другое дело, что, даже сидя дома взаперти и с прослушивающимся телефоном, я все равно сумела его обмануть, но это уже вопрос из другой оперы. А почему ты сказал, что Родченко благороднейший из доносчиков?

— А потому, что он никого не выдал. Ты вспомни, что тебе сказала Марта Шульц. Поскольку ты не была в курсе дела, то истолковала ее слова по-своему.

— Ну да, я решила, что слова «все испугались» относятся к страху перед разглашением амурных похождений и супружеских измен. Что же, выходит, все эти люди знали друг про друга, знали, что писали доносы на мужа Екатерины Венедиктовны, и после разоблачения Родченко испугались, что он тоже их всех заложит?

— Я думаю, все было именно так, — кивнул Коротков. — А он их не выдал. Потому я и говорю, что он благородный. Коль его публично опозорили, было бы вполне естественно огрызнуться по принципу «а судьи кто?». Но он этого не сделал.

— Или сделал, — задумчиво продолжила Настя. — Но не во всеуслышанье, а тихонько, на ушко горячо любимой Екатерине Венедиктовне. Может быть, кстати, поэтому она его и простила. Просто поняла, что он ничем не хуже остальных ее старинных друзей и приятелей. И нашла в себе силы смолчать и не испортить отношений с ними. А Марта Шульц случайно не писала доносов на мужа ближайшей подружки?

— Чего нет — того нет, — усмехнулся Юра. — Ее муж писал. Его как немца к ногтю прижали легко и быстро, и он из страха за семью строчил доносы — любо-дорого читать. Вообще-то ситуация была примитивно простая. Доктор Швайштейн был, как ты сама понимаешь, врачом, а вокруг Екатерины Венедиктовны постоянно вращалась литературно-художественная и артистическая элита, так что при небольшом усилии элементарно доказывалось, что врач-вредитель умышленно «залечивал» гордость советского искусства, ведущих актеров, режиссеров, писателей и художников. Только и нужно было, чтобы эта «гордость» пожаловалась на неправильное лечение.

К Семену Федоровичу Родченко Настя поехала, внутренне приготовившись увидеть больного, немощного, брызжущего злобой человека. Но ее ожидания оправдались лишь отчасти. Конечно, восьмидесятилетний Родченко не производил впечатления молодого энергичного мужчины, но и на развалину он похож не был. Разумеется, возраст и болезни свое дело сделали, но ум у него был ясный и память пока тоже не подводила. Жил Родченко в большой семье с сыном, невесткой, внучкой, ее мужем и двумя правнуками. Первых десяти минут, проведенных в этой огромной квартире, Насте хватило для того, чтобы понять, что патриарха семьи здесь обожают. Еще через полчаса она поняла, почему Семен Федорович не оставил в свое время семью и даже позволил Екатерине Венедиктовне дважды выйти замуж. Невозможно бросить людей, которые так искренне и нежно тебя любят. Которые нуждаются в тебе, и вовсе не потому, что ты много зарабатываешь или занимаешь ответственный пост, который дает тебе, а значит, и твоей семье, льготы и удобства. Они нуждаются в тебе, потому что ты их понимаешь, потому что им тепло рядом с тобой, потому что... Любовь многолика и многогранна, и глупо пытаться описывать ее словами. Она царила в семье Родченко, и средоточием ее был сам Семен Федорович, доносчик, много лет изменявший собственной жене.

— Вы хотите поговорить о Катерине? — спросил он Настю, пригласив ее в свою комнату с большим окном и просторным балконом.

Дверь на балкон была распахнута, в городе стояла летняя жара, и Насте был виден шезлонг с подушкой и лежащие на подоконнике с наружной стороны очки поверх раскрытой книги. Видимо, перед ее приходом Родченко читал на балконе.

— И о вас тоже, — улыбнулась Настя. — Но в большей степени даже не о вас и не о ней, а о совсем других людях.

Александра Маринина

115

— Вы так уверены, что я захочу отвечать на ваши вопросы? — скептически осведомился Семен Федорович.

— Наоборот, совсем не уверена и уже приготовилась к тому, что мне придется вас просить и даже уговаривать. Некоторые мои вопросы имеют самое непосредственное отношение к расследованию убийства Екатерины Венедиктовны.

— Только некоторые? А остальные?

— Остальные я вам задам из чистого любопытства, и если вы не захотите отвечать на них, я не буду настаивать. Ну как, договорились?

— Что ж, — Родченко пожевал губами, — пожалуй. Давайте выйдем на воздух, в комнате душновато, я этого не люблю.

Настя с удовольствием приняла приглашение — на балконе можно было смело закурить, не стесняясь и не спрашивая разрешения. Родченко уселся в свой шезлонг, а ей предложил устроиться на низеньком складном стульчике с матерчатым сиденьем.

— Я так понимаю, что убийцу Катерины вы до сих пор не нашли? — полуутвердительно заявил Родченко. — Неужели так сложно поймать преступников? В мое время с этим проблем не было. Когда речь идет о таких ценностях, которые невозможно сбыть на первом же углу, преступление раскрывалось весьма успешно и в короткие сроки. Что же вам мешает?

— Мотив, — лаконично отозвалась Настя. — Мы не можем найти мотив. А значит, не можем и вычислить человека, который по этим мотивам мог убить Екатерину Венедиктовну.

— Вы хотите сказать, что коллекция не похищена? — несказанно удивился Семен Федорович.

— Коллекция цела и невредима.

— Но тогда почему же... Впрочем, конечно. Вы сами только что сказали, что не знаете, почему. Это очень странно. Более чем странно.

— То есть вы полагаете, что убить Анисковец могли только из-за картин и бриллиантов? — уточнила она.

— А из-за чего же еще? Я тысячу раз говорил Катерине, чтобы она не относилась к ценностям столь легкомысленно. Если уж она не хочет их продавать, то пусть хотя бы отдаст музеям при жизни, там они будут в сохранности. Все равно по завещанию именно музеи все и получат. Но она упрямилась, говорила, что хочет дожить свой век среди тех вещей, которые ее всю жизнь окружали. Я не смог ее переубедить.

— Вы считаете, что у Екатерины Венедиктовны не было и не могло быть врагов?

— Ну почему же, враги могли быть. — Он помолчал, потом добавил: — Но их, насколько мне известно, не было. Катерина была тем редким человеком, которого любили абсолютно все. Ее невозможно было не любить.

— Семен Федорович, вы знали о том, что Екатерина Венедиктовна покровительствовала любовным похождениям своих знакомых?

— Разумеется. Она с удовольствием обсуждала со мной эти похождения после того, как я перестал быть частью ее окружения. Вероятно, вам известна эта печальная история, раз уж вы ко мне пришли.

— В самых общих чертах, — кивнула Настя. — Мне многое неясно, но это как раз те вопросы, на которые вам отвечать необязательно, если вы не хотите.

— И что же вам неясно?

— Например, почему Екатерина Венедиктовна скрыла от всех, что продолжает с вами встречаться. Что в этом позорного? Ваша роль в аресте и гибели ее мужа касалась только ее, и отношение к этому — ее личное дело. Она вас простила, и почему она должна была при этом на кого-то оглядываться? Я этого не понимаю.

— Постараюсь вам объяснить. Во всяком случае, ваше недоумение мне понятно. Тогда, в сорок девятом году, мне было тридцать два года, моему сыну — три годика, а дочка только-только родилась. И я очень хорошо представлял себе, что ждет мою семью, если я ослушаюсь. Я сопротивлялся так долго, как мог. Предлагал воспользоваться услугами других друзей семьи Швайштейн, называл их имена, надеясь на то, что Катин муж, если уж ему суждено быть арестованным, пострадает по крайней мере не от моих рук. Уж не знаю, почему другие показания их не устроили, но я точно знал, что они были, и знал, кто именно их давал.

— Откуда вы это знали?

— Знал. Во времена тотальной слежки и повальных арестов круговая порука тоже существовала, она была всегда и никуда не исчезала. У меня были в органах приятели, которые меня информировали. Самое печальное, что все люди, написавшие доносы на Катиного мужа, остались в ее кругу, продолжали ходить в ее дом и много лет считаться ее друзьями. Видели бы вы, как они сочувствовали ей, когда Швайштейн умер! Все они были тогда молодыми и к тому времени, когда разразился скандал, были еще живы. Я по неосторожности бросил несколько реплик, которые Катя не поняла, но они-то отлично поняли. Я вслух процитировал несколько пассажей из разных доносов, и авторы этих доносов, присутствовавшие при том, как Катерина отказывала мне от дома, прекрасно поняли, что мне все известно. Я, знаете ли, не сторонник выяснения отношений по принципу «сам дурак», поэтому не стал в ответ обличать других. В конце концов, моя вина от этого не уменьшалась, я ее признал, а вина других пусть останется на их совести.

— Екатерина Венедиктовна знала о том, что доносы на ее мужа сочиняли не только вы?

— Если и знала, то не от меня. Я ей не сказал.

— Почему, Семен Федорович? Разве вас не задевало, что из всех, написавших в свое время доносы на доктора Швайштейна, пострадали только вы один, а остальные продолжали водить шумные хороводы вокруг женщины, которую вы любили?

— Задевало? — задумчиво повторил Родченко. — Может быть. Знаете, странный у нас с вами разговор получается. Ведь я ни с кем не мог об этом говорить, только с Катериной, но она была моложе меня всего на пять лет, а после пятидесяти разница в пять лет — уже не разница. Поэтому даже с ней я не мог быть абсолютно откровенным. А сейчас с вами я стал понимать, что у старости есть свои преимущества: мне было бы неприятно обсуждать эту тему со своими ровесниками, а с молодыми — пожалуйста. Перед вами мне не стыдно.

Может быть, оттого, что молодые нынешнего поколения более безнравственны и потому более терпимы к чужим грехам, более равнодушны к ним. Вы ведь не станете с пеной у рта обвинять меня, верно?

— Верно, но не потому, что я безнравственна. В чем-то вы, наверное, правы, Семен Федорович, ведь на человека более молодого я должна была бы обидеться за такие слова. А на вас я даже обидеться не могу.

— Вот видите, — дробно засмеялся Родченко, — возраст — хорошая защита. Молодые очаровательные женщины на меня уже не обижаются, какую бы чушь я ни нес. Теперь вы знаете, почему Катя скрывала свои отношения со мной. Она ведь не знала, что среди ее друзей есть люди, не менее достойные осуждения. Она, святая душа, даже испытывала неловкость, оттого что простила меня. И не хотела, чтобы об этом узнали. Ей было стыдно перед этими людьми. Вы представляете такой парадокс? Ей было стыдно перед ними за то, что она сумела меня простить, что не смогла отказаться от нашей любви.

— Семен Федорович, неужели у вас никогда не возникало желания рассказать Екатерине Венедиктовне правду о ее друзьях? Вы столько лет хранили эту тайну, добровольно приняв весь груз обвинений на одного себя.

— Это сложно, Анастасия Павловна. Тут много всякого... Конечно, когда она меня принародно оскорбила и запретила переступать порог ее дома, порыв сделать это был очень сильным. Но он быстро прошел. Я подумал: а чего я этим добьюсь? Я уже потерял Катю, я больше ее не увижу, и оттого, что она выгонит из своего дома еще кого-то, мне легче не станет. Потом, спустя несколько месяцев, она вернулась ко мне, и я был так счастлив, что вообще забыл о том, чтобы с кем-то сводить счеты. Тем более что передо мной эти люди, в сущности, не были виноваты, они были виноваты только перед Катериной. За что бы я мог им мстить? Только за то, что им повезло больше и про них Катя не узнала? Так это не их вина и не их заслуга. Все вышло случайно. На моем месте мог оказаться кто угодно, любой из них. А через несколько лет наступил следующий этап, когда я уже ни за что не рискнул бы открывать Кате глаза на ее окружение, даже если бы у меня такое желание появилось. Мы старели, кто-то умирал, кто-то тяжко болел и уже не вставал, кто-то уезжал в другие города, поближе к детям, которые могли бы за ними ухаживать. Нас, стариков, знавших друг друга лет сорок-пятьдесят, оставалось все меньше. Вам, наверное, рассказывали, что Катерина всегда была душой компании, любила общество, вокруг нее постоянно вращалось большое число людей. Но вы задумывались, кто были эти люди? Среди них старых друзей и знакомых было не так уж много. И одним махом лишить Катю всех этих людей, рассорить ее с ними? Вынудить ее отвернуться от Марты, от Ивана? Она осталась бы совсем одна. Вся прочая молодежь не заменила бы ей этих людей.

— Но она могла бы их простить, как простила вас, — заметила Настя.

— А вдруг не смогла бы? Как я мог рисковать? Разделить с Катериной старость я уже не мог. И вышло бы, что из мелочной мстительности я разорвал бы ее отношения с близкими ей людьми, обрек на одиночество, а сам благодушествовал бы в окружении любящей меня семьи. Простите, вам не кажется, что мы с вами несколько увлеклись этой темой? Вы сказали, что эти вопросы не являются обязательными для расследования обстоятельств убийства.

— Да, — согласилась она. — Вернемся к делу. Екатерина Венедиктовна не рассказывала вам о том, что среди людей, которым она предоставляла приют в своей квартире, был некий врач лет на двадцать пять моложе ее самой?

— Врач-то? — усмехнулся Родченко. — Был. И не один. Знакомства в медицинском мире были у Катерины обширные еще со времен ее жизни со Швайштейном.

— Меня не интересуют все ее знакомые врачи, — терпеливо сказала Настя. — Мне нужны только те, которые лет шесть-восемь назад встречались со своими любовницами на ее квартире. А если еще конкретнее, то мне нужен врач, любовницу которого звали **Галиной Терехиной.**

— Галина Терехина? Кто такая?

— Женщина, которая шесть лет назад выбросила из окна троих своих детей, а затем и сама выпрыгнула.

— А, да-да, — оживился Родченко. — Помню, помню, Катя рассказывала. Ужасная какая-то история.

— Семен Федорович, это очень важно, поэтому я попрошу вас припомнить как можно точнее и подробнее, что именно рассказывала вам Анисковец.

...В последние годы они встречались и ездили гулять в парки или за город. Очень любили Коломенское и Останкино, частенько бывали в Архангельском. Необходимость встречаться в интимной обстановке с возрастом отпала, теперь они часами бродили по аллеям, сидели на лавочках и много разговаривали. Екатерина Венедиктовна рассказывала о чужих романах, а Семен Федорович с удовольствием слушал ее рассказы. Язычок у его возлюбленной был острым и язвительным, и ее устные повествования больше напоминали читаемую наизусть прозу хорошего сатирика. Во всех этих рассказах присутствовала одна особенность Екатерины Венедиктовны: она старалась не называть лишних имен. Это не было скрытностью, перед давним другом она уже ничего не старалась скрыть, это было скорее с детства воспитанной культурой речи. К чему загромождать рассказ именами, которые собеседнику ни о чем не говорят и только отвлекают внимание? Конечно, если речь шла об известном артисте или писателе — другое дело. Но в данном случае ни врач, ни его подруга-домохозяйка известными личностями не были, поэтому и остались для Родченко безымянными, хотя упоминала о них Екатерина Венедиктовна довольно часто. Роман у врача и домохозяйки был таким длительным, что она порой посмеивалась:

— Они идут по нашим с тобой, Сеня, стопам. У обоих есть семьи, которые они не хотят разрушать, но они вместе уже так долго, что наверняка не расстанутся до глубокой старости.

Впервые имя домохозяйки прозвучало незадолго до несчастья. Екатерина Венедиктовна как-то сказала:

— Похоже, им действительно уготована наша с тобой судьба. Не пойми меня превратно, Сеня, я не хочу напоминать о том, что произошло у нас с тобой, мы это уже похоронили, но врач оказался отъявленным мерзавцем, а бедная Галина ничего не подозревает. Интересно, узнает ли она когда-нибудь о том, что он сделал? И если узнает, то сможет ли простить его?

— Что же он такого сделал страшного? — вяло поинтересовался Семен Федорович.

Он в тот день чувствовал себя из рук вон плохо, уже несколько дней болело сердце, то и дело отнималась рука, темнело в глазах. Ему с большим трудом удалось собраться с силами для традиционной прогулки с Екатериной. И разговаривать не хотелось, каждый звук, даже тихий, болезненно отдавался в висках и затылке.

— Пока точно не знаю, но он... Что с тобой, Сеня? Ты плохо себя чувствуешь?

— Да, что-то нехорошо мне, — признался Родченко.

— Господи, да ты бледный какой! Зачем же ты пошел на прогулку? Почему не сказал, что болен? Пойдем, пойдем, — заторопилась Екатерина Венедиктовна. — Сейчас поймаю тебе такси, отправляйся домой и ложись. И непременно вызови врача. Мы с тобой уже не молоденькие, со здоровьем шутить нельзя.

Он покорно поднялся со скамейки и поплелся следом за ней к выходу из парка. Дома он сразу улегся в постель, а вечером пришлось вызывать «неотложку», которая и увезла его в больницу. Вышел из больницы Семен Федорович только через три месяца, и судьба безымянного доктора и какой-то Галины волновала его в то время меньше всего. О последнем разговоре с Екатериной Венедиктовной он и думать забыл. Спустя еще некоторое время он снова возобновил неспешные прогулки с Анисковец, и та сама как-то сказала:

— Знаешь, Сеня, та история с врачом и его многолетней любовью все-таки закончилась трагически. Несчастная пыталась покончить с собой и детей из окна выбросила. Об этом даже газеты писали. Не знаю, как он будет дальше жить с таким грузом на совести. Сейчас я начинаю корить себя за то, что потворствовала этим отношениям. На меня тоже ложится часть вины.

— Бог с тобой, Катя, — возразил Родченко, — какая же тут может быть твоя вина?

— Но я предоставляла им квартиру, они встречались у меня.

— Если не у тебя, так в другом месте встречались бы. Не бери на себя лишнего, — пытался успокоить ее Семен Федорович.

— Нет, Сеня, — она покачала головой, — ты не понимаешь. Я очень виновата перед ней. Мне следовало быть более осмотрительной.

Но ему не хотелось говорить о чужих трагедиях. Выведенный усилиями врачей из клинической смерти, проведя три месяца в больнице и еще два месяца дома, не вставая с постели, он так испугался собственной близко подступившей кончины, что избегал разговоров на печальную тему. Поэтому он постарался сменить предмет обсуждения и задал Екатерине Венедиктовне вопрос о чем-то совершенно постороннем. Больше они к этому не возвращались...

— Семен Федорович, мне нужно найти этого врача, — твердо сказала Настя. — И я прошу вас подумать как следует и вспомнить все, что вам говорила о нем Екатерина Венедиктовна. Пусть вы не знаете его имени, но мне важна любая информация о нем. Вот вы обмолвились, что у него была семья, которую он не хотел оставлять. Уже что-то. Может быть, есть еще какая-нибудь информация?

— Еще Катя говорила, что этот врач — знакомый какого-то другого врача, не то его ученик, не то что-то в этом роде. Да, вспомнил! Романовская. Вам, Анастасия Павловна, это имя что-нибудь говорит?

— Певица? — осторожно спросила Настя.

Она еще училась в школе, когда на советской эстраде начала семидесятых блистала Елена Романовская, которую критики называли Тихим ангелом песни. Стройная, хрупкая, с толстой русой косой, свободно свисающей вдоль спины до самой поясницы, она нежным негромким голосом исполняла лирические песни советских композиторов, в основном о России и о простых русских женщинах.

— Да, знаменитая певица, — подтвердил Родченко. — Пресловутый Тихий ангел. Знали бы они, какой это был ангел! Из койки в койку прыгала не переставая. Прошу прощения за грубость, но блядища она была первостатейная. Из абортов и венерических заболеваний не вылезала. Но муж! Муж у нее был в аппарате ЦК, и перед ним сияла блестящая карьера по партийной линии. Поэтому, сами понимаете, Леночка Романовская должна была быть весьма и весьма осторожной, чтобы не сломать мужу служебное восхождение. Она прекрасно понимала, что звездой эстрады она будет ровно до тех пор, пока он ее муж и пока он кормится возле власти. Как только хотя бы одно из этих двух условий будет нарушено, ее попрут с подмостков взашей. И не будет ни записей на радио, ни съемок на телевидении, ни гастролей, ни даже самых захудалых концертиков в провинциальных клубах. Она сдохнет в нищете. Посему все свои проблемы Леночка решала в приватном порядке и с соблюдением строжайшей конспирации. Абортмахер у нее был постоянный и очень доверенный, Катерина свела ее с одним из коллег-друзей покойного Швайштейна. Потом, когда Лена совсем с тормозов сорвалась, начала пить и шляться с кем ни попадя, пошли вензаболевания. И тут Катя тоже ей помогла, познакомила с надежным и опытным дерматовенерологом, опять же из числа друзей покойного мужа, с которыми все годы не прекращала поддерживать отношения. И вот однажды этому дерматовенерологу что-то не понравилось в состоянии здоровья Романовской, и он отправил ее на какое-то дополнительное обследование. Лена, естественно, долго сопротивлялась, она боялась вовлекать в свои дела лишних людей, но венеролог заверил ее, что его коллега — человек доверенный, на него можно положиться, молчать он умеет, тем более что этот молодой коллега очень обязан самому венерологу. И врач он превосходный. Леночка зубками скрипнула, но пошла обследоваться. Уж не знаю, чем этот молодой коллега так ее расположил к себе, но спустя какое-то время Романовская попросила Катерину помочь. Дескать, такой славный человек, но такой несчастный. Жена молодая, но тяжело больна, она — инвалид после автокатастрофы, бросить ее он не может ни при каких условиях, это было бы непорядочно, но у него есть женщина, которую он любит, а вот встречаться им негде. Ну и так далее. Сами понимаете. Разумеется, Катерина разжалобилась и дала согласие.

— Но ведь Романовская сошла со сцены очень давно, — заметила Настя. — Я точно помню, в восемьдесят втором, когда я закончила университет, она уже не выступала. Когда же это все произошло?

— Намного раньше. Году, наверное, в семьдесят четвертом — семьдесят пятом, когда Леночка была в зените славы. Вы правы, в начале восьмидесятых она уже не выступала, спилась окончательно, срывала концерты, не являлась на записи. Ее первое время пытались как-то вытянуть, покрывали, придумывали уважительные причины, но после смерти Брежнева, когда начали менять аппарат ЦК, карьера ее супруга накрылась, и с ней перестали возиться.

Выходит, таинственный врач встречался с Галиной Терехиной лет пятнадцать. Ничего себе! Но это означает, что в принципе все дети Галины могли быть и его детьми. Все четверо, а не только Наташа. Хотя, конечно, тот факт, что интерес он проявляет к ней одной, говорит скорее в пользу того, что остальных детей Галина родила все-таки от мужа. Как же найти этого неуловимого «дядю Сашу»? Остается последняя надежда — Елена Романовская и ее врач-венеролог. Только они могут назвать его имя.

* * *

Найти врача, который лечил когда-то известную певицу Елену Романовскую от венерических болезней, можно было только через саму Романовскую. Ибо пытаться установить его имя, исходя из круга друзей доктора Швайштейна, умершего в сорок девятом году, было делом абсолютно безнадежным. Вернувшись на работу после визита к Семену Федоровичу Родченко, Настя заглянула в кабинет, который занимали Юра Коротков и Коля Селуянов. Юра был в бегах, а Коля сосредоточенно строчил какой-то документ, то и дело заглядывая в разложенные на столе блокноты и отдельные листочки с записями.

— Коленька, я пойду к Колобку докладываться, а ты найди мне, будь добр, Елену Романовскую.

— Отчество у твоей Елены имеется? — скептически осведомился Селуянов. — Или она — плод непорочного зачатия, как принято в приличных библейских семьях?

— Имеется, — улыбнулась Настя. — Но я его не знаю. Зато знаю, что двадцать пять лет назад она была знаменитой эстрадной певицей. Сейчас ей, должно быть, лет пятьдесят пять — шестьдесят. Поищешь? Да, и муж у нее в ту пору был сотрудником аппарата ЦК.

— Замечательная примета, — хмыкнул Николай. — Аська, зачем ты пошла в сыщики? Тебе нужно было заниматься археологией. Так и тянет тебя в древней истории покопаться. Ладно, поищу. А что мне за это будет?

— Я тебе булочку куплю в буфете, — пообещала Настя.

Через полчаса, отчитавшись перед полковником Гордеевым, она снова зашла к Селуянову. Тот по-прежнему строчил свой документ, и в кабинете, казалось, ничего за полчаса не изменилось, кроме чайника, который тридцать минут назад уныло стоял на полу, а теперь весело шипел на тумбочке.

— А булочка? — вопросительно поднял брови Селуянов. — Я уже и чайник поставил.

— А Романовская? — передразнила его Настя. — Авансом не подаю.

— Обижаешь, подруга. Я сроду авансы не клянчил. Между прочим, а на что ты, собственно, рассчитывала, занимаясь археологическими раскопками? Археологи, насколько мне известно, обычно находят скелеты. Так что я тебе труп нашел.

— Коля! — в отчаянии простонала она, обессиленно усаживаясь на стул. — Скажи, что ты пошутил. На эту Романовскую была вся моя надежда.

— Ну извини, — Николай развел руками, — не угодил. Но я старался. Нет, правда, Ася, Елена Романовская упала с лестницы, будучи в сильно нетрезвом состоянии, в котором она пребывала без перерывов уже много лет, и сломала себе шею. Так что пить вредно, имей это в виду.

— Когда это произошло?

— Не так чтобы давно, ты совсем чуть-чуть опоздала. Спохватилась бы раньше, застала бы ее в живых.

— Колька, ты прекратишь свои дурацкие шуточки или нет? У меня дело об убийстве висит, а тебе все хиханьки.

— Одно, что ли, дело-то висит? — осведомился он. — Насколько я знаю, у тебя таких «висяков» как минимум штуки три. И у каждого из нас не меньше. Так что не надо трагедий. Работаем дальше. Елена Владимировна Романовская скончалась две недели тому назад. Жила одна, муж давно ее бросил в связи с ее беспробудным пьянством, взрослая дочь живет отдельно.

— Адрес дочери? — устало спросила Настя.

— Ася, она живет не просто отдельно, а ОЧЕНЬ отдельно. Так отдельно, что тебе ее не достать. Я, конечно, могу напрячься и раздобыть для тебя ее адрес, но имей в виду, эта улица находится в Сиднее. Туда самолетом часов шестнадцать лететь.

— Вот невезуха. И давно она в Австралии?

— С восемьдесят девятого года. Удачно вышла замуж и отбыла подальше от сумасшедшей мамочки-алкоголички. С тех пор в Россию ни разу не приезжала, я проверил.

— Спасибо тебе, Коленька, ты настоящий друг. Жаль только, что все обломилось.

Лицо у Насти было таким расстроенным, что добродушный весельчак Селуянов мгновенно проникся сочувствием.

— А что ты у нее узнать-то хотела? Может, как-нибудь по-другому попробуем выяснить?

— Ох, Коля, я должна была узнать у нее фамилию врача, который больше двадцати лет назад ее обследовал.

— Ну так в чем проблема? Существуют же медицинские карты и все такое прочее.

— Все происходило в частном порядке и строго конфиденциально. Общественность не должна была знать, что мадам певица систематически лечится от гонореи и трихомоноза. А к нужному мне врачу ее направил на обследование именно венеролог. Так что никаких медицинских карт там и в помине не было и быть не могло. Оплата наличными по курсу конъюнктурных услуг. И я хотела узнать у Романовской либо фамилию того врача, либо фамилию венеролога, который ее к нему направил.

— Ну давай поищем венеролога, — предложил Селуянов, который был рад любой возможности увильнуть от составления ненавистных рутинных бумаг. — Что о нем известно?

— Он был приятелем доктора Швайштейна, умершего в сорок девятом году, и длительное время поддерживал знакомство с вдовой, Екатериной Венедиктовной Анисковец.

— Которая тоже умерла, — подхватил он. — Весело. Подозреваю, что и венеролог твой давно скончался. В нашей замечательной стране мужики долго не живут, а ведь ему уже должно быть лет восемьдесят, а то и больше. У тебя есть список знакомых Анисковец?

— Есть.

— Спорим на бутылку, что я тебе через два дня установлю фамилию венеролога?

— Сам же говорил, что пить вредно.

— А кто сказал, что я буду пить? Я выиграю у тебя бутылку, принесу домой и бережно поставлю в шкаф. Нехай себе стоит, пока не понадобится. Мало ли, гости придут или подарить кому-нибудь надо будет.

— Ты гнусный вымогатель. Ты же тоже работаешь по делу Анисковец, так что выполнять мои поручения — твоя прямая обязанность.

— Аська, с тобой невозможно! Ты готова убить самый романтический порыв. Мне стимул нужен, а не работа по обязанности. Если мы с тобой поспорим, у меня стимул появится. А так — скучно.

— Ага, тебе все веселье подавай. Ладно, уговорил, ставлю тебе бутылку, только найди его, пожалуйста. Я в этом деле совсем увязла, время идет, а ничего не сдвигается. Колобок уже начал косо на меня посматривать, тоже понять не может, почему все застряло. Заколдованное дело какое-то, ни одной приличной версии. Мифический врач — единственная зацепка.

Они еще немного поторговались насчет объема обещанной бутылки и марки коньяка, и Настя пошла к себе. Настроение у нее испортилось. Надежда, вспыхнувшая в ней во время разговора с Родченко, таяла на глазах. Романовская умерла. Врач-венеролог наверняка тоже умер. Она уже не сомневалась, что через два дня Коля Селуянов именно это ей и скажет. Анисковец убита. Оборваны все ниточки, которые могли бы привести к этому человеку, встречавшемуся много лет с Галиной Терехиной и теперь навещающему в больнице ее детей, прикрываясь наверняка вымышленным именем. К человеку, который после длительного перерыва вновь начал бывать у Екатерины Венедиктовны, причем совсем незадолго до ее необъяснимой гибели.

Романовская умерла смертью обычной для сильно пьющего человека. Но очень уж вовремя. Не постарался ли и здесь неуловимый доктор дядя Саша? Настя поежилась, представив себе, что кропотливую работу по опросу знакомых и соседей погибшей, только что проведенную по факту смерти Анисковец, придется повторить по делу Романовской. Времени на это нужна уйма. Сил — тоже. А нет ни того, ни другого.

* * *

Сестра Марфа везла Галину Терехину в инвалидной коляске по огромному парку, окружающему дом инвалидов. Они гуляли уже давно, но если час назад сияло солнце, то теперь набежали облака и подул сильный холодный ветер. Галина зябко повела плечами.

— Холодно, — капризно сказала она. — Давай вернемся.

— Еще рано. Тебе нужно побольше бывать на воздухе, — возразила монахиня.

— Но я замерзла.

— Я принесу тебе что-нибудь теплое.

— Ну хорошо, только побыстрее, а то я простужусь.

Сестра Марфа поспешила в здание. Поднявшись на второй этаж, она открыла комнату Галины и стала перебирать вещи в шкафу в поисках теплой кофты и косынки на голову. Внезапно за спиной послышался шорох. Монахиня обернулась. Увидев знакомое лицо, она собралась было улыбнуться и поздороваться, но мужчина стремительно подошел к ней, и через мгновение сильные пальцы сомкнулись вокруг ее шеи. Хрипя и хватая ртом воздух, женщина успела понять только одно: она сейчас умрет.

* * *

Настя любила, когда дома ее ждал муж. Правда, случались моменты, когда она возвращалась домой в таком скверном расположении духа, что сама мысль о неизбежных разговорах за ужином казалась непереносимой и заставляла ее болезненно морщиться. Но бывало такое нечасто. Алексей, знающий ее много лет, еще со школьной скамьи, всегда умел точно чувствовать ее настроение и вовремя умолкать.

Сегодня расположение духа у Насти было далеко не самым радужным, но и не настолько тяжелым, чтобы не радоваться встрече с мужем, который после возвращения из командировки провел несколько дней у родителей в Жуковском и только теперь приехал в Москву.

Леша встретил ее надсадным кашлем и душераздирающим хлюпаньем в носу. Глаза покраснели, нос распух, и весь его облик являл собой живое воплощение страдания. В отличие от Насти болел он редко, состояние простуженности было для него непривычным и оттого раздражающим.

— Батюшки, — ахнула Настя, увидев любимого супруга. — Где это тебя так?

— В самолете, наверное, — натужно прохрипел Алексей. — Уже четвертый день маюсь, самый разгар. Чем ты лечишься обычно?

— Ничем, ты же знаешь. Жду, пока организм сам справится, нечего его баловать. Но тебе мои методы не подходят, тебя действительно надо интенсивно лечить. А у меня и нет ничего от простуды, — растерянно сказала она. — Что ж ты мне на работу не позвонил, не предупредил, я бы в аптеку заскочила. А теперь поздно уже, все закрыто.

— Ладно, до завтра перебьюсь, утром сам схожу. Пошли ужинать.

После ужина Настя заставила мужа попарить ноги с горчицей, засунула ему в уши марлевые тампоны с натертым луком — испытанное народное средство от насморка, а ступни намазала скипидарной мазью, натянув сверху теплые носки. Сама она никогда такое лечение не пробовала, но ей говорили, что должно помочь.

— Ты специально меня мучаешь, — страдальчески сипел Леша, дергая ногами, когда она натирала ему ступни остропахнущей мазью: он ужасно боялся щекотки. — Ты хочешь, чтобы я умер. Инквизиторша. Тебе нужно было родиться в средневековой Испании.

— Извини, промахнулась на пять веков, но я не нарочно. Лежи спокойно. Твоей смерти я не хочу. Кто меня кормить будет, если не ты?

— Корыстная эгоистка, — ворчал он.

Зато когда мучениям пришел конец, он завернулся в одеяло и почти сразу же сладко заснул. Настя на цыпочках вышла на кухню. Спать ей еще не хотелось, и она решила сначала помыть оставшуюся после ужина грязную посуду, а потом почитать. За последние несколько недель ей удалось купить десятка полтора книг, которые ее заинтересовали, но времени открыть хотя бы одну из них пока так и не нашлось. Однако ее сладким мечтам о тихих полуночных посиделках с книжкой в руках не суждено было сбыться. Едва она успела закончить мыть посуду и вытереть руки полотенцем, как тихонько заверещал телефон, предусмотрительно установленный Настей на минимальную громкость.

— Не разбудил? — послышался в трубке бодрый голос Короткова, который этой ночью дежурил.

— Пока нет.

— Тогда послушай сказочку на ночь, чтоб спалось слаще.

Сердце у нее заныло от недоброго предчувствия. У Юры не было привычки звонить ночью по пустякам.

— Сестра Марфа убита. Задушена. Прямо в комнате Галины Терехиной.

Глава 7

Ира Терехина никогда не вдумывалась в смысл фразы о том, что человек быстро и легко привыкает к хорошему, но долго и трудно отвыкает. В ее жизни была только одна крутая перемена, когда она из вполне довольной жизнью девочки из большой семьи вдруг превратилась в сироту и осталась одна-одинешенька в интернате. Но это было так давно, что боль уже как-то подзабылась. После этого ей жилось всегда трудно, и привыкать к хорошему просто случая не было.

Уже почти неделя, как Олег ежедневно появляется в «Глории» и терпеливо ждет, пока она закончит работу, потом провожает ее домой. Два раза он поднимался вместе с ней в квартиру и на цыпочках проходил в ее комнату, а примерно через час уходил так же бесшумно. Ира очень боялась потревожить немолодого добропорядочного жильца и, кроме того, не хотела создавать прецедент. В пятницу, как сказал Олег, они пойдут к какому-то замечательному врачу, который взялся посмотреть Иру и определить возможность ее лечения. Но до пятницы было еще два дня.

Она не привыкла думать о том, «а что будет, если...». Пока жила в семье, в этом как-то необходимости не было, да и мала она была еще для таких мыслей. Потом, закончив школу и оказавшись предоставлена самой себе, она твердо решила, что, как и в какой последовательности она будет делать. Работать столько, сколько нужно, чтобы собрать деньги на лечение Павлика. Снова работать, чтобы собрать деньги на памятник папе. И никаких «если» и «вдруг». Олег Жестеров сразу же стал частью этих планов, но частью не решающей и не главной. Он честно предупредил, что жена ждет ребенка, через три месяца рожать. Стало быть, он так и будет приходить по вечерам в «Глорию», ждать, пока Ира закончит мыть посуду и полы, потом провожать ее домой, иногда (но, конечно же, не каждый день) подниматься к ней. И так будет всегда.

После работы на рынке Ира прибежала домой, приняла душ, наскоро перекусила и помчалась в больницу. В последний раз ей показалось, что Павлик, ее обожаемый Павлик, плохо выглядит. Мальчуган был грустным и со слезами на глазах рассказывал о замечательных игрушках, которые родители приносят другим детям. Ира поинтересовалась в магазинах, сколько стоят такие игрушки, и с унынием поняла, что «не потянет». Надо было срочно чем-то отвлечь братишку, видеть его слезы она не могла. Но пока у нее не было возможности предложить ему новую игрушку, поэтому она решила купить хотя бы фруктов и конфет побольше. Если Павлик будет щедро угощать соседей по палате, то, может быть, они не пожадничают и дадут ему поиграть их замечательными красивыми конструкторами и электронными штуковинками.

У ворот больницы стояли две милицейские машины с мигалками, но Ира не обратила на них внимания. Больница была огромной и одной из самых лучших в городе, здесь было знаменитое на всю страну отделение травматологии и ортопедии, поэтому милиция частенько доставляла сюда раненых. Но у входа в корпус детского отделения ее остановил какой-то мужчина с хмурым лицом.

— Заворачивай, дочка, обратно. Сегодня туда не пускают.

— Как это не пускают? — возмутилась Ира. — Мне к брату нужно. У меня там брат и две сестры. Пустите.

— Я же сказал тебе, нельзя. Завтра придешь.

— Почему это завтра? Сейчас приемные часы, с пяти до восьми. Я всегда в это время хожу. Дайте мне пройти.

Мужчина устало вздохнул и легонько развернул Иру спиной к входу. Только теперь она заметила, что в сторонке стоит приличная толпа родителей, которые пришли навестить своих детишек и которых тоже не пустили. Самые предприимчивые бродили вокруг корпуса, пытаясь по памяти установить расположение палаты, где лежит их чадо, и найти нужное окно. Остальные, сбившись в плотную группу, терпеливо ждали чего-то.

— Ты не одна такая. Вон вас сколько, — сказал мужчина с хмурым лицом. — Если хочешь, подожди. Когда будет можно, всех пропустят. Но лучше приходи завтра, чтоб наверняка.

Александра Маринина

133

Ира покорно отошла к толпе.

— Чего случилось-то? — по обыкновению не очень вежливо вступила она в беседу. — Почему не пускают?

— Там медсестру убили, — тут же охотно объяснили ей. — Милиции понаехало — жуть. Всех посторонних выгнали, никого не пускают.

На Иру это сообщение особого впечатления не произвело. Вот если бы ей сказали, что убили кого-то из детей, она бы с ума сошла от ужаса: а вдруг это кто-то из ее младших? Но раз все дело в медсестре, тогда пусть. Плохо только, что к Павлику не пускают. Он так ждет ее, она ведь обещала прийти сегодня.

Потолкавшись в толпе и послушав вполуха разговоры, Ира решила все-таки подождать. В конце концов, еще только половина седьмого, до окончания разрешенного для посещений времени целых полтора часа. А потом ведь можно и поскандалить, потребовать, чтобы время посещений продлили до девяти или даже до десяти, раз уж такие непредвиденные обстоятельства случились. Отсюда до «Глории» добираться минут тридцать, если бежать бегом и если с автобусом повезет, так что до половины десятого она может побыть здесь. К этому времени наверняка милиция уедет, и можно будет попытаться увидеть брата или хотя бы передачу передать.

Она отошла от толпы и нашла укромную, никем не занятую лавочку в густых зарослях дикой малины, которой почему-то здесь было очень много. Усевшись на скамейку, Ира скинула старенькие стоптанные туфельки, чтобы ноги отдохнули, и принялась всматриваться в царящую вокруг корпуса суету, чтобы вовремя уловить момент, когда милиция отвалит, и ринуться к входу. Пока из дверей никто не выходил, все больше входили. Входящие, видно, знали хмурого мужчину, караулившего дверь, потому что останавливались и здоровались с ним за руку. Улыбались, перекидывались неслышными ей шутками и беспрепятственно проходили внутрь. Наконец начали выходить. Первыми вышли люди в белых халатах с носилками, на которых лежало накрытое простыней тело. И тут Ире впервые стало не по себе. Она живо вспомнила, как точно так же выносили из квартиры тело отца. Он тоже был накрыт с головой. Ей тогда объяснили, что с головой накрывают, если человек умер. Если живой, то несут с открытым лицом. Вид тела на носилках заставил ее поежиться. Хоть ей эта медсестра и никто, но все равно страшно. Два часа назад ходила, наверное, по отделению, градусники разносила, лекарства детишкам давала. Может быть, даже к Павлику подходила. Интересно, которая это сестричка? Всех сестер в отделении Ира знала и различала их по отношению к ее младшим. Одна очень любила малышей и была с ними ласковой, другая была строгой и серьезной, третья вообще считала, что детей нельзя баловать, даже тяжело больных, а то они от рук отбиваются. Будет жалко, если убили как раз ту медсестру, которая ласкова с малышами. Павлик так привязался к ней! Она одна умеет успокоить его, когда мальчик плачет...

На улицу из здания вышли еще двое, широкоплечий симпатичный мужчина и высокая худощавая светловолосая женщина, которая показалась Ире знакомой. Она всмотрелась повнимательнее и узнала ее. Да, это та самая Каменская из милиции, которую приводил к ней дядя Владик Стасов. Женщина курила, прислонившись к дереву, и о чем-то разговаривала с широкоплечим. Ира вскочила со скамейки и бросилась к ней.

— Здрасьте, — выпалила она, задыхаясь. — Я — Ира Терехина. Вы меня помните?

На лице у женщины мелькнуло какое-то странное выражение, но Ира могла бы дать голову на отсечение, что она не удивилась.

— Здравствуй, Ира, — спокойно ответила она. — Конечно, я тебя помню. Ты пришла навестить своих?

— Ну да, а меня не пускают. Там Павлик меня ждет, я ему обещала прийти сегодня, — затараторила Ира. — Вы не могли бы меня провести? Ну пожалуйста.

— Нельзя, Ирочка. Я бы и рада тебе помочь, но в отделение пока посторонним входить нельзя. Там работает оперативная группа, следователь, эксперты. Посторонних там быть не должно.

— Но я фрукты купила, ягоды, конфеты. — Ира жалобно посмотрела на нее и показала две полиэтиленовые сумки, которые держала в руках. — Павлик ждет. И Оля с Наташей тоже ждут. Мне к десяти на работу надо, если до этого времени не пустят, мне все это придется обратно уносить. Ну пожалуйста.

— Давай сумки, — кивнула Каменская, — я передам. Это все Павлику?

— Нет, — заторопилась Ира, — Павлику вот этот пакет, здесь черешня, бананы и яблоки, и еще вот этот, с конфетами. Только вы ему скажите, чтобы сам все не ел, пусть с ребятами в палате поделится. И конфеты тоже ему нельзя, у него аллергия на шоколад, конфеты пусть все отдаст ребятам. А вот тут фрукты для девочек, там два пакета, в них все поровну. Не перепутаете? Да, и еще Наташе, это старшая, она в седьмой палате лежит, скажите, что книжку Гольдмана я пока не нашла, но я обязательно найду, пусть не беспокоится. Мне уже сказали, где можно купить старые учебники по математике, я на днях туда съезжу и найду обязательно.

— Гольдман? — Вот теперь Ира увидела, что Каменская действительно удивлена, и очень сильно. — Твоей сестре нужно пособие по высшей математике?

— Ну да, она просила. Она очень много занимается, она способная.

— У меня есть эта книга. Если хочешь, я принесу.

— А она дорогая? — спросила Ира, которой с детства внушили, что за все надо платить, потому что бесплатным бывает только сыр в мышеловке.

— Не знаю, — пожала плечами Каменская. — Это мой собственный учебник, когда-то я его купила рубля за два, что ли, это было много лет назад. Я его тебе подарю.

И тут Ира со стыдом сообразила, что не помнит, как зовут эту женщину. Фамилию помнит, а имя-отчество забыла. Неудобно как... Не обращаться же к ней «товарищ Каменская».

— Ася, мы рискуем, — внезапно вступил в разговор широкоплечий мужчина, который до этого момента молча посматривал по сторонам. — Нас заметили родители и уже направляются в нашу сторону со своими сумками. Нам будет трудно объяснить им, почему мы для Иры делаем исключение. Давай-ка сюда пакеты.

Он ловко подхватил сумки, почти вырвав их у Иры из рук, и быстрым шагом направился к больничным воротам, туда, где стояли милицейские машины.

— Куда он понес сумки? — недоуменно спросила Ира, провожая его взглядом.

— Не волнуйся, через некоторое время он вернется и принесет их в отделение. Иначе нам сейчас придется принять передачи у всей этой толпы. Все видели, как ты к нам подошла, и если бы я взяла у тебя сумки и понесла их в отделение, получилось бы некрасиво. Ты согласна?

— Вообще-то да, — Ира слабо улыбнулась. — Я как-то не подумала. А вы там скоро закончите? Имеет смысл ждать?

— Честно говоря, нет. Работы много, провозимся, наверное, до позднего вечера. Иди лучше домой, отдохни. Ты ведь с утра на ногах.

— Откуда вы знаете?

— Стасов рассказывал, что ты много работаешь. Ты хоть отдыхаешь когда-нибудь?

— Не-а, — Ира помотала головой. — Когда мне отдыхать? Работаю каждый день. Но вы не думайте, я не сильно устаю. Мне нормально. Справлюсь. Это точно, что вы до девяти вечера не управитесь?

— Наверняка.

— Ладно, — вздохнула Ира, — тогда я ждать не буду. Но вы не забудете продукты детям передать?

— Ну что ты, конечно, не забуду, не сомневайся. Езжай спокойно.

— И на словах все передадите, не перепутаете?

— Не перепутаю, — заверила ее Каменская. — А книгу Гольдмана я тебе как-нибудь передам. Или, если хочешь, принесу прямо сюда, твоей сестре.

— Ага, — кивнула Ира, — так даже лучше. Ну, я пошла.

Она почти бегом помчалась к автобусной остановке, радуясь неожиданно появившемуся свободному времени. Придя домой, она моментально уловила запах готовящейся на кухне еды. Значит, вернулся наконец

Ильяс, потому что для Георгия Сергеевича еще рановато, он с работы попозже приходит. Так и оказалось. На кухне она увидела нового жильца, но что хуже всего — на табуретке за столом восседала не кто иная, как заклятая Ирина врагиня — Танька-паразитка. Конечно, опять пьяная. А морда-то раскрашена — ну прямо радугой переливается. Думает, три кило краски изведет, так помолодеет, никто и не узнает, сколько ей лет. У, сука.

— Ты чего это расселась? — грубо спросила Ира. — Тебя звали сюда? Чего пришла?

Она была уверена, что Танька, наглая ее рожа, пришла попросить, чтобы Ира убрала завтра ее участок. Такое иногда с ней бывало. Так-то она обычно просто не выходила на работу, и все, пусть другие дворники во главе с ихним дворницким начальством как хотят, так и крутятся. Но изредка, руководствуясь неизвестно какими побуждениями, Танька заявлялась к Ире и пыталась договориться по-хорошему. Предлагала деньги, ныла, даже слезу пускала. Конечно, деньги Ире нужны, что и говорить, но и гордость иметь надо. Танькиных денег Ира не возьмет, уж больно баба она противная.

— Ой, Ирусечка, — запричитала Танька-паразитка, — а мы тут с Ильясиком тебя ждем, ужин готовим. Садись, покушай, у нас все уже готово.

У нас, видишь ли, готово! Нашла себе дружка.

— Обойдусь, — резко сказала Ира.

Она молча достала из холодильника пакет с бутербродами, которые вчера еще принесла из «Глории», и недопитую двухлитровую бутылку пепси, оставленную на рынке кем-то из торговцев и предусмотрительно захваченную домой. А чего? Она же почти полная. Зачем добру пропадать? Ира точно знала, что, если она сама эту бутылку не заберет, ее возьмет другой, и не домой понесет от безденежья, а сдаст тем, кто торгует напитками в разлив.

У себя в комнате она развернула пакет, взяла бутерброд с копченой колбасой, налила пепси в щербатую чашку и уселась на диван. Не прошло и двух минут, как раздался осторожный стук в дверь.

— Ирусечка, к тебе можно? — послышался Танькин голос.

— Нельзя, — вполголоса огрызнулась Ира.

Впрочем, она была уверена, что Танька не услышала. Дом был старой постройки, кирпичный, с толстыми стенами и дубовыми дверьми. Звукопроницаемости почти никакой. Было же время, когда строили на совесть! Не то что теперь.

Танька снова заскреблась.

— Иришенька! Ты меня слышишь?

— Слышу, — громко ответила Ира. — Чего тебе?

— Войти можно?

— Зачем? Что тебе надо?

— Поговорить хочу.

Танька решила не дожидаться разрешения и неловко втащила в комнату свое грузное, оплывшее тело.

— Чего надо? — хмуро буркнула Ира, поняв, что так просто она от Таньки не отделается. И выгнать ее нельзя, Танька же не к ней пришла, а вроде как к Ильясу, а с жильцами ссориться не годится.

— Слушай, — заговорщически зашептала Танька, плюхнувшись на единственный имевшийся в комнате стул, — говорят, к тебе из милиции приходили.

— Ну, — кивнула Ира, жуя бутерброд. — Тебе-то что?

— А о чем спрашивали?

— Господи, да тебе что за печаль? Ко мне ведь приходили, а не к тебе. Чего ты лезешь ко мне?

— Нет, Ирусечка, ты не подумай чего-нибудь такого, я просто интересуюсь. А про меня не спрашивали?

— Ой, да нужна ты им! — презрительно фыркнула Ира. — Сто лет в обед. Была бы нужна, они бы к тебе и пришли.

— Не скажи, — возразила Танька. — Если на меня кто нажаловался, что я площадь занимаю, то сначала должны ко всем дворникам зайти, спросить, правда ли, что я на работу не выхожу. А что у тебя спрашивали?

— Про что спросили, про то я и ответила, — отрезала Ира. — Тебя не касается.

— Но точно не про меня?

— Да уйди ты, ради Бога, — взорвалась Ира. — Твои бугаи тут и без того всю округу в страхе держат. Кто на тебя жаловаться-то будет? Жизнь дороже. Давай, вали отсюда. Мало того, что за тебя участок убирают забесплатно, так ты еще отдохнуть не даешь. Выметайся. Иди вон к своему Ильясу, у вас там ужин готов. И посуду за собой помойте.

—-Ну что ты сердишься, Ириночка? — заскулила Танька. — Тебе хорошо, у тебя вон какие хоромы, целых три комнаты, и все тебе одной. Думаешь, другим не хочется свое жилье иметь, да еще в Москве? Все устраиваются как могут, в этом деле все средства хороши. Сама знаешь, человек ищет, где лучше. Что тебе, жалко, если у меня своя площадь будет?

— Да подавись ты своей площадью. Только почему другие за тебя работать должны? Зарплату небось не забываешь получать.

— Ты что! — возмутилась Танька. — Какая зарплата? Я ее всю до копейки начальству отдаю, в РЭУ и в милицию, чтобы не поперли с квартиры. Ты не думай, мне чужого не надо. Я в ведомости только расписываюсь, а деньги все им уходят. Я же потому и испугалась, когда узнала, что к тебе из милиции приходили. Думала, стукнул кто-нибудь, что я милиционерам деньги даю, они и затеяли расследование. Теперь знаешь, как с коррупцией борются? Что ты! Кого за взятку поймают — конец, спуску не дают. Ну скажи мне, только честно: они не про это спрашивали?

— Да не про это, уймись ты наконец.

— А про что же?

— Ни про что. Отвали, я сказала. Дай отдохнуть спокойно, мне скоро опять на работу.

Танька вздохнула и нехотя выплыла из комнаты. Ира залпом допила пепси из чашки и отложила обратно в пакет недоеденный бутерброд. От разговора с Танькой аппетит пропал, есть совсем не хотелось. Она вытянулась на диване, укрывшись старым большим пуховым платком. Вчера вдруг резко похолодало, и ближе к вечеру в комнате становилось зябко и сыро. Нет, ну откуда берутся такие бессовестные люди, как Танька-паразитка? Мало того, что на работу не выходит, мало того, что ейные бугаи всех запугали, так у нее еще наглости хватает беспокоиться, не взялась ли за нее милиция. Ирусечка, Ириночка! Вот сволочь. Слов других на нее нет. Интересно, откуда она узнала, что дядя Владик приводил к ней женщину из милиции? Впрочем, какая разница, откуда. Наверное, ей сказал тот милиционер, которому она деньги отстегивает. Небось сам же и послал ее узнать, о чем спрашивали, не под него ли копают.

Через некоторое время она услышала, как хлопнула входная дверь — Танька ушла. И почти сразу же снова раздался стук в дверь. Ильяс, что ли?

— Ира, будете кушать со мной?

Это что-то новенькое! Он же собирался с Танькой ужинать. И вообще, к столу ее приглашал только Георгий Сергеевич, все эти мусы-шамили таких порядков не держали. Для всех ее жильцов было одно непреложное условие: обращаться к ней на «вы» и держать дистанцию. Чтоб никакого панибратства. А то не заметишь, как на шею сядут и начнут друг под друга подкладывать. До сих пор ей удавалось держать их на расстоянии, поэтому обходилось без эксцессов. Ира напряглась и вспомнила все вежливые слова, которые когда-то знала.

— Спасибо, Ильяс, я уже поела. Не беспокойтесь, пожалуйста, — громко ответила она через дверь.

Шаги удалились в сторону кухни. Хорошо, что новый жилец не навязывается. А то такие бывают... Ира вспомнила самого первого своего жильца, азербайджанца Натика. Он ей просто проходу не давал своими угощениями. Не могу, говорил, один кушать, у нас так не принято, у нас к столу зовут всех, кто есть поблизости. Ира один раз дала слабину, села с ним за стол, так потом еле жива осталась. И чего они в свои национальные блюда кладут? Все жирное, перченое, и вкус какой-то непривычный. А Натик все потом приставал: ты, дескать, теперь моя сестра, раз я с тобой хлеб преломил. Очень ей надо быть его сестрой! Сегодня — сестра, а завтра — еще что-нибудь выдумает. Нет уж.

Ира почувствовала, что замерзла. Пуховый платок уже не спасал, нужно бы выпить горячего чаю. Она нехотя поднялась с дивана и побрела на кухню. К ее удивлению, там царила чистота, Ильяс посуду за собой помыл и даже пол подмел. На плите стояла большая кастрюля с вкусно пахнущим мясом, а рядом — кастрюлька поменьше, в ней был сваренный рис. Ира подожгла газ под чайником и уселась на табуретку, поставив локти на стол и опершись подбородком на руки. И почти сразу же скрипнула дверь, послышались осторожные шаги — из своей комнаты вышел Ильяс.

— Ира, если вы голодны — покушайте, пожалуйста. Я друзей ждал, наготовил много, а они не могут прийти.

Вежливость и еще раз вежливость, только это ее спасет.

— Большое спасибо, Ильяс, я не хочу. Сейчас чайку выпью, чтобы согреться, и побегу на работу. Вы лучше Георгия Сергеевича угостите, когда он придет.

— Обязательно, — кивнул Ильяс. — Вы извините, что с Таней так получилось. Я ее не звал, она сама пришла и попросила разрешения вас подождать. Я разрешил. Я не знал, что вам это неприятно.

— Все в порядке, — улыбнулась Ира.

Этот парень ей нравился, он не был похож на прежних жильцов, громких и бесцеремонных, оставляющих за собой грязную посуду и мокрые следы на полу.

— Она очень тревожилась насчет милиции, — продолжал Ильяс извиняющимся тоном, — и я подумал, что у вас что-то серьезное. У вас проблемы? Может быть, помощь нужна? У меня есть знакомые...

— Все в порядке, Ильяс, никаких проблем. Спасибо за заботу.

Он ушел к себе. Ира наспех выпила чай, с сомнением глянула на недоеденный бутерброд, но поняла, что есть не может, и снова сунула пакет в холодильник.

Без пятнадцати десять она натянула теплый свитер, сверху набросила куртку и ушла в «Глорию». Она уже спустилась по лестнице и быстро шагала к перекрестку, когда ее новый жилец Ильяс снова вышел из комнаты в коридор и снял трубку висящего на стене телефона.

— Это я, — произнес он, когда ему ответили. — Она ничего не сказала. Ни мне, ни этой дворничихе.

* * *

— Мы все проморгали!

Полковник Гордеев по прозвищу Колобок в ярости метался по кабинету, расшвыривая попадающиеся под руку стулья.

142

— Вы все проспали! Он начал убирать тех, кто может его опознать. Монахиня в доме инвалидов, где находится Галина Терехина. Медсестра в больнице, где лежат дети. И даже Елена Романовская, которая знает его имя. Как так могло получиться?

Настя молчала. Она прекрасно знала, почему так вышло. Это она виновата, только она одна. Она в этом самом кабинете несколько дней назад настаивала на том, что оставлять засады в доме инвалидов и в больнице бессмысленно, неуловимый «дядя Саша» может появиться там еще очень не скоро. Но он появился и начал убивать. Это ее ошибка.

Но тут же вставал и другой вопрос: а откуда он, этот «дядя Саша», вообще узнал, что его ищут, что есть его приметы и даже более или менее приличный портрет? Неужели идет утечка информации? От кого?

— Этого можно было бы избежать, если бы мы не увлеклись с самого начала версией о коллекции. На проверку этой версии ушло много времени, а он тем временем успел добраться до Романовской. Если бы мы сразу, с самого первого дня начали работать с окружением убитой Анисковец, мы нашли бы Романовскую куда раньше и узнали бы его имя. Кстати, Анастасия, у тебя есть объяснение, почему он убил именно эту медсестру, а не какую-нибудь другую? Ведь он, как я понял из твоих рассказов, навещал детей в больнице все шесть лет, его в лицо должны знать многие. Так почему именно она?

— Он приходил к детям только в ее дежурство. Я виновата, Виктор Алексеевич, я допустила ошибку, положившись на показания персонала. Все знали, что к детям Терехиным ходит, кроме сестры, еще какой-то мужчина, не то родственник, не то друг их родителей. Мне этого показалось достаточным, и я не придала должного внимания тому, что приметы внешности мне назвала только одна медсестра. Та, которая оказалась убитой.

— Плохо. Ладно, нечего волосы на голове рвать, работать надо. Кто еще может опознать этого человека?

— Дети. И еще соседи Анисковец. Но это уже совсем слабые звенья. На самом деле по-настоящему опасной для него может быть только Наташа Терехина. Оля и Павлик по интеллектуальному развитию примерно равны, их показаниям грош цена, они их будут менять по десять раз на дню. Старуха Дарья Лукинична может опознать мужчину, которого видела много лет назад. Ну приходил он много лет назад к Анисковец, дальше что? Как привязать его к убийству? Никак. Соседка, которая видела искомого мужчину незадолго до убийства, не видела его раньше. Таким образом, факт знакомства человека, которого она могла бы опознать, с Анисковец ничем не доказывается.

— А врач, который лечил Елену Романовскую от вензаболеваний? Его не нашли?

— Нашли, — вступил в разговор Коля Селуянов. — Но он умер несколько лет назад. Он уже старый был.

— Что ж, — задумчиво проговорил Гордеев, — значит, остается одна Наташа Терехина. Это наше самое слабое звено. Я договорюсь насчет ее круглосуточной охраны, но, видит Бог, дети мои, это самое большее, что я смогу сделать. Сейчас предвыборная пора, ситуация в городе сверхсложная, очень многие люди нуждаются в охране, сами видите, кандидата в вице-мэры чуть не убили. Охранять двух соседок Анисковец мы не сможем, нам столько людей не дадут, остается надеяться только на то, что они сами за себя постоят. А девочка-калека — на нашей с вами совести. Она полностью беззащитна, и мы отвечаем за ее безопасность. И она — последний человек, при помощи которого мы сможем привязать этого «дядю Сашу» к убийству. С одной стороны, он навещает ее в больнице и, таким образом, демонстрирует небезразличное отношение к семье Терехиных. С другой стороны, он — врач, и если покопаться в его биографии, то можно будет найти его связь с покойным врачом Романовской, который, в свою очередь, хорошо знал Анисковец. Никак иначе у нас это дело с места не сдвинется.

— Но, Виктор Алексеевич, у нас руки связаны, — заметил Коротков. — Вся больница переполошилась из-за убийства медсестры, и если мы оставим там засаду, об этом будут знать все без разбора. Как знать, не поставят ли убийцу в известность о засаде. Тогда мы ничего не сможем сделать в смысле его поимки.

— Но по крайней мере девочку убережем, — ответил полковник. — Ты прав, Юра, полноценную засаду нам там не организовать, слишком многие окажутся в курсе дела. И потом, там все-таки дети, а не взрослые, а они более непоседливы и непосредственны, они заметят незнакомых дяденек и начнут трезвонить об этом. Нам нужен человек, обладающий прекрасной зрительной памятью. Такой человек, который по имеющимся у нас субъективным портретам сможет отследить всех приходящих в отделение мужчин, которые хотя бы в малейшей степени напоминают того, кто изображен на рисунках. Человек ответственный, глазастый и внимательный. Есть на примете такой?

— Поищем, Виктор Алексеевич, — кивнул Селуянов, но, впрочем, не очень уверенно. — Но я бы предложил Мишу Доценко. Он так много работал по установлению примет убийцы и по составлению рисованного портрета, что этого человека наверняка во сне уже видит. Миша лучше всех представляет себе его внешность. Да ведь, Мишаня?

— Ты не у Мишани спрашивай, а у меня, — строго осадил его Гордеев. — Доценко загружен не меньше вас всех, а ты предлагаешь снять его со всех дел, которыми он занимается, и посадить в больнице? С твоими доводами я согласен, они мне представляются разумными, действительно Михаил помнит приметы «дяди Саши» лучше любого другого человека. Но кто, скажи мне на милость, будет его дела раскрывать? Ты, Николай, как сверчок, только свой шесток и видишь.

Но было ясно, что Колобок-Гордеев упирается только для виду. Конечно, даже младенцу понятно, что лучше Миши Доценко с этим заданием никто не справится.

* * *

Убийство медсестры детского отделения было как две капли воды похоже на убийство сестры Марфы, в миру — Раисы Петровны Селезневой. Обе женщины были задушены, оба убийства произошли среди бела дня, то есть как раз тогда, когда, кроме постоянных обитателей и персонала, вокруг находится множество посетителей, не знающих друг друга в лицо, и потому появление убийцы не вызвало ни у кого ни малейшего подозрения. Медсестра Алевтина Мырикова погибла в комнате, где хранится верхняя одежда детей, в которой их и доставили в больницу. Какой-то девочке было холодно, погода в последние несколько дней резко испортилась, и дети, разомлевшие от долгой жары, стали простужаться один за другим. Алевтина отправилась в эту комнату, чтобы принести девочке теплую кофточку, и уже не вышла оттуда. Комната, где хранилась одежда, была расположена в подвальном помещении, спуститься туда можно было и по лестнице, и на лифте. Никто не обратил внимания, каким именно путем медсестра отправилась в подвал. Время было самое горячее, начало шестого, с пяти часов разрешены посещения родителей, и народу в отделении было огромное количество. Такая же картина была и с убийством сестры Марфы, с той только разницей, что посещения обитателей дома инвалидов разрешались не в определенные часы, а в течение всего дня.

К работе по обоим преступлениям были подключены оперативники из территориальных отделов милиции, но все равно постоянно возникало чувство, что людей не хватает, да и времени тоже. Тут вон префектов и крупных функционеров убивают, а вы с какими-то монахинями, пенсионерками и медсестрами...

Главный врач дома инвалидов был не особенно доволен назойливым присутствием работников милиции. Он, как и любой хозяин, не любил, когда в дом приходят посторонние и начинают наводить свои порядки. Настю Каменскую искренне позабавил тот факт, что лечащий врач Галины Терехиной нервничал и постоянно оглядывался по сторонам.

— Знаете, если главврач увидит, сколько времени я трачу на беседы с вами, он меня убьет, — виновато объяснил он.

— Но вы же не бездельничаете, — удивилась Настя. — Помогать милиции — это ваш долг, и никто не имеет права вас в этом упрекать.

— Это как в старом анекдоте, — усмехнулся врач. — «Скажите, а я имею право?..» — «Да, имеете». — «Значит, я могу?..» — «Нет, не можете». Никто не может мне запретить беседовать с вами, тут вы правы, но если, не дай Бог, какой-нибудь больной пожалуется, что не смог долгое время попасть на прием или дождаться меня в своей палате, потому что я полностью отключился от работы и занимался только вами, мне не поздоровится. Все-таки я в первую голову врач, на мне тяжело больные люди, инвалиды, которым в любой момент может понадобиться моя помощь. Я бы хотел, чтобы вы отнеслись к этому с пониманием.

— Я отнесусь с пониманием, — пообещала Настя. — Скажите, как Терехина восприняла тот факт, что в ее комнате была убита сестра Марфа?

— Сначала, конечно, она была в шоке. Но потом появилась положительная динамика. Кощунственно так говорить, но трагическая смерть сиделки повлияла на Галину благотворно.

— В каком смысле?

— У нее стали появляться воспоминания о том периоде, который предшествовал травме черепа.

— И вы молчите?! — почти закричала Настя. — Это же очень важно!

— Почему? — искренне удивился он. — Какое это имеет отношение к убийству?

Да, он прав, подумала Настя. Откуда ему знать, что корни этого убийства тянутся как раз в тот период, о котором несчастная Терехина не может ничего вспомнить. И вообще, как он может знать, что убийство сестры Марфы связано с Галиной?

— Что именно вспомнила Терехина? — спросила она уже спокойнее.

— Ну, я бы не стал так ставить вопрос, — улыбнулся доктор. — Пока ничего конкретного она не вспомнила, до этого еще очень и очень далеко. Просто у нее стали появляться некие размытые неуловимые образы, не связанные с ее настоящим. Но я называю это положительной динамикой, потому что на протяжении всех лет, что она здесь находится, и этого не было. Ее память была как чистый лист бумаги, а сейчас, я бы сказал, это лист, на который нанесены отрывочные, беспорядочные штрихи и пятна. И нужно очень много работать, чтобы из этих штрихов и пятен сложилось хотя бы подобие картинки.

— Но вы будете с ней работать?

— Это все не так просто, — вздохнул он. — Я в этом деле не специалист, а здесь нужен именно специалист. У нас в доме инвалидов таких нет, нужно приглашать со стороны, но это стоит денег и значительных усилий. Этим должен заняться как раз главный врач.

— Вы ему говорили о Терехиной?

— Конечно, сразу же.

— И как он отреагировал?

— Сказал, подумает, что можно сделать.

— Он у вас как, очень суровый? — спросила Настя.

— Когда как. Он — человек настроения. Когда в хорошем расположении духа — милейший человек, а если под горячую руку ему попадешься — только и думаешь, как бы ноги унести. Вы собираетесь с ним поговорить?

— Собираюсь. Но чуть позже. Скажите, вы плотно занимались Терехиной после того, как в ее комнате обнаружили труп монахини?

— Разумеется. Видите ли, так вышло, что труп обнаружила сама Галина. Она, по-видимому, долго ждала сестру Марфу в парке, потом ей надоело ждать, и она попросила, чтобы ее отвезли в здание. Коляска у Галины хорошая, но руки слабоваты, после переломов они плохо срослись и сильно болят, ей трудно самостоятельно проехать такое большое расстояние. Из парка ее привезла наша сестричка, и когда они поднялись в лифте на третий этаж, где живет Галина, дальше она уже сама поехала, там недалеко до палаты. Въехала в комнату, а там на полу сестра Марфа лежит. Галина принялась кричать, визжать, потом с ней был обморок, и меня сразу же вызвали, я был на месте, рабочий день еще не закончился. И пока ей не стало лучше, я постоянно ее наблюдал.

— Расскажите мне о Терехиной побольше, — попросила Настя. — Характер, образ мыслей, привычки.

— Почему вас это интересует? Разве Галина имеет какое-то отношение к смерти сестры Марфы?

Настя подумала, что, может быть, не стоит темнить и устраивать тут тайны мадридского двора. Но, с другой стороны, уж очень предусмотрительным и опасным был неуловимый убийца, так что следовало где только можно предотвращать утечку информации. Как знать, кому можно доверить секрет и попросить молчать, а кому нельзя? Всем в душу не заглянешь...

— Я хочу понять, какой была сестра Марфа, — солгала Настя на голубом глазу. — Она столько лет ухаживала за Галиной, сблизилась с ней, и если я буду хорошо представлять себе саму Галину, может быть, я и Раису Петровну начну лучше понимать.

— Раису Петровну? Кто это? — вздернул брови врач.

— Так звали сестру Марфу до того, как она стала монахиней, — пояснила Настя. — Раиса Петровна Селезнева.

— Надо же, — он покачал головой, — а я и не знал. Все привыкли называть ее сестрой Марфой, никто про мирское имя и не вспоминал. А что касается Галины Терехиной, то это, я вам скажу, дамочка с норовом. Характер тяжелейший. Капризна, нетерпима к чужому мнению, авторитарна. При этом любит прикидываться овцой, жалуется на жизнь. Очень часто сетует на то, что старшая дочь ее терроризирует.

— Что, вот прямо так и говорит? Терроризирует? — не поверила Настя.

Ей трудно было представить себе Иру Терехину в роли человека, терроризирующего собственную мать. Конечно, девушка далека от того, чтобы называться ангелом во плоти, она резка и грубовата, но все-таки не стерва. Младших-то как любит!

— Да, так и говорит, — кивнул доктор. — Более того, она искренне считает, что дочь делает все ей назло. Приносит специально не то, что Галина ей заказывает.

— Как это «не то»? — не поняла Настя.

— Мыло не того сорта, зубную пасту не такую, как она любит, платок не того цвета. Терехина вечно всем недовольна. И мной в том числе. Она считает, что я мало ею занимаюсь, и если бы я был к ней более внимателен, то мог бы успешно поставить ее на ноги. Полагаю, что сестра Марфа была бесконечно терпелива и добра, если сносила это достаточно долго.

Поговорив с лечащим врачом Терехиной, Настя отправилась искать кабинет главного врача. Кажется, ей повезло, во всяком случае, главный врач показался ей именно милейшим человеком. Стало быть, ей удалось попасть на хорошее настроение. Сергей Львович Гуланов был румяным брюнетом с весело блестящими глазками и лукавой улыбкой, говорливым и добродушным.

— Прошу, прошу, — радостно приветствовал он Настю, вставая и делая приглашающий жест. — Присаживайтесь. Догадываюсь, что вы пришли по поводу сестры Марфы? Удивительная была женщина, поистине удивительная! Море доброты и терпения! Вот что значит набожность. Разве от атеистов можно ждать такого самопожертвования?

Сергей Львович охотно рассказывал о монахине, не переставая хвалить ее и восхищаться ее душевными качествами. Наконец Насте удалось перевести разговор на Галину.

— Сергей Львович, вы собираетесь предпринимать что-нибудь, чтобы помочь Галине восстановить память?

Добродушная улыбка сползла с его лица, Гуланов вмиг стал серьезным и больше не напоминал веселого балагура. Теперь перед ней сидел профессионал, который собирался обсуждать профессиональные вопросы.

— Я пока не решил, но признаюсь вам честно: скорее всего я ничего предпринимать не буду.

— Но почему же? Лечащий врач Галины сказал, что теперь, после перенесенного ею потрясения, появилась реальная возможность помочь ей. Почему же не воспользоваться этим?

— Вы разговаривали с доктором Замятиным? Напрасно вы не пришли сразу ко мне, я бы объяснил вам то, чего он не в состоянии понять. Его интересует только физическое здоровье человека. У нас с ним, я бы сказал, разные научные школы. Замятин — сухой материалист, впитавший в себя все худшее, что принес науке воинствующий атеизм. Душа не имеет силы, воздействующей на материальные объекты, а поскольку человеческий организм — самый что ни на есть материальный объект, то в своих методах лечения он и следует этой доктрине. Правильное лечение, считает Замятин, — оно и есть правильное, и оно обязательно должно помочь, независимо от того, что думает по этому поводу сам больной. Я же придерживаюсь других воззрений, вероятно, благодаря тому, что вырос в Литве, мединститут заканчивал в свое время в Вильнюсе, а там достаточное количество католиков среди населения, и научный атеизм там никогда не был в почете. Так вот, уважаемая Анастасия Павловна, я твердо убежден, что человек, у которого, говоря простым языком, черно на душе, никогда не будет чувствовать себя физически здоровым. Если он болен, то он никогда не поправится. Если он здоров, то будет болеть чем-нибудь хроническим. Поясню на примере той же самой Терехиной. То, что она в свое время сделала, — ужасно и не подлежит никакому прощению. Она подняла руку на собственных детей. Трудно придумать грех более страшный и тяжкий, согласитесь. Но к этому ее должно было что-то подвигнуть, в ее жизни должно было случиться что-то поистине чудовищное, чтобы она решилась на такой шаг. Сейчас она этого не помнит. Ей сказали, что она сделала это, и она приняла эту информацию просто как информацию. Она не помнит вида детских тел, распластанных на тротуаре, разбитых и окровавленных, она не помнит, как гонялась за ними по квартире, как они вырывались из ее рук, кричали и плакали от ужаса. Она не помнит тех чудовищных событий, которые подвигли ее на преступление против детей и себя. И я говорю себе: а надо ли, чтобы она вспомнила? Состояние ее здоровья стабилизировалось, она, конечно, не может передвигаться самостоятельно, у нее поврежден позвоночник и переломаны конечности, но во всем остальном она чувствует себя очень неплохо. Сердце, почки, печень в относительном порядке, учитывая ее возраст и перенесенную травму, а также последующее лечение, несколько операций. Вам, вероятно, сказали, что у нее тяжелый характер, она капризничает и придирается, правда? Сказали? Но это, на мой взгляд, свидетельствует о том, что она живет в ладу сама с собой. Она смеет жаловаться на дочь только потому, что не чувствует и не понимает своей вины перед ней. Она не понимает, что хотела убить ее, а теперь девочка вынуждена фактически содержать свою мать-убийцу. И представьте себе, что произойдет, если к ней вернется память. Она остается один на один с этим кошмаром. Беспомощная, больная, одинокая, кругом и перед всеми виноватая. После этого, уверяю вас, болезни начнутся беспрерывные. Человек, оставшийся наедине с такими воспоминаниями, не захочет жить, он на уровне подсознания начнет стремиться к собственной смерти, к саморазрушению и самоуничтожению. Именно это и будет провоцировать болезни, одна тяжелее и коварнее другой. Проконсультируйтесь у хорошего психиатра, он вам расскажет, что в клинически непонятных случаях нужно сразу же исследовать психику больного. Человек болеет, болеет, непонятно чем болеет, никто не может диагноз поставить, или ставят диагноз, назначают лечение, а оно не помогает, и врачи ничего не понимают, руками разводят. А потом оказывается, что у этого человека жуткий комплекс вины, им овладела идея самообвинения или собственной греховности и порочности, и ему просто жить не хочется. И его подсознание разрушает организм, не дает ему выздороветь. Я очень боюсь, что с Галиной Терехиной именно это и произойдет, хотя доктор Замятин моих опасений не разделяет. Но я уже говорил вам, мы придерживаемся разных научных школ. Я лично считаю, что пытаться вернуть Галине память было бы неосторожно с точки зрения медицины и негуманно с чисто человеческих позиций. Пусть все идет как идет. В конце концов, я призываю вас, Анастасия Павловна, подумать о будущем. Старшая дочь Терехиной сегодня еще слишком молода, поэтому вполне естественно, что она не может забрать мать домой и ухаживать за ней. Девушке нужно работать, получать образование, становиться на ноги. Но пройдут годы, и у нее появится возможность взять мать к себе. До меня долетали разговоры о том, что девушка, кажется, ее зовут Ирина, не очень-то ласкова с матерью, грубит ей. Но, согласитесь, ее можно понять. Она еще очень молода. С годами она станет мудрее и терпимее и, вполне возможно, простит Галину. Тем более что сама Галина своего греха не помнит. Это объективное обстоятельство, и с ним придется считаться всем, в том числе и ее дочери. Повзрослевшая и нормально зарабатывающая дочь сможет обеспечить своей несчастной матери достойную старость, будет жить вместе с ней и ухаживать за Галиной. Но если Галина вспомнит все, то я очень сомневаюсь, что такое сосуществование у них получится. Сама Галина будет без конца терзаться своей виной и преследующими ее кошмарными воспоминаниями, а учитывая ее властный и авторитарный склад, она совершенно точно начнет изводить дочь. У нее вина трансформируется в агрессию, это бывает довольно часто. Люди склонны ненавидеть тех, перед кем виноваты, об этом еще великий Лабрюйер писал. Если Терехина вспомнит все, мать и дочь просто не смогут жить вместе. А ведь это неправильно, если Галина до конца дней будет находиться здесь при живой взрослой дочери. Это не по-человечески. Это, если хотите, против божеского закона.

Настя слушала его внимательно и понимала, что Гуланов прав. Больше всего на свете сейчас ей хотелось, чтобы к Галине Терехиной вернулась память, но она отдавала себе отчет, что это на самом деле нужно только для раскрытия убийств. А по большому-то счету это никому не нужно. И даже опасно. Можно проявлять настойчивость, можно найти специалистов и организовать их работу с Галиной, это потребует определенных усилий, но это вполне возможно. Можно даже найти спонсоров, которые оплатят это лечение. Работа с разрушенной или блокированной памятью интересна многим ведомствам, как медицинским, так и весьма далеким от медицины, и вполне реально найти заинтересованных специалистов, нуждающихся в отработке методик и в сборе материала для научных работ, такие даже и бесплатно поработают с большим удовольствием, если случай необычный или сложный. Но нужно ли это делать? Разоблачить убийцу и знать, что оставляешь за спиной страдающую от невыносимости собственного греха больную немолодую женщину? В конце концов, убийцу можно найти и другим способом, да, это невероятно трудно, но возможно. А сделать вспомнившую все Галину Терехину спокойной и довольной уже не сможет никто. Это необратимо. И она, Настя Каменская, не может взять на себя такую ответственность, не может, даже во имя поимки жестокого и опасного убийцы.

Глава 8

Вера еще крепко спала, когда в квартире Жестеровых зазвонил телефон. Олег торопливо схватил трубку, боясь, что громкий звонок разбудит жену. Пусть поспит, пока есть возможность. Когда родится ребенок, бессонные ночи обеспечены, и к гадалке не ходи.

— Олег Викторович? — послышался в трубке незнакомый голос.

— Да, я слушаю.

— Это Валерий Васильевич, врач Веры Николаевны. Я не очень рано звоню? Прошу прощения, если разбудил.

— Нет-нет, все в порядке, — торопливо ответил Олег. — Вам нужна Вера? Сейчас я ее разбужу.

— Мне, собственно, нужны вы, Олег Викторович. Я назначил вам и вашей знакомой консультацию на завтра, на двенадцать тридцать. Дело в том, что завтра у меня никак не получается, возникли неожиданные обстоятельства. Вы не будете возражать, если мы перенесем консультацию на понедельник?

— А у вас найдется время в понедельник? — недоверчиво уточнил Олег.

Он хорошо помнил, как Вера рассказывала ему, что Валерий Васильевич страшно занятой человек и ей с большим трудом удалось уговорить его найти время на этой неделе, потому что у него все дни расписаны на месяц вперед.

— Непременно. Дело в том, что больной, которому я назначил прийти в понедельник, должен срочно уезжать за границу, у него билеты на субботу, и он очень просил, чтобы я принял его пораньше. Вот я и подумал, что мог бы поменять вас местами, если вы не возражаете. Он придет в пятницу в ваше время, а вы, в свою очередь, придете ко мне в понедельник, в то время, которое было зарезервировано для него. У вас ведь, как я понял, ничего срочного?

— Нет, ничего срочного, — подтвердил Олег. — Я хотел просить вас, чтобы вы посмотрели мою знакомую и определили возможность ее лечения. Но она со своими болячками живет много лет, так что два-три дня роли не играют. Конечно, мы придем в понедельник. В котором часу?

— В семнадцать часов. Кстати, что конкретно беспокоит вашу знакомую?

— Аллергия.

— На что?

— Практически на все. На продукты, на лекарства.

— А на цветение деревьев и трав есть реакция?

— Н-не знаю, — неуверенно протянул Олег. — Она об этом не говорила, а я не догадался спросить. Это важно?

— Конечно, но об этом я сам у нее спрошу в понедельник. Она в последнее время делала какие-нибудь анализы? Крови, например, или мочи?

— Тоже не знаю.

— Я это к тому, что, если она делала анализы, пусть принесет их с собой на консультацию, мне будет проще.

— Но если консультация откладывается до понедельника, она может их сделать за это время.

— Не стоит, Олег Викторович, я сам ее направлю в лабораторию, если будет необходимость. В случаях таких тотальных аллергических реакций нужно делать специальные анализы, вам без направления врача никто их не сделает, они довольно дорогие, здесь нужны особые реактивы. Просто если результаты анализов уже есть — пусть захватит, а если нет — не надо суетиться, сделаем все как следует и не торопясь.

— Хорошо, как скажете. Значит, в понедельник, в семнадцать часов?

— Да, в понедельник, в семнадцать.

Олег положил трубку на рычаг и поспешно выскочил из квартиры. Он и так уже опаздывал на работу. Сбегая вниз по лестнице, он подумал, что надо обязательно позвонить Ире, предупредить о переносе визита к врачу, чтобы ей удобнее было планировать время. Просто удивительно, как она успевает столько работать! И ведь не отдыхает совсем, работает без выходных, каждый Божий день, и отпусков не берет, получает компенсацию деньгами. Как только сил хватает у девчонки?..

Вечером он пришел в «Глорию», заказал, как обычно, ужин и ждал Иру. В начале двенадцатого ушел последний клиент, а примерно без двадцати двенадцать она закончила мыть посуду и загромыхала ведрами, готовясь к мытью полов. Олегу показалось, что она чем-то расстроена, но он решил отложить разговор на потом, не дергать ее во время работы. Привычно поболтав с гардеробщиком дядей Колей, он дождался, пока Ира домоет все полы и кафельные стены, подхватил ее под руку и повел домой. С первого дня как-то повелось, что он не возит ее на машине, а провожает пешком. Им обоим нравилась неторопливая прогулка по пустым темным улицам. Олег, правда, каждый раз спрашивал, не устала ли она и не лучше ли доехать, но Ира всегда отказывалась. Было в этих коротких, минут на пятнадцать, прогулках что-то особенное, так непохожее на ежедневную изнурительную работу то на улице, то на лестницах, то на рынке, то на ресторанной кухне.

— Чем ты расстроена? — спросил Олег, когда они вышли из «Глории».

— Ничем, — коротко ответила Ира, но тон у нее не был беззаботным.

— И все-таки? Что-нибудь случилось? — допытывался он.

— Павлик плачет. Я сегодня была у него. На него очень подействовала эта история с медсестрой. Вчера меня к нему не пустили, только передачу приняли, а сегодня я примчалась, а он весь в слезах, трясется. Это была хорошая сестра, он к ней очень привязался. Так и проплакал все время, что я у него сидела. Я даже к Оле и Наташе не зашла, он в меня вцепился, отпускать не хотел. И когда я уходила, тоже плакал. Сердце разрывается.

— Ну ничего, — попытался успокоить ее Олег, — дети быстро забывают все плохое. Вот увидишь, завтра он уже не будет плакать, а послезавтра и сестричку эту забудет. Малыши — они такие.

— Да, наверное, — вздохнула Ира. — Если со мной что-нибудь случится, он и меня точно так же быстро забудет. Поплачет три денечка, а потом забудет. У детишек все быстро заживает.

— Что ты, Ириша, откуда такие мысли. Что с тобой может случиться?

— Ну я не знаю. Что-нибудь. Например, я умру.

— Господи, да с чего тебе умирать? Молодая, сильная, вон сколько работаешь без устали, ни одному мужику такое не под силу. Вот еще подлечим тебя — и будешь в полном порядке. Не смей даже думать о таких глупостях.

— Олег, а с тобой может что-нибудь случиться? У тебя работа опасная?

— Да нет, — он пожал плечами, — нормальная мужская работа. Ничего особенного на ней не случается.

— Ты правда в частной охране работаешь?

— Правда.

— Мне почему-то кажется, что ты меня обманываешь.

— Почему бы это? — хмыкнул он, внутренне поежившись.

— Я же вижу, какие бугаи охранниками работают. И на рынке вижу их, и в ресторане. Ты на них не похож.

— Чем же, интересно?

— Ну... Не знаю. У тебя лицо другое. И говоришь ты по-другому, не так, как они.

— Так это потому, что я не городской, из провинции.

— Можно подумать, они все городские. Тоже небось из деревни за сладким куском в столицу подались.

Некоторое время они шли молча. Олег думал, как бы половчее перевести разговор на «казанских» жильцов Ирины. За время их знакомства он узнал от Иры много интересного об интересующей его группировке, но каждый раз ему приходилось ловчить, чтобы девушка не догадалась о его интересе к ее жильцам. Правильно он поступил, зайдя к ней домой, когда она заведомо была на работе, и познакомившись с Георгием Сергеевичем. Теперь можно свободно начинать разговор о нем, а там, глядишь, кривая и на Ильяса вывезет.

— Кстати, — начал он осторожно, — твой жилец, Георгий Сергеевич, — вот уж кто настоящий городской. Умница, интеллигент. И очень деликатный.

— Откуда ты знаешь? — встрепенулась Ира. — Ты что, знаком с ним?

— Познакомился. Разве он сам тебе не рассказывал?

— Нет.

— Я на днях заходил к тебе домой, тебя не было, вот с жильцом и пообщался. Хороший он мужик, честное слово.

— Правда, хороший, — согласилась Ира. — Он добрый, внимательный. Всегда старается помочь, чем может. Мне даже иногда неудобно бывает. Жалко его, жена у него стерва. А о чем вы с ним разговаривали?

— О тебе. Он мне рассказывал, какая ты хорошая, и просил, чтобы я тебя не обижал.

— Нет, честно? — почему-то обрадовалась Ира. — Он говорил, что я хорошая?

— Говорил, — подтвердил Олег. — Интересно, что твой другой жилец о тебе думает?

— Не знаю, — она пожала плечами. — Думает, наверное, что я шалава какая-нибудь.

— Это с чего же ему так думать?

— Ну, ко мне милиция приходила, потом Танька-паразитка. Представляешь, прихожу вчера домой, а у меня на кухне эта корова размалеванная сидит. Я тебе про нее рассказывала, помнишь?

— Помню. И зачем она пришла?

— А черт ее знает. Сидит, с Ильясом лясы точит, вроде как ужин они готовят. Потом приперлась в мою комнату и давай выспрашивать, зачем ко мне милиция приходила да о чем спрашивала. Прямо душу всю вынула. И что про меня Ильяс после этого думать должен? На Таньку посмотрел, да и решил, наверное, что я и сама такая же. Потом еще спрашивал, какие у меня проблемы с милицией, не надо ли помочь. Пожалел меня, видно.

— Почему ты решила?

— Да к столу звал, мол, Ира, покушайте со мной. Хотел голодающую несчастную хозяйку подкормить.

— А что, у него есть возможность помочь в случае неприятностей с милицией?

— Да ну, — фыркнула Ира, — какие там у них возможности? Небось привыкли все свои дела при помощи взяток решать. Не надо мне его помощи, обойдусь.

— Погоди-ка, — забеспокоился Олег, — что значит «не надо помощи, обойдусь»? У тебя действительно сложности с милицией? Почему ты мне не сказала?

— Да нет у меня никаких сложностей, — она начала сердиться. — Ну пришли, поговорили, про родителей спросили. Дела столетней давности. Ко мне никакого отношения не имеет.

— А про жильцов не спрашивали?

— Нет. Зачем им мои жильцы?

Это Олегу совсем не понравилось. К самой Ире Терехиной у милиции никакого интереса быть не может, в этом он был твердо уверен. Если приходили, то не иначе как по поводу «казанских», только камуфляж хороший навели, Ирка и не почувствовала ничего. Неужели опять правая рука с левой в разные стороны тянут? Неужели милиция до Ильяса добралась? Ведь говорил он своему начальству: не надо самодеятельностью заниматься, давайте объединимся с МВД или хотя бы с Петровкой и общими усилиями будем искать Аякса. Так нет, уперлись, как ослы, с места их не сдвинешь. Не будем, дескать, ни с кем делиться информацией — и точка. Сами будем Аякса и его «казанских» разрабатывать. В конце концов, зарубежные связи с промусульманскими преступными группировками — дело не МВД, а ФСБ и военной разведки. Милицейским и в России трупов хватает, вот пусть ими и занимаются. А если окажется, что МВД по своим каналам тоже до Аякса дотянулось, то нескоординированные действия двух ведомств могут только навредить делу.

Был тут еще один момент, который Ира по неграмотности могла просто не заметить. Судя по тем мелочам в поведении «казанских», о которых Олегу удалось узнать у Иры, они были настоящими мусульманами. Несмотря на то, что проживали, хотя и временно, в России, они соблюдали пост в рамадан, не ели свинину и не пили вино. Вообще, как следовало из Ириных рассказов, пьяными она никого из них не видела. И к ней, своей квартирной хозяйке, они относились так, как относились бы истинные, правоверные мусульмане, которые считают, что у женщины нет души, она не более чем вещь, удобная для жизни. И вот этот мусульманин позвал ее к столу, предложил разделить трапезу и сочувственно спросил, не надо ли помочь? Быть того не может. Никогда он так не поступил бы. Ни один истинный мусульманин так не поступил бы по отношению к женщине. Но ведь Ира не врет. Значит, случилось что-то очень серьезное, коль Ильяс поступил не по шариату. Он выполнял чье-то указание. Он должен был непременно узнать, зачем к хозяйке приходили из милиции. Но милиционеры-то каковы! Явились прямо на квартиру, где живут «казанские». Даже не побеспокоились принять меры к тому, чтобы их визит остался незамеченным фигурантами. Кретины безмозглые! И Ирку, видно, не предупредили, чтобы молчала.

— Все-таки жильцы твои — публика сомнительная. Я не имею в виду Георгия Сергеевича, он-то человек приличный, сразу видно. А вот Ильяс этот... Да и до него, ты же сама рассказывала, был такой же. И как ты не боишься попасть в неприятности.

— Да в какие ж неприятности я могу попасть? — удивилась Ира. — Красть у меня нечего, сам видел, как я живу. Ворованное в своей комнатенке не прячу, плохого ничего не делаю, какой с меня спрос?

— Ну, Иришка, ты-то, может, и не делаешь ничего плохого, но если твои квартиранты в чем-то замешаны, то и тебя потянут. Как минимум, в свидетели. А то и в подозреваемые попадешь. Я все понимаю, тебе нужны деньги, но пускать к себе в дом черт знает кого — это тоже не дело. Надо что-то придумать более безопасное. Ты можешь дать мне слово, что после этого Ильяса ты больше не будешь сдавать комнаты сомнительным личностям?

— Слово? — Она прищурилась, лицо ее исказила гримаса, точь-в-точь как в интернате, когда она ссорилась с девчонками. — Слово тебе дать? Ах ты Боже мой, какой заботливый! Боишься, что если что-нибудь случится, то и тебя ненароком заденет? А деньги? Где их взять? Ты пришел и ушел, сегодня ты есть, а завтра — нет тебя, ищи ветра в поле. У тебя через три месяца ребенок родится, начнешь им заниматься, а про меня и думать забудешь. А у меня тоже дети есть, хоть я их и не рожала. И запомни, для меня дети на первом месте, отцовская могилка — на втором, а твой номер шестнадцатый. Не нравятся тебе мои квартиранты — скатертью дорожка, не держу, сам каждый вечер приходишь. А не придешь — не заплачу. Понял?

Она ускорила шаг и пошла вперед, не оглядываясь. Черт, неловко вышло. Олег-то хотел подольше задержать разговор на «казанских», а получилось неудачно. Надо срочно мириться, не время сейчас отношения портить.

— Ира, подожди! Ну прости меня, дурака, сказал, не подумавши. Ира! Не сердись, а?

Он быстро догнал ее и схватил за руки.

— Ирочка, милая, ну прости. Ты сама решаешь, как устроить свою жизнь, и я не имею права вмешиваться в это. Я не буду, честное слово, я не буду больше лезть к тебе с дурацкими советами.

Ира смягчилась и слегка улыбнулась.

— Ладно, черт с тобой, простила.

Возле подъезда Олег остановился.

— Как у тебя сегодня? Полный курятник?

— Кажется, да. Георгий Сергеевич всегда ночует здесь, а Ильяс вроде сегодня никуда не собирался. Хочешь зайти?

— Если ты не возражаешь. Я обещаю вести себя тихо и громких звуков не издавать.

— Ну пошли.

Они тихонько вошли в квартиру. Тишина была такой мягкой и густой, что казалось, будто никого нет. Пустые комнаты. И всюду темно. Приличный сосед, вероятно, спит глубоким сном, подумал Олег, а Ильяс где-нибудь шатается. Не хватало еще нарваться на него, выходя из квартиры. Вот номер будет.

В комнате Ира без лишних слов начала привычно стелить постель. Жестеров смотрел на нее и удивлялся той щемящей жалости, которая рождалась в нем рядом с этой девчонкой. Он сам вырос в нищете и знал, каково это — быть одетым хуже других, полуголодным и вечно невыспавшимся, потому что надо вставать ни свет ни заря и помогать матери по хозяйству. Но он все-таки был мальчишкой, и старая немодная одежда не так ломала его, как, должно быть, злит двадцатилетнюю девушку, которая и так-то красотой не блещет.

— Слушай, Иришка, — начал он шепотом, — а твои торговые жильцы не продают тебе тряпки по оптовым ценам? У них покупать тебе было бы выгоднее.

— Да что ты, — она махнула рукой, — не буду я с ними вязаться.

— Почему?

— Потому. Раз попросишь — тебе одолжение сделают, а потом будут думать, что облагодетельствовали меня, и вообще на шею сядут. Нет, Олежка, с ними нужно дистанцию держать, только тогда все будет нормально. Не нужны мне ихние тряпки, в своих прохожу.

— А что они привозят? — поинтересовался Олег как бы между прочим. — Кожу, меха? Или, может быть, дешевый трикотаж?

— Не знаю и знать не хочу, — отрезала Ира. — Не мое это дело. До тех пор, пока я к ним не суюсь, они меня не трогают. Слава Богу, почти два года жильцов пускаю, и ни разу ничего плохого не случилось. И дальше так будет. Ну? Мы ложимся или моих жильцов обсуждаем?

Олег понял, что переборщил в своем интересе к квартирантам, и стал поспешно раздеваться.

То ли погода в этот день была тяжелой, то ли устал он, но почему-то уходить ему страшно не хотелось. После занятий любовью с Ирой на него навалилась слабость, ноги и руки стали вялыми, непослушными, и больше всего на свете ему захотелось остаться здесь, в этой квартире, в этой комнате, на этом диване, повернуться на бок и уснуть. И проспать часов двенадцать. Мудрено ли — почти две недели ложиться то в два часа ночи, то в четыре, а вставать, как и положено, в половине восьмого, чтобы в девять уже быть на работе. Это только Ирка может спать по три часа и чувствовать себя вполне сносно, а он, Жестеров, так не может.

Но дать себе поблажку он не мог. Уже хотя бы потому, что Ира твердо стояла на своем: жильцы не должны знать о его визитах. И он не имел права ее подводить. Что касается Веры, то она давно привыкла к его круглосуточной работе, не ревновала и ничему не удивлялась. А в последнее время она, кажется, вообще не замечает, появляется он дома или нет, с головой ушла в свою беременность, только и думает, что о диетах, процедурах, осмотрах, прогулках и здоровом образе жизни. Но это и хорошо, будущая мать должна заботиться о ребенке с момента зачатия, а не тогда, когда он уже родился, об этом еще древние китайцы говорили.

Нехотя, через силу выбрался он из постели и начал одеваться, чувствуя неприятную слабость и подрагивание ножных мышц. Такой режим до добра не доведет, это точно. Мягко ступая по полу в одних носках и держа в руках легкие летние туфли, он следом за Ирой вышел в прихожую и выскользнул за бесшумно открытую дверь, успев торопливо коснуться губами щеки девушки. Дверь тихо закрылась за ним. Олег перевел дыхание, надел туфли и медленно пошел вниз по лестнице. Впервые за последние дни он пожалел о том, что оставил машину возле «Глории». Внезапная усталость была такой сильной, что десятиминутная прогулка по ночной прохладе, которая раньше радовала его, сейчас представлялась Олегу каторжным трудом.

На улице, однако, он почувствовал себя намного лучше. Наверное, во всем виновата духота, от духоты он так расклеился. Жестеров приободрился и уже веселее зашагал в сторону «Глории», не подозревая о том, что его длинные мускулистые ноги отмеривают последние метры, которые ему суждено пройти по грешной земле.

Александра Маринина

* * *

Субботы, а частенько и воскресенья он давно уже привык проводить на работе, в своем кабинете. Сегодня тоже была суббота, и он, как обычно, сидел за своим письменным столом, разложив перед собой бумаги — отчеты, справки, анализы, результаты экспериментов. Но уже битых два часа бумаги эти лежали нетронутыми. Валерий Васильевич смотрел на них невидящими глазами и никак не мог собраться с мыслями.

Два часа назад позвонила Вера и срывающимся голосом пролепетала:

— Олега убили.

Подробностей она не знала. Просто проснулась вместе со всеми жильцами многоквартирного дома, когда около трех часов ночи под окнами прогремел взрыв. Конечно, она испугалась, встала с постели и выглянула на улицу. И сразу увидела, что горит их гараж — металлическая «ракушка». Сначала она даже не подумала об Олеге, просто решила, что кто-то подорвал дешевенький гаражик из чистого хулиганства. И только спустя полчаса, когда уже приехали пожарные, милиция и «скорая», выяснилось, что взрыв произошел, когда Олег ставил машину под «ракушку».

Валерий Васильевич успокаивал Веру как мог, но сам плохо слышал себя, думая только об одном: «Обошлось. Снова меня Всевышний уберег. Обошлось».

Он ни в коем случае не мог допустить, чтобы муж Веры Жестеровой привел к нему свою знакомую на консультацию. Все что угодно, только не это. Назначив визит на пятницу, он надеялся что-нибудь придумать, но ничего толкового в голову не пришло, и он просто перенес консультацию на понедельник. К понедельнику он рассчитывал либо заболеть, либо срочно уехать в командировку на консилиум к какому-нибудь высокопоставленному серьезному больному, либо еще что-то... И вдруг такая удача! Он не мог поверить сам себе.

Правда, кое-какие сомнения его еще гложут. А вдруг Жестеров оставил своей подружке телефон того доктора, который должен ее принять в понедельник? Олега-то нет в живых, а в любую минуту может раздаться звонок по телефону, и милый девичий голосок напомнит

Валерию Васильевичу об обещании ее посмотреть. Куда деваться? Можно, конечно, как-нибудь повежливее отказать. Но вдруг она знакома с Верой? И если за нее Вера попросит, ему уже не отвертеться. Черт! Надо же, как все складывается...

Но все-таки хранит его Создатель, грех жаловаться.

Внезапно мысль его повернула к Вере. Не дай Бог, с ребенком что-нибудь случится. Вера сейчас в ужасе, тут и до преждевременных родов недалеко, если переволноваться. Ее начнут таскать к следователю, потом придется заниматься похоронами. И за всеми перипетиями она начнет пропускать сеансы. Вот это уже совсем плохо. Столько труда — и все насмарку! Конечно, есть еще Зоя, и ребенок, которого она носит, более ценен, чем ребенок Веры... Однако Вера, оставшись без мужа, может повиснуть на Валерии Васильевиче, вцепившись в него мертвой хваткой. Будучи замужней дамой, она мало на что могла претендовать, а оставшись вдовой, она будет иметь все права на внимание со стороны отца своего ребенка. Можно, конечно, жениться на ней, Зоя ничего не узнает, он как был для нее женатым человеком, так и останется. Но дожить свой век в обществе взбалмошной энергичной красотки ему не улыбалось. Зоя — совсем другое дело. Тихая, забитая, домашняя — как раз то, что нужно. Она, как и Вера, будет прекрасной матерью, но в отличие от Веры будет еще и превосходной женой. Какие глупцы мужчины, когда женятся на возлюбленных, которых уводят от мужей! Если она предыдущему мужу изменяла, то где гарантия, что и тебе рога не наставит? Нет, жениться можно только на тех женщинах, у которых ты — первый. На таких, как Зоя. С такими нужно правильно себя повести — и останешься единственным. А с теми, у которых ты не первый, ты наверняка не останешься последним. Закон жизни.

Интересно все-таки, кто же это Олега?.. И так вовремя.

* * *

С десяти вечера до восьми утра входы в корпус детского отделения больницы охраняли работники милиции. Задачей Михаила Доценко было присматривать за

Наташей Терехиной днем, особенно в часы посещений, когда в отделение мог пройти кто угодно. Его одели в белый медицинский халат, повесили на шею фонендоскоп и объяснили, как и что нужно делать, чтобы Мишу принимали за нового доктора. В основу легенды было положено умение капитана Доценко работать с памятью. Он действительно много в свое время прочитал об этом и еще больше тренировался, поэтому при определенных условиях вполне мог сойти за специалиста, занимающегося с детьми, получившими в результате несчастного случая травму черепа. В первый же день пребывания в больнице Миша познакомился со всеми тремя Терехиными — шестилетним Павликом, тринадцатилетней Олей и семнадцатилетней Наташей. Позанимавшись минут сорок с Павликом, он сделал для себя вывод, что мальчик нормально развивается, хотя его обучением здесь никто не занимается специально. Для своих шести лет малыш знал довольно много, что было особенно удивительным, если учесть, что всю сознательную жизнь он провел именно здесь, в больнице, и ничего, в сущности, не видел, кроме больничных стен и больничного парка.

— Со мной Натка занимается, — охотно пояснил Павлик. — Она меня уже читать научила и считать до двадцать семь.

— До двадцати семи, — с улыбкой поправил Доценко. — А почему не до тридцати?

— Не знаю, так Натка говорит. Она меня заставляет примеры вслух решать. Я до двадцать семь... до двадцати семи правильно решил, а потом ошибся. Завтра она опять будет со мной заниматься, чтобы я уже до тридцати примеры решал.

— А с Олей она тоже занимается?

— Не, Олька у нас глупая, — заявил мальчуган. — С ней заниматься без толку. Натка сначала хотела, а потом бросила. Ничего у нее не получается. Дядя Миша, а вы ко мне потом еще придете?

— А ты хочешь, чтобы я пришел?

— Хочу, — с серьезным видом кивнул мальчуган. — С вами интересно. Все равно как с Иркой.

— Договорились. Только с условием. Ольку будем называть Олей, а Ирку — Ирой. Ладно?

— А Натку?

— Натка — вполне подходящее имя, — великодушно разрешил Доценко. — А Олю и Иру будем называть ласково. Они же девочки, к тому же твои родные сестры. Ты у них единственный мужчина и должен их любить. И никому не говорить, что Оля глупая.

— Почему? — удивился Павлик. — Она же глупая. Так все говорят.

— Все и пусть говорят, а ты не должен. Оля не виновата, что с вами случилась беда. Если бы она не ударилась головой, она была бы такая же умная, как Наташа. Ее нужно жалеть, а не насмехаться.

Оля Терехина произвела на Доценко странное впечатление. С первого взгляда она действительно казалась глупой, ибо не могла производить в уме простейшие логические операции, посильные любому подростку ее лет.

— Давай поиграем в игру, — предложил Михаил.

— Давайте, — с готовностью откликнулась девочка.

— У всех негров курчавые волосы. Ты об этом знаешь?

— Нет.

— Ну так вот я тебе говорю: у всех негров курчавые волосы. Поняла?

— Поняла.

— Теперь я тебе говорю: этот человек — негр. Значит, какие у него волосы?

— Не знаю, — Оля подняла на него удивленные глаза. — Я же не знаю, про какого человека вы говорите.

— Про негра.

— Про какого негра?

— Ну, вообще про негра. Про любого. Так какие у него волосы?

— Не знаю.

Способность к абстрагированию у нее полностью отсутствовала. Умение делать выводы от общего к частному — тоже. Зато через некоторое время Доценко с изумлением обнаружил, что у девочки феноменальная память. Она легко запоминала все, что слышала, и могла впоследствии воспроизвести в любой последовательности и через сколь угодно длительное время. При этом способности ее распространялись только на то, что она слышит, но вовсе не на то, что видит. Миша потратил на эксперименты с Олей почти весь день и понял, что хотя читать она умеет, но запомнить прочитанное совершенно не в состоянии. Зато все, что воспринимается ею посредством слуха, застревает в ее головке намертво и надолго. Цифры, длинные фразы, непонятные термины, даже слова на иностранных языках — она все запоминала и воспроизводила с непринужденной улыбкой.

Но больше всего поразила Михаила старшая девочка, Наташа. С изумительной красоты лица смотрели огромные иконописные глаза, в которых затаилось страдание и какое-то недетское упорство. Память у нее была самой обыкновенной, хорошо развитой и натренированной постоянной учебой, но не выходящей за пределы среднестатистической нормы. Зато способности у Наташи Терехиной были явно выше средних.

— Как вы думаете, Михаил Александрович, я смогу поступить в институт, хотя бы на заочное? Конечно, жить я могу только здесь, в больнице, за мной врачи постоянно присматривают, но ведь я могу учиться. И я хочу учиться. Очень хочу.

— Я думаю, это можно устроить, — осторожно ответил Доценко. — Во всяком случае, я точно знаю, что некоторым людям, больным так же тяжело, как и ты, и даже еще тяжелее, удавалось не только закончить институт, но и аспирантуру, и защитить диссертации. Когда человек хочет учиться и заниматься наукой, ему всегда идут навстречу, если у него есть способности. А у тебя они есть, это несомненно. Только нужно обязательно получить аттестат об окончании средней школы.

— А что для этого нужно?

— Нужно договориться в Департаменте образования, чтобы тебе разрешили сдать экзамены за среднюю школу экстерном. Или тебя будут возить туда, где заседает экзаменационная комиссия, или сами члены комиссии будут приезжать в больницу. Ничего невозможного в этом нет, было бы желание. Ты уверена, что знаешь всю школьную программу?

— Уверена. Я могу хоть сейчас любой предмет сдать.

По книгам, лежащим на тумбочке возле Наташиной кровати, было видно, что девочка действительно постоянно занимается по всему курсу средней школы.

— Кем бы ты хотела стать? — спросил Михаил. — В каком институте учиться?

— Я хочу заниматься компьютерами. Хочу быть программистом, — застенчиво улыбнулась Наташа. — Только я не знаю, в каком институте их готовят.

— Почему обязательно программистом? — удивился он.

— Потому что я никогда не поправлюсь, — спокойно и серьезно ответила она. — Я буду постоянно прикована к постели или креслу и никогда не смогу жить нигде, кроме больницы. У меня приступы случаются по два раза в неделю, и если врач вовремя не успеет, все закончится очень быстро. Сестра говорила мне, что теперь «скорая помощь» приезжает часа через два, а то и вообще не приезжает. Так что дома я не смогу. А программист — это такая профессия, что можно и в больнице работать. Никому ведь не нужно будет, чтобы я на работу каждый день ходила, я только должна программный продукт создавать.

— Но для этого нужен компьютер, а здесь его нет.

— Если понадобится компьютер — он будет, — уверенно ответила Наташа.

— Откуда же он возьмется в больнице?

— Ира достанет. Ира — это моя старшая сестра, — пояснила она.

Михаил внутренне сжался, стараясь не выдать то, что думает. Конечно, для Наташи ее старшая сестра — волшебная палочка, что попросишь — тут же достанет. Наташа, вероятно, не знает, каким каторжным трудом достается Ире каждая заработанная копейка, как она колотится день и ночь, только чтобы ее сестры и братишка ни в чем не нуждались. Наташа и не догадывается, что Ира бегает по всему городу, выискивая заказанные сестрой учебники и книги, вместо того, чтобы

Александра Маринина

169

спокойно отдохнуть после уборки улиц, мытья лестниц и беготни по вещевому рынку, когда впереди еще вечернее мытье полов и посуды в ресторане. Ира, грубая и невоспитанная, гордая и независимая, не хочет, чтобы ее младшие знали, какой кровью добываются те деньги, на которые им регулярно покупаются фрукты, книжки и одежда.

Особенно нервничал Доценко, когда Наташу сажали в инвалидное кресло и вывозили в больничный парк на прогулку. В парке ситуация была совершенно неконтролируемая, в девочку могли выстрелить с любого расстояния, и уберечь ее Михаил не мог. Сегодня сестра к ней не придет, она была вчера, и на прогулку Наташу повезли как раз в часы посещений. Сестричка везла коляску по парку, а Миша со скучающим видом шел чуть сзади, цепким взглядом окидывая появляющихся в поле зрения людей. Он так хорошо мысленно представлял себе того человека, которого поджидал в этой больнице, что тот и в самом деле начал Мише сниться. Во всяком случае, мерещился он ему буквально в каждом прохожем.

Внезапно Михаил напрягся. По боковой аллее со стороны входных ворот шел мужчина. И мужчина этот был удивительно похож на сделанный художником портрет. Конечно, не один в один, но это и понятно, полное портретное сходство в таких случаях можно увидеть раз, наверное, лет в пятьдесят, когда очевидцев много и они имели возможность хорошо разглядеть преступника. Обычно же сходство бывает весьма и весьма условным, поэтому по таким рисованным портретам не очень-то часто удается найти того, кого нужно. Но в этом случае сходство было несомненным, и только очень большой жлоб и скептик мог бы назвать его «условным». Все-таки Михаил очень кропотливо и методически грамотно работал над составлением портрета.

Значит, дождался! Не зря, все было не зря, почти неделю он притворялся, корчил из себя крупного специалиста по восстановлению памяти у травмированных детишек, пил чай с медсестрами, рассказывал им разные интересные байки про мнемотехнику и учил простейшим приемам запоминания. Вид искалеченных детей, их страдающие глазки не давали ему покоя, когда Доценко приходил домой. По утрам он вставал с тяжелым сердцем и готов был отдать все, что у него есть, только чтобы не идти туда снова и не видеть малышей, лежащих в корсетах, в гипсе, под капельницами. Но все равно одевался и шел. Потому что был шанс, хоть и небольшой, что мужчина, который убил Екатерину Венедиктовну Анисковец, монахиню сестру Марфу, медсестру Алю Мырикову, а может быть, и спившуюся экс-певицу Елену Романовскую, так вот, был шанс, что этот самый мужчина может появиться в больнице, где лежат Терехины. Он навещал детей на протяжении всех шести лет, что прошли после трагедии в их семье. И он прекрасно понимает, что ни шестилетний Павлик, ни Оля не смогут толком ни рассказать о нем, ни описать его внешность. А вот Наташа... Наташа Терехина — это реальная опасность для него.

Доценко, стараясь не вертеть головой, впился глазами в незнакомца. Мужчина уверенно шел в сторону той аллеи, где была Наташа. В какой-то момент он повернулся и поймал взгляд Михаила. И хотя Миша очень старался выглядеть обыкновенным молодым врачом, идущим через парк из одного отделения в другое, мужчина что-то почуял. Он остановился буквально на какое-то мгновение, потом развернулся и прошел мимо Доценко в сторону детского отделения. На принятие решения оставались секунды. Что делать? Идти за ним в отделение и оставить Наташу без присмотра? А зачем присматривать за ней, если преступник — вот он, Миша имеет полную и ничем не ограниченную возможность разглядывать его спину в свое удовольствие. А вдруг у него есть сообщники? Совершить три, а то и четыре убийства в одиночку, без помощников — задача не такая уж простая, как обычно пишут в книжках. Пришел, увидел, победил... Хренушки! Чтобы один раз прийти, увидеть и победить (читай — убить), надо как минимум раз десять предварительно прийти, посмотреть, что к чему, выяснить режим дня человека: когда встает, когда и куда уходит, когда приходит, кто его навещает, кто с ним живет. Прикинуть, как и чем проще всего его убить. И пока ты будешь ходить кругами вокруг своей жертвы, как кот вокруг сметаны, и приглядываться, жертва, не будь дура, сама тебя заметит и запомнит. Если у нее характер помягче, так ненароком подойдет и спросит, дескать, чего это вы, мил человек, мне на пути все время попадаетесь? Вы новый жилец нашего дома? Ах нет? Тогда, стало быть, квартирку для ограбления присматриваете? Тут, конечно, наврать недолго, и можно любопытной жертве мозги запудрить, но она тебя уже запомнила, а через полчаса и соседям о тебе рассказала. Ну а ежели характер у нее более, скажем так, сволочной, то без всяких предварительных разговоров трубочку снимет и милицейскую общественность оповестит. Убийства, совершенные «дядей Сашей», были такими чистыми, изящными и аккуратными, что наверняка им предшествовала тщательная подготовка. Не может человеку повезти четыре раза подряд. Не может. Даже если он в сорочке родился и не то что с серебряной ложкой, а с целым столовым набором во рту, все равно не может он совершить в течение трех недель четыре убийства без предварительной подготовки и ни разу не засветиться, не попасться, не наследить. У «дяди Саши» должен быть помощник, хотя бы один, но обязательно должен быть, и если пойти сейчас следом за ним, то Наташа останется одна, потому как на медсестру надежда слабая, она девочку защитить в случае опасности вряд ли сможет.

Убедившись, что мужчина идет в сторону отделения, не оборачиваясь, Доценко небрежным жестом поднес руку к фонендоскопу и несколько раз повернул колесико. Умельцы с Петровки снабдили его таким простеньким устройством, при помощи которого Миша мог подавать сигналы, даже если у него не было возможности что-то сказать во встроенный микрофон. Сигнал означал, что искомый человек появился, идет в отделение к детям. Теперь сидящий в машине оперативник будет правильно сориентирован, а сам Миша может спокойно охранять Наташу.

Он быстро догнал медсестру, толкающую впереди себя коляску с девушкой. Раз ситуация обостряется, сестричку надо бы убрать отсюда подальше, благо повод не нужно было долго придумывать. Он обещал Наташе узнать насчет экстерната и экзаменов на аттестат, вот теперь самое время поговорить об этом.

Спустя несколько минут медсестра с облегчением уступила место симпатичному черноглазому доктору Михаилу Александровичу, который вызвался погулять с Наташей Терехиной, потому что у него рабочий день уже закончился, а приятель должен подъехать за ним только через час, и вернулась в отделение.

— Наташа, вам нужно будет написать заявление на имя директора Департамента образования и заверить это заявление у главного врача больницы и у заведующего отделением. К заявлению прилагается выписка из истории болезни, подтверждающая, что вы шесть лет не посещали государственное образовательное учреждение по уважительной причине. Потом нужно будет, чтобы ваша сестра взяла из школы, где вы учились, справку о том, что вы там действительно учились с первого по пятый класс. Таким образом, проблемы вполне решаемы, но если хотите услышать мой совет, то я бы рекомендовал вам сначала попробовать проэкзаменоваться в частном порядке. Видите ли, есть такое правило, согласно которому если вы неудачно сдадите экзамены, то повторная сдача разрешена не раньше чем через год. Зато комиссию для приема у вас экзаменов могут собрать в любой момент, не обязательно летом. Если вы найдете человека, который погоняет вас по всей школьной программе и скажет, что вы еще не вполне готовы, вы просто дополнительно позанимаетесь, прежде чем идти на комиссию, это займет у вас лишних два-три месяца. А если вы рискнете — и неудачно, то все отложится на целый год. Понимаете?

— Но где же я найду человека, который проверит мои знания? Дядя Саша, конечно, очень образованный человек, он много знает, но он может не знать требований школьной программы. Допустим, химию, физику и математику я с ним отработаю, а русский и литературу? Французский язык? Историю?

— У вас есть родственник, который может с вами заниматься? — деланно удивился Доценко. — Я думал, у вас только сестра, по крайней мере так сказал ваш лечащий врач.

— Дядя Саша — не родственник, он папин друг. Но он все время нас навещает.

Разговор поворачивался удачно, девочка сама заговорила о «дяде Саше», и теперь можно было потихоньку начать вытаскивать из нее подробности, но в это время к ним подкатился забавный кругленький человечек с блестящими глазками и блестящим от пота лицом.

— Ради Бога извините, — начал он умоляющим голосом, — я, кажется, заблудился. Вы не подскажете, как мне пройти к зданию архива? Мне сказали, что от ворот нужно сразу взять влево и идти до поворота, я иду, иду, а все не найду никак. Проблукал по вашему парку минут сорок, наверное. Главное, время-то уже без четверти семь, а в семь, как меня предупредили, архив закроется.

— Вы пропустили поворот и слишком долго шли налево, — улыбнулся Доценко, — поэтому сейчас вы уже почти на правой стороне.

Он стал объяснять потному толстяку, как пройти к архиву, но это оказалось не так-то просто. Заблудившийся посетитель, оказывается, был здесь в первый раз, и такие ориентиры, как «второе отделение», «нейрохирургия» или «башенка», ни о чем ему не говорили.

— Михаил Александрович, — вдруг подала голос Наташа, — можно еще короче пройти, я знаю как, только это трудно объяснить.

Глаза у толстяка были совершенно безумные, он с трудом успевал улавливать все эти «направо», «налево до четвертого пересечения», «обогнуть здание, но не сворачивать». Мише стало вдруг жалко его.

— Давайте мы лучше вас проводим, — предложил он, — а то вы наверняка заблудитесь, и уже окончательно. Наташа, показывайте вашу короткую дорогу.

Потный толстяк облегченно вздохнул и торопливо засеменил ножками рядом с Доценко. Дурное предчувствие охватило Мишу в тот момент, когда Наташа велела свернуть на узкую тропинку вдоль высокой чугунной ограды. С одной стороны была ограда, за ней — тротуар, с другой стороны — заросли кустов и деревьев.

Он открыл было уже рот, чтобы уверенным тоном сказать:

— Нет, Наташа, мы здесь не проедем, там вчера начали ремонтные работы, надо вернуться и двигаться по аллее.

Но в ту же самую секунду все поплыло у него перед глазами.

Глава 9

Получив сигнал от Доценко, двое оперативников, дежуривших в машине, кинулись в корпус детского отделения. Инструкции, которые они получили, были предельно четкими: сигнал означает, что ожидаемый человек направляется в отделение, где лежат дети Терехины. В идеале мужчина должен быть задержан, но задача-минимум — уберечь детей. Кто знает, что у этого типа на уме.

Внешность мужчины они представляли себе весьма приблизительно, поэтому не пропускали мимо глаз никого, даже отдаленно напоминающего полученное описание. С невинными лицами и беззаботными улыбками вошли они в корпус детского отделения и поднялись на этаж, где находилась палата Наташи. Они помнили объяснения капитана Доценко о том, что Наташа представляет для преступника первоочередную опасность. Наташи в палате не оказалось, сестричка на посту сказала, что девочку увезли на прогулку. Перепрыгивая через две ступени, оперативники помчались по лестнице на пятый этаж, где лежали Оля и Павлик. Но мужчина как сквозь землю провалился. Никого похожего ни в палате, ни в коридорах, ни вокруг здания.

— Может, Доценко обознался? — предположил один из них.

— Может. Я бы тоже так подумал, если бы мы нашли этого дядьку, а он оказался не тем, кто нам нужен. Но мы же его не нашли. Куда он делся-то? — резонно возразил его напарник. — Доценко должен был дать сигнал, если этот человек появится в детском отделении или рядом с ним. Ну и где он?

— А черт его знает! Ладно, главное — дети в порядке. Пойдем поищем Доценко, попадемся ему на глаза, чтобы знал, что мы его упустили.

В ординаторской им сказали, что Михаил Александрович где-то здесь, никуда не уходил, потому что халата его на вешалке нет, а вот легкая ветровка, наоборот, висит.

— Где бы нам его поискать? — вежливо спросили оперативники. — Где он чаще всего бывает?

— Посмотрите на третьем этаже, в седьмой палате, там одна девочка лежит, Терехина Наташа, он, наверное, с ней занимается.

Они снова спустились на третий этаж, хотя уже знали, что Наташи в палате нет.

— Михаил Александрович? Так он сам с Наташей гуляет, — ответила им одна из медсестер. — Сказал, что за ним должен товарищ на машине подъехать, а пока у него время свободное есть. Меня отпустил.

Оперативники вышли из здания и отправились не спеша прогуливаться по огромному парку в поисках Доценко и Наташи Терехиной. Время шло, аллеи пустели, больные возвращались в свои палаты, посетители уходили домой, а высокого черноглазого мужчины в белом врачебном халате и красивой бледной девочки в инвалидной коляске видно не было.

— Разминулись, наверное, — решили они, быстро шагая обратно в корпус. — Надо же, день какой сегодня неудачный, ни за кем не успеваем, всех пропустили, кого искали.

Однако в отделении выяснилось, что Наташа и Михаил Александрович с прогулки до сих пор не возвращались. Сделав каменные лица, будто ничего особенного не случилось, оперативники снова вышли на улицу, и тут их словно подменили.

— Искать, быстро, — скомандовал один из них, тот, что был пониже ростом. — Что-то случилось. С Доценко без стрельбы фиг справишься, он мужик тренированный, его не могли увезти отсюда без шума и пыли, чтобы никто не заметил.

Через полчаса они наткнулись на лежащего в кустах Мишу. Он был без сознания. Наташа Терехина исчезла.

***

Их провели, как первоклашек, теперь это было совершенно очевидно. Подсунули им человека, подходящего под описание и похожего на составленный портрет, это дело нехитрое, отвлекли на него внимание, понимали, что сыщики обязательно отреагируют на его появление. Не могут не отреагировать. Конечно, у этого мужика были идеальные настоящие документы и безупречная настоящая биография, без всякой туфты, в этом можно не сомневаться. И повод для появления в больнице у него наверняка за пазухой припрятан вполне уважительный и проверяемый. Доценко, увидев его возле детского отделения, должен был бросить все и заняться им вплотную, попытаться задержать, проверить документы, может быть, даже отвезти в отделение и задержать до подтверждения личности. Потом извиниться и отпустить с миром. Дети в это время остались бы без «прикрытия».

В сущности, получилось не совсем так, но схема все равно сработала. Доценко действительно отреагировал на появление незнакомца, удивительно похожего на рисованный портрет, но вместо того, чтобы ринуться за ним, оставив Наташу без присмотра, на попечении одной лишь глупенькой сестрички, он, наоборот, отпустил сестру и сам остался с девочкой. Но это не спасло ситуацию, потому что спектакль, срежиссированный и поставленный в расчете на доверчивую сестричку, был разыгран весьма профессионально. И Миша купился. Купился только потому, что уже видел «дядю Сашу», видел пять минут назад и думал в этот момент о том, что он собирается делать в отделении и успеют ли вызванные им оперативники его перехватить. Психологически трюк был очень точным.

От Миши похититель отделался при помощи газового баллончика, заправленного какой-то сильнодействующей дрянью, после чего преспокойно вывез коляску с Наташей на улицу. Скорее всего ей тоже дал «подышать» отравой, чтобы не подняла крик. Здорового человека, против которого применили газовый баллон, надо нести на руках или тащить волоком, и это, конечно, не пройдет незамеченным для окружающих.

Человек в инвалидной коляске, находящийся без сознания, выглядит точно так же, как и в нормальном состоянии: он все равно сидит неподвижно, а если у него голова склонена немного набок, так у него, может, привычка такая, или задремал на свежем воздухе, больной ведь все-таки. А то, что человека этого куда-то увозят из больницы на машине — дело самое обычное. В эту больницу люди с такими травмами попадают — не приведи Господь. Некоторые после операций и лечения сами на своих двоих выходят, а многие — именно вот так, на колясках. И на всю оставшуюся жизнь. А Доценко невольно сам помог похитителю, вызвав на помощь оперативников и оставив улицу без присмотра.

— Такого провала я и не припомню, — удрученно сказала Настя полковнику Гордееву. — На этом деле можно молодых сыщиков учить, как не надо работать. Ошибка на ошибке. Но самое плохое, что я не понимаю, где и в чем мы ошибаемся. Ведь мы исходили из того, что этот мифический врач, он же «дядя Саша», убил Анисковец по каким-то сугубо личным мотивам, потом начал устранять всех, кто может его опознать и дать нам доказательство его связи с семьей Терехиных. Почему он эту связь скрывает — вопрос другой, но я была уверена, что и тут мотив исключительно личностного плана. Но если бы это было так, он должен, просто обязан был быть убийцей-одиночкой. В личных делах помощников и соратников нет. А теперь что получается? Все наоборот.

— Ну-ну, — саркастически поддакнул Виктор Алексеевич. — И что же, по твоему просвещенному мнению, теперь сделалось наоборот?

— А то и сделалось, что у него помощник есть. И не один. Их целая группа. И что эта группа делает? Помогает своему главарю решить интимную проблему? Не бывает так.

— Сам знаю, что не бывает, — буркнул Колобок. — Мне не причитания твои нужны, а выводы и предложения.

— С предложениями плохо, — скупо улыбнулась Настя, — фантазии не хватает.

— А выводы?

— Целых три. Один другого затейливее. Вывод первый: совершая все эти убийства, он решает не личную свою проблему, а какую-то другую. Только я пока не могу придумать, что бы это такое могло быть. Но я придумаю, Виктор Алексеевич, вы не сомневайтесь, я вот только посплю немножко, а то у меня голова плохо работает. Вывод второй: Наташа Терехина какое-то время находится в безопасности, поэтому пока можно не беспокоиться. Конечно, это не означает, что мы не должны ее искать, но похитители ее не тронут. Она им зачем-то нужна. Иначе ее просто убили бы в тех же кустах, где и Мишаню нашего завалили. Более того, я все думала, почему похититель Мишу не убил? Тьфу-тьфу, — она суеверно постучала костяшками пальцев по полированной столешнице, — дай ему Бог здоровья на долгие годы. Ведь ситуация была очень подходящая, заросли густые, их никто не видел, какая разница — газ из баллона или пуля из пистолета с глушителем? Пуля-то — она вернее. Так почему же он оставил Мишу в живых?

— Боялся, наверное, на милиционера руку поднимать, — предположил полковник. — Знает, что за своего мы и глотку перегрызть можем, нам недолго.

— Не пойдет. Во-первых, Миша для всех был врачом, а не нашим сотрудником. Во-вторых, похититель, даже если и знал про засаду, не мог рассчитывать на то, что кресло с девочкой ему придется буквально вырывать из рук милиционера. Он шел на похищение, исходя из того, что с девочкой будет гулять медсестра. И сам спектакль с подставным «дядей Сашей» был рассчитан именно на то, чтобы убрать оперативника подальше от Наташи, если он там рядом будет крутиться. Похититель готовился к тому, чтобы увезти Наташу от кого угодно, только не от милиционера. Так почему он с самого начала не имел в виду совершить убийство? Для него это не должно быть проблемой, он вон сколько человек уже положил. Ну, может, не он лично, но его команда.

— Ну и почему? — повторил за ней Гордеев. — Спрашиваешь — отвечай. У нас самообслуживание.

— Я думаю, он не хотел испугать девочку. Он боялся чрезмерно травмировать ее. Одно дело — брызнуть ей в лицо из баллончика, а когда она очнется — спокойно все ей объяснить, и совсем другое — на ее глазах убить человека. А человека нужно выводить из строя обязательно раньше, чем девочку. Сопровождающий должен быть первой жертвой, иначе, увидев действия похитителя, направленные на Наташу, он может успеть закричать, убежать, оказать сопротивление или еще что-нибудь. Поэтому волей-неволей похититель вынужден был сначала обезвредить того, кто катит кресло. И меня очень интересуют причины его неожиданной гуманности. Ведь он, судя по всему, не склонен к сантиментам. Посмотрите, кто такие его жертвы: семидесятичетырехлетняя Анисковец, несчастная спившаяся Романовская, скромная безвредная монахиня, добросердечно ухаживающая за безнадежно больными людьми, медсестра из детского отделения Аля Мырикова. Все — женщины. Все они беззащитны и не могут оказать сопротивления. Их он не пожалел. Рука не дрогнула. А о том, чтобы не убивать очередную жертву на глазах у семнадцатилетней девочки-инвалида, побеспокоился. С чего бы это?

— Насколько я помню, одна из рабочих версий состояла в том, что Наташа Терехина является дочерью этого «дяди Саши». Недаром же он так явно выделял ее из всех детей Терехиных. Понятно, что о своем ребенке он беспокоится. Не понимаю, что тебя удивляет, — пожал плечами Гордеев. — Все вполне естественно.

— А зачем он ее похитил? Зачем? Лежала она себе спокойно в больнице под присмотром врачей, навещал он ее периодически, хоть и нечасто, и в течение шести лет все его устраивало. Даже если допустить, что она его дочь, зачем увозить ее из больницы, да еще с такими трудностями? Только не надо мне рассказывать сентиментальные сказки о том, как он мучился все эти годы, не имея возможности жить со своей любимой единственной дочерью одной семьей, а теперь муки стали такими непереносимыми, что он решил ее похитить. Бред это, и слушать не хочу. Дети — фактически сироты, отец умер, Галина Терехина может считаться матерью чисто условно, она должна быть лишена дееспособности, поскольку ничего не помнит о своей прошлой жизни и о своих детях и уж тем более не может о них заботиться, так как сама является глубоким инвалидом. Наташе нет еще восемнадцати, ее можно совершенно законно и без особых хлопот удочерить или оформить опекунство и забрать ее в свою семью на легальных основаниях и без всякой головной боли, без всех этих страстей с убийствами и похищениями.

— Эк у тебя все просто, — хмыкнул полковник. — А старшая сестра, Ирина? Вдруг она возражает против того, чтобы Наташу удочерял какой-то чужой человек?

— Интересно, откуда бы ему об этом знать, если он с Ириной не общается? Она его в глаза никогда не видела.

— Тоже верно. Значит, сентиментальные сказки ты не хочешь. Ладно. Тогда излагай свою версию.

— Не знаю, — Настя горестно вздохнула. — Я ничего не знаю, Виктор Алексеевич. В голове пусто, как на заброшенном чердаке.

— Ты какие-то слова говорила про три вывода, — напомнил ей Колобок, — а я пока услышал только два. Где третий?

— Вы только не смейтесь, — жалобно попросила она. — Уж больно чудная мысль мне в голову пришла.

— Ну да, мне как раз только смеяться, когда трупы один за другим на голову сваливаются. Тут плакать впору. Так что у тебя?

— Я думаю, а может быть, этот «дядя Саша» вообще ни при чем?

— То есть как? — нахмурился полковник. — Ты что, собственно, имеешь в виду?

— Я имею в виду, что он действительно встречался много лет назад с Галиной Терехиной на квартире у Анисковец, и Галина родила от него одного из своих детей, а может, и не одного, а двоих или троих. Кроме Ирины, разумеется, потому что к Ирине он никакого интереса не проявляет. И этот «дядя Саша» действительно ходит к детям в больницу, и действительно наведывается иногда в дом инвалидов справиться о здоровье своей бывшей возлюбленной. И он действительно приходил к Анисковец незадолго до ее гибели, но в этом ведь нет ничего странного, правда? Они давно знакомы. И на этом его причастность к делу заканчивается. Больше ничего он не сделал. Все эти убийства и похищение Наташи Терехиной — дело рук совсем других людей.

— Иными словами, — голос Гордеева стал жестким и сухим, — ты хочешь сказать, что три недели мы искали совершенно не в том направлении? Первая версия, согласен, была самой очевидной, когда убивают хозяйку квартиры, набитой коллекционными вещами, надо со всех ног кидаться проверять возможность ограбления. То, что мы потратили на проверку этой версии много времени, — вещь вполне оправданная, упрекнуть нас за это нельзя. Но потом-то мы вцепились в версию о враче, который навещает Терехиных и который был знаком с Анисковец, мы убили столько сил и времени на эту работу, мы чуть Доценко не потеряли — и что? Ты хочешь сказать, что все неправильно? Что все начинаем сначала?

Настя молчала, ответить ей было нечего. Прав начальник. Тысячу раз прав. Но что-то мешало ей кивнуть, соглашаясь с его словами. Личные вопросы не решают с помощью хорошо организованной группы. А то, что группа хорошо организована, сомнений не вызывает, слишком уж чисто совершены все убийства. Может ли так случиться, чтобы во главе этой хорошо организованной группы стоял тот самый врач? Чисто теоретически — может. А практически? Руководитель такой преступной группы должен быть человеком очень состоятельным, очень и очень, потому что наемникам надо платить, особенно если они совершают убийства. Похож скромный обаятельный дядечка, навещающий в больнице детей, а в доме инвалидов — Галину, на главу преступной группировки? Маловероятно. Такие без охраны не ходят. А ведь ни сестра Марфа, ни Алевтина Мырикова ни словом не обмолвились о том, что странного визитера хоть кто-нибудь сопровождал. И приезжающим на машине его не видели ни разу. Такой «крутой» мафиози — и на своих двоих разгуливает? Сюжет для фантастического романа времен эпохи застоя. Но как бы там ни было, этот «дядя Саша» несомненно имеет отношение к Терехиным, а одного из детей похитили. И только он может дать ответ на вопрос: почему? Почему исчезла Наташа? Не Павлик, не Оля, а именно Наташа? Только потому, что может с уверенностью его опознать? Тогда бы ее просто убили. Так почему же?

— Нет, Виктор Алексеевич, — медленно сказала Настя, — все было не зря. Этот «дядя Саша» — самое главное звено во всей истории. Его обязательно нужно найти, даже если он никого не убивал. Он в это дело замешан по самые уши.

— Ну что ж, — сухо отозвался Гордеев, — ищите. Завтра утром положишь мне на стол план первоочередных действий.

* * *

Уже несколько дней Олег не появлялся, и сначала Ира приняла этот факт как само собой разумеющийся. Работает человек, да и жена у него, тем более беременная, может, приболела, нуждается в уходе. Он ей ничем не обязан и ничего не обещал. Будет возможность — появится. Правда, подошел понедельник, когда они должны были идти к тому замечательному врачу на консультацию, а Олега все не было. Ира даже немного позлилась, но быстро остыла. Тем более что прошел вторник, за ним — среда, потом четверг. Олег так и не пришел. И она смирилась. В конце концов, кто она такая? Некрасивая бедно одетая девчонка, ни денег, ни образования, ни связей. Зачем она ему? Побаловался, поразвлекался, и будет. Может, и вправду у него был порыв сделать доброе дело в память о матери и собственном неустроенном детстве, но такие порывы долго не живут, угасают, едва загоревшись. А Ира не привыкла рассчитывать на помощь со стороны, никогда она этой помощи не видела ни от кого, потому и особых надежд не строила. Она и сама справится. Конечно, было бы неплохо, если бы исчезли с лица эти отвратительные прыщи, из-за которых ей самой на себя смотреть противно, но коль нет — так и нет. Обойдется. Справится сама. До сих пор справлялась и дальше не пропадет.

Александра Маринина

В пятницу она, как обычно, поднялась в половине пятого, выпила чаю и побежала убирать улицу. Она уже закончила работу и прятала в подсобку свой нехитрый инвентарь, когда увидела рядом с собой симпатичного широкоплечего мужчину.

— Вы — Ира? — спросил он.

— Ну, — буркнула она, запирая дверь подсобки. — Чего надо?

— Поговорить надо.

— О чем?

— О вашей сестре.

Ира резко повернулась к нему и впилась глазами в чисто выбритое лицо.

— Оля? Натка? Что с ними? Да говорите же!

— Вы не волнуйтесь, Ира, — мягко сказал он. — Давайте отойдем в сторонку и присядем где-нибудь.

— Не пойду я никуда, — отрезала она. — Что с девочками?

— Ну что ж, — вздохнул мужчина, — не пойдете — значит, поговорим здесь. Во-первых, познакомимся. Меня зовут Юрий Викторович, фамилия моя Коротков, майор милиции, работаю на Петровке, в уголовном розыске. Удостоверение показать?

— Что с девочками? — тупо повторяла Ира, чувствуя, как внезапно ослабели ноги и начали неметь руки.

Человек из уголовного розыска пришел, чтобы поговорить о сестре? Об Оле? О Наташе? Что случилось, почему он пришел в семь утра, чтобы поговорить с ней? Что-то страшное?

— Ира, вашу сестру Наташу похитили.

— Что?! — чуть не закричала она. — Что вы сказали?

— Успокойтесь, Ира, мне нужно поговорить с вами не для развлечения, а для дела, и, если вы будете паниковать, вы мне ничего путного не скажете. Возьмите себя в руки, пожалуйста.

— Да, — тихо сказала она, стуча зубами. — Да. Сейчас.

* * *

Коротков смотрел на трясущуюся синюшно-бледную девчонку и с благодарностью подумал о Насте. Это именно она вчера вечером подсказала ему созвониться с Владом Стасовым и посоветоваться с ним, как лучше всего вести себя с Ирой Терехиной, чтобы добиться нужного результата. Девочка непростая, предупредила Настя, с норовом, судьба изломанная, к ней трудно подладиться, если не знаешь ее характера. Стасов же, поразмыслив, ответил, что главная черта у Ирины — практичность. У нее есть цель, и к этой цели она движется, подчиняя ей все свое существование, поэтому для нее всегда на первом месте — дело, а эмоции вообще значения не имеют. Чтобы девочка не раскисла, ее нужно во время разговора постоянно ориентировать на дело, на цель, на конечный результат и конкретные действия по его достижению, эти категории ей близки и понятны, вот ими и надо оперировать.

— Первое, что я хочу вам сказать — ваша сестра в безопасности.

— Откуда вы знаете?

— А вы подумайте вместе со мной, — как можно неторопливее и спокойнее говорил Коротков, чтобы дать ей успокоиться. — Вашу сестру могли убить, если она кому-то мешает. Но ее не убили, а именно увезли из больницы. Это не может быть похищением с целью выкупа, с вас взять нечего, это всем известно. И никакими тайнами и секретными сведениями она не владеет, это тоже всем понятно. Значит, мучить и пытать ее никто не будет. Наша с вами задача — понять, что есть в вашей сестре такого, что могло бы заинтересовать похитителей. И в этом вы должны мне помочь. Если мы поймем, чем их заинтересовала Наташа, мы сможем вычислить, кто они такие. Мы их найдем, а значит, найдем и место, где они прячут Наташу. И спасем ее. Схема ясна?

Ира по-прежнему стучала зубами и, казалось, вот-вот свалится в обморок, но взгляд ее стал осмысленным.

— С ней ничего не случится? — спросила она.

— Я очень на это надеюсь. Но, как говорится, на Бога надейся, а сам не плошай. И мы с вами должны сделать все возможное, чтобы выручить вашу сестру как можно быстрее. Поэтому я хочу, чтобы вы взяли себя в руки и начали отвечать на мои вопросы. Давайте-ка будем работать, а не сопли размазывать.

— Да, — снова кивнула она, — да. Сейчас. Вы спрашивайте, что нужно, я уже соображаю. Пойдемте вон туда, — Ира показала рукой в сторону соседнего дома, — там скамейка есть. Меня что-то ноги не держат.

Они дошли до скамеечки и уселись в тени высокого раскидистого дерева.

— Припомните, Ира, кто-нибудь когда-нибудь интересовался вашими сестрами и братом? Не обязательно в последнее время, вообще за те шесть лет, которые прошли после несчастья.

— Нет, никто. Никому до них нет дела.

— А тот человек, который ходит в больницу их навещать?

— Не знаю я, зачем он ходит. Ко мне не приходил и ничего не спрашивал. Я уже говорила той женщине, которая с Петровки.

Той женщине. Конечно, Ира имела в виду Каменскую. Интересно, неужели она совсем не помнит самого Короткова? Ведь именно он, Коротков, был тогда с Анастасией в больнице, когда убили медсестру Алевтину Мырикову. Ира подходила к ним, просила передать фрукты и конфеты детям. Неужели не помнит? Судя по всему, нет.

— Ира, а вы меня помните? — внезапно спросил он.

— Нет, — она покачала головой. — Мы разве знакомы?

— Я брал у вас сумки с фруктами, когда убили медсестру и в отделение никого не пускали. Вспомнили?

Она внимательно посмотрела на него, потом снова покачала головой.

— Нет, не узнаю. Женщину помню, она раньше домой ко мне приходила с дядей Владиком Стасовым, а вас не узнаю.

— Неужели я так изменился? — шутливо удивился Коротков. — Чуть больше недели прошло, а вы не помните.

— Не помню. Помню, конечно, что был мужчина, но в лицо не узнаю. А это правда вы были?

— Правда.

Да, любопытная девчонка. Все, что не нужно, из головы долой. Живое воплощение прагматичности. Взял дядька сумку с продуктами, обещал детям отдать — все, о нем можно забыть, он свою историческую роль выполнил и может отдыхать. Или шок от известия об исчезновении сестры так на нее подействовал?

— Ира, постарайтесь как можно точнее ответить: чем Наташа отличается от вас всех? От вас лично, от Оли, от Павлика? Я не имею в виду возраст.

— Натка самая умная, — тут же ответила Ира. — Все говорят, она очень способная от природы.

— Кто это — все? — насторожился Коротков.

— Врачи, медсестры. Она сама занимается, школьную программу осваивает, я ей учебники разные достаю, какие она просит. Иногда полгорода обегаю, пока найду.

— Ну хорошо, а еще что?

— А еще...

Она задумалась, потом на губах ее появилась робкая дрожащая улыбка.

— Натка красивая. Уж не знаю, в кого она уродилась, я-то, сами видите, какая, да и Олечка у нас не удалась. А Наташенька — как картинка.

— Ирочка, — ласково сказал Юра, — вы же понимаете, из-за красивого лица женщин уже давно не похищают, у нас не средневековье. Ну подумайте, пожалуйста, что такого есть в вашей сестре, из-за чего ее могли похитить. Не вас, не Олю и не Павлика, а именно ее.

— Я не знаю, — почти прошептала Ира. — Вы не сердитесь на меня, я ничего умного вам не сказала. Я даже не понимаю, что вы хотите от меня услышать. Вот если б вы Натку спросили, она бы вам сразу ответила.

— Хорошо, Ира, пока оставим это. Я вот о чем вас попрошу. Во-первых, постарайтесь ни с кем не обсуждать исчезновение вашей сестры. Вам это должно быть несложно, раз вы сами говорите, что детьми никто, кроме вас самой, не интересуется. Спрашивать у вас никто ничего, таким образом, не будет, а сами вы не рассказывайте. Договорились?

— Конечно, раз так надо.

— Теперь второе. Вот моя карточка, здесь все телефоны, по которым можно разыскать меня или Анастасию Павловну Каменскую. Вы ее помните, она к вам приходила. Как только вам захочется что-то сказать мне, сообщить или спросить, звоните немедленно в любое время дня и ночи, не стесняйтесь. И третье, самое главное. Если кто-нибудь вдруг проявит интерес к вам или к младшим детям, а может быть, и к вашей маме, немедленно сообщите мне. И постарайтесь как можно лучше запомнить этого человека и все, что он вам говорил. Вообще любой новый человек, который в ближайшее время появится около вас, должен быть вами замечен. Вы меня поняли, Ира? Безопасность и свобода вашей сестры в наших с вами руках, все будет зависеть от того, как мы себя поведем. И мы с вами должны быть предельно собранными, внимательными, осторожными и не допускать ошибок. Я могу на вас положиться?

Она подняла на него глаза, самые обыкновенные глаза, маленькие, серые, в обрамлении густых коротких ресниц, и в этих глазах Юра прочел твердую решимость и даже почти спокойствие. Прав был Влад, этой девочке постоянно нужен практический стержень, простой и понятный, который не даст ей упасть и сломаться. У нее должна быть Цель. Должно быть Дело, Которому Она Служит. И тогда все встает на свои места.

* * *

Человек, имеющий странное прозвище Аякс, смотрел на спящую Наташу Терехину почти с умилением. Столько лет он наблюдал за этой девочкой, за этим сокровищем, вынашивая планы, один хитрее другого. Но все эти планы не требовали никаких жестких мер, они были рассчитаны на перспективу. Подождать, пока она подрастет, посмотреть, что из нее получится. А заодно и полюбопытствовать, что получается из других детей, зачатых этим Отцом. Разумеется, имя Наташиного отца было Аяксу прекрасно известно, так же как и имена всех женщин, рожавших от него детей, и имена этих детей. Все они были разными, каждый по-своему интересен, но Наташа — это что-то особенное. А Ира — это вообще... Из всех детей Отца, а их без малого дюжина, эти две девочки самые удачные. Жаль, конечно, что не мальчики, на мальчиках выгоднее было бы показывать «товар лицом», но, как говорится, работаем с тем, что есть. Впрочем, девочки или мальчики — пока не суть важно, главное, найти методику, разработанную Отцом, и можно будет плодить киборгов в любых количествах. Конечно, киборгами их можно назвать только условно, для красного словца, они не кибернетические, а самые настоящие живые, рожденные женщинами, вскормленные материнским молоком. Но что-то такое Отец с ними делает, из-за чего дети получаются необыкновенными. У первой, Иры, — феноменальная устойчивость к физическим нагрузкам и потрясающая способность полностью восстанавливать силы за каких-нибудь два-три часа. Идеальный солдат. У Наташи — гениальные мозги. У Олечки, третьей девочки, — память. Наделать побольше таких Олечек — и никаких проблем с передачей секретных сведений. Один раз прочитать ей вслух сложнейший текст и отправлять хоть за тридевять земель. По дороге, в аэропортах, на таможнях и в полициях ее можно сто раз обыскать в поисках бумаг или микропленок, и ничего не найдут. Потому что все у нее в головке записано. С Павликом пока ясности нет, интеллектуальное развитие хорошее для его шести лет, но в таком возрасте еще рано судить, что из него получится. Похоже, Отец применил с ним какую-то другую методику, конструировал ему, образно говоря, не голову, а тело. По свидетельству врачей, Павлик — единственный из всех четверых, упавших с такой жуткой высоты, имеющий хорошие перспективы на выздоровление. Нужны дорогостоящие операции, которые делают только за рубежом, в специальных клиниках, но всем остальным — девочкам и матери — такие операции не помогут, они их просто не перенесут. А у мальчишки, как говорится, прогноз благоприятный.

Эти четверо — первые дети Отца. Остальные совсем еще маленькие, от нескольких месяцев до пяти лет. И еще двое на подходе. Интересно, что из них получится? Можно было бы спокойно ждать, наблюдая со стороны, если бы не дурацкая случайность. Отец встретил старуху Анисковец. И ничем хорошим эта встреча не кончилась. Старуха увидела Отца, когда тот гулял со своим очередным малышом и его мамой. Настоятельно звала в гости, намекала на необходимость серьезно поговорить. Отец пошел. Люди Аякса, конечно, глаз с него не спускали, дошли вместе с ним до дома Анисковец, «жучок» в нужном месте прилепили и весь разговор прослушали. Не понравился Аяксу этот разговор, совсем не понравился. Старуха припомнила Отцу Галину Терехину, утверждала, что он сбил ее с нормального пути, заморочил ей голову, уговорил рожать не от мужа, а когда случилось несчастье, ничем не помог осиротевшим детям и их несчастной матери...

«— ...Я смотрю, вы опять за свое взялись, Валерий Васильевич. У вас, голубчик, какая-то патологическая тяга к воспроизводству своего рода. Вы по-прежнему женаты первым браком? Или уже двенадцатым?

— Первым. И я не понимаю вашего сарказма, Екатерина Венедиктовна. В моей жизни ничего не изменилось с тех пор, жена все так же тяжело больна, практически не встает, и, разумеется, я не могу ее оставить. Но я нормальный живой человек, и вы не смеете упрекать меня в том, что я полюбил другую женщину. Пятнадцать лет я был верен Галине, вы не можете этого отрицать. Но с тех пор прошло уже шесть лет. У кого поднимется рука бросить в меня камень, если я встретил и полюбил еще одну женщину? И что плохого в том, что она родила от меня ребенка? Я не собираюсь бросать ее на произвол судьбы и буду помогать по мере сил и возможностей.

— Не морочьте мне голову, голубчик. Если вы такой благородный, то почему не помогаете четырем своим детям, которых вам родила несчастная Галя? Мне с самого начала не нравились ваши отношения, вы совершенно поработили ее, вы завладели ею полностью, вы внушали ей какие-то странные мысли о богоизбранности ваших общих детей. И не думайте, пожалуйста, что мне неизвестно, чем вы на самом деле занимались.

— Я вас не понимаю...

— Да ну? Зато я вас понимаю. Вы ставили на Галине

какие-то чудовищные эксперименты, уж не знаю, зачем вы это делали. И когда я об этом узнала, я предупредила Галю, чтобы она была с вами осторожнее и не верила так уж безоглядно в вашу искренность и преданность.

— Что вы такого могли узнать, Екатерина Венедиктовна? Что за чушь вы несете? Мы с Галей любили друг друга пятнадцать лет, и вы...

— Перестаньте! После того что Галочка сделала с собой и с детьми, я решила не предавать огласке ваши темные дела в надежде, что эта страшная трагедия вас образумила. Однако несколько месяцев назад я случайно увидела вас на улице в обществе молодой мамы с очаровательной девочкой, и поняла, что вы снова взялись за свое. Я следила за вами, да-да, не смейтесь, хотя я понимаю, как вам, должно быть, весело представлять себе пожилую даму моего возраста в роли сыщика. Что ж, давайте посмеемся вместе, Валерий Васильевич, над тем списком, который я составила, наблюдая за вашими передвижениями на протяжении четырех месяцев. В этом списке девять адресов и девять имен женщин, которых вы осчастливили своей любовью и готовностью растить вместе с ними ваших общих детишек. Из этих девятерых женщин семеро уже сделали вас отцом, а двое только еще готовятся стать матерью. И после этого вы будете продолжать петь мне о том, что вы встретили и полюбили, что вы нормальный живой человек? Да вы чудовище, Валерий Васильевич, вы монстр, которому не место среди людей.

— Вы несете какой-то бред... Какие эксперименты? С чего вы это выдумали? Да, я не образец нравственности, тут вы правы, и раз уж вы меня выследили, престарелая сыщица, то отпираться я не стану. Я люблю женщин, я их обожаю, я — профессиональный донжуан. И если хотите, я — профессиональный отец. Я люблю, когда мои женщины рожают моих детей. И что плохого в том, что я не могу бросить жену, оставшуюся инвалидом после автокатастрофы? Что вы мне тут мораль читаете? Я — уважаемый врач, доктор наук, ко мне на приемы записываются за три месяца, так что можете себе представить, какие деньги я зарабатываю. Никто из моих детей ни в чем не нуждается, вы слышите? И матери этих детей счастливы, смею вас заверить. Вам не в чем меня упрекнуть.

— А дети Галины? Их вы бросили на произвол судьбы. Почему? Они-то как раз больше всех нуждаются в вашей помощи и внимании. И в ваших деньгах, кстати. За эти четыре месяца вы дважды были у них в больнице, и шли вы, голубчик, с пустыми руками. Я это видела собственными глазами. Вы даже килограмм яблок им не купили. За что такая немилость?

— Вы ничего не знаете. Я даю деньги персоналу, чтобы они регулярно покупали детям все необходимое.

— Допустим. Хотя я склонна думать иначе. Вы перестали о них заботиться, потому что они вам больше не нужны. Они были частью ваших жутких экспериментов, они — уже пройденный этап. Теперь вас больше интересуют ваши новые дети, но вы и их бросите так же безжалостно, как только они перестанут быть вам интересными с научной точки зрения. Валерий Васильевич, я взываю к вашему разуму: остановитесь. Заклинаю вас, остановитесь. То, что вы делаете, противоречит всем законам: и божеским, и человеческим. Я не сторонница крайних мер, вы знаете, и если вы дадите мне слово, что остановитесь, я никому ничего не расскажу.

— Да что вы можете рассказать, Нат Пинкертон в юбке! Чем вы мне угрожаете? Думаете, я вас боюсь? Чего вы добьетесь вашими рассказами? Разрушите счастье нескольких женщин, которые узнают, что они у меня не единственные. Вот и все. Вы этого хотите? Каждая из них растит моего ребенка и счастлива. Вас это раздражает? Вы непременно хотите, чтобы все они страдали? Без этого не успокоитесь?

— Я расскажу им, что вы ставите на них эксперименты. Они должны знать, каких детей растят.

— Зачем? Они вам все равно не поверят. И правильно сделают, потому что это неправда. Вы хотите, чтобы они перестали любить своих детей? Я не подозревал, что в вас столько жестокости, уважаемая Екатерина Венедиктовна.

— Вы прекрасно знаете, что я говорю правду. Вы

правы отчасти, вашим женщинам я действительно ничего не скажу, с меня вполне достаточно той ошибки, которую я уже совершила с несчастной Галочкой, когда рассказала ей о том, что узнала. Она-то мне поверила сразу и безоговорочно. И я до сих пор казню себя за то, что сделала это. Она не перенесла ужасной правды и тронулась умом. Но я скажу о том, что знаю, в другом месте. Если вы не дадите мне слово, что остановитесь. Пообещайте мне, что не станете больше производить ваших замечательных детей, и я буду молчать.

— Послушайте, мне надоели ваши беспочвенные обвинения и пустые угрозы. Я вам в который раз уже повторяю: за всем этим нет ничего, кроме чисто мужского, хотя и необузданного, интереса к женщинам. И все на этом. Раз уж вы зазвали меня в гости, то хотя бы кофе предложите, хозяйка.

— Хорошо, я предложу вам кофе. Но вам я настоятельно советую подумать над моими словами...»

Прослушав эту запись, сделанную в середине мая, Аякс понял, что дело плохо. Неизвестно откуда выплыла вдруг эта слишком осведомленная и не в меру сообразительная старушенция. Интересно, откуда она узнала? Впрочем, теперь это уже значения не имело, потому что узнала она об этом не сейчас, а давным-давно, когда еще с Терехиными ничего не случилось. Ничего, сама расскажет, если умело спрашивать. Расскажет — и замолчит навсегда. И листочек с адресами надо у нее поискать. Листочек — это серьезно. Найдет какой-нибудь ушлый следователь девять адресов и девять проживающих по ним женщин, да и узнает, что у них у всех один любовничек. Общий, так сказать. Так и до Отца доберутся. А Отца трогать нельзя. Он нужен живым и здоровым и желательно на своем рабочем месте. С ним ничего случиться не должно. Гениальный Папа, выпекающий, как пирожки, деток с необыкновенными физическими или интеллектуальными данными, движется к венцу своих опытов и научных разработок, и до этого венца его нужно довести в неприкосновенности, чтобы потом получить большие хорошие деньги за его методику. Покупатель уже есть, ждет терпеливо и деньги уже приготовил, готов в любой момент заплатить. Так что со старухой надо решать радикально.

И Аякс решил. Радикально. Потом его ребятки покрутились вокруг дома старухи, вызнали, какими путями идет милиция, и стало понятно, что кольцо вокруг Отца вот-вот сомкнется. Ну до чего сыщики настырный народ! Хорошо, что у Аякса техника первоклассная, даже в ФСБ такой нет. Узнать, о чем разговаривают оперативники, если они не в здании на Петровке, а на вольном выпасе, — дело для него плевое. Про Леночку Романовскую он от самой Анисковец узнал и решил подстраховаться заблаговременно. Спившуюся певичку его мальчики навестили на следующей же неделе после убийства старухи. Как оказалось, вовремя подсуетился Аякс. Они и до Романовской добрались, правда, на две недели позже, чем он сам, но добрались-таки, жуки навозные. Как говорил незабываемый Аркадий Исаакович Райкин, «эту бы энергию — да в мирных целях, воду качать в слаборазвитые районы». А вот с монахиней и медсестрой в больнице они малость промахнулись, не думали, что менты так быстро за них ухватятся. Так что приметы Папины оказались у Петровки раньше, чем Аякс сориентировался. И когда он узнал, что уже и портрет Отца изготовили, понял: надо срочно убирать тех, кто часто видел его в последние годы и может безошибочно опознать. И тем самым привязать Папашу к детям Терехиным. Вот уж этого допускать было категорически нельзя.

А сам Отец живет себе припеваючи, дурака валяет, на работу ходит каждый день и даже по выходным и не знает, отчего это настырная Екатерина Венедиктовна перестала его доставать своим морализаторством. Даже небось и думать о ней забыл. Ну поворчала старая карга — и унялась. И слава Богу. Ему, ученому червю, и в голову его гениальную не приходит, сколько трупов вокруг него легло, только чтобы уберечь от милиции да от разборок. За одно это он должен бы заплатить Аяксу. За хлопоты, так сказать. За организацию безопасности. Ничего, заплатит. За все заплатит.

Плохо только, что девочку пришлось забирать из больницы. Но ведь она — последняя, кто может опознать Отца, а убивать ее никак нельзя. Она — живая реклама товара, ее надо будет показывать покупателю в доказательство того, как работает созданная Отцом методика. Ее и Иру. Если этого окажется недостаточно, придется провести его в больницу и продемонстрировать ему Олю, но это не проблема, это легко устроить. Самое главное — заставить Отца передать им документацию. Вот это может оказаться настоящей проблемой. А вдруг откажется? Аякс изучил всю его жизнь, со школьных еще времен, и чем больше узнавал про Валерия Васильевича, тем сильнее грызли его сомнения в том, что он отдаст кому-нибудь свою замечательную методику даже за очень большие деньги. Значит, надо начать готовить запасные варианты уже сейчас. И для этого тоже нужна Наташа. Завтра приезжает из Ирана специалист, который будет день и ночь проводить с Наташей в специально оборудованной клинике в попытках понять, какими способами Отец делает таких выдающихся детей.

Глава 10

Как это ни грустно, но для коллег Олега Жестерова его гибель была ожидаема, хоть и не менее от этого трагична. Надо быть большим оптимистом, чтобы надеяться дожить до спокойной старости, разрабатывая группу, работающую на происламских террористов, а именно этим Олег как раз и занимался.

К месту взрыва сотрудники ФСБ приехали последними, вероятно, оттого, что личность погибшего установили не сразу, а только спустя примерно минут сорок, когда затушили пожар и выяснили наконец, кому принадлежит гараж-«ракушка». За это время вокруг места события скопилось достаточное количество работников милиции, пожарных и врачей, и даже журналисты какие-то пронырливые успели прискакать. Не спится же людям!

После выяснения личности потерпевшего работники милиции, конечно, сообщили дежурному по ФСБ, тот выслал группу, и после недолгих препирательств коллеги Жестерова дело забрали себе. Впрочем, препирательства были чисто номинальными, милиция от трупа отделалась с удовольствием и видимым облегчением.

Майор Александр Ташков ни минуты не сомневался в том, что гибель Олега Жестерова — дело рук «казанских», действовавших под руководством неуловимого и невидимого Аякса. Кое-какие имена уже были известны, но этого было совершенно недостаточно для ареста и раскрутки дела. Мало ли кто какие имена знает. Времена не те, сегодня нужны доказательства, побольше и покрепче, а одно эфемерное знание никого уже не устраивает. Тем более опасно совершать резкие телодвижения, пока не выявлен сам Аякс. «Шестерок» похватать, вершки оборвать — дурное дело не хитрое, а главарь уйдет в тину. Фиг его достанешь оттуда.

Какое-то время ушло на то, чтобы опросить людей и, как водится, выяснить, что никто не видел, как подкладывали в «ракушку» взрывное устройство. Ночь ведь была на дворе, все приличные люди давно спали. И майор Ташков задал себе вопрос совершенно правильный: а почему именно сейчас? Не три дня назад и не через неделю, а именно сейчас убили старшего лейтенанта Жестерова? Шансы были примерно пятьдесят на пятьдесят, что убийство спровоцировано каким-то событием, каким-то шагом Олега. Стало быть, надо тщательно пересмотреть все его действия по разработке группы Аякса за последние две недели.

Беда, однако, была в том, что старший лейтенант Жестеров дисциплинированностью никогда не отличался, за что неоднократно получал выволочки от начальства. Он был своеволен и упрям, а самое плохое — регулярно «забывал» докладывать руководству о разных «несущественных деталях». Такая «забывчивость» была в равной степени следствием как своеволия и упрямства (чем больше ругают и велят непременно делать, тем сильнее хочется именно не сделать), так и честолюбия, заставлявшего Олега мечтать о единолично и самостоятельно проведенной блестящей операции. Работая по группе Аякса, он добросовестно сообщал сведения, которые добывал о членах группы, но упорно уклонялся от ответа на вопрос о том, откуда он эти сведения получил. «Ты еще потребуй, чтобы я тебе свою агентуру по пальцам перечислил», — насмешливо отвечал он Ташкову, который руководил разработкой «казанских» в целом. Поэтому ни о том, что Жестеров вступил в контакт с Ириной Терехиной, ни тем более о том, что «казанские» снимают у нее комнату, никто не знал.

Прошло, таким образом, отнюдь не два часа и даже не два дня, пока Ташкову удалось наконец добраться до ресторана «Глория», куда в последнее время Жестеров ходил ужинать ежедневно. Гардеробщик Олега хорошо помнил и тут же сказал, что ходил он не столько покушать, сколько к Ирочке, посудомойке-уборщице. А где Ирочку найти? Да она сама придет к десяти часам.

И она действительно пришла. Взглянув на нее, Александр усомнился в том, что идет по правильному пути. Худенькая, невысокая, отчаянно некрасивая, бедно одетая, да еще и уборщица. Что интересного мог найти в ней Олег? Таких, как она, криминальные структуры в свою среду не допускают, ей там просто нет места. Может, у старлея скоротечный роман сделался? Да нет, тоже не похоже. Ташков был знаком с женой Жестерова Верочкой и рассудил, что нищенка-посудомойка конкурировать с этой яркой красавицей не может ни при каких условиях. Неужели ошибка? Да нет же, гардеробщик подтвердил, что Олег приходил сюда каждый вечер и уходил вместе с этой замарашкой. Или дед что-то путает, и то был совсем другой Олег?

Выждав некоторое время, Ташков зашел в помещение, где замарашка мыла посуду. Он и не подозревал, что сцена, которая сейчас разыграется, точь-в-точь напоминает сцену знакомства самого Олега с этой девчонкой.

— Здравствуйте, — вежливо произнес Ташков, глядя ей в спину.

— Здрасьте, — буркнула посудомойка, не оборачиваясь. — Чего надо?

— Вас зовут Ира? Ира Терехина?

— Ну. Зовут.

— Мне надо с вами поговорить.

Девушка обернулась и посмотрела на Ташкова неожиданно внимательными и цепкими глазами.

— О чем?

— О вас.

— Обойдусь, — презрительно бросила она и снова отвернулась надраивать кастрюли.

— Неужели вам не интересно поговорить о себе? — притворно удивился Ташков. — Вам даже не любопытно, что я хочу вам сказать?

— Про меня вы мне ничего интересного не скажете, — отозвалась Ира. — Я и без вас все знаю. Идите, гражданин, не отвлекайте, у меня видите сколько работы?

— И еще я хотел поговорить с вами об Олеге.

Девушка замерла, и Ташков видел, как внезапно напряглась ее спина. Но она все равно не обернулась. Ну и выдержка у этой замарашки!

— А что о нем говорить? — спокойно сказала она наконец.

— Вы давно его видели?

— Вам какое дело? Вы ему кто?

— Я ему начальник.

— Это он вас, что ли, охраняет?

Ташков запнулся. Выходит, Терехина не знает, где работал Олег. Что он ей напел? И главное — зачем? Можно ли сказать ей правду или следует выкручиваться, чтобы она ничего не заподозрила?

— Не меня лично, но подчиняется мне, — уклончиво ответил Александр. — Так вы ответите на мой вопрос?

— А зачем? — по-прежнему равнодушно сказала Ира. — С какого счастья я должна отвечать на ваши вопросы?

— Я объясню, с какого. Олег пропал, уже неделя, как мы не можем его найти, и я пытаюсь выяснить, кто, где и когда видел его в последний раз. Теперь понятно?

Терехина оставила свои кастрюли и сковородки и повернулась к нему всем корпусом, держа на весу мокрые по локоть руки.

— Как это — пропал? — беспомощно переспросила она. — Куда пропал?

— Если б я знал, куда, я бы к вам не пришел, — улыбнулся Ташков.

— Он был здесь в прошлую пятницу, и больше я его не видела. Я думала, он по работе занят или заболел. Даже не беспокоилась.

— Что значит «был в прошлую пятницу»? Поточнее, пожалуйста. Когда пришел, когда ушел, куда направился.

— Пришел, как обычно, в начале одиннадцатого, ушел вместе со мной около половины первого.

— И куда вы пошли вместе?

— Ко мне.

— Он всегда провожал вас после работы и заходил к вам домой?

— Нет, не всегда. Иногда только. Чаще доводил до дому и прощался.

— И как долго это продолжалось?

— Недолго.

— Поточнее, пожалуйста, — снова попросил Ташков.

— Да что вы пристали! — внезапно вспыхнула Ира. — Если он пропал, то ищите, куда делся, а не выспрашивайте, сколько времени мы знакомы.

— Это очень важно, Ирина, и я прошу вас ответить, — мягко, но настойчиво произнес он.

— Не морочьте вы мне голову! — Она повысила голос. — Как будто если мы с ним знакомы год, то он от меня пошел направо, а если полгода — то налево. Домой он пошел от меня, ясно вам? Я так и знала, так и чувствовала, что он во что-нибудь впутается. Тоже мне, частная охрана. Как будто честным людям охрана нужна. У честных людей денег всегда мало, они без охраны обходятся, а вот те, кого охранять нужно, самые что ни есть преступники, бандиты и сволочи. Все, гражданин, разговор окончен. Не знаю я, где ваш этот Олег скрывается. И валите отсюда. А если найдете его, так передайте, чтобы не смел близко ко мне подходить.

Ташков видел, что она чуть не плачет, но держится молодцом. Ну надо же, какая девчонка! Просто чудо. Откуда в наше смутное время такие берутся? Чтоб не смел близко подходить! Ишь ты! Настоящий пролетарий, которому нечего терять, кроме своих цепей, потому и не боится ничего и никого. Знает, что взять с нее нечего, небось впроголодь живет, вон мордашка-то бледная какая.

Он больше не произнес ни слова, тихонько вышел в коридор, перекинулся еще парой слов с гардеробщиком и устроился в своей машине на улице, прямо перед входом в ресторан. Пусть девочка поостынет, подумает, скажет сама себе всякие гадости про Олега, который работает в частной охране и вляпался в какое-то криминальное дерьмо, из-за чего вынужден теперь где-то скрываться от праведного гнева. Пусть убедит себя в том, что Олег — человек нехороший и сочувствия недостоин. А потом Ташков подойдет к ней и скажет, что Олег погиб и что на самом деле он работал в ФСБ. Александр знал по опыту, что человек, чье негодование оказывается несправедливым, испытывает острое чувство стыда и желание немедленно загладить свою вину. И в этом состоянии частенько рассказывает много интересного, стараясь угодить собеседнику и оттого плохо контролируя собственную речь.

Все было рассчитано правильно, но почему-то не сработало. В половине первого ночи Терехина вышла из «Глории» и двинулась по улице в сторону перекрестка. Ташков завел двигатель, обогнал девушку и, притормозив, вышел из машины ей навстречу.

— Ира, вы должны знать правду, — начал он тихим голосом. — Я сначала не хотел вам говорить, но потом подумал, что это неправильно, и вернулся. Вы не должны думать об Олеге плохо. Он не работал в частной охране.

— Врал, значит? — усмехнулась Ира.

— Нет, скрывал правду в интересах службы. Вы меня понимаете?

— Так он из милиции, что ли?

Почему-то Ташков ожидал, что она удивится и вообще отреагирует на его слова как-то более выразительно. Ничего подобного. Ровный голос, спокойные интонации.

— Не совсем. Мы с ним работали в ФСБ. Сами понимаете, об этом не кричат на каждом углу, поэтому в нашей среде принято говорить о себе неправду. Я тоже знакомым девушкам говорю, что работаю в частной охране. Это в порядке вещей. Но не это главное. Ира, Олег погиб.

— Олег... что? — не поняла она. — Как вы сказали?

— Погиб. Как раз тогда, когда ушел от вас и подъехал к своему дому. Поэтому я и пришел к вам, чтобы спросить: что делал Олег за несколько часов до гибели, о чем говорил, о чем думал? Вы последняя, кто видел его в живых. И вы должны мне помочь.

— Я ничего не знаю, — бесцветным голосом ответила Терехина. — Хорошо, что сказали, а то я ждала бы его...

Она повернулась и пошла прочь. Ташков никак не ожидал такого окончания разговора. Ни крика, ни скандала, ни слез, ни битья себя в грудь, ни торопливого, взахлеб, рассказа о последних часах жизни возлюбленного, ни даже вопросов, вполне ожидаемых в такой ситуации. Ничего. Просто повернулась и пошла.

Александр решил, что такое поведение вызвано скорее всего шоком от полученного известия. Ладно, до утра он ее отпустит, пока что вернется на работу и постарается через работающие круглосуточно справочные службы собрать об этой девочке хоть какую-то информацию, а утром снова придет к ней все с тем же разговором. Будем надеяться, что утром, когда она чуть-чуть придет в себя, а он вооружится хотя бы обрывочными сведениями, разговор будет более предметным и плодотворным.

* * *

Саша Ташков еще в раннем детстве понял, что такое деньги. Не в том смысле, что это такие круглые металлические штучки и хрустящие разноцветные бумажки, в обмен на которые дают мороженое, игрушку или билет в кино, а в самом гнусном и отвратительном, особенно для ребенка, смысле. Когда мать бросила их с отцом и уехала в Ленинград к новому мужу, известному писателю, чьи книги издавались и переиздавались огромными тиражами, мальчику быстро объяснили, что ради больших денег можно предать самого близкого человека — собственного сына. После развода отец был вынужден сменить работу. Он был тренером в одном из московских спортобществ, но после ухода жены о поездках на сборы и соревнования уже не могло и речи быть: сына оставить не с кем. Как тренер отец зарабатывал вовсе не так уж мало, а если учесть, что в его команде было немало победителей международных соревнований, то понятно, что до развода семья в общем-то не бедствовала — за каждую победу тренерам давали хорошие премии или еще как-нибудь поощряли, то квартирой (например, за воспитание олимпийского чемпиона), то возможностью приобрести автомобиль без очереди (за победу на мировом первенстве). Со всем этим пришлось расстаться, чтобы Саща не рос безнадзорным. Образование у отца было специфическим — институт физкультуры, он всегда хотел быть тренером и готовил себя с юности для этой работы, и куда теперь деваться с таким дипломом — было непонятно. Пришлось идти работать в школу преподавателем физкультуры, деньги, правда, платили крошечные, но зато без отлучек из Москвы, и Сашенька учится в этой же школе, прямо на глазах у заботливого родителя.

Отец, Николай Васильевич, был мужчиной на редкость привлекательным, обладал не только атлетической фигурой и хорошей лепки лицом, но и немалым обаянием, и интерес со стороны дам испытывал к себе постоянный. В сугубо женском педагогическом коллективе, где, кроме него, был только еще один мужчина — пожилой учитель физики, Николай Васильевич сразу оказался в центре внимания, ибо был не только хорош собой и достаточно молод (в момент развода ему едва исполнилось тридцать четыре), но и, что самое главное, не женат. То есть открыт для матримониальных посягательств. Выбор у него был большой, молодых незамужних учительниц в школе было немало, и он довольно скоро позволил себе втянуться в отношения с преподавательницей английского языка. Несмотря на то, что всю жизнь Николай Ташков занимался спортом и тренерской работой, что в общем-то к сантиментам не располагает, он остался в душе неисправимым романтиком и уже начал мечтать о том, как женится на красивой молодой «англичанке», введет ее в свой дом, и они будут по утрам вместе подниматься и все втроем идти в школу, а потом так же вместе будут возвращаться домой. Они с женой оба педагоги, работают в одном месте, а это значит, что у них будут общие интересы и общие дела, общие коллеги и друзья, и темы для разговоров никогда не иссякнут, и никогда им не станет скучно друг с другом. Они будут идеальной, образцовой семьей и вместе вырастят хорошего сына. Однако мечты так и остались мечтами, ибо «англичанка» быстро расставила все по своим местам, слава Богу, что хоть вовремя, то есть не после свадьбы, а задолго до нее. Она имела в виду, что Коля, женившись на ней, немедленно вернется на тренерскую работу и начнет снова зарабатывать те самые хорошие деньги, которых он лишился, придя в школу. Он подготовит еще парочку олимпийских чемпионов и получит новую большую квартиру, потом они купят новую машину, а то на эту смотреть страшно, такая она «убитая»... Николай Васильевич, несмотря на романтизм натуры, понимал такие вещи с полуслова, поэтому дальновидная «англичанка» не успела довести до конца свой монолог, произносимый вкрадчивым тоном и сопровождаемый нежным поглаживанием обнаженной мускулистой спины своего жениха. Прервав лежащую в постели леди на середине фразы, Ташков-старший молча оделся и ушел. А на другой день положил перед директором заявление об уходе. Он нашел себе работу в другой школе, поближе к дому, и Сашу он переведет туда. Мальчику только десять лет, он еще слишком мал, чтобы самостоятельно переходить по нескольку раз в день дороги с интенсивным движением. Причина была вполне уважительной, хотя все прекрасно понимали, почему уходит молодой красивый физкультурник.

И десятилетнему Саше Николай Васильевич объяснил все как есть, не стал унижать себя враньем, а сына — недоверием к способности мальчика понять в принципе несложные вещи.

— Я думал, что Алла Сергеевна любит меня и тебя и

поэтому хочет стать моей женой и заменить тебе маму. А оказалось, что она мечтает о том, как я снова стану тренером и буду зарабатывать большие деньги, которые она сможет тратить на свои удовольствия. Я не считаю возможным уважать, а тем более любить женщину, которая готова продать себя за деньги. Ты меня понимаешь, сын?

— Я понимаю, — серьезно кивнул Саша. — Алла Сергеевна такая же, как наша мама. Да?

— Ну, примерно, — усмехнулся отец.

Это было любимое словечко Ташкова-старшего, и обожающий его Ташков-младший вместе со многими качествами характера и привычками перенял от него и это «ну, примерно».

Когда Саша подрос, Николай Васильевич часто повторял ему:

— Товарно-денежные отношения потому и называются товарно-денежными, что на деньги нужно и можно покупать товар, то есть то, что создано чьим-то трудом. Использовать же деньги, чтобы покупать на них чувства, стыдно и недостойно. Но еще более недостойно и стыдно свои чувства продавать за деньги.

Уроки Саша усвоил накрепко. А потом случилось неожиданное. На них с отцом свалились деньги. И не просто деньги — деньжищи. Сначала они получили известие о том, что мать вместе с новым мужем-писателем погибла в железнодорожной катастрофе. А спустя несколько месяцев к ним явился нотариус и объявил, что Александр Николаевич Ташков является единственным наследником известного литератора Михаила Федоровича Богатова и на ближайшие пятьдесят лет (в соответствии с законом об авторском праве) — владельцем исключительных прав на его произведения. Николай Васильевич попытался протестовать и объяснить нотариусу, что произошла досадная ошибка, что Ташков-младший, которому к тому времени уже было девятнадцать, не является родственником покойного писателя и что у писателя этого наверняка есть другие родственники, в том числе и дети от первого брака. На что нотариус, и бровью не поведя, ответил, что такова была воля наследодателя. От первого брака у него действительно имеется дочь, но он от нее отрекся по каким-то политическим мотивам, что-то она такое натворила диссидентское, а вторую жену, мать Александра Николаевича Ташкова, он очень любил и все эти годы мучился угрызениями совести за то, что обездолил ребенка, оставив его без материнской ласки. Все это было, конечно, полной ерундой, и оба Ташковых отлично понимали, что кабы мучился мастер пера, так не женился бы на матери, бросившей восьмилетнего сына на попечение мужа. Вероятно, угрызения совести если и были у кого, так скорее у матери, которая и уговорила невесть каким образом своего состоятельного мужа написать завещание в пользу ее брошенного сына.

— Что ж, воля покойного — это святое, — вздохнул Николай Васильевич, — нарушать ее мы не можем.

Они вступили в права наследования. Дождавшись, когда у Саши наступят каникулы, а у Николая Васильевича отпуск, отец и сын поехали в Питер, разобрались с имуществом и денежными вкладами, а также с договорами на издание произведений писателя. И сразу им стало понятно, что наследство они получили более чем приличное. Книги писателя издавались и переиздавались постоянно, а написать их он успел за свою долгую жизнь очень даже немало. Живой классик, одним словом. Более того, поскольку в те времена еще существовал социалистический лагерь и каждая входящая в него страна считала своим долгом издавать литературную классику «Старшего брата — России» на соответствующем языке, то количество изданий оказалось просто неисчислимым. Завершив формальности, Ташковы вернулись в Москву и несколько дней пребывали в некоторой растерянности, потом у них состоялся первый, единственный и последний разговор на тему о писательских деньгах.

— Мы не имеем права на эти деньги, — твердо произнес Николай Васильевич. — Но раз покойный хотел, чтобы они были твоими, так тому и быть. Я консультировался у нотариуса насчет того, можешь ли ты отказаться от наследства. Он сказал, что можешь, но тогда начнется склока и свара между людьми, которые считают себя вправе претендовать на него. И я подумал, что мы своими действиями не должны провоцировать людей на склоки и скандалы. Я прав, сын?

— Ты прав, папа, — согласился Александр.

— И тогда я подумал, что мы примем это состояние, но не прикоснемся к нему ради самих себя. Мы — двое взрослых сильных мужчин, здоровьем нас Бог не обидел, мозгами тоже, и обеспечивать мы должны себя сами, иначе мы не сможем себя уважать. А состояние писателя мы будем беречь, пусть оно приумножается, пусть его книги издают, где и сколько хотят. И использовать деньги будем на что-нибудь важное и нужное, но, повторяю, не на свои собственные нужды.

— На детские дома и больницы? — догадался Саша.

— Ну, примерно.

С тех пор прошло пятнадцать лет. Сейчас Александру Николаевичу Ташкову было тридцать четыре, столько же, сколько было его отцу, когда они остались вдвоем. К тренерской работе Николай Васильевич в свое время так и не вернулся. Сказался перерыв — почти десять лет, которые он провел в школе, и он безнадежно отстал в методиках тренировок, да и забыли его уже. Теперь ему шел шестьдесят первый год, но он все еще был спортивен и подтянут и работал в том самом институте физкультуры, который когда-то закончил. Единственный признак возраста — почти полное отсутствие волос, но у Ташковых ранняя лысина — это наследственное, и у Александра в тридцать четыре года свободная от волосяного покрова площадь поверхности черепа значительно превышала площадь «оволосенную».

Что же касается писательского состояния, то в первые восемь лет, года эдак до восемьдесят девятого, денежки от разных издательств капали на счета постоянно, соответственно и проценты росли. Но потом, по ходу перестройки, классик соцреализма оказался резко позабытым и никому не нужным, и ручеек денежных вливаний мгновенно пересох. Поскольку Александр уже работал в то время в ФСБ, то о начале финансовых катаклизмов семья Ташковых знала заранее и успела подготовиться к тому, чтобы писательское наследство не пропало. Хоть им лично оно было и ни к чему, но оба, и отец, и сын, привыкли быть честными и если уж брались что-то делать, то делали добросовестно, а не абы как. Сняв все деньги со счетов, они вложили их в золото, а спустя еще несколько лет, когда ситуация с валютой и счетами в банках стала более или менее понятной, «перевернули» золото в доллары и положили на валютный счет в такой банк, который уж точно не прогорит. Пусть там проценты поменьше, зато надежности побольше.

Несколько раз Александр порывался найти достойное применение писательским деньгам, предлагая сделать взнос в какой-нибудь благотворительный фонд или передать деньги на нужды инвалидов, но реакция отца его удивляла.

— Ты можешь быть уверен, что эти деньги пойдут именно на то, на что ты их дал? Ты можешь гарантировать, что их не разворуют на полпути?

Конечно, Ташков-младший таких гарантий дать не мог. Уж ему-то, кадровому офицеру КГБ-ФСБ, было лучше многих других известно, какими и простыми, и сложными путями утекают денежки даже с самых надежных и проверенных счетов.

Иногда Александр слышал по телевидению обращения о помощи, о необходимости денег на лечение того или иного человека, но отец и эти попытки «пристроить» наследство пресекал в корне.

— Ты лично знаешь этого человека? — сурово спрашивал он. — Ты можешь дать мне голову на отсечение, что он действительно болен и нуждается в деньгах на лечение, что это не ловкая и безнравственная форма вымогательства у доверчивых жалостливых сограждан?

Да, неприятный опыт с женой, а потом и предприимчивой «англичанкой» Аллой Сергеевной сделал Николая Васильевича патологически подозрительным.

— Дождись случая, когда у тебя сердце заноет, когда ты поймешь, что не будет тебе покоя, пока какое-то дело не будет сделано. Когда ты почувствуешь, что у тебя внутри все болит, — вот тогда ты нашел то дело, на которое должен потратить эти деньги. И совершенно неизвестно, от чего у тебя душа заплачет, от жалости к бездомным кошкам и собакам или от страха перед распространением новой вирусной пандемии. В одном случае ты построишь приют для бездомных животных, во втором — дашь денег на научную разработку новой вакцины или на ее покупку, но как бы там ни было, ты почувствуешь, что не можешь не сделать этого. Это и будет тот случай, который тебе нужен. А искать, куда бы пристроить деньги, — это глупо. И радости никому не принесет.

К тридцати четырем годам Александр так и не женился, ибо горький опыт обмена любви на деньги оставил в нем слишком заметный след. Девушек и женщин у него было много, ранняя лысина была единственным дефектом его внешности, но своих подруг, подходящих, по его представлениям, на роль жены, он проверял на «наследство», и каждый раз видел жадный блеск в глазах. Ласки их становились после этого известия более жаркими и изощренными, а слова, произносимые на ухо, более страстными и откровенными. Ему сразу же становилось скучно и противно. Ну почему люди так любят деньги, которых сами не заработали? Он понимал, очень хорошо понимал людей, которые тряслись над каждой ежедневным многолетним трудом заработанной копейкой, и даже самые отвратительные проявления скупости и жадности со стороны таких людей его не раздражали, хотя сам он скупердяем отнюдь не был, любил делать подарки и расставался с деньгами легко. Но он совершенно не понимал, как можно, забыв все на свете, забыв себя и своих близких, забыв честь и совесть, рваться к деньгам, которые нажил или заработал кто-то другой. И даже в свои тридцать четыре года, став начальником отделения и дослужившись до майора, он этого не понимал. То есть чисто теоретически знал, что с людьми это случается на каждом шагу, ну буквально с каждым третьим, но встать на их место, влезть в их шкуру и понять, почему они так себя ведут, он не мог. Не мог, и все тут.

* * *

В эту ночь она вообще не смогла уснуть. Лежала, конечно, в постели, давала отдых натруженному за день телу, но душа ее бодрствовала, заставляя снова и

208

снова возвращаться к мыслям о сестре и об Олеге. Почему так сразу? Почему два человека покинули ее одновременно? Никто из них не виноват, Наташу похитили, Олега убили, но почему же судьба наносит ей удар за ударом, не давая опомниться и дух перевести? Несправедливо это. Так нельзя. Она же живая, у нее сердце есть. Или, может, Боженька смотрит на нее сверху и думает, что раз она такая трудяга неутомимая, то у нее внутри вообще ничего нет, кроме мышц и сухожилий? Ира в Бога не верила, но и в том, что его нет совсем, сомневалась. Что-то есть, конечно, просто мало кто точно знает, что именно.

Она не любила Олега и даже влюблена не была, просто была благодарна ему за участие, за то, что приходит каждый вечер, делая ее тем самым в глазах окружающих работников «Глории» такой же, как все, нормальной девушкой, у которой есть ухажер. За то, что поднимается иногда в ее квартиру, заставляя ее забыть об убогой одежде и мерзких прыщах на лице. За то, что собирался повести ее к доктору и даже оплатить лечение, если нужно будет. За человеческие разговоры во время коротких прогулок по ночным улицам. За то, что не говорил обнадеживающих слов и ничего не обещал, а просто был, пусть понемногу, но каждый вечер. И Ире было отчаянно жалко его. Ну почему, почему? Такой молодой, красивый, добрый. И ребеночек скоро родится... Ей было жалко жену Олега, хотя Ира даже не знала, как ее зовут.

И вдруг ее как обожгло. Кто такой этот тип, который приходил сегодня в «Глорию»? Он ведь даже имени своего не назвал. А вдруг он все врет? И Олег не погиб? Просто он хочет что-то выведать у нее, потому и сказал про Олега. Может, он от тех, кто Наташу похитил? Ведь предупреждал же ее этот... ну как его... ну который утром-то вчера приходил, что могут появиться незнакомые люди и начать приставать с расспросами. Господи, да как же его зовут, мужика этого?!

От досады на саму себя Ира чуть не расплакалась, потом вспомнила, что он дал ей карточку с телефонами. Куда она ее сунула? В карман, наверное, больше некуда, она же улицу мести не с сумкой идет, а так, без ничего. Она выбралась из-под тонкого старенького одеяла (когда-то, когда она была еще маленькой, мама на нем гладила, а теперь, когда хорошие одеяла жильцам отдала, и для постели пригодилось), включила свет и схватила ветровку, в которой утром выходила. Слава Богу, карточка нашлась. Вот, Коротков Юрий Викторович, Каменская Анастасия Павловна. И телефоны, целых пять номеров. Интересно, по какому из них можно ночью позвонить? А то ведь неудобно получится, всю семью перебудит. Правда, он сам сказал: звонить в любое время дня и ночи, не стесняться. Но сказать легко... Да и ей позвонить ночью не так-то просто, телефон висит в прихожей, на стенке, в комнату его не утащишь, а разговаривать, чтобы слышали жильцы, Ире не хотелось. Не хотелось по многим причинам. Жильцы ценят ее квартиру за то, что здесь спокойно, и совсем не нужно, чтобы они слышали, как их хозяйка по ночам в милицию названивает. Кроме того, этот Коротков особенно просил, чтобы Ира о происшествии с Наташей не распространялась. А вдруг ей придется сказать по телефону что-нибудь такое... Пойти на улицу в автомат, что ли? Хотя какой автомат, для автомата жетон нужен, а где его ночью возьмешь, да и стоит он полторы тысячи, как целый батон хлеба с отрубями.

Придется ждать до утра. Ира еще час примерно повертелась в постели, но потом снова включила свет. Нет, не станет она ждать до утра. Коротков же сказал — звонить немедленно, в любое время дня и ночи. Это его работа, он знает, что говорит, и если сказал сделать так — значит, так нужно, так правильно. Для дела. Для Наташи. Он сам говорил: безопасность Наташи в наших с вами руках, от наших с вами действий зависит, как скоро мы ее найдем и спасем. Плевать на приличия, она должна ему позвонить.

Ира на цыпочках вышла в прихожую. Было четыре часа утра, квартира спала мертвым сном. Не зажигая света, она чиркнула спичкой, чтобы осветить написанные на карточке номера телефонов, сняла трубку и на ощупь набрала первый из номеров. Трубку почти сразу же сняли, ей ответил сонный мужской голос.

— Юрий Викторович? — еле слышным шепотом

прошелестела она в трубку, прикрывая микрофон ладонью, чтобы звуки не разносились слишком далеко.

Он не услышал.

— Алло! — уже сердито повторил мужчина на том конце.

— Юрий Викторович, — сказала она чуть громче.

— Да, слушаю, — уже спокойнее ответил он. Видно, услышал.

— Это Ира. Терехина.

— Что случилось? Вам неудобно говорить? — сразу догадался Коротков.

— Да, — прошелестела она.

— Вы из дома?

— Да.

— К вам кто-то приходил?

— Да.

— Когда? Сегодня?

— Да.

— Днем, вечером?

— Вечером.

— Вы выходите в пять утра на работу?

— Да.

— Без пятнадцати пять я буду ждать вас на верхнем этаже вашего дома, возле двери на чердак. Вы мне все расскажете. Все поняли?

— Да, — с облегчением ответила Ира.

Вернувшись в комнату, она снова легла, но свет уже не гасила, все равно через полчаса вставать, какой уж тут сон. Ну вот, он совсем не сердился на нее за то, что она позвонила ему в четыре утра. Значит, она все сделала правильно. Он приедет к ней через сорок пять минут, она все ему расскажет, и он посоветует ей, как себя вести. Она не имеет права ни на какую самодеятельность, потому что речь идет о Натке, о Наташеньке, о ее сестричке, которая совсем беспомощна и не может за себя постоять. Ира свое место знает очень хорошо, образование у нее слабенькое, семь классов в нормальной школе — еще туда-сюда, а уж интернатские годы в счет вообще не идут, какая в интернате учеба — смех один! Сплошные пьянки, повальные случки и постоянное воровство друг у друга и у персонала. Там даже домашнее задание приготовить негде было. И учителя были самые никудышные, наверное, в интернате работать не почетно, туда самые завалящие идут, думают, если дети — сироты, то им хорошие знания не нужны. Так вот, она, Ира Терехина, очень хорошо понимает, что не имеет права считать себя умнее других. Люди работают, они специальное образование получали, учились, опыта набирались, и если они говорят, как делать правильно, а как неправильно, она обязана их слушаться. Они плохого не посоветуют.

Ровно без пятнадцати пять Ира бегом взлетела на последний этаж. Возле двери, ведущей на чердак, стоял Коротков и курил. Она, путаясь от волнения в словах, поведала ему о вчерашнем визите незнакомого мужчины в «Глорию».

— Кто такой Олег? — тут же перебил ее Коротков.

— Это знакомый.

— Давно знакомы?

— Нет, недели две примерно.

— Кто такой, чем занимается?

— Он сказал, что работает в частной охране, а этот тип вчерашний намекал, что вроде в органах. Врет, да?

— Как фамилия Олега?

— Не знаю, — она растерялась.

Впервые за все время она вдруг сообразила, что действительно не знает его фамилии. Сам не сказал, а она не спрашивала, как-то в голову не приходило спросить. Да и зачем ей его фамилия? Не детей же с ним крестить.

— Но хотя бы на какой машине он ездил, знаете?

— Нет, — она снова покачала головой. — Красная такая, иномарка. Я в них не разбираюсь.

Олег на красной иномарке. Работает в органах, но это под вопросом. Приметы роскошные, хватай каждого пятого — не ошибешься.

— Но лет-то ему сколько, это хотя бы знаете?

— Лет... Тридцать примерно. Может, чуть меньше. Да, он еще говорил, что у него жена беременная, шесть месяцев.

Точно. Олег Жестеров, старший лейтенант из ФСБ. Красный «Фольксваген». Двадцать девять лет. И беременная жена. Понятно, почему этот вчерашний гость пожаловал. Убийство раскрывают. Ладно, пусть, ничего страшного. Хотя, конечно, подстраховаться не мешает.

— Ира, он вас не обманул. Ваш Олег действительно погиб. Мне очень жаль. Ему в гараж кто-то подложил взрывное устройство. В ночь с пятницы на субботу, неделю назад. Скорее всего ваш вчерашний визитер появится снова, и очень скоро. Вы его не бойтесь, они пытаются раскрыть убийство Олега, поэтому хотят восстановить все его передвижения в последние дни и особенно часы перед гибелью. Это нормально, мы тоже так всегда делаем, когда раскрываем убийство. Но на всякий случай я дам вам несколько советов. Во-первых, попросите его показать документы и постарайтесь как следует запомнить, что в них написано. Не стесняйтесь разглядывать документ, не торопитесь побыстрее его вернуть, смотрите столько, сколько нужно. Если ему это не понравится — это его проблемы, не ваши. Во-вторых, не говорите ему неправды. Если хотите о чем-то умолчать — молчите, только, ради Бога, ничего не выдумывайте. На лжи поймать легче всего, и потом обычно начинаются неприятности даже у тех, кто ни в чем не виноват, кроме того, что один раз соврал. Лучше всего не осложнять, если разговор пойдет не о вашей сестре. В истории с Олегом вам скрывать нечего, он пришел, побыл у вас и ушел. Рассказывайте все как есть. И если этот человек придет, сразу после разговора с ним найдите меня или Каменскую, телефоны у вас есть.

— А если опять придется ночью звонить? Мне так неудобно, что я вас разбудила, в такую рань подняла...

— Звоните. Вы все сделали правильно. Знаете, что бывает неудобно в нашей работе? Когда изнасилованная и избитая девушка сидит перед нами и плачет, а мы преступника найти не можем. Вот тогда бывает неудобно, и даже очень. А все остальное удобно.

Он посмотрел на часы и легонько подтолкнул Иру к ступенькам, ведущим вниз.

— Ну все, бегите, а то на работу опоздаете.

* * *

Вчерашний незнакомец появился как раз в тот момент, когда Ира прятала в подсобку метлу. В первый момент у нее появилось ощущение, что она сходит с ума. Судьба словно насмехается над ней, заставляя переживать одно и то же по два раза. Потеряла Наташу — следом исчез Олег. Вчера этот человек появился и начал с ней разговор точно так же, как совсем недавно это сделал Олег. Сегодня он подошел к ней в точно такой же момент, как два дня назад подходил Коротков. Все повторяется. Или у нее уже крыша поехала?

— Доброе утро, — весело поздоровался он. — Это опять я.

— Вижу, — хмуро откликнулась Ира. — Чего опять надо?

— Все то же. Поговорить.

— Некогда мне.

— Но вы же закончили работу. Я давно за вами наблюдаю, как только вы уборку начали. Сейчас вы все сделали, так что самое время поговорить.

— Мне еще лестницы мыть вон в том доме, — упрямо сказала она, не поднимая глаз.

— Подождут лестницы. Ирина Леонидовна, у нас с вами проблема посерьезнее.

— Ах уже и Ирина Леонидовна! — Ее лицо исказила презрительная гримаска. — А вас как величать прикажете?

— Александр Николаевич. Можно просто Саша.

— А документы у вас есть, Александр Николаевич?

— Обязательно, — улыбнулся тот, но не сделал ни малейшего движения, чтобы достать их и показать Ире.

— Мне их нужно увидеть. Обязательно, — передразнила она. — Иначе никакого разговора не будет.

Он молча протянул ей удостоверение, и Ира старательно, как учил ее Коротков, все прочитала от первой до последней буквы. Ташков Александр Николаевич. Майор. Начальник отделения. Она прочла все еще разочек и вернула документ владельцу.

— Ну, давайте разговаривать, раз вам так приспичило, — милостиво согласилась она. — Только недолго, у меня работы полно.

— Припомните, пожалуйста, Олег говорил вам что-нибудь о том, где он провел день, чем занимался, с кем встречался?

— Он передо мной не отчитывался.

Она решила быть как можно суше и лаконичнее. Этот Ташков пока что не сделал ей ничего плохого, ничем ее не обидел, но он ей уже не нравился. Ира даже не могла бы сказать, почему. Может быть, потому, что жив, а Олег — погиб.

— А о чем вы разговаривали, когда встречались?

— Вам какое дело? — вяло огрызнулась она, думая больше о Наташе, чем об Олеге. Ему все равно уже не поможешь. А вот Натка...

— Ирина Леонидовна, я прошу вас, помогите мне. Олег — мой товарищ, мы с ним вместе работали, и сейчас я делаю все для того, чтобы найти тех, кто его убил. А вы разговариваете со мной так, как будто я ваш личный враг или взял у вас деньги в долг и не отдаю.

Ей стало неловко, но это быстро прошло.

— Ладно, извините, — примирительно сказала Ира.

— Так о чем вы разговаривали?

Действительно, о чем они разговаривали? Ведь не молчали же они в те минуты, пока шли от «Глории» до ее дома. И если он не поднимался к ней, то еще возле подъезда минут десять стояли. И тоже не молча. А если пытаться вспомнить — так вроде и ни о чем. Или... Как ни странно, но выходило, что разговаривали они в основном о ней, об Ире. О ее сестрах и брате, о ее матери, о ее квартирантах. А больше ни о чем. Она тут же вспомнила наказ Короткова: стараться, чтобы разговор не коснулся Наташи. Поэтому ответила коротко и максимально честно (с учетом вышеназванного ограничения, поставленного Коротковым):

— Обо мне разговаривали. О моих квартирантах.

— О квартирантах? — удивленно приподнял брови Ташков.

— Ну да. Я комнаты сдаю. А что, нельзя? — с вызовом спросила Ира.

— Да нет, можно. И что квартиранты?

— Ничего. Обычные жильцы.

— И что вы рассказывали о них Олегу?

Сначала она даже не поняла, что происходит. Просто добросовестно пересказывала Ташкову все, что спрашивал у нее Олег и что она ему отвечала. Глаза у Ташкова делались с каждой минутой все более жесткими, лицо — напряженным, а голос — отрывистым, когда он порой перебивал ее, задавая уточняющие вопросы. И вдруг ее пронзила догадка. Ей показалось, что в нее воткнули железный прут и проталкивают поглубже. Олегу и этому Ташкову были интересны ее квартиранты. И не Георгий Сергеевич, тихий бухгалтер, а именно Муса, Шамиль, Ильяс и их дружки. Что же выходит, Олегу были нужны они, а вовсе не она, Ира? Он притворялся, он ложился с ней постель, он говорил, что ему совсем не противно ее прыщавое лицо, а сам... Работал. Собирал сведения. Какая гадость! А она, дура, поверила, размякла. Маму она ему, видите ли, напоминает. Доброе дело он хочет сделать. К врачу ее записал. Мерзость.

— Что с вами, Ирина Леонидовна? — обеспокоенно спросил Ташков. — Вам нехорошо?

— Мне отлично, — ответила она безжизненным голосом. — В любом случае, мне лучше, чем Олегу. Неужели вам никогда не надоест использовать в своих целях таких доверчивых дур, как я? Ну давайте, изображайте страстную любовь, просите, чтобы я привела вас в гости, познакомила с жильцами. Вам ведь жильцы мои нужны, да? Господи, ну почему меня все используют, кому не лень? Я же человек, поймите вы это, я человек, живое существо, а не предмет неодушевленный, которым можно попользоваться и выбросить на помойку. Ну что вы молчите? — Она сама не заметила, как перешла на крик. — Я права, да? Олег ходил ко мне только ради Ильяса и его компании? Не скажу я вам больше ничего! Я не буду помогать вам искать его убийцу. Этот убийца доброе дело сделал, избавил мир от еще одной двуличной сволочи. Олег подвиг, видите ли, совершил, несчастную бродяжку подобрал на улице, пригрел, накормил, а она к нему привязалась. Дешевка вшивая! Дерьмо!

— Тише, Ира, тише.

Ташков ласково обнял ее за плечи и достал из кармана чистый платок, чтобы вытереть слезы, градом катящиеся по ее лицу.

— Ну поплачьте, поплачьте немножко, вам легче станет. А потом поговорим.

Она всхлипнула, пытаясь взять себя в руки, но не справилась с нервами и отчаянно разрыдалась, уткнувшись лицом в его широкое плечо.

Глава 11

Второй день подряд не переставая шел дождь, и доносящийся из-за окна ровный шум моросящих струй успокаивал. Он даже окно открыл, чтобы лучше слышать звук дождя и вдыхать влажный прохладный воздух. Здесь, в этой квартире, он чувствовал себя спокойно и уютно, он точно знал, что сюда никто никогда не придет. Кроме него самого и его женщин, разумеется. Его доноров. Его подопытных кроликов. Своих женщин он ценил, как ценят любимую авторучку, которой привыкли писать, любимое кресло, в котором привыкаешь сидеть вечерами с книгой или перед телевизором, как любимую чашку, из которой и кофе кажется вкуснее. Но не потому, что он привыкал к ним, а потому, что они были ему нужны, необходимы. Они должны были рожать ему детей, и поскольку, кроме них, этого сделать никто не мог, ему приходилось их ценить. И даже где-то любить. По-своему, конечно, в меру его понимания и способностей.

Тихая покорная Зоя уже оделась и молча сидела на краешке дивана, терпеливо ожидая его указаний. Собираться уходить? Сварить кофе? Поискать какие-нибудь продукты и приготовить легкий ужин? Что господин прикажет? Нет, определенно, если уж жениться когда-нибудь, то только на ней. Она, по крайней мере, существование не отравит, не будет мешать, лезть с глупыми разговорами, проявлять ненужную инициативу. Да, Зоя — это вам не Верочка.

— Пойди умойся, — ласково сказал он ей. — У тебя тушь под глазами размазалась.

Зоя послушно поднялась и ушла в ванную. До него

донесся шум льющейся воды, потом Зоя снова появилась в комнате. Лицо ее было чисто умытым, но почему-то расстроенным.

— Валерий Васильевич, вы меня простите, пожалуйста...

— Что случилось, Зоенька?

— Я, наверное, глупая, и вкус у меня плохой. Вам не понравилась туалетная вода, которую я вам подарила, да?

— С чего ты взяла? Замечательный подарок, я очень тебе благодарен.

— А почему вы его домой не унесли? Я видела, флакон в ванной стоит, в шкафчике. Вы его передарили вашему другу?

Он вздрогнул. Ну какой же идиот! Надо было сорвать с коробки эту дурацкую наклейку, которую Зоя туда присобачила, написав на ней какие-то поздравительные слова к Новому году. Без наклейки была бы обычная коробка с обычным флаконом внутри, в любом магазине можно купить, поди докажи, что это тот самый, ею подаренный, а не просто точно такой же. И дернул ее черт лезть в шкафчик! Чего она там искала?

— Зоя, сколько раз я тебе повторял: перестань называть меня по имени-отчеству! — раздраженно ответил он, предпринимая отчаянную попытку спасти положение и увести разговор в сторону. — Я отец твоего ребенка, а ты мне «выкаешь», как маленькая.

— Извините, — тихо произнесла она, — я не думала, что вы из-за этого сердитесь.

— Да, сержусь. И не забывай, дорогая моя, я все-таки человек женатый. Ну как я мог отнести твой подарок домой, подумай сама. Если бы я это сделал, мне пришлось бы сорвать с коробки наклейку, на которой ты написала такие чудесные теплые слова, а эти слова и есть самое ценное в твоем подарке. Да, я оставил подарок здесь, но здесь я могу хотя бы иногда взять его в руки и снова прочитать то, что ты мне написала. Понимаешь?

— Извините, — снова повторила Зоя. — Я не подумала.

— Ну все, оставим это, — он с облегчением перевел

дух. — И не смей мне больше сцены устраивать. Пойдем на кухню, сваришь кофе.

Маневр удался, Зоя к разговору о подарке больше не возвращалась.

— А когда ваш друг вернется? — спросила она, разливая по чашкам крепкий дымящийся кофе.

— Не знаю точно. Он уехал на три года, но ведь сейчас время сама знаешь какое. Вот пройдут выборы — видно будет. Если власть переменится, вполне вероятно, что ему придется вернуться. Новый президент сформирует новое правительство, а следом за этим начнется смена дипкорпуса. Так что...

Он развел руками, всем своим видом показывая, что не может с уверенностью сказать, сколько времени эта квартира будет в его распоряжении.

— Но тебя это не должно беспокоить. Когда родится ребенок, ты все равно будешь привязана к дому, так что наши свидания придется отменить. Разумеется, мы будем встречаться с тобой, и очень часто, но уже, — он лукаво улыбнулся, — не в интимной обстановке. Кстати, как твои родители себя чувствуют?

— Плохо, — вздохнула Зоя. — Болеют все время. Они старенькие уже, я у них поздний ребенок. Наверное, это у нас семейная традиция — рожать ближе к сорока годам. Меня мама родила в сорок два. А папа старше ее. Налить вам еще кофе?

— Налей.

Он протянул ей чашку, с удовольствием глядя на Зоины ухоженные руки с тщательным маникюром. Просто удивительно, откуда в ней столько забитости и покорности? Ведь красивая же баба, холеная, и вкус отменный, не то что у Веры. Вера ухитрялась красить ногти не только зеленым, но и черным лаком, а побрякушек надевала на себя столько, что в глазах рябило. Как елка новогодняя. Правда, она яркая, броская, ей все это идет, спору нет, но все-таки по большому счету это безвкусица. Моветон. Зоя никогда себе такого не позволяет. Лак на ногтях темно-телесный, матовый, никакого перламутра, ничего переливающегося. Из украшений — только изящная золотая цепочка на шее, даже без кулона. Странно, почему она ухитрилась до тридцати шести лет оставаться старой девой. Глаз у мужиков нет, что ли? Или ее забитость и робость все затмевают собой, даже ее внешние данные? Впрочем, он и сам такой же. Первое время воспринимал Зою как несчастную некрасивую одинокую женщину, махнувшую рукой на мечты о полноценной личной жизни, и только много времени спустя заметил, что ничего некрасивого в ней не было. Конечно, не супермодель, но и не уродина.

Интересно, какой ребенок у них получится? Должен получиться самый лучший. Он уверен, что отточил методику до полного блеска. Интеллект, память, физическая выносливость — все будет в этом ребенке самого высшего качества. Первые опыты были не совсем удачными, дети рождались больными, со слабым сердцем, давали на все сильнейшую аллергическую реакцию. Что-то с кровью у него не получалось. И комбинация качеств оставляла желать лучшего. У первого ребенка, у Иры, — одно, у Наташи — другое, у Ольги — третье... А вместе никак не соединялось. Теперь все должно получиться, он уверен в этом. И хорошо бы, чтобы родился мальчик.

— Ты кого хочешь, мальчика или девочку? — спросил он у Зои.

— Мальчика, — робко улыбнулась она. — В вашу честь. Если будет мальчик, назову Валериком.

— А если девочка?

— Девочка будет... Нет, не знаю. Для девочки я еще имя не выбрала. Наверное, Валерия, чтобы на ваше имя было похоже.

— Ну спасибо, — усмехнулся он. — Ладно, детка, давай собираться, пора расходиться по домам.

Он подождал, пока Зоя вымоет чашки и джезву и уберет посуду на место, вышел вместе с ней на улицу и проводил до метро. Ехать им нужно было в разные стороны.

* * *

Настя ухитрилась где-то подхватить грипп, чему сама немало изумлялась. Несмотря на слабые сосуды и вечные проблемы с травмированной спиной, к разным вирусным инфекциям она была поразительно устойчива, и когда вся страна ровными рядами укладывалась в постель во время очередной эпидемии, преспокойно ходила на работу и даже никаких профилактических мер не принимала. Она заметила, что вирус, способный свалить ее с ног, появляется один раз в восемь лет, какой-то он особенно хитрый. Все остальные разновидности инфекционной заразы ее не берут. Нынешняя болезнь подстерегла ее как раз спустя восемь лет после последнего гриппа. Именно восемь лет назад Настя в последний раз валялась с температурой под сорок и жуткой ломотой в ногах.

Поэтому на встречу с Ташковым Юра Коротков поехал один. Настя вся извелась от невозможности самой поговорить с оперативником из ФСБ и услышать все своими ушами, но понимала, что из дому выйти не может.

— Ты хоть на обратном пути заскочи ко мне, — просила она Короткова, — расскажешь, как все прошло.

— Ладно, заеду, — пообещал Юра.

После того, как ему снова позвонила Ира Терехина и назвала фамилию человека, который приходил к ней поговорить об Олеге, полковник Гордеев был поставлен в известность о неприятном факте: сестра похищенной Наташи Терехиной каким-то образом попала в оперативную разработку, ведущуюся ФСБ, и это создает определенные трудности как милиционерам, так и контрразведчикам. Не вступать в контакт с милицией Ирина не может просто в силу сложившейся ситуации, потому что пропала ее сестра и ее нужно искать, но эти самые контакты могут испортить Ташкову всю работу, так как могут насторожить квартирантов Терехиной и сорвать всю тщательно готовящуюся комбинацию. Потом Виктор Алексеевич Гордеев, как и положено в таких случаях, пошел «по команде», состоялись встречи руководителей обоих ведомств рангом повыше, затем рангом пониже, затем еще пониже, и наконец дело дошло до конкретных исполнителей. Со стороны ФСБ — майор Ташков Александр Николаевич. Со стороны МВД — майор Коротков Юрий Викторович. Им было предложено встретиться и разработать план действий, если уж не совместных, то хотя бы не мешающих друг другу.

Коротков уехал встречаться с коллегами из братского ведомства, а Настя принялась бесцельно бродить по квартире, борясь с труднопреодолимым желанием прилечь.

— Чего ты маешься? — недоуменно спрашивал ее муж. — Легла бы.

Он сам давно уже отделался от своего бронхита и сейчас только изредка покашливал. Болел он с удовольствием и вкусом, почти не вставая с дивана и то и дело сладко засыпая, и даже позволял себе слегка покапризничать, впрочем, не увлекаясь, больше для порядка: больной ведь, ему все можно. Но в меру. Сейчас, когда заболела Настя, ему искренне хотелось, чтобы жена хоть немного отдохнула, выспалась, отлежалась. А заодно и ела нормально, как полагается приличным людям, три раза в день. Он с утра уже сбегал на рынок за фруктами, питая слабую надежду на то, что ему удастся, пользуясь Настиной болезнью, впихнуть в нее какие-нибудь витамины. И ее упорное нежелание лечь под одеяло и успокоиться вызывало у Алексея удивление, граничащее уже с негодованием.

— Прими лекарство и ложись, — требовал он.

— Не хочу, — упрямо мотнула головой Настя. — Если я лягу, то усну. Мне нельзя.

— Почему нельзя?

— Мне подумать нужно.

— Подождут твои мысли, не убегут никуда. Выспись, потом думай. На свежую-то голову оно всегда лучше.

— Нет. Не хочу. Я лучше с тобой посижу на кухне.

— Очень ты мне нужна, — фыркнул Алексей. — Ты, может, надеешься, что я буду телячьи отбивные жарить, а ты будешь их со сковородки таскать, когда я отвернусь? И не мечтай. Я буду читать очередной гениальный опус моего очередного аспиранта.

— А отбивные? — огорченно спросила Настя.

Телячьи отбивные были одним из фирменных блюд Леши, и он по случаю пребывания любимой супруги дома в будний день решил ее побаловать. Настя своими глазами видела, как он выкладывал из сумки телятину, когда вернулся с рынка.

— На ужин. Ты, кажется, Короткова в гости звала? Вот все вместе и поедим.

— Какой же ты вредный, — вздохнула Настя, тяжело плюхаясь на кухонную табуретку: от температуры голова кружилась и во всем теле была противная слабость, не говоря уже про безумно болящие ноги. — Тебе мои друзья дороже меня самой. Вот умру от голода, будешь тогда знать, как не давать мне есть.

— Совесть имей! — возмутился Леша. — Перед тобой целая миска с персиками и абрикосами, в холодильнике черешня лежит, ешь сколько влезет. И вообще, старушка, шла бы ты в постель, нечего микробы по пищеблоку разбрасывать. Давай, давай, двигай отсюда, не отвлекай меня. У парня защита через два дня, я должен его вступительное слово в порядок привести.

Она уныло поплелась в комнату. Лешка прав, неплохо было бы лечь. Но она знала по опыту, что если ляжет, то совсем расслабится, заснет и уже не сможет, как она выражалась, «собрать мозги в кучку». Воровато оглядываясь, она прокралась в ванную, вытащила из кармана упаковку американских порошков, понижающих температуру, развела водой в стаканчике для полоскания зубов и залпом выпила. Лешка убьет, если узнает, что она снова пьет эти порошки. Их можно принимать не больше двух раз в день, утром и вечером, иначе могут быть всякие осложнения. По замыслу создателя этого чудодейственного лекарства, температура должна от него снижаться на восемь-десять часов. Но разве Настя виновата, что на нее оно действует гораздо слабее. Температура после приема действительно падала, причем практически мгновенно и очень ощутимо, в течение трех часов Настя чувствовала себя почти прекрасно, а потом снова начинался озноб, ломота в ногах, а градусник показывал что-то невообразимое и совершенно неприличное.

Настя снова заглянула в кухню. Муж сидел за столом, склонившись над листами с отпечатанным на машинке текстом, и правил его черной ручкой. Выражение лица у него при этом было недовольное и брезгливое.

Александра Маринина

— Лешик, — шепотом позвала Настя, — а можно я кофе себе сделаю? Я буду тихонечко, тебе не помешаю.

Он поднял голову и насмешливо улыбнулся. Лицо его снова приняло то привычное выражение снисходительности и одновременно заботливой ласки, которое Настя знала два десятка лет.

— Нельзя. Но ты же все равно сделаешь по-своему. Ася, ну куда тебе кофе с температурой тридцать девять? Пожалей свое сердце, если тебе моего не жалко. Вроде умная девица, а на самом деле ничего не соображаешь.

— Я соображаю, — обиделась она. — Ну Леш, ну я слабенький сделаю, честное слово. Не дуйся.

— Да делай ты что хочешь, — в сердцах откликнулся Алексей, — без толку с тобой разговаривать. И если ты думаешь, что я не заметил, как ты в ванную только что шныряла, ты сильно ошибаешься. Дай сюда порошки, я их буду тебе выдавать сам и строго по графику.

Она послушно вытащила из кармана халата упаковку с порошками и протянула мужу.

— Леш, а ты чего такой заведенный? Случилось что-нибудь? В жизни не поверю, что ты можешь на меня так злиться.

— Да ну, Аська, слов у меня не хватает, ей-крест! Надо же было такую чушь написать. Прямо хоть садись и переписывай все заново. По уму-то надо было бы встретиться с ним, ткнуть мордой в каждую глупость, которую он тут изобразил, да заставить переделать. Раз, другой, третий — пока не получится то, что нужно. Только так аспирантов можно чему-то научить. Но до защиты два дня осталось, какие уж тут переделки. Впору самому это вступительное слово сочинять. И главное, я вот чего понять не могу: у него же есть автореферат, он его писал, я его правил, там каждое слово выверено, каждая формула на своем месте. Он что, не мог из автореферата скомпилировать текст для десятиминутного выступления? Откуда этот бред появился?

— Лешечка, солнышко, ну перестань злиться, слышишь? Если осталось действительно только два дня, то у тебя выхода нет, кроме как сесть и написать этот текст. Ну и напиши. Потом с аспирантом разберешься, после защиты уже. Ну что ты как маленький, в самом деле! Не знаешь, как такие вещи получаются?

— Не знаю, — сердито сказал Алексей. — И знать не хочу.

— А вот это напрасно, — засмеялась Настя.

Порошки уже начали действовать, ей с каждой секундой становилось все лучше и лучше, даже в жар бросило, как всегда бывает, когда резко падает температура. Пользуясь тем, что Леша увлекся собственной гневной тирадой, она уже успела включить стоящий на столе электрический чайник и насыпала в чашку растворимый кофе.

— Раз ты систематически осуществляешь научное руководство аспирантами, ты должен знать, откуда у них берутся неграмотные тексты. Когда он привез тебе материалы?

— В понедельник, семнадцатого.

— А должен был когда?

— Я просил числу к десятому, но он не успел, занят был чем-то.

— Чем занят?

— Ну Ася, откуда же я знаю. Мало ли чем человек может быть занят. В принципе и семнадцатого было не поздно, если бы текст был нормальным, а не этим беспомощным бредом.

— Леш, а жена у твоего аспиранта есть?

— Не помню. Есть кажется, — он пожал плечами. — Думаешь, у него был медовый месяц, и он от восторга голову потерял, распылив в постели остатки интеллекта?

— Ну что ты, я далека от столь романтических предположений.

Чайник закипел и автоматически отключился. Настя налила себе кофе, аккуратно размешала ложечкой сахар.

— Спорим, если у него есть жена, то она не чужда математике, хотя изучала ее давно и знает плохо. А твой аспирант, вместо того, чтобы двигать вперед науку, занялся политической активностью.

— Из чего такие выводы?

— Да из выборов же, солнышко. Он занимался предвыборной агитацией за своего кандидата, заседал в штабе, делал уйму всякой работы, уж не знаю, за деньги или из идейных соображений. Во всяком случае, до утра семнадцатого числа у него не было ни минуты свободной, чтобы сесть, подумать и написать свое выступление на защите. Он тянул, тянул, а потом, когда понял, что время поджимает, дал своей жене диссертацию и автореферат и попросил написать текст. Она и написала, в меру собственного разумения. И даже, наверное, перепечатала на машинке. Спорим, он не сам тебе эти бумажки привез, а передал с оказией. Ведь так?

— Как ты догадалась? — изумился Алексей.

— Он даже не нашел времени посмотреть, что ему сочинили. Был уверен, что если под рукой вылизанный автореферат, то испортить уже ничего нельзя. Ты же понимаешь, что в ночь с шестнадцатого на семнадцатое он глаз не сомкнул, а когда результаты стали более или менее полными, завалился спать. Вот и вся сказка. Хочешь — проверяй.

— Ну и фантазерка же ты, — хмыкнул Алексей. — Но в логике тебе не откажешь. Просто ради любопытства проверю.

Он потянулся к телефону, но Настя ловко выхватила у него трубку.

— Э нет, дружочек, так не пойдет. Мы спорили?

— Я лично — нет. Чего мне с тобой, дурочкой, спорить?

— Ну и не надо. Зато я с тобой спорила. Что на кону? Что мне будет, если я права?

— Щелбан тебе будет по носу, вот что. Ну а что ты хочешь?

— Отбивную. И не на ужин, а прямо сейчас.

— Асенька, имей же совесть, — взмолился муж, — а текст переписывать?

— Ладно, отбивную не надо. Потерплю. Тогда, если я выиграла, дашь мне внеочередной порошок.

— Это ты, положим, перебьешься. Что, корыстная ты моя, фантазии не хватает, кроме как на еду и наркотики? Пожрать, уколоться и забыться? — поддел ее Леша. — Давай так. Если ты не права, ты немедленно выливаешь свой кофе в раковину и идешь в постель. А если права, я разрешу тебе его допить и не буду требовать, чтобы ты лежала под одеялом. Так и быть, я добрый.

— Ага, пожалела кошка мышку, — вздохнула Настя. — Ну звони. Все равно у тебя ничего путного не выторговать.

Через несколько минут, поговорив с кем-то из своего института, Алексей Чистяков одобрительно взглянул на сидящую напротив за столом жену.

— Молодец, старушка, голова у тебя варит даже при высокой температуре. Далеко пойдешь. Смотри не заблудись только.

Настя допила кофе, сполоснула чашку и поплелась в комнату. Мысли ее снова вернулись к нераскрытым убийствам и похищенной девочке. Зачем ее забрали из больницы? Если это стандартное взятие заложника как средство достижения какой-то другой цели, то похитители должны были бы уже объявиться. Потребовать денег, например, или совершения определенных действий. Правда, в России все не как у людей. В других странах если уж совершается, например, террористический акт, то сразу же какая-нибудь политическая террористическая группировка берет на себя ответственность за его совершение. Мол, это сделали мы потому-то и потому-то, и требуем мы от властей того-то и того-то, иначе, если не выполните наши требования, убьем заложников или взорвем метро. А у нас? Взрыв в метро был, а ответственность за него никто что-то не кинулся брать. Зачем же тогда взрывали, людей калечили? Из чистого злобного хулиганства? И зачем все-таки похитили Наташу Терехину? Да еще так заботливо, постарались на ее глазах человека не убивать, хотя вполне могли бы, обстановка позволяла. Итак, Наташа не заложница, никто пока что ничего не требует и ей смертью не угрожает. Уже хорошо. Наташа нужна им живая, иначе ее убили бы там же в кустах, где и Мишаню уложили. Это тоже обнадеживает. Но тогда что же? Должно ведь быть какое-то объяснение всему этому. Четыре трупа, правда, Романовская под вопросом, ну три трупа — тоже, между прочим, не кот начхал, и все это трупы людей, которые могут опознать человека, навещавшего Наташу в больнице. А потом исчезновение самой Наташи, да так мастерски обставленное! При всем негодовании по отношению к людям, похитившим беззащитную девочку-калеку, Настя не могла не отдать должное той изящной простоте, с которой было организовано похищение.

Коротков явился прямо к ужину, когда запах поджаренных особым образом по рецепту профессора Чистякова телячьих отбивных разливался по всей крошечной однокомнатной Настиной квартирке, буквально но сводя с ума свою больную гриппом голодную хозяйку.

— Ты бы, мать, почаще болела, — воодушевленно заявил Юра прямо с порога. — Тогда Чистяков каждый день готовил бы тебе вкусную еду, а я бы каждый день ездил к тебе якобы по служебной надобности.

— Размечтался, — фыркнул Алексей, пожимая ему руку. — Твоя сумасшедшая подруга даже три дня полежать не может, неймется ей.

— Это верно, — согласился оперативник, — подруга у меня действительно сумасшедшая, зато у тебя, профессор, жена умная. И это еще как посмотреть, кому из нас двоих хуже.

Из комнаты выползла Настя, по случаю прихода Короткова сменившая уютный халат на джинсы и ковбойку в мелкую красно-коричневую клеточку. Она чмокнула Короткова в щеку и с упреком произнесла:

— Ну и мужики нынче пошли, хуже баб, честное слово. Стоит несчастной Настеньке заболеть и утратить бдительность, как они тут же кидаются за ее спиной ее же и обсуждать. Джентльмены!

Ужин был вкусным, как, впрочем, всегда, когда за дело брался Алексей. Но закончили они с едой быстро: Леше нужно было все-таки написать выступление своего аспиранта на защите, а Насте не терпелось поговорить с Коротковым.

— Значит так, мать, — начал излагать Юра, когда они ушли в комнату, оставив Чистякова на кухне в одиночестве, — работать нам с тобой предстоит с очень приличным мужичком, зовут Александром Ташковым. Суть такова: они разрабатывают группу, специализирующуюся на выполнении посреднических функций в интересах всяких мусульманских группировок, преимущественно террористических. Группа практически вся состоит из мусульман, но есть и исключения. Одно из этих исключений — руководитель группы, по их сведениям, это кто-то из русских. Квартира Терехиной — место, где отдельные члены группы снимают угол и периодически собираются. Таких квартир у них по всей Москве штук десять, но выявлены пока только три, в том числе и та, где живет Ира. Олег Жестеров завязал знакомство с Терехиной, вероятно, намереваясь войти в контакт с ее квартирантами. Но не успел. Ташков рассказывал, что девчонка держится хорошо, но чувствует себя оскорбленной. Конечно, кому же приятно узнать, что человек ложится с тобой в постель, потому что так по работе надо. И бросила она во время разговора с Ташковым одну любопытную фразу. Якобы Олег обещал отвести ее к какому-то очень хорошему врачу, им было назначено на понедельник. Тебе ничего не кажется?

— Юр, мне кажется, но я боюсь, что ты спишешь все на мою больную голову. Я уже вздрагиваю от слова «врач».

— Ну, стало быть, надо найти этого врача, проверить его и успокоиться, чтобы ничего не казалось. Я уверен, что ничего особенного за всем этим нет, но... Есть один момент. Правда, из нас двоих температура высокая у тебя, а не у меня, мне бредить вроде не с чего, и тем не менее. Первоначально, как сказала Терехина, консультация у врача была назначена на пятницу, но в четверг утром этот врач предупредил, что прием переносится на понедельник, у него что-то со временем не получается. И вот в интервале между пятницей и понедельником Олег погибает. И некому отвести Иру к этому замечательному доктору.

— То есть ты хочешь сказать, что доктор почему-то очень не хотел, чтобы Жестеров приводил к нему Иру Терехину?

— Именно это, дорогая подруга, я и хочу сказать. Пощупай-ка мне лоб, не заболел ли я. У меня от дела Анисковец наступила интеллектуальная деформация, уж очень много в нем медицинского намешано. И врачи, и калеки, и больницы. Господи, Аська, а как хорошо все начиналось, а? Ты вспомни. Убийство старухи процентщицы. Убийство с ограблением. Убийство с подменой коллекционных вещей. Одна версия краше другой, любо-дорого работать. А к чему все пришло? Какой-то неуловимый врач, лет пятидесяти, приятной наружности, волосы темные с проседью, который навещает в больнице детей-калек и их мать-калеку и попутно убивает медперсонал. Где поп, а где приход? У нас все в разные стороны в этом деле разлезлось.

— Ну, разнылся, — Настя ласково взъерошила ему волосы. — Давай сойдемся на том, что мы с тобой оба немного свихнулись на этом заколдованном деле, но это не повод подавать в отставку. Если среди руководителей нашей страны попадаются полные идиоты, то и мы с тобой еще поработаем. Вы с Ташковым как договорились?

— Он попробует узнать у вдовы Жестерова, к какому врачу Олег собирался вести Терехину. Может быть, это какой-то их общий знакомый.

— А вообще как он тебе показался, Ташков этот? Можно иметь с ним дело?

— Вполне. Я понимаю, что тебя беспокоит. Ты ведь о девочке думаешь, верно?

— Угадал. Жалко мне ее, Юрик. Безумно жалко. Да еще такая травма — сначала потерять возлюбленного, а потом узнать, что у него был к ней чисто служебный интерес. Ладно бы кто другой, у кого с личной жизнью и выбором партнеров нет проблем. Но у нее-то и без того жизнь беспросветная, появилось одно-единственное светлое пятно — и нате вам, пожалуйста. Такое унижение и разочарование. Но я, Юр, хорошо знаю, как это бывает в реальной жизни. Если фээсбэшникам нужна квартира Терехиной и ее жильцы, они ни перед чем не остановятся. В том числе и перед тем, чтобы повторить комбинацию, которую не довел до конца Жестеров. И я хочу спросить тебя: ты уверен, что Ташков не пойдет по этому банальному, но, к сожалению, эффективному пути? Ты уверен, что он не нанесет девчонке еще одну травму?

— Ни в чем я не уверен. Но ему тоже жалко Иру. Это совершенно точно. И впечатления человека бездушного и холодного он тоже не производит. Нормальный мужик. Впрочем, поживем — увидим.

Они проговорили еще почти час, потом Коротков попрощался. Время действия замечательного порошка истекло, Настю снова зазнобило, голова стала чугунной, заболели глаза от яркого света. Она тихонько вошла в кухню и жалобно проскулила:

— Лешик, дай заморской отравы, а?

* * *

С Верой Жестеровой Ташков виделся после гибели Олега почти каждый день, сначала как оперативник, задавая вопросы, потом помогал с организацией похорон и поминок. Его удивило, как мужественно держалась эта взбалмошная, капризная, а в былое время и истеричная молодая женщина. Она не падала в обморок, не рыдала, прервавшись на середине фразы, не бросалась исступленно на крышку гроба (после взрыва и пожара хоронить Олега в открытом гробу было невозможно). Потом он сообразил, что она, должно быть, все время думает о будущем ребенке, и это в какой-то степени ее отвлекает от свалившегося внезапно горя.

После встречи с Коротковым Александр снова отправился к вдове своего товарища. Вера была спокойна, словно со дня гибели мужа прошло несколько месяцев, а не несколько дней.

— Здравствуй, Саша, — скорбно улыбнулась она. — Проходи. Хорошо, что зашел.

В квартире было пусто, и для Ташкова это казалось в первый момент непривычным. До несчастья, случившегося с Олегом, он был здесь три или четыре раза, когда собирались большой компанией по случаю дня рождения Олега, да еще когда он старшего лейтенанта получил. В последние дни, когда Ташков приходил сюда, здесь постоянно толпился народ — родственники, друзья, даже соседи, которые знали Олега и считали своим долгом быть рядом с его вдовой в тяжелый момент. А сейчас квартира пуста. И это красноречивее всего говорило о том, что случилась беда и больше никогда не будет так, как раньше.

Александра Маринина

— Ты по делу пришел или просто так, проведать?

Почему-то Ташкову не захотелось врать. Он был далеко не самым близким другом Олега Жестерова и его жены, они скорее приятельствовали, а проведать Веру и оказать ей посильную помощь и без него есть кому.

— И то, и другое...

В этот момент он обратил внимание, что Вера одета как-то очень уж не по-домашнему. Элегантный костюм, скрадывающий располневшую фигуру, яркая косметика, на ногах — туфли на каблуке. И запах духов. Это было самой выразительной деталью. Есть женщины, которые дома не ходят распустехами и стараются выглядеть нарядно, даже если их никто не видит. Но Ташков еще не встречал женщин, которые пользуются духами, если знают, что некому будет вдохнуть их аромат.

— Ты кого-то ждешь? — понимающе спросил он.

— Нет, но мне скоро нужно будет уходить.

— Я не задержу тебя надолго. У меня всего несколько вопросов.

— Это насчет Олега?

— Да. Я сейчас пытаюсь восстановить, с кем он общался в последние дни перед гибелью. И обнаружил одну деталь. Он, оказывается, договаривался с каким-то врачом о консультации для одной своей знакомой. Ты не в курсе, о чем шла речь? Что это за знакомая?

— Да это сестра кого-то из ваших, — удивленно ответила Вера. — Ты разве не знал?

— Ты имеешь в виду — сестра кого-то из сотрудников именно нашего отдела? — уточнил Ташков, стараясь не выдать недоумения.

Выходит, Жестеров выдал Иру за сестру кого-то из коллег. Очень мило. Впрочем, вполне объяснимо, если учесть, что Вера все-таки его жена, а не посторонняя тетя с улицы.

— Ну, я не знаю, из вашего отдела или нет. Олег так сказал.

— Но она может оказаться сестрой кого угодно. В нашей организации тысячи сотрудников. А мне обязательно нужно узнать точно. Он не говорил, какое у нее заболевание?

— Нет. Просто...

Она осеклась и уставилась в окно. Александру показалось, что она изо всех сил крепится, чтобы не заплакать, и ему стало неловко. Он деликатно выждал какое-то время, потом осторожно спросил:

— Что ты хотела сказать?

— Когда? — Она повернулась и посмотрела прямо ему в глаза безмятежным взглядом.

— Когда мы заговорили о сестре нашего сотрудника. Ты начала фразу, но не закончила.

— Разве?

— Верочка, припомни, пожалуйста, что говорил тебе Олег по этому поводу. Все до мельчайших деталей.

— Он ничего такого не говорил.

— А о каком враче шла речь?

— Откуда мне знать.

— Вера, не надо загонять себя в угол. Мне доподлинно известно, что ты знаешь, о каком враче я тебя спрашиваю. Не отпирайся.

— Ну хорошо. Это врач, который меня наблюдает. Олег попросил, чтобы я записала его знакомую на прием. Больше я ничего не знаю.

— И ты выполнила его просьбу?

— Конечно.

— И консультация состоялась?

— Нет. Валерий Васильевич назначил им время, потом прием пришлось перенести на другой день, но Олег не успел.

— У Валерия Васильевича, я надеюсь, и фамилия есть? — спросил Ташков, не сумев скрыть иронию.

— Есть. Волохов.

Она начала нетерпеливо постукивать туфелькой по ковру, устилавшему паркет, и Ташков понял, что она нервничает. То ли оттого, что торопится, а он ее задерживает. То ли еще отчего-то...

— Где можно найти твоего врача?

— На работе, — с неожиданной резкостью ответила Вера. — Вероятно, дома его тоже можно найти, но адреса я, к сожалению, не знаю.

— Вера, а почему тебе так не нравится этот разговор? Почему ты сразу не сказала, что речь идет о докторе Волохове?

— Ты ничего не понимаешь! — взорвалась она. —

Валерий Васильевич — не простой врач, у него наблюдаются самые известные люди Москвы. А вы полезете к нему со своими дурацкими расспросами, и, конечно же, окажется, что все это из-за меня. Мне с таким трудом удалось уговорить его записать эту девку на прием, он долго отказывался, он ведь очень занятой человек, а я, дура, настаивала, просила. Теперь вижу, что он был прав, а я — нет. Если бы он настоял на своем, вы бы теперь не морочили ему голову. Он откажется меня лечить. Зачем ему пациентка, из-за которой к нему милиция является?

— Верочка, — мягко попытался остановить ее Ташков, — ты говоришь ерунду. Никто твоему доктору голову морочить не собирается. Мы даже времени отнимем у него совсем немного. Нам всего лишь нужно уточнить, разговаривал ли он с Олегом, и если разговаривал, то когда и о чем. Вот и все.

Вспышка гнева погасла. Вера снова была спокойна, а взгляд ее обрел прежнюю безмятежность. Ташков поговорил с ней еще несколько минут и ушел. Едва за ним закрылась дверь, как Вера Жестерова метнулась к телефону.

— Это я, — торопливо проговорила она в трубку.

* * *

— Это я, — услышал он в трубке взволнованный голос Веры. — Ты знаешь, случилось ужасное. К тебе скоро придут.

— Кто?

— Ну, эти... Комитетчики и милиционеры.

— Что, все сразу? — невозмутимо усмехнулся он. — Не многовато ли будет?

— Ты прости меня, — затараторила Вера, — это я во всем виновата. Помнишь, я просила тебя записать на прием какую-то девицу?

— Да, конечно, твой покойный муж должен был привести ее неделю назад.

— Они стали у меня допытываться, кто была эта девица и к какому врачу Олег собирался ее вести. Я не хотела говорить им о тебе, честное слово, но, оказывается, Олег этой девке сказал, что поведет ее к врачу, у которого лечится его жена. Отпираться было бессмысленно, пришлось сказать. Теперь они придут к тебе. Это ужасно! Это все из-за меня! Прости меня.

— Ну что ты, Верочка, — он снисходительно улыбнулся, — не надо паниковать. Эти люди делают свою работу, они хотят найти убийц твоего мужа. Пусть приходят, я с удовольствием отвечу на все их вопросы. Тем более что мне и рассказывать-то особенно нечего. Мужа твоего я не видел, его протеже — тоже. Я даже не знаю, кто она такая и чем болеет. Так что пользы от меня будет немного. Но ради Бога, пусть приходят. Не надо так волноваться, детка. Тебе это вредно. Ты должна себя поберечь.

— Ты... — Ему показалось, что Вера всхлипнула. — Ты правда не сердишься?

— О Бог мой, ну конечно же, нет. Почему я должен сердиться? Жаль только, что эти люди впустую потратят время. Но, впрочем, это их забота. Ты не забыла, что послезавтра ты должна прийти ко мне на осмотр?

— Что ты, как я могу забыть. Ну повтори еще раз, что ты не сердишься, и я побегу, а то я уже и так опаздываю.

— Я не сержусь, Верочка, выбрось эти глупости из своей хорошенькой головки и думай только о нашем малыше. Я тебя целую.

— И я тебя, — проворковала она в трубку.

Он говорил чистую правду. Он действительно не боялся визита оперативников, будь то милиция или ФСБ. Ему нечего скрывать. К смерти мужа своей любовницы он никакого отношения не имеет. Пусть приходят, пусть задают свои вопросы. Пусть попробуют зацепить его хоть на чем-нибудь. А он получит большое удовольствие, наблюдая за их бесплодными потугами. Пожалуйста, он готов к разговору. В любой момент.

Глава 12

Уже третий день утро для Наташи начиналось совсем не так, как на протяжении шести лет оно начиналось в больнице. Не было врачебного обхода, а перед ним — невкусного, но ставшего привычным завтрака, состоящего из жидкой каши и чая. Третий день подряд она просыпалась одна в просторной комнате, напоминающей больничную палату, и сразу же ее кормили завтраком, а потом начинались занятия. Еда была вкусной, но непривычной, чужой, Наташа даже не всегда знала, как называется то, чем ее кормят.

Последнее, что она помнила из прежней жизни, была прогулка по больничному парку с Михаилом Александровичем, новым врачом. Они провожали какого-то смешного толстого дядьку к зданию архива, потому что он торопился и боялся заблудиться. А потом сразу началась ЭТА жизнь, и нравилась она Наташе куда больше, чем ТА. Если бы не одно «но». Сестра Ира. Она же с ума сходит, гадая, куда делась Наташа. И малыши тоже, наверное, скучают без нее. А в остальном ЭТА жизнь полностью девушку устраивала.

В первый раз она очнулась в какой-то машине и поняла, что лежит на каталке. Сидящий рядом с ней человек тут же заметил, что она открыла глаза, сказал что-то ласковое и успокаивающее и быстро сделал ей укол, от которого Наташа снова впала в забытье. Второй раз она пришла в себя в самолете. Рядом был все тот же человек, который тут же достал шприц. А потом все время была эта комната и вежливые молчаливые люди, которые ее обслуживали. Почему-то никто из них с ней не разговаривал. За исключением двоих — того человека, который был рядом с ней в машине и в самолете, и Мирона. Но то, что они ей говорили, устроить семнадцатилетнюю Наташу Терехину никак не могло.

— Теперь все в твоих руках, девочка. Покажи нам, на что ты способна, и мы обещаем устроить тебе самую лучшую жизнь, которая вообще возможна при твоей болезни.

— Что я должна вам показать? На что я способна? Я же инвалид.

— Ты — вундеркинд, хотя мало кто это понимает. Твое больничное окружение просто не могло оценить твои способности. Я не могу и не хочу объяснять тебе детали, но чем лучше ты покажешь себя, тем лучше будет твоя дальнейшая жизнь. Запомни это.

— Вы меня похитили? — спросила она тогда, в первый же день.

— Разумеется. Но не нужно грубых слов, Наташенька. Мы, другими словами, увезли тебя и поместили в более комфортные и подходящие для твоей необыкновенной головки условия. Но в одном ты права: мы никого не ставили об этом в известность и разрешения не спрашивали.

— Зачем вы меня похитили? Вы хотите получить выкуп?

— Да Бог с тобой! — расхохотался мужчина. Наташа уже знала, что зовут его Василием. — Какой выкуп, что ты? Что с твоей сестренки взять? Метлу старую или лопату?

— Но разве меня не будут искать? — растерялась Наташа.

— А это тоже зависит только от тебя. Как ты поведешь дело, так оно и обернется. Сейчас тебя, конечно, ищут, но могут и перестать искать в любой момент, если ты этого захочешь. Впрочем, лично для меня это никакого значения не имеет. Пусть ищут. Все равно здесь тебя никто не найдет.

— Где я? — спросила она чуть слышно. — Куда вы меня привезли?

— Ну вот, — вздохнул Василий, — а мне говорили, что ты такая толковая девочка. Какой смысл задавать вопросы, на которые тебе все равно не ответят? Нет смысла, — сам же и подвел он итог. — А стало быть, и не спрашивай. Подумай и реши, что для тебя лучше: чтобы тебя искали или нет. Предупреждаю сразу, результат будет один и тот же. Тебя не найдут. Но можно сделать хотя бы так, чтобы твоя сестра не волновалась и не представляла в своем воображении страшные сцены. Ты ведь беспокоишься о своей сестре, правда?

Наташа молча кивнула. Пока ей еще не было страшно, потому что она не могла себе представить, зачем, для чего, с какой целью кто-то мог причинить ей зло. Этот Василий сам только что сказал, что взять с Иры нечего, кроме старой метлы, значит, ни о каком выкупе, ни о каких деньгах речь идти не может, и, стало быть, ни убивать ее, ни отрезать ей пальцы и уши, чтобы послать сестре в виде устрашения, никто не станет. Из больничных разговоров, телевизионных передач и книжек она знала, что иногда девушек похищают, чтобы продать их за границу в публичные дома, но для этого она не годится. И убивать ее ради внутренних органов для трансплантации тоже бессмысленно, в ее теле в буквальном смысле слова живого места нет. Иными словами, перебрав в голове все возможные причины, по которым ей могли бы причинить телесный ущерб или даже убить, семнадцатилетняя Наташа Терехина пришла к выводу, что ничего особо страшного ей не грозит. После шести лет, проведенных в одной и той же больнице, перемена обстановки казалась ей даже интересной. Хоть какое-то приключение в ее беспросветной жизни закованного в корсет инвалида. Но две вещи ее все-таки беспокоили. Сестра Ира. Как она там? С ума сходит, наверное. И еще: что делать, если ей понадобится медицинская помощь? В больнице все до единого врачи и сестры наизусть знали, какие лекарства можно и нужно давать Наташе, когда у нее случаются сильные боли или сердечный приступ, а какие препараты давать категорически запрещено. А здесь? Знает ли об этом кто-нибудь? Не получится ли так, что при первом же приеме лекарств Наташа просто умрет, задохнувшись от отека, вызванного сильнейшей аллергией?

Поэтому первым принятым ею после похищения решением было решение не принимать никаких лекарств. Чего бы ей это ни стоило. Она будет терпеть любую боль. Она за последние шесть лет поняла, что никакая боль, даже самая непереносимая, не бесконечна. Любая боль рано или поздно кончается, ее надо просто перетерпеть. Правда, есть опасность, что сердце может не выдержать. Но она должна держать себя в руках, потому что отныне от этого зависит ее жизнь.

В первый же день человек по имени Василий привел к Наташе в комнату худую некрасивую чернявую женщину.

— Это Надя. Она будет за тобой ухаживать. Надя — опытная медсестра, так что все будет в порядке.

Наташе она не понравилась с первого же взгляда. С того взгляда, который чернявая Надя бросила на сидящую в постели девушку. Было в этом взгляде что-то такое, от чего Наташа поежилась. Не то презрение, не то неприязнь, не то еще что...

Правда, жаловаться на Надю причин не было, она действительно оказалась опытной медсестрой и делала все быстро и ловко, но при этом от ее плотно сжатых губ и колючих темных глаз исходила такая волна злобности, что Наташе делалось не по себе. Она пыталась заговорить с Надей, чтобы расположить ее к себе и, может быть, хоть что-нибудь узнать, но попытка эта бесславно провалилась. Медсестра буркнула в ответ что-то невразумительное, во всяком случае, Наташа почти ничего не поняла.

— Що за пытання... Заборонено...

«Как странно она говорит, — подумала девушка. — Не по-русски, что ли? Куда же меня завезли?»

В конце первого дня Василий привел в ее комнату молодого человека, взглянув на которого Наташа обмерла. Это был он, прекрасный принц из ее снов. Стройный, черноволосый, темноглазый, с аккуратной полоской усов над твердыми губами, он был именно таким, каким виделся девушке тот, кого она будет любить всю жизнь и с кем ей, калеке, не суждено быть вместе. Его появление так потрясло Наташу, что она плохо слышала первые слова, которые произнес Василий.

— Познакомься, Наташенька, это Мирон, он будет заниматься с тобой математикой.

— Здравствуй, Наташа, — произнес Мирон мягким приятным голосом, и его слова показались девушке самой замечательной музыкой на свете.

Она даже не нашла в себе сил ответить на приветствие, только молча кивнула, судорожно облизнув губы.

— Теперь пришло время объяснить тебе, что происходит, — продолжал между тем Василий. — Ты, как я уже говорил, вундеркинд с необыкновенными способностями к математике. Есть люди, которые очень заинтересованы в том, чтобы у них работал талантливый математик. Через некоторое время сюда приедет представитель этих людей, который оценит твои способности и возможности, и если результаты испытаний его удовлетворят, твоя жизнь коренным образом переменится. Ты будешь жить в очень хороших условиях и получать много денег. Ты даже сможешь помогать старшей сестре. Но тут есть одно привходящее обстоятельство. Эти люди знают, что ты очень больна, и поэтому хотят быть уверенными в том, что ты сможешь работать и приносить пользу достаточно долго. Как ни кощунственно это звучит, но они не хотят платить большие деньги за великолепные мозги, если эти мозги не проживут и трех месяцев. Поэтому прежде чем тебя будут экзаменовать по математике, тебя обследует присланный этими же людьми врач, который и даст заключение о состоянии твоего здоровья. Он будет брать анализы и проводить специальные исследования. Тебя это не должно смущать, просто делай все, что он прикажет. Ты все поняла?

— Нет. — Она уже пришла в себя от потрясения. И перед этим красивым парнем ни за что не хотела показать себя покорной овцой, которой могут приказывать все кому не лень, пользуясь ее беспомощным положением.

— Чего же ты не поняла? — с терпеливой снисходительностью спросил Василий.

— А если я не хочу? Я не хочу, чтобы меня покупали какие-то чужие люди, не хочу жить здесь, не хочу, чтобы меня обследовал врач. Я хочу домой.

Василий тяжело вздохнул и присел в кресло, стоящее в углу комнаты.

— Куда ты хочешь? Домой? — устало переспросил он. — А где он, твой дом? Эта жуткая больница, где белье меняют раз в неделю, а не каждый день, где кормят тебя черт знает чем, где ты света белого не видишь и не имеешь никаких жизненных перспектив? Ты же взрослый человек, ты не можешь не понимать всю абсурдность того, что говоришь. Ты камнем висишь на шее у своей несчастной сестры, ты и двое других, Ольга и Павел. И еще ваша мать. Ты думаешь, Ире легко с вами управляться? Ты задумывалась когда-нибудь, какую жизнь она ведет, чтобы возить вам два раза в неделю фрукты, продукты, одежду, книги? Ты хотя бы представляешь себе, откуда у нее деньги на все это? Или ты, может быть, думаешь, что все стоит дешево и достается ей даром? Ничего подобного. Твоя сестра вкалывает день и ночь на самых черных и грязных работах, которые только можно вообразить. И я говорю тебе: у тебя есть возможность облегчить ее жизнь. Она больше не будет тебя содержать, более того, ты сможешь давать ей деньги. А ты мне что отвечаешь? Или ты хочешь, чтобы все, в том числе и твоя сестра, считали тебя неблагодарной тварью?

Наташа отвела глаза. В самом деле, все это ей в голову почему-то не приходило. Ей казалось совершенно естественным, что Ира приезжает два раза в неделю с полными сумками и достает любые книги и учебники, которые Наташа заказывает. Краска стыда разлилась по ее лицу. Как бы там ни было, Василий прав: она уже взрослая и не должна сидеть на шее у бедной Ирки. Что она, маленькая? Нет, в присутствии этого сказочного черноглазого принца Наташа Терехина ни за что не согласилась бы выглядеть маленькой и глупой.

— Я буду делать все, что нужно, — тихо пробормотала она, не поднимая глаз.

— Ну вот и славно, — повеселел Василий. — Тогда я пойду, а Мирон останется. Сегодня у вас будет первое занятие. Да, кстати, когда мы тебя... — он замялся, подыскивая слова, — увозили, у тебя в руках была книга. Ты не беспокойся, она не потерялась. Завтра тебе ее вернут.

Надо же, за всеми перипетиями она даже про книгу забыла! А ведь она так тряслась над этим учебником Гольдмана! Ира всю Москву обегала, но так и не нашла его, потому что издавался учебник очень давно, сейчас его даже у букинистов нет. Заветную книгу принесла ей та женщина из милиции, которая приходила в отделение, когда убили медсестру Алю. С того момента Наташа с учебником не расставалась, даже на прогулки брала его с собой. Открывала на любой странице и решала задачи в уме. А задачи у Гольдмана были замечательные! Знаменитые задачи. Ни в одном другом учебнике таких нет. Небольшие, лаконичные, изящные. Это их качество Наташа особенно ценила, потому что они легко запоминались и можно было их решать без помощи ручки и бумаги.

Александра Маринина

Дверь за Василием закрылась, и Наташа вдруг с необыкновенной остротой почувствовала, что осталась наедине с принцем своей мечты. Она не знала, что сказать и вообще что нужно делать в этой ситуации. Начинать разговор самой или ждать, пока он заговорит?

— Как ты себя чувствуешь? — неожиданно спросил Мирон.

— Спасибо, хорошо, — вежливо ответила она.

— Можешь заниматься или отложим до завтра?

— Нет-нет, — торопливо сказала Наташа, испугавшись, что принц сейчас исчезнет и больше никогда не придет. — Я в порядке. А что мы будем делать?

— Для начала я должен установить уровень твоих знаний. Может, ты вовсе и не вундеркинд, а самая обыкновенная девушка.

Вот тут ей стало по-настоящему страшно. В самом деле, с чего они взяли, что у нее какие-то необыкновенные способности? Да, она любила математику с самого раннего детства, и мама настаивала, чтобы она занималась с частным педагогом параллельно со школьной программой. В школе у нее, конечно, были одни пятерки, но это не показатель, ведь в школе она училась только до пятого класса. А потом оказалась в больнице. Пятерки в пятом классе — это ерунда, там не математика, а одно сплошное развлечение. В больнице она стала усиленно заниматься своим любимым предметом, и дядя Саша, папин товарищ, всегда проверял, как она решает задачи, и очень хвалил ее. Но он ни разу не сказал, что она — вундеркинд. Просто очень хвалил и говорил, что головка у нее светлая и она должна обязательно продолжать учиться, у нее к этому есть все данные.

Но если в первый же раз окажется, что способности у нее самые обыкновенные, то Мирон больше не придет. Значит, она должна очень постараться. Потому что... Потому что если похитители ошиблись и у нее нет никаких выдающихся способностей, то она перестанет быть им нужной. И что они тогда сделают? Вернут ее домой? Или не вернут? Оставят здесь навсегда. Да нет, зачем им тратиться на нее, кормить, поить, обслуживать. Или платить деньги за ее перевозку обратно в Москву. Наташа хорошо представляла себе, что делают с людьми, которые перестают быть нужными. Не по собственному опыту, конечно, а по книгам, которые прочла, и фильмам, которые смотрела по телевизору в больнице.

Все-таки интересно, куда же ее завезли? Эта женщина, Надя, так странно говорит. И Мирон — тоже странное имя. Несовременное какое-то.

— А почему тебя зовут Мироном? — внезапно спросила Наташа.

— Как почему? Нипочему. Зовут, и все. А что тебя удивляет?

— Я никогда не слышала такого имени. Оно старинное?

— Да нет, вполне обычное. У нас очень многих мальчиков так называют.

— Где это — у вас?

— У нас, — твердо повторил Мирон. — А где именно — тебе знать не полагается. Мы будем заниматься или будем обсуждать мое имя?

Она не стала упорствовать. Ведь Мирон в любую минуту мог повернуться и уйти, если она не будет слушаться. Значит, она будет послушной и покладистой, только бы он не уходил. Только бы еще побыть с ним.

* * *

— Ну как?

Василий поднялся с дивана, на котором валялся с газетой в руках.

— Что скажешь?

— Девочка — блеск, — восхищенно ответил Мирон. — Настоящий самородок. Ума не приложу, как можно достичь таких знаний, лежа на больничной койке, без учителей. Конечно, нужно шлифовать, но данные потрясающие.

— Вот и займись, — довольным голосом сказал Василий. — Шлифуй, чтобы товар не стыдно было показывать лицом. Время есть, врач прилетит только через четыре дня, да и провозится он не меньше двух недель, а то и дольше. Жить будешь здесь же, на втором этаже. И без глупостей, Аслан, охрана у нас надежная, мышь не проскочит, муха не пролетит. Так что лучше не нарывайся.

— Что вы, Василий Игнатьевич, как можно. Кстати, девочка очень хочет знать, где находится. Можно ей сказать?

— С ума спятил! — фыркнул Василий. — Не вздумай даже помыслить.

— Но она обратила внимание на мое имя.

— И что?

— Она права, в России оно давно забыто, там его можно только в книжке встретить. А у нас — на каждом шагу.

— Да и черт с ним, — махнул рукой Василий. — Ну и пусть она поймет, что находится не в России. Главное, чтобы точно не знала где. Но маху мы с тобой, конечно, дали. Надо было сразу назвать ей твое настоящее имя. Вас, кавказцев, по всему СНГ разбросано, в любой вонючей дыре вас найти можно. Ты-то куда глядел? Должен был сообразить.

— Ничего я не должен, — окрысился Мирон. — Мое дело — математика, а конспирация — это уж ваше. Я к своему имени привык, здесь оно никого не удивляет.

— Ладно, не кипятись, — примирительно произнес Василий. — Ничего страшного пока не случилось и, Бог даст, не случится. Скажи-ка мне лучше, у девчонки уникальные способности только к математике или вообще ко всему, что требует интеллекта?

— Не знаю, — пожал плечами Мирон. — Я больше ничего не проверял.

— Так проверь. Перестань вести себя как посторонний. Знаешь, еще древние заметили, что нет ничего непродуктивнее рабского труда. Раб не участвует в прибылях, поэтому ему безразлично благосостояние хозяина. А ты не раб и должен понимать, что чем лучше ты сработаешь, тем дороже мы продадим наш товар, и, соответственно, тем больше будет твоя доля. Усвоил, Асланбек?

— Так точно, Василий Игнатьевич. Усвоил.

Мирон ушел в комнату, которой предстояло стать его жилищем на ближайшие недели. Все здесь ему не нравилось: и само здание, и Василий, и комната, и многочисленные молчаливые охранники, и вообще вся эта история. Похитить девочку-калеку! Совсем сердца не иметь надо, чтобы на такое пойти. Она же совсем еще ребенок и абсолютно беспомощна, защитить себя не может. Но пойти против воли отца Мирон не мог. И устоять против денег, обещанных ему за эту работу, тоже не мог. Правда, если бы отец приказал ему сделать это бесплатно, он бы все равно сделал. Потому что всю сознательную жизнь подчинялся отцу и боялся его.

Его родители были ингушами, но родился он здесь, в Западной Украине, недалеко от приграничного Ужгорода. Отец был офицером и служил в Прикарпатском военном округе. Антирусские настроения здесь всегда были сильны, «кацапов» ненавидели и презирали, и офицер-ингуш, родители которого пострадали от принудительного сталинского переселения, быстро нашел здесь свою психологическую «экологическую» нишу. Сына он назвал Асланбеком, несмотря на сопротивление жены, которая считала, что раз мальчик будет ходить в местную школу и дружить с местными ребятишками, то не надо, чтобы он очень уж от них отличался. Мать считала, что, живя постоянно на Украине, можно назвать ребенка славянским именем, но отец был непреклонен. Однако ситуация разрешилась сама собой: и в детском саду, и в школе Асланбека никто полным именем не называл, ему придумывали разные прозвища, как произведенные от имени и фамилии, так и вообще непонятно откуда взявшиеся. Сначала Асланбек был сокращен до Аслана, потом переведен в более привычного Славу, а потом естественным образом встал вопрос: «А Слава — это сокращенное от чего?» На выбор предлагались Вячеслав, Станислав, Владислав, Ярослав, Бронислав и Мирослав. Мальчик выбрал последний вариант, он ему отчего-то больше других понравился. И тут же появились Славко, Мирко, Мирча и прочие. В конце концов Асланбек стал всем говорить, что его зовут Мироном, и поскольку по-украински он разговаривал свободно, то знание языка в сочетании с типично украинским именем мгновенно сняло все вопросы. Аслана перестали дразнить и коверкать его настоящее имя. Из ингуша Асланбека он превратился в украинца Мирона, и о его национальности вспоминали только тогда, когда заглядывали в его паспорт. От настоящего украинца он внешне мало отличался, «черно-бровые и черноглазые», если верить фольклору, всегда были здесь эталоном красоты.

По поводу выбора профессии ему пришлось выдержать с отцом настоящий бой. Тот настаивал, чтобы сын стал военным, причем требовал, чтобы Аслан поступал в военную академию где-нибудь на Кавказе.

— Ты должен стать ингушским офицером и служить нашей родной земле. Если ты поступишь учиться в Киеве, ты будешь служить в украинской армии.

Но Аслан-Мирон не хотел быть офицером, он собирался поступать в физико-технический институт. Мать была на его стороне, она не разделяла взглядов чрезмерно политизированного мужа-исламиста и, как любая мать, не хотела, чтобы ее сын принимал участие в военных действиях. Но отец не уступил. И Аслан поехал во Владикавказ поступать в военное училище. Ему повезло. Стремление к национальному самоопределению во всей своей красе сыграло ему на руку: вступительные экзамены нужно было сдавать на родном языке, а не на русском и уж тем более не на украинском. Скрипнув зубами, отец разрешил сыну поступать в военную академию в Киеве, но и тут все было не так просто, как полагал кадровый офицер, всю военную карьеру сделавший на западноукраинской земле. Оказалось, что пользоваться знаниями, здоровьем и силами военного ингуша вполне допустимо и ничего зазорного в этом нет, а вот позволить его сыну, в жилах которого не течет украинская кровь, получить высшее образование, да еще в престижном вузе, — дело совсем другое. Даже принципиально другое. Нужно было иметь украинское гражданство, о чем Асланбек своевременно не позаботился. И даже связи его отца в Министерстве обороны не помогли, чему, надо сказать, сам Аслан-Мирон был несказанно рад. Нужно было срочно искать выход из положения, в противном случае в весенний призыв Аслану предстояло начать службу в армии, но именно в украинской армии, чего допускать его отец не хотел категорически. Сын должен был служить делу ислама, а не православной церкви. Поэтому, скрипнув зубами, отец разрешил Аслану поступать в любой вуз, где есть военная кафедра и где студенты освобождались от службы в армии. Выбор к этому времени был не так уж велик, две попытки поступить в два военных вуза съели почти полтора месяца, и нужно было искать институт, где вступительные экзамены проводятся в августе. Так и получилось, что Асланбек, он же Мирон, смог стать студентом как раз того института, о котором мечтал, — физико-технического.

Он долгое время закрывал глаза на ту деятельность отца, которая не была связана с его службой. Не замечал, гнал от себя тревожные мысли, старался не думать об этом, убеждая себя, что ему кажется, что он просто чрезмерно мнителен. Он не разделял ненависти отца к русским и не понимал его, хотя печальную историю его насильственно переселенной семьи знал наизусть — так часто ее рассказывал отец. Из Ужгорода они уже давно перебрались во Львов, где Аслан и закончил школу. В доме часто появлялись люди с заросшими бородатыми лицами, говорившие на языке, которого Аслан не понимал. Вместе с отцом они спускались в подвал, где жильцы каждой квартиры имели собственный огороженный и запирающийся на замок отсек. Потом снова поднимались в квартиру и долго о чем-то разговаривали. Периодически в почтовом ящике появлялись огромные многотысячные счета за междугородные телефонные переговоры, и по проставленным в счетах кодам городов Аслан без труда определил, что звонил отец чаще всего в Москву, Грозный, Нальчик и Махачкалу. Хуже всего было то, что Аслан ни разу не видел, чтобы отец звонил по межгороду. Это означало, что звонки эти он делал, когда сына нет дома. Значит, скрывал. Стало быть, коль есть, что скрывать, это что-то противозаконное. Но Аслану не хотелось думать об этом.

Он уже сдал экзамены за четвертый курс и собирался ехать с друзьями в Крым, под Симферополь, когда отец неожиданно сказал:

— Асланбек, ты должен отменить поездку. Ты нужен здесь.

Оказалось, нужно будет ехать в Карпаты, куда-то между Кутами и Косовом, чтобы заниматься математикой с какой-то девчонкой. Аслан решил, что отец про-

Александра Маринина

сто порекомендовал его в качестве репетитора и нужно подготовить девочку к вступительным экзаменам в институт, а заодно и денег подзаработать на карманные расходы. Это не вызвало у молодого человека отрицательных эмоций, совсем наоборот, он любил бывать в Карпатах, часто ездил туда с друзьями, зимой катались на лыжах, летом собирали грибы, которых в тех лесах было видимо-невидимо. Правда, в Крым вместе с ним должна была ехать его девушка, но он не посмел даже заикнуться отцу об этом. Отказываться от работы и от денег ради женщины? Это позор для мужчины. Никакая женщина не может быть причиной, по которой мужчина меняет свои планы.

Асланбек поехал в Карпаты. На маленьком аэродроме в Коломые его ждал высокий крупный мужчина с копной волнистых волос и улыбчивым лицом, представившийся Василием Игнатьевичем.

— Ты в курсе того, что тебе придется делать? — спросил Василий, когда они сели в машину и поехали в сторону гор.

— Отец сказал, я должен позаниматься математикой с какой-то девочкой, — неуверенно ответил Аслан.

— Это не совсем так, — засмеялся Василий, — но в целом верно. Именно математикой и именно с девочкой. Но это не репетиторство. И девочка эта не обычная школьница. Она тяжело больна и уже шесть лет находится в больнице, вернее, находилась, пока мы ее оттуда не забрали. Говорят, что у нее выдающиеся способности к математике, но те, кто это утверждает, не являются, скажем так, экспертами в данном вопросе. Поэтому нужно, чтобы ты проверил уровень ее знаний и подготовленности. Поясню сразу: мне не так важно, много ли она знает в математике, для меня гораздо важнее ее потенциальные способности. Ее мозги, ее интеллект. Я человек трезвый и понимаю, что, лежа в больнице, без учителей и школьных занятий, много не узнаешь, так что насчет объема ее знаний я не обольщаюсь. Но я должен точно знать, обладает ли она выдающимися способностями, или это чистый блеф, вымысел, иллюзия. Ты понимаешь разницу между знаниями и способностями?

— Да, конечно, — рассеянно кивнул Аслан, глядя в

окно на стоящие по сторонам дороги домики, утопающие в яблоневых и грушевых деревьях.

Как он любил этот пейзаж! Как он любил Украину, которая была его настоящей родиной... Он никогда не понимал страстных монологов отца об исторической родине — Ингушетии — Алании, о многострадальной Ичкерии — Чечне, о зеленом знамени ислама и о священной войне против неверных — газавате. Все это было так далеко от него, так чуждо, так ненужно. Здесь, в Западной Украине, были его друзья, был его дом, здесь разговаривали на языке, который он хорошо знал, здесь пели песни, которые он слышал с раннего детства и от печальных мелодий которых у него слезы на глаза наворачивались. Слушая иногда по радио или телевизору музыку народов Кавказа, он не чувствовал ничего, эта музыка ему не нравилась, он ее не понимал, в ней не было привычной его слуху напевности и гармонии.

Машина затормозила перед высокими чугунными воротами. Василий посигналил, рядом с воротами открылась маленькая дверь, и к машине подошел вооруженный охранник в пятнистой полевой форме. Увидев Василия, он приветливо кивнул, потом перевел вопросительный взгляд на Аслана.

— Это...

Василий запнулся, так как, видимо, забыл сложное для славянского уха имя Асланбек.

— Мирон, — подсказал Аслан. — Меня зовут Мирон. Так проще.

— Да, — согласно кивнул Василий, — его зовут Мирон. Он поживет здесь некоторое время. Это наш человек.

Ворота открылись, машина плавно въехала внутрь и остановилась перед крыльцом большого трехэтажного здания. Кругом стояла тишина, прерываемая только звуком шагов еще нескольких охранников, прогуливавшихся вокруг здания и взад-вперед по длинным пустым коридорам.

— Это что, чья-то дача? — спросил Мирон.

— Ну, почти, — отозвался Василий. — Скажем так,

реабилитационный центр. Место, где здоровье поправляют.

— Здесь и врачи есть?

— А как же. Не все время, конечно, но когда нужно — есть. Любые. И самые лучшие.

Понятно, подумал Мирон-Аслан, здесь лечатся какие-то шишки и воротилы, а когда их нет, то и медперсонала нет. Василий сказал, врачи любые и самые лучшие. Наверное, их приглашают со стороны в зависимости от того, чем шишка болеет. И платят соответственно.

Ему отчего-то стало не по себе. Странно, как в таком заведении могла оказаться девочка, школьница, да еще тяжело больная. Что ей здесь делать? Маленькая девочка — и целый отряд вооруженных до зубов охранников.

Теперь, поздним вечером, когда он уже лежал в постели в своем новом временном обиталище, Мирон впервые подумал о том, что попал в какую-то нехорошую историю. Почему девочка не знает, где находится? Разве ее не для лечения сюда привезли? И почему нельзя ей сказать, что она в Карпатах? Судя по ее разговору с Василием, ее увезли насильно. Похитили, одним словом. Но, впрочем, что толку строить догадки, можно спросить у нее самой. Да, так он и сделает. Завтра же, во время утренних занятий.

* * *

В институт, занимающийся проблемами медицинской радиологии, Ташков поехал вместе с Юрой Коротковым. С Валерием Васильевичем Волоховым они решили заранее не договариваться, понимали, что Вера все равно наверняка его предупредила. Кабинет Волохова был заперт, и им пришлось битый час просидеть в коридоре под дверью, пока не явился его хозяин. При первом же взгляде на приятное открытое лицо Валерия Васильевича Коротков понял, что сюрпризы еще впереди. Портрет, изготовленный под чутким руководством Миши Доценко, оказался весьма и весьма близок к оригиналу. За неожиданной удачей обычно должны следовать провалы, причем чем ярче и крупнее удача, тем мощнее и ощутимее будет фиаско, это по своей сыщицкой практике Коротков знал совершенно точно.

Волохов прошел мимо них, не обратив на оперативников ни малейшего внимания, открыл кабинет и скрылся за дверью. Александр и Юрий переглянулись, выждали несколько секунд и вошли следом.

— Добрый день, Валерий Васильевич, — вежливо поздоровались они.

Волохов поднял на них глаза и недоуменно прищурился.

— Добрый. Слушаю вас.

Оперативники представились и коротко изложили причину своего визита. Волохов был абсолютно спокоен.

— К сожалению, я вряд ли смогу быть вам полезным. Мужа Веры Николаевны я никогда не видел и практически ничего о нем не знаю, кроме того, что он был мужем моей пациентки.

— Видите ли, нас в большей степени интересует та его знакомая, которую он собирался к вам привести, — вдохновенно врал Коротков. — Нам обязательно нужно выяснить, кто она такая. Возможно, она имеет отношение к его смерти или знает что-нибудь важное.

— Но я-то тем более не знаю, о ком шла речь, — пожал плечами Волохов. — Вера Николаевна, ссылаясь на мужа, говорила, что это сестра кого-то из его коллег. Вот, собственно, и все, что мне известно.

— Может быть, вы припомните еще какие-нибудь детали? — жалобно попросил Коротков. — Вы же понимаете, коллег у покойного было множество, и у половины из них есть сестры. Каким заболеванием она страдала?

— Откуда же мне знать? — развел руками Волохов. — Я эту больную не видел. Насколько я понял, вопрос как раз в том и был, чтобы установить, чем она болеет.

— Вера Николаевна сказала, что первоначально визит был назначен на один день, а потом перенесен на другой, у вас возникли сложности. Это так?

— Да, так.

— Вы предупредили мужа Веры Николаевны об этом?

— Разумеется. Я сделал это заранее, за день до первоначально назначенного срока.

— Каким образом вы это сделали? Через Веру Николаевну?

— Нет, я позвонил ему сам.

— Когда?

— Утром, как только пришел на работу. А какое это имеет значение?

— Видите ли, нам важно проследить все передвижения Олега в последние дни перед гибелью, поэтому для нас ценность представляет любая информация о том, в какой час и где конкретно он находился. Вы звонили ему домой?

— Конечно. Никакого другого телефонного номера у меня нет.

— В котором часу?

— Ну примерно... Около восьми утра. Между восемью и четвертью девятого, так будет точнее.

— Вы долго разговаривали?

— Вовсе нет. Я объяснил ему ситуацию и попросил перенести консультацию с пятницы на понедельник. Он согласился. Вот и весь разговор.

— Скажите, пожалуйста, вы давно знакомы с Верой Николаевной? — перехватил инициативу Ташков, до этого исподтишка наблюдавший за Волоховым.

— Столько, сколько я ее наблюдаю, — отозвался Волохов. — Наше знакомство — это знакомство врача и пациентки.

— А конкретнее?

— Около года.

— Это достаточно долго, — заметил Ташков. — Вера Николаевна никогда не делилась с вами семейными проблемами? Не рассказывала, что у ее мужа есть враги?

— Голубчик, вы путаете разные вещи, — снисходительно улыбнулся Валерий Васильевич. — Враги ее мужа — это отнюдь не семейные проблемы, а его личные и служебные. Что же касается семейных дел, то, разумеется, я постоянно расспрашиваю о них Веру Николаевну, ибо сейчас медициной точно установлено, что подавляющее большинство болезней, особенно у женщин, развиваются как ответная реакция на семейное неблагополучие. Можно годами лечить пациентку от, например, экземы и только диву даваться, почему самые лучшие лекарства ей не помогают, а на самом деле у нее дома черт знает что творится, она вся на нервах с утра до вечера. Конечно, экзема при таком образе жизни пройти не может, как бы ее ни лечили.

— Значит, по поводу ее мужа вы нам ничего интересного рассказать не можете?

— Увы, — вздохнул Волохов. — Мне жаль, что вы напрасно потратили на меня время.

— Что ж, извините за беспокойство, — поднялись сыщики. — Всего доброго.

Молча, не обменявшись ни словом, они прошли вдоль длинного коридора и стали спускаться по лестнице вниз. Между вторым и третьим этажами, на площадке, стояла пепельница на высокой ножке, над которой красовалась яркая надпись: «Не курить». Пепельница меж тем была полна окурков. Коротков остановился и вытащил сигареты.

— Что скажешь? — спросил он Ташкова.

— Ничего. Чем тебе этот доктор не понравился?

— Всем. Он не понравился мне тем, что как две капли воды похож на человека, которого мы подозреваем в четырех убийствах и похищении ребенка.

— Да ладно тебе! — вытаращился на него Саша. — Серьезно?

— Абсолютно. И по предварительным данным, наш фигурант тоже врач.

— Так чего же ты...

— А что я должен был делать, по-твоему? Надевать на него наручники и тащить на Петровку? Ордера на арест у меня нет, а под задержание в порядке сто двадцать второй он никак не тянет. Что я его, на месте преступления поймал? За руку схватил? Мало ли врачей в Москве! И наверняка каждый десятый подходит под то словесное описание, которое у нас есть. Никуда этот Волохов теперь не денется, имя есть, адрес установим. И будем потихонечку работать, проверять, есть ли у него алиби на те моменты, когда были совершены убийства.

Снизу послышались шаги, кто-то поднимался по

лестнице, и Юра умолк. Не хватало еще, чтобы сотрудники института услышали, как он тут вслух строит планы в отношении уважаемого доктора наук. Шаги приближались, сначала из-за поворота показалась женская головка, потом изящная спина в кремовом шелковом пиджаке. Женщина повернулась и стала подниматься им навстречу. В этот момент Ташков торопливо бросил недокуренную сигарету в пепельницу, на лице его явственно проступило изумление.

— Господи! Зоя? Ты?

Женщина замерла, потом губы ее раздвинулись в робкой удивленной улыбке.

— Саша! Ташков! Вот не ожидала тебя увидеть.

— И я не ожидал. Ты здесь работаешь?

— Что ты, куда мне. Лечусь.

— Что-то серьезное? — встревоженно спросил Ташков.

— Да нет, скорее профилактика...

Глава 13

В Зою Смирнягину он был влюблен еще в школе. Она была на три года старше и совсем не замечала смешного пятиклассника Сашу, поскольку училась уже в восьмом и считалась признанной красавицей. Несмотря на то, что училась она довольно прилично и дисциплину не нарушала, учителя ненавидели Зою. Причем ненавидели люто. И знала об этом вся школа. Наряду с достоинствами у ученицы Смирнягиной был один огромный недостаток: врожденная грамотность. И если бы недостаток этот проявлялся только в безупречном правописании, это еще можно было бы стерпеть. Но Зоя имела нахальство спорить с педагогами и указывать им на их собственные грамматические ошибки, которые, увы, случались, и даже чаще, чем допускали приличия. Впервые такой казус случился с ней в шестом классе. Зоя получила после проверки письменную работу по русскому языку, в которой в слове «пишется» буква «е» была зачеркнута учительской красной ручкой, а сверху стояла такая же вызывающе красная буква «и». Девочка оторопела, полезла в учебник, потом в словари, но нигде странного слова «пишится» не обнаружила. И с детской непосредственностью заявила об этом прямо на уроке в присутствии всего класса. Учительница, естественно, свою ошибку не признала и надменно посоветовала Зое получше учить правила. Правила Зоя знала. А кроме того, могла «поймать» неправильное написание чисто зрительно, даже если не помнила точно, что по этому поводу написано в учебнике. Если написанное слово резало глаз, значит, оно написано неправильно. И такой подход ее никогда не подводил. Даже в бреду или под гипнозом Зоя Смирнягина не могла бы сделать орфографическую ошибку или поставить не там, где нужно, знак препинания.

Поэтому данный учительницей отпор ее не смутил и с толку не сбил. Она взяла свою тетрадку с выправленной «ошибкой», пару учебников и словарей и отправилась прямиком в учительскую, где призвала в арбитры весь имеющийся в наличии педсостав учебного заведения. Старенький физик оглушительно хохотал и подтвердил, что Зоя, конечно, права, однако реакция остальных педагогов не была такой уж однозначной. Зою попросили выйти из учительской, так ничего определенного и не ответив, под предлогом того, что им нужно до конца перемены решить кое-какие «производственные» вопросы. Когда за девочкой закрылась дверь, дамы-преподавательницы в едином порыве набросились на физика:

— Вы с ума сошли, Александр Наумович! Как можно позволять ребенку критиковать учителя? Нина Степановна — опытный педагог, а вы позволяете шестикласснице сомневаться в ней. Как не стыдно!

— Да разве ж я виноват, что Нина Степановна русского языка не знает? Это ей должно быть стыдно, а не мне и уж тем более не Зое. Вынужден вас огорчить, коллеги, но безупречное знание родного языка встречается теперь крайне редко. Вы все пишете с ошибками. Разумеется, их не катастрофическое количество, но попадаются. Так что будьте готовы, такое может повториться. Это вам первый звоночек прозвенел.

Но учителей Зоя Смирнягина в роли «звоночка» их собственной неграмотности устроить никак не могла.

Александра Маринина

И они, кратко посовещавшись, решили преподать девочке наглядный урок.

В тот же день ее вызвали к доске на уроке географии и поставили весьма выразительную пару, хотя отвечала она более чем прилично, строго по учебнику, и ни разу не ошиблась, указывая те или иные места на карте. Учительнице географии ничего не стоило задать ей несколько вопросов, выходящих далеко за пределы школьного курса. Поскольку ни на один из них Зоя ответить не смогла, классный журнал украсила первая в ее жизни двойка.

— Стыдно, Смирнягина, — злорадно сказала «географичка». — Ты очень плохо готовишь домашние задания. Я и раньше за тобой это замечала, но проявляла снисходительность. Больше этого не будет. Я буду теперь спрашивать тебя на каждом уроке, так что учи как следует.

До конца недели Зоя получила соответствующие отметки по всем предметам, кроме физики, английского и физкультуры. Старик физик своих принципов не нарушил, тем более что за свое правописание был спокоен — старая школа. Англичанка Алла Сергеевна сочла проблему для себя неактуальной, поскольку занималась исключительно английским правописанием. Что же касается недавно пришедшего в школу Николая Васильевича Ташкова, преподавателя физкультуры, то он не смог бы поставить Зое пару, даже если бы очень захотел: у нее была прекрасная спортивная подготовка, она с первого класса занималась в секции легкой атлетики. Но к чести учителя Ташкова надо заметить, что желания принять участие в коллективной травле шестиклассницы Смирнягиной у него не появилось.

Педагогические дамы, однако, старались вовсю. Двойки и тройки сыпались на Зою со всех сторон под аккомпанемент презрительных упреков в плохой подготовке домашних заданий и бестолковости. Однако к концу учебного года пришлось «притормозить». По выставленным оценкам Зоя должна была бы быть признана неуспевающей и оставлена на второй год, а второгодничество считалось в то время производственным браком учителей. Нужно было выправлять положение. Двойки из обихода исчезли, их заменили тройки и даже изредка четверки. Короче говоря, в седьмой класс Зою Смирнягину перевели.

За время летних каникул все как-то поостыли, и 1 сентября учителя готовы были по-прежнему ставить Зое отметки по заслугам, а не по злобе. Однако не прошло и месяца, как строптивая девчонка снова показала себя. На этот раз ее жертвой стала учительница истории, решившая применить на уроке изысканный дидактический прием и предложившая ученикам устроить диспут на тему «Реформы Петра Первого».

— Вы будете выдвигать доводы в пользу его реформ и против них, — объяснила учительница, — а я буду на доске записывать ваши рассуждения. Потом подведем итог.

С этими словами она мелом провела черту, делившую классную доску пополам, и написала с одной стороны «Сторонники», а с другой — «Аппоненты». Именно так, через букву «а».

Ребята стали поднимать руки. Подняла руку и Зоя.

— Ну, Смирнягина, мы тебя слушаем.

— Слово «оппонент» пишется через «о», — спокойно заявила Зоя.

Учительница обернулась и глянула на доску.

— У меня и написано через «о». Ты что, плохо видишь? Если так, тебе нужно носить очки, а не делать замечания учителям.

— Я имею в виду не четвертую букву, а первую. Первая буква тоже должна быть «о», а не «а», — тихо, но твердо сказала Зоя.

Учительница побагровела и, разумеется, выгнала нахалку с урока. После этого травля началась с нового витка, на этот раз более ожесточенного. Все, что делала ученица Смирнягина, было плохо, даже если это было превосходно. Вплоть до десятого класса во всех ее сочинениях, безупречных с точки зрения грамотности, тема была «не раскрыта», а при устных ответах по любому предмету она не могла ответить ни на один дополнительный вопрос. Никто уже не вспоминал о том, что Зоя — красивая и неглупая девочка, к тому же прекрасная спортсменка. На лице ее навек застыло выражение испуга и забитости, а вызов к доске превращался в кошмар, пережить который, казалось, у нее не хватит сил. Ее планомерно выводили на «круглую троечницу» и своего добились. В аттестате о среднем образовании у Зои Смирнягиной были только две четверки — по физике и по английскому. К сожалению, физкультура в аттестат не шла.

Когда все это началось, Саша Ташков, сын учителя физкультуры, был в третьем классе, и два года, пока отец не ушел в другую школу и не забрал его с собой, мальчик безмолвно обожал Зою. После уроков Саша приходил к отцу в спортзал и терпеливо ждал, пока у того закончатся все занятия, потихоньку делая домашнее задание в маленькой комнатке позади зала — кабинетике Николая Васильевича, где тот переодевался и хранил спортинвентарь. Он часто видел стройную красивую девочку из шестого (потом седьмого, потом восьмого) класса, и она казалась ему божеством, недосягаемым и прекрасным. Тем более что Зоя занималась в легкоатлетической секции под руководством Ташкова три раза в неделю после уроков, и Саша неоднократно слышал от отца хвалебные отзывы в ее адрес.

— Какая чудесная девочка, — говаривал Ташков-старший. — Превосходные данные от природы плюс упорство и целеустремленность. Ей бы только побольше уверенности в себе. Я бы сделал из нее чемпионку, если бы мне позволили.

Перевод в другую школу стал для Саши почти трагедией, ведь он больше не увидит свое божество, свой кумир. Какова же была его радость, когда и в новой школе он вдруг увидел Зою в спортзале. Оказалось, отец организовал здесь секцию и пригласил Зою ходить к нему тренироваться. Саша расценил это как добрый знак. Судьба милостива к нему. Откуда ему было знать, что, только занимаясь спортом, девочка могла не бояться грубого окрика и презрительных упреков в собственной никчемности. Как бы там ни было, вплоть до седьмого класса у Саши была возможность три раза в неделю видеть Зою и даже разговаривать с ней, а о большем он и не мечтал.

В институт Зоя не поступила, хотя документы подавала и даже пришла на первый вступительный экзамен, как следует подготовившись. Однако до стола экзаменатора так и не дошла. Просто упала в обморок от ужаса, представив себе, как сейчас снова попадет в тот же кошмар, из которого только что вырвалась. Будет самой худшей, самой никчемной, самой слабой, предметом постоянных издевок и насмешек. Она так и не поняла к тому времени, что на самом деле произошло. Она так и не поняла, что ее целенаправленно травили за исправление учительских грамматических ошибок и в целях профилактики. И была уверена, что действительно ничего не знает и не умеет. Разве что грамотно писать.

С такими данными путь у нее был один — работа корректором. Этим путем Зоя Смирнягина и пошла. Высшего образования для этого не нужно, достаточно быть просто грамотным, а уж этим ее Бог, как вы сами понимаете, наделил в полной мере. Так она и работала вот уже двадцать лет, сначала в крупном московском издательстве, потом в толстом научном журнале, где особо ценили ее способность быстро запоминать, как пишутся специальные термины. К нынешнему моменту толстый научный журнал закрылся, и теперь Зоя вычитывала корректуры в популярной еженедельной газете. Занятия спортом она забросила сразу же после окончания школы, ибо в чемпионки себя не готовила, а надобность в психологической отдушине просто-напросто отпала: в издательстве к ней относились превосходно и постоянно хвалили, давая высокую оценку качеству и скорости ее работы. Но травма, полученная в школе, а вернее, получаемая постоянно на протяжении четырех с половиной лет, свое дело сделала. Юная красавица спортсменка превратилась в унылую, тихую, забитую и робкую девицу, которая каждое доброе слово в свой адрес воспринимала как незаслуженную милость окружающих.

За ней даже не пытались ухаживать, до такой степени сама Зоя к этому не располагала. Она боялась смотреть в глаза и не смела лишний раз улыбнуться, а о том, чтобы поддержать разговор и даже пошутить, просто речи быть не могло. И она поставила на себе крест. Так и жила бы с этим крестом до глубокой старости, если бы в один прекрасный день не появился Валерий Васильевич Волохов, чья статья о проблемах лазерной терапии при заболеваниях крови должна была выйти в том самом толстом журнале, где тогда еще работала Зоя.

Но ни забитости, ни унылости не видел Александр Ташков. Он видел ту Зою, в которую был когда-то по-детски влюблен, стройную, красивую, нежную. Ведь черты лица остались теми же, какими он их знал когда-то, даже еще более совершенными, зрелыми и отточенными. Встретив ее на лестнице в институте, где работал Волохов, Ташков записал ее телефон и договорился о встрече в тот же день вечером. Разумеется, он уже знал, что приходит Зоя как раз к доктору Волохову, и уговаривал сам себя, что встреча эта будет носить чисто служебный, хотя и внешне дружеский характер. Но в глубине души он знал, что это не так. Может, не случайно так вышло, что он до сих пор не женился. И не в женской жадности до чужих денег тут дело, вернее, не только в ней. А в том, что он, сам того не осознавая, искал такую, как Зоя.

И идя в восемь вечера к станции метро «Цветной бульвар», он купил огромный букет каких-то изысканных, нарядно упакованных цветов, названия которых он не знал. Купил, потому что выглядели они очень уж красиво и необычно. Зоя пришла минута в минуту, и это почему-то умилило Ташкова. Взяв ее под руку, он повел Зою вдоль бульвара.

— Ты не представляешь, как я рад, что мы снова встретились, — искренне сказал он, украдкой вдыхая запах ее духов. Духи были хорошие, дорогие, это он сразу понял.

— Я тоже, — тихо ответила Зоя. — Расскажи о себе. Как живешь, чем занимаешься?

— Зоенька, живу я скучно, потому что в основном работаю, а на все остальное времени не хватает.

— У тебя семья?

— Увы, — он шутливо развел руками. — Не сподобился. А ты? Замужем?

— Тоже не сподобилась. Как Николай Васильевич?

— Отлично, не сглазить бы. Здоров, бодр, весел, крутит романы с молоденькими профурсетками. Слушай, давай я вас сосватаю, а? По-моему, блестящая идея.

— Что ты, Саша, я для твоего папы старовата. В молоденькие профурсетки никак не гожусь. А кем ты работаешь? Какими судьбами тебя в институт занесло?

— Ох, Зоенька, работа у меня гнусная и противная. Что-то вроде сыщика, только в соседнем ведомстве.

— В контрразведке? — догадалась Зоя.

— Ну, примерно. А ты? Где работаешь, кем?

— А я корректор. Больше ничего не умею. Уже двадцать лет только этим и занимаюсь. Саша, ты днем сказал, что вы к Волохову приходили...

— Сказал. А тебя это беспокоит?

— Ну... Как-то... Все-таки он мой врач.

Она замялась, и Ташков ясно видел, что она чего-то недоговаривает. Или хочет скрыть?

— Вот раз уж он твой врач, так и расскажи мне о нем поподробнее, — сказал он как можно беззаботнее. — Он пока еще ничего не натворил, можешь не беспокоиться, но я хочу понимать, могу ли я доверять тому, что он говорит. Иными словами, надежен ли он как свидетель.

— Ой, Саша, он замечательный, — горячо заговорила Зоя. — Ты должен ему верить. Он прекрасный человек, очень добрый и умный...

Она говорила еще какие-то слова, но Ташков слушал ее вполуха. Внутри у него все заныло. Бог мой, да она влюблена в Волохова! И еще как! По самые уши. Какая пошлость: врач и пациентка. Как в плохом романе. А он-то размечтался, дурак.

Какое-то время они говорили о разных пустяках, но Ташков все время старался вести беседу поближе к Волохову, а Зоя охотно шла у него на поводу. Было видно, что любое упоминание о Валерии Васильевиче доставляет ей удовольствие.

— У тебя с ним роман? — внезапно спросил он.

Зоя залилась краской и опустила голову, не отвечая.

— Чего ты молчишь? Если да — так и скажи, не стесняйся. Что в этом плохого? Ты — женщина свободная.

— Но он несвободен, — покачала головой Зоя.

— А разводы у нас в стране что, отменили? — иронически осведомился Ташков. — Или ваш роман не настолько серьезен?

Он сам не верил в то, о чем спрашивал. У Зои не

могло быть несерьезного, «легкого» романа. Он это чувствовал.

— Не надо так, Саша. Валерий Васильевич очень хороший человек, благородный. У него жена уже много лет инвалид, прикована к постели, он не может ее бросить.

— Ну раз так — тогда конечно, — согласился Александр. — И часто ты с ним встречаешься?

— Часто. Во-первых, я каждую неделю прихожу на осмотр.

— А во-вторых?

— Ну... Мы встречаемся. Не в институте.

— А где же?

— Саша, — с упреком произнесла она, — ну как тебе не стыдно?

— Зоенька, я далек от того, чтобы выспрашивать у тебя интимные детали ваших встреч. Но поскольку Валерий Васильевич интересует меня как свидетель, я хочу понимать, мог ли он действительно бывать в определенных местах и видеть определенные вещи. Например, в районе Кропоткинской, на Остоженке.

— Не знаю, — пожала плечами Зоя.

— А на Бауманской?

— Тоже не знаю. Вот возле Электрозаводской он бывает, это точно. Тебя именно это место интересует?

— Ну, примерно, — кивнул Ташков. — А что у него на Электрозаводской? Он там живет?

— Нет, где он живет, я не знаю, а на Электрозаводской квартира его друга, дипломата. Друг уехал на три года за рубеж, ключи оставил Валерию Васильевичу.

— Ага, и именно там вы встречаетесь? — сообразил Ташков.

— Ну, Саша...

— Да Господи, Зоенька, чего стесняться-то? Дело житейское, вы оба взрослые люди. Перестань комплексовать. Скажи-ка лучше, в первой декаде июня вы там бывали?

— Ты имеешь в виду — до десятого числа? Нет.

— А когда?

— На прошлой неделе.

— В какой именно день?

— В пятницу...

Она опять замялась.

— Ну, Зоенька, давай, выкладывай, не мнись, — подтолкнул ее Ташков. — Что тебя смущает?

— И в субботу тоже.

— Ого! Частите, Джульетта, два дня подряд на свидания бегаете.

— Мы ночевали в этой квартире.

— А, тогда понятно. А что же больная жена?

— Саша, ну зачем ты так? Я о таких вещах не спрашиваю, это неудобно. Если Валерий Васильевич говорит мне, что может остаться на ночь, я просто радуюсь этому, вот и все. Кто я такая, чтобы задавать ему вопросы?

— Зоя, ты — молодая красивая женщина, которая имеет право хотеть нормальную семью и законного мужа. И ты имеешь право задавать ему любые вопросы и спрашивать обо всем, что тебя интересует.

— А если мне не хочется спрашивать?

— Ну, тогда конечно, — вздохнул Ташков.

По крайней мере одно уже понятно: в ночь, когда погиб Олег Жестеров, доктор Волохов был с Зоей на квартире у своего приятеля. Вряд ли взрывное устройство подложили в светлое время суток, народу кругом полно, да и окна квартиры Жестеровых выходят как раз на то место, где стоит гараж. Коротков называл ему время, когда были совершены и другие убийства, Александр все сведения запомнил и собирался сейчас аккуратно построить разговор с Зоей так, чтобы выяснить, нет ли у Волохова алиби и на эти моменты.

* * *

Предчувствия обманывали Короткова редко. Все получилось примерно так, как он и ожидал, и это ввергало в уныние не только его, но и Настю Каменскую, и даже Мишу Доценко, который, отлежавшись пару дней после того, как надышался каким-то ядовитым газом, уже приступил к работе.

Первым делом установили адрес доктора Волохова. Жил он, как выяснилось, в районе Электрозаводской, на Малой Семеновской улице.

— Ишь ты, — завистливо фыркнул Коротков, —

везет же некоторым. Удобно устроился наш доктор, имеет дружка с пустой хатой неподалеку от собственного дома. Тут живет, а сюда баб водит, и практически без всяких временных затрат на переезды. Как бы мне так наладиться?

— Погоди, Юрик, — хмуро сказала Настя, — это еще не самое плохое. Я вот все думаю, зачем нашему доктору Волохову хата приятеля.

— Как это зачем? Очевидно же.

— В том-то все и дело, что не очевидно. По данным паспортного стола и РЭУ, доктор наш не женат. То есть абсолютно холост.

— Да ты что! — Коротков аж задохнулся от возмущения. — Как это он может быть не женат, когда у него жена — глубокий инвалид, и уже много лет. Умерла она, что ли?

— Вот твоя доверчивость погубит тебя когда-нибудь, — заметила Настя. — И меня, кстати, тоже. С чего мы решили, что у него жена есть? С того, что якобы Романовская говорила Анисковец, а та, в свою очередь, якобы пересказывала своему старинному другу-любовнику Родченко? Информация прошла через десять рук, можешь себе представить, как она исказилась.

— Ну хорошо, а Зоя Смирнягина? Она ведь то же самое сказала Ташкову.

— Ну, Юр, ну ты меня просто умиляешь иногда. Сразу видно, что ты рано женился. Закоренелые холостяки сплошь и рядом обманывают своих подруг, рассказывая им о своих женах. Это делается для того, чтобы девушки с намеками на свадьбу не приставали. Представляешь, как хорошо придумать себе жену-инвалида? И претензий никаких, и в то же время облик благородного великомученика.

— Нет, Ася, что-то мне не верится, — покачал головой Коротков. — Может быть, он со своей женой не расписан? Начали жить вместе, сошлись когда-то, зарегистрировать брак не успели, с женщиной случилось несчастье, и они продолжают жить в одной квартире, он за ней ухаживает. И выгнать не может. Или не хочет. Она может даже не быть прописанной у него, потому в милиции и в РЭУ об этом сведений нет.

— Хорошо, проверим, — согласилась Настя. —

Пошлем нашего обаятельного Мишаню, пусть посмотрит, что там, в этой квартире. А с алиби что-нибудь удалось установить?

— Пока мало что. Смирнягина утверждает, что в ночь, когда Жестерову подложили взрывчатку, Валерий Васильевич был с ней на квартире у приятеля, с семи вечера и до десяти утра. Остальные даты пока проверяются. Доктор Волохов, между прочим, человек весьма любезный, по первому же требованию выдал нам свой органайзер, в котором зафиксированы все встречи, визиты и прочее. Очень собранный товарищ, все у него записано, размечено и спланировано чуть не на месяц вперед. Вчера я мотался с этим органайзером, сегодня Селуянова послал с людьми разговаривать. У меня куча долгов скопилась, хочу все бумажки разом отписать, потому и поменялся с Колькой.

Он задумчиво допил чай из высокой чашки с отколотым краешком, потом упрямо помотал головой.

— И все-таки ты не права, мать, — заявил Юрий. — Если у Волохова нет жены-инвалида, то зачем ему встречаться со своими любовницами на чужих хатах? Водил бы к себе. Ты вспомни, он много лет встречался с Галиной Терехиной на квартире у Анисковец. Почему?

— Ну мало ли почему. Может, у него родители живы, и нравы у них в семье строгие. Он ведь вовсе не стар, ему пятьдесят один всего, так что вполне могут иметь место и мама, и папа. Правда, по его адресу они не прописаны, но это, как ты понимаешь, ни о чем не говорит. Жить они могут и у него. Странный он какой-то. Не нравится мне этот Волохов.

Остаток дня потонул в текущей работе, и, когда Настя спохватилась, шел уже девятый час. Пока она размышляла, ехать ли домой прямо сейчас или все-таки дописать справку, раздался вежливый стук в дверь. Появился Миша Доценко.

— Ну что, Мишенька? Чем порадуете? — спросила она.

— Не знаю, обрадует ли вас это, но Валерий Васильевич Волохов живет совершенно один. Ни сожительницы, ни родителей. Соседи гарантируют, они много лет заходят к нему со своими проблемами, это удел всякого врача. Более того, родители Волохова действительно жили раньше вместе с ним, но в последние лет десять живут вообще в другом городе, поближе к младшей дочери, поскольку у той есть семья и трое детишек, и старики возятся с внуками.

— А может быть, раньше жена все-таки была? — с надеждой спросила Настя.

Ей так хотелось, чтобы странному поведению Волохова нашлось простое и логичное объяснение, но чем больше информации о нем поступало, тем менее понятными становились его поступки.

— Соседи утверждают, что жены никакой не было. Даже сожительницы. Правда, они видели, как к Валерию Васильевичу то и дело приходили женщины, но ни одна из них никогда не жила в его квартире. Остаться ночевать — это максимум, что он им позволял.

— Насколько надежны слова соседей? — уточнила Настя.

У нее, выросшей в большом городе и всю жизнь прожившей в многоквартирных домах, всегда просыпались подозрения, когда жильцы слишком много знали о своих соседях. Москвичи давно стали равнодушными друг к другу и чаще всего не знают даже по именам тех, кто живет с ними на лестничной площадке.

— Обижаете, Анастасия Павловна, — улыбнулся Доценко. — Я ж не абы с кем разговаривал, нашел женщину, которая за хорошую плату ходит к Волохову убираться в квартире и стирать.

— И она, разумеется, сегодня же расскажет ему, что приходили из милиции и спрашивали, как он ведет себя с дамами?

— Это вряд ли. Я ведь журналист, готовлю материал об одиноких людях, а поскольку женщина эта одинокая, то и пришел к ней побеседовать, интервью, так сказать, взять. А вывести разговор на одиноких мужчин было совсем не сложно. Она мне сама все и рассказала. Причем даже фамилия Волохова ни разу не прозвучала. Просто ее сосед, такой симпатичный, доктор медицинских наук, а вот надо же, как сложилось... И так далее. Я вам диктофон оставлю, сами послушаете.

Убрав бумаги в сейф и собравшись было идти домой, Настя вдруг поняла, что явно переоценила свои силы. Слишком рано она выскочила на работу, обрадовавшись, что вчера температура за целый день не поднялась выше тридцати семи и пяти. Пока сидела за столом, болезненное состояние было не так уж заметно, но стоило ей встать и пройти два десятка метров по коридору, как одолела противная слабость, ноги стали ватными, в глазах потемнело. «Эдак я, пожалуй, до дому не доеду», — подумала она огорченно, возвращаясь в свой кабинет. И именно в этот момент, как назло, в коридоре появился Гордеев.

— Это что означает? — недоуменно спросил он. — Почему идешь обратно?

— Забыла кое-что, — попыталась вывернуться Настя.

— Да? А ну-ка посмотри на меня, — потребовал полковник.

Она послушно повернулась к нему и сделала как можно более невинную мину.

— Врать ты горазда, Настасья, — констатировал Виктор Алексеевич, — и с кем другим у тебя, может, это и получается. Но не со мной. На тебе же лица нет.

— Да что вы, все в порядке.

— Угу. Ну открывай свой кабинет, пойдем поглядим, может, ты и вправду лицо в нем забыла. Открывай, открывай, не мнись.

Она отперла дверь, Гордеев вошел следом за ней.

— Ты сядь-ка, — скомандовал он, — и посиди тихонечко. Я пока найду кого-нибудь с машиной. А если ты, поганка, посмеешь еще приходить на работу с температурой, я тебя выгоню к чертям, ищи себе другого начальника. Мне и без тебя головной боли хватает. Не умеешь болеть на ногах — лежи, не нервируй людей.

— Я умею, — принялась оправдываться Настя. — Я же всегда на ногах болею, будто вы не знаете. Просто в этот раз как-то получилось... Вирус какой-то не такой, очень зловредный.

— Вирус, вирус, — проворчал Гордеев. — Плохому танцору, знаешь ли...

Он снял трубку, кому-то позвонил и договорился, что примерно через полчаса Настю отвезут прямо домой.

— Ты хоть что-нибудь полезное сделала сегодня? —

спросил полковник. — Или так только, видимость борьбы с преступностью изображала?

— Больше, конечно, изображала, — улыбнулась Настя. — С убийством Анисковец мы сделали грандиозный шаг вперед и уже были в пяти сантиметрах от раскрытия и поимки убийцы.

— Что значит — были? — нахмурился Гордеев. — И куда ж вы сплыли с этих пяти сантиметров?

— Опять на километр назад. Нашли, причем совершенно случайно, фигуранта, а у него, похоже, железное алиби на все случаи жизни. Сегодня его допрашивал Ольшанский, пока, конечно, как свидетеля. Факт знакомства с Анисковец он не отрицает и, между прочим, был страшно удивлен, узнав, что она убита. Делает вид, что вообще не знал об этом. Предоставил в распоряжение следствия свой блокнот с ежедневными записями, дескать, проверяйте меня с ног до головы, пока не надоест. Мы с Ольшанским договорились, что о семье Терехиных пока спрашивать не будем. Сначала проверим, где и с кем он находился в момент убийства монахини сестры Марфы и медсестры Мыриковой, заодно к алкоголичке Романовской его примерим, а потом уж о детях и о Галине спросим. Я пока этого врача не видела, но Коротков и Ольшанский уверяют меня в один голос, что он абсолютно спокоен и реакция у него на все, что происходит, очень естественная. Как у невиновного и совершенно неосведомленного человека. Российский Лоуренс Оливье, одним словом.

— Настасья, не увлекайся оперативной комбинаторикой. Я понимаю, тебе хочется сделать все тщательно и аккуратно, чтобы красиво и одним махом расколоть этого врача. Но не забывай о похищенной девочке. Если мы до сих пор не получили известий от похитителей, стало быть, она не заложница. И только этот врач может сказать нам, кто и почему мог ее похитить.

— Я понимаю, Виктор Алексеевич, но ведь если его не прижать как следует, он все равно не скажет. Он на первый взгляд чист со всех сторон, и если мы поторопимся, то загубим дело. Он вывернется, как уж. У нас ведь на самом деле ничего против него нет. И потом, помните, я говорила вам о своих сомнениях по поводу того, как чисто были совершены все убийства и похищение. У него есть помощники, хотя бы тот тип, который так ловко обманул нашего Мишаню. Кстати, я хотела вам сказать: Миша посмотрел издалека на Волохова и уверенно утверждает, что человек, которого он видел на территории больницы и принял за «дядю Сашу», — это совершенно точно не Волохов. Типаж тот же, сходство с портретом огромное, но это был не он. А у Мишки глаз — алмаз, он в таких вещах не ошибается. Стало быть, если преступник — доктор Волохов, то у него как минимум два подельника. А это уже группа. И если мы сейчас неосторожным движением Волохова спугнем, группа нырнет в болотце и исчезнет, а потом мы и самого доктора вынуждены будем отпустить. За недоказанностью.

— Ты все правильно говоришь, Настасья. И возразить тебе нечего. Но есть один аргумент, и он самый главный на сегодняшний день: девочка, Наташа Терехина. Нельзя нам тянуть. Все, деточка, время вышло, спускайся вниз потихоньку. Голубые «Жигули», за рулем твой дружок Зубов. Да не вздрагивай ты, он сегодня в хорошем настроении.

Эксперт-криминалист Зубов славился своим постоянным брюзжанием на состояние собственного здоровья и неправильное поведение начальства, а также на государственную политику в области цен и приватизации. Он был высококлассным специалистом, но общение с ним требовало от окружающих немалого терпения и выдержки. Он мог вогнать в тоску самого большого оптимиста. «Ну что ж, Зубов так Зубов», — подумала Настя.

Глава 14

Несмотря на оставивший тяжелый осадок вчерашний день, спал Мирон, как обычно, крепко и проснулся отдохнувшим и в прекрасном расположении духа. Чистый, напоенный лесными ароматами карпатский воздух действовал на него опьяняюще. Приняв душ и побрившись, он выглянул в коридор и тут же наткнулся на дефилирующего охранника. Услышав скрип двери, охранник резко повернулся к Мирону, но ничего не сказал, только глянул вопросительно.

— Как здесь насчет завтрака? — весело спросил Мирон.

Охранник молча подошел к висящему на стене телефону и снял трубку. Через несколько минут в дверь постучали, тот же самый охранник вкатил в комнату Мирона сервировочный столик на колесах, на котором стояли кофейник, плетеная корзинка со свежими булочками, масло, джем, сыр и ветчина. Кроме этого, на нижней полке столика Мирон увидел небольшие тарелочки, накрытые блестящими крышками. В одной из них оказалась черная икра, в другой — красная, в третьей — нарезанная тонкими ломтиками рыба горячего копчения. К такому завтраку он не привык. Мать обычно подавала по утрам обильную сытную горячую еду, считая, что если есть возможность покормить мужчин как следует — надо это делать, а то ведь неизвестно, где они окажутся днем и смогут ли как следует пообедать. Булочки оказались вкусными, масло — свежим и мягким, и после двух бутербродов с икрой и двух с джемом жизнь показалась Мирону более чем удовлетворительной. По сытности этот завтрак не уступал домашнему, материнскому.

Снова открыв дверь и выкатив столик в коридор, Мирон громко сказал:

— Когда мне приступать к занятиям?

Охранник сделал приглашающий жест рукой и довел Мирона до комнаты Наташи, которая располагалась этажом выше. Мирон вежливо постучал в дверь и успел заметить, что стоящий рядом охранник бросил на него откровенно неодобрительный взгляд. Ну конечно, если это компания отца, то они считают, что женщина — это не человек, а предмет мебели и стучаться к ней совершенно необязательно. Вот еще, глупости!

— Доброе утро, — весело произнес Мирон, войдя в комнату девушки. — Как спала?

— Отлично, — улыбнулась Наташа. — А ты?

— И я тоже. Ну как, начнем?

— Начнем, — с готовностью отозвалась она.

Мирон открыл принесенные с собой задачники и дал Наташе задание. Девушка быстро писала на листке бумаги формулы, а он внимательно наблюдал за ней. Вчера он даже не заметил, какая она красивая. Надо же, как судьба бывает несправедлива! Такая красавица — и калека на всю оставшуюся жизнь. Впрочем, глупости, нельзя так думать, каждый человек достоин того, чтобы жить полноценной жизнью, независимо от красоты лица.

— А чем ты болеешь? — внезапно спросил он.

— Всем, — ответила Наташа, не отрываясь от задачи. — Сам не видишь?

— Я имею в виду, как получилось, что ты так тяжело болеешь?

— Мама постаралась. Выбросила меня в окно с девятого этажа.

— Шутишь?

Она подняла голову и протянула ему листок с готовым решением.

— Не шучу. Так и было. Меня выбросила и сестру с братом. Мне было одиннадцать, сестренке — семь, а брату вообще полгодика. Правда, мать сама потом тоже вслед за нами выбросилась. И все выжили. Представляешь? Все выжили. Но остались калеками. А мама и вовсе память потеряла. Так никто и не понял, зачем она это сделала. Ничего не помнит.

— А Василий вчера говорил про сестру, которая вас содержит...

— Ну да, это Ира, наша старшая. Ей тогда было четырнадцать, у нее сил хватило вырваться и убежать. Она у соседей спряталась. Ты посмотри решение. Правильно?

— Да погоди ты, — с досадой сказал Мирон. — Успею решение посмотреть. Давай лучше поговорим.

Он видел, как девушка обрадовалась, и собрался было уже задать следующий вопрос, когда дверь распахнулась и в комнату вошел Василий.

— Перерыв! — громко объявил он. — Наташенька, отдыхай, я заберу Мирона на пару минуток.

Схватив Мирона за руку, он буквально силой вытащил его в коридор.

— Давай-ка выйдем на воздух, — бросил на ходу Василий тоном, не терпящим возражений.

Они молча спустились на первый этаж и вышли из здания.

— Значит, так, дорогой мой, — сухо сказал Василий. — Эти глупости ты забудь раз и навсегда. Тебя наняли, чтобы ты занимался ее мозгами, а не ее биографией. Ее комната прослушивается, и мне остается только удивляться тому, что тебе это в голову не пришло. Мы — люди серьезные, а не в куклы тут играем. Тебя рекомендовал твой отец, и для меня лично это означает, что ты тоже человек серьезный. Ты еще очень молод, дорогой мой, и мне бы не хотелось, чтобы ты умер, мало что узнав и увидев в этой жизни. Поэтому веди себя, пожалуйста, так, чтобы не вынуждать меня принимать крайние меры. А я их приму, как только пойму, что ты — человек несерьезный. Вопросы есть?

«Есть», — хотел было ответить Мирон, но прикусил язык. Серьезному человеку все должно быть уже понятно.

— Нет. Вопросов нет, — твердо сказал он.

— Ну и славно, — голос Василия помягчел и потеплел. — Будем считать происшедшее легким недоразумением, которое в будущем не повторится. Ведь не повторится, правда?

— Правда.

— Вот и хорошо. Возвращайся к девочке и продолжай занятия. И не забывай, о чем я тебя просил вчера, посмотри, есть ли у нее способности и к другим наукам.

Мирон вернулся в комнату Наташи, с трудом справляясь с охватившей его злостью. В какое дерьмо втравил его отец? Почему им распоряжаются, как вещью? Рекомендовал он его, видите ли. Серьезный человек. Великое дело ислама, будь оно неладно! И тут же он устыдился собственных мыслей. Нельзя так думать об отце, это грех. Отец лучше знает, что правильно и нужно. А его, Мирона, долг — быть покорным сыном.

Наташа, похоже, не заметила перемену в его настроении и приветливо улыбнулась Мирону, когда тот снова появился в комнате. Мирон взял другой задачник, полистал, нашел упражнение посложнее.

— Вот, реши эту задачу тремя разными способами.

— Ты же хотел поговорить, — робко заметила девушка.

— Перехотел, — отрезал он. — Нам надо заниматься, а не разговаривать.

На ее огромные миндалевидные глаза навернулись слезы, губы задрожали, но Наташа ничего не сказала, только молча взяла раскрытую книгу и принялась за решение задачи. Мирон почувствовал себя подонком. Зачем он ее обижает? Она и без того уже жизнью обижена. Того и гляди, расплачется. Но нельзя же объяснять ей то, о чем ему сказал Василий. Комната-то прослушивается. А если записку написать? Он потянулся было за ручкой и бумагой, но вовремя остановился. Комната прослушивается, а вполне возможно, и просматривается. Даже наверняка. Сказал же Василий, что они серьезные люди. Впрочем, наплевать. Он будет делать все так, как надо, как хочет Василий Игнатьевич, как ждет от него отец. Что ему эта девчонка? Кто она ему? Сестра родная? И нет никакой разницы, что там у нее в детстве случилось. Не хватало еще из-за собственной любознательности и сострадания пулю схлопотать.

Они занимались до самого обеда, и все это время Мирон разговаривал с Наташей сквозь зубы и старался не встречаться с ней глазами. Первую половину занятий она поражала его оригинальными и остроумными решениями, а потом дело пошло хуже и хуже, она теряла форму буквально на глазах.

— Устала? — холодно спросил Мирон.

Она отрицательно покачала головой и прикусила губу.

— Тогда почему так плохо работаешь? Твои решения не выдерживают никакой критики, они абсолютно дубовые. Ты выбираешь самый длинный путь к ответу, хотя можно было найти решение раза в три короче и изящнее.

Наташа опустила голову, и, к своему ужасу, Мирон увидел, как на лежащий на ее коленях задачник закапали слезы.

— Успокойся и возьми себя в руки, — сказал он чуть мягче, но все равно достаточно строго, — а после обеда продолжим.

Обедал Мирон, как и завтракал, в своей комнате,

хотя теперь ему это уже не нравилось. Ведь наверняка же есть помещение, столовая, например, или кухня, где обедают все эти охранники и обслуга, почему бы ему не присоединиться к ним? Все веселее было бы. Надо при первой же возможности поговорить об этом с Василием. Настроение было испорчено вконец. Тот факт, что комната Наташи прослушивалась, говорил сам за себя: здесь никому не доверяют и вообще творят что-то незаконное. Каким образом отец связан с этими людьми? Что между ними общего? Военный, офицер — и какие-то сомнительные деятели, пытающиеся продать интеллект неизлечимо больной девочки. Бред какой-то. Девочку жалко до сердечной боли. Но жизнь, однако же, дороже, с этим не поспоришь. А в том, что Василий его, Мирона, пришибет как кутенка, сомневаться не приходится, достаточно было видеть его глаза, когда он произносил свои малоприятные обещания насчет крайних мер. Получается, что отец у этого Василия на побегушках, раз сам Василий не боится угрожать Мирону.

После обеда он снова пошел к Наташе, теперь уже без сопровождения. Охранник видел его и только глазами проводил. На этот раз результаты девочка показывала из рук вон плохие, и Мирон даже начал сомневаться, не примерещились ли ему те блестящие решения, которые так восхитили его вчера и сегодня утром.

— Что с тобой? — заботливо спросил он. — Ты плохо себя чувствуешь? Может, закончим на сегодня?

Он видел, что девушка с трудом сдерживается, чтобы не заплакать.

«Да черт с ними со всеми! — с внезапным озлоблением подумал Мирон. — Не могу я девочку изводить. Она-то чем виновата?»

Он подошел к ней поближе и ласково погладил по голове. Волосы у Наташи были жесткими и давно не мытыми.

— Ну что ж ты так расстраиваешься, — негромко сказал Мирон. — Не надо, Наташенька. Ты же умница, у тебя все получается, просто ты не можешь собраться. Ты удивительная девочка, я бы никогда не поверил, что можно по одним только учебникам, без помощи педагогов, начать разбираться в высшей математике, да еще так здорово, как ты. Ты настоящий вундеркинд, а когда я тебя ругаю, то это не означает, что ты глупая. Это означает только, что ты не стараешься. Ну-ка подними головку и посмотри на меня.

Наташа покорно подняла голову, и Мирон утонул в ее огромных светлых глазах.

— Ты не только умница, — продолжал он, — но и красавица. А красавицы не должны плакать, потому что от этого портятся глазки и кожа. Не будешь?

Слабая улыбка тронула ее губы.

— Ты правда считаешь меня красавицей?

— Правда. Ты очень красивая.

— А почему ты больше не хочешь со мной разговаривать?

Мирон смутился. Что он мог ей ответить? Что Василий подслушал их утренний разговор и запретил ему вести с ней беседы, не относящиеся к математике?

— Я очень хочу с тобой поговорить, но мы должны заниматься, много заниматься. Очень много. Ты ведь слышала, что сказал Василий Игнатьевич? Если ты произведешь хорошее впечатление, у тебя будет интересная и высокооплачиваемая работа, и ты сможешь помочь своей старшей сестре содержать младших детей и мать. Поэтому это на сегодняшний день самое главное, а все остальное можно и нужно оставить на потом. Согласна?

— А потом, когда все решится, ты будешь со мной разговаривать?

— Конечно.

— Мирон...

— Да?

— А если я не понравлюсь им? Если они не захотят дать мне работу? Что тогда будет?

— Я не знаю. Наверное, тебя отправят обратно домой.

— Ты уверен?

— Конечно, уверен. Как же может быть иначе? Наверняка отправят.

Он совершенно не был в этом уверен. Более того, он был уверен в обратном. Сказочки о работодателе, который хочет, чтобы у него работал талантливый математик, хороши для семнадцатилетней девочки, которая много лет живет в отрыве от реального мира и по степени доверчивости и простоты не уступает десятилетнему ребенку. Для него, Мирона, эта туфта не годится. Здесь что-то другое. Но вот что? Что они задумали? Зачем похитили эту несчастную девочку? И главное: что будет, если она не оправдает надежд? Какая участь ее ждет?

Погрузившись в свои мысли, он не услышал, как за его спиной открылась дверь, и вздрогнул от неожиданности, когда прямо над ухом раздался голос Василия.

— Перерыв, дети мои. Наташа, возьми вот этот листок и пиши на нем то, что я тебе продиктую.

Мирон увидел, что Василий протянул ей стандартный бланк телеграммы.

— Сверху пиши свой домашний адрес, подробно, сначала индекс, потом город, улицу и так далее. Терехиной Ирине Леонидовне. Теперь текст. Пишешь без знаков препинания, где нужно ставить точку — я скажу. Ирочка милая прости меня я очень его люблю тчк Я хотела тебя предупредить зпт что уезжаю с ним зпт но не успела тчк Не волнуйся за меня зпт обо мне заботятся тчк Целую тебя Олю Павлика. Строчкой ниже ставишь подпись — Наташа. Теперь внизу пишешь обратный адрес: Мурманск, улица Полярная, дом двадцать, корпус три, квартира девять. Терехина Н.Л.

Наташа удивленно подняла глаза на Василия.

— Мы что, в Мурманске?

— Разумеется, нет, — раздраженно ответил тот. — Не задавай глупых вопросов, будь добра. Твоя сестра получит эту телеграмму и перестанет беспокоиться о тебе. Решит, что ты сбежала с возлюбленным. Зато потом, когда ты начнешь присылать ей деньги, она перестанет сердиться на тебя за то, что ты уехала, никого не предупредив. И все само собой уладится.

Мирон с тоской видел, что Наташа верит Василию. Он нагло врет ей в глаза, а она верит. Господи, она же еще совсем ребенок! Маленький книжно-телевизионный человечек, который знает жизнь только по любовным романам, она всему поверит, если это не сильно отличается от художественного вымысла. А Василий, подлец, этим пользуется. И сказать ей ничего нельзя —

услышат. Надо все-таки попробовать прояснить вопрос, есть ли в комнате скрытая телекамера. Может быть, можно написать Наташе записку? Хотя зачем? Зачем рисковать и нарываться на неприятности? Ради чего, собственно? Своя шкура дороже.

* * *

Ира никогда не думала, что душа может так болеть. Она привычно выполняла все, что делала каждый день на протяжении последних лет, подметала, мыла, убирала, разносила еду и напитки, толкалась на вещевом рынке, отскребала сковороды и противни и при этом постоянно думала о Наташе. Где она? Что с ней? Почему ее увезли? И когда вернут? И вообще, вернут ли...

Коротков очень просил ее ни с кем посторонним похищение сестры не обсуждать. К числу посторонних относились все, кроме сотрудников милиции, занимающихся этим делом. Поэтому всем, кто замечал, что с Ирой что-то происходит, ей приходилось как можно равнодушнее отвечать:

— Все в порядке. Просто неважно себя чувствую, приболела немного.

Георгий Сергеевич, квартирант, ни на что не обращал внимания, у него наступил новый виток переговоров с женой по поводу размена их общей квартиры, Ира каждый день слышала, как он разговаривал с ней по телефону, и голос у него был огорченный и сердитый. Погруженный в собственные проблемы, он, казалось, не замечал потерянного и расстроенного вида своей квартирной хозяйки. А вот Ильяс, напротив, проявлял чуткость, то и дело норовил подкинуть продуктов, принесенных с рынка, с разговорами приставал, что да как, да почему вид такой усталый, да что у нее болит. Жалельщик нашелся, тоже еще...

Иногда ей так сильно хотелось поделиться своим горем, рассказать про гибель Олега и похищение сестры, что приходилось себя удерживать. Раз не велено рассказывать — значит, нельзя. Ей и в голову не приходило, что можно ослушаться. Коротков знает, что и как лучше для Наташеньки. Не дай Бог, она, Ира, своим неосторожным поступком повредит сестре. В жизни потом себе не простит.

Сегодня подошло время ехать к матери. Ира и без того уже оттягивала этот момент, визиты в дом инвалидов давались ей тяжело. Она не понимала, почему ее мать сделала то, что сделала, и Ира не могла ее простить, потому что мать, по ее представлениям, теперь жила в прекрасном мире, где не было воспоминаний о страшном, где не было тех проблем, с которыми ее двадцатилетняя дочь воевала вот уже четыре года с утра до вечера. Но ехать надо, и Ира, купив, как обычно, немудреных гостинцев и выполнив все заказы капризной матери, отправилась к ней. В комнате Галины не оказалось. Ира задумчиво стояла перед запертой дверью, когда мимо нее прошаркал живший по соседству старик.

— Твоя мама в саду, — проскрипел он на ходу, с трудом борясь с одышкой.

Мать действительно сидела в своем инвалидном кресле под раскидистым дубом. Ира удивилась, что рядом с ней не было той монахини, сестры Марфы, которая всегда гуляла с Галиной.

— А где сестра Марфа? — с ходу спросила Ира. Процедуру приветствия она, как правило, опускала, если общалась с матерью.

Реакция Галины ее ошеломила. Лицо матери задергалось, из глаз потекли слезы, она начала что-то невнятно бормотать.

— Изверг... Чудовище... Монстр...

Больше ничего Ира разобрать не смогла.

— Ты что? — спокойно спросила она. — Кто чудовище? Сестра Марфа?

В ответ с матерью стало твориться что-то уж совсем непонятное. Она закрыла лицо трясущимися руками и принялась раскачиваться из стороны в сторону. Ира испугалась не на шутку. После случившегося шесть лет назад несчастья она ни разу не видела, чтобы у матери случалась истерика. Напротив, забыв всю свою предыдущую жизнь, она стала на удивление спокойной и равнодушной ко всему и вообще нисколько не походила на ту маму, которую Ира знала и любила с самого детства. Та Галина была любящей и заботливой матерью, ласковой, внимательной к детям, никогда не повышала голос. Нынешняя же Галина была злой, капризной и требовательной. Конечно, в присутствии Иры она частенько плакала, но всегда это было реакцией на грубость дочери, а вовсе не проявлением сострадания к ней и остальным детям. Но чтобы вот так...

— Что случилось, мама?

Но мать не отвечала, раскачиваясь все сильнее. Ее уже била крупная дрожь. Ире стало страшно. Она быстро побежала в сторону здания, выискивая глазами какого-нибудь врача или хотя бы медсестру. На глаза ей попалась фигура в белом халате.

— Помогите! — закричала она изо всех сил.

Мужчина в халате обернулся и поспешил ей навстречу.

— Что случилось, девушка?

— Там моя мама... — задыхаясь заговорила Ира, показывая рукой в ту сторону, где оставила мать. — Ей плохо. Помогите, пожалуйста.

Врач поспешил за ней следом. Увидев Галину, он с облегчением вздохнул.

— Терехина... Вы ее дочь, да? Ничего страшного, в последнее время с ней это бывает. Она сама успокоится через некоторое время.

— Да что с ней, доктор? Раньше такого никогда не было. У нее болит что-нибудь?

— Не волнуйтесь, у нее ничего не болит. Это нервное.

— С чего ей нервничать? — уже спокойнее спросила Ира.

— А вы разве не знаете? — удивился врач. — Вы не слышали про этот ужасный случай с нашей сестрой Марфой?

— Нет. А что произошло?

— Сестру Марфу убили прямо в комнате вашей мамы. А ваша мама ее первая и обнаружила. Конечно, это было для нее огромным потрясением, и теперь как только она вспоминает об этом, начинает плакать. Вы не должны пугаться.

— Может, ей укол какой-нибудь сделать?

— Я же сказал, она сама успокоится. Вот увидите,

это пройдет очень скоро. А уколы ей не нужны, она и без того получает достаточно много лекарств.

— Но она так трясется... — Ира бросила на мать взгляд, полный сострадания, смешанного с отвращением.

— Что поделать, голубушка, — пожал плечами врач, — вам придется к этому привыкнуть. Ваша мать — человек тяжело больной. Пока она еще относительно молода, но с возрастом проявления болезни будут все более отталкивающими, это естественный ход вещей, и к этому надо быть готовой. Болезнь, тем более такая, не бывает красивой. Впрочем, никакая болезнь не бывает красивой.

— И что мне делать? Ждать, когда она перестанет плакать?

— Ну, если у вас много свободного времени, можете погулять по парку. А вообще-то я советовал бы вам идти домой. Это что за сумки? Ваши?

— Да, я продукты принесла и еще кое-что, мать просила.

— Повесьте их на крючок, там, на спинке коляски. Не бойтесь, никто не возьмет. У нас тут, знаете ли, не воруют. Пойдемте, я провожу вас до выхода.

Ира повесила сумки на крючок, бросила на мать последний взгляд и поймала себя на том, что испытала неожиданное облегчение оттого, что визит оказался таким коротким и она не успела в очередной раз поссориться с ней и испортить себе настроение. В прошлый раз она уходила отсюда в слезах. Симпатичный румяный доктор пошел рядом с ней в сторону выхода из парка, окружавшего дом инвалидов.

— А что случилось с монахиней? — спросила Ира. — Кто ее убил?

— Ну, голубушка, кто ж это знает, — развел руками доктор. — Милиция ищет убийцу, но пока безуспешно.

— Надо же, — вздохнула она, — такая была славная женщина. По-моему, она была единственной, с кем мать ладила. Вернее, кто мог ладить с моей мамой. Ласковая такая, терпеливая. Я бы уж сто раз на мать наорала, а сестра Марфа все терпела, еще и улыбалась. Скажите, а люди всегда делаются такими невыносимо капризными, когда болеют?

— Почти всегда, — кивнул врач. — И чем тяжелее

болезнь, тем несноснее становится характер. С этим надо мириться как с неизбежностью, вот и все. Вы, наверное, нечасто маму навещаете?

— Раз в месяц примерно. А как вы догадались?

— Если бы вы приходили чаще, мы бы обязательно познакомились раньше. Ваша мама здесь уже несколько лет...

— Шесть, — уточнила Ира, отчего-то внезапно устыдившись своих редких визитов, которые она наносила матери.

— Да, шесть, — согласился он, — а с вами мы впервые разговариваем. Обычно родственников тех больных, которые находятся здесь долго, я хорошо знаю. Они обязательно заходят ко мне. А вы меня почему-то не жалуете.

— А вы кто? — без обиняков спросила Ира.

— Я — главный врач. Сергей Львович Гуланов, — представился доктор. — А вас зовут, кажется, Ирой?

— Да. Откуда вы знаете?

— Ну, голубушка, — засмеялся Сергей Львович, — вы забываете, как мы тут живем. Это для вас весь мир открыт, а здесь у нас мирок очень замкнутый, от большой жизни наши инвалиды оторваны, варятся в собственном соку и, разумеется, все про всех знают. Правда, поскольку ваша мама потеряла память, как раз о вашей семье нам известно не очень-то много. Но мы знаем, что у вас есть две сестры и брат и они тоже в больнице. К сожалению, для нас так и осталось тайной, что же случилось с вашей мамой и почему она совершила свой ужасный поступок. Если бы врачи это знали, может быть, нам удалось бы вернуть ей память.

— Я тоже не знаю, — призналась Ира.

— И никто не знает? Может быть, есть человек, у которого вы могли бы спросить?

— Нет, — она покачала головой. — Нет такого человека. Никто не знает, что на нее вдруг нашло. Папа, наверное, знал, но он умер на следующий день после этого.

— Так вы совсем одна? — сочувственно спросил Гуланов.

— Совсем. Но я справляюсь, вы не думайте.

— Я не сомневаюсь, — улыбнулся он. — Мой вопрос продиктован другими соображениями. Вы, наверное, знаете, что мы финансируемся из бюджета, проще говоря — из государственного кармана. И карман этот в последнее время становится все более и более дырявым. Деньги в нем не задерживаются, а утекают черт знает куда. Вы сами видите, чем мы вынуждены кормить наших инвалидов. Денег дают мало, а лекарства у нас должны быть обязательно, поэтому их мы приобретаем в первую очередь, надеясь только на то, что родственники подкармливают наших пациентов. Но уже недалек тот день, когда мы вынуждены будем вводить плату за пребывание в нашем доме. Вы к этому готовы?

— Я? — испугалась Ира. — А дорого будет?

Этого еще не хватало. Неужели от тех крох, которые удается сэкономить для Павлика, придется еще и за мать платить?

— Не знаю пока, думаю, не меньше пятисот тысяч в месяц.

— Сколько?! — в ужасе переспросила она. — Пятьсот тысяч? Господи, да где ж я возьму столько!

— Погодите, голубушка, не надо паниковать раньше времени. Во-первых, этого еще не произошло. Во-вторых, вполне возможно, оплата будет и не так велика. А в-третьих, существуют различные льготы для малообеспеченных. Учитывая ваше материальное положение, плата за пребывание для вашей мамы будет существенно ниже. Может быть, она даже попадет в категорию тех, кто живет здесь бесплатно. Ну вот мы и пришли. Бегите, вон автобус подходит.

Гуланов ободряюще улыбнулся Ире и слегка прикоснулся к ее плечу, словно подталкивая в сторону приближающегося автобуса. Она молча кивнула и побежала к остановке, забыв, как обычно, вежливо попрощаться.

* * *

Эти переговоры шли на редкость трудно. Аякс знал, что совершил промах, его команда сработала не очень чисто, но полагал, что за множество предыдущих проведенных безупречно акций его могли бы простить и претензий не предъявлять.

А все Ильяс. Сколько раз говорил себе Аякс, нельзя брать плохо подготовленных людей, не прошедших полный цикл проверки. Проверка обычно состояла в том, что человека отправляли в пустыню куда-нибудь в Среднюю Азию, чтобы убедиться, что он спокойно переносит жару, голод, жажду и длительное молчаливое ожидание. Если результаты первой проверки оказывались не очень хорошими, но сам кандидат проявлял настойчивость и желание работать, ему давали возможность тренироваться до тех пор, пока он не начинал чувствовать себя в пустыне как в собственной квартире. Ильяс пустыню перенес плохо, но работать на Аякса очень хотел, и его взяли без дополнительных тренировок, тем более что парень обещал поработать над собой и к моменту первого задания приобрести нужную физическую и психологическую форму. Ему поверили. А оказалось...

Первая часть операции была проведена блестяще, секретные документы по ядерной технологии были успешно куплены за огромные деньги, и задача Ильяса была — доставить их в Ливию. Он, как и все люди Аякса в таких случаях, купил индивидуальный тур в Египет, взял там напрокат машину, сказал представителю турагентства, что гид ему понадобится только через три-четыре дня, а пока он хочет побыть один, погулять, позагорать, поплавать. И отправился в сторону границы с Ливией. Границы там чисто номинальные, проходят по пустыне, никто их не контролирует. Ильяс встретился в условном месте с проводником-посредником и отправился с ним вместе по пустыне в сторону оазиса, где была назначена встреча с ливийской стороной. И хотя Ильяса предупреждали, что пустыня — это не угол Тверской и Огарева, где у Центрального телеграфа люди встречаются в строго оговоренное время, в пустыне назначенной встречи ждут часами, а то и сутками, все равно ожидание оказалось для него непосильным. Он быстро утратил душевное равновесие, начал нервничать, раздражаться, кричать на проводника, который не мог ни объясниться с ним, ни утешить, ни подбодрить. Проводник-араб говорил только на родном диалекте и на классическом арабском, а по-английски знал всего несколько слов, необходимых для выполнения своих функций: «Иди за мной», «Жди здесь».

К моменту появления ливийца Ильяс был уже на грани нервного срыва, а возможно, и перешагнул эту грань, ибо набросился на того с гневными криками. Ливиец, тоже слабо говорящий по-английски, почти ничего не понял, документы взял и убыл. Однако своим начальникам доложил, что человек, которому доверили доставить такие важные и секретные документы, оказался ненадежным и невыдержанным. И вот за это и получал сейчас Аякс все, что ему причиталось. Человек, с которым он вел переговоры, был лицом, приближенным к руководству, доверенным человеком Каддафи. Он был весьма образованным, хорошо говорил на нескольких европейских языках и входил в группу, которой было поручено обеспечить научный потенциал «страны мусульманского социализма». Его настоящего имени Аякс не знал, только псевдоним — Кастор.

— Ваша страна предала нас, — брезгливо кривя губы, говорил Кастор. — Вы разочаровались в социалистической идее и бросили на произвол судьбы тех, кого этой идеей в свое время заразили. Вы кормили нас обещаниями, манили перспективой поделиться ядерным оружием, а теперь нырнули в кусты. Но великая идея исламского социализма жива, каждый ливиец имеет на своем столе «Зеленую книгу» лидера Каддафи. И мы поставим на колени весь мир, который не разделяет наших убеждений. Величие нашей идеи безгранично, а вы, Аякс, посмели поставить нашу деятельность под угрозу, послав с документами слабого и неумного человека.

— Я признаю вашу правоту, — покорно склонив голову, произнес Аякс, — и могу дать вам слово, что больше это не повторится. Я удвою внимание к подготовке своих людей. Я предлагаю обсудить условия нашей следующей операции.

Следующая операция планировалась уже не с секретными технологиями, а с документами и легендами для террористов, которых готовили в ливийских лагерях. Людей для подготовки в этих лагерях отбирали в Ливане, в поселениях для беженцев, а после прохождения усиленного курса тренировок «рассыпали» по всему миру. Новоиспеченным террористам нужны были документы, а желательно и легенды, которые помогут им избежать неприятностей в случае проверок. И здесь тоже большую помощь оказывал Аякс со своей группой. На встрече в пустыне человеку Аякса передавали фотографии тех, кто заканчивал курс подготовки. Эти фотографии под видом обычной «челночно-торговой» поездки доставлялись в Турцию, Италию или на Кипр и передавались тем, кто за короткое время изготавливал соответствующие документы. Затем процедура повторялась. Человек Аякса забирал документы, выезжал в Египет, отправлялся в пустыню и ждал в оазисе представителя ливийцев, которому эти документы отдавал. Таким образом, прошедшие подготовку в лагере террористы выходили в большой мир, имея вполне приличное документальное подтверждение своего имени и рода занятий. Причем для одного и того же человека обычно готовились несколько комплектов документов, в которых стояли, разумеется, разные имена. Практика показала, что такого рода предварительная подготовка значительно повышала мобильность и безопасность, позволяя группе действовать не только успешнее, но и дольше.

На счету Аякса было уже четыре такие операции, и теперь предстояло оговорить условия пятой. Но Кастор не спешил, все время сворачивая разговор на тему о том, можно ли безусловно доверять Аяксу и его людям, не допустят ли они такого же срыва, как Ильяс. Аякс понимал, что выхода у Кастора нет, все равно эту операцию может проделать только Аякс, если искать другого исполнителя, на это уйдет время, и немалое, так что заказ он все равно получит. Но Кастор тянет, упирая на риск провала группы Аякса, с одной-единственной целью — сбить цену. Раз вы не так надежны, как мы полагали, то и цена за ваши услуги должна быть ниже. Аякс понимал, что спорить с этим трудно, надежность и безопасность всегда ценились высоко, а коль надежность и безопасность под вопросом, то и денег за это полагается меньше.

Наконец они все-таки договорились об условиях, и

Аякс перешел к следующему вопросу, который на сегодняшний день интересовал его больше всего.

— Мы готовы начать работу по подготовке для вас методики, которая даст вашей стране возможность не только повысить научный потенциал, но и выращивать идеальных солдат и вообще идеальных исполнителей. Предварительно мы уже говорили об этом с вашим коллегой Поллуксом, его наше предложение очень заинтересовало, и он готов его профинансировать.

Кастор молча ждал продолжения, не задавая вопросов и не перебивая. Аякс догадывался, что сказочно богатый человек, имеющий иранское подданство и псевдоним Поллукс, является если не братом Кастора, то каким-то его родственником. Не зря же они взяли себе в качестве псевдонимов имена братьев-близнецов из греческой мифологии. Кастор явно был образованнее своего братца-миллиардера, видно, учился когда-то в Европе или Америке, там и получил представление о культуре Древней Греции. Псевдоним «Аякс» предложил тоже он. Поллукс, свободно передвигающийся по всему миру и имеющий доступ к любым банкам, оплачивал ту работу, которую выполнял для его брата Аякс. Тоже, наверное, за исламский социализм борется. Аякс подозревал, что на самом деле его услугами пользуется не только Ливия, но и Иран, во всяком случае, той частью услуг, которые касаются ядерных технологий и вооружения. Иран тоже пугает мировую общественность тем, что у него вот-вот будет ядерное оружие, но в эту страну все-таки есть доступ, и ее худо-бедно, но контролируют. А в Ливию доступа нет практически ни у кого. Много там наконтролируешь, когда кругом одна сплошная пустыня. А в пустыне, как известно, можно спрятать все что угодно. Хоть лагерь для подготовки террористов, хоть ядерный центр. Никто не найдет. Так что если на угрозы Ирана мировое сообщество смотрит в известном смысле сквозь пальцы, то на слова Ливии приходится внимание обращать. С одной стороны, вроде и нет у них ничего. А с другой — как знать. Вполне возможно, что те документы, которые добывает Аякс, не только оседают у Каддафи, но и передаются Ирану. За очень хорошие деньги, разумеется. Ведь Иран — страна богатая, не то что Ливия. И всем выгодно.

Встречаться с Поллуксом было проще, поэтому Аякс значительную часть деловых вопросов решал именно с ним, а не с ливийцем Кастором. И о методике доктора Волохова он предварительно разговаривал именно с Поллуксом, который сразу загорелся и обещал дать за нее хорошие деньги. Очень хорошие. И даже своего врача прислал, чтобы тот посмотрел «товар».

— Господин Поллукс прислал к нам своего эксперта, который посмотрит экспериментальные образцы и вынесет свое суждение. Но я хотел бы знать, заинтересована ли ваша сторона в этой методике. Потому что от экспериментального образца до итогового документа путь, увы, неблизкий, и прохождение этого пути потребует значительных затрат. Мне нужно знать, должен ли я идти на эти затраты, или вам такая методика не нужна.

— Я доверяю господину Поллуксу, — невозмутимо ответил Кастор, глядя на Аякса в упор блестящими выпуклыми глазами. — Если он сочтет, что дело стоит тех денег, которые он готов заплатить, значит, так и будет. Разумеется, вы должны понимать, что, если переданная вами методика в наших условиях не сработает, вам придется вернуть часть денег.

Это было круто. Такого Аякс не ожидал. Покупатель всегда рискует в той или иной степени, приобретая любой товар, и никогда так не было, чтобы за риск и неосмотрительность покупателя расплачивался продавец. Купленный товар обмену и возврату не подлежит, в этом мире законы жесткие. Недобросовестного продавца можно убить за обман или иным каким образом наказать, это сколько угодно, не возбраняется, но деньги свои требовать покупатель не имеет права. То есть имеет, конечно, но это не принято. Раньше Кастор так себя не вел. Уж сколько секретных документов, добытых за огромные деньги, хитростью, подкупом и шантажом, Аякс ему переправил, и ни разу не встал вопрос о том, чтобы вернуть деньги, если ливийские специалисты не смогут на основании этих документов построить ракету или сделать какой-нибудь прибор. Не смогли — это их проблемы, значит, физику плохо знают, грамотешки маловато. Но никогда Кастор не высказывал сомнений в честности Аякса и не подозревал, что ему подсовывают туфту. Или подозревал, но по каким-то причинам молчал? А теперь вот вылезло...

— Что вы имеете в виду, говоря, что в ваших условиях методика может не сработать? Вы хотите сказать, в неумелых руках? — саркастически осведомился Аякс.

— Я хочу сказать, что в моей стране и климат, и генофонд существенно отличаются от тех, в которых была разработана ваша методика. Если, конечно, она действительно была разработана, — не удержался от колкости Кастор. — Поэтому для нас она может оказаться бесполезной. Разве вам это не приходило в голову?

— Методика основана на радиоактивном облучении плода, когда он находится еще во чреве матери, — пояснил Аякс. — Насколько мне известно, воздействие радиоактивности не имеет больших отличий в разных климатических зонах и не зависит от расовой и тем более национальной принадлежности облучаемого объекта.

— Что ж, посмотрим, — равнодушно отозвался Кастор. — Подождем, что скажет Поллукс.

По его непроницаемому лицу Аякс не смог увидеть, заинтересовался ли ливиец предложением. Впрочем, Кастор всегда вел себя именно так, невозмутимо, спокойно, чуть брезгливо, словно делал Аяксу огромное одолжение тем, что принимал его услуги. Аякс воспринимал это без раздражения и не обижался. Он очень давно сотрудничал с различными мусульманскими организациями. Собственно, сотрудничество это досталось ему как бы в наследство от отца, который, будучи русским по происхождению, принял мусульманство исключительно в знак протеста против ненавистной ему советской действительности. Он много лет работал в Средней Азии и в период афганской кампании активно занимался контрабандой оружия в пользу ближневосточных стран. Связи у него остались огромные и обширные, и все это он передал единственному и горячо любимому сыну со словами: «Помни, сынок, пока существует исламский терроризм, всегда есть возможность делать большие деньги. И глупо не пользоваться этим».

В конце июня в Риме стояла удушающая жара. Они сидели в открытом баре «Коломбо» на Пьяцца Навона, месте, где всегда толпятся туристы и где можно было встречаться, не опасаясь броситься кому-то в глаза. Аякс прилетел в Рим на два дня, только для встречи с Кастором, и сегодня вечером должен был улетать домой. Ему никогда не хотелось задержаться здесь, Рим ему почему-то не нравился, и желания посмотреть город ни разу не возникло. Аякс вообще не был любителем путешествий.

Переговоры закончились, пора было уходить. Аякс не спеша достал бумажник, вынул несколько купюр и подсунул их под круглый картонный подносик, на котором официант принес ему кофе и счет. Каждый платил за себя, так было принято в среде туристов, и выделяться из этой среды было нельзя.

* * *

Чем больше оперативники проверяли доктора Волохова, тем непонятнее становилась его фигура. Если судить по записям в его органайзере, в часы, когда были убиты Екатерина Венедиктовна Анисковец, монахиня сестра Марфа и медсестра детского отделения Алевтина Мырикова, Валерий Васильевич был занят чем угодно, только не убийствами. В день же, когда бывшая певица Елена Романовская так неудачно упала с лестницы, Волохов вообще был на конференции, проводившейся в Калужской области, в Обнинске, где, как известно, находится один из крупнейших в России институтов, занимающихся проблемами медицинской радиологии. И даже выступал на этой конференции с докладом. Все записи были тщательнейшим образом проверены и перепроверены, и выходило, что на все четыре случая алиби у доктора Волохова было неоспоримым и неопровержимым.

— Значит, у него есть помощники, как мы и предполагали, — констатировала Настя Каменская. — Придется ходить за ним по пятам и ждать, пока он с кем-нибудь из них не встретится.

Однако полковник Гордеев отнесся к этому предложению неодобрительно. В Москве после взрыва в метро были обнаружены еще несколько взрывных устройств, оставленных в местах скопления людей, и основная масса личного состава была задействована на усилении. Милиционеры в форме демонстративно проверяли вагоны метро, троллейбусы, автобусы и трамваи, а также пригородные электрички, а сотрудники, одетые в штатское, работали скрытно, наблюдая за пассажирами и прохожими, работая с агентурой и пытаясь выявить «подрывников» раньше, чем случится очередное несчастье. Для организации наружного наблюдения за Волоховым найти людей было крайне сложно, в таких условиях «наружку» могли бы пустить за очень опасным преступником, террористом или, к примеру, серийным маньяком, но уж никак не за благообразным доктором медицинских наук. Если бы в преддверии второго тура выборов он готовил покушение на кандидата в президенты — тогда другое дело. А так...

— Давайте-ка, дети мои, своими силами справляться, — сказал Виктор Алексеевич. — Сколько сможем — столько сможем.

— Да сколько мы сможем-то! — возмущенно воскликнул Селуянов. — Коротков к нему в институт приходил, значит, один человек уже отпадает, доктор его в лицо видел. Аська у нас не мобильная, она не ногами работает, а головой. Остаемся мы с Мишаней. Если мы будем сутками за ним таскаться, он нас через два дня «сфотографирует». И что мы потом делать будем?

— Значит, не надо сутками, — ответил Гордеев. — На то вы и сыщики, чтобы нутром чувствовать, когда имеет смысл за ним смотреть, а когда скорее всего ничего интересного не произойдет. Чутье-то у вас должно быть, помноженное на опыт, или как? Кстати, установите точный адрес той квартиры, куда он своих дам приводит. Не исключено, что именно там он и встречается с помощниками. А через пару дней, если ничего не случится, попросим Ольшанского побеседовать с доктором. Пусть расскажет, чем вызван его интерес к семье Терехиных.

— Думаете, уже пора? — с сомнением спросила Настя.

— Не думаю, — резко отозвался Колобок — Гордеев. — Но выхода у нас нет. Девочка похищена, и пока никаких известий ни от нее, ни от ее похитителей не поступало. Надо форсировать работу, а то как бы нам не опоздать.

Не успела Настя у себя в кабинете погрузиться в очередной ворох информации, которую надо было разложить по полочкам и проанализировать, как ворвался взъерошенный Коротков.

— Ира Терехина получила телеграмму от сестры!

— Что?!

— Телеграмму. Она мне ее по телефону зачитала. Дескать, прости, люблю, он меня увез и обо мне заботится. Хотела предупредить, но не успела.

— Чушь! — в сердцах выдохнула Настя.

— Конечно, — уже спокойнее согласился Коротков. — Абсолютно неправдоподобно. На сам факт-то каков! Телеграмма якобы из Мурманска. Я уже позвонил туда, обещали найти почтовое отделение, поднять оригинал телеграммы и адрес проверить. Но это совершенно точно лажа какая-то.

— Может, и лажа. Ладно, Юрик, давай будем предусмотрительными и начнем готовить материал для экспертизы. Если оригинал найдут, Ольшанский его обязательно затребует, и нам будут нужны образцы для сравнения. В больнице, наверное, остались Наташины тетради, надо их пока изъять.

— Я так понимаю, ты хочешь, чтобы это сделал я, — уточнил Коротков. — Сама ты, конечно, от стула себя не оторвешь.

— Не оторву, — честно призналась Настя. — Прости, родной.

Юра уехал, а Настя принялась обдумывать странную телеграмму. Зачем ее послали? Ведь очевидно же, что никто в такую глупость не поверит. Впрочем, все бывает на этом свете. Или это способ дать понять, что девочка жива-здорова, ничего плохого с ней пока не случилось? Дескать, перестаньте ее искать, никто ее и пальцем не тронет. Нет, не годится. Тот, кто придумал эту телеграмму, не мог рассчитывать на глупость и доверчивость милиционеров. А на что же он рассчитывал?

Теперь все более или менее понятно. Остроумный автор телеграммы, он же, вероятнее всего, похититель, неплохо представляет себе реальную ситуацию. Милиция работает, выбиваясь из последних сил, особенно сейчас, когда идут выборы, происходят покушения на политиков и администраторов, а еще в транспорте взрывы гремят. Никто не будет колотиться и из кожи вон лезть, чтобы найти исчезнувшую девушку. Первоначальные мероприятия результата не дали, и о деле потихоньку забывают. Самое главное — чтобы родственники пропавшей не теребили милиционеров. Пока не будет трупа, никто и не почешется. И телеграмма эта была предназначена вовсе не для того, чтобы оперативники и следователь в нее поверили. Она нужна, чтобы они не искали Наташу, если не хотят искать. А по разумению похитителя, они не должны этого хотеть. Что им, другой работы мало, что ли?

Расчет, вероятно, был примерно следующим. Ира, получив телеграмму от сестры, понимает, что при таком раскладе выходит одним ртом меньше. Уже неплохо. И если Ира достаточно уже намучилась, имея на своем иждивении четырех инвалидов, она обязательно воспримет известие от сестры за чистую монету, ибо оно позволяет ей вздохнуть чуть-чуть свободнее. В этом случае она милицию теребить ни за что не станет. Все уладилось, разъяснилось, Наташа пристроена — ну и слава Богу. Даже если какой-то червячок сомнения и будет ее точить, то велика вероятность, что многолетняя усталость, безысходность и постоянное безденежье быстро заставят этого надоедливого червячка умолкнуть надолго, если не навсегда.

Есть и другой аспект. Вполне возможно, телеграмма была рассчитана не только на Иру Терехину, но и на ее похищенную сестру. Это вполне укладывалось в один ряд с тем фактом, что само похищение было организовано очень аккуратно, без грубого насилия на глазах у семнадцатилетней девушки. Эта бережность по отношению к Наташе сразу бросилась в глаза и Насте, и Короткову. А теперь они снова хотят Наташу успокоить, то есть дать ей возможность известить сестру о том, что все в порядке и не нужно волноваться. В этом случае телеграмма, вернее, ее оригинал, наверняка написаны рукой самой Наташи. Зачем обещать девушке, дескать, мы обязательно пошлем телеграмму твоей сестре в Москву, когда можно дать ей возможность написать текст собственноручно. И убить тем самым сразу двух зайцев: Наташу успокоить и, случись дотошным сыскарям затеять проверку, дать им лишнее доказательство того, что девушку искать не надо, ведь она сама своей рукой написала, что у нее все в порядке. А что адрес дала неправильный, так это же понятно. Она ведь не хочет, чтобы сестра явилась и забрала ее из дома, где Наташа живет вместе с возлюбленным.

Так что с экспертизой можно особо не спешить, все равно наверняка окажется, что телеграмма действительно написана Наташей Терехиной. Единственное, что в этой ситуации имеет смысл сделать, так это попытаться установить, кто ее принес на почту в Мурманске. Крайне маловероятно, что это была сама Наташа. Вряд ли похититель рискнул бы вывозить ее из дома и привозить на почту, все-таки девушка в инвалидной коляске — это очень заметно и запоминается. Тем более такая красивая девушка. Мимо нее невозможно пройти, не обратив внимания. Скорее всего это был кто-то другой. Но перед служащими почты проходит в день столько народу... Эх, Мишу Доценко туда запустить бы!

Глава 15

После ужина Мирон спустился вниз и вышел в лес, окружающий здание со всех сторон.

— Где Василий Игнатьевич? — спросил он у стоящего на крыльце охранника.

Тот не снизошел до ответа, только внимательно посмотрел на Мирона.

— Передай ему, что мне нужно с ним поговорить. Я погуляю здесь.

Он неторопливо двинулся вокруг дома. Огороженная территория была на самом деле не так уж велика, бетонный забор виден с любого места. И всюду на глаза попадаются молчаливые охранники. Да, отсюда не только не убежишь, здесь даже в затылке не почешешь, чтобы никто не увидел. Наблюдение в сто глаз и в сто ушей. Но зачем же все это? Какие такие тайны мадридского двора здесь охраняются? И какое отношение к этим тайнам может иметь семнадцатилетняя калека?

Он снова не услышал, как к нему приблизился Василий. То ли задумался слишком глубоко, то ли ходил этот крупный человек на удивление легко и бесшумно.

— Ты хотел меня видеть? Что случилось?

— Я хотел поговорить о Наташе. Знаете, я заметил любопытную деталь. Ей совершенно нельзя нервничать и огорчаться, у нее сразу же мозги отказывают.

— Да ну? Это любопытно. Давай-ка поподробнее.

— После того как вы утром нас прервали, я стал вести себя более сухо и сдержанно, и девочку это так расстроило, что она стала работать заметно хуже. Зато когда я после обеда ее немного приласкал и назвал красавицей, она снова показала блестящие результаты. Не стану от вас скрывать, она решает даже те задачи, которые мне самому не под силу, а я считаюсь самым сильным студентом на курсе. Не хочу хвастаться, но когда я весной сдал свою курсовую работу, мой научный руководитель сказал, что это написано на уровне хорошей кандидатской диссертации.

— И ты хочешь сказать, что девчонка соображает на таком же уровне? — недоверчиво переспросил Василий.

— Даже на более высоком. Но только когда она спокойна и всем довольна. Стоит ей расстроиться, рассердиться или разнервничаться, как у нее ничего не получается. Вы знали, что у нее такие особенности?

— Не знал. Но хорошо, что ты мне сказал, теперь буду знать. Это очень важно. Это все, о чем ты хотел поговорить со мной?

— Ну... — Мирон растерялся, он не ожидал, что Василий так быстро постарается свернуть разговор. — Я хотел, чтобы вы подумали о том, как ее не расстраивать, если хотите, чтобы она показывала хорошие результаты. Ее нельзя обижать и злить.

— Разве я ее обижаю? По-моему, этим как раз ты у нас занимаешься, — нехорошо усмехнулся Василий. — Или у тебя что-то конкретное?

— Да, — твердо сказал Мирон, решившись. — Вам надо заменить медсестру.

— Ты говоришь о Наде?

— О ней. Она злая, и девочка это чувствует. Каждый раз, когда ваша Надя входит в комнату, Наташа напрягается и нервничает. Да и я, честно признаться, тоже. Она очень неприятная особа, крайне неприятная. Когда Наташа нуждается в ее помощи, она старается справляться сама и терпеть, сколько может, только бы не звать Надю. До добра это не доведет. Например, сегодня Наташа неловко повернулась и опрокинула на себя чашку с горячим чаем. Ей нужно было сменить одежду, но мне она не могла позволить этого сделать, она ведь уже взрослая девушка, а не маленький ребенок. А Надю звать ей не хотелось. И она маялась в мокрых брюках, терпела, пока мы не кончили заниматься и я не ушел. Это не дело, Василий Игнатьевич, так нельзя. Это выводит Наташу из душевного равновесия. И потом, она могла ошпариться, она же кипяток пролила, ожог нужно было смазать какой-нибудь лечебной мазью, а она терпела.

— Чушь, — отрезал Василий. — Чушь и блажь. Она еще будет командовать, какой персонал мне подбирать. Надя — хорошая, опытная медсестра, но самое главное — она абсолютно надежна. Надежная Надежда, — усмехнулся он. — Мне некем ее заменить. Вот и возьми на себя эту работу, убеди девчонку, что она не должна обращать внимания на ерунду. Забота медсестры — это физическое здоровье больного, а не его душевное состояние, и со своими прямыми обязанностями Надежда справляется превосходно, а большего мы не имеем права от нее требовать. И никто не имеет. В том числе и Наташа, каким бы гениальным вундеркиндом она ни была. Нам всем не нравится, когда нас не любят, конечно, мы предпочитаем иметь дело с людьми, которые хорошо к нам относятся, но в жизни, увы, возможность выбирать, с кем общаться, дается далеко не всегда. И если наша девочка этого не понимает, ей надо объяснить. Пусть учится жить в мире взрослых.

В мире взрослых. Что ж, пожалуй, сейчас благоприятный момент для того, чтобы завести разговор о том мире взрослых, в который должна попасть Наташа.

— Василий Игнатьевич, а это правда, что кто-то хочет нанять Наташу на работу?

Василий резко остановился и повернулся к Мирону всем корпусом.

— Ты с милицией имел когда-нибудь дело?

— Нет, — удивленно ответил Мирон. — Только когда паспорт получал. А что?

— Знаешь, какая любимая фраза у милиционеров?

— Не знаю.

— «Вопросы здесь задаем мы. А вы только на них отвечаете». Не приходилось слышать?

— Ну разве что в кино, — вымученно улыбнулся Мирон, понимая, что его раз и навсегда поставили на место.

— Теперь можешь считать, что и в жизни услышал. И запомни, Мирон или как там тебя зовут на самом деле: твоя единственная работа здесь — заниматься с девочкой наукой. Любой шаг в сторону — и ты покойник. Любое лишнее слово, лишний жест или самый незначительный вопрос, выходящий за рамки твоей работы, — это и будет тот самый шаг в сторону. А чтобы тебе было понятнее, скажу еще кое-что. Твой отец очень мне обязан. Не деньгами — делом своей жизни и самой своей жизнью. Поэтому, если я останусь недоволен твоим поведением, твой отец первый пустит в тебя пулю, за честь сочтет. Так что не надейся, что он тебя защитит. Все, разговор окончен, давай возвращаться.

И в этот момент Асланбек-Мирон понял, что он — не жилец. У него не было четких и логичных аргументов, он совершенно не понимал, что здесь происходит, но он интуитивно чувствовал, что ему позволяют топтать грешную землю только до тех пор, пока нужно заниматься с Наташей. Потому что выпускать его отсюда нельзя. Он не является для них своим, он не член их организации, и если его допустили к тайне местонахождения Наташи, то разгласить эту тайну впоследствии ему никто не позволит. А сделать это можно только одним способом. И отец, как выяснилось, его в этом деле не защитит. Так что будет Мирон вести себя «правильно» или нет — конец один, разница только в том, раньше он наступит или позже. Поэтому его единственная надежда — безнадежно больная девочка Наташа Терехина. Только в ней его спасение. Надо сделать все для того, чтобы ее нашли раньше, чем закончатся занятия и Мирон перестанет быть нужным этой банде.

Асланбек-Мирон правильно разобрался в особенностях мышления девушки. Потенциально мощный интеллект сочетался с полным отсутствием жизненного опыта и необыкновенной доверчивостью, что позволяло Наташе принимать на веру даже самую нелепую ложь. Лежа на больничной койке, она наряду с учебниками прочитала такое количество любовных романов, что реальную жизнь представляла себе именно так, как в них написано. Существуют Золушки и Добрые Феи, существуют Прекрасные Принцы, необыкновенные случайности и благородные бескорыстные богачи. Конечно, это не означало, что Наташа верила в волшебные превращения тыквы в карету, а крыс — в кучеров, она слишком хорошо знала физику и химию, но в возможность волшебных перемен в судьбе верила. И то упорство, та целеустремленность, с которыми она постигала школьные науки, были вызваны именно этой ее слепой верой в возможность чуда. Чудо обязательно произойдет, но оно не приходит к тем, кто сидит сложа руки и ничего не делает. Многочисленные истории про Золушек двадцатого века красноречиво говорили о том, что счастье и удача приходят только к тем, кто упорно трудится, трудится круглые сутки, не щадя себя, не давая себе ни малейшей поблажки. Наташа Терехина трудилась. Поэтому то, что произошло сейчас, не казалось ей абсолютно невероятным. Ее способности заметили и хотят взять на работу, несмотря на болезнь и обездвиженность. Что ж, именно к этому она и стремилась, вчитываясь в тексты учебников и пособий, решая задачи по физике, химии и математике, превозмогая боль в спине и ногах, борясь с приступами отчаяния при мысли о том, что никогда больше не будет жить, как все. К тринадцати годам она справилась с курсом школьной математики, еще года полтора позанималась элементарной математикой углубленно, а с пятнадцати лет посвятила себя высшей математике, понимая, что болезнь диктует свои условия. Вообще-то химия и биология, например, нравились Наташе куда больше, но девушка отдавала себе отчет, что химик, как и физик, и биолог, не может работать вне лабораторий, без приборов и реактивов, лежа в больнице. А математик может, причем в некоторых случаях даже без компьютера обходится.

Похищение не особенно напугало Наташу, тем более что никто ее здесь не обижал и ничем не угрожал, наоборот, Василий был ласков и даже позаботился о том, чтобы Ирка не волновалась и не сходила с ума от страха за пропавшую сестру. А про Мирона и говорить нечего. На второй день, правда, он довел Наташу до слез своей сухостью и холодностью, но потом это прошло и больше уже не повторялось. Вокруг этого красивого парня сконцентрировались все ее мысли, он был живым олицетворением того, о чем она читала в романах. И поскольку в этих самых романах молодые богатые красавцы частенько влюблялись в тяжело больных девушек, сумев оценить их ум, волю и душевные качества, то ежедневное многочасовое общение с Мироном было наполнено для Наташи радостным волнением и мечтами, которые отнюдь не казались ей бесплодными и безосновательными.

Во время занятий она часто ловила на себе взгляд Мирона, и ей казалось, что он хочет что-то сказать, но не решается. Истолковывалось это совершенно однозначно, и сердечко девушки начинало колотиться быстро и радостно. Она очень хотела, чтобы Мирон не разочаровался в ней, поэтому стремилась показать себя в самом лучшем свете, вдохновенно занимаясь с ним математикой и физикой и не жалуясь ни на боли, ни на усталость. Каждая его похвала звучала для нее неземной музыкой, а уж если он упоминал о том, что она красивая, то у Наташи крылья вырастали.

На пятый день в ее комнату принесли компьютер. Мирон сказал, что пора переходить к программированию. Наташа буквально на лету схватила первоначальные объяснения и попросила Мирона дать ей самостоятельное задание. С заданием она справилась на удивление легко, и ей даже показалось, что он специально дал ей задание как можно более простое.

— Давай что-нибудь посложнее, — попросила она.

— Уверена, что справишься?

— Уверена, — кивнула Наташа. — Я же все поняла, что ты мне говорил.

Она действительно справилась, причем легко и быстро. У самого Мирона на составление такой программы ушло бы часа два как минимум, а у Наташи работа заняла не больше двадцати минут.

— Ты раньше занималась программированием? — с подозрением спросил он.

— По-настоящему — нет. Книжки читала, разбиралась, пыталась сама что-то сделать, но у меня никогда компьютера не было.

— Слушай, ты необыкновенный человек, — восхищенно сказал он. — Я даже не предполагал, что такие, как ты, бывают на свете. Если б мне рассказали про тебя, в жизни не поверил бы.

— Правда?

Наташа вспыхнула, огромные глаза заблестели, на бледном бескровном лице выступил румянец.

— Честное слово, — искренне ответил Мирон. — Ты не поверишь, но теперь уже не я с тобой занимаюсь, а ты со мной. Фактически я у тебя учусь.

— Ну что ты говоришь, Мирон...

— Как есть, так и говорю. Думаю, что, когда приедут твои работодатели, они не будут разочарованы.

— Ты считаешь, что у меня есть шанс получить эту работу?

— Конечно, и шанс очень большой. Правда, Василий говорил, что еще врач должен тебя обследовать.

— Да, — Наташа сразу помрачнела. — Об этом я не подумала. Может быть, я им по состоянию здоровья не подойду. Мирон, а ты не мог бы узнать, какие у них требования?

— Я поговорю с Василием, — пообещал он.

Теперь ей больше всего на свете хотелось понравиться тем, от кого зависит ее будущее, потому что будущее это в ее представлении неразрывно связывалось с Мироном. Мирон работает на Василия, это понятно, но ведь Мирон такой чудесный и умный, добрый и внимательный, он очень хороший, а это означает, что и Василий не может быть плохим человеком. Ведь не может же такой человек, как Мирон, работать на преступников. Тот факт, что ее насильно увезли из больницы, да еще тайком от родственников и врачей, Наташу теперь уже не смущал. Эти люди хотят ей добра, а

Александра Маринина

врачи и сестра Ира все равно не разрешили бы ей уйти из больницы и начать работать. Раз Мирон связан с Василием, а сам Василий — с теми, кто хочет взять ее на работу, то нет ничего невероятного в том, что и работать Наташа будет вместе с Мироном. Или по крайней мере рядом с ним. Они будут много времени проводить вместе, и кто знает... Во всяком случае, в книгах все это звучало более чем убедительно и достоверно.

Она почти совсем не думала о младшей сестре и братике и не скучала по ним. В ее жизни внезапно появился смысл, и вся эта жизнь оказалась сосредоточенной вокруг Мирона. Пока Наташа была здорова и ходила в школу, она была еще слишком мала и ни разу ни в кого не влюблялась. Позже, прикованная к постели, она не находила в своем больничном окружении никого, кто заставил бы ее просыпаться среди ночи с бешено бьющимся сердцем. И вот наконец это случилось.

Первая любовь заполнила ее целиком, не оставляя места тревоге и вытеснив все сомнения.

* * *

Ночью Мирон проснулся от шума подъехавшего автомобиля. Он услышал шаги на ступеньках крыльца и негромкий разговор, но не смог разобрать ни слова. Говорили не по-русски, но и не на том языке, на котором обычно говорили навещавшие отца бородатые незнакомцы. Доносящаяся до его слуха речь была гортанной и какой-то воздушной, без привычных уху твердо произносимых согласных.

Мирон выглянул в окно и успел увидеть только задние огни выворачивающего на дорогу автомобиля и услышать легкий скрип закрывающихся ворот. «Кто-то приехал», — понял он. Именно приехал, а не уехал, потому что незнакомый говор был слышен уже после того, как машина поехала от крыльца к воротам. Ему стало тревожно и неприятно, хотя он прекрасно понимал, что к нему лично приехавший человек не может иметь отношения.

Сон так и не вернулся, и Мирон до рассвета проворочался в постели, безуспешно пытаясь придумать, как выбраться из этой тупиковой ситуации. Как выйти на связь с теми, кто ищет Наташу. Ведь не может быть, чтобы ее не искали. И телеграмма эта дурацкая... Зачем она нужна? Может быть, Наташина старшая сестра полная идиотка и поверит в этот бред про страстную любовь, но в милиции-то таких идиотов нет. Пусть сестра перестанет тревожиться о Наташе, но милиция все равно будет ее искать. Или не будет? На что рассчитывал Василий, заставляя девочку писать телеграмму? Допустим, Ира ее получит, отнесет в милицию, милиция запросит Мурманск, и в течение двух часов выяснится, что на улице Полярной в доме двадцать, корпус три, квартира девять Наташи Терехиной нет и никогда не было. Что будет дальше? Мирон напряг память, вспоминая прочитанные когда-то детективы. Что милиция в таких случаях делает? Ах да, они смотрят на телеграмме номер почтового отделения, откуда она отправлена, и изымают там заполненный отправителем от руки бланк. Почерк сличают. Они возьмут бланк и убедятся в том, что текст написан рукой самой Наташи. Еще, кажется, отпечатки пальцев смотрят. На бланке есть отпечатки Наташиных пальчиков, и этот факт дополнительно подтвердит, что телеграмму действительно писала она сама. На все это уйдет какое-то время... Потом они начнут ломать голову над тем, что все это означает. Раз Наташа написала телеграмму, значит, она жива. Раз успокаивает сестру, значит, не хочет, чтобы ее искали. Раз указала неправильный адрес, значит, не хочет, чтобы ее нашли. Может, и правда, после этого успокоятся и перестанут искать девушку. Ведь выкупа никто за нее не требует, ничем не угрожают. Сама уехала с возлюбленным.

Если бы можно было связаться с сестрой Наташи... В этот момент Мирону пришла в голову крайне неприятная мысль о том, что старшая сестра Наташи может оказаться в сговоре с бандой Василия. И телеграмма эта нужна только для того, чтобы Ира могла прикрываться ею и всем объяснять, почему она не беспокоится и не теребит милицию. А заодно и отвести подозрения в том, что она была в курсе готовящегося похищения. Очень похоже на правду. Но тогда выходит, что искать контакт с ней бессмысленно, делу это не поможет, а вот Василий узнает о «неправильном» поведении Мирона немедленно. И тогда конец.

Надо бы как-то это прояснить. Хотя бы понять, что за человек Наташина старшая сестра.

* * *

Утро началось с неожиданностей. Охранник, принесший Мирону завтрак, сказал, что до обеда занятий с Наташей не будет. Не успел Мирон допить кофе, как заявился Василий.

— Сегодня можешь отдыхать целый день, — сказал он.

— Почему? Разве больше не нужно заниматься?

— Нужно, но не сегодня. Врач приехал, он должен провести первоначальное обследование.

— Ладно, — Мирон пожал плечами как можно равнодушнее. — И что мне целый день делать? Может, я до поселка прогуляюсь?

Василий слегка вздернул брови, как бы недоумевая.

— До какого поселка? Здесь лес кругом.

— Да ладно вам, Василий Игнатьевич, — примирительно улыбнулся Мирон, — я же помню дорогу, которой меня везли. Тут есть поселок, километрах в пятнадцати. И машина у вас есть. Почему бы мне не съездить? Жалко вам, что ли?

— Забудь об этом, — сухо ответил Василий. — За территорию ты не выйдешь, пока все не будет закончено. Что тебе делать в поселке?

— Купить кое-что надо.

— Например?

— Пену для бритья, продукты кое-какие, книги. Я тут у вас с тоски помру, я же ни с кем, кроме девочки, не общаюсь, а с ней вы и разговаривать по-человечески не разрешаете, только про науку.

— А что с продуктами тебя не устраивает? — озабоченно спросил Василий. — Тебе мало? Голодаешь?

— Да нет, не мало, но я привык к другой еде. Борщи, галушки, блины, вареники — моя мама их замечательно готовит. А тут у вас кормят непонятно чем.

— Не выдумывай, — строго ответил Василий. — Ешь, что дают. Еда качественная и калорийная. Если тебе нужны книги — напиши список, я пошлю кого-нибудь, чтобы купили. Хотя должен тебя сразу предупредить, в здешних магазинах выбор крайне скудный, вряд ли там есть то, что тебе нужно.

Мирон решил отступить. Он уже успел заметить, что Василию не нравится, когда он проявляет упорство или настаивает на чем-нибудь. Он должен быть покорным и послушным, как и полагается хорошему сыну, воспитанному в мусульманской семье. Что ж, он поищет себе занятие на сегодняшний день.

Первым делом он решил побродить по зданию, посмотреть, где что расположено, но этот порыв был пресечен на корню в самом начале. Стоило ему ступить в коридор третьего этажа, где находилась комната Наташи, как дорогу ему преградил охранник. Мирон так до сих пор и не научился различать их, все охранники казались ему на одно лицо, будто близнецы.

— Сегодня занятий не будет.

— Я знаю, — спокойно ответил Мирон. — Я не собираюсь заходить в комнату к девочке.

— В таком случае, куда ты идешь?

— Ну... Так просто. Хожу, осматриваюсь.

— Не надо.

— Почему?

— Не положено, — лаконично ответил охранник, и по его лицу Мирон понял, что дальнейших разъяснений не последует.

— Мне только на этот этаж не положено? — вполне мирно поинтересовался он. — По другим можно гулять?

— Гулять можно вокруг дома, — так же мирно ответил ему охранник, но по выражению его глаз Мирон понял, что пора сдавать назад. Парень вот-вот взорвется.

— Ладно.

Он пренебрежительно махнул рукой и быстро сбежал по ступенькам вниз. Погода стояла превосходная, солнечная, но не жаркая, градуса двадцать два — двадцать три. Воздух в горах всегда был прохладным и свежим, и первые минут пятнадцать Мирон просто наслаждался медленной ходьбой по периметру огороженной территории, вдоль глухого забора. Но удовольствие от неспешной прогулки быстро прошло. Слишком часто Мирон краем глаза улавливал едва заметное движение среди деревьев и понимал, что невидимые многочисленные охранники не спускают с него глаз. Интересно, что же можно так усиленно охранять? Ведь, кроме Василия, Наташи и самого Мирона, здесь и нет никого. Ну еще эта злобная медсестра Надя. Или все-таки есть кто-то еще, и именно поэтому Мирону запрещено свободно разгуливать по дому?

Он уже в пятый или шестой раз совершал круг вдоль забора, когда впервые обратил внимание на то, что длина боковой стены дома что-то уж слишком большая. Он поднял глаза и убедился, что окно его комнаты выходит именно сюда, вот и старое дерево с разлапистой кроной, ветви которого касаются оконного стекла. Но, когда он идет в свою комнату по коридору, путь кажется ему намного короче, а ведь комната его в том коридоре последняя. Неужели зрительный обман? Да нет, какой уж тут обман, вон его окно, а за ним — еще два окна, хотя когда идешь по коридору, то после двери в его комнату начинается глухая поперечная стена. Значит, здание поделено на две не сообщающиеся друг с другом части. Но тогда в другую часть тоже должен быть вход. Где же он?

Мирон отошел от забора поближе к зданию и продолжил ходьбу вокруг дома, на этот раз не по сторонам глазея, а внимательно вглядываясь в каменные стены. После двух кругов никакого второго входа он не обнаружил. Либо дверь хорошо замаскирована, либо этого входа на самом деле нет. Проходить в противоположную часть дома можно и через внутренние двери. Может быть, только на втором этаже, где временно живет Мирон, стена абсолютно глухая, а на первом или третьем есть проходы. Зачем, однако? Зачем было перегораживать целый этаж? Вероятно, там что-то или кого-то прячут, и именно для охраны этого чего-то или кого-то и нагнали сюда столько молчаливых суровых мужиков с непроницаемыми лицами и холодными глазами. Тогда это нечто должно быть очень и очень ценным. Черт возьми, во что его отец втравил? Тут что, алмазный фонд прячут? Стратегическое оружие? Заложников держат? Что тут происходит в конце-то концов?

Настроение у Мирона окончательно испортилось, ему надоело гулять, и он вернулся в дом. Идя по коридору мимо охранника в сторону своей комнаты, он пристально вглядывался в глухую стену, но ни малейшего намека на дверь в ней не обнаружил. Стена было абсолютно ровной, обитой аккуратными, покрытыми лаком деревянными планками. Усевшись возле открытого окна, Мирон тупо уставился на раскидистые ветки большого дерева. Сначала все это казалось не лишенным приятности приключением, потом — вынужденной, но в целом не противной работой, а теперь у него появилось ощущение, что он впутался во что-то крайне опасное и безусловно преступное. Неужели отец не знал, куда посылал своего единственного сына? А если знал, но все равно послал?

Мирон по паспорту носил имя Асланбек и очень хорошо представлял себе, что борец за исламскую идею иногда пренебрегает тем, чем никогда не пренебрегают люди, воспитанные в традициях европейской этики. Христиане крайне редко ставят криминальные интересы выше интересов собственных детей. Но не таков, по-видимому, его отец. И если выяснится, что по воле и рекомендации отца Мирон оказался впутанным в криминал, это будет означать только одно: его отец — истинный борец за идею, и в этой борьбе не пощадит никого и не посчитается ни с чем.

Но, с другой стороны, при чем тут неизлечимо больная девочка? Она-то какое отношение может иметь к религиозной идее? Зачем ее здесь держат и почему угрожают Мирону всеми карами небесными за попытки узнать хоть что-нибудь? Глупость. Бред больного воображения.

Нет, как ни крути, а необходимо найти способ общаться с Наташей без пристального надзора Василия и его прихвостней. Разговаривать вслух нельзя, это уже и так понятно. Вопрос с телекамерой пока не прояснен, так что рисковать не стоит. Как же быть?

Оставался только один способ, но придется проявить недюжинную изобретательность, чтобы не вызвать подозрений надзирателей. Тьфу, слово-то какое!

Как будто в тюрьме. А впрочем, так оно и есть, что уж глаза закрывать на очевидное. Приятность каникулярного приключения с не требующей большого напряжения подработкой на карманные расходы быстро закончилась. Осталась голая и очень неприятная истина: он в тюрьме, и выбраться отсюда ему не суждено.

* * *

Ему показалось, что Наташа выглядит сегодня хуже, чем позавчера, когда Мирон видел ее в последний раз. Видно, вчерашнее обследование, длившееся целый день, здорово ее измучило.

— Как дела? — с преувеличенной бодростью спросил Мирон, входя к ней в комнату.

Наташа подняла на него огромные светлые глаза, в которых застыло непереносимое страдание.

— Все хорошо, — тихо ответила девушка, но Мирон видел, что говорит она через силу.

— У тебя что-нибудь болит?

— Нет-нет, ничего не болит. Давай заниматься.

— Ну что ж, давай, раз ничего не болит. Ты прочла весь раздел книги, которую я тебе оставлял?

— Да.

— Все поняла?

— Конечно, это же просто.

Просто! Для него это отнюдь не было просто. В свое время он бился над этим разделом почти два месяца, пока усвоил все определения, понятия и теоремы. А ей хватило одного дня, да и то не целиком, потому что ею практически весь вчерашний день занимался врач.

— Знаешь, ты что-то неважно выглядишь, — решительно произнес Мирон. — Наверное, ты переутомилась. Давай-ка мы с тобой сегодня займемся чем-нибудь попроще.

— Нет, — она упрямо покачала головой, — давай заниматься как обычно. Я должна быть в хорошей форме, когда приедут те люди, которые хотят взять меня на работу.

— Но то, чем я хочу сегодня позаниматься, тоже очень нужная вещь. В современном мире никто без этого уже не обходится. И если твои наниматели увидят, что ты и это умеешь, они оценят твои навыки по достоинству.

Мирон собирался научить Наташу пользоваться текстовым редактором. И вовсе не потому, что считал эти навыки нужными в ее положении. Он не верил в красивую сказку про добрых работодателей, случайно узнавших про талантливую девочку. В такую красивую сентиментальную историю не вписываются многочисленные молчаливые охранники с холодными глазами. Цель у Мирона была совсем другая. И ему оставалось надеяться только на то, что если в комнате и есть скрытая телекамера, то экран монитора в нее не попадает.

Текстовый редактор Наташу заинтересовал, и уже через пятнадцать минут она легко производила все нужные манипуляции, открывала и закрывала «окна», устанавливала их положение и размеры, переставляла фрагменты, расставляла страницы. Работать приходилось с уже имеющимся в компьютере текстом. Печатать Наташа не умела и с трудом привыкала к расположению букв на клавиатуре.

— Тебе обязательно нужно научиться набирать тексты. Это необходимо при любой работе. Давай-ка потренируемся вместе. Сейчас я установлю тебе размеры «окна»...

Мирон положил руки на клавиатуру, его пальцы быстро побежали по клавишам.

«Не повторяй вслух то, что я тебе пишу. Твоя комната прослушивается».

— Так, а теперь пиши то, что я буду тебе диктовать. Я буду говорить медленно, а ты внимательно смотри на клавиши и старайся запомнить расположение букв. «При выводе фундаментального принципа статистики Лагранж заменил произвольную систему сил подходящей системой блоков...» Ну, в чем дело? — сердито спросил Мирон, видя, что девушка даже руки на клавиатуру не положила. — Почему ты не пишешь?

Она сидела оцепенев, не сводя с него застывшего взгляда.

— Ты что, не поняла меня? — уже мягче сказал он. — Я диктую — ты набираешь текст. И стараешься запомнить расположение букв. Давай еще разочек с самого начала. «При выводе фундаментального принципа статистики Лагранж...»

Он стал произносить слова медленнее, чем в первый раз, и с удовлетворением убедился, что Наташа поняла его. На экране одна за другой появлялись буквы:

«Откуда ты знаешь?»

— Очень хорошо, молодец, — похвалил Мирон. — Продолжаем. Сейчас я покажу тебе, как красиво располагать текст, чтобы он хорошо смотрелся.

«Мы с тобой в беде. Нам надо подумать, как из нее выбираться. Постарайся сохранять спокойствие. Я буду задавать тебе вопросы, ты будешь на них отвечать».

— Поняла?

— Поняла, — неуверенно ответила Наташа, и Мирон услышал в ее голосе явный страх.

— Теперь я покажу тебе еще одну нужную вещь.

Он быстро набрал короткую фразу и продемонстрировал процедуру удаления текста.

— Ты должна научиться делать это быстро, автоматически. Понятно?

— Да.

— Давай еще раз. Я быстро наберу текст, а ты его удалишь.

«Нам надо придумать, как связаться с теми, кто может нам помочь. Ты подумай об этом до утра. Есть ли среди твоих знакомых или родственников надежные люди? Как дать им знать, что мы здесь? Подумай и все подробно напиши. А сейчас будешь тренироваться».

Наташа пробежала глазами текст, переместила «мышь» по гладкой поверхности стола, подвела курсор к нужному месту. Легкий щелчок — и экран вновь был девственно пуст.

— Молодец. Теперь пиши под мою диктовку, разрабатывай пальцы, набирай скорость. «Чтобы проиллюстрировать роль случайного массового явления, рассмотрим скорость химических реакций. Сравнительно грубых наблюдений достаточно, чтобы натолкнуть на мысль, что скорость химического изменения зависит от концентрации реагирующих веществ...»

Мирон медленно, ровным голосом диктовал отрывки из открытой наугад монографии по математике, краем глаза следя за тем, насколько успешно Наташа справляется с заданием. Скорость у нее была пока еще очень маленькой, пальцы плохо слушались, то и дело норовя нажать не на ту клавишу, и ей приходилось останавливаться, чтобы исправить ошибку. Он видел, что девушка старается изо всех сил, хотя дается это ей с огромным трудом. Видимо, у нее что-то болит, а она стесняется сказать.

— Может быть, Надю позвать? — предложил Мирон, откладывая книгу в сторону.

— Зачем? Не нужно.

— Мне кажется, у тебя что-то болит.

— Ничего у меня не болит. Диктуй дальше.

— Ну, как знаешь.

Примерно через час голос у Мирона заметно охрип. Он захлопнул книгу, встал из-за стола и с удовольствием потянулся.

— Перерыв. Отдохни немножко. Кстати, что тебе вчера сказал врач?

— Ничего особенного. Осматривал меня, исследования проводил.

— Какие исследования?

— Ну, энцефалограмму снимал, кардиограмму, кровь брал на анализ. Прослушивал, простукивал. Все как обычно. Укол какой-то сделал, я после него сама не своя. Не знаю, что он мне такое вколол.

— И когда будет результат?

— Не скоро. Он сказал, надо будет еще несколько раз обследование повторить, мой случай очень сложный. Мирон, ты не мог бы поговорить с Василием Игнатьевичем, чтобы мне больше уколы не делали? Я боюсь.

— Боишься? — удивленно рассмеялся Мирон. — Вот уж никогда бы не подумал. Ты же так давно болеешь, что должна была бы уже привыкнуть к ним.

— Ты не понял. У меня аллергия на очень многие лекарства. В моей больнице все врачи знали, что можно мне давать, а чего нельзя. А здесь никто этого не знает. И врач этот заморский тоже не знает.

— Заморский? Почему?

— Он по-русски не говорит.

— А как же ты с ним общалась?

— Василий Игнатьевич переводил.

— Почему же ты не сказала им сразу, что тебе нельзя делать уколы?

— Я стеснялась, — призналась Наташа. — Пожалуйста, Мирон, поговори с ним, ладно?

— Конечно, раз ты просишь.

* * *

Мирон очень рассчитывал на то, что Василий сам заведет разговор о лекарствах, которые нельзя давать Наташе. Ведь он ясно дал понять, что все разговоры, ведущиеся в комнате девушки, прослушиваются. Но Василий не появлялся и Мирона к себе не вызывал.

На следующее утро Мирон едва смог дождаться, когда можно будет идти к Наташе. Поняла ли она его? А если поняла, то сумела ли сделать все, что нужно? А даже если и сумела, то будет ли от этого толк? Надо выбираться отсюда, спасать свою шкуру, пока не поздно. И на Наташу вся надежда. Потому что Наташу, может быть, все-таки кто-то ищет. А его, Мирона, никто искать не будет. Отец знает, где он, и, если что-то пойдет не так, волну поднимать не станет, Василий же предупредил.

Сегодня Наташа выглядела еще хуже. И без того бледное ее личико стало совсем прозрачным, на нем, казалось, жили одни глаза. Но они жили! И еще как. Они светились каким-то невероятным серо-голубым светом, и это обрадовало Мирона.

— Почему такой усталый вид? — осведомился он, усаживаясь рядом с ней за компьютер. — Плохо спала?

— Совсем не спала, — ответила она. — Я всю ночь тренировалась, как ты велел.

— Всю ночь? — недоверчиво переспросил Мирон. — Ты всю ночь училась печатать?

— Конечно. У меня пальцы непослушные, непривычные, их надо разрабатывать. Зато я набрала целых десять страниц из твоей книжки. Только ты мне не показал, как формулы делать. Там же специальные знаки нужны.

— Ну-ка, проверим, что ты напечатала. Показывай свой труд.

Наташа, быстро щелкая «мышью», вывела на экран текст. Это действительно был раздел из книги по математике. Тут же, не говоря ни слова, она открыла другое «окно», и Мирон увидел совсем другой текст.

«Старшая сестра Ирина. Адрес... Телефон... Очень добрая, очень обязательная. Сделает все, что нужно.

Николаев Александр Иванович, друг нашего отца. Адрес не знаю. Он очень хорошо к нам относится, все шесть лет навещал нас в больнице, занимался со мной химией, физикой и математикой. Я думаю, он поможет, если узнает про меня.

Михаил Александрович, врач в нашей больнице. Специалист по восстановлению памяти у детей после черепно-мозговых травм. Он был со мной, когда меня похитили. Фамилию, к сожалению, не знаю. Красивый высокий брюнет. С М.А. я советовалась насчет того, как мне получить аттестат о среднем образовании. Если ему это напомнить, он обязательно поймет, что речь идет обо мне. Правда, я не знаю, жив ли он. Когда меня увозили из больницы, с ним что-то сделали.

Недавно в нашем отделении убили медсестру, Алю Мырикову. Там работала милиция. Может быть, если преступника еще не нашли, они и до сих пор бывают в отделении».

Мирон щелкнул клавишей и быстро убрал текст из «окна». Теперь экран был поделен на две части, в одной из которых снова был текст по математике, вторая же часть была пустой. На ней Мирон собирался вести свои «переговоры» с Наташей. Все-таки молодец девочка, отлично соображает, и не только в точных науках.

Врач Михаил Александрович. Это очень интересно, особенно если учесть вчерашние слова Наташи о том, что у нее аллергия на большинство лекарств и только в больнице знают точно, что можно ей давать, а чего нельзя. Господи, как повезло, что он не говорил вчера об этом с Василием! А ведь собирался... Видно, Бог отвел. Судьба к нему благосклонна. Надо постараться выжать из этого все, что можно, и максимально естественно.

«Я сказал Василию, что тебе нельзя расстраиваться и волноваться, у тебя от этого мозги отказывают. В твоей медицинской карте наверняка записано все, что касается лекарств. Ты поняла, чего я хочу от тебя?»

Александра Маринина

— Давай будем учиться выводить математические символы, — говорил он между тем. — Смотри внимательно и запоминай, какой символ как выводить на экран. Для этого устанавливаем специальный режим и пользуемся клавишей Alt...

Некоторое время они действительно занимались делом, потом Наташа начала все чаще ошибаться и забывать то, что ей показывал Мирон.

— Да что с тобой? — с досадой спросил он. — Что ж ты сегодня такая бестолковая? После бессонной ночи, что ли?

Губы Наташи задрожали, она отвела глаза.

«Тьфу, болван, — обругал себя мысленно Мирон. — Зачем я так с ней? Девочка в такой сложной ситуации, а я от нее требую Бог знает чего. Другая на ее месте вообще ничего не соображала бы от ужаса, а она держится, и держится превосходно».

— Я боюсь, — еле слышно проговорила она.

— Чего ты боишься? — спросил он как можно равнодушнее.

Внутри у него все похолодело. Так и есть, она не выдержала, забыла обо всем и сейчас начнет обсуждать с ним вслух то, что предназначено только для молчаливого и беззвучного монитора компьютера. Все пропало. А какой был замысел!

— Я боюсь умереть здесь. Ты говорил с Василием Игнатьевичем про лекарства?

— Нет, не говорил.

— Ты же обещал! Я так надеялась на тебя. А сегодня опять пришел этот заморский врач и сделал мне укол. Он пришел один, без Василия Игнатьевича, и я даже не смогла ничего ему объяснить, он же не понимает по-русски. А вдруг мне станет плохо? Здесь никто не знает, как мне помочь. Я не могу ни о чем думать, кроме этого, понимаешь? Ты сердишься, что я бестолковая, а как я могу не быть бестолковой, если я все время только и делаю, что прислушиваюсь к себе, нет ли признаков отека, озноба, зуда. Ты не понимаешь, что такое аллергия! Ты не понимаешь, как это страшно, когда вдруг чувствуешь, что дышать становится все труднее, в горле появляется ком, и он разрастается, разрастается, заполняет собой все пространство, и ты уже не можешь глотать, а потом начинаешь задыхаться!

Она уже не говорила шепотом, она почти кричала, по лицу ее текли огромные прозрачные слезы, губы тряслись. Мирон смотрел на нее и с трудом удерживался, чтобы не дать торжествующей улыбке прорваться на лицо. Она все поняла. И она все делает как надо.

— Хорошо, — сухо произнес он, — я сейчас же поговорю с Василием, если ты настаиваешь. Только, ради Бога, перестань плакать, меня раздражают женские слезы.

Он резко поднялся и вышел из комнаты. И тут же наткнулся на недоумевающий взгляд охранника: с чего это Мирон вышел от девушки без команды? Он должен заниматься с ней до тех пор, пока не привезут обед. Только тогда ему разрешено пойти к себе.

— Мне срочно нужен Василий, — твердо сказал Мирон. — Очень срочно. Я не вернусь к девушке, пока не поговорю с ним.

Охранник, не ответив ни слова, снял трубку висящего на стене телефона. Через пару минут Мирон уже сидел в комнате Василия.

— Слышал, слышал, — озабоченно произнес тот. — И что ты предлагаешь?

— Мое дело — предупредить. Она так напугана, что не может заниматься. Если это правда, что должны приехать какие-то люди, чтобы оценить ее интеллектуальный уровень и знание математики, то могу вам обещать, что они будут страшно разочарованы. Я и раньше обращал внимание на то, что Наташа показывает очень неровные результаты, то блестящие, то совсем никудышные, но никак не мог понять, с чем это связано. Теперь я догадываюсь, что у нее, по-видимому, бывают боли или она просто плохо себя чувствует, но вынуждена терпеть, потому что боится, что вы дадите ей не то лекарство. Я считаю, что вы должны знать об этом. В состоянии стресса, а тем более при болях, она не может работать. Если же вы будете давать ей лекарства, то последствия могут оказаться фатальными. Вы что, не знали об этом, когда привезли ее сюда?

— Не твое дело, — хмуро буркнул Василий. — Она сама-то знает, чего нельзя ей давать?

Александра Маринина

— В том-то и дело, что нет. Врачи в больнице знали, и этого было достаточно. Я по себе знаю, врачи больным почему-то этого не говорят, только в карту записывают. У меня один раз было такое. Мне аппендицит вырезали, так врач после операции сказал, что я дал аллергическую реакцию на одно лекарство. Так и сказал: «на одно лекарство». А на какое именно, сказать не удосужился. Вы ж знаете, как врачи к больным относятся. Как к подопытным кроликам, которым и знать не обязательно, что такое с ними проделывают.

— В карту, говоришь, записывают? — задумчиво повторил Василий. — Ладно, я посмотрю, что можно сделать. Возвращайся к девочке и работай. Кстати, что это ты там затеял с текстовыми редакторами? Лучше бы химией с ней занимался.

— Вы не правы, — горячо возразил Мирон. — Сейчас без компьютеров нигде не работают. Умение работать с текстами всегда смотрится очень выгодно, если речь идет о работе. Конечно, если вы что-то недоговариваете и речь идет не о том, чтобы дать Наташе какую-то работу...

— О том, о том, — нетерпеливо перебил его Василий. — Больно ты заботливый, прямо брат родной.

— Так это от скуки, — усмехнулся Мирон. — Надо же чем-то заняться, коль вы на волю не пускаете. Отпустили бы меня в поселок, я бы там себе зазнобу приискал.

— Перетопчешься. Зазнобу ему... Иди работай.

Мирон вернулся в комнату к Наташе. Лицо ее было заплаканным, но в глазах горел немой вопрос. Он молча уселся рядом с ней за компьютер. На свободном поле красовались ряды математических символов, а под ними вопрос:

«Я правильно поступила?»

Он сделал вид, что внимательно разглядывает написанные ею формулы. Потом одобрительно кивнул.

— Умница, все сделала правильно. Можешь ведь, когда соберешься. Тебе совершенно нельзя волноваться и расстраиваться.

— Да, я знаю, — кивнула Наташа.

Теперь в глазах ее было торжество.

Глава 16

Николай Васильевич Ташков помнил свою ученицу Смирнягину очень хорошо.

— Жаль, что она совсем забросила спорт, — сказал он, когда Александр рассказал ему о своей встрече с Зоей. — Очень способная была девушка. Как у нее жизнь сложилась?

— Не очень. Живет с родителями, работает корректором. Крутит роман с мужиком, который успешно морочит ей голову наличием несуществующей жены, которую он якобы не может бросить. А она, дурочка, верит ему.

— Странно, — покачал головой Николай Васильевич, — она ведь была красивой девочкой. Подурнела?

— Что ты, папа, она стала еще красивее.

— Ты, кажется, был в нее влюблен? Не отводи глаза-то, — усмехнулся Ташков-старший, — не думай, что я ничего не замечал.

— Я пригласил ее к нам в гости, — ушел от ответа Александр. — Ты не против?

Разумеется, Николай Васильевич не был против. Упорство, с которым его сын продолжал вести жизнь холостяка, настораживало и даже отчасти пугало Ташкова. Поэтому он всячески приветствовал каждое новое знакомство сына с женщинами, надеясь, что на этот раз «тест на наследство» пройдет успешно. Отец хотел, чтобы в доме появилась хозяйка и чтобы по комнатам забегали наконец долгожданные внуки. Сам он жениться во второй раз так и не собрался. Пока был еще достаточно молодым — не случилось. А когда перевалило за пятьдесят, понял, что притираться и привыкать к жизни бок о бок с чужим человеком уже не сможет, возраст не тот, чтобы привычки менять. Личную жизнь он вел достаточно активную, но на семейные рельсы переводить ее категорически отказывался.

— Не повторяй моих ошибок, Саня, — неоднократно говорил он сыну, — не тяни с женитьбой. А то дотянешь до такого возраста, когда это сделать уже будет в принципе невозможно.

— Я не хочу жениться на женщине, которая выходит замуж за деньги.

— Да плюнь ты на эти деньги, — советовал Николай Васильевич, — забудь про них. Как будто их нет вовсе. Знал бы я, что из-за этих проклятых писательских денег внуков не увижу, сразу бы от наследства отказался.

Появление в их доме Зои Смирнягиной даже в качестве гостьи воодушевило Ташкова-старшего. Если девочка не изменилась за эти годы в худшую сторону, уж она-то точно тестирование выдержит с блеском. Раньше в ней не было ничего, что напоминало бы о хитрости и корысти.

Вечер они провели чудесный, мужчины наперебой ухаживали за Зоей, подкладывая в ее тарелку самые лучшие куски и предаваясь воспоминаниям о тех годах, когда Саша и Зоя учились в школе. Правда, выражение забитости и покорности так и не сошло с Зоиного лица, как ни старались отец и сын ее развеселить и заставить расслабиться. После ужина Александр пошел провожать гостью до дома.

— Ты не торопишься? — спросил Ташков, когда они спустились в метро.

— Да нет, куда мне торопиться. Завтра суббота, на работу не идти, так что можно лечь попозже.

— Тогда у меня к тебе будет просьба. Давай доедем до той улицы, где вы бываете с Волоховым.

— Зачем? — удивилась Зоя.

— Ты же сама говорила, что Валерий Васильевич человек очень занятой, мне не хотелось бы отрывать у него время по пустякам. Ты мне покажешь тот дом, где находится квартира его приятеля-дипломата, я сам прикину, мог ли он быть очевидцем тех событий, которые меня интересуют. Может быть, дом и подъезд расположены таким образом, что Волохов и в самом деле мог ничего не видеть. Тогда я и трогать твоего доктора больше не буду.

— Конечно, — тут же согласилась она, — поедем, я покажу.

Они сделали две пересадки, чтобы попасть на арбатско-покровскую линию метро, и вышли на станции

«Электрозаводская». Зоя уверенно довела Ташкова до угла Электрозаводской улицы и Малой Семеновской.

— Вот мы уже почти пришли. Третий дом от угла.

— Давай подойдем поближе, — попросил Саша.

Они медленно прошлись по улице, Ташков сделал вид, что прикидывает расстояние от подъезда, на который указала Зоя, до одному ему известной точки.

— На каком этаже расположена квартира дипломата?

— На пятом.

— Окна куда выходят?

— Сюда, на улицу.

Так же не торопясь они вернулись обратно в метро, и Ташков довез Зою до ее дома. Ему не хотелось с ней прощаться, и он торопливо пытался придумать предлог, чтобы задержать ее возле себя.

— Какой вечер теплый. Давай еще погуляем немного, — предложил он.

— Саша...

Зоя робко тронула его за руку.

— Наверное, мне не следует этого говорить, это глупо с моей стороны... И самонадеянно... Я даже не знаю, как сказать.

— Говори, Зоенька, — подбодрил ее Ташков, — не стесняйся, мы ведь друзья с детства.

Он уже знал, что именно она хочет ему сказать. Но слышать этого не хотел. Ибо понимал, что если Волохов ловко морочит ей голову, то никаких серьезных чувств к Зое не испытывает. Зря она надеется, зря ждет. Он ее бросит при первой же возможности, как только она станет ему неудобна.

Зоя молчала, и Ташков понимал, что она стесняется произнести те слова, которые хочет произнести, и в то же время пытается быть честной с ним и не подавать ему ложных надежд.

— Ты хочешь сказать, что очень любишь своего доктора и что мне надеяться не на что? — с тоской спросил он.

— А ты хотел бы надеяться?

— Хотел бы.

— Саша, мне очень жаль...

— Ну что ты, Зоенька, не вздумай извиняться. Это я должен просить у тебя прощения за то, что поставил тебя в неловкое положение и вынудил объясняться со мной, дураком. Ладно, оставим эту грустную тему, давай лучше пройдемся.

Они погуляли еще полчаса, и Ташков поехал домой. Когда он вернулся, было уже совсем поздно, но отец еще не ложился, ждал его.

— Александр, — начал Николай Васильевич решительным тоном, как только сын переступил порог комнаты, — я настоятельно советую тебе подумать насчет Зои. Она — прекрасный человек, это видно невооруженным глазом. И как нельзя лучше тебе подходит. Мне кажется, ты должен прекратить свои выкрутасы насчет денег и сделать все, чтобы она стала твоей женой.

— Папа, она ждет ребенка, — тихо ответил Ташков. — И, как ты сам понимаешь, не от меня.

— От того мужика, который морочит ей голову?

— Да.

— И что? Ты собираешься это так оставить? Я не узнаю тебя, сын. Ты перестал быть бойцом? Зоя — это та женщина, которая тебе нужна. Я много видел девиц и дамочек, с которыми ты крутил. Ни одна из них ей в подметки не годится. И вот нашлась женщина, самой природой предназначенная только для тебя. Не зря же ты был влюблен в нее еще мальчишкой, ты уже тогда чувствовал, что она — твоя, она — только для тебя. А сейчас ты готов отступить?

— Не знаю, папа, — еще тише ответил Александр. — Я ничего не знаю. Поверь мне, у меня нет готового решения. Мне кажется, я ей просто не нужен. Она очень любит этого человека.

— Ну, как знаешь, — сердито ответил Николай Васильевич и ушел к себе.

Александр долго крутился в постели, вспоминал Зою, ее голос, ее глаза, волосы, губы, раздвигающиеся в робкой улыбке. Господи, каким подонком надо быть, чтобы морочить голову такому доверчивому и нежному существу! Водит ее к себе домой, в собственную холостяцкую квартиру, и при этом нагло врет, что квартира эта принадлежит его другу, уехавшему в загранкомандировку, и что дома у него жена-инвалид. А она всему верит безоглядно. И любит его. Не просто любит — обожает.

В этот момент Саша Ташков отчетливо осознал, что должен жениться на Зое Смирнягиной, чего бы ему это ни стоило.

* * *

Настя уже почти заснула, когда прямо над ее головой истошно заверещал телефон, стоящий рядом с диваном. Она решила подождать, пока Леша снимет трубку, но внезапно очнулась от дремоты и вспомнила, что его нет. И ближайшие два дня не будет. Он уехал в Жуковский, к родителям, потому что там находился институт, в котором он работал и в котором должен защищаться его политически активный аспирант.

— Аська, сколько можно висеть на телефоне! — раздался в трубке возмущенный голос Юры Короткова. — Два часа не могу до тебя дозвониться.

— Я ни с кем не разговаривала. Наверное, на линии что-то замкнуло. А что за пожар?

— Пожар? — громко фыркнул Коротков. — Не то словечко. Наводнение и землетрясение одновременно. Из больницы пропала карта Наташи Терехиной.

— Как пропала? — глупо спросила Настя, стряхивая с себя остатки дремоты.

— А я знаю? — ответил он вопросом на вопрос. — Как все в нашем мире пропадает. Путем кражи, надо полагать. Но тут еще покопаться надо. Может, и отдал кто-нибудь за соответствующее вознаграждение. Короче, подруга, я с ног падаю. Утром поговорим, а ты пока подумай.

Так повелось издавна. Получив любую новую информацию по делу, узнав какой-то факт, даже совершенно незначительный, сотрудники отдела Гордеева в первую очередь «вываливали» его перед Настей, настоятельно, хотя и вежливо, предлагая ей подумать и затем поделиться с ними готовыми выводами. Она с такой постановкой не спорила, ибо понимала, что в этом и состоит основная ее работа в отделе. Аналитика, работа с информацией, обработка данных, начиная от огромных статистических массивов и кончая конкретными малюсенькими фактиками.

Александра Маринина

«Хватит дурака валять, — сказала себе Настя, закутываясь в длинный махровый халат и перебираясь на кухню, где ей почему-то думалось легче и вообще было уютнее и комфортнее, — надо наконец взяться за доктора Волохова. Пусть объяснит, какое отношение он имеет к семье Терехиных, а заодно и расскажет, зачем похитителям могла понадобиться медицинская карта Наташи. Может, это прольет хоть какой-то след на личность самих похитителей. Черт возьми, какая досада, что так вышло! Если бы мы могли знать заранее, хотя бы предполагать, что им может понадобиться карта, мы бы глаз с нее не спускали, оставили бы засаду, даже если бы пришлось бить кулаком об стену и топать ногами, но людей для этого нашли бы. И взяли бы охотников за картой теплыми и готовыми к употреблению».

Она знала, что утром ей предстоит крайне неприятное объяснение с начальником. Ведь это она настаивала на том, чтобы не делать резких движений в отношении Валерия Васильевича Волохова, присмотреться к нему повнимательнее в надежде, что он вступит в контакт с кем-нибудь, кто помогал ему в совершении четырех (а то и пяти) убийств. Если бы она не упиралась и не настаивала на своем, его бы уже взяли в оборот, и вполне возможно, оперативники заранее были бы готовы к попытке выкрасть карту. Ведь он врач и обязательно должен знать, что же в этой карте написано такого, что представляет интерес для похитителей.

Она, Анастасия Каменская, совершила очередную ошибку, и дай Бог, чтобы за эту ошибку не пришлось расплачиваться никому, кроме нее самой.

* * *

Приглашая к себе доктора медицинских наук Волохова, следователь Ольшанский был предельно вежлив и с удовлетворением отметил, что вызванный для допроса в качестве свидетеля Валерий Васильевич не выказывал ни малейших признаков неудовольствия или раздражения.

— Это по поводу гибели мужа моей пациентки? — прямо с порога осведомился он.

— И по этому поводу тоже, — уклончиво отозвался Константин Михайлович Ольшанский. — В первую очередь я хотел бы уточнить, где вы были в ночь с четырнадцатого на пятнадцатое июня.

— Ваши коллеги уже спрашивали меня об этом, — недоуменно пожал плечами Волохов, — я отдал в их распоряжение свой блокнот, где записано все по дням и часам. Без блокнота я и сам не вспомню, у меня дни очень насыщенные.

— Разве вам не вернули блокнот?

— Пока нет.

— Хорошо, к этому мы вернемся позже. Сейчас меня гораздо больше интересует ваше знакомство с Екатериной Венедиктовной Анисковец, убитой в конце мая. Когда вы познакомились?

— Много лет назад.

— Конкретнее, пожалуйста.

— Очень давно... Лет двадцать тому назад примерно.

— Еще точнее, будьте любезны. При каких обстоятельствах произошло знакомство?

— У меня была пациентка, популярная певица. Я не хотел бы называть ее имя, она очень известна. Во всяком случае, была очень известной. Она и познакомила меня с Екатериной Венедиктовной.

— На какой предмет?

— Как, простите?

— Зачем она вас познакомила? С какой целью? Она, может быть, хотела составить протекцию Екатерине Венедиктовне с тем, чтобы вы ее лечили или консультировали?

— О, нет, что вы! У Екатерины было отменное здоровье, она в моих консультациях не нуждалась.

— Тогда зачем она вас познакомила?

— Видите ли... В то время у меня были проблемы, связанные с одной женщиной. Нам негде было встречаться. И денег на то, чтобы снимать квартиру, у меня не было, я ведь был тогда еще совсем молодым врачом, зарабатывал немного, а частная практика была запрещена. Моя пациентка, узнав о моей ситуации, переговорила с Екатериной, и та согласилась предоставлять мне свою квартиру для тех нечастых встреч, которые мы могли себе позволить. Вот и все.

— Забавно, — улыбнулся следователь. — А зачем вам нужна была квартира Анисковец, когда у вас была своя собственная? Вы были женаты?

Волохов кинул на Ольшанского уничтожающий взгляд, но ответил вполне мирно.

— Нет, я не был женат. Но и свободен не был. В моей квартире жила женщина, которая считалась как бы моей гражданской женой. По ряду причин я не мог с ней расстаться.

— Хорошо. Назовите, пожалуйста, имя и фамилию женщины, с которой вы встречались на квартире у Анисковец.

— Я не хотел бы этого делать.

— Почему?

— Послушайте, Константин Михайлович, есть же в конце концов такое понятие, как мужская честь, — возмутился Волохов.

— Эта дама замужем?

Волохов замялся.

— Д-да... Была.

— А сейчас она свободна? Тогда почему вы скрываете ее имя?

— Поймите же, ее имя называть бессмысленно. С ней произошло ужасное несчастье, она стала глубоким инвалидом и потеряла память. Она все равно не помнит того, о чем вы меня спрашиваете, вы даже не сможете перепроверить мои слова.

— А вы не находите, Валерий Васильевич, что это очень удобная позиция? Вы называете мне человека, который заведомо не может по объективным причинам подтвердить ваши показания. И я начинаю подозревать, что вы кое в чем говорите мне неправду.

— Какие у вас основания меня подозревать? — вспыхнул Волохов. — И вообще, что мы тут с вами обсуждаем? Разве любить замужнюю женщину — преступление? С каких это пор?

Разговор ушел в сторону от главной проблемы, и Ольшанского это вполне устраивало. Еще минут пятнадцать он умело поддерживал бессмысленные пререкания по поводу давнего романа Волохова с женщиной, с которой он встречался на квартире у Екатерины Венедиктовны Анисковец. Потом, когда решил, что доктор уже достаточно отвлекся и разозлился, произнес:

— Валерий Васильевич, ваша дочь похищена.

Глаза Волохова заметались по кабинету, словно ища ответ на некий вопрос, который он сам не может задать следователю. Ольшанский молчал и терпеливо ждал, когда его собеседник отреагирует на сообщение. Но Волохов ничего не говорил, хотя по его лицу было видно, что слова следователя не оставили его равнодушным.

— Вы поняли, что я сказал? — наконец спросил Константин Михайлович. — Ваша дочь похищена.

— Какая дочь? — выдавил Волохов.

— То есть как «какая»? — с хорошо разыгранным недоумением вздернул брови Ольшанский. — У вас их сколько? Десять? Двадцать? Ваша дочь Наташа.

И снова на лице Волохова промелькнул ужас от непонимания и невозможности задать вопрос. Что же это за вопрос такой, который так мучает доктора и который он не смеет задать следователю?

— Я не понимаю, о ком вы говорите.

— Простите, Валерий Васильевич, у вас сколько дочерей с таким именем? Или вы хотите сказать, что у вас детей нет вообще?

— Послушайте... Вы застали меня врасплох... Мне очень трудно говорить об этом, но вы как мужчина, я надеюсь, меня поймете. Я никогда не был женат. Но у меня были женщины, которых я любил и которые любили меня. Некоторые рожали от меня детей. Ни одного своего ребенка я не бросил на произвол судьбы, я помогал, как мог и чем мог, даже если отношения с матерью прекращались. И я не мог повлиять на выбор имен для моих детей. Вы понимаете?

— Вы хотите сказать, что у вас оказались две дочери по имени Наташа?

— Три. Я хочу знать, какая из них похищена.

— Наташа Терехина.

— О Господи, нет!

Теперь на лице Волохова проступил явственный ужас и отчаяние.

— Эта девочка вам особенно дорога? — невинно осведомился Ольшанский.

— Я одинаково отношусь ко всем, — ответил Волохов уже спокойнее, но Ольшанский видел, что он отнюдь не успокоился. Он был в панике.

— Кто ее похитил? Зачем?

— Валерий Васильевич, если бы я знал ответы на эти вопросы, я бы не приглашал вас к себе. Похититель не требует выкуп и вообще на связь не выходит. И я хочу спросить у вас, как у отца Наташи: кто и зачем мог бы ее похитить? Только вы можете дать мне ответ. И вы мне его дадите.

— Я не знаю.

— Я вам не верю.

— Но я действительно не знаю. Наташа Терехина — самая обыкновенная девочка, при этом тяжело больная, пожизненно прикованная к инвалидному креслу.

— Это с ее матерью вы встречались у Анисковец?

— Д-да. Как вы узнали, что Наташа — моя дочь?

— Вы навещали ее в больнице. Разве нет?

— Навещал. Как вы узнали об этом?

— Ну, это уже наши трудности. Вы выдавали себя за друга семьи, но интерес проявляли только к Наташе, и это заставило нас думать, что она чем-то отличается от других детей Терехиных, причем отличается не объективно, а именно для вас лично. Если бы вы хотели помочь семье умершего друга Леонида Терехина, вы бы помогали в первую очередь старшей их дочери Ирине, которая тащит на себе весь этот воз и содержит четырех инвалидов. Но Ирина никакой помощи от вас не видела и вообще знать вас не знает. И к младшим детям вы почти никогда не заглядывали. Более того, назвались вымышленным именем, и это еще раз показало нам, что другом семьи Терехиных вы не были. Так что все просто, как видите.

— Да, все просто... — рассеянно повторил Волохов. — Но Наташа... Как же с ней? Вы ее ищете?

— Да, мы делаем все для того, чтобы ее найти. Но пока, к сожалению, безуспешно. На днях кто-то выкрал из больницы медицинскую карту Наташи. Вы можете дать этому какое-то объяснение?

— У нее сильная аллергия на лекарства, и в карте

должны быть подробные записи о том, что можно ей давать и чего нельзя. Вероятно, именно это их и интересует. Но это же свидетельствует о том, что они хотят сохранить ей жизнь! Они о ней заботятся. Разве нет?

Он умоляюще посмотрел на следователя, словно ждал от него поддержки и утешения. И на какое-то мгновение Ольшанскому даже стало по-человечески жаль этого многодетного отца.

* * *

На протяжении нескольких следующих дней они занимались только по полдня, после обеда. До обеда Наташей всецело владел врач-иностранец. Мирону ни разу не удалось его увидеть. Бдительные охранники строго следили за тем, чтобы пути Мирона не пересекались с путями, по которым ходили другие обитатели трехэтажного особняка. Гулять, когда стемнеет, ему тоже не разрешали, и Мирон понял, с чем это связано. Вечером в комнатах зажигают свет, и по количеству горящих окон можно сделать вывод о примерном количестве находящихся здесь людей. Значит, кроме охранников, Василия, врача-иностранца и медсестры Нади, здесь есть кто-то еще. Все-таки любопытно, кто находится в той части дома, которая отгорожена глухой стеной? И почему стена глухая? Кого там прячут?

Но он решил не распыляться и не забивать себе голову тем, что не имеет непосредственного отношения к его главной задаче: вырваться отсюда. Думать надо только об этом, потому что важнее собственной жизни ничего нет и быть не может.

Каждая минута на протяжении этих дней казалась Мирону вечностью. Он сделал все, от него зависящее, чтобы навести Василия на мысль о необходимости раздобыть медицинскую карту Наташи Терехиной. Если Наташа ничего не напутала, если правда, что в отделении, где она лежала, недавно убили медсестру, то милиция там постоянно бывает. То одного опросить надо, то другого, то следы какие-нибудь поискать. Как Василий будет добывать Наташину карту? Попытается или купить, или украсть. И очень велик шанс, что посланный для этого человек нарвется при этом на милицию. На это и был расчет. На это была вся надежда.

Чем дольше не привозили карту, тем больше крепла надежда, что все получилось. Человека, посланного за ней, задержали, допросили, вытрясли из него всю правду, и с минуты на минуту здесь появятся спасители. Может быть, приедут на машинах, или прилетят на вертолетах, или пошлют спецназ добираться пешком через горы и леса, чтобы подобраться к логову неслышно и застать обитателей врасплох. Мирон постоянно ловил себя на том, что непроизвольно отвлекается от того, что делает, и чутко прислушивается, не едут ли машины, не гудит ли вертолет, не трещат ли ветки под сапогами спецназовцев. Но нигде ничего не шумело, не гудело и не трещало. Стояла полная тишина, только листва шелестит.

Надежда крепла с каждой минутой, и когда он увидел Василия с медицинской картой Наташи в руках, он чуть не завыл от нахлынувшего отчаяния и досады.

— Ну вот, все в порядке, — весело сказал Василий. — Можешь передать девочке, что ее карту мы раздобыли, там действительно все написано, что можно, чего нельзя, так что пусть теперь не волнуется. Ей не дадут ничего опасного для здоровья.

«Спокойно, — говорил себе Мирон, — погоди паниковать, может быть, того, кто взял в больнице карту, засекли и довели прямо до места. А он ничего и не заметил. Конечно, именно так все и случилось. Ему специально дали уйти, чтобы своими глазами увидеть, куда он повезет эту карту. Теперь еще некоторое время будет тихо, пока они разработают план. Сразу и с наскока ничего не делается. Терпение и еще раз терпение. Терпение и выдержка. Все должно получиться».

Но прошло еще два дня, и ничего не произошло. Мирон понял, что надеяться больше не на что. У него ничего не получилось.

* * *

И все-таки он не терял надежды. Первое отчаяние, оглушившее его, когда в руках Василия оказалась медицинская карта Наташи, быстро отступило, и Мирон начал искать другой путь. Поразмыслив, он понял, в чем была его ошибка. Глупо было рассчитывать на то, что милиция окажется в то же самое время в том же самом месте, где и человек, посланный за картой. Конечно, они разминулись. Не исключено, что милиция до сих пор не знает о пропаже карты. Разве можно было действовать так примитивно, наобум святых? Милицию надо было предупредить, что такой человек придет за картой, тогда все получилось бы.

У него созрел новый план. Более долгий и сложный, но, как казалось Мирону, более надежный. Только бы все не закончилось раньше, чем ему удастся привести свой план в исполнение.

Сегодня, придя к Наташе, он снова затеял какую-то совершенно ненужную, но имеющую вполне благопристойный предлог работу на компьютере.

«Откуда у тебя книга Гольдмана? Она же очень давно издавалась, ее теперь днем с огнем не сыщешь».

«Мне принесла женщина из милиции. Она занималась убийством медсестры в нашем отделении».

«Эта женщина тебя помнит?»

«Не знаю».

«Когда у твоих родных дни рождения?»

«Ира — сентябрь, Оля — май, Павлик — январь, мама — ноябрь».

«Ты никогда не путаешь их дни рождения и не забываешь поздравить?»

«Нет! Нет!»

Это дважды повторенное «Нет!» было таким выразительным, что Мирон невольно улыбнулся.

«Если ты кого-то из них поздравишь не вовремя, они очень удивятся?»

«Да! Да! Да!»

«Ты поняла, что нужно делать?»

«Да».

«Какой иностранный язык ты учила?»

«Французский и английский».

«Не забудь про Золотого человека. Ты меня поняла?»

«Да».

Спустя примерно полчаса он громко сказал, добавив в голос досады и раздражения:

— Что с тобой сегодня, Наталья? Ты на себя не похожа, не можешь выполнить элементарного задания. Карту твою привезли, бояться тебе совершенно нечего, ты должна такие задачки как орешки щелкать. Если у тебя что-то болит, вызови Надю.

— Душа у меня болит, — грустно ответила девушка. — Скоро у Павлика день рождения, а я не могу его поздравить.

— Глупости, — резко произнес Мирон. — Детские сопли. Не поздравишь один раз, ничего страшного не случится. Перебьется твой Павлик.

— Нет, не перебьется! — Ее голос зазвенел, в нем послышались близкие слезы. — Как ты можешь так говорить? У тебя, наверное, нет младшего братика, поэтому ты не понимаешь. И я, и Олечка хоть какое-то время пожили дома, в семье, в нормальной жизни. А Павлик попал в больницу, когда ему было полгодика, он же ничего в этой жизни, кроме больничной палаты, не видел. Какие у него радости? Ирка придет навестить два раза в неделю, вкусненького принесет, вот и все радости. А один раз в год у него бывает день рождения. Всего один раз в год, ты можешь это понять? И мы всегда так стараемся устроить ему сюрприз, Ирка последние копейки выскребает из кармана, чтобы купить ему подарок и угощенье для всей палаты, я стихи какие-нибудь смешные сочиняю, Олечка их заучивает, красивую открытку ему рисует. Мы собираемся все вместе, вручаем подарок, Оля стихи читает. И вся его палата вместе с ним радуется и веселится. Как можно лишить ребенка такого праздника?

— Чего ты на меня орешь? — неожиданно грубо оборвал ее Мирон. — Я, что ли, его этой радости лишил? Мне-то что, поздравляй, если тебе приспичило, только я здесь не хозяин, сама знаешь.

— Знаю, — сказала она уже тише, — ты прости, что я сорвалась. Ты действительно не виноват. Просто я ужасно расстроена. Как подумаю, что в день рождения Павлушенька ничего от меня не получит, так сердце разрывается. Ему ведь не объяснишь, он же маленький, всего шесть лет. Он будет ждать от меня поздравления, а потом, когда не дождется, будет так плакать... Я все время об этом думаю.

— Ладно, — внезапно смягчился Мирон, — я скажу

Василию Игнатьевичу. Может быть, он разрешит тебе послать телеграмму брату. Ты на всякий случай стишки свои сочини.

— Спасибо тебе, — горячо отозвалась Наташа.

— Рано благодаришь. Пока еще ничего не известно. Может, Василий Игнатьевич и не разрешит.

Но Василий разрешил. Причем, к немалому удивлению Мирона, его даже уговаривать не пришлось. То ли он и впрямь испугался, что расстроенная и взвинченная Наташа не сможет хорошо себя показать, то ли еще какими соображениями руководствовался, но согласие на поздравление братишки дал легко и даже как будто был доволен. «Конечно, — внезапно осенило Мирона, — если Наташа не забыла о дне рождения брата и даже написала ему стихи, как обычно, значит, с ней действительно все в порядке и нет причин для беспокойства. Все правильно, Василий должен был клюнуть на эту приманку».

На следующий день Наташе принесли чистый бланк для фототелеграммы, на котором она старательно, мелким почерком написала длинное стихотворение и нарисовала сбоку смешного щенка с большим бантом на шее. Она заметно повеселела, когда бланк унесли. И даже словно бы не обратила внимания на то, что адрес отправителя ей на этот раз продиктовали совсем другой. Эту телеграмму отправлять будут не из Мурманска, а из Оренбурга.

* * *

А вечером Мирона ждал неприятный сюрприз. Когда он вернулся к себе после занятий с Наташей, в комнате сидел его отец.

— Здравствуй, Асланбек, — сурово произнес он.

— Добрый вечер, отец, — осторожно поздоровался Мирон, не представляя, чего ожидать от этой встречи.

— Ты, кажется, не рад меня видеть.

— Что ты, отец, просто я не ожидал, что ты здесь, и немного растерялся. Какими судьбами?

— Приехал по делам. Решил заодно узнать, как мой сын выполняет просьбу своего отца.

— Ну и как? — как можно безучастнее спросил Мирон. — Василий на меня жалуется?

— Да, и меня это крайне огорчает.

— Чем же я не угодил ему? Я послушный, выполняю все его требования и даже соблюдаю все дурацкие запреты, которые он налагает. Ты куда меня отправил, отец? На каникулы или на каторгу? Здесь же шагу ступить без разрешения не дают. В поселок — нельзя. За ворота — нельзя. Гулять вечером — нельзя. Ходить по зданию — нельзя. Общаться ни с кем не разрешают, только с девочкой. За что я так наказан? Чем я провинился перед тобой, что ты меня заслал в эту тюрьму?

— Ты меня огорчаешь, сын. Я хотел надеяться, что Василий не во всем прав, но теперь вижу, что он не преувеличил. Ты непокорный и строптивый, для тебя слово отца не является законом. Это плохо. Это противоречит обычаю. Быть непокорным сыном — большой грех, огромный. Но еще больший грех, еще большее нарушение обычая — проявлять жалость к женщине. Ты замечен в этом грехе, и неоднократно.

— Отец, но это же ребенок, девочка, к тому же неизлечимо больная. Неужели я не имею права даже на элементарное сочувствие к ней?

— Нет, — отрезал отец. — Ты должен делать то, что приказывает тебе Василий. Ты должен служить тому делу, которому служу я. И никакой жалости у тебя быть не должно. Такова моя воля. И если в твоей греховной душе зашевелится сомнение, помни, что в твоих жилах течет моя кровь, а не кровь этой девочки. Она для нас чужая. А это значит, что она чужая и для тебя. Твоя мать будет крайне расстроена, узнав, что ты нарушаешь обычай и проявляешь непослушание отцу. Об этом ты тоже должен помнить. Ты — ингуш. Ты — мусульманин, Асланбек. И если я длительное время делаю вид, что не замечаю твоих немусульманских поступков, если я перестал возражать против того, что ты называешь себя не тем именем, которое я дал тебе при рождении, это не означает, что я смирился и готов отдать тебя в лоно православной цивилизации. Ты родился мусульманином и умрешь им. Такова моя воля.

С этими словами отец встал и вышел из комнаты. Через некоторое время Мирон услышал голоса отца и

Василия, доносящиеся снаружи, но не смог разобрать, о чем они говорят. В нем поднялась неожиданная злоба на Василия, который оказался куда более проницательным и чутким, чем Мирон предполагал. Надо же, заметил, что Мирон только притворяется равнодушным, а на самом деле жалеет Наташу. Сволочь глазастая. Доносчик паршивый. Отцу заложил.

Но власть отца была все-таки очень сильной. Все двадцать два года он был единственным повелителем Асланбека-Мирона, все двадцать два года он требовал беспрекословного послушания и внушал сыну, что сыновняя непокорность и неуважение к отцу — большой грех. И Мирон верил ему. Верил до сих пор. Несмотря на то, что отец явно занимался чем-то неблаговидным. Несмотря на те слова, которые сказал ему Василий, дескать, отец первым поднимет на тебя руку, даже за честь посчитает, если ослушаешься. Отец всегда был прав. Это даже не обсуждалось.

Спать в этот день Мирон ложился, чувствуя себя последним из грешников. Если ему суждено погибнуть по воле отца, он обязан принять это как дар судьбы и не сметь сопротивляться и искать пути спасения. Если отец решил, что он должен умереть, значит, он умрет. И нечего тут больше обсуждать. Он должен покориться воле отца. Таков обычай.

* * *

Проснулся Мирон с теми же мыслями, с которыми уснул. Но тут же вспомнил о Наташе. Хорошо, он должен быть покорным сыном и принять смерть, если такова воля его отца. Отец вправе распоряжаться своим сыном по собственному усмотрению, но кто дал ему право распоряжаться жизнью русской девочки? Наташа доверилась ему, Мирону, она надеется на него, она ждет от него спасения. Так неужели он бросит ее на произвол судьбы только лишь потому, что отец заставил его почувствовать собственную неправоту и греховность? Черт с ним, он готов умереть, если так надо, но девочку он должен попытаться спасти. Он не имеет права отступить. Отец считает, что жалеть русскую девочку, немусульманку, дочь неверных, — грех. Ладно, пускай. Он, Асланбек, грешник. Но он же мужчина в конце-то концов! И он обязан защитить ребенка, даже если это ребенок неверных.

А коль так, надо делать следующий шаг. Интересно, когда в Москве получат Наташину телеграмму? Оренбург от Карпат — совсем не ближний свет, если человек, взявший телеграмму, полетит на самолете из Львова, то не раньше завтрашнего дня. Отсюда до Львова тоже еще добраться надо. Сначала на машине до аэропорта местных авиалиний, потом минут сорок лететь на стареньком маленьком «кукурузнике». И рейсы на Оренбург наверняка не каждый день. Предположим, телеграмму в Москве получат послезавтра. Значит, можно начинать понемногу осуществлять следующий этап плана. После получения телеграммы в Москве должно пройти несколько дней, чтобы те, кто ищет Наташу, успели сориентироваться. Если ее вообще кто-нибудь ищет. И если они догадаются о том, что затеял Мирон. Если... Если...

Глава 17

Валерий Васильевич Волохов всегда считал себя человеком очень здоровым и физически, и психически. Основным признаком психического здоровья он видел в себе чрезвычайно мощную способность к вытеснению из сознания неприятных и тревожных мыслей. Он умел не думать о том, что ему не нравилось и о чем он думать не хотел, и он умел заставить себя не тревожиться о том, о чем беспокоиться не хотелось. За двадцать лет постоянных экспериментов над женщинами и рожденными ими детьми он ухитрился ни разу не ужаснуться безнравственности и чудовищности того, что делал. У него была цель, и интересовало его только одно это. Он слишком хорошо помнил жгучую обиду, которую испытал, когда предложенная им теория вызвала насмешки и была отвергнута коллегами с ходу как неперспективная и антинаучная. Волохов хотел доказать самому себе, что был прав, пусть даже об этом больше никто никогда не узнает. Будет знать он сам, этого было для него более чем достаточно. Никогда за все двадцать лет в его голову не приходила мысль о том, что, если его теория подтвердится, на этом можно будет сделать деньги. Денег у него было достаточно, он считался великолепным диагностом и ведущим специалистом по применению радиологических методов в лечении заболеваний крови, это приносило ему и известность, и доход. И извлекать прибыль из своих незаконных частных экспериментов он вовсе не собирался. Это была для него чистая наука ради науки и утверждения собственной идеи.

Встреча со старухой Анисковец в середине мая была для него неприятной неожиданностью. И еще более неприятным оказалось то, что встреча эта, как выяснилось, не была случайной. Старуха, оказывается, следила за ним на протяжении нескольких месяцев и теперь искала встречи, чтобы прочесть ему мораль. К тому разговору с Екатериной Волохов отнесся спокойно, угрызения совести его мучить не стали, а то, что Анисковец больше его не трогала и на пути не попадалась, он расценил как нечто само собой разумеющееся. Попугала бабулька, выговорилась, нотацию прочла — и забыла, занялась своими делами. Однако вскоре после встречи с Екатериной Венедиктовной Волохову позвонили. Незнакомый голос сказал:

— Валерий Васильевич, нам известно о ваших экспериментах. Мы в них заинтересованы. Подумайте над вашими условиями и будьте готовы назвать вашу цену. Мы вам еще позвоним.

Волохов в тот момент так испугался и растерялся от неожиданности, что даже не ответил. А звонивший ему человек и не ждал ответа, просто произнес свои слова и положил трубку. Несколько раз он мысленно возвращался к этому звонку, пытаясь заготовить заранее те слова, которые он скажет, если ему позвонят еще раз.

«Я не понимаю, о чем вы говорите...»

«Я не провожу никаких экспериментов...»

Потом он понял, что эти слова не годятся. Раз позвонили — значит, знают. Какой смысл отпираться?

«Результаты моих научных экспериментов не продаются...»

«Мне не нужны ваши деньги...»

«Я не торгую научными знаниями...»

Все слова казались ему глупыми и беспомощными, неубедительными и провинциально-напыщенными. Он понимал, что его будут пугать оглаской, но не особенно этого боялся. Он отобьется, сможет доказать, что это пустые домыслы. Женщины? Да, были. А что, разве запрещено? Дети? Да, детей его женщины рожали. А это преступление? Эксперименты над беременными? О чем вы? Я — диагност, я применял радиологические методы для обследования состояния здоровья беременных и плода, эти методики запатентованы и признаны. И больше я ничего не делал. Если женщина нуждалась в лечении по моему профилю, я ее лечил, а как же иначе. Да, использовал институтскую лабораторию для обследования собственных любовниц, казните, виноват. Но ущерб государству этим не причинял. Не украл. Не сломал. Дети рождались нездоровыми и часто болели. Что поделать, во-первых, сейчас почти все дети такие, экологическая обстановка крайне неблагоприятная, а во-вторых, это связано с состоянием моего собственного здоровья. Оно, увы, оставляет желать много лучшего, а законов наследственности пока еще никто не отменил. Все-таки это мои дети, а не чьи-то.

Одним словом, разоблачения он не боялся. В конце концов, никто не сможет установить всех его женщин и детей. Разве только Екатерина, которая утверждала, что выследила его и составила список. Судя по тем цифрам, которые она называла, список у нее был действительно полный. Но Катерина умерла, и очень вовремя. И передавать свою методику в чужие руки доктор Волохов отнюдь не собирался. Он достаточно хорошо представлял себе, кому и для чего она может понадобиться. Теперь, когда работа близка к завершению и остается только подождать детей Веры и Зои, он уверен, что у него все получилось. Он научился делать людей с мощным интеллектом и превосходными физическими данными в части выносливости и устойчивости к нагрузкам, при этом абсолютно послушных и управляемых. Идеальных исполнителей, которые в недобросовестных руках могут превратиться как в супернадежных охранников и не знающих поражения солдат, так и в ловких преступников и неуловимых наемных убийц.

Волохов не собирался отдавать свою методику никому, ибо отчетливо видел возможные последствия ее массового использования. Поэтому когда второй звонок незнакомца все-таки раздался, Валерий Васильевич без колебаний ответил:

— Нет. Я не понимаю, о чем вы говорите, и не собираюсь ничего вам продавать.

— Что ж, — сказали ему, — вам придется пожалеть об этом. Методику мы возьмем у вас сами.

В течение нескольких дней после этого разговора Волохов ходил напряженный и настороженный, ожидая, что в любой момент его схватят, свяжут, увезут куда-нибудь и будут пытать. Или взломают дверь в квартиру и украдут все записи. Или еще что-нибудь в этом же роде...

Но ничего не произошло. На него не напали и документы не украли. И он начал постепенно успокаиваться. Сумел заставить себя не думать об этом. Точно так же, как и в случае с Анисковец, говорил себе: «Ничего страшного. Просто попугали. Увидели, что я их не боюсь, и отступились». Думать так было легче и удобнее. Механизм вытеснения неприятных и тревожных мыслей работал у доктора Волохова безотказно.

А сегодня следователь в прокуратуре сказал ему, что кто-то похитил Наташу Терехину. Наташу, единственную из его подросших детей, которая демонстрировала блестящий интеллект. И Оля была бы такой же, если бы не травма черепа. Но у Оли интеллектуальное развитие затормозилось, осталась только феноменальная память. Остальные дети, на которых он отрабатывал эту часть методики, были еще слишком малы. А Наташе уже семнадцать. Значит, угрозы, произнесенные по телефону, не были пустыми. Девочку похитили, чтобы тщательно обследовать ее и попытаться понять, что именно проделывал с ней Волохов. Будут брать всевозможные анализы, будут подвергать ее мучительным процедурам вплоть до пункции спинномозговой жидкости. Будут докапываться до корней методики Волохова.

А потом доберутся до Иры. Иру, конечно, сложнее похитить, она не так беспомощна, как ее полупарализованная сестра. Но Иру можно обмануть и заставить уехать вполне добровольно и без скандала, так, что и искать ее никто не станет. Ира им тоже нужна, потому что она уже всем продемонстрировала свою способность работать постоянно, без длительного отдыха и даже, если нужно, без сна. С одной Наташей у них ничего не выйдет, они только измучают ее процедурами и обследованиями. А если одновременно обследовать и Иру, то они могут получить результат, вполне пригодный для использования.

Этого нельзя допустить.

* * *

Сотрудники уголовного розыска в Мурманске не особо торопились выполнять поручения следователя Московской городской прокуратуры, но работу все-таки сделали, хоть и не за один день. По указанному в телеграмме обратному адресу на улице Полярной дом № 20 был, но располагалась там администрация крупного завода. И никакого корпуса 3. И уж тем более никакой квартиры 9. Оригинал телеграммы нашли, изъяли и отправили в Москву. Оставалось ждать, что скажут эксперты, которым вместе с телеграфным бланком предоставили для сравнения тетради Наташи Терехиной. Почерк во всех образцах был на первый взгляд одним и тем же, но вероятность хорошей подделки исключать было нельзя.

Когда поступило сообщение от Миши Доценко о том, что доктор Волохов после работы в институте отправился в район Сокольников, Юра Коротков немедленно зашел в соседний кабинет к Насте.

— Слушай, наш доктор, похоже, решил наконец познакомиться с Ирой Терехиной. К чему бы это?

— Точно, — медленно произнесла Настя, подняв на Юру вмиг посветлевшие глаза. — Теперь я поняла. Ну и балда же я, Юрик! Как же это я сразу не догадалась. Поехали.

— Куда? — изумился Коротков.

— К Терехиной. Поехали, Юр, поехали, по дороге объясню.

Машина у Короткова была такой старой, что грохотала и дребезжала при каждом увеличении скорости сверх пятидесяти километров, поэтому им приходилось выбирать между возможностью ехать быстрее и возможностью разговаривать. Настя считала, что скоростью в данном случае можно пожертвовать.

— Если я не права, то мы все равно не успеем. А если права, то торопиться некуда.

— Прекращай говорить загадками, — возмутился Коротков. — Объясняй, как обещала.

— Помнишь, мы с тобой все удивлялись, почему неуловимый дядя Саша Николаев проявляет интерес в основном к Наташе, к младшим детям Терехиным заглядывает от случая к случаю, а Ире вообще внимания не уделяет, хотя по большому счету в помощи больше всех нуждается именно она. Потом, когда стало понятно, что дядя Саша — это доктор Волохов, мы о своем изумлении как бы забыли. А ведь у нас сразу появилась версия, что мифический Николаев является отцом Наташи, а может быть, и младших детей. Поэтому Костя Ольшанский так смело и заявил Волохову, мол, дочь его Наташа похищена. И попал в «десятку». А теперь смотри, что получается. Волохов дурит свою любовницу Смирнягину и водит ее к себе домой, при этом уверяя, что это квартира его друга, уехавшего в загранкомандировку. Оставим в стороне вопрос о том, зачем он это делает. Понятно, что раз он не хочет ни на ком жениться и придумал для этого неизлечимо больную жену, то и насчет квартиры вынужден врать. Но наш приятель Ташков утверждает, что Зоя Смирнягина — отнюдь не дурочка. Тихая, покорная, забитая, но не глупая. Ловишь мысль?

— Пока нет, больно она у тебя тонкая. Что я должен уловить?

— А то, что квартира, в которой живут постоянно, и квартира, куда приходят от случаю к случаю, друг на друга не похожи. Различаются они, понимаешь? Запах, наличие пыли на полу и мебели, продукты на кухне — да существует масса признаков, по которым можно определить, в каком режиме пользуются квартирой. И уверяю тебя, Юрик, еще не родилась на свет женщина, которая эту разницу не почувствовала бы. Это как раз по женской линии, по линии хозяйства и уборки. Мужики замечают такие вещи в одном случае из двухсот, а бабы — всегда. Так ответь мне, могла ли Смирнягина этого не заметить?

— Выходит, что не могла.

— Тогда почему не заметила?

— Да ну тебя, Аська! — рассердился Коротков. — Чего ты меня терзаешь-то? Сама задаешь вопросы — сама и отвечай на них. Что я тебе, кролик подопытный?

— У, раскипятился, — засмеялась Настя. — Остынь. Объясняю. Она не заметила разницу, потому что ее нет.

— Как это нет? Ты же сама сказала, что Волохов водит ее к себе домой. Ташков совершенно точно это установил. Или ты сомневаешься?

— Нет, Юрик, я не сомневаюсь. Квартира на Малой Семеновской, где прописан Волохов, и квартира его приятеля-дипломата — это одна и та же квартира. Только Волохов там не живет.

— Интересное кино. А где же он живет, по-твоему?

— У Иры Терехиной.

* * *

Время приближалось к девяти вечера, и Ира была дома, на работу в «Глорию» она уходила к десяти часам.

— Ой, — испуганно произнесла она, увидев Настю и Короткова. — Вы ко мне?

— Не совсем. Твой квартирант дома?

— Который? Ильяс? Нету его, он поздно приходит.

— А второй? Кажется, его зовут Георгий Сергеевич.

— Он дома. Позвать?

— Не надо, мы к нему зайдем. Где его комната?

— Вон та, — показала Ира. — А зачем он вам?

— Помнишь, мы с тобой говорили об Олеге? — вступил Коротков. — Ты мне тогда сказала, что Олег как-то заходил к тебе, когда ты была на работе, и он разговаривал с твоим квартирантом.

— Помню. Но я не знаю, о чем они разговаривали.

— Вот мы и хотим спросить Георгия Сергеевича об этом.

Они постучались в комнату, на которую указала Ира.

— Заходите! — послышался голос из-за двери.

Настя глянула на Короткова и увидела, как губы у него сжались в узкую полоску. Он узнал этот голос.

Увидев Короткова, Волохов даже с места не встал, он, казалось, прирос к дивану, на котором сидел с книжкой в руках. Юра вошел первым, Настя — за ним следом и аккуратно притворила дверь.

— Добрый вечер, Валерий Васильевич, — негромко сказала она, надеясь, что Ира этого не слышит. — Вам не надоело еще морочить окружающих? Может быть, поговорим наконец нормально?

— Что вы хотите от меня? Я уже все сказал следователю в прокуратуре. Да, Ира тоже моя дочь, и я хочу быть поближе к ней. Что в этом предосудительного? Вы полагаете, я должен был рассказать ей, что ее мать рожала детей не от мужа и ее настоящий отец — я? Я не понимаю, почему вы не оставите меня в покое.

— Перестаньте, Валерий Васильевич. Предложите мне сесть, проявите вежливость, которую вы почему-то не удосужились привить своей дочери. Впрочем, грех ее винить, она ведет такую жизнь, что ей не до политесов. Но у вас жизнь весьма благополучная, так что вам вполне по силам быть джентльменом.

Волохов встал и демонстративно положил книгу на полку.

— Присаживайтесь, — сухо произнес он. — Но прежде чем мы начнем разговор, вы должны дать мне слово...

— Вы ставите нам условия? — перебил его Коротков, скептически улыбаясь. — Валерий Васильевич, вы, вероятно, что-то не так поняли.

— Я настаиваю на том, чтобы Ира ничего не знала, — упрямо докончил фразу Волохов. — В противном случае я не буду с вами разговаривать.

— Круто, — усмехнулась Настя. — Вы неправильно оцениваете ситуацию, Валерий Васильевич. Вы можете торговаться с нами долго и упорно, потому что мы не являемся процессуальными лицами, если вы понимаете, что это такое. Мы пришли к вам поговорить, вы говорить отказываетесь, навязывая нам ваши условия, мы с этими условиями не соглашаемся и мирно покидаем вашу комнату. Вы знаете, что мы делаем дальше? Мы идем к вашей старшей дочери Ирине и рассказываем ей то, что вы пытаетесь так упорно от нее скрыть. А завтра вас вызывает следователь, который, в отличие от нас с Юрием Викторовичем, процессуальным лицом как раз является и имеет право требовать от вас показаний, не спрашивая о вашем желании и уж тем более не обращая внимания на ваши неловкие попытки навязать ему какие-то смешные условия. Если такое развитие событий вас устраивает, мы не будем больше отнимать ваше время и тратить свое. Теперь решение за вами.

— Пожалуйста, я прошу вас, не говорите Ире, — сказал Волохов, сбавив тон.

— Конечно, — легко согласилась Настя. — Если это не во вред делу, мы ничего ей не скажем. Итак, Валерий Васильевич, обрисую в общих чертах ситуацию, чтобы вам было понятней. Много лет назад ваша пациентка Елена Романовская познакомила вас с Екатериной Венедиктовной Анисковец. У Анисковец вы на протяжении длительного, очень длительного периода встречались с Галиной Терехиной. По крайней мере двое из четверых детей Терехиной являются вашими детьми. Потом с Терехиной что-то происходит, и в результате она совершает чудовищный поступок, пытаясь лишить жизни всех своих детей и саму себя. К счастью, все выжили. На протяжении следующих шести лет вы регулярно, хотя и нечасто, навещаете в больнице детей — Наташу, Олю и Павлика. Представляетесь при этом неким другом семьи, дядей Сашей Николаевым, и приходите в отделение только тогда, когда дежурит одна и та же медсестра, Алевтина Мырикова. Кроме того, вы периодически бываете в доме инвалидов, где находится Галина Терехина, но общаетесь исключительно с монахиней сестрой Марфой, которая ухаживает за Галиной и подробно информирует вас о состоянии ее здоровья. В течение последнего года вы снимаете комнату у своей дочери Ирины под вымышленным именем. Пока все верно?

Волохов молча кивнул.

— Далее. В мае этого года вы после длительного перерыва встречаетесь с Екатериной Венедиктовной Анисковец. И после этого начинается полоса странных смертей. Погибает Анисковец. Следом за ней — Елена Романовская. Затем сестра Марфа и медсестра Мырикова. Погибают люди, которые знают вас в лицо и знают о том, что вы как-то связаны с семьей Терехиных. Кроме тех, кто погиб, только одна Наташа могла уверенно указать на вас и сказать, что вы и есть тот самый друг семьи дядя Саша, который приходит к ней в больницу. Наташа похищена. Хочу надеяться, что она еще жива. У вас удивленные глаза, Валерий Васильевич? Вы хотите сказать, что впервые слышите обо всех этих смертях?

— Господи, конечно... Откуда мне было знать? Про Анисковец мне уже говорили, а про остальных я не знал. Кто их убил?

— Интересный вопрос, — хмыкнул Коротков. — Хорошо бы и ответ на него услышать. От вас, — тут же уточнил он.

— От меня? Почему от меня? Вы что, думаете?..

— Именно, Валерий Васильевич. Ваша патологическая страсть к сокрытию собственного имени и места жительства, ваша постоянная ложь о больной жене и маленьких детях, ваши фокусы с квартирой приятеля-дипломата как раз и заставляют нас думать о том, что у вас не все в порядке с законом. Слишком много обмана вокруг вас, чтобы мы могли себе позволить считать вас честным человеком.

— Но я не имею к этим убийствам никакого отношения. С чего вы взяли? Глупость какая-то!

— Не торопитесь с оценками, — спокойно заметила Настя, — я вам еще не все рассказала. Некоторое время назад ваша пациентка Вера Николаевна Жестерова передала вам просьбу ее мужа Олега проконсультировать некую его знакомую. Вы согласие дали, назначили время приема, потом прием отменили и перенесли на другое время, через три дня. За эти три дня Олег Жестеров тоже успел погибнуть. Вы знали, что на консультацию к вам должны были привести Иру?

— Нет. Откуда мне было знать, что муж моей пациентки с ней знаком? Я понятия не имел, о ком идет речь.

— И что произошло бы, если в ваш рабочий кабинет Олег Жестеров привел бы вашу дочь? Как вы себе представляете развитие событий?

— Ну... — Волохов пожал плечами. — Не знаю. Мне трудно представить, что было бы. Наверное, было бы не очень приятно.

— Ира знает, где и кем вы работаете?

— Нет. Для нее я — скромный финансовый работник, бухгалтер на предприятии.

— Ну и каково же ей было бы увидеть скромного бухгалтера в ипостаси доктора наук, светила медицины?

— Послушайте, не читайте мне мораль. Вы пришли, чтобы объяснить мне, что лгать нехорошо? Я это в школе проходил. Я взрослый человек, мне пятьдесят один год, и если я говорю неправду, значит, у меня есть для этого веские причины, и причины эти для меня куда более существенны, чем детская истина про недопустимость вранья.

— А вы не находите, что Олег погиб очень вовремя? Как раз тогда, когда ему и нужно было уйти со сцены, чтобы ваш прелестный маленький обман не раскрылся. Валерий Васильевич, мы тщательно изучили записи в вашем блокноте и не нашли в них ничего, что свидетельствовало бы об острой необходимости переносить визит Олега и его протеже. Но вы консультацию все-таки перенесли. Выиграли тем самым целых трое суток. За эти трое суток Олега не стало. Попробуйте что-нибудь возразить на это.

— Но ваши сотрудники проверяли мое алиби! Юрий Викторович, вы же сами...

— Совершенно верно, — снова вступил Коротков. — Более того, мы проверяли ваше алиби на момент всех убийств, о которых вам только что рассказали. И пришли к выводу, что лично вы этих преступлений не совершали.

— Ну вот видите, — облегченно вздохнул Волохов. — Тогда что же вы мне тут...

— Сейчас объясню, — перехватила инициативу Настя. — Если лично вы не участвуете в совершении преступления, это не означает, что у вас не может быть помощников.

— Да о чем вы говорите?! Какие помощники? — возмутился Волохов. — Я никого не убивал и не имею к этим смертям никакого отношения. Ровно никакого. Перестаньте выдумывать.

— Ладно, перестану. Закончим фантазировать и перейдем к грубым реалиям. Валерий Васильевич, ваши трогательные мужские признания о женщинах, которых вы любили и которые рожали от вас детей, никак эти смерти не объясняют и не оправдывают. Не стоят ваши амурные похождения этой горы трупов, понимаете?

— Боже мой, но я пытаюсь внушить вам то же самое вот уже битый час! Конечно, не стоят. Поэтому у вас нет никаких оснований меня подозревать в этих убийствах. Что мне скрывать? Я — человек свободный, и огласка моих, как вы изволили выразиться, амурных похождений не причинит мне ни малейшего вреда. Так что и говорить не о чем.

— Есть о чем говорить, очень даже есть. Потому что существует что-то такое, ради чего положили эту гору трупов. И положили ее вокруг вас, Валерий Васильевич. Может быть, это сделали вы сами вместе с кем-то, кто помогал вам. Может быть, вы действительно этого не делали и не имеете к убийствам никакого отношения. Но то, что убийства имеют отношение к вам, сомнению не подлежит. Вы — человек здравый и не чуждый аналитическому мышлению, раз уж защитили две диссертации, и вы не можете со мной не согласиться. Так скажите же мне, что это за тайна, которую так старательно охраняют эти трупы? Зачем убили всех этих людей? Если я узнаю, почему они погибли, я узнаю, кто их убил. А вы это сделали или не вы — это уже вопрос третий. Ответ на него я как-нибудь найду.

— Я вас не понимаю, — высокомерно произнес Волохов. — У меня нет тайн, ради сохранения которых мне нужно было бы убивать людей.

— Вам, может быть, и не нужно, — согласилась Настя. — Но кому-то нужно. Вы не можете оспаривать очевидное. Валерий Васильевич, у нас с вами только два пути, по которым мы можем пойти. Путь первый:

вы все отрицаете, и тогда мы начинаем очень сильно подозревать вас в организации пяти убийств. У нас есть показания свидетелей, которые видели, как вы приходили к Анисковец в мае этого года. И в ее квартире обнаружены ваши следы. У нас показания сестры Марфы о том, что вы бывали в доме инвалидов. У нас есть свидетельства того, что вы специально выбирали время посещений больницы, чтобы как можно меньше персонала знало вас в лицо. И убита единственная медсестра, которая хорошо вас помнит. Все остальные сестры и врачи знают о вас только понаслышке, по рассказам самой Мыриковой. Показания младших детей в счет не идут, Оля интеллектуально недостаточна, Павлик еще слишком мал. А Наташа, которая тоже хорошо вас знает, благополучно и очень вовремя исчезает. Как видите, оснований подозревать вас и даже обвинять более чем достаточно. Путь второй: если вы хотите, чтобы мы не считали вас убийцей, расскажите нам все, что знаете. Третьего-то пути нет, поймите это.

— К сожалению, я ничем не могу вам помочь. Я не знаю, о какой тайне вы говорите. По-моему, она является плодом вашего воображения.

Настя собралась уже было ответить, когда послышался звонок в дверь.

— Это ваш сосед? — спросил Коротков.

— Вряд ли, — ответил Волохов, — у него есть ключ. Это кто-то посторонний.

Юра сорвался с места и неслышно приоткрыл дверь в коридор. Раздались торопливые шаги Ирины, щелкнул замок. Коротков осторожно выскользнул в коридор, стараясь, чтобы его не было видно от входной двери. Настя молча разглядывала Волохова, пытаясь воспользоваться неожиданно предоставившейся передышкой и изменить стратегию разговора, потому что тот план, который она выработала, сидя в машине с Коротковым, видимых успехов не принес. Волохов ничего не боится, во всяком случае, ничего из того, что она ему припасла. Вероятно, он и в самом деле не причастен к убийствам. Но должен же он чего-то бояться! Не может он не знать, во имя чего убиты пять человек.

Нужно только найти правильный ключ, чтобы заставить его сказать.

Дверь распахнулась, в комнату ворвался Коротков и, не говоря ни слова, протянул Насте какой-то листок. Это была фототелеграмма. Поздравление Павлику Терехину от его старшей сестры Наташи.

— Взгляните, Валерий Васильевич, — она протянула телеграмму Волохову. — Это почерк вашей дочери?

Он испуганно взглянул на телеграмму, будто боясь к ней прикоснуться.

— Что это?

— Не бойтесь, это не кусается, — усмехнулась Настя. — Возьмите и прочтите.

Волохов осторожно взял телеграмму и быстро пробежал глазами ровные мелкие строчки.

— Да, это ее рука. Слава Богу, ей не стало хуже.

— Из чего такой вывод?

— Строчки ровные, буквы четкие. Это означает, что она не принимает сильнодействующие лекарства. Когда у нее боли, ей дают такие препараты, которые по своему действию сродни наркотическим. Тогда у нее нарушилась бы координация и она не смогла бы написать так ровно и четко. И текст свидетельствует о том, что у нее ясное сознание. Погодите, но почему?

— Что — почему? — насторожилась Настя.

— Почему поздравление Павлику? Ведь день его рождения в январе. Господи, они все-таки загубили ее! Она стала путать даты. У нее нарушилась память.

— Вы уверены? Откуда вы знаете, когда у него день рождения? Павлик Терехин — тоже ваш ребенок?

— Да, да, да! Вы довольны? Да, он мой сын. И он, и Оля, и Ира с Наташей — они все мои дети. Всех четверых детей Галина родила от меня, состоя в браке со своим мужем Леонидом, царствие ему небесное. Что меня теперь, расстрелять за то, что мы любили друг друга?

— Сбавьте тон, будьте любезны, — холодно сказала Настя. — Ваша дочь в беде, и думать сейчас надо только об этом, а вы позволяете себе глупые и никчемные выкрутасы. Неужели вы не понимаете, что никто Наташу не загубил? Напротив, она понимает, что попала в беду, и пытается дать нам знать, пытается связаться с нами. И если вы — ее отец, а не посторонний дядя Саша, вы обязаны помочь и ей, и нам. Вы говорили следователю Ольшанскому, что ни одного своего ребенка не бросили на произвол судьбы. Что же, Наташа хуже их всех? Она больше всех сейчас нуждается в помощи, а вы хотите уйти в кусты. Докажите же нам, что вы настоящий мужчина, не бросающий своих детей в беде. В противном случае завтра утром к вам придут с ордером на арест, и не питайте пустых иллюзий насчет того, что вам удастся за это время скрыться. Мы с Юрием Викторовичем останемся ночевать на лестнице под дверью этой квартиры, и никуда вы отсюда не выйдете, пока за вами не приедут. Так как, Валерий Васильевич, будем разговаривать или подождем утреннего мероприятия с ордером, наручниками и прочими прелестями?

Волохов отошел к окну и некоторое время молчал, плотно сжав губы. Потом медленно повернулся к Насте.

— Будем разговаривать.

* * *

Аякс только что получил сообщение от Ильяса: милиция нашла доктора Волохова. Как это могло произойти? Ведь Аякс сделал все для того, чтобы этого не случилось. Он планомерно убрал всех, кто мог вывести милиционеров на доктора и связать его с семьей Терехиных. Все сделал. Старуха Анисковец, алкоголичка Романовская, медсестра в больнице, монахиня. И даже этот парень, который по доброте душевной собрался устроить Ире консультацию у Волохова. Никого не осталось в живых. А они все-таки нашли доктора. Как же так?

Ничего не поделаешь, с идеей выкупить методику у Волохова придется проститься, выходить с ним на связь теперь нельзя, раз милиция на хвосте висит. Василий звонит каждый день, но новости у него малоутешительные. Этот иранский врач ничего понять не может. Кое-какие зацепки нащупал, но целостной картины у него не получается. Говорит, одного человека ему недостаточно, нужен как минимум еще один образец, а лучше — два-три. Ну, насчет двух-трех — это он перебьется, а вот одного надо бы раздобыть. Самое милое дело — старшая девочка Ира. Двое в больнице, но там после похищения Наташиной карты наверняка полно милиции, туда не сунешься. Остальные — такие крохи, что их мамаши на сантиметр от себя не отпускают, а если и удастся их похитить, то мамочки милиционеров за горло возьмут. Ире же двадцать лет, и она вполне может сама куда-нибудь уехать, ни перед кем не отчитываясь. Тем более что и отчитываться-то не перед кем. Надо подумать, как ее выманить. Да, пожалуй, Иру тоже надо бы заполучить, даже если она и не нужна иранскому врачу. Эксперты приедут дней через десять, и если продемонстрировать им только одну Наташу, это может их не особо впечатлить. Поди докажи, что она вундеркинд не от природы, а стала такой в результате направленного воздействия. А вместе с Ирой, которая совсем другая, это будет намного эффектнее. Вот, смотрите, родные сестры, рождены одной матерью от одного отца, но подвергались разному воздействию. Это первоначальные образцы, созданные, когда методика еще не была отработана. А теперь можно делать людей, сочетающих в себе качества обеих сестер. Впрочем, по желанию заказчика качества можно и не сочетать, делать отдельно интеллектуалов и работяг. По выбору. И карта медицинская тоже очень кстати придется, она — бесспорное свидетельство того, что Наташа в течение шести лет не выходила из больницы и в школе не училась, а все, что знает и умеет, постигала сама, своим умом, без помощи педагогов. И даже постоянные боли и систематически обостряющиеся проблемы с сердцем не притупили ее блестящий интеллект. А что из нее могло бы получиться, если бы она была здорова, жила в семье и имела доступ к опытным преподавателям и хорошим библиотекам! И тут же, рядом с ней, — Ира. Маленькая, худенькая, бледная, болезненная, а какие физические нагрузки выдерживает. Там, в доме, спрятанном в карпатских лесах, есть прекрасный тренажерный зал, и в этом зале можно выгодно показать девчонку. А если бы она была поздоровее и нормально питалась, представляете, что было бы?

Да, показать Иру вместе с сестрой — очень заманчиво. Но... Нет, от этой мысли все-таки придется отказаться. Нельзя ее трогать. Она была знакома с убитым парнем, Олегом. И похищена ее сестра. То есть у милиции она проходит сразу по двум делам. И ее отъезд, даже добровольный, вызовет подозрения. Придется обходиться одним образцом. Пусть этот иранский специалист покрутит Наташу как следует, пусть выжмет из нее все, что можно. На это вся надежда. Ах, как не вовремя попалась на их пути старуха Анисковец! Если бы не она, можно было бы спокойно дождаться последних произведений доктора Волохова, самых совершенных, самых удачных, а потом аккуратненько разработать и провести комбинацию, в результате которой строптивый Отец сам отдал бы методику. И даже недорого. Аякс уже примерно представлял себе эту комбинацию в самых общих чертах...

Но все пришлось менять и делать наспех из-за противной пронырливой старухи.

* * *

Вот уже второй день подряд Мирон всячески выказывал недовольство Наташей. Основная его претензия состояла в том, что она, как выяснилось, не разобралась в целом разделе математического анализа.

— Без этого мы не можем двигаться дальше, — говорил он сердито. — Это же азы, основы, и пока ты этого не поймешь, у тебя ничего не получится.

— Но ведь я решаю задачи, и решаю правильно, — оправдывалась Наташа. — Что тебя не устраивает?

— Ты просто вызубрила это, как мартышка. А мне нужно, чтобы ты понимала.

Наташа то и дело принималась плакать от досады и отчаяния, но попытки Мирона объяснить ей плохо усвоенный раздел «на пальцах» успеха не имели. К концу второго дня Мирон попросил охранника пригласить Василия.

— Василий Игнатьевич, у нас вся работа застопорилась, — убитым голосом сказал он. — Сколько времени у нас осталось до приезда ваших специалистов?

— Дней десять примерно. А что?

— Если я правильно понял, мы должны показать им Наташу во всем блеске как талантливого математика-вундеркинда. Боюсь, у нас ничего не выйдет.

— Это еще почему? — встревоженно спросил Василий. — Ты же сам мне сказал в первый день, что девочка — блеск. Говорил или не говорил?

— Говорил, — кивнул Мирон. — Но еще я вам сказал, если вы не забыли, что задатки у нее потрясающие, но все это нуждается в тщательной шлифовке. Этой шлифовкой я и занимался все время. А теперь оказалось, что у нее огромный пробел в азах. Выучить-то она выучила все теоремы, но понимания у нее явно не хватает. И это может нам все сорвать.

— Что же делать? У тебя есть предложения?

— Есть, но... Я даже не знаю.

— Говори, говори, — подбодрил его Василий, — если еще можно что-то исправить, мы обязательно это сделаем. Нельзя допустить, чтобы такие усилия оказались затраченными впустую. Может, тебе нужно дополнительное время, чтобы с ней позаниматься? Я могу договориться, чтобы эксперты приехали попозже, не через десять дней, а, скажем, через три недели. Тебе этого времени хватит?

— Дело не во времени, Василий Игнатьевич, а в моей неспособности объяснить этот раздел Наташе. Я же обыкновенный студент, хотя и способный, но не гениальный математик. А объяснить такие сложные вещи ребенку, даже одаренному, и всего за несколько дней может только гений, который умеет найти нетрадиционный подход, нетрадиционное видение проблемы, найти другую логику, понятную и простую.

— Ты хочешь сказать, что нужно найти такого гения и привезти сюда? Это уж ты хватил. Этого не будет. Ищи другой выход.

— Есть выход, он намного проще. Нужно найти одну книгу, написанную как раз таким вот гением.

— Нет проблем, — тут же отозвался Василий с видимым облегчением. — Запиши название, мы раздобудем эту чертову книжку, если уж без нее никак нельзя.

— Никак нельзя, можете мне поверить, — горячо откликнулся Мирон. — Она на этом разделе поплывет, если ваши эксперты будут проверять ее способности по части высшей математики. С химией и физикой у нее все нормально, а вот с этим...

Он горестно вздохнул и выразительно пожал плечами.

* * *

Стихотворение, написанное Наташей Терехиной для ее маленького брата по случаю дня рождения, было распечатано в нескольких экземплярах и лежало на столах у полковника Гордеева, следователя Ольшанского, Насти Каменской и Юры Короткова. Они то собирались вместе, то расходились по своим кабинетам или по домам, и вчитывались, вчитывались в строки, слова, буквы, пытаясь сообразить, что же хочет сообщить похищенная девочка. Внимание сразу было привлечено к словам «Золотой человек», потому что слова эти встречались в стихотворении трижды, но ни для маленького Павлика, ни для Оли, ни для Ирины ничего не означали. Они не смогли припомнить, чтобы Наташа когда-нибудь рассказывала им о Золотом человеке и даже упоминала о нем. Значит, слова эти предназначались для них, работников милиции. Но что они означают?

— Может быть, бронзовый памятник? — выдвинул версию Гордеев. — Ее прячут в доме, рядом с которым стоит памятник из бронзы.

— Ага, бронзовый бюст на родине героя, — подхватил Коротков. — Это не так сложно, перечень этих бюстов и городов, где они установлены, можно найти.

— Вот и найди, — распорядился Гордеев. — А мы пока будем дальше думать. Что еще?

— Еще был роман «Золотой человек», — вспомнила Настя. — Автор — Мор Йокаи.

— О чем там речь?

— Венгрия, девятнадцатый век.

— Сомнительно. Но роман нужно найти и быстро

350

просмотреть, может быть, в тексте есть подсказка. Еще?

— Город, на гербе которого изображен человек...

— Золотые прииски... Старатели...

— Герой какой-нибудь детской сказки...

— Золотой человек... золотой человек...

Версий было много, и ни одна из них не казалась наиболее вероятной. Все были одинаково сложными и одинаково сомнительными. Чтобы отработать каждую, требовалось время. Но у Гордеева и его подчиненных не было уверенности в том, что временем они располагают достаточным. Коротков раздобыл список бронзовых бюстов, установленных в свое время в городах, где родились Герои Советского Союза, в эти города немедленно полетели спецсообщения о необходимости дать оперативную информацию о строениях, расположенных вблизи указанных скульптурных шедевров. Настя за одну ночь перечитала роман Йокаи «Золотой человек», Миша Доценко занимался геральдикой и изучал гербы городов России и СНГ. И ни разу у оперативников не возникло того знакомого ощущения, от которого перехватывает на мгновение дух: «Вот оно!»

* * *

Настя вернулась домой поздно. Выйдя из лифта, она почувствовала упоительный аромат жареного мяса. Никаких сомнений, запах просачивался из ее квартиры, недвусмысленно свидетельствуя о том, что Алексей вернулся из Жуковского в Москву. Она радостно ворвалась в квартиру и повисла на шее у мужа.

— Лешик, солнышко, я так рада!

— С чего бы это? — удивился Алексей, которому редко удавалось наблюдать такие яркие проявления эмоций у своей супруги.

— Соскучилась.

— Не ври. Нашкодила, а теперь подлизываешься.

— Ты что? — обиделась Настя. — Ничего я не нашкодила. Квартиру не спалила, вазу не разбила, потоп не устроила. Оставь свои инсинуации. Расскажи лучше, как твой аспирант политизированный защитился.

Александра Маринина

— Защитился, — коротко ответил Леша. — С грехом пополам. Из всех моих учеников он оказался самым позорным. Мне было стыдно за него на совете.

— Неужели так слабо? — сочувственно спросила она.

— Очень. Ладно, не будем о грустном. У тебя какие новости?

— Ой, Леш, какие у меня могут быть новости? Трупы одни. И неприятности. Кстати, у тебя глаз свежий, скажи, пожалуйста, какие ассоциации у тебя вызывают слова «Золотой человек»?

— Добрый, отзывчивый, щедрый. По аналогии с «золотым сердцем».

— Нет, не пойдет. Это не характеристика, а указание на что-то конкретное.

— Тогда не знаю. Никаких ассоциаций.

— А ты подумай.

— Ага, а поесть при этом можно? Ты, между прочим, домой пришла, а не на работу. Я целый день голодный, специально не ужинаю, тебя жду.

— Извини. Сейчас, руки только вымою.

Настя быстро переоделась, вымыла руки и уселась за стол. Золотой человек не выходил у нее из головы, и она машинально примеряла загадочные слова ко всему, что попадалось ей на глаза. Нарядная упаковка от английского чая, на которой изображена карета с пассажирами на фоне равнинного ландшафта. Яркие цветы на большом китайском термосе. Белый электрический чайник фирмы «Тефаль». Красная пластиковая бутылка с кетчупом. Серые и розовые цветы на оконной шторе. Рыжеволосый мужчина, сидящий напротив за столом, ее любимый муж Лешка. Кстати, а не о рыжем ли человеке идет речь? Она стала судорожно вспоминать, есть ли среди фигурантов, вовлеченных в дела о пяти убийствах и похищении, хоть один рыжий мужчина. На память ничего не пришло, рыжие ей не попадались.

Отрезая небольшие кусочки жареной телятины, она пыталась мысленно поставить себя на место Наташи Терехиной. При том образе жизни, какой вела девочка, кругозор у нее должен быть очень узким и специфическим. Если она написала про золотого человека, то нужно искать смысл не в такой широкой сфере, как гербы городов и золотые прииски. Искать нужно в том, что было доступно Наташе за эти шесть лет.

А что было ей доступно? Настя постаралась припомнить, какие книги видела на тумбочке возле Наташиной кровати. Любовные романы были, это точно. Много. Потом учебники. Из школьных — география, история, русская литература, биология. Из более сложных, вузовского уровня, — физика, химия, математика. По математике книги были не только учебного плана, но и монографии, это Настя точно помнит, она еще обратила внимание на это, потому что сама когда-то училась в физико-математической школе, хотя сейчас из всего курса математики хорошо помнила только программирование, да и то потому, что постоянно пользовалась компьютером для обработки данных. Все остальное уже успешно позабыто.

— ...Ася! — донеслось до нее.

Она вздрогнула и поняла, что муж обращается к ней, а она не слышит. Интересно, давно она так сидит?

— Прости, милый, — виновато улыбнулась она. — Ты что-то сказал?

— Да не «что-то», а целую речь, как дурак, перед тобой толкал, а все без толку. Ты куда углубилась?

— В «Золотого человека». Пытаюсь понять, что это означает.

— Кстати, я вот еще вспомнил. Правда, это про золотого мальчика. Не сгодится?

— А что именно про мальчика?

— Помнишь, когда мы с тобой в школе учились, у всех ребят была Детская энциклопедия. И у тебя была, и у меня.

— Ну, помню.

— В том томе, где речь шла о биологии и анатомии, был рассказ про золотого мальчика. Как какой-то богатый правитель купил мальчика-раба и выкрасил его с ног до головы золотой краской. А мальчик вскоре умер, потому что краска не пропускала кислород. Это была как бы иллюстрация к кислородному обмену в тканях.

Александра Маринина

— Да, было такое, — кивнула Настя. — Надо же, а я и не вспомнила.

Но мальчик, покрытый золотой краской, был явно не из той оперы. Однако мысль ее, получив новый толчок, заработала в этом направлении. У Флеминга есть роман про человека, которого называли «Золотой палец». В некоторых изданиях книга так и называлась — «Золотой палец». А в других изданиях ее название звучало по-другому: «Голдфингер». Все зависит от переводчика. Gold finger по-английски означает «золотой палец». А «золотой человек» — Gold man. Гольдман. Гольдман...

О Господи, ну конечно, книга Гольдмана «Задачи и теоремы из анализа». Она сама принесла эту книгу Наташе Терехиной. И среди вещей Наташи этой книги после похищения не было. Значит, она ухитрилась взять ее с собой. И в этой книге — ключ.

— Леша, мне срочно нужна книга «Задачи и теоремы из анализа».

— Сейчас принесу, — Леша недоуменно пожал плечами и вышел из кухни.

Через несколько минут он вернулся.

— А куда она делась? Она же стояла на полке, я все время ее видел. А теперь нету. Ты ее переставляла?

— Да... То есть нет... Я ее подарила.

— Ася, что с тобой? — озабоченно спросил муж. — Ты плохо себя чувствуешь?

— Да нет, нормально.

— Ты хоть понимаешь, что говоришь? Зачем ты просишь меня принести из комнаты книгу, которую ты уже кому-то подарила? И вообще, кому ты могла подарить Гольдмана? Кому он нужен?

Она встряхнула головой, пытаясь избавиться от оцепенения.

— Лешик, ты не понял. Я действительно подарила книгу Гольдмана одной девушке, которая усиленно занимается математикой. А теперь мне эта книга понадобилась, и срочно. Ты можешь достать ее?

— Насколько срочно?

— Очень срочно. Считай, что у меня пожар.

— Асенька, я все понимаю, но уже половина двенадцатого. Гольдман есть у меня в Жуковском. Ты хочешь, чтобы я сейчас оделся, сел в машину и поехал за ней?

— Хочу. Извини, Лешенька, я знаю, что веду себя отвратительно и любой другой муж давно бы уже погнал меня поганой метлой со всеми моими примочками и ночными пожарами. Но другого мужа у меня не могло быть, я могла выйти замуж только за тебя и больше ни за кого. Ты понимаешь?

Алексей Чистяков понимал. Он слишком давно и хорошо знал свою жену и точно так же знал, что, когда речь идет о чьей-то жизни, Настя не останавливается ни перед чем. Ее не интересуют ни приличия, ни удобства, как свои, так и чужие, ее не останавливают позднее время и выходные дни, болезни, занятость и прочие препоны. Они просто перестают для нее существовать. Потому что для его жены Анастасии Каменской не было и нет ничего дороже и важнее человеческой жизни, независимо от того, идет ли речь о крупном политике и известном актере или о никому не нужной девочке-калеке. Да, у его жены был тяжелый характер, строптивый, обидчивый, независимый и резкий, но он любил ее всю целиком вместе с этим ужасным характером, патологической ленью ко всему, что связано с домашним хозяйством, вместе с преданностью своей работе и нежеланием мириться с тем, что одни люди могут по собственному капризу отнимать жизнь у других людей. У Насти действительно не могло быть никакого другого мужа, кроме Чистякова, потому что никакой другой мужчина не вытерпел бы этого очаровательного комплекса личностных особенностей.

Он тяжело вздохнул и начал одеваться. К его удивлению, Настя тоже скинула халат и принялась натягивать джинсы и майку.

— Ты куда собралась?

— С тобой поеду.

— Зачем? Ложись спать. Тебе же утром на работу.

— Леш, я не могу не поехать. Мы с тобой неделю не виделись, хоть поговорим по дороге.

— Понятно, — усмехнулся Алексей, — твоя деликатность не знает границ. Скажи уж честно, что умираешь от нетерпения заглянуть в книгу. Непонятно только, что ты там хочешь вычитать полезного для своих таинственных трупов.

— Мне и самой непонятно, — призналась Настя, заправляя майку в джинсы. — Поехали скорей.

По пустым ночным улицам дорога в Жуковский заняла не очень много времени. Родители Алексея были на даче, так что поздним приездом они никого не побеспокоили. Леша быстро нашел книгу, и Настя буквально выхватила ее из рук мужа.

— У тебя фонарик есть? — спросила она.

— Какой фонарик?

— Обыкновенный, карманный.

— Найду, если надо. А надо?

— Найди, пожалуйста.

Леша скептически посмотрел на нее.

— Собралась в машине читать? Сумасшедшая фанатичка. До Москвы не потерпишь?

— Не могу. Шило в одном месте.

— Да, старушка, шило — это серьезно. С шилом не поспоришь. На, держи свой фонарик, поехали домой.

* * *

Наутро Настя примчалась на работу, когда еще не было восьми часов. Она очень надеялась, что начальник будет на месте. Гордеев действительно сидел в своем кабинете, разбираясь с бумагами.

— Виктор Алексеевич, я, кажется, нашла. Это очень сложно, но я почти на сто процентов уверена, что нашла. И если я права, то Наташа Терехина — не обыкновенная девочка, не рядовая. Волохов не солгал.

Глава 18

Все монографии, учебники, пособия, задачники и прочая литература, на которую имелись указания в книге Гольдмана «Задачи и теоремы из анализа», были выписаны на отдельные карточки. Стопка получилась внушительная. Настя уже давно математикой не занималась, поэтому пришлось прибегнуть к помощи Алексея.

— Отбери, пожалуйста, из этой стопки карточки, на которых выписаны популярные учебники.

— Что ты подразумеваешь под популярностью? — уточнил Леша.

— Я имею в виду те книги, которые есть в любой библиотеке или которые можно свободно купить.

— Ясно.

Минут через двадцать стопка уменьшилась наполовину.

— Дальше что?

— Теперь давай смотреть, что осталось, — вздохнула Настя. — Мне нужно из этой кучки выбрать самую редкую книгу. Такую, которую можно достать в двух-трех местах, не больше.

— Тогда надо выбирать старые издания, — посоветовал Леша. — Книги по математике обычно не переиздаются, особенно те, которые написаны в сороковых-пятидесятых годах.

Но и таких книг в «Задачах и теоремах из анализа» оказалось немало. Какую из них имела в виду Наташа Терехина? Вероятно, она точно знает, что одна из этих книг действительно очень редкая, но какая именно? И потом, откуда она может это знать? Она же в больнице лежала, а не в библиотеках работала. Значит, это должна быть книга, о распространенности которой можно судить по одним только выходным данным.

Настя разложила перед собой карточки и стала внимательно изучать их. Автор... Название... Издательство... Год издания... Нет, ничего, ни малейшего намека. А это что такое?

— Леш, что такое ВЦП?

— Всесоюзный центр переводов. Была такая организация в советское время.

— Разве они что-нибудь издавали?

— Нет, они переводили. В основном по заказам учреждений и организаций.

— И куда потом эти переводы девались?

— Уходили к заказчику. Но в одном ты права, в центре переводов материалы оформляли по типу изданий. Печатали на машинке, поскольку компьютеров тогда еще у них не было, делали несколько ксерокопий, листы сшивали и закатывали в специальную фирменную обложку. Погоди, я тебе сейчас покажу, у меня, кажется, есть где-то такой перевод.

Алексей ушел в комнату и через несколько минут вернулся с переводом.

— Вот так они выглядели.

Настя пролистала материал и заглянула на последнюю страницу. Да, так и есть, Лешка не ошибся, на последней странице внизу отпечатаны выходные данные — дата, номер заказа, тираж. И тираж-то крошечный, пять экземпляров всего. Пожалуй, название работы, рядом с которым стоят буквы ВЦП, — это как раз то, что надо. А во всей книге Гольдмана есть только одна работа, помеченная заветными буквами. Дюруа, «Логические основы современного анализа». Вот ее и надо искать.

* * *

На то, чтобы поднять архивы организации, которая когда-то называлась Всесоюзным центром переводов, понадобилась уйма времени. Настя нервничала, боялась опоздать, но ускорить события было не в ее власти. Наконец она получила бумажку, на которой было написано: «Дюруа Ж.-Ф., Логические основы современного анализа. Франц. яз. Заказчик: Академия наук СССР. Заказ получен 12.05.1967, выполнен 26.09.1967. Объем оригинала 26,5 п.л., объем перевода 27,3 п.л. Отпечатано 5 экз.: 2 экз. — в адрес заказчика, 1 экз. — ГБЛ, 1 экз. — МГУ, 1 экз. — ВЦП».

Стало быть, из пяти имеющихся в природе экземпляров перевода доступными могут оказаться в основном три. В Ленинку просто так не пускают, нужно иметь документ. Документ, конечно, можно оформить, но на это уйдет время, и если по просьбе Наташи перевод будут искать в Москве, то вряд ли займутся оформлением пропуска. Стало быть, Ленинку пока отбрасываем. В архиве ВЦП тоже искать не будут, во-первых, это очень сложно, во-вторых, нужно еще догадаться, что перевод там имеется. Остаются два экземпляра в каком-то институте Академии наук и один экземпляр в МГУ, в библиотеке физико-математического факультета. Уже легче.

Еще два дня ушло на то, чтобы выяснить, в каком институте Академии наук находится перевод. К Настиному ужасу оказалось, что таких институтов все-таки два. А она так надеялась, что оба экземпляра осели в одной библиотеке! Выходило, что придется «перекрывать» одновременно три точки — два института и университет. Беда была еще и в том, что все три библиотеки были открыты для широкого доступа научных работников и студентов, в зданиях не было пропускного режима, стало быть, проникновение в эти точки ни у кого затруднений не вызывало. Посланца Наташи Терехиной нужно было караулить во всех трех местах.

Получить книгу в этих библиотеках можно было только по читательскому билету. Оформить же билет мог либо сотрудник данного института, либо сотрудник любого другого учреждения, имеющий на руках ходатайство своего руководства с визами соответствующих руководителей того института, в чьем ведении находится библиотека. Получить такое ходатайство, не имея отношения к научным учреждениям, было довольно сложно. Поэтому ожидалось, что человек, явившийся за переводом, будет действовать по-другому. Вариант первый: перевод можно украсть. Вариант второй: попросить кого-нибудь из студентов или научных сотрудников взять перевод на свой читательский билет. Небезвозмездно, разумеется.

Из этих двух вариантов следовало, что посланец может появиться не только днем, в рабочее время, но и ночью. Войти в здание днем и остаться незамеченным — ничего не стоит. Спрятаться и дождаться, когда все уйдут — тоже ерундовое дело. Вскрыть ночью двери библиотеки и спокойно поискать нужную книгу — задачка для детей. Особенно если предварительно осуществить простенькую комбинацию, чтобы посмотреть, где лежит нужный материал. Откуда его принесут и куда потом уберут. Можно, например, прикинуться чайником и попросить какую-нибудь сердобольную студентку взять материал буквально на пять минут, чтобы только глянуть пару формул или определений. Сказать ей, что являешься страшным должником, что у тебя на руках уйма книг и тебе библиотекари больше ничего не дают, пока не сдашь то, что брал раньше. А взглянуть на перевод ну просто позарез надо. Неужели сердобольная студентка откажет? Да никогда в жизни. Тем более речь идет не о том, что она возьмет материал и отдаст несчастному должнику, а потом днем с огнем его не разыщет. Нет, речь идет только о том, чтобы она взяла перевод, он тут же, прямо при ней, посмотрит то, что ему нужно, и она сдаст книгу обратно. Вот и все.

Настя по опыту знала, что книги, которые спрашивают чрезвычайно редко, обычно находятся не на стеллажах, а лежат в хранилище. Найти ее там для человека постороннего — задача не из простых. Если работа Дюруа относится как раз к редко спрашиваемым, то таким простеньким маневром можно добиться, чтобы ее принесли из хранилища в общий зал. Обратно ее унесут не в этот же день, а дня через два-три, а то и через неделю, когда принесенных из хранилища и подлежащих возврату книг окажется достаточно много. Все скопом и уберут. И за эти несколько дней перевод вполне можно украсть.

Оперативники разделились. Миша Доценко отправился в университет, Коля Селуянов взял на себя один из академических институтов, другой достался Насте. Директор института, известный академик, долго не мог взять в толк, что от него требуется и почему какая-то сотрудница уголовного розыска собирается торчать в библиотеке.

— Если вы полагаете, что некий злоумышленник собирается совершить кражу из нашей библиотеки, — говорил он, — то я дам команду, чтобы хозяйственники укрепили двери и поставили более надежные замки. В конце концов, можно обязать ночного вахтера каждые полчаса проверять библиотеку. Я не понимаю, зачем нужно, чтобы вы там работали. Это же так просто.

— Это не так просто, — терпеливо объясняла Настя. — Мне не нужно, чтобы кража была предотвращена. Мне нужно выследить вора, понимаете? Мне нужно его увидеть и посмотреть, куда он понесет книгу Дюруа.

— Интересно вы рассуждаете, — сердито откликнулся директор. — Вы хотите сказать, что ради поимки какого-то воришки наша библиотека должна лишиться ценной и редкой книги? Я никогда на это не соглашусь.

— Виктор Иванович, ваша библиотека все равно лишится этой книги, если злоумышленник решит взять ее именно в вашем институте. Вы укрепите двери и замки, наймете десять ночных вахтеров вместо одного, а книгу возьмет кто-нибудь из сотрудников на свой абонемент. За деньги или просто так, из сочувствия к просителю. Уверяю вас, придумать жалостливую и правдоподобную легенду — дело на три с половиной минуты.

— Я предупрежу библиотекарей, чтобы никому эту книгу не выдавали. Пусть говорят, что она на руках.

— Зачем? Если вы это сделаете, мы не сможем поймать преступника.

— Послушайте, решайте свои проблемы, пожалуйста, не за счет моего института. Ваша задача — ловить преступников, вот и ловите на здоровье. А моя задача — обеспечить нормальную работу института, в том числе создавать условия для научной деятельности моих сотрудников. И одним из элементов является приумножение и сохранение библиотечного фонда. Ищите другие возможности для поимки вашего вора. Знаете, как говорят в народе? Не надо искать топор под чужой лавкой.

— Мне жаль, что вы так настроены. Вы хотя бы подумайте о том, что этот топор может опуститься завтра на вашу голову, если мы сегодня не найдем его под вашей лавкой. Вам моя аллегория понятна?

— Ваш милицейский юмор настолько тонок, что мне его не понять, — высокомерно откликнулся академик.

— Жаль, — повторила Настя. — А профессор Чистяков говорил мне, что вы интеллигентный человек с хорошо развитым чувством юмора. Видимо, он ошибся.

— Вы знакомы с профессором Чистяковым? —

живо откликнулся директор. — Позвольте спросить, откуда?

— А я его жена, — нахально заявила Настя, глядя на академика ясными честными глазами.

— Вы — жена Алексея Михайловича Чистякова? — переспросил тот.

Терпение у Насти лопнуло, и она дала волю накопившейся в ней злости. Она уже поняла, что директор выполнит все ее указания и просьбы, теперь он ей не откажет, но все равно не смогла удержаться. Ее всегда приводили в бешенство начальники, которые любили чувствовать себя хозяевами своей вотчины, причем проявлялось это здоровое чувство хозяина в основном в том, что работающие в этой вотчине люди, равно как и имущество, рассматриваются в качестве личной собственности. Наверняка академик не умер бы от горя, пропади из его библиотеки перевод книги Дюруа, но его возмущает сам факт того, что какая-то там милиционерша считает возможным рисковать его собственностью. При этом такой начальник может сквозь пальцы смотреть на то, что библиотечные фонды бессовестно растаскиваются самими сотрудниками института. По типу «ты здесь хозяин, а не гость, тащи с завода каждый гвоздь». Но если гвоздь посмеет утащить посторонний, то скандал будет на всю Европу. Как же, посягнули!

— А вы полагаете, что у женщин-милиционеров должны быть мужья-участковые? — с едва сдерживаемой яростью спросила она. — И у профессоров математики, в свою очередь, жены должны быть не такие, как я? Чему вы так безмерно удивились, Виктор Иванович? Вам внушали, что в милиции работают одни безмозглые идиоты, наглые взяточники и тупоголовые невежды, которым не место среди докторов наук? Я сижу в вашем кабинете уже сорок минут и никак не могу заставить вас понять то, что понимают даже дети. Да, есть риск, и очень большой риск, что перевод книги Дюруа уйдет из вашего института навсегда. И в вашей библиотеке больше не будет этой замечательной книги. Ну и что? Мир перевернется? Этот перевод есть в университете и еще в одном институте, которым руководит ваш коллега академик Винников, он есть в Ленинке и в архиве ВЦП, где его делали, и при некотором усилии, уверяю вас, очень незначительном, вы эту потерю восполните. А преступники, которым сегодня позарез понадобилась эта книга, держат в своих руках человеческую жизнь, и, может быть, не одну. Если эти жизни оборвутся, кто и как сможет восполнить потерю? Мне, знаете ли, приходилось уже сталкиваться с учеными, которые до такой степени преданы своей науке, что забывают о живых людях. Преданность науке — это прекрасно и достойно всяческого уважения, ибо человек смертен, а научные открытия живут веками и приносят пользу человечеству. Но человечество, ради которого вы так стараетесь, состоит из отдельных людей, на которых вам наплевать. Вы, наверное, слышали печальную историю профессора Бороздина, который разработал прибор для стимуляции агрессивного психологического фона в войсках и испытывал его на населении Москвы. Не заставляйте меня думать, что вы похожи на него.

— Мне приходилось слышать, что жена профессора Чистякова весьма эксцентричная особа, — сухо ответил директор. — Теперь я это увидел собственными глазами. Что я должен сказать сотрудникам библиотеки? Там нет свободных вакансий, все должности заняты. В каком качестве вы там появитесь?

— Скажите, что меня оформили на какую-нибудь простенькую должность, например, лаборантом, но временно я поработаю в библиотеке, потому что сейчас лето и многие хотят идти в отпуск. Отпустите в отпуск какую-нибудь сотрудницу библиотеки для убедительности.

— Ну хорошо, я отпущу одного человека в отпуск, а завтра вы закончите свою работу и уйдете. И с чем мы останемся? Вы-то ушли, а человек из отпуска вернется еще не скоро. Об этом вы, конечно, не подумали.

— Конечно, — согласилась Настя, — об этом я не подумала. Об этом должны думать вы, потому что вы директор. А я — милиционер, и думать должна о том, что человек, который, может быть, придет в вашу библиотеку за книгой Дюруа, похитил беспомощную семнадцатилетнюю девушку и держит ее неизвестно где. И я хочу эту девушку найти и освободить. У нас с вами разные профессии и разные задачи. Вы предлагаете открыть дискуссию на тему о том, чья задача важнее?

Но открывать дискуссию директор почему-то не захотел.

* * *

Библиотека была огромной и какой-то бестолковой. Первым делом Настя удостоверилась в том, что перевод книги Дюруа здесь действительно есть, но лежит он не в хранилище, а в читальном зале.

— Этот перевод часто спрашивают, — пояснила Ниночка, работница библиотеки, взявшая шефство над новенькой, — поэтому мы его на дом не выдаем, у нас же всего один экземпляр.

Для того чтобы получить книгу в читальном зале, надо было предъявить удостоверение сотрудника института, и не просто предъявить, а оставить библиотекарю.

— А как же те, кто пользуется вашими библиотечными фондами по ходатайству из сторонних организаций? — поинтересовалась Настя.

— Они приносят нам письмо, мы заводим на этого человека формуляр и даем ему книги под залог паспорта.

— И что, все, кто берет книги в читальном зале, в этом же зале их и читают?

— Ой, что ты, — махнула рукой Нина, — в читалке сидят только пришлые. Сотрудники берут книги и уносят к себе в кабинеты. А некоторые и домой ухитряются утаскивать. Придут с утра пораньше, весь дефицит соберут и уходят домой. А вечером приносят. А то и дня через два.

— Разве им удостоверение не нужно?

— А зачем оно им? Вахтер и так всех пропускает. Другое дело, что без удостоверения тебе нигде ничего не дадут, ни в одну лабораторию на приборы не пустят, но если человеку, допустим, три дня лабораторная база не нужна, то он на все три дня книги из читалки забирает. Боремся с этим, боремся, а все без толку.

— Можно, я на выдаче в читальном зале поработаю? — попросила Настя.

— Да ради Бога, — тут же согласилась Нина. — Ты в читалке будешь, а я на абонементе. Если что — спрашивай, не стесняйся. И вот еще что. Я уж сразу с тобой опытом поделюсь. Я когда первое время в читалке работала, очень хотелось каждую книгу как можно быстрее найти. Носилась между стеллажами, старалась сразу запомнить, где что стоит, уставала страшно. Мне казалось, научные работники — люди такие серьезные, будут ценить, если их обслуживать быстро. Ничего подобного. Они и не замечают, сколько времени ты им книжку несешь — полминуты или полчаса. Стоят и байки травят друг с другом. Или присаживаются вон за тот стол и подшивки газет листают. Так что ты не надрывайся и ноги до мозолей не стаптывай, поняла? Подождут, не переломятся. У них время тоже казенное, как и у нас с тобой. Кстати, а ты про перевод Дюруа почему спросила?

— Интересно стало, — неопределенно ответила Настя. — Я когда-то всерьез математикой занималась, помню, что нам учитель очень советовал найти эту книгу. Говорил, что в ней самые сложные вещи изложены просто и понятно. Но мы тогда так и не смогли ее найти. Теперь вот вспомнила, потому и спросила.

— Ты математикой занималась? — удивилась Нина. — А потом что же? Бросила?

— Да не сложилось как-то. В институт провалилась, занималась всякой ерундой, потом замуж вышла.

— И дети есть?

— Нет, детей нет пока.

— Ну ничего, — подбодрила ее Нина, — какие твои годы, родишь еще.

— Конечно, — согласилась Настя.

Это был тот нечастый случай, когда ее внешность сыграла ей на руку. Худощавая, тонкая, с длинными светлыми волосами, стянутыми на затылке в «конский хвост», без грамма косметики на бледном невзрачном личике, Настя всегда выглядела моложе своих лет. В этом месяце ей исполнилось тридцать шесть, но больше двадцати пяти — двадцати семи ей никто не давал. Знала бы Ниночка, сколько на самом деле ей лет, вряд ли она была бы столь оптимистична в своих прогнозах относительно будущих Настиных детей. И потом, когда тебе двадцать семь и ты рассказываешь о том, как провалилась в институт, а потом вышла замуж, тебе верят и не спрашивают, чем ты вообще в этой жизни занималась. А когда тебе тридцать шесть, разговор уже совсем другой. Тут нужна четкая легенда по меньшей мере лет на пятнадцать. Где была, что делала, кем работала. И хотя Настя Каменская своего возраста никогда не стеснялась и не скрывала его, но сейчас вынуждена была признать, что иногда быть (читай — казаться) молодой намного выгоднее и удобнее.

Первый день работы в библиотеке прошел незаметно и как-то суматошно. Настя мило улыбалась, выдавала книги и журналы, коротко и приветливо отвечала на замечания типа «А у нас новая сотрудница» или «Девушка, вы меня запомните, я всегда беру эту книгу, никому ее не давайте». Перевод Дюруа пока никто не спрашивал. Ближе к вечеру Настя ощутила некоторое беспокойство. Предполагалось, что ночью она тоже должна быть здесь, ведь вариант кражи все-таки не исключен, хотя и весьма маловероятен. К счастью, абонемент работал только до пяти часов, а читальный зал — до шести, поэтому веселая Ниночка умчалась по своим делам, наказав Насте все закрыть и опечатать, а ключи сдать на вахту. Ключи Настя, конечно, сдала, потому что директор по ее просьбе нашел дубликаты, которыми она и воспользовалась, чтобы запереться в библиотеке изнутри и терпеливо ждать, что придет раньше: вор или рассвет.

Ночь прошла спокойно, никакие посторонние звуки ее не потревожили и даже удалось поспать, устроившись на составленных в ряд стульях, а утром, когда загромыхала ведрами уборщица, Настя очень удачно с ней разминулась и сделала вид, что пришла на работу пораньше.

Второй день прошел так же бестолково, хотя работалось ей намного легче, потому что она уже успела запомнить, где какие книги и журналы стоят и в каком порядке. В обеденный перерыв она сбегала в ближайший магазин за йогуртами и сыром, хотя без привычной, выпиваемой каждые два часа чашки кофе ей было трудновато, да и спала она явно мало. Электрический чайник здесь был, и растворимым кофе Настя предусмотрительно запаслась, но выпить его все никак не удавалось. К концу рабочего дня глаза у нее стали закрываться, и Настя испугалась, что ночью вырубится намертво и все проспит. Она посмотрела на часы и подошла к телефону.

— Мне нужна твоя помощь, — сказала она Ире Терехиной. — Ты можешь не ходить сегодня на работу в ресторан?

— Как же? — растерялась Ира. — Совсем не ходить?

— Совсем.

— Я не знаю... Мне надо сбегать, предупредить. Я за все время ни одного дня не пропустила. А что надо?

— Надо, чтобы ты провела ночь вместе со мной в одном месте. Ирочка, я без тебя не справлюсь. Честное слово.

— Всю ночь? До самого утра?

— Да, часов до семи. Или даже до шести.

— Ой, а как же улицы? Ладно, улицы я могу убрать и в шесть, это не поздно. Я сейчас сбегаю в «Глорию», предупрежу, что приду убираться утром, насчет ключей договорюсь. Куда ехать?

Настя объяснила, где находится институт и как пройти в библиотеку.

— Постарайся приехать до семи часов. После семи сюда никто уже не приходит, все в основном выходят. Успеешь?

— Успею. Я мигом.

Она действительно успела. Была только половина седьмого, когда Ира Терехина появилась в читальном зале института.

— Ну вот, осматривайся, осваивайся, — сказала ей Настя, — нам с тобой тут ночь коротать.

— А зачем я вам нужна?

— Боюсь уснуть, — честно призналась Настя. — Я прошлую ночь тут одна торчала, поспала совсем чуть-чуть, а без сна я не могу.

— Это правильно, что вы меня позвали, — деловито

кивнула Ира. — Я могу без сна сколько угодно обходиться, хоть неделю. И нормально себя чувствую. Не устаю даже.

Они навели порядок в читалке, расставили по местам книги и журналы, Настя отнесла на вахту ключи, сделала вид, что уходит, и по второй лестнице снова поднялась на третий этаж, где располагалась библиотека.

— Когда вы найдете Наташу? — спросила Ира.

Они уже вскипятили воду, Настя сделала наконец себе кофе, Ире заварила чай.

— Я не знаю, не хочу тебя обманывать. Но мы делаем все, чтобы найти ее как можно быстрее. Видишь, твоя сестра подала нам знак, но я не уверена, что правильно его поняла. Мы с тобой будем сидеть здесь и ждать, что придет некий человек за одной книгой. Этот человек должен привести нас к Наташе. Если у нас это не получится, тогда не знаю, как быть дальше. Но ты не отчаивайся, Иришка, мы будем бороться за твою сестренку до конца. Она — необыкновенная девочка, выдающаяся девочка, если сумела сделать то, что сделала. И я очень надеюсь, что даже если в этот раз у нас ничего не выйдет, она все равно что-нибудь придумает, чтобы дать нам знать, где она и как ее найти. Ты можешь гордиться своей сестрой.

— Правда? Вы честно так думаете?

— Абсолютно. Ты и собой можешь гордиться. Не каждая девушка в состоянии вынести такой груз, какой несешь ты. Ира, мне надо очень серьезно поговорить с тобой. Времени у нас много, торопиться некуда, и я подумала, что, наверное, лучше мы поговорим с тобой сейчас и здесь, чем потом, наспех и в официальной обстановке.

Глаза у Иры стали испуганными, кровь отлила от лица, и от этого прыщи сделались ярче и заметнее. Слишком много плохих новостей свалилось на нее за последние недели, и от серьезного разговора с сотрудницей уголовного розыска она ничего хорошего уже не ждала.

Насте было отчаянно жаль эту девчушку, такую одинокую в огромном мире самодостаточных и благополучных взрослых, но скрывать от нее правду, рассказанную Волоховым, было нельзя. Она имеет право знать, кто ее отец и что он сделал с ее матерью, сестрами, братом и с ней самой.

Рассказывала Настя не спеша, тщательно выбирая выражения, чтобы не напугать Иру еще больше и не вызвать в ней отвращения к себе самой и своим родным. Ведь именно это произошло с ее матерью, которая узнала об экспериментах Волохова и решила, что родила и растит не детей, а монстров, чудовищ, искусственных людей. На самом деле все это было не так, это были замечательные живые дети, правда, болезненные и подвергнутые радиологическому воздействию по специальной методике, но не монстры и не чудовища. Единственное, о чем Настя решила пока умолчать, это о том, что со своим родным отцом Ира уже почти год живет бок о бок в одной квартире.

Ира слушала ее, напряженно приоткрыв рот, но не ужас видела Настя на ее болезненном личике, а странное выражение не то понимания, не то просветления.

— Значит, все это благодаря ему? — спросила она, когда Настя закончила свое повествование.

— Что — это?

— То, что я могу работать так много и содержать семью. Если бы не его эксперименты, я бы ничего не смогла, да?

— Ирочка, если бы не он, тебе и не пришлось бы работать так много. Твоя мама, сестры и брат были бы здоровы, твой отец был бы жив, и ты жила бы совсем по-другому.

— Неизвестно, — девушка покачала головой. — Мало ли как жизнь сложилась бы. Значит, мама совсем ни в чем не виновата?

— Конечно, не виновата. Она просто помешалась от ужаса и горя, когда узнала, что сделали с вами.

— Нет, все равно, — Ира снова упрямо покачала головой, — он же хотел как лучше. Он хотел, чтобы мы с Павликом были сильными и выносливыми, а Натка и Олечка — способными и талантливыми. Он нам добра хотел. А мама этого не оценила. И сделала так, что все стало только хуже. Она должна была верить ему, раз уж

Александра Маринина

любила и рожала от него детей. Я бы на ее месте так не поступила. Можно мне с ним познакомиться?

— Зачем?

— Но он же мой отец. То есть наш отец.

— Ира, он за шесть лет ни разу ничем вам не помог. Наверное, вы ему не нужны, как ни горько в этом признаваться.

— Нет, я знаю, мы ему нужны. Просто он чувствовал себя очень виноватым за то, что все так вышло, поэтому не признавался. Он же ходил и в больницу к детям, и к маме в дом инвалидов, вы сами говорили. Значит, мы ему небезразличны. Я думаю, мне надо обязательно с ним познакомиться и сказать, что я ни в чем его не виню, он не может отвечать за мамины поступки.

Такого поворота Настя не ожидала. Конечно, за шесть лет Ира устала от постоянно грызущего ее чувства ненависти к матери, она больше не хочет ненавидеть, она хочет всех простить и всех любить. Ведь именно любви ей так не хватает. Она не понимает очевидного, потому что не хочет понимать, и готова придумывать оправдания Волохову, закрывая глаза на все, что этим оправданиям противоречит. Она устала бороться одна, никому не нужная, кроме своих инвалидов, всеми брошенная без помощи и поддержки. На самом деле единственным, от кого она слышала хоть какое-то слово заботы и внимания, был именно ее отец, квартирант Георгий Сергеевич. Он так понравился ей с первого же раза, что Ира даже пренебрегла строгим наказом Стасова. В милиции проверяли всех ее жильцов. Всех, кроме Георгия Сергеевича, у которого она даже не удосужилась посмотреть паспорт, до такой степени сразу прониклась к нему доверием. Тихий, скромный бухгалтер, делящий квартиру со стервой-женой. Разве от него можно ожидать неприятностей?

Так, может быть, не нужно убеждать ее в том, что Волохов, ее отец, — мерзавец? Она уже готова если не любить его, то по крайней мере ждать от него заботы и тепла. Но ведь если не дождется, то ее ждет болезненное разочарование.

— Ира, тебе, наверное, неприятно это слышать, но

я должна сказать, что твоя мама была не единственной женщиной в жизни Волохова. У него есть и другие дети. Вряд ли он сможет уделять тебе много внимания, ведь ты — его старшая дочь, а другие дети еще совсем маленькие. Ты не должна ждать многого от него, — осторожно сказала Настя.

Ира помрачнела, но всего на несколько секунд.

— Мне ничего от него не нужно, я до сих пор сама справлялась и дальше справлюсь. Вы думаете, он мне помогать не будет? И не надо. Пусть не помогает. Но пусть он будет, ладно?

Настя не нашлась, что ей ответить. Действующий Уголовный кодекс не содержит статьи, в которой прямо предусмотрена ответственность за то, что делал Волохов. Незаконное врачевание? Отпадает, у него есть диплом врача, а за незаконное врачевание можно привлекать только лекарей без соответствующего образования. Телесные повреждения, повлекшие расстройство здоровья? Это очень сложно доказывать. Радиологическому облучению подвергались матери, а у них никакого расстройства здоровья не наблюдается. Даже если удастся точно установить, что проблемы со здоровьем у детишек возникали именно вследствие тех экспериментов, которые Волохов проводил на беременных женщинах, все равно с юридической точки зрения вряд ли что-то получится. Нерожденный ребенок по нашему законодательству человеком не считается, ведь аборты у нас убийством не признаются, а причинить телесные повреждения, повлекшие расстройство здоровья, можно только человеку. Так что уголовная ответственность доктору, пожалуй, не грозит. Позор, презрение коллег, скандал в прессе, возмущение медицинской общественности — это скорее всего будет. А больше ничего. И как знать, не окажется ли его старшая дочь Ира Терехина после этого единственным человеком, которому будет нужен всеми отвергнутый Валерий Васильевич Волохов. Вряд ли матери его детей, его бывшие и нынешние любовницы, простят его. А Ира простит, уже простила.

Их разговор затянулся далеко за полночь. Настя

уже не могла бороться со сном, глаза ее закрывались, и она стала устраиваться на составленных в ряд стульях.

— Ничего, если я подремлю? — виновато спросила она.

— Конечно, конечно, — закивала Ира, — спите. Я посижу. Вы не беспокойтесь, я не засну и ничего не пропущу. Если что подозрительное услышу — сразу вас разбужу. Не волнуйтесь.

Проснулась Настя, когда уже светало. Она поднялась, с трудом распрямляя руки и ноги, затекшие от пребывания в неудобной позе на узком жестком ложе. Ира сидела у стола с зажженной настольной лампой и что-то читала.

— Что читаешь? — поинтересовалась Настя.

— Вот, книжку взяла на полке. Нельзя было? — испуганно спросила Ира.

— Можно. Читай на здоровье. Что это?

Ира закрыла книгу и показала Насте обложку. Пособие по матанализу.

— Господи, что ты тут можешь понять? — изумилась Настя.

— Ничего не понимаю, ни слова. Так чудно, — Ира робко улыбнулась. — Слова вроде все знакомые, простые, а понять ничего не могу. Неужели Натка это все знает?

— И даже больше. Судя по рассказам Волохова, она очень прилично разбиралась в математике, насколько это вообще возможно в ее положении. Твоя сестра действительно необыкновенно способная.

— А... этот... ну, Волохов, он что, занимался с ней?

— Он так говорит.

— Вот видите, значит, он все-таки о ней заботился. Нет, не может быть, чтобы мы были ему безразличны. Анастасия Павловна, почему он не хочет меня знать? К младшим ходит в больницу, а ко мне ни разу не пришел. Это из-за того, что я такая страшная?

— Господи, Ириша, что ты такое говоришь? — возмутилась Настя. — Кто тебе сказал, что ты страшная? Глупости какие!

— Нет, правда, у меня все лицо в прыщах и спина тоже. Ему, наверное, неприятно, да?

Черт с ним, внезапно подумала Настя, если девочка хочет сказку, она ее получит. Как бы там ни было, но всей своей несчастной жизнью она эту сказку заслужила.

— Послушай меня, Ирочка, я вчера не все тебе рассказала. Даже не знаю, почему решила сначала утаить от тебя правду, но теперь, думаю, надо сказать. Волохов очень хорошо тебя знает.

— Откуда?

— Он живет рядом с тобой.

— Прямо в нашем доме? — вскинулась Ира.

— Да.

— А в какой квартире?

— В твоей.

Повисло молчание. Ира напряженно обдумывала услышанное, не сводя с Насти пристального взгляда. Потом тихонько сказала:

— Георгий Сергеевич. Он мне сразу так понравился. С самого первого дня. Я как чувствовала... Как чувствовала... Он всегда обо мне заботился, старался подкормить, помочь чем мог. Теперь я точно знаю, мы ему нужны. Просто он боялся, что мы его не простим. Как хорошо, что вы мне сказали.

У Насти язык не повернулся объяснить Ире, что Волохов жил рядом с ней не потому, что пытался помочь, а исключительно потому, что ему необходимо было наблюдать за одним из самых удачных объектов своих чудовищных экспериментов. И вопрос о том, простят или не простят его дети и их матери, беспокоит доктора Волохова в самую последнюю очередь, если вообще беспокоит.

За окном стало уже совсем светло, теперь уж вор не появится, ему нужна темнота. Настя отпустила Иру на работу, выпила вторую чашку кофе и стала готовиться к следующему рабочему дню в библиотеке.

* * *

Веселая Ниночка появилась в читальном зале сразу после обеда. Настя сначала не обратила на нее внимания, продолжая подбирать заказанную читателями литературу и расставляя по полкам те книги, которые уже сдали.

— Настя, — окликнула ее Ниночка, — кому ты выдавала перевод Дюруа?

— Никому, — машинально ответила Настя, потом спохватилась: — А в чем дело?

— Не могу найти. Ты его не перекладывала никуда?

Вот оно. Не украсть и не просить взять на абонемент. Просто подкатиться к библиотекарю. Молодая симпатичная женщина с неустроенной личной жизнью, не оставляющая надежд удачно поймать мужа, легко пойдет на контакт, особенно если не пожалеть мужского обаяния и комплиментов. Этот вариант Настя как-то упустила. У нее был готов алгоритм действий на случай, если перевод будут спрашивать сотрудники института. В этом случае она бы ответила, что книга выдана на руки, но ее обещали к пяти часам вернуть, и дала бы честное слово, что обязательно оставит ее для читателя, пусть часам к пяти подойдет. За это время она успевает связаться по телефону с Гордеевым, и дальше незадачливого благодетеля возьмут на себя ребята. А вариант с сотрудницей библиотеки требовал другого решения, ведь если сказать Нине, что книга выдана, она поднимет формуляры и посмотрит, кто ее взял, чтобы лично договориться о скорейшем возврате работы. Хорошо еще, что Настя интуитивно догадалась убрать Дюруа с той полки, на которой он лежал, и переложить в другое место. Хороша бы она была, если бы сейчас Нина, не говоря ни слова, прошла к стеллажу и спокойненько взяла книгу, а Настя и не заметила бы, занимаясь выдачей литературы и оформлением формуляров.

— Нина, я очень виновата... Ты прости меня, пожалуйста, — забормотала Настя. — Я ее домой взяла. Хотела почитать, а утром забыла в сумку положить. Я завтра принесу.

— Да ты с ума сошла! — взвилась Нина. — Какое «завтра»? Книга нужна сегодня. Кто тебе позволил брать перевод домой? Я же тебя предупреждала, его часто спрашивают, а он у нас в единственном экземпляре. Вот что мне прикажешь теперь делать? Что я буду объяснять читателю? Что у нас новенькая, которая порядка не знает?

Настя решила не заострять внимание на вопросе, а почему, собственно, Нина решила выдать на абонементе книгу, которая числится за читальным залом. Это ведь тоже нарушение порядка. Ответ был заранее известен, а лишние вопросы могли бы насторожить библиотекаря.

— Ниночка, миленькая, — взмолилась Настя, — ну не ругайся, пожалуйста. Я завтра обязательно принесу.

— Книга нужна сегодня, — холодно ответила Нина.

— Ну хорошо, хочешь, я сейчас съезжу домой и привезу? Только читальный зал придется закрыть.

Нина посмотрела на часы и кивнула.

— Поезжай, только быстро. Я абонемент закрою якобы по техническим причинам, а сама в читалке посижу. Сколько времени тебе нужно, чтобы привезти перевод?

— Полтора часа.

— Давай, беги в темпе.

Настя прошла в дальний угол, где лежала ее большая спортивная сумка, быстро оглянулась, незаметно сунула в нее перепрятанный перевод и помчалась к выходу. Поехала она, конечно, домой, хотя делать там ей было совершенно нечего. Лучше бы на работу смотаться, с Колобком поговорить, посоветоваться. Но делать этого было нельзя. Как знать, что именно сказала добрая Ниночка тому, кто попросил у нее Дюрера. Может быть, она сказала все как есть, мол, новенькая сотрудница нахально утащила книгу домой и забыла принести обратно, сейчас она съездит за ней и привезет, придется подождать часа полтора-два. И тогда, вполне вероятно, любитель редких книг по математике может потащиться за нерадивой новенькой сотрудницей, либо ради любопытства или из желания подстраховаться и лишний раз перепровериться, либо с иными какими нехорошими намерениями, например, отобрать у нее на обратном пути книгу с применением легкого физического воздействия. Поэтому ехать на Петровку никак нельзя.

Настя добралась до дома, немало удивив мужа своим

появлением в середине дня, и тут же бросилась к телефону.

— Виктор Алексеевич, он появился. Действует через библиотекаря Нину Камышову. Через пятьдесят минут книга будет у него.

— Понял, — коротко ответил Гордеев. — Не дергайся, все сделаем в лучшем виде.

— Я не дергаюсь, с чего вы взяли?

— А то я не слышу, — усмехнулся в трубку полковник.

Через сорок пять минут Настя вихрем ворвалась в помещение читального зала библиотеки.

— Вот, — запыхавшись сказала она, на ходу расстегивая сумку и доставая из нее перевод, — держи. Извини, что так вышло.

Она положила на барьер перед Ниной три толстые тетради в фирменной обложке Всесоюзного центра переводов. Нина молча взяла перевод и ушла в помещение научного абонемента, который находился в противоположном конце коридора на этом же этаже. Настя изнывала от любопытства, но продолжала терпеливо дорабатывать до конца дня. К счастью, ждать оставалось не так уж долго.

* * *

Нину Камышову «вел» Коротков. Он успел приехать в институт еще до того, как вернулась Настя с переводом, и занял позицию, позволяющую ему видеть Нину и всех, с кем она общается. До закрытия научного абонемента Камышова никому перевод не отдала, в пять часов закрыла помещение и ушла из института. Юра осторожно довел Нину до дома, поднялся по лестнице на один пролет выше и стал ждать. В половине восьмого Камышова вышла из квартиры, и, судя по одежде и украшениям, собиралась она на свидание. Через плечо висела маленькая сумочка на длинном ремешке-цепочке, а в руках она несла пластиковую сумку с ручками, в которой явно угадывались три тетради стандартного формата А-4.

Нина в сопровождении идущего на приличном расстоянии оперативника дошла до метро и поехала в центр, вышла на «Арбатской». На улице, у выхода из метро, к ней подошел мужчина с большим букетом цветов, ловко подхватил ее под руку и повел по Новому Арбату в сторону дорогого ресторана. Убедившись, что парочка обосновалась за столиком и заказ уже сделан, Юра нашел телефон и попросил подкрепление на случай, если возникнут осложнения при дальнейшем наблюдении за галантным кавалером. Гордеев уже отозвал из университета Мишу Доценко, а из академического института — Колю Селуянова, и оба они подъехали к ресторану, пока Нина и ее приятель поглощали изысканный ужин.

— Глаза б мои не глядели, как они трескают, — пробормотал вечно голодный Селуянов.

— Не гляди, — миролюбиво посоветовал Коротков, — никто не заставляет. А что, леди Валентина перестала тебя кормить? Откуда вдруг такая непреодолимая ненависть к сытым?

— У Валюшки мама болеет, она при ней. Уже вторую неделю прихожу в пустую квартиру. Слышь, Юрок, вот почему люди так быстро к хорошему привыкают, а? Четыре года, как развелся, приходил в пустую квартиру, и ничего. Тосковал, конечно, но не помер ведь. А с Валюшкой мы знакомы всего-то три месяца, и вот поди ж ты, стоит ей не прийти, а я уже места себе не нахожу. Может, мне действительно пора жениться на ней?

Это был дежурный разговор двух друзей, который повторялся с периодичностью примерно два раза в неделю. Обычно Коротков настоятельно советовал Николаю не тянуть резину и жениться на Валечке как можно скорее, мотивируя это тем, что мужчине вредно подолгу жить вне брака, если он хочет остаться здоровым мужиком с нормальной психикой и без желудочно-кишечных заболеваний. Николай же проявлял осторожность и от поспешных решений воздерживался, памятуя о крайне неудачном, на его взгляд, первом брачном опыте, а также апеллируя к примеру Насти Каменской, которая была замужем всего год, хотя с Лешкой они знакомы два десятка лет.

Александра Маринина

Валечка была лейтенантом милиции и работала в паспортном столе одного из муниципальных отделов. В ней не было ничего высокомерно-холодного и утонченно-изысканного, она была самой обычной девушкой, доброй, покладистой и хозяйственной, с обыкновенным, в меру некрасивым лицом и изумительной фигуркой. Более того, она, дочь инструктора вождения, с раннего детства отлично водила машину и умела обращаться с ней не хуже заправского автогонщика, что вообще-то не пристало делать светской даме. Однако Юра Коротков упорно называл ее леди Валентиной, потому что со дня знакомства с ней Селуянов резко бросил поддавать по вечерам в одиночку, не забывал каждое утро мыть голову и вообще как-то облагородился.

Наконец Нина Камышова и ее щедрый поклонник покончили с ужином, танцами и легкой выпивкой. За это время Коротков, Селуянов и Доценко успели по очереди сбегать куда-то за угол и съесть по горячей пицце, от которой почему-то сразу в желудке встал противный тяжелый ком. Но ничего не поделаешь, работники уголовного розыска редко имеют возможность выбирать, где, когда и что им есть.

Они разделились. На всякий случай решили, что за Ниной Камышовой тоже надо посмотреть, нельзя исключить, что она является членом группировки. За Ниной отправили Мишу Доценко как самого молодого и красивого из всей троицы. Мало ли как дело обернется, вдруг придется вступать в контакт с симпатичной библиотекаршей, а Мишаня своими черными цыганскими глазами и белозубой улыбкой быстро сможет расположить ее к себе. За человеком, которому Нина передала пакет с переводом, пошли Коротков и Селуянов. Сначала двигались все вместе, поскольку кавалер все-таки сделал попытку Нину до дома проводить, не бросил ее прямо у выхода из ресторана. Правда, на полпути они расстались, но по выражениям их лиц во время оживленных препирательств в вагоне метро можно было сделать вывод, что кавалер настаивает на проводах, а Нина отказывается. В конце концов поклонник уступил, вежливо поцеловал даме ручку и распрощался с ней на пересадке с арбатско-покровской линии на кольцевую.

Дальше события развивались стремительно и совершенно необъяснимо. Миша Доценко отправился следом за Камышовой, Коротков и Селуянов — за счастливым обладателем перевода книги Дюруа «Логические основы современного анализа». Объект — стройный привлекательный мужчина лет двадцати восьми — тридцати в хорошем костюме — вышел из метро и остановил частника. Место было бойкое, поймать машину здесь труда не составляло, и оперативникам удалось не потерять фигуранта. Мужчина с переводом выехал за город, и здесь преследовать его стало намного сложнее, дорога была свободной и хорошо просматривалась. Пришлось отпустить его далеко вперед и ориентироваться по свету габаритных огней и звуку мотора. Машина остановилась возле большого дачного участка. Оперативникам пришлось притормозить, не доезжая до участка метров двухсот. Юра вышел из машины и тихонько подошел поближе. Однако зайти на участок не рискнул, хриплый басовитый лай собаки, раздавшийся при появлении фигуранта, весьма недвусмысленно свидетельствовал как о размерах пса, так и о его нелюбви к посторонним.

Визит не затянулся. Молодой человек в костюме вскоре вышел из дома и двинулся к калитке, причем пакет с переводом снова был у него в руках. Стало быть, он приезжал сюда не для того, чтобы кому-то передать тетради.

— Я останусь, — шепнул Коротков Николаю, — попробую выяснить, к кому он приезжал. А ты двигай за ним обратно в город или куда там еще он поедет.

Время было уже достаточно поздним, и, глядя вслед огням удалявшихся машин, Юра Коротков с досадой подумал о том, что добираться до Москвы ему будет очень и очень непросто. «Левака» здесь не поймаешь, а на местную милицию надежды мало.

* * *

Александр Ташков принял объект у Селуянова поздно ночью. Коля отправился спать, а Ташков терпеливо ждал в подворотне возле дома, куда явился молодой человек с пакетом в руках после поездки за город. Ждать пришлось до утра.

В половине седьмого к подъезду подкатила синяя «Вольво», за рулем которой сидел уже известный Ташкову Ильяс, квартирант Иры Терехиной. Это уже становилось интересным. Выходит, в похищении Наташи Терехиной замешаны люди Аякса? Или Ильяс подрабатывает в нескольких местах, или, проще говоря, на нескольких хозяев?

Вышедший из подъезда фигурант сел в машину к Ильясу, Ташков доехал следом за ними до аэропорта, где убедился, что ни фигурант, ни Ильяс никуда не улетают. Улетал совсем другой человек, которому фигурант передал пакет с тремя тетрадями. Пакет был все тем же, в котором эти тетради принесла вчера на встречу с фигурантом Нина Камышова. Человек с пакетом встал в очередь на регистрацию на львовский рейс, Ильяс с фигурантом стояли с ним рядом и о чем-то оживленно беседовали. Ташков не хотел упускать парочку в синей «Вольво», поэтому зашел к коллегам, работающим в аэропорту, и связался с приятелем из соответствующего ведомства Украины. Приятель обещал помочь и сделать все, что нужно.

Однако на эту организационную часть ушло время, и когда Ташков снова оказался в зале регистрации, интересующие его люди исчезли. Человек, принявший пакет, продолжал стоять в очереди, но уже в одиночестве. Александр кинулся на стоянку, рванул дверцу своей машины и помчался по шоссе в сторону Москвы, но синюю «Вольво» так и не догнал. Конечно, это было не смертельно, ведь он знал, кто такой Ильяс и где его можно найти, но жаль было терять фигуранта. Теперь его не отыщешь, а спрашивать у Ильяса означает засветить всю комбинацию, ведь группа Аякса, судя по всему, и не подозревает, что ее серьезно разрабатывают. И хорошо бы продержать их в этом неведении как можно дольше.

Расстроенный Саша вернулся в Москву, пытаясь утешить себя надеждой на украинских коллег, которые не упустят пассажира львовского рейса. Около десяти

утра он пришел к себе на работу, и тут же на столе за-
тренькал внутренний телефон.

— Ташков, — послышался голос начальника отделения, — свяжись с МУРом, там что-то срочное.

Александр горестно вздохнул, снял трубку и позвонил полковнику Гордееву. Виктор Алексеевич продик-
товал ему данные человека, на чье имя был оформлен
дачный участок, куда накануне наведывался фигурант.

— Это данные из местной милиции, — прокоммен-
тировал под конец Гордеев, — они, как вы понимаете,
могут оказаться изрядно устаревшими. Ваша задача быстренько сделать установку на жильцов и на владель-
цев, если это разные лица. К вечеру жду результаты.

Саша внимательно посмотрел на листок с записями,
сделанными под диктовку Гордеева. Владелец дачи
обладает ею уже без малого четыре десятка лет, приличный человек в весьма преклонном возрасте. Небось
помер давным-давно, на даче теперь живут дети и
внуки, а в местной милиции он все числится живым
хозяином. Черт знает, что творится теперь с информацией! Никто не заботится о том, чтобы она была полной и достоверной.

К восьми часам вечера Александр Ташков прибыл
на Петровку с докладом о результатах оперативной установки.

— Вот это номер, — протянул полковник Гордеев,
выслушав его. — Никогда бы не подумал. Все, что угодно, только не это. Может, случайное совпадение?

— Нет, Виктор Алексеевич, — вмешалась Настя,
которая сидела тут же, в кабинете Гордеева, — это не
совпадение. Конечно, это совершенно неожиданно, но
зато многое объясняет. Да не многое, а практически все.

Глава 19

Львовские коллеги Ташкова сработали на совесть,
но то, что им удалось узнать, несколько обескуражива-
ло. Пассажира, вылетевшего из Москвы во Львов,
встретили и проводили до места, но место это оказалось усадьбой детского дома, расположенной в Карпа-

тах. Детский дом в связи с нехваткой бюджетных средств долгое время приходил в упадок, и наконец в прошлом году его просто закрыли, распределив оставшихся малышей до другим детским домам, а усадьбу кто-то взял в аренду. И что там теперь находится, никто не знал. Вернее, кто-то наверняка знал, но молчал.

Понаблюдав за усадьбой, украинские оперативники обнаружили мощную охрану и сделали вывод о полной невозможности проникнуть за ворота мирным путем. О чем и сообщили Александру Ташкову.

— Сашко, тут надо выходить на государственный уровень, — сказали они, — сами мы ничего не сделаем. Тот, кто взял усадьбу в аренду, должен был давать огромные взятки, и те чиновники, которые эти взятки брали, за красивые очи нам ничего не скажут. А если и скажут, то, во-первых, наврут, а во-вторых, информация сразу же утечет к арендаторам. Тебе это надо?

Ташкову «этого» было не надо. И он решил вылететь во Львов, чтобы посмотреть на месте, что можно сделать. Но перед отъездом он встретился с Зоей Смирнягиной и рассказал ей о докторе Волохове. Он ощущал почти физическую боль от каждого сказанного им слова и видел, как тяжело Зое, но не считал себя вправе скрывать от нее правду.

— Что же, ребенок, которого я рожу, будет не человеком? — тихо спросила Зоя, когда Ташков умолк.

— Да нет же, Зоенька, он будет человеком, но... Вероятно, не совсем обычным.

— Я не хочу, — покачала она головой. — Я не хочу его рожать.

— Не говори глупости, у тебя уже большой срок для аборта. Ни один врач не возьмется.

— Можно сделать искусственные роды. Я придумаю что-нибудь, поговорю с врачами. Я не буду рожать этого ребенка. Господи, ну почему это должно было случиться именно со мной! Родители так радовались, что у них наконец будет внук, хоть под конец жизни хотели с малышом повозиться. Что я им теперь скажу? Что они зря радовались? Что их дочь связалась с негодяем и проходимцем? Им-то за что такой удар. Какая я

382

дура, Саша, какая дура, что поверила. Выходит, Валерий Васильевич меня совсем не любил, да?

— Погоди, Зоя, не надо так резко, — ласково сказал Ташков. — Доктор Волохов — это одна песня, а твой ребенок — совсем другая, не надо валить все в одну кучу. Да, Волохов негодяй, но ребенок-то при чем? Ты должна его родить и воспитывать, одно к другому касательства не имеет.

— Я не смогу, Саша, я все время буду думать о том, что он не настоящий. Искусственный. Это грех — делать искусственных людей, большой грех.

— Ну что ты придумываешь, нет тут никакого греха. Это все иллюзия. Зоя, подумай о том, что одна женщина впала в такое же заблуждение, поддалась иллюзии греха и искалечила тем самым своих детей и себя саму, а мужа просто убила. Вот это действительно грех. Не повторяй ее ошибку. Очень тебя прошу, не предпринимай ничего, оставь все как есть.

— Он меня обманул, — глухо произнесла Зоя, глядя куда-то в сторону, — но я не могу его винить за это. Я сама виновата в том, что позволила себя обмануть. Я должна была понимать, что такой человек, как Валерий Васильевич, не может мной заинтересоваться. Кто я и кто он? Я ему не пара. Но я закрыла на все глаза, я была счастлива, я надеялась...

— Прекрати! — Ташков повысил голос и резко встал из-за стола.

Они сидели в уличном кафе возле одной из станций метро на окраине Москвы. Здесь было тихо и малолюдно, а в кафе они были вообще единственными посетителями, поэтому разговаривать можно было, не стесняясь посторонних ушей.

— Кто вбил тебе в голову эту чушь? С чего ты решила, что такой человек, как Волохов, не может всерьез тобой увлечься? Да, Волохов тебя не любит и не любил никогда, но это не потому, что ты недостойна его любви, а потому, что он вообще никого никогда не любил, он так устроен, понимаешь? У него в организме нет того приспособления, которым любят. Ты — молодая красивая женщина, а ты себя заживо хоронишь. Ну куда это годится? Ты должна ходить, высоко подняв голову, носить короткие юбки, чтобы все видели твои длинные ноги, ты должна улыбаться, чтобы всем показывать свои великолепные зубы. А ты что с собой сделала? Съежилась, сжалась в комочек и боишься слово лишнее сказать. Была б моя воля...

Ташков запнулся, подыскивая слова. Была б его воля, он одел бы Зою в самые лучшие платья и меха, он сделал бы все, чтобы она стала веселой и начала улыбаться. Он любил бы ее, холил и лелеял, делал ей подарки, помогал по дому и растил вместе с ней детей. Но разве он мог сейчас сказать ей об этом?

— Зоенька, сегодня вечером я уезжаю в командировку. Надеюсь, что это ненадолго. Ты можешь дать мне слово, что не наделаешь глупостей, пока меня не будет? Конечно, я не могу повлиять на решения, которые ты принимаешь, ты взрослый человек и сама себе хозяйка, ты сама распоряжаешься своей жизнью, но я прошу тебя только об одном: какое бы решение ты ни приняла, ничего не предпринимай, пока я не вернусь. Обещаешь?

— Хорошо, Саша. Я подожду, пока ты вернешься. Хотя, видит Бог, я не понимаю, что может измениться за это время. То, что ты мне рассказал, останется правдой и через неделю, и через месяц. И с этим уже ничего не поделаешь.

— Ты права, факты останутся такими же, но может измениться твое отношение к ним. Я хочу, чтобы ты сделала одну вещь. Вот адрес, — он протянул Зое клочок бумажки, — по этому адресу живет старшая дочь Волохова Ира Терехина. Познакомься с ней и посмотри, как она живет. Посмотри, какой она человек. Посмотри, как ей трудно и как мужественно она борется. Если следовать твоей ущербной логике, она тоже искусственное существо, не имеющее права на существование. Посмотри на нее внимательно, Зоенька, и если в тебе не шевельнется жалость и сочувствие к ней, значит, я кругом не прав. Если, глядя на Иру, ты не поймешь, что она — такой же человек, как и ты, как я, как все мы, значит, тебе действительно не нужно рожать этого ребенка. И я больше не стану убеждать тебя и настаивать на том, чтобы ты сохранила ему жизнь. Ты сделаешь то, о чем я прошу?

— Хорошо, Саша, — послушно повторила она, — я познакомлюсь с ней, если ты этого хочешь. Только не сердись на меня, пожалуйста, я и так чувствую себя виноватой.

Ташков подошел к ней, обнял, осторожно прикоснувшись губами к ее волосам, вкусно пахнущим шампунем и духами.

— Ну что ты, Зоя, зачем ты так говоришь. Ты ни в чем не виновата, просто так вышло. И помни: что бы ни случилось, ты всегда можешь на меня рассчитывать. Всегда. И во всем. Ты меня поняла?

— Спасибо, Саша, — ответила она, сглатывая слезы.

* * *

Во Львов Ташков прилетел не один. Поскольку речь шла о группе, наверняка связанной с таинственным Аяксом, вместе с Сашей на Украину отправились еще два человека. Львовские оперативники показали им план местности, где располагалась усадьба бывшего детского дома.

— Или официальный путь с множеством препон, потерей времени и гарантией утечки информации, или операция захвата с потерей личного состава, — сделали они вывод после трехчасового совещания.

Вывод, конечно, не утешал.

— Есть еще одно обстоятельство, — сказал Ташков. — Если даже мы придумаем такой план захвата, при котором потери будут минимальными, мы мало чего добьемся. Девочку мы освободим и обитателей усадьбы арестуем, а дальше что? Аякса среди них наверняка нет. И мы его никогда не найдем, так же, как и остальных членов группировки. Наивно надеяться на то, что арестованные сдадут нам остальных. Человек, воспитанный в исламе, умеет не испытывать страха и мужественно встречать смерть. Вряд ли нам удастся их испугать настолько, что они пойдут на предательство своих. Я знаю, среди членов группировки есть люди, которые работают просто за деньги, но их очень и очень мало. Основная масса борется за идею, и мы должны с этим считаться. Если же выкурить обитателей особняка мирным и легальным путем, они обязательно приведут нас к Аяксу и к другим, которых мы, может быть, еще не знаем.

Конечно, Ташков лукавил. Он уже был почти полностью уверен, что знает, кто такой Аякс. На совещании у полковника Гордеева его сотрудница Каменская излагала факты очень убедительно и логично. Но сейчас Ташков думал о другом. Он думал о тех ребятах-спецназовцах, которых пошлют в горы брать усадьбу. Если там действительно мощная охрана, то потери будут немалыми. Ради чего? Почему эти ребята должны жертвовать собой? Александр достаточно давно занимался оперативной работой и хорошо знал, что жизнями спецназа никто не дорожит, все это одни красивые слова. Чуть что — поднимают их и посылают на задание, не удосужившись провести предварительную подготовку, даже не дав себе труд подумать о том, как можно было бы обойтись без них. Этих ребят рассматривают как живое мясо, которое не жалко. Чего их жалеть, в самом деле? Работа у них такая. Рисковать собой — их прямая обязанность, они за это получают оклад денежного содержания. Только за два последних года Ташков похоронил пятерых своих друзей, служивших в спецназе. Поэтому сегодня он считал, что, если может сделать хоть что-то, чтобы сохранить хотя бы одну жизнь, он должен это сделать. Никто не заботится об этих ребятах, никто не дорожит их жизнями, и некому их защитить.

— Что ты предлагаешь? — спросил его начальник львовского управления. — У тебя есть вариант?

— Я должен подумать.

— Только недолго, — предупредил Ташкова подполковник Фетисов, приехавший вместе с ним из Москвы. — Времени в обрез. Сам же говорил, у них там девочка. Не дай Бог с ней что случится.

— Не должно. Если Волохов сказал правду, девочка им нужна для исследований и еще для чего-то. Я пока не понял, для чего еще, но это «что-то» совершенно точно есть. Не зря они послали человека в Москву сначала за медицинской картой, потом за книгой. Наташа нужна им живая, по крайней мере пока. Не стали бы они прилагать такие усилия, чтобы достать для нее редкую книгу, если уже списали ее со счетов.

— Может, ты и прав, — задумчиво сказал местный начальник, — но все равно лучше бы побыстрей.

Остаток дня Ташков провел, гуляя по городу. То и дело он останавливался на бульварах перед стендами с расклеенными газетами и пытался их читать. Украинского языка Александр не знал, но кое-что понять все-таки мог. С трудом продравшись сквозь отчасти понятные и совсем непонятные слова, он убедился, что смысл уловить вполне может, и начал изучать местную прессу более пристально. Наконец он нашел то, что искал: статью о благотворительном фонде «Щасливе дитинство», что в переводе означало «Счастливое детство». Здесь же, в статье, был указан адрес фонда и его расчетный счет.

Фонд располагался в маленьком уютном особнячке на улице Ивана Франко. Ташков приготовился к тому, что придется долго и упорно пробиваться к директору фонда, но, к его удивлению, все получилось легко и быстро. Здесь ему не встретилось ни одного мужчины, кругом были только женщины, которым вообще не свойственна охранная психология «держать и не пущать». Все они говорили по-украински, но Ташков их понимал.

Директором фонда тоже была женщина, и Ташкову лицо ее показалось смутно знакомым. Он совершенно точно уже видел раньше эти четко прорисованные брови над слегка раскосыми кошачьими глазами, эту гладкую прическу и полные, красивого рисунка губы. Неужели они знакомы? Это было бы неслыханной удачей.

— Мне кажется, мы с вами встречались, — как можно обаятельнее улыбнулся он. — Вы меня не помните?

— Вы ошибаетесь, — строго ответила директор фонда.

— Но ваше лицо мне знакомо.

— Ничего удивительного, — она слегка улыбнулась, — но мне приятно, что меня все еще узнают, хотя я уже давно не снимаюсь.

Не снимаюсь. Черт возьми, это была Жанна Дорошенко, когда-то очень известная актриса, прославившаяся в нашумевшем телесериале на историческую тему.

— Не ожидал увидеть вас здесь, — признался Ташков. — Если бы мне сказали, что Жанна Дорошенко занялась благотворительной деятельностью, я бы скорее подумал, что вы создали фонд поддержки артистов или театров или что-нибудь в этом же роде.

— А я поддерживаю не артистов и не театры, а обездоленных детей. Вас не должно это удивлять. Для большинства людей я актриса, которую знают по телефильмам, а ведь я всю жизнь работала в детском театре здесь, во Львове. Мы часто давали благотворительные спектакли для сирот, для детдомовских и интернатских детишек, для детей-инвалидов. Так что с проблемами несчастливого детства, — она грустно усмехнулась, — я знакома очень хорошо. И когда таких благотворительных спектаклей стало все меньше и меньше, когда нас все реже стали приглашать выступать в больницах и детских домах, я спросила себя: разве обездоленных детей у нас становится меньше? Разве уже не осталось у нас тех детей, которым нужно наше искусство, но которые не могут заплатить за билет на спектакль? Ответ вы сами можете себе представить. Оказалось, что детей по-прежнему много, только они вдруг стали никому не нужны. У государства не хватает денег на них. Вот и все. Но это лирика. Вы, собственно, с чем пожаловали?

— Я хотел бы поговорить с вами насчет детского дома в Карпатах, недалеко от Косова.

— Знаю, — кивнула Дорошенко, — есть такой, вернее, был. Детишек распихали кого куда, а все жители поселка остались без работы. Ведь сотрудники детдома в основном все поселковые — воспитатели, врачи, повара, уборщицы и все остальные. Не представляю, на что они теперь живут, там никакого производства нет, заработать негде. Фруктами торгуют из собственных садов да контрабандой занимаются, благо граница рядом. Так что вы хотели сказать насчет детдома?

— Я полностью разделяю вашу озабоченность, — очень серьезно произнес Ташков, — и хочу сделать так, чтобы детский дом был восстановлен.

— И как вы предполагаете это сделать? — вздернула красивые брови Дорошенко. — На голом энтузиазме?

— Не совсем. Мне удалось выяснить, что усадьба сдана в аренду на три года. Из этих трех лет прошел только год. Первое, что нужно сделать, — выкупить усадьбу.

— Что значит выкупить? Вы же сами сказали, что она сдана в аренду. Это значит, что заключен договор, и до истечения трех лет его нельзя расторгнуть.

— Можно, Жанна Петровна, расторгнуть можно любой договор. Другое дело, что при досрочном расторжении придется платить большую неустойку. Но это уже вопрос денег, а не возможностей.

— У фонда нет таких денег, — вздохнула Дорошенко. — Мы, к сожалению, нищие, хотя что-то, конечно, пытаемся делать. Так что ваша идея, увы, несостоятельна.

— Деньги есть. Их хватит на то, чтобы выплатить неустойку. Более того, их хватит даже на то, чтобы вложить в прибыльное предприятие и получать солидный доход, который позволит содержать детишек в усадьбе и платить зарплату персоналу.

— Откуда эти деньги? Какой-нибудь криминал?

— Это мои собственные деньги.

— Вы меценат? Подпольный миллионер?

— Помилуйте, Жанна Петровна, я вовсе не подпольный, я самый обыкновенный российский миллионер. Деньги у меня абсолютно честные, я могу отчитаться перед вами за каждый рубль. Если вас это интересует, поясню: это наследство, которое я получил очень давно и к которому за все годы ни разу не прикоснулся, в том смысле, что не потратил из него ни копейки. Но я сделал все для того, чтобы оно приумножалось. Вы, вероятно, слышали о таком писателе Михаиле Богатове?

— Разумеется, — пожала плечами Дорошенко, — это классика советской литературы, мы его произведения еще в школе проходили. Да они почти все экранизированы. Кстати, я даже играла в двух экранизациях его романов на украинском телевидении. Почему вы вспомнили о Богатове? Он же давно умер. Кажется, погиб в катастрофе, если я не путаю.

— Потому что я — его наследник. К моменту гибели Михаил Федорович был мужем моей матери и невероятно состоятельным человеком, и все его деньги перешли ко мне. Потом стали поступать гонорары за многочисленные переиздания в нашей стране и за рубежом, так что можете себе представить, о каких суммах идет речь. Их должно хватить на то, чтобы возродить детский дом и поставить его на ноги, если вы сумеете правильно распорядиться этими деньгами.

— Заманчиво. И что вы хотите взамен?

— Взамен? Ничего. Ровным счетом ничего. Считайте это благотворительным взносом.

— Александр Николаевич, мы с вами взрослые люди и понимаем, что благотворительности на пустом месте не бывает. Времена не те, да и люди тоже. Какой у вас интерес в этом деле? Имейте в виду, пока я не пойму, что вами движет, я не приму ваше предложение. Вы гражданин России, так почему вы решили осчастливить своим широким жестом именно украинских ребятишек? Что, в России не осталось ни одного обездоленного ребенка?

— У меня такое впечатление, что вы ищете предлог для отказа. Я не ошибся?

— Вы ошиблись, — строго сказала Дорошенко. — У меня нет желания отказаться от вашего дара, что скрывать, он нам очень нужен. И проблема детских домов действительно больная. Но я не могу рисковать репутацией фонда. Если окажется, что вы затеяли какую-то аферу...

— Жанна Петровна, поверьте мне, в том, что я предлагаю, нет ничего незаконного или криминального. Я предлагаю вам чистые честные деньги. И хочу, чтобы в усадьбу как можно скорее приехали официальные представители фонда вместе с закарпатской администрацией и решили вопрос о досрочном расторжении договора. Да, вы не ошиблись, у меня есть определенные условия, на которых я передам вам взнос, но это именно условия, а не корыстный интерес.

— О каких условиях идет речь?

— Усадьба должна быть как можно быстрее освобождена от арендаторов. Мы с вами, как вы правильно заметили, взрослые люди и не можем не понимать, что за расселение детей из усадьбы и заключение договора аренды были заплачены огромные взятки и в Киеве, и во Львове, и в Закарпатье. Люди, эти взятки получившие, будут стоять насмерть, чтобы не допустить расторжения договора, тем более что арендаторы начнут на них давить. Это все очень серьезно, Жанна Петровна, и мне это не нравится. Мне не нравится, когда какие-то бандиты и взяточники решают свои вопросы за счет детей-сирот. Считайте, что это моя блажь. Я не истратил ни копейки из наследства писателя Богатова, потому что хотел, чтобы вложение этих денег было таким, за которое Михаилу Федоровичу не было бы стыдно. Вы читали его книги и даже снимались в фильмах, поставленных по его романам, и вы должны хорошо представлять себе, что сам Богатов поступил бы точно так же. У него было обостренное чувство справедливости и огромная любовь к детям.

Ташков лгал вдохновенно и не переставал сам себе удивляться: откуда только доводы берутся? Он тоже проходил в школе нетленные произведения классика советской литературы, и от этих повестей и романов у него осталось только ощущение занудности и соцреалистической лакированности. Никакого особенного чувства справедливости и никакой любви к детям он там не видел. Более того, этот «глашатай справедливости и счастливого детства» не остановился перед тем, чтобы жениться на женщине, которая бросила единственного ребенка. Но это было не важно. Важным было то, что он понял Жанну Петровну Дорошенко, почувствовал ее, проникся ее мышлением и теперь точно знал, какими словами с ней надо разговаривать, чтобы добиться того, чего он хотел.

— Я бы хотел, чтобы мое имя не предавалось огласке. Не знаю, как у вас, а у нас в России опасно обнародовать собственное благосостояние. Если станет известно, что я пожертвовал такие большие деньги на благотворительность, мне не дадут покоя всякие своло-

Александра Маринина

чи и вымогатели, полагая, что я отдал на детский дом лишь малую толику, а остальное припрятал. Я никому не смогу доказать, что отдал все подчистую, мне просто не поверят.

— Разумеется, — согласно кивнула Дорошенко, — если таково ваше желание...

Ташков понял, что сломил ее сопротивление, основанное на вполне объяснимой подозрительности к благодетелю. Дальше дело пойдет быстрее и проще.

* * *

Первое, что увидел Мирон, войдя утром в комнату к Наташе, были три толстые тетради с переводом книги Дюруа. Это был удар ниже пояса. Неужели опять провал? У них снова ничего не вышло, книгу нашли и привезли сюда, а милиция проморгала посланника.

Наташа держалась изо всех сил, но Мирон видел, что она с трудом сдерживает слезы. Тоже, видно, поняла, что вся их хитроумная комбинация ни к чему не привела.

— О, я вижу, тебе привезли «Логические основы современного анализа», — сказал он громко и как можно веселее, хотя у самого ком в горле стоял. — Это очень хорошо. Ты уже начинала читать?

— Нет еще, — еле слышно ответила Наташа. — Ее только сейчас принесли, минут десять назад.

— Тебе надо сначала внимательно прочитать все. Следи за тем, чтобы тебе все было понятно. Если чувствуешь, что не понимаешь, сразу спрашивай меня, ни в коем случае нельзя двигаться к следующей теореме, если не усвоила предыдущую. Давай, начинай, а я пока кое-какие задачки порешаю на компьютере.

— Мирон, неужели я правда такая тупая? Мне казалось, я все так хорошо понимаю, а ты говоришь, что все неправильно.

— Наташа, не передергивай, — сухо ответил он. — Я не говорил, что все неправильно. Я только обратил внимание на то, что многие теоремы ты просто выучила, но душой в них не проникла. Это школярский подход, и если бы ты должна была сдавать экзамен по математике на уровне третьего курса института, это было бы вполне нормально. Но мы с тобой занимаемся не вузовской математикой, не школярством, а настоящей наукой, большой наукой, понимаешь? Твои способности вполне позволяют это делать. А в большой науке школярство недопустимо. Прочитав доказательство теоремы, ты должна удивиться и сказать себе: «Ну правильно, а как же может быть иначе». А до тех пор, пока ты говоришь: «Ладно, я запомню и буду иметь в виду, что это так», у тебя ничего не выйдет. Для этого и написана книга Дюруа, чтобы помочь взглянуть на сложные вещи под другим углом зрения, дать новую логику и облегчить усвоение материала.

В комнате повисла тишина, прерываемая только шелестом переворачиваемых страниц и мягким щелканьем клавиш. Через некоторое время Наташа подняла голову.

— Мирон...

— Да? Что-то непонятно?

— Нет, мне плохо видно, текст очень бледный. Подвинь меня, пожалуйста, к окну поближе.

Мирон с трудом сдержал улыбку. Книга Дюруа, конечно, вещь полезная, но Наташе Терехиной совершенно не нужна, девочка все это давно усвоила, и усвоила блестяще. Но надо делать хорошую мину при плохой игре, раз уж он так старательно вливал в уши Василию байку о необходимости быстро раздобыть книгу. Раздобыли — теперь будь любезен, используй ее на благо общему делу демонстрации необыкновенных способностей девушки. Наташа терпеливо читает, но и о деле помнит. Переставить ее кресло поближе к окну означает посадить ее рядом с Мироном у компьютера. Этого она и добивается. Молодец.

Он передвинул кресло, усадив Наташу рядом с собой, и начал быстро набирать текст.

«Не волнуйся, еще не все потеряно. Надо немного подождать. Может быть, все получилось».

Наташа, казалось, полностью углубилась в книгу.

— Я не поняла, — вдруг сказала она, — сколько итераций нужно проделать?

Мирон заглянул в книгу и пробежал глазами абзац,

на который она указала. Про итерации там не было ни слова. Но он понял ее вопрос: «Сколько нужно ждать?» — и быстро напечатал ответ:

«Я думаю, дня три-четыре. За это время мы должны придумать следующий ход, если выяснится, что у нас ничего не вышло. Только не падай духом. Мы выберемся, я тебе обещаю».

А вслух при этом сказал:

— Прочти внимательно предыдущую теорему, там все сказано.

Еще через некоторое время Наташа закрыла тетрадь с переводом.

— Проверь меня, пожалуйста. Мне кажется, я теперь все поняла. Но ты был прав, после этой книги все доказательства выглядят совершенно по-другому.

— Сколько ты прочла?

— Всю первую главу.

Мирон открыл задачник.

— Реши задачи триста шестидесятую и триста семьдесят восьмую.

Он слегка подвинулся, чтобы Наташе удобнее было работать на клавиатуре. Она тренировалась каждую свободную минуту, теперь слова возникали на экране намного быстрее, и в них почти не было ошибок.

«Мне кажется, ты меня просто утешаешь. Происходит что-то страшное. Я должна умереть, да? А ты? Ты не думай, я не очень боюсь. Самое страшное, это когда больно, а я столько боли вытерпела за последние годы, что уже не боюсь. Больнее не будет. А если не больно, то не страшно».

— Нет, — резко сказал Мирон, похолодев при виде этих слов на экране компьютера, — все неправильно. Совершенно неправильно. Ты пошла не тем путем. Начни сначала.

Он щелкнул «мышью» и удалил так напугавшие его строки. Наташа отвернулась к окну и задумалась. Если в комнате есть телекамера, то у наблюдателя может сложиться впечатление, что девушка задумалась над другим способом решения задачи. Мирон бросил взгляд на свои руки, они дрожали, да что там дрожали — тряслись, как у алкаша в похмельное утро. Он сунул их между колен, ссутулившись и изобразив на лице глубокую задумчивость. Конечно, все правильно. И она должна умереть, и он, Мирон. Отсюда так просто не выпустят. Слишком серьезная здесь охрана, чтобы надеяться на то, что все это не более чем детские игрушки. Добрые работодатели. Как же, дожидайся. Они приедут, посмотрят на талантливую девочку, поговорят с врачом... И потом что? Отвезут ее обратно в Москву, в ту же больницу, где ее ждут милиционеры с вопросами, где была, у кого, зачем? Так не бывает. Или Наташу увезут в совсем другое место, и явно не с самыми лучшими намерениями, или она должна будет умереть. А судьба Мирона и того проще, это уж ясно.

Наташа снова повернулась к компьютеру, положила руки на клавиатуру и защелкала клавишами.

«Не надо меня утешать, я все понимаю. Ты не бойся, я не буду паниковать. Спасибо тебе за заботу и за то, что попытался меня вытащить отсюда. Ты не виноват, что ничего не вышло. Я тебя люблю. Я хочу, чтобы ты знал об этом».

Сердце у него сжалось от сострадания к беспомощной девочке, которая успела прожить так мало, да и те годы, что прожила, были не очень-то радостными. Наверное, она права, ничего у него не вышло, надо с этим смириться и не питать напрасных надежд. Мусульмане народ жестокий, и как знать, какую мучительную смерть они могут для них припасти, если решат наказать за неповиновение и жалкие попытки спастись. Если же делать вид, что ничего не понимаешь, то можно надеяться на то, что смерть будет быстрой. Выстрел в затылок — и все. Что ж, коль девочке осталось жить совсем немного, пусть будет счастлива хотя бы в последние дни.

«Я тоже тебя люблю».

— Вот так будет правильнее, — сказал он, делая вид, что исправляет какие-то места в ее решении.

«Значит, я права, я должна умереть. Иначе ты не стал бы мне лгать. Ты не можешь любить меня, я же инвалид и никогда не поправлюсь. Не надо меня жалеть. Я просто люблю тебя, вот и все».

— Теперь все правильно, я уверена, — неожиданно

громко сказала Наташа. — Я могу приступать ко второй главе?

— Да, — дрогнувшим голосом ответил Мирон, — теперь все правильно.

Она снова открыла перевод, и Мирон с ужасом увидел, как на раскрытые страницы капают слезы. Наташа сидела тихо, не всхлипывала и ничего не говорила, а прозрачные слезы все струились и струились по ее бледным бескровным щекам. Огромная, раздирающая душу жалость вдруг поднялась в нем, затопив все сомнения и трезвые резоны, и эта горячая волна накрыла собой ту пропасть, которая лежала между ним, двадцатидвухлетним здоровым мусульманином, и неизлечимо больной семнадцатилетней русской девочкой. Он не бросит ее, не может бросить. Или они оба спасутся, или умрут. Но они будут вместе до конца.

* * *

На следующий день после разговора с Ташковым Зоя Смирнягина отправилась по тому адресу, который он ей оставил. Дверь ей открыл молодой симпатичный парень.

— Вам кого?

— Мне нужна Ирина.

— А она на работе.

— На работе? Сегодня же воскресенье, — растерялась Зоя.

— Так она каждый день работает, без выходных.

— Не подскажете, где мне ее найти?

— Она на соседней улице, в шестнадцатиэтажке, лестницы моет.

— Спасибо, — пробормотала Зоя.

Шестнадцатиэтажный дом на соседней улице она нашла легко, все остальные дома были девяти- и двенадцатиэтажными. Зоя подошла к подъезду и через широкое окно увидела худенькую некрасивую девушку, которая мыла пол в просторном холле. На улице прямо перед окном стояла скамейка, Зоя уселась на нее так, чтобы видеть Иру. То и дело в подъезд входили люди, топая грязными ботинками по только что вымытому полу и оставляя следы, и Ира тут же принималась снова мыть то место, которое только что сверкало чистотой. Иногда она выпрямлялась и согнутой в локте рукой вытирала лицо. Сначала Зоя подумала, что она отирает пот, но потом поняла, что это не пот, а слезы.

Ира закончила мыть лестницы и холл, унесла куда-то ведро и тряпки и вышла из дома. Зоя хотела было окликнуть ее, но передумала, просто пошла за ней следом. Девушка дошла до того дома, где уже побывала Зоя, и скрылась в подъезде. Наверное, теперь она будет дома, решила Зоя, и через некоторое время можно подняться к ней. Ира чем-то расстроена, то и дело принимается плакать, и не надо вламываться в квартиру, как только она пришла с работы. Пусть немного отдохнет, выпьет чаю, успокоится. Однако очень скоро Ира снова вышла на улицу и направилась в сторону вещевого рынка. Зоя, сама не зная зачем, последовала за ней. Через полчаса ей стало понятно, чем Ира Терехина занимается на вещевом рынке. Зоя нашла скамейку неподалеку от лотка «Горячие закуски», где Ира брала еду и напитки на разнос, и стала ждать. Ждать пришлось долго, до четырех часов, пока рынок не начал понемногу пустеть. Наконец Зоя увидела, как Ира направилась к выходу.

— Простите, вас зовут Ирой? — спросила она, подходя к ней.

— Ну, Ирой, — не особенно вежливо ответила девушка. — Что надо?

— Поговорить.

— О чем?

— О вас. И обо мне. И о Валерии Васильевиче Волохове.

Лицо Иры моментально изменилось, выражение настороженной агрессивности исчезло, уступив место сочувствию.

— Вы его жена, да?

— Нет. Давайте отойдем куда-нибудь, здесь очень людно.

— Пошли, — скомандовала Ира, ловко пробираясь сквозь толпу, которая все еще была достаточно плотной. — Здесь есть одно место, где можно посидеть.

Она привела Зою на железнодорожную платформу. Здесь действительно было много скамеек, но все они были заняты людьми с сумками и рюкзаками, ожидающими электричку.

— Вы не смотрите, что народу много, сейчас поезд подойдет, и они все уедут. Поезда часто ходят, каждые десять-пятнадцать минут.

И в самом деле, из-за поворота железной дороги сначала послышался гудок, потом показалась электричка. Народ на платформе оживился, похватал свои сумки и котомки и ринулся в раздвинувшиеся двери. Скамейки опустели, теперь можно было выбирать любую.

— Пойдемте вон туда, там тень, — сказала Ира, показывая на скамейку, рядом с которой росло дерево. На самом деле росло оно внизу, за платформой, но было таким высоким и кривым, что его ветки действительно нависали над скамейкой, укрывая ее от палящего солнца.

Они сели, но Зоя вдруг утратила всю решимость и теперь не знала, как начать разговор и нужен ли он вообще. Что она может сказать этой девочке и о чем ее спрашивать? Но Ира первая прервала неловкое молчание.

— Вы уже все знаете про Волохова?

— Да, — коротко ответила Зоя.

— И знаете, что он мой отец?

— Да, мне сказали. Ира...

— Что?

— Вам очень трудно живется?

— Очень. Но ничего, нормально. Я справляюсь. А почему вы спросили?

— Сама не знаю. Вы меня простите, я, наверное, кажусь вам глупой. Дело в том, что я жду ребенка.

— От него?

— Да. И я не знаю, что мне делать.

Ира повернулась к ней, удивленно взглянула.

— А что же можно сделать? Рожать.

— Но как же... Я ведь теперь знаю правду. И я боюсь.

— Боитесь? Чего? Ах, да, понятно, вы такая же, как моя мама, тоже думаете, что его дети — чудовища. Никогда ее не прощу за то, что она сделала. Вам рассказывали о нас?

— Да, я все знаю.

— И ваш ребенок не простит, если вы его убьете, — очень серьезно сказала Ира. — Не берите грех на душу. Вас как зовут?

— Зоя.

— Вы давно... с ним?

— Меньше года.

— Бедная вы, бедная.

Ира осторожно взяла ее за руку и неловко погладила.

— Не бойтесь ничего, Зоя. Рожайте. А я вам помогу.

— Чем же вы мне поможете? — горько усмехнулась Зоя. — Вы сами нуждаетесь в помощи.

— Ни в чем я не нуждаюсь, — внезапно огрызнулась девушка. — Мне никто не нужен, я сама справлюсь. А если вам будет трудно с маленьким, я помогу. Может, у него будут те же болезни, что и у меня и моих младших, так я вам подскажу, что и как. Вы на меня не смотрите, я такая страшная и необразованная, но ваш ребенок будет другим. Вы бы видели мою Натку! Она такая красавица, прямо кинозвезда. И умница, очень талантливая. Вы тоже сможете гордиться своим ребенком. И не думайте ни о чем плохом.

— Зачем вы меня уговариваете? — устало спросила Зоя. — Что вам с этого?

— Пожалуйста, — Ира умоляюще заглянула ей в лицо, — пусть ваш ребенок родится. У меня ведь совсем никого нет...

Внезапно Зоя поняла ее. Эта девочка так одинока, и она, пусть неловко, пытается создать хотя бы видимость семьи. Потому и предлагает Зое свою помощь. У Иры и будущего ребенка общий отец, значит, они, хоть и наполовину, но все-таки родные. И Зоя — мать этого ребенка, тоже почти родственница. Ире так хочется, чтобы ее семья состояла не только из беспомощных инвалидов, о которых надо постоянно заботиться. Ей хочется нормальной жизни, хочется, чтобы ей звонили по телефону и приходили в гости и чтобы ей тоже было куда прийти в праздник или в день рождения. Прийти не в больницу, а в обычный дом, подарить подарок и

Александра Маринина

сесть за празднично накрытый стол. Ташков рассказывал, что его коллега, решая какие-то свои задачи, познакомился с Ирой, поманил ее иллюзией теплых человеческих отношений, потом погиб. Но даже если бы не погиб, у них все равно ничего не вышло бы, потому что для него это была только работа. Связь, вызванная служебной необходимостью. Бедная девочка.

Зоя решительно поднялась со скамейки.

— Спасибо вам, Ира.

— За что?

— За утешение, за то, что помощь предложили. Вы очень славный человек. Пусть у вас все будет хорошо.

— Значит, вы не передумали насчет ребенка? Не будете рожать?

— Не знаю. Я ничего не знаю. Простите меня. До свидания.

Она повернулась и быстро пошла к выходу с платформы.

Глава 20

Аякс любил устраивать свое жилище со вкусом и комфортом. Он уже давно понял, что нет смысла злиться и раздражаться оттого, что тебе что-то не нравится или что-то не устраивает, если есть такая замечательная вещь, как деньги. Деньги могут решить любую проблему и устранить любое неудобство. Поэтому свою московскую квартиру он обустраивал терпеливо и любовно, делая все по собственному вкусу, а потом принялся за дачу. Сейчас и квартира, и дача полностью отвечали его высоким требованиям, и Аякс с комфортом проводил время как в Москве, так и за городом. Он был прекрасным семьянином, нежно любил жену и сына и обожал свою мать, которая постоянно жила как раз на теплой благоустроенной даче и к которой он с огромным удовольствием ездил. Мать никогда не была в курсе того, чем занимались ее покойный муж и единственный сын, а достаток воспринимала как доказательство того, что ее мальчик смог успешно адаптироваться в новых экономических условиях.

Если оставить в стороне происламский криминальный промысел Аякса, то в целом он был человеком приятным во всех отношениях, имел множество друзей-приятелей, а также людей, которым делал разные одолжения и которые считали себя обязанными ему. Глядя на его улыбчивое лицо и веселые глаза, никому и в голову не пришло бы, что этот человек хладнокровно отдает приказы об убийствах, а двух молодых девушек, наделенных необычайными способностями, цинично рассматривает всего лишь как товар, который нужно «хорошо показать», чтобы выгодно продать.

Отправив жену с сыном на три недели во Францию, на Лазурный берег, Аякс все это время приезжал каждый день к матери на дачу, где его ждал горячий вкусный ужин, длинный теплый вечер с неспешными разговорами на открытой веранде и чай с неизменным вишневым вареньем, которое Аякс любил с самого детства. Сегодня он тоже был здесь, и они с матерью уже приступили к традиционному чаепитию, когда огромная овчарка, до того смирно лежавшая у ног хозяина, вдруг поднялась и нервно зашевелила ушами.

— Грета беспокоится, — заметила мать. — Опять, наверное, кто-то отирается возле калитки.

— Я посмотрю, — Аякс поднялся и накинул на плечи легкую куртку. — Пойдем, Грета, проверим, кто это там бродит.

В сопровождении овчарки он подошел к калитке и сразу увидел гостя, который с безразличным видом оглядывал окрестности.

— Ищете кого-нибудь? — добродушно спросил Аякс, не выходя за ограду.

Вопрос был задан для проформы, потому что гостя он знал в лицо. Этот человек неоднократно выступал связником между Аяксом и чеченцами.

— Вам просили передать: через три дня начнутся боевые действия, и может понадобиться приют в горах.

— Хорошо, я понял. Что-нибудь еще?

— Больше ничего.

Аякс не спеша зашагал обратно в сторону дома. Грета трусила рядом с ним, то и дело недовольно оглядываясь на то место, где только что стоял чужой.

Значит, через три дня в Чечне начнутся интенсивные бои. И если кто-то из руководителей оппозиции или влиятельных командиров будет ранен, его отправят в карпатскую усадьбу, где люди Аякса обеспечат высококвалифицированную медицинскую помощь и надлежащий уход в обстановке полной безопасности. Для этих целей, собственно, и была год назад арендована усадьба. В Карпатах полно маленьких аэродромов, где можно посадить самолет с раненым, а все организационные вопросы держит под контролем полковник Уциев, всю жизнь прослуживший в Закарпатском военном округе и имеющий там сильные коррумпированные связи. В усадьбу завезено новейшее оборудование, там прекрасная операционная и напичканная электроникой палата интенсивной терапии, там на ноги поставят человека с самыми безнадежными травмами, лишь бы он был жив. И срочная переброска врачей тоже была отлажена, и врачи эти были заранее подобраны и готовы в любую секунду ехать на аэродром. Уж сколько раз бывало, что официально сообщается о гибели какого-нибудь деятеля в период военных действий в Чечне, а через полгодика он появляется на арене собственной персоной живой и здоровый. И никто не может сообразить, где же он был эти полгода и почему прошла информация о его гибели, а сам воскресший только многозначительно улыбается и произносит скупые слова о воле Аллаха.

Через три дня. Это значит, что через три дня в усадьбе не должно остаться никого из посторонних. Ни Наташи, ни Асланбека Уциева, сына того полковника, ни врача-иранца. Только Василий и медсестра Надя. Ну и охрана, разумеется. Дело надо завершать в течение этих трех дней.

— Кто там был, сынок? — озабоченно спросила мать, когда Аякс поднялся на крыльцо.

— Мужик какой-то заблудился, дорогу к станции спрашивал. Мама, давай еще чайку сделаем, этот остыл уже.

— Я сейчас подогрею чайник, — с готовностью поднялась она.

— Сиди, сиди, — Аякс тепло улыбнулся, — я сам. Заодно и Грете корм насыплю. Пойдем-ка, девочка, —

он потрепал овчарку между ушами, отчего та сладко зажмурилась, — пойдем к миске.

Выйдя на кухню, он плотно притворил за собой дверь, зажег газ на плите, налил в чайник воды и достал из кармана трубку сотового телефона.

— Свяжитесь с Поллуксом, — вполголоса произнес он, — и передайте, что эксперты могут приехать в течение трех дней. Вы поняли? В течение трех дней, не больше. После этого пусть не приезжают. Через три дня контрольный экспонат будет уничтожен.

Грета с недоумением и обидой смотрела на хозяина, который произнес заветное слово «миска», а сам и не думает ничего в эту самую миску насыпать. Зачем звал? Стоит посреди кухни, говорит в таинственную черную коробочку какие-то непонятные слова и даже не посмотрит в ту сторону, где лежит яркий пакет, из которого обычно высыпаются такие вкусные, чуть солоноватые кусочки корма. Лучше бы она осталась со старой хозяйкой, та хоть и не такая любимая, как хозяин, зато добрая, всегда дает со стола что-нибудь вкусненькое.

Овчарка села у ног хозяина и пыталась перехватить его взгляд, но Аякс словно забыл о ней. Он снова нажимал кнопки на черной коробочке.

— Если в течение трех дней эксперты не приедут, избавьтесь от товара, мы не можем больше его хранить. Через три дня могут начать заезжать гости, нужно освободить для них место и обеспечить конфиденциальность. Что? Мне все равно, это не мое дело. Конечно, максимально аккуратно. Сын? С ним проблем не будет, полковник все поймет правильно. Да, разумеется, его тоже. До свидания.

Аякс отключил связь, сунул телефонную трубку в карман и потянулся за ярким пакетом с собачьим кормом.

— Что, девочка, — приговаривал он, пока кусочки «Чаппи» с приятным шорохом сыпались из пакета в миску, — проголодалась? Не кормит тебя хозяин? Ах он мерзавец, ах, мерзавец, совсем забыл о своей девочке, все делами какими-то занимается. Ну не сердись, моя хорошая. Кушай на здоровье.

Грета хорошо чувствовала интонацию и поняла, что

хозяин не кормил ее не потому, что она сделала что-то не так и в чем-то провинилась. Это было самым главным. Законы собачьей преданности предписывали не нарушать волю хозяина. Грета кинула на Аякса взгляд, полный немого обожания, и лизнула его руку.

* * *

Власть и силу денег Александр Ташков понял, как известно, очень давно, хотя самого механизма так и не усвоил, просто принял факт как данность. Он знал, что очень многие преступления совершаются именно ради денег, даже если риск разоблачения со всеми вытекающими неприятностями чрезвычайно велик. Почему-то в девяноста девяти случаях из ста жажда денег перевешивала любой страх.

Он трезво оценивал ситуацию с расторжением договора аренды и знал, что если аренда была оформлена с помощью больших взяток, то лица, от которых зависит вся эта бумажная канитель, так просто от своих обязательств перед арендаторами не отступятся. Если бы было достаточно времени, можно было бы с помощью фонда «Счастливое детство» организовать в местной прессе мощную кампанию, поднять волну, мобилизовать общественное мнение, после чего потрясать кулаками и требовать досрочного расторжения договора, выражая готовность заплатить любую неустойку, потому что интересы детей-сирот важнее. Можно было бы даже попробовать добиться признания договора недействительным. На гребне такой волны чиновники, от которых зависит судьба договора аренды, просто не смогут долго сопротивляться, аргументов у них не будет в защиту арендатора. Но на это нужно не менее трех-четырех месяцев. Такого резерва времени у Ташкова не было.

Единственным способом вывернуть руки тем, от кого зависит быстрое оформление бумаг, была взятка еще более крупная, чем та, которую они уже получили от лиц, арендовавших усадьбу. Конечно, давать взятки — дело нехорошее, кто ж спорит. Ташков и не спорил, он ее просто дал, дал из денег, полученных по наследству от классика советской литература Михаила Федоровича Богатова. Разумеется, делал он это не сам и не впрямую, все было обставлено красиво и даже как-то интеллигентно, но в то же время достаточно жестко, чтобы взяткополучатели не вздумали финтить и играть одновременно на две команды. Чиновники были уверены, что попали в клещи к еще более могущественной мафиозной группировке, которая все про них знает и всюду достанет, если что не так, и которая хочет свести какие-то свои счеты с арендаторами.

Больше всего их пугало то, что нужно было официально явиться в усадьбу бывшего детского дома и известить арендаторов о необходимости срочно освободить помещение. Одно дело оформить бумажки у себя в кабинете и поставить все нужные подписи, и совсем другое — говорить слова, глядя в глаза тем, от которых взял деньги и которых, мягко говоря, «кинул», польстившись на более крупную сумму. Что и говорить, мероприятие не из приятных.

Еще какая-то сумма ушла на организацию пикета. По всей округе собрали жителей, вручили им плакаты с надписями «Детский дом — детям!» и «Долой пришлых из детского дома!» и объяснили, что и как нужно делать. Пикетчики должны были обеспечить официальным лицам моральную поддержку и выступить живым аргументом в пользу скорейшего расторжения договора.

— Мы не хотели беспокоить вас раньше времени, мы полагали, что все обойдется одними разговорами, — говорил арендатору представитель местной администрации. — Но видите, как все обернулось. Я ничего не могу с этим поделать, договор аренды был заключен с нарушением закона и в обход правил, вы сами это знаете. Мы могли сдать усадьбу в аренду только на короткий срок с условием немедленного освобождения помещения арендаторами, как только появится возможность финансировать детское учреждение. Мы отступили от нормы, мы заключили с вами договор на три года, потому что были уверены, что за три года деньги на детский дом не появятся. Но они появились. У нас уже и без того крупные неприятности из-за трехлетнего срока договора. Поверьте мне, мы сделали все, что могли, чтобы отстоять ваши интересы, но увы.

Ташков стоял в толпе жителей, изображавших разгневанную общественность, и внимательно изучал окрестности. Бетонный забор, окружавший усадьбу, был высоким, и Александр, играя роль энтузиаста-активиста, забрался на крышу автобуса, который привез пикетчиков, и поднял плакат высоко над головой. Наметанный глаз его то и дело выхватывал из коричнево-зеленой массы деревьев, окружавших здание, движущиеся объекты. Да, охранников здесь более чем достаточно. И что хуже всего, они несут службу не только по ту сторону бетонного забора, внутри огороженной территории, но и снаружи, на склоне горы. Серьезные ребята эти арендаторы. Если затевать силовую комбинацию, то потери будут нешуточными. Правильно он сделал, что пустил в оборот деньги Богатова. Если можно обойтись без крови, то нужно обходиться, каких бы денег это ни стоило. Жаль только, что не все руководители это понимают.

* * *

Василий Игнатьевич не вышел на крыльцо проводить визитера. Все происшедшее было как гром среди ясного неба. И надо ж так, одно к одному: Аякс дал команду через три дня избавиться от девчонки и от Мирона, а тут еще эта неприятность. Из трех отпущенных дней прошло полтора, но предпринимать ничего пока нельзя, могут приехать эксперты. И показывать им нужно живую Наташу, а не труп. Ничего, может быть, к утру все утрясется.

Но дело принимало совсем плохой оборот. После отъезда официального гостя пикетчики не разъехались, как ожидал Василий, а продолжали стоять вокруг усадьбы, не выказывая ни малейшего намерения расходиться. Более того, когда начало смеркаться, они вытащили из автобусов палатки и стали разводить костры с явным намерением готовить еду. Да они что, ночевать здесь собрались? Идиотизм. Василий набрал в грудь побольше воздуха и вышел за ворота.

— Граждане, — громко и как можно увереннее сказал он, — собирайте свои вещи и расходитесь по домам. Представитель администрации поставил меня в известность о принятом решении, я с ним согласен и ничего не оспариваю. Мне была дана неделя на то, чтобы вывезти имущество и освободить особняк. Даю слово, что через неделю нас здесь не будет. Ваша демонстрация лишена смысла, меня ни в чем не нужно убеждать. Мы решили все вопросы.

В ответ ему раздался рев голосов, над толпой взметнулись новые плакаты, которых днем Василий не видел. «Кацапы, долой с украинской земли!» «Украинские земли — украинцам!»

— Мы останемся до тех пор, пока вы не уберетесь отсюда!

— Вам верить нельзя!

— Убирайся из усадьбы, она принадлежит детям!

— Кацап толстобрюхий, на украинском хлебе отожрался!

— Мотай отсюда, пока цел! Нам работать негде из-за таких, как ты!

Агрессивность выкриков нарастала, и Василий понял, что мирными переговорами он ничего не добьется. Не стрелять же в эту толпу. Его фамилия стоит во всех документах на аренду, и если пострадает кто-то из пикетчиков, спросят в первую очередь с него.

— Чего вы добиваетесь? — громко спросил он, стараясь не терять хладнокровия. — Почему не расходитесь?

— Тебя караулить будем, — раздался голос из толпы. — Посмотрим еще, как ты имущество начнешь вывозить. Все машины проверим, чтобы ты детдомовского чего-нибудь не прихватил. Давай, иди, собирай свои манатки.

Это уже совсем никуда не годится. Значит, Наташу вывезти отсюда не удастся, ни живую, ни мертвую. Можно, конечно, выпускать машины в сопровождении охраны и не допустить досмотра, но охранники у него такие, что невооруженным глазом видна их национальная принадлежность. Не хватало еще, чтобы пошли разговоры о том, что в Карпатах осели вооруженные чеченцы. За нарушение конфиденциальности Аякс голову оторвет.

Выхода нет, придется ждать, пока не истекут трое суток, и решать вопрос с Наташей и Мироном прямо здесь. Хотя какого черта ждать? Надо срочно давать отбой приезду экспертов. Толпа их не пропустит, а если и пропустит, то информация о прибытии иностранцев сразу разойдется куда не следует.

Василий вернулся в дом и вызвал к себе Марата, начальника охраны, рослого крепкого мужика с лицом, до самых глаз заросшим бородой.

— Надо срочно все сворачивать, нам покоя все равно не дадут. Сегодня же ночью закончи все, что нужно, и будем собираться.

— Эти люди так и будут торчать вокруг усадьбы?

— Судя по всему, да. Расходиться они не намерены и вообще ведут себя крайне недоброжелательно. Не надо дразнить гусей, здесь не Россия. Здесь и вы, и мы одинаково чужие и нежеланные. Украина в войне не участвует. Так что не будем нарываться.

— А что же Охрименко? Как он мог допустить такое?

— Как, как... Допустил, вот как. Дурак он. Оказывается, недовольство нарастало уже давно, а он, вместо того, чтобы предупредить и принять меры, надеялся, что все само собой успокоится и рассосется. Что сейчас обсуждать? Обсуждать надо было раньше, когда еще можно было что-то сделать, предотвратить. А сейчас придется приспосабливаться к тому, что уже случилось. Короче, девочку и сына полковника надо по-тихому убрать, они больше не нужны, при эвакуации будут лишней обузой. Единственное время — ночь, когда ничего не видно. Контрольное освещение вырубишь.

— Обоих, значит?

— Чего ты переспрашиваешь? — разозлился Василий. — Тебе один раз сказано, должно быть достаточно. Иди, выполняй. И чтоб аккуратно.

Начальник охраны молча вышел из комнаты. Сумерки быстро сгущались. Василий Игнатьевич напряженно вглядывался в толпу, окружившую усадьбу. Из окна на третьем этаже, где находилась его комната, хорошо было видно, как люди разбивают палатки и возятся вокруг костров. Судя по всему, это были опытные пикетчики, потому что активность их была хорошо организована. Из общей массы выделена группа «морального давления», стоящая с плакатами и дружно скандирующая лозунги. Теперь, когда первая смена закончила ужин, группы менялись. Люди передавали плакаты тем, кто уже поел, и шли к костру. Похоже, они собираются «доставать» обитателей усадьбы всю ночь напролет. Но это и неплохо. За собственными истеричными выкриками они не услышат того, что им слышать не положено.

Стало еще чуть-чуть темнее. Начальник охраны выполнил приказ и контрольное освещение по периметру забора и на крыше дома не включил. Но тут Василий услышал шум мотора, а чуть погодя увидел, как к толпе подъехал грузовичок. Тут же от одного из костров отделилась группа мужчин, и через несколько минут стало понятно, что привезли аккумуляторные батареи, к которым подключали мощные юпитеры. Прошло еще немного времени, и вся усадьба оказалась залита ярким, режущим глаза светом.

— Вот суки, — вполголоса выругался Василий. — И до этого доперли. Что они тут хотят увидеть, хотел бы я знать.

Он выскочил в коридор.

— Марата мне найди, срочно! — бросил он охраннику, дежурившему на этаже.

Начальник охраны появился минут через пять, он как раз закончил ужинать.

— Отставить пока, — буркнул ему Василий. — Света много.

— Можно поставить снайпера и перестрелять всю их аппаратуру, — предложил Марат. — Вряд ли у них есть запасные юпитеры.

— С ума сошел! Мы — мирные арендаторы, откуда у нас могут взяться снайперы? Скандала захотел? Если позволить себе хоть один выстрел, завтра здесь будут все — и милиция, и контрразведка, и Министерство обороны, и пресса. Мировой славы тебе не хватает, ублюдок? Сидеть тихо и не высовываться! Утро вечера мудренее. Охрименко сказал, в нашем распоряжении неделя. За неделю придумаем что-нибудь. Самое главное — нельзя показывать, сколько нас здесь. Ты сможешь кому-нибудь объяснить, почему на одного арендатора, то есть на меня, приходится пять десятков вооруженных чеченцев? Надя — ладно, она сойдет за обслугу. Врача тоже можно вывезти отсюда без приключений. Если дойдет до объяснений, то девчонку выдадим за мою больную дочь, Мирона — за сына, тогда понятно, зачем врач и медсестра. А вот тебя с твоими оболтусами куда девать? Чтоб ни одного выстрела, ни единого, ты меня понял? Немедленно убери всю охрану с территории, оставь только тех, кто в лесу, лес эти придурки, слава Богу, не догадались осветить. На территории пусть остаются только собаки.

Такой ночи, как эта, Василию еще не доводилось переживать. Выкрики не умолкали до рассвета, и к восходу солнца нервы у Василия Игнатьевича были уже на пределе. Первым, на ком он сорвался, оказался Мирон, который тоже провел бессонную ночь, не понимая, что происходит, и в шесть утра попросил охранника второго этажа проводить его к Василию.

— Чего ты шляешься? — заорал на него Василий. — Чего тебе не сидится спокойно?

— Что происходит, Василий Игнатьевич? Кто эти люди? Чего они хотят? — встревоженно спросил Мирон.

— Не твое дело! Не суйся, пока тебя не спросят. Твое дело с девчонкой заниматься, вот и занимайся. Иди отсюда!

К полудню напряжение достигло апогея. Стояла почти тридцатиградусная жара, и три с половиной десятка взрослых сильных мужчин, которые в нормальной обстановке должны были находиться вокруг дома на открытом воздухе, сидели взаперти и маялись от безделья и духоты. Хуже всего, что не хватало продуктов. Обычно за продуктами ездили в Куты, Косов или Заболотов, иногда в Коломыю, отправляли маленький грузовичок и привозили запасы на неделю. За мясом ездили к доверенным гуцулам, которые отгружали туши и за дополнительные деньги ни о чем не спрашивали и никому ничего не рассказывали, овощи тоже брали оптом, а остальное покупали мелкими партиями в разных местах, чтобы не светиться крупными закупками. По графику транспорт за продуктами должны были послать вчера, но не успели. И теперь совершенно непонятно, как выходить из положения. Даже если убедить пикетчиков, что нужно привезти продукты, они на обратном пути обязательно досмотрят машину и сильно удивятся, увидев такие запасы. Для четырех человек явно многовато даже на месяц. Придется как-то выкручиваться. Но как? Пятьдесят мужиков, их баснями не накормишь, им мясо нужно и хлеб, это как минимум.

Около четырех часов пополудни послышался вой милицейской сирены. Толпа медленно расступилась, пропуская микроавтобус с мигалкой на крыше. Машина остановилась у самых ворот, из нее лихо выскочили два автоматчика, а следом пыхтя вытащил свое грузное пузатое тело человек в милицейской форме с майорскими погонами на плечах. Над толпой тут же взметнулись новые плакаты, которых Василий еще не видел: «Долой продажную власть!» «Долой милицию, которая живет на наши налоги и защищает бандитов!» Видно, плакаты эти припасли заранее на случай, если милиция вступится за арендаторов. «Предусмотрительные, сволочи», — со злостью прошептал Василий. Толстый милиционер что-то долго говорил собравшимся, и плакаты с оскорбительными выпадами понемногу исчезли.

Представитель власти лениво осмотрелся вокруг и сделал несколько шагов в сторону ворот.

— Пропустите его, — скомандовал Василий охране.

Ворота медленно разъехались в разные стороны, толстый майор вразвалку двинулся к дому, следом за ним въехал микроавтобус. Василий спустился ему навстречу на первый этаж.

— Непорядочек, панове, — без предисловий начал майор, обращаясь к Василию на забавной смеси украинского с русским. — Трэба освободить будынок.

— Нам дали неделю на организацию выезда, — возразил Василий. — Через неделю нас здесь не будет, можете не беспокоиться.

— Да як же ж, я не можу столько ждать. Бачите, що робиться навкруги? Мени головной боли не трэба. Збырайте вещи и выезжайте.

Майор был усталым и потным, с красным лоснящимся жиром лицом, говорил он не спеша и очень уверенно, ни секунды не сомневаясь в своей правоте. Ему не нужно это скопление демонстрантов на подведомственном участке. Мало ли что случится, а он потом отвечай и разбирайся. А ну как массовые беспорядки возникнут? Район здесь тихий, спокойный, и никаких осложнений ему не хочется. Не дай Бог что, так и с работы снимут, а он еще пенсию не выслужил. Так что, панове, забудьте про какую-то там неделю, которую вам от щедрот своих кто-то подарил, и будьте любезны выметаться из незаконно занятого будынка, то бишь строения.

Пенсию не выслужил... Внезапно Василия осенило: это их единственный шанс. Недаром майор с такой откровенной и плохо скрытой завистью поглядывал на золотые часы «Ролекс» на запястье у Василия. Жаден он и злится на собственную нищету.

— Отобедайте с нами чем Бог послал, господин майор, — с гостеприимной улыбкой сказал он. — Сделайте одолжение.

Одолжение толстый краснолицый майор сделал с явным удовольствием. Он с аппетитом съел борщ и даже попросил добавки, а на тушеную баранину накинулся с такой жадностью, как будто его дней пять не кормили. От спиртного, правда, он попытался отказаться, но по хищному блеску маленьких глазок, сразу ставших маслеными при виде вынутой из холодильника бутылки израильской водки, Василий понял, что долго сопротивляться гость не будет. Так и оказалось.

Обед накрыли в комнате Василия. После баранины последовали блины, и майор совсем размяк. Василий подумал, что пора, пожалуй, приступать.

Он действовал очень аккуратно, говорил намеками, но толстый майор оказался сметливым, мозги, похоже, жиром еще не заплыли.

— Сколько? — спросил он, не дослушав Василия до конца.

— Сколько скажете. Дело, сами понимаете, щекотливое.

Майор назвал сумму. Василию она показалась вполне приемлемой, и он сразу согласился.

— Значит, так, — майор отер ладонью жирные от блинов губы, — вывозить будем мелкими группами, человек по пять, больше в машину не влезет. То есть влезет и больше, если плотно сажать, но в машине стекла светлые, не тонированные, народ будет в салон заглядывать, а в салоне никого, кроме работников милиции, быть не должно. Твоих ребят распихаем между сиденьями и накроем чем-нибудь, чтоб снаружи не видать было. Годится?

— Конечно, — с готовностью закивал Василий. — Вам виднее, как лучше сделать. Куда вы их будете вывозить?

— Да мне все равно, куда скажешь, туда и вывезем. Только недалеко, а то не успеем. Ездок-то сколько трэба сделать...

— Надо вывозить куда-нибудь поближе к автобусным маршрутам, к трассе. Оттуда они уже сами выберутся.

— Добро, — кивнул майор. — Зараз и начнем.

Он бросил взгляд на часы.

— Значит, до трассы хвылын сорок езды, обратно столько же, итого час двадцать. Сейчас половина шестого. Семь... Половина девятого... Одиннадцать...

Он считал, сколько ездок сумеет сделать до полуночи, и Василий с тревогой ждал окончательного ответа, мол, сколько успеем до ночи, столько и вывезем, а дальше уж не обессудь. Но майор продолжал свои подсчеты, и стало понятно, что он не прочь работать без перерыва на ночь, чтобы поскорее получить свои деньги. В валюте, разумеется, а не в карбованцах и не в рублях.

— Господин майор, — робко встрял Василий, — у нас небольшое осложнение... Даже не знаю, как вам сказать. Среди тех, кого нужно вывозить, находится тяжелораненый. Его вряд ли можно перевозить так, как вы предлагаете. Он полупарализован и передвигается в инвалидном кресле.

— Это ничего, — махнул рукой майор, — не проблема. Одного-то вывезем. В ночную ездку как раз и возьмем, ночью-то не так хорошо видно. Или он у вас не один такой?

— Один, один, — поспешил заверить Василий.

Ну все. Главное — выбраться отсюда, скрыв от посторонних глаз многочисленную охрану и больную девочку. А там Марат с ней разберется. И с Мироном за-

Александра Маринина

одно. Не забыть бы сказать Марату, что Мирона надо обезопасить перед транспортировкой, а то начнет еще орать в машине какие-нибудь глупости.

— Запасной выход из дома есть?

— Есть, а как же. Даже два. Один из них — люк из подвала, через него продукты сгружали.

— О, — оживился майор, — вот это дело. Через подвал и будем их в машину загружать. Машину так поставим, чтоб не видно было со стороны. Пойдем-ка поглядим, как оно тут у вас устроено.

Они спустились на первый этаж, вышли из дома и обошли его кругом. Люк для продуктов находился в торце, с противоположной стороны от ворот. Правда, пикетчики все равно могли увидеть...

— У тебя машина есть? — спросил майор.

— Есть, и не одна.

— Подгони сюда и закрой обзор люка со всех сторон.

Через десять минут три машины стояли вокруг дома таким образом, что сторонний наблюдатель не смог бы увидеть, как из люка выбираются люди и садятся в милицейский микроавтобус. Еще через десять минут машина с первой партией людей вышла с территории усадьбы и медленно двинулась сквозь толпу. Громкоговоритель, установленный на его крыше, ожил, и оттуда раздался голос толстого майора. На этот раз он говорил на чистом украинском языке:

— Шановни панове, просьба сохранять спокойствие. Органы милиции будут следить за исполнением решения суда о выселении посторонних из детского дома. Я лично отвечаю за вашу безопасность, поэтому прошу не допускать массовых беспорядков и прочих нарушений. Каждые полтора-два часа я буду приезжать и лично следить за тем, как идет выселение. Я буду заходить в здание и контролировать, чтобы имущество детского дома не было разграблено или испорчено. Вы можете быть спокойны. Еще раз обращаю ваше внимание на необходимость соблюдения порядка, а также мер пожарной безопасности. Не оставляйте горящие костры без присмотра и не разводите их в непосредственной близости от лесного массива.

Машина пробралась сквозь толпу, резко набрала

скорость и исчезла из вида. Василий перевел дыхание. А не дурак этот майор. Что ж, кажется, все устроилось. Все-таки деньги — это великая сила.

* * *

Увидеть Наташу Мирону сегодня не удалось. После утренней стычки с Василием он вернулся в свою комнату, ожидая, когда принесут завтрак и можно будет идти к Наташе, но все вышло совсем не так, как он ожидал. Охранник, принесший завтрак, не вышел из комнаты, как обычно, а подошел к окну, задернул штору и, не говоря ни слова, уселся в кресло рядом с дверью. Мирон решил сделать вид, что ничего особенного не происходит, спокойно съел завтрак и встал из-за стола.

— Пойдем? — вопросительно произнес он.
— Сегодня занятий не будет.
— Почему?
— Приказ.

Мирон уже давно понял, что охрана здесь немногословна, поэтому задавать вопросы бессмысленно, все равно ничего не скажут.

— И что мне целый день делать?
— Сидеть здесь.
— С тобой вместе, что ли? — насмешливо спросил он.
— Таков приказ.

На сердце у него было неспокойно. Вокруг усадьбы что-то происходило, со вчерашнего дня толпились люди, выкрикивавшие слова, которые даже при самой буйной фантазии нельзя было принять за приветственные и доброжелательные. Мирон попробовал отвлечься, почитать или поспать, но ничего у него не получалось, мысли все время возвращались к людям, собравшимся за оградой. Почему они здесь? Может быть, это результат их с Наташей попыток связаться с Москвой? Что же все-таки происходит?

День тянулся медленно и почти ощутимо болезненно. Обед и ужин Мирону принесли, как обычно, в комнату. Наступила ночь, но охранник не двинулся с места, продолжал молча сидеть возле двери, и Мирон тоже не ложился. А около трех часов ночи явился еще один бородач с автоматом на груди.

— Пошли, — скомандовал он.

— Куда?

— Вопросов не задавать. Иди за мной.

Сидевший возле двери охранник тоже встал и пошел сзади. Они спустились на первый этаж, прошли по коридору до конца. Мирон увидел открытую обитую железом дверь, за которой начинались ведущие вниз ступени. Он испуганно обернулся и наткнулся на непроницаемое лицо идущего следом охранника.

— Куда вы меня ведете?

— Иди. Вопросов не задавать.

Мирон, глядя под ноги, начал спускаться по ступеням. Его ведут в подвал. Неужели конец? Он понимал, что рано или поздно с ним разделаются, но не думал, что все это случится так скоро и так просто. Он почему-то представлял себе, что сначала с ним долго будет разговаривать Василий. Или, может быть, будут бить... Но не так же просто: вставай и пошли в подвал. Мирон даже был уверен, что у него будет возможность попрощаться с Наташей, хотя не смог бы объяснить, на чем эта уверенность основана.

Как только нога его коснулась пола, крепкие руки схватили его, а рот моментально оказался залеплен пластырем. Руки его стянули сзади веревками. Впереди он увидел открытый люк, ведущий на улицу. Двое охранников взяли его под руки и потащили к люку, снаружи Мирон увидел еще двоих, которые помогли ему выбраться из подвала и сесть в микроавтобус. От страха и неожиданности он почти ничего не соображал и послушно подчинился приказу, когда ему велели сесть на пол между сиденьями. Единственное, что он успел увидеть, — это водителя, двух автоматчиков и какого-то толстого человека. Все они были в милицейской форме. Сверху Мирона накрыли большой тряпкой, вонявшей бензином и еще чем-то неприятным. От этого запаха у него заслезились глаза и защипало в носу.

— Сидеть тихо, — услышал он голос откуда-то сверху, — не дергаться, не разговаривать и вообще не шуметь.

Из-за тряпки он ничего не видел, но по звукам догадался, что между другими сиденьями тоже рассаживают людей. Наконец дверь машины захлопнулась и заурчал мотор.

Сначала ехали очень медленно, потом скорость резко увеличилась, машину начало трясти на неровной дороге, и Мирон все время ударялся головой обо что-то острое и металлическое. Тело, скрюченное в неудобной позе с заведенными назад руками, быстро затекло. Со стороны водителя доносились обрывки разговора, но невнятные. Разговаривали вполголоса. Мирон напряженно вслушивался в слова, пытаясь хоть что-нибудь понять.

— Гануся устроит мне за то, что не ночевал...

— Да ладно, за такие деньги-то...

— Это мне деньги, а ей-то? Надо наврать чего-нибудь...

— Наврешь, дело нехитрое...

Разговор шел на темы, Мирону непонятные или неинтересные. Про то, в каком месте лучше собирать грибы, про родственников Гануси, которые на днях будут забивать кабана и просят помочь, про производственные козни какого-то Остапчука, который спит и видит закончить службу не в Ужгороде, а хотя бы в Харькове, а еще лучше — в Киеве.

Машина плавно замедлила ход и постепенно притормозила. Внезапно Мирон даже через накрывавшую его тряпку понял, что резко изменилось освещение.

— Все, братки, приехали, вылазьте, — услышал он тот же голос, который в самом начале приказывал всем сидеть тихо, не дергаться и не разговаривать.

Мирон сделал неловкую попытку подняться, но затекшие ноги не слушались его, а помочь себе руками у него возможности не было. Его вдруг охватила почти детская надежда, что о нем забудут, оставят его в этом микроавтобусе, а потом кто-нибудь его выпустит отсюда. Может быть, повезет? Он замер в своей неудобной позе, втянув голову в плечи, стараясь даже, чтобы от его дыхания не шевелилась накрывавшая его отвратительная вонючая тряпка. И тут раздался громкий, усиленный мегафоном голос:

— Выходить по одному! Оружие оставить в автобусе! Руки за голову! Стреляем на поражение.

Попались! Они попались! От радости Мирон хотел закричать, но рот его был накрепко залеплен пластырем, и ему удалось издать только тихое сдавленное мычание, которое вряд ли кто услышал. Теперь мысль о том, что о нем забудут, не заметив в темном салоне под грязной тряпкой, показалась страшной и вызывала панику. Он вдохнул поглубже, набрав в грудь побольше воздуха, и снова замычал, изо всех сил мотая головой и стараясь привлечь к себе внимание. Рядом послышались шаги, тряпку сорвали, чьи-то руки рывком вытащили его из узкого пространства между сиденьями и поставили на ноги. Мирон покачнулся, затекшие ноги плохо держали его, но стоящий рядом человек не дал ему упасть и подтолкнул к выходу из автобуса.

Мирон увидел, что микроавтобус стоит на летном поле, и узнал тот аэродром, на который прилетел две недели назад. Все пространство вокруг было залито ярким светом, и всюду стояли вооруженные люди в форме спецназа. Тех, кто выходил из автобуса, сразу заводили в стоящий неподалеку самолет. И были они уже в наручниках.

К нему подошел среднего роста мужчина с высокими залысинами и серьезными глазами. Сорвав резким движением пластырь, он строго спросил:

— Имя?

— Уциев Асланбек.

— Чеченец?

— Я ингуш. То есть не совсем... я...

— Почему с пластырем и связан?

— Не знаю. Наверное, Василий боялся, что я начну кричать.

— Заложник?

— Нет, я...

— Значит, охранник? — перебил мужчина.

— Да нет же, — торопливо заговорил Мирон, боясь, что его сочтут таким же, как те, которые подчинялись Василию, — я вообще не с ними. Меня пригласили с Наташей заниматься.

— Чем заниматься?

— Математикой и физикой. Послушайте, там Наташа, она совсем беспомощна, она инвалид. Спасите ее, пожалуйста.

— Разберемся, — коротко ответил мужчина. — Илья, этого на борт полста семнадцать.

Веревки сняли, и вокруг запястий Мирона тут же защелкнулись наручники. Его провели мимо самолета, в который заводили охранников, приехавших вместе с ним. Чуть дальше стоял еще один самолет, такой же маленький «кукурузник», на борту которого красовался номер 5017. В салоне он сразу увидел того толстого милиционера, который был в автобусе. Мужчина с залысинами поднялся на борт следом за Мироном.

— Ну что, Петрович, готов ехать?

Толстый милиционер снял фуражку и большим платком вытер влажный лоб.

— Сейчас, Сашко, пять минуточек еще дай передохнуть.

— Потом отдохнешь, Петрович, потом, Василий Игнатьевич тебя заждался. Не надо его нервировать. Как ты думаешь, когда он собирается отправлять девочку?

— Я думал, он с этой партией ее отправит. Я ж ему говорил, как стемнеет совсем — можно вывозить.

— Придумай что-нибудь, чтобы его поторопить.

Милиционер тяжело поднялся с сиденья и направился к трапу.

— Придумаю по дороге. А этот что?

Он кивком указал на Мирона.

— Говорит, студент, с Наташей занимался.

— Студент, говоришь? — нехорошо усмехнулся Петрович, и от этой усмешки Мирону стало не по себе, словно он был в чем-то виноват.

— Я действительно студент, — заговорил он торопливо, будто оправдываясь. — Я и знать не знал, что там такое происходит. Мне сказали, надо позаниматься с девочкой, вроде репетиторства, денег подзаработать. Я ничего не знал, честное слово.

— И кто же тебя, голубок, туда отправил? — так же насмешливо осведомился милиционер.

— Отец.

— А кто отец?

— Полковник Уциев из штаба Прикарпатского военного округа.

— Понятно, — протянул Петрович. — Серьезные дела. Так что там с девочкой-то?

Александра Маринина

— Ее держат в комнате на третьем этаже. Комната прослушивается, а может быть, и просматривается. Пожалуйста, заберите ее оттуда побыстрее, она же совсем одна, она не понимает, что происходит, и наверное, с ума сходит от страха.

— Ладно, Петрович, — махнул рукой тот мужчина, который привел Мирона в самолет, — езжай, в самом деле. А мы тут потолкуем с сыном полковника Уциева из штаба округа.

* * *

Ташков не спал уже третью ночь и периодически чувствовал, что мозг отключается, переставая соображать. Надежный мужик Петр Петрович сделал уже восемь ездок в усадьбу, изображая тупого продажного мента, который за большие деньги согласился вывозить обитателей мелкими партиями. Доставленных на аэродром людей тут же отправляли самолетом в Черновцы, это было ближе, чем везти их во Львов или Ужгород, и к приезду микроавтобуса с очередной партией охранников маленький «кукурузник» успевал вернуться, чтобы забрать следующих. Пока все шло так, как было запланировано: тихо, спокойно, без крови и выстрелов. Все, кроме одного: почему-то до сих пор не вывезли Наташу. Что с ней? Неужели Василий рискнул и решил не оставлять ее в живых? Тогда, значит, все было напрасно.

Александр сидел в салоне борта 5017 и в ожидании следующего приезда микроавтобуса допрашивал Асланбека Уциева. Парень ему в общем-то нравился, не похоже было, что он из этой банды. Но, с другой стороны, он сын полковника Уциева, а, по данным украинских оперативников, этот Уциев поддерживает активные связи с чеченскими сепаратистами. Правда, ни в чем конкретном он пока не замечен, но все-таки...

— Какую роль твой отец играет в этом деле?

— Не знаю точно, но он специально приезжал предупредить меня, что я должен беспрекословно слушаться Василия.

— Почему он это сказал? Ты дал повод?

— Они заметили, что я жалею Наташу.

— А ты ее действительно жалел?

— Да. Она замечательная. Мы с ней сделали все, чтобы дать вам знать. Вы поняли?

— Конечно. Вы молодцы.

— Александр Николаевич...

— Да?

— Я боюсь за нее. Почему Василий ее не отправляет?

— Это ты у меня спрашиваешь? Подумай сам и скажи мне. Ты ведь лучше знаешь и Наташу, и Василия, и обстановку там, на месте. В чем может быть загвоздка?

— Я понял, — взволнованно сказал Уциев. — Все дело во враче. Василий боится отправлять Наташу без врача. Наверное, есть какая-то причина, по которой врач пока не может выехать. Поэтому и Наташу не вывозят.

Ташков на мгновение задумался. Пожалуй, парень прав. Наташу не вывезут, пока не поедет врач. А врач не поедет, пока... Пока — что? Пока гром не грянет и мужик не перекрестится? Пока рак на горе не свистнет?

Врач не поедет, пока Василий не свяжется с Аяксом и не получит от него инструкций. А с Аяксом он пока связаться не может. И не сможет еще очень долго. Потому что Аякс был арестован, как только на Коломыйский аэродром прибыла первая партия охранников из усадьбы и стало понятно, что Василий клюнул на ловко подброшенную Петровичем приманку.

Ташков буквально выпрыгнул из самолета и помчался в здание аэропорта.

* * *

В рассветной тишине лязг засова показался особенно громким. Аякс не спал, но все равно вздрогнул от неожиданного звука. В камере он был один, но это и понятно, даже при той переполненности тюрем и изоляторов, которая существует, арестованных такого масштаба на первое время изолируют. Хотя бы на первую ночь.

— Встать, — приказал вошедший в камеру дежурный.

— Еще нет семи утра, — хладнокровно ответил Аякс. — Меня не имеют права допрашивать.

— Я сказал — встать!

Аякс медленно, словно нехотя, поднялся и стал натягивать ботинки. Его провели по коридору через несколько заграждений и завели в какой-то кабинет, где сидели трое, из которых двое были в штатском и один в форме. На столе Аякс увидел трубку сотового телефона. Своего телефона.

— Вам весь вечер и всю ночь беспрерывно пытаются дозвониться. Вы не хотите поговорить с абонентом?

— Нет.

— Как вы полагаете, кто может вам так настойчиво звонить?

— Кто угодно. Этот номер есть у десятков моих друзей. Вы подняли меня в такую рань, чтобы предложить поговорить по телефону?

— Я ценю ваш юмор, — холодно ответил человек в форме. Теперь Аякс его вспомнил, он присутствовал при аресте и при первом допросе, но ничего не говорил и вообще активности не проявлял. — И хочу вам напомнить, что в Карпатах находится похищенная вами Наташа Терехина. Вы лично отвечаете за ее жизнь. Если нам удастся привезти ее в Москву живой и невредимой, это будет один разговор. Если же с ней что-нибудь случится, то разговор будет совсем другой. Поэтому я хотел бы, чтобы вы ответили на вызов, когда он будет, и поговорили с тем, кто вам звонит. Поговорили, разумеется, спокойно и без глупостей.

— Почему вы думаете, что звонок как-то связан с этой историей? Может быть, это звонит моя жена, она отдыхает за границей.

— Может быть, — согласился человек в форме. — Но в любом случае вам лучше ответить. Впрочем, я очень сомневаюсь, что ваша супруга будет так настойчиво названивать вам всю ночь напролет. Скорее всего вам пытается дозвониться ваш приятель Коковцев, находящийся в карпатской усадьбе. У него там возникли проблемы, я вам уже говорил об этом. Так что лучше сделайте то, о чем я вас прошу. В противном случае я буду вынужден вас заставить.

— Каким образом? — высокомерно приподнял брови Аякс. — Будете меня бить и пытать?

— А как же, — внезапно вступил в разговор один из тех, кто был в штатском. — И бить, и пытать. Но главным образом — убеждать. Мы с вами после ареста разговаривали достаточно долго, и вы имели возможность убедиться в том, что знаем мы о вас очень и очень много. Вам не имеет смысла стремиться к свободе, потому что на свободе вас достанут так быстро, что вы и охнуть не успеете. Вас достанут даже в следственном изоляторе, принадлежащем МВД. Нравы там сами знаете какие, и охрана продажная, так что ваши друзья до вас быстро доберутся. Единственная ваша надежда — это наш изолятор. Здесь и поуютнее, между прочим, и охрана более надежная. Но здесь мы вас можем держать только при условии, что вы проходите по нашей линии. Если же мы с вами вместе сделаем вид, что по линии ФСБ за вами ничего нет, вы автоматически оказываетесь в ведении МВД и вас переводят в Бутырку. А уж там вам все припаяют: и Анисковец, и Олега Жестерова, и даже Романовскую. Но главным образом, конечно, монахиню и медсестру. В убийствах первых трех человек вы поучаствовали только как идеолог и организатор, а монахиню и медсестру вы задушили собственными руками. Мы-то все голову ломали, как это они подпустили вас к себе так близко и даже не закричали. А оказалось все просто. Они прекрасно вас знали и доверяли вам. Аля Мырикова проходила у вас практику, когда заканчивала медучилище. Между прочим, злые языки утверждают, что в то время частенько видели, как вы уединялись с ней в вашем кабинете. Ну а про сестру Марфу и говорить нечего, она работала бок о бок с вами каждый день. Ну так как, Сергей Львович, будем отвечать на звонки? Или поедем в Бутырку? Да вы присядьте, в ногах правды нет, тем более в такую рань.

Гуланов сел на предложенный ему стул. Они правы, ему уже не вывернуться. Слишком большая организация и слишком много всего на ней висит, чтобы можно было надеяться. Ему всегда казалось, что его должность — главный врач дома инвалидов и престарелых — сама по себе защищает от подозрений. Вероятно, именно так и было долгое время. Они искали неуловимого Аякса, полагая, что это должен быть какой-то крутой мафиози, разъезжающий в навороченном автомобиле и живущий на широкую ногу, шагу не ступающий без телохранителей. Что ж, всему свой час. Он хорошо пожил, славно, в свое удовольствие, обеспечил и мать, и жену с сыном. И самолюбие потешил всласть, проворачивая дерзкие и дорогостоящие операции. Он всегда, еще с тех пор, как отец передавал ему «дело», знал, что рано или поздно все кончится, и кончится не легким вздохом на смертном одре, а вот так грубо и бесславно, с арестом, оскорблениями и допросами. И был к этому готов. Жизнь казалась ему пресной и скучной, и он вносил в нее то, что делало ее интересной и живой, придавало остроту и пикантное ощущение постоянного риска. Не столько деньги ему были нужны, сколько осознание своего могущества и неуязвимости, ловкости, хитрости, размаха...

Телефон, лежащий на столе, забибикал. Гуланов, не раздумывая, протянул к нему руку.

— Да, слушаю. Да... Молодец, выкрутился. Хвалю. Пусть едет, его здесь встретят. До Львова сам его довезешь? Ну и хорошо, а здесь все будет в порядке. Да я все понимаю, ты не виноват, а с Охрименко я потом сам разберусь. Что? Нет, не надо пока, обстановка изменилась. Пристрой ее куда-нибудь на пару дней, проводи гостя до Львова, потом свяжись со мной, я скажу, что надо делать. Давай, Вася, ни пуха тебе.

Гуланов положил телефон обратно на стол.

— Теперь вы довольны?

— Вполне, — весело ответил человек в форме. — Можете идти досыпать, в ближайшие три часа вас вряд ли побеспокоят.

Аякс вернулся в камеру и лег, положив голову на согнутые руки. Операция с методикой Волохова была самой интересной, потому что на нее затрачено больше всего времени. С Валеркой Волоховым он учился когда-то на одном курсе и тогда еще слышал от него всякие завиральные идеи насчет создания сверхчеловека. Но в те времена слово это прочно ассоциировалось в сознании с чем-то неприличным, и вскоре Волохов стал высказываться более осторожно, говоря о людях с выдающимися физическими и интеллектуальными данными. Над ним посмеивались, не более того.

Получив дипломы, они потеряли друг друга из вида. Волохов занимался лечебной практикой и наукой, а Сергей Гуланов, имея в активе бурную комсомольскую работу, пошел по административной линии. Отголоски скандала, когда на ученом совете Волохова буквально растоптали вместе с его идеями радиологической коррекции плода на ранних стадиях беременности, до Гуланова, конечно, докатились, но тогда он еще не думал ни о чем таком. А шесть лет назад узнал бывшего однокурсника в человеке, появившемся в доме инвалидов и наводившем справки о Галине Терехиной, потерявшей память после черепно-мозговой травмы. Вот тогда Сергей Львович и понял, что Валерка Волохов от своих идей не отказался. И тогда же родилась мысль этими идеями воспользоваться.

Шесть лет кропотливого труда, шесть лет пристальных наблюдений за самим Волоховым, его женщинами и его детьми. Когда Ира ушла из интерната и стала жить самостоятельно, Гуланов подумал, что неплохо было бы постоянно держать ее в поле зрения. Ира начала сдавать комнаты внаем, а спустя почти год в ее квартире поселился и сам доктор Волохов, и это Гуланов тоже расценил как нежданную удачу. Все одно к одному, успех сам идет в руки, и глупо пропустить его, не воспользовавшись. Аякс тут же приложил все усилия к тому, чтобы во второй из сдаваемых комнат жили только его люди. И Ира на глазах, и ее папенька. Ох и веселился же Сергей Львович, когда ему докладывали о разговорах Георгия Сергеевича по телефону! Старался Отец, из кожи вон лез, чтобы подкрепить свою легенду о разводе и размене жилплощади, нес всякую чушь несусветную в молчащую телефонную трубку.

Конечно, операция была рассчитана на перспективу, и если бы не вмешательство старухи Анисковец, все можно было бы провернуть тщательно и не торопясь. Но она вмешалась, старая ведьма, всюду сующая свой нос, и все пошло наперекосяк. Жаль. Но ничего не поделаешь.

Нет, ему не стыдно за прожитую жизнь, он вполне успел насладиться ею. Даже поездки в ненавистный

Вечный город Рим приносили ему желанное чувство сладостного риска. Без этого чувства он задыхался, ему даже казалось, что он начинает стареть на глазах. Он пожил красиво. И уйти надо красиво. Его не побеспокоят еще целых три часа. Этого вполне достаточно. Обыскивать наши допотопные пинкертоны так и не научились. И слава Богу.

* * *

Как только послышался шум подъезжающего автобуса, Ташков кинулся ему навстречу. Сначала обязательные команды:

— Выходить по одному!

— Оружие оставить в автобусе!

— Руки за голову!

— Стреляем без предупреждения!

Он с трудом сдерживал себя, чтобы не ворваться в автобус. Нельзя этого делать, пока там находится хотя бы один вооруженный бандит. Вот на ступеньках показался смуглый человек, явно не европеец. Ташков понял, что это и есть тот врач-иностранец, о котором говорил Асланбек Уциев. Значит, Наташа тоже должна быть здесь. Следом за смуглым иностранцем из автобуса выглянул Петрович и махнул рукой.

— Забирай девочку, Сашко.

Наташа сидела на полу. Света, заливавшего аэродром, было достаточно, чтобы увидеть ее застывшие от ужаса огромные светлые глаза. Александр наклонился и легко, как пушинку, поднял ее на руки.

— Все хорошо, милая, — ласково приговаривал он, неся ее в самолет, — все кончилось. Мы за тобой приехали. Ты такая умница, Наташенька, ты удивительная девочка. Больше ничего не бойся, все хорошо. Все кончилось.

— А Мирон? — вдруг прошелестел ее голосок прямо возле уха Ташкова. — Что с ним?

— Кто такой Мирон?

— Мирон. Он со мной занимался. Где он?

— Разве с тобой занимался не Асланбек?

Ташков остановился и внимательно посмотрел на девушку.

— Ты ничего не путаешь?

— Нет.

Ташков замедлил шаг. Что-то не срастается. Неужели парень врет? Да нет, все вышло, как он говорил, Наташу привезли вместе с врачом как раз после того, как Василию дали возможность связаться с Аяксом. Он поднял голову и увидел лицо Асланбека, прильнувшее к иллюминатору.

— Посмотри-ка, — он повернулся так, чтобы Наташе был виден иллюминатор, — это он с тобой занимался?

— Мирон! — внезапно закричала она так громко, что Ташков чуть не оглох. — Мирон!

Ташков едва успел отскочить от трапа, чтобы не оказаться сбитым с ног. Уциев выпрыгнул из самолета и выхватил Наташу из его рук. Он исступленно целовал ее щеки, глаза, губы, прижимал к себе, словно баюкая.

— Мы сделали это! Мы сделали! Мы сделали!

* * *

Выходя из городской прокуратуры после очередного допроса у следователя Ольшанского, Валерий Васильевич Волохов прямо у подъезда столкнулся с Верой Жестеровой. Лицо у нее было напряженным и каким-то странным. Такого выражения отстраненности Волохов никогда у нее не видел.

— Тебя все еще таскают из-за Олега? — равнодушно спросила она.

— Да.

Он был рад, что можно прикрыться гибелью Вериного мужа и не обсуждать с ней истинные причины его вызовов в прокуратуру. Вера бросила взгляд на золотые часики.

— У меня есть еще полчаса, меня вызвали на половину четвертого. Давай прогуляемся, — предложила Вера.

Они не спеша пошли по оживленной улице. Разговаривать было не о чем. Внезапно Вера сказала:

— Очень душно. От этих бесконечных машин дышать совсем нечем. Давай свернем в какой-нибудь дворик, посидим на лавочке.

Дворик они нашли быстро. Но Вере он не понравился, там не было тени, а вокруг песочницы с визгом носились малыши.

— Господи, какая невыносимая жара, — простонала она. — Хотя бы несколько минут в прохладе постоять. Может, в подъезд зайти?

Волохов молча пожал плечами. Вообще-то она права, в подъезде наверняка прохладно и тихо. Они зашли в первую попавшуюся дверь и поднялись на один пролет. Там действительно было прохладно и тихо, только очень сильно пахло жареной картошкой и рыбой. Вера прислонилась к подоконнику и уставилась в окно, повернувшись к Волохову спиной. Потом открыла сумочку и стала в ней что-то искать. Глядя на ее напряженную спину, Валерий Васильевич подумал, что она, наверное, плачет и пытается найти носовой платок. Когда Вера повернулась к нему, он даже не понял, что происходит. Сначала он ощутил жгучую боль в груди и только потом услышал грохот выстрела.

— Сволочь, — с каменным выражением лица произнесла Вера, — подонок, за тебя и отсидеть не жалко.

Она швырнула пистолет на ступеньки и медленно стала спускаться вниз. Угасающим сознанием Волохов еще успел удивиться, почему на лестницу не выскочил никто из жильцов, ведь звук выстрела был таким громким...

* * *

И снова все вошло в привычную колею. Ира вставала в пять утра и шла убирать улицу. Потом мыла лестницы в шестнадцатиэтажке. Потом шла на вещевой рынок. По вечерам работала в «Глории». Наташа снова была в больнице, в той же самой больнице, и даже в той же палате. Только квартирантов у Иры больше не было. Вернее, был один, красивый черноволосый парень, по паспорту Асланбек, но все почему-то называли его Мироном. Он не платил за квартиру, он очень много работал и приносил деньги Ире. Все до копейки.

— Сначала мы соберем на Павлика, — говорил он ей, — потом на памятник твоему отцу. А потом Наташа закончит институт, я найду ей работу, мы заберем ее домой и будем жить гораздо лучше. Ты только потерпи еще немного, ладно? Мы будем жить гораздо лучше, я тебе обещаю.

И Ира верила.

Раз в неделю к ней приходили Зоя с Ташковым, с тем Ташковым, который отдал все свои деньги, чтобы спасти Наташу. Ира не знала, куда их усадить и чем угостить, ей казалось, что она не расплатится с этим серьезным человеком до конца своих дней. Она так радовалась, что Зоя все-таки решилась рожать! У нее будет хоть и не родной, но братик или сестричка, с которым можно будет ходить гулять, играть в прятки или пятнашки, которого можно будет забирать из садика. И может быть, ей, Ире, даже доверят когда-нибудь отвести его в первый раз в школу. Павлика она, наверное, в школу уже не поведет.

У нее будет семья, состоящая не только из одних инвалидов. В этой семье будет Мирон, будет Зоя и ее ребенок и даже, кажется, будет Ташков. У нее все будет хорошо, надо только очень много работать и очень сильно верить.

И Ира верила.

Июнь — август 1996, Москва

Литературно-художественное издание

Маринина Александра Борисовна
ИЛЛЮЗИЯ ГРЕХА

Книга опубликована в авторской редакции
Художественный редактор *С. В. Курбатов*
Художник *И. В. Варавин*
Технические редакторы
Н. М. Носова, Г. Е. Павлова
Корректор *В. Л. Авдеева*

Изд. лиц. № 065377 от 22.08.97.

Налоговая льгота — общероссийский классификатор
продукции ОК-005-93, том 2; 953000 — книги, брошюры

Подписано в печать с готовых монтажей 29.06.99.
Формат 84х108 $^1/_{32}$. Гарнитура «Таймс».
Печать офсетная. Усл. печ. л. 22,68. Уч.-изд. л. 22,14.
Доп. тираж 5000 экз. Заказ 2712.

ЗАО «Издательство «ЭКСМО-Пресс»,
123298, Москва, ул. Народного Ополчения, 38.

АООТ «Тверской полиграфический комбинат»
170024, г. Тверь, пр-т Ленина, 5.

Книжный клуб "ЭКСМО" - прекрасный выбор!

Приглашаем Вас вступить в Книжный клуб "ЭКСМО"! У Вас есть уникальный шанс стать членом нашего Клуба одним из первых! Именно в этом случае Вы получите дополнительные льготы и привилегии!

Став членом нашего Клуба, Вы четыре раза в год будете БЕСПЛАТНО получать иллюстрированный клубный каталог.

Мы предлагаем Вам сделать свою жизнь содержательнее и интереснее!

С помощью каталога у Вас появятся новые возможности! В уютной домашней обстановке Вы выберете нужные Вам книги и сделаете заказ. Книги будут высланы Вам наложенным платежом, то есть БЕЗ ПРЕДВАРИТЕЛЬНОЙ ОПЛАТЫ. Каждый член Вашей семьи найдет в клубном каталоге себе книгу по душе!

Мы гарантируем Вам:

- Книги на любой вкус, самые разнообразные жанры и направления в литературе!
- Самые доступные цены на книги: издательская цена + почтовые расходы!
- Уникальную возможность первыми получать новинки и супербестселлеры и не зависеть от недостатков работы ближайших книжных магазинов!
- Только качественную продукцию!
- Возможность получать книги с автографами писателей!
- Участвовать и побеждать в клубных конкурсах, лотереях и викторинах!

Ваши обязательства в качестве члена Клуба:

1. Не прерывать своего членства в Клубе без предварительного письменного уведомления.
2. Заказывать из каждого ежеквартального каталога Клуба не менее одной книги в установленные Клубом сроки, в случае отсутствия Вашего заказа Клуб имеет право выслать Вам автоматически книгу – "Выбор Клуба"
3. Своевременно выкупать заказанные книги, а в случае отсутствия заказа – книгу "Выбор Клуба".

Примите наше предложение стать членом Книжного клуба "ЭКСМО" и пришлите нам свое заявление о вступлении в Клуб в произвольной ...ме.

... адресу: 101000, Москва, Главпочтамт, а/я 333, "Книжный клуб "ЭКСМО"

... обязательно укажите полностью свои фамилию, имя, ...товый индекс и точный почтовый адрес. Пишите ...елательно печатными буквами.

Отправьте нам свое заявление сразу же, торопитесь! Первый клубный каталог уже сдан в печать!